ANN BENSON

Die siebte Geißel

Buch

Alejandro Canches ist ein mutiger und wißbegieriger Mann. Auf der Suche nach einem Heilmittel gegen die Pest wagte der junge jüdische Arzt einst, was im Spanien des 14. Jahrhunderts als unverzeihliches, mit dem Tode zu bestrafendes Sakrileg gilt: eine Autopsie. Mit wechselnden Identitäten, gejagt von seinen bösen Erinnerungen, flieht Alejandro seitdem durch ganz Europa, ein Europa, das fest in den Händen der spanischen Inquisitoren ist. Kaum in der Papststadt Avignon angekommen, wird er gegen seinen Willen als Seuchenarzt für den Hof des englischen Königs Edward III. verpflichtet. Eines Tages begegnet er dort Adele, der schönen Gefährtin der jungen und kapriziösen Prinzessin Isabella, und mit ihr erwacht in ihm die Hoffnung auf eine neue, glücklichere Zukunft. Zuvor aber will Alejandro endlich die Ursache des Schwarzen Todes entdecken, jener unheilvollen Seuche, in deren Fängen Europa seit Menschengedenken liegt. Siebenhundert Jahre später, in einer Zeit, in der Antibiotika kaum mehr wirken und Hygienevorschriften immer strenger werden, forscht Janie Crowe, Chirurgin und forensische Archäologin, auf den Spuren ihres medizinischen Urahns Alejandro. Bei ihren Recherchen stößt sie eines Tages auf ein ungewöhnliches Tuch aus dem Mittelalter. Noch ahnt sie nicht, daß ihre Entdeckung eine tödliche Bedrohung für die Menschheit birgt.

Autorin

Ann Benson ist eine sehr erfolgreiche Sachbuchautorin. »Die siebte Geißel« ist ihr erster, von der Kritik begeistert aufgenommener Roman. Sie lebt mit ihrer Familie in Amhurst, Massachusetts.

ANN BENSON

Die siebte Geißel

Roman

Aus dem Amerikanischen
Elke vom Scheidt

GOLDMANN

Die amerikanische Originalausgabe erschien 1997 unter dem Titel
»The Plague Tales« Delacorte Press, New York

Für Robert
im Gedenken an zwanzig Jahre

Umwelthinweis:
Alle bedruckten Materialien
dieses Taschenbuches sind chlorfrei und umweltschonend.
Das Papier enthält Recycling-Anteile.

Der Goldmann Verlag
ist ein Unternehmen der Verlagsgruppe Bertelsmann

Deutsche Erstausgabe 7/98

Umschlaggestaltung: Design Team München
Umschlagfoto: Tony Stone/Campbell
Druck: Elsnerdruck, Berlin
Verlagsnummer: 44077
FB · Herstellung: Heidrun Nawrot
Made in Germany
ISBN 3-442-44077-7

1 3 5 7 9 10 8 6 4 2

Prolog

Ein modriges Buch an die Brust gedrückt, ließ der alte Mann namens Robert Sarin sich vorsichtig in einen gebrechlichen Schaukelstuhl aus Holz sinken und schob seine steifen Glieder hin und her, bis er einigermaßen bequem saß. Dann legte er das Buch in seinen Schoß und faltete die Hände über dem rissigen Ledereinband. Unter gemächlichem Schaukeln zerbrach er sich den Kopf darüber, wie er den nächsten Tag überstehen sollte und dann den darauffolgenden, ohne über irgendein gräßliches Problem zu stolpern, das vorherzusehen er nicht die Mittel besaß. Er starrte ausdruckslos auf die alte Frau in dem Bett neben ihm. Ihr regloser Blick war nach oben zur Strohdecke gerichtet, als suche sie nach Anzeichen für irgendein Ungeziefer, das töricht genug war, sich in ihrem tadellosen Heim blicken zu lassen.

Raus, verdammte Ratte! pflegte sie zu sagen, wenn ein ahnungsloses Nagetier sich in ihr Reich verlief, und ihr Sohn, der an ihrer Seite Wache hielt, wenngleich selbst alt, konnte sich noch gut an das rachsüchtige Lachen erinnern, mit dem sie an die Vernichtung des Eindringlings ging. Als Sarin noch ein Kind war, hatte ihre Willenskraft ihm manchmal solche Angst eingejagt, daß er unter das Bett gekrochen war, in dem sie nun lag, und dann schüchtern darunter hervor nach dem Strohdach gespäht hatte.

Und die verdammten Ratten waren tatsächlich verschwunden, erinnerte er sich, und zwar immer in angemessener Eile, denn in der Blüte ihrer Jahre war seine Mutter keine Frau, mit der man scherzte. Nicht einmal in der Gebrechlichkeit ihres zehnten Lebensjahrzehnts, als ihre Haut so dünn wurde, daß sie durchsichtig war, und ihre Augen trübe, hatte ihr Scharfsinn sie verlassen. Noch am Rand des Todes klammerte sie sich an das Leben mit der wilden Zähigkeit einer Frau, die zu früh an den Abhang gerufen wurde, einer Frau, die eher die Glocke zerschlagen als zulassen würde, daß sie zu ihrem Andenken läutete. Sie war noch nicht bereit, in die Leere zu springen; traurig dachte er, daß sie niemals bereit sein würde. Sie hatte ihm oft mit brüchiger, bitterer Stimme gesagt, sie habe ihre Aufgabe auf Erden noch nicht vollendet. Trotz seiner Ehrfurcht vor ihr war er immer sicher gewesen, daß sie ihn sehr liebte; sie hatte ihm alles beigebracht, was er wußte, und auch er war noch nicht bereit, sie gehen zu lassen.

Durch ihre pergamentdünne Haut konnte er die Venen sehen und fragte sich, wie ihr Herz, dessen Wände mittlerweile dünn wie Papier waren, diese Venen weiterhin mit Blut versorgte, so daß sie ihre blaue Farbe behielten. Ihr Gesicht, in der Jugend so klar und fest, war nun ein Gewirr von Falten und Runzeln, gesprenkelt von den seltsamen dunklen Flecken des Alters, unerwünschten gelblichgrauen Stellen, die eines Tages auf der Haut erschienen, sich festsetzten und rücksichtslos vermehrten. Die Brust der alten Frau hob sich langsam, fast unmerklich, und senkte sich dann wieder; mit jeder Wiederholung wurde die Pause zwischen Einatmen und Ausatmen ein wenig länger, und bald, das wußte Sarin, würden die Abstände so groß werden, daß der Rhythmus nicht mehr aufrechtzuerhalten war.

Ist das alles? fragte er sich. *Nur eine Unterbrechung im Rhythmus?* Es brauchte doch gewiß mehr als das, um fast ein Jahrhundert Beständigkeit zu einem Ende zu bringen. Er zog eine Feder, die als Lesezeichen diente, zwischen den Seiten des Buches hervor, streckte die Hand aus und hielt die Feder vor Mund und Nase der alten Frau; alle paar Augenblicke bewegten sich die zarten Federstrahlen ganz leicht vom schwachen Hauch ihres Atems. Doch nach ein paar weiteren langen, stockenden Atemzügen hörte die Bewegung schließlich auf, und die Feder in seiner Hand regte sich nicht mehr. Er hielt sie noch eine Zeit, die ihm sehr lang vorkam, bevor er ganz überzeugt war, daß seine Mutter gegangen sei. Dann senkte er den Kopf und weinte lautlos; seine Tränen fielen wie sanfter Regen auf den modrigen Einband des Buches.

Er hob die traurigen Augen und blickte über den reglosen Körper seiner Mutter hinweg zum Fenster auf der anderen Seite des Bettes; mehrere Augenpaare schauten herein, deren Form von Wellen in dem unebenen Glas seltsam verzerrt war. Er schaute von einem zum anderen, bis er mit allen Verbindung aufgenommen hatte. Er sah den unverkennbaren Ausdruck der Angst, den Schmerz der Ungewißheit; seine Mutter war ihre Heldin gewesen, ihre Beschützerin, und nach ihrem Hinscheiden wäre es eigentlich seine Aufgabe gewesen, ihre Sache zu übernehmen. Doch seine schwierige Geburt hatte ihm etwas von den mentalen Fähigkeiten geraubt, die er sonst von seiner Mutter geerbt hätte, und bevor es mit ihr zu Ende ging, hatte sie dafür gesorgt, daß die anderen sich statt dessen seiner annehmen würden.

Sie hatte ihm gesagt, das Buch enthalte alles, was er wissen müsse, um das, was vor ihm lag, auf die rechte Weise zu vollbringen. Er schaute auf den modrigen alten Band nieder und wollte ihn aufschlagen; dabei stellte er mit Schrecken fest, daß er die Feder herausgezogen hatte. Sie hatte die Seite markiert, mit der er hatte beginnen sollen. Heiße Scham und Angst, seiner Mutter nicht gerecht zu werden, durchflutete ihn. Wie konnte er die Seite verlieren? Sie hatte sie mit solcher Sorgfalt für ihn gekennzeichnet.

Er begann ganz am Anfang, blätterte die Seiten vorsichtig um, murmelte vor sich hin, suchte in der alten Schrift nach vertrauten Wörtern. Auf den ersten Seiten war die einst schwarze Tinte im Laufe der Jahrhunderte zu einem trüben Braun verblaßt, nicht viel dunkler als die fleckige Seite, auf die sie ursprünglich geschrieben worden war, und es war eine schwierige Aufgabe, die Buchstaben zu erkennen. Die Schrift war krakelig und wirkte fremd, geschrieben in einer Sprache, die er nicht lesen konnte, obwohl seine Mutter mehrmals versucht hatte, sie ihm beizubringen. Er schaffte es nie, sie zu begreifen. Er fühlte sich sehr dumm, ging ungeduldig die Seiten durch und erreichte endlich die Stelle, die in einer Sprache geschrieben war, die er lesen konnte; die Tinte war viel dunkler, aber noch immer heller als die jüngsten Einträge. Er hielt nicht inne, um zu lesen, bis er die Stelle erreichte, wo die frische Tinte kohlschwarz und die Ränder der Buchstaben noch klar waren, wo die Einträge die vertraute Schrift der Frau aufwiesen, die nun tot auf dem schmalen Bett lag. Dort las er langsam und sorgfältig, um sicher zu sein, daß er alles genau begriff, denn er wünschte sich sehr, alles ganz richtig zu machen, wenn die Zeit kam.

Sie hatte ihm gesagt, es werde noch eine Aufgabe auf ihn zukommen, die viel von ihm fordere, und alles, was er dazu wissen müsse, sei in dem Buch zu finden. Die Aufgabe werde ihm zufallen, hatte sie gesagt, weil sie zu ihrer Zeit nicht gekommen sei. Aber sie hatte nicht sagen können, wann genau das passieren würde. Er hoffte von ganzem Herzen, daß er den Mut und die Kraft finden würde, seine Rolle genauso zu spielen, wie sie es getan hätte, wenn die Aufgabe sich zu ihren Lebzeiten gestellt hätte. Er schaute zu den Augen im Fenster auf und nickte ganz leicht, die Beobachter erwiderten sein Nicken alle gleichzeitig. Sie erkannten ihre Komplizenschaft an.

Er dachte, das sei immerhin etwas. Er betete, daß es genug sein würde.

Null

April 2005

Gerade als Janie Crowe sich halbwegs zufrieden fühlte, machte etwas klick in der Maschinerie der Welt, und alles kam zu einem schmerzhaften Stillstand.

»Es ist doch die reine Ironie, finden Sie nicht?« sagte die Frau auf dem Flugzeugsitz neben ihr; ihre Stimme war durch den kleinen Lautsprecher in ihrer Schutzmaske ins Nasale verzerrt, »daß es so etwas Einfaches war? Ich meine, denken Sie doch bloß mal an all die ungeheuerlichen Möglichkeiten. Es hätte ein Nuklearunfall sein können. Ein Komet, der auf die Erde stürzt. Irgendeine Terroristengruppe mit einer Lastwagenladung chemischer Waffen. Aber nein. Nichts so Dramatisches. Es war bloß ein dummes Bakterium.«

»Kann sein«, antwortete Janie trocken und hoffte, ihr Ton verrate ihr Desinteresse. Wann würden diesem lästigen Weib endlich die traurigen Geschichten über all die unangenehmen Dinge ausgehen, die ihr seit den Ausbrüchen zugestoßen waren? Wann würde sie endlich mit ihrem dämlichen Gejammer aufhören? Janie beschloß, falls sie sich das nach dem sogenannten »Lunch« noch weiter anhören mußte, ein paar von ihren eigenen Lieblingsanekdoten über die Ausbrüche zum besten zu geben. Im Vergleich dazu würden sich die Unannehmlichkeiten, die die Frau erlebt hatte, mit Sicherheit trivial ausnehmen.

Das Flugzeug rumpelte weiter in Richtung London über den Atlantik. *Kein Krebs mehr, aber Turbulenzen haben wir noch immer,* dachte Janie bei sich. Ein Steward ging langsam durch den Mittelgang, unerklärlich sicher auf den Beinen, während das Flugzeug auf und nieder hüpfte, und verteilte an alle Passagiere kleine, quadratische Schachteln mit Ersatznahrung, die dazu bestimmt war, den Hunger zu unterdrücken. Dicht dahinter folgte ein weiterer Steward und teilte etwas aus, das die Fluggesellschaften »sterile Verzehrvorrichtungen« nannten, ein medizinisch korrekter Euphemismus für das, was früher einmal Plastikstrohhalme hieß. Mit fünfundvierzig war Janie zu jung, um sich an die Zeit zu erinnern, als Strohhalme noch aus gerolltem Wachspapier hergestellt wurden; alle Strohhalme ihres Lebens waren aus Plastik gewesen. Sie war sicher, daß es eine Zeit gegeben hatte, als Strohhalme tatsächlich aus Stroh waren – und daher ihren Namen hatten. Sie schüttelte schweigend den Kopf, seufzte und dachte darüber nach, daß die Dinge sich anscheinend pausenlos veränderten – und die Veränderungen selten erfreulich waren.

Sie schaute hinüber zu ihrer plötzlich schweigenden Sitznachbarin, die ein Ende des Strohhalms durch die Gummiöffnung am unteren Rand ihrer sterilen Maske schob. Janie beobachtete, wie sie den Halm hochdrückte, bis er in Reichweite ihrer Lippen war. Dann steckte sie das andere Ende in ein kleines Gummiventil oben auf der Schachtel, das sich eng um den Halm schloß und eine luftdichte Versiegelung bildete. Die Frau begann fröhlich zu saugen und gab dabei eine Reihe ziemlich zweideutiger Geräusche von sich, die Janie durch ihren Kopfhörer hören konnte. Die Frau blickte auf, sah Janie über die Geräusche kichern und schaltete rasch ihr Mikro aus. Sie lächelte Janie ein wenig verlegen an und schaute dann wieder weg, beschäftigt mit ihrem nunmehr lautlosen Essensritual.

Gut, dachte Janie, *das wird Sie für eine Weile zum Schweigen bringen. Sie wissen nicht, was Sie für ein Glück haben, Lady; wenn Sie mir weiter zugesetzt hätten, hätte ich Ihnen vielleicht von meinen eigenen Problemen erzählen müssen. Etwa, daß ich mal Chirurgin war, eine gute dazu, und daß ich eine wunderbare Familie hatte, die es jetzt nicht mehr gibt; daß ich von einer wenig mitfühlenden Bürokratie gezwungen wurde, mich umschulen zu lassen; daß ich jetzt in mittleren Jahren und ganz allein bin und wieder zur Schule gehe.*

Sie stellte ihre Kopfhörer ab und nahm ihre eigene flüssige Mahlzeit in Angriff. Die Stille gab ihr das Gefühl, unter Wasser zu sein; sie konnte zwar manche Geräusche hören, aber sie waren durch die Dichte der Versiegelung gedämpft. Die tote, sterile Luft innerhalb des Schutzhelms leitete Schall nicht gut; sie schloß die Augen und stellte sich vor, sie sei in irgendeinem stillen Wald aus hohen Nadelbäumen, und die einzigen hörbaren Laute seien gelegentliches Vogelzwitschern und Insektengesumm, woran sie sich von Ausflügen in ihrer Kindheit erinnerte. Der Friede war wunderbar beruhigend.

Den Stewards erging es nicht so gut, denn sie mußten sich zwangsläufig anhören, wie sich steife Plastikflächen aneinander scheuerten, wenn die Passagiere in ihren plumpen sterilen Anzügen herumrutschten, um es sich etwas bequemer zu machen. Diese einengenden Kleidungsstücke sollten dazu dienen, alle mikroskopisch kleinen amerikanischen Tierchen eingesperrt zu halten, damit sie nicht in das einzig überlebende Stück dessen eindringen konnten, was einmal das Vereinigte Königreich gewesen war. Das Geräusch war nur geringfügig weniger entnervend als Fingernägel, die über eine Schultafel kratzten. Für die unglückseligen Stewards, die für die Bequemlichkeit und Sterilität der Passagiere zu sorgen hatten, war dieser und jeder andere Transatlantikflug immer mit einer Art merkwürdig kristallinem Geknister verbunden.

Die Flugzeugpassagiere standen in einer Schlange vor dem Zollbereich des Flughafens Heathrow. Janie schaute zum hundertsten Mal, seit die Passagiere ihres Fluges in diese Schlange getreten waren, zum Zwischengeschoß hoch und musterte eingehend den grüngekleideten Biocop, den Vertreter der Biologischen Polizei, der dort stand, sich kaum bewegte und sein chemisches Gewehr seit zwei Stunden in der gleichen Bereitschaftsstellung hielt. Es war direkt auf die wartende Schlange der ankommenden Passagiere gerichtet und rührte sich nicht von der Stelle. Während sie zuschaute, richtete der Biocop sich auf und hob die Hand an die Schläfe, um die Lautstärke seiner Kopfhörer zu verstellen. Nach ein paar Augenblicken intensiven Lauschens blickte er in Richtung einer nahen Tür, und binnen ein oder zwei

Sekunden kam ein weiterer Biocop heraus, bewegte sich geräuschlos über die Laufplanke und stellte sich neben den ersten. Nach einem kurzen Wortwechsel ging dieser fort, und der neue hielt seine Waffe in die gleiche Richtung.

Janie stieß die Frau neben ihr an, dieselbe, die sie während des Fluges mit ihrem Gerede genervt hatte. Die Frau langweilte sich beim Warten derart, daß sie dazu übergegangen war, die abrollenden Schlagzeilen auf dem riesigen Fernsehbildschirm vor ihnen auswendig zu lernen. Sie wandte sich in Janies Richtung.

»Gucken Sie mal«, sagte Janie und zeigte auf das Zwischengeschoß. »Wachablösung.«

Nach drei Stunden Schlangestehen erreichte Janie endlich einen Zollbeamten, einen Mann mittleren Alters mit steinerner Miene, der nach Knoblauch roch und sich benahm, als brauche er ein starkes Mittel gegen Magensäure.

Was für ein Scheißjob, dachte Janie bei sich und überlegte kurz, daß sie mit etwas weniger Glück bei der Neuverteilung der medizinischen Berufe in einem ähnlichen Job wie dem beim Zoll hätte landen können; plötzlich wußte sie ihre Situation ein bißchen mehr zu schätzen. Wenigstens würde sie bei ihrer neuen Arbeit einen Teil ihrer ursprünglichen chirurgischen Fertigkeiten benutzen, wenn sie ihre forensische Prüfung bestanden hätte. Die Sache, um die sie sich bei dieser Reise nach London kümmern würde, würde das letzte Stück sein, das sie brauchte, bevor sie mit dem endgültigen Bewerbungsprozeß beginnen konnte, und wenn ihre Bewerbung akzeptiert würde, würde sie den Beginn eines neuen Lebens markieren, eines von allen Erinnerungen an ihr altes gereinigten Lebens. Eines nach dem anderen würden die auseinandergebrochenen Teile der Person, die Janie Crowe einst gewesen war, ersetzt durch die gesunden Teile der Person, die Janie Crowe bald sein würde. Es gab Tage, an denen sie das für eine gute Sache hielt, und Tage, an denen der Verlust jedes Bruchstücks, so kaputt es auch sein mochte, ihr vorkam, als sterbe sie ein bißchen. Sie war zu müde, um daran zu denken, als welche Art von Tag sich dieser erweisen würde.

Ihre Gruppe wurde zu einem langen Tisch gewinkt, wo ihre Koffer und Taschen zur Inspektion aufgereiht waren. Ein Beamter fragte sie: »Was ist der Zweck Ihres Besuches?«

»Ich bin hier, um wissenschaftliche Forschung zu betreiben. Eine archäologische Grabung.«

»Was ist der Zweck dieser Forschung?«

»Ich beende meine Ausbildung in forensischer Archäologie.«

»Und wie lange werden Sie auf unserer schönen Insel bleiben?« fragte er mit einem Lächeln; Janie deutete das als Herausforderung, die falsche Antwort zu geben.

Doch sie war auf die Frage vorbereitet, denn sie war von einem Beamten des US Department of Foreign Travel, der Behörde für Auslandsreisen, trainiert worden. Sie hatte ihn mit einem ordentlichen Bestechungsgeld dazu bewegt, ihr bei der nach den Ausbrüchen außerordentlich schwierig gewordenen Prozedur zu helfen, sich eine Transatlantik-Reisegenehmigung zu verschaffen. Sie antwortete so harmlos wie möglich.

»Etwa drei Wochen, wenn alles gutgeht.« Sie konnte sehen, wie das Lächeln auf dem Gesicht des Beamten dahinschwand. Er hatte gerade die Chance verpaßt, einen Bodyprint von einer ahnungslosen Besucherin zu machen. Er war sichtlich enttäuscht.

»Gut«, sagte er, »das ist schön. Aber wenn Sie Ihren Besuch über vier Wochen hinaus ausdehnen, müssen Sie sich beim Identitätsministerium melden, um ein Bodyprinting machen zu lassen. Wir müssen Ihnen eine Karte ausstellen, verstehen Sie, und dazu müssen wir Sie printen.«

Er reichte ihr ein kleines Büchlein und riet ihr, es zu lesen. »Das sind die Bestimmungen für internationale Besucher«, sagte er. »Sie werden für alle aufgeführten Punkte verantwortlich gemacht, also lesen Sie sie bitte sorgfältig.«

Während der Beamte den Inhalt ihrer Koffer prüfte, fragte sich Janie im stillen, ob sich das zu einer Art Quizveranstaltung über Besuchsbestimmungen auswachsen würde. Sie kicherte insgeheim, aber ihre Fröhlichkeit schwand, als sie sah, daß ihre Zahnpasta, ihr Deodorant und ihre Feuchtigkeitscreme beschlagnahmt wurden. Auch ihr Haarspray, ihr Shampoo und die

Haarspülung wurden in die gelbe Plastik-Biosafe-Tüte für Quarantäne gepackt. Sie hatte die Wahl, entweder für eine kurzfristige Lagerung zu bezahlen und die Gegenstände bei der Ausreise wieder abzuholen, oder aber, sie auf biologisch ungefährliche Weise entsorgen zu lassen. Angesichts der Lagerkosten entschied sie sich für die Vernichtung.

»Ich denke, ich kaufe mir bei einem britischen Hersteller von Toilettenartikeln neue«, sagte sie zu dem Beamten.

Er lächelte höflich, aber sie konnte sehen, wie entzückt er war, als er ihr ihre teuren persönlichen Pflegeartikel wegnahm. Als er die Untersuchung ihrer Waschtasche fortsetzte, nahm er eine kleine Flasche Azetaminophen und stellte sie beiseite, vollkommen getrennt von den anderen beschlagnahmten Gegenständen.

»Was ist das Problem mit Azetaminophen?« fragte Janie.

»Hier nur auf Rezept erhältlich«, sagte er. »Aspirin und Ibuprofen auch.«

Sie sah ihn mit offenem Mund und ungläubig aufgerissenen Augen an.

»Ich mache die Politik nicht, Miss. Ich führe sie nur durch. Fragen Sie den Typen an der nächsten Station.«

Nachdem ihr persönliches Gepäck endlich durchsucht war, öffnete der Beamte die Kartons, die Janies Grabungsausrüstung enthielten. Er stocherte ein paar Minuten herum, während Janie die Luft anhielt und zusah. Dann blickte er mit einem angewiderten Ausdruck zu ihr auf, als wolle er sagen *Das hat mir heute gerade noch gefehlt*, und sprach in ein Walkie-talkie, das er in die Hand nahm.

»Bringt bitte den Scanner raus.«

Während sie den angehaltenen Atem ausstieß, murmelte Janie lautlos einen Strom eher unflätiger Schimpfwörter, der ausdrückte, daß sie die Sorge dieses Beamten um die Sicherheit seiner Landsleute nicht besonders hoch schätzte. Ihr leerer Magen, längst mit der flüssigen Mahlzeit fertig, die sie im Flugzeug bekommen hatte, knurrte seine Einwände gegen die zusätzliche Verzögerung.

Ein großer, transportabler Laserscanner wurde von einem

grün uniformierten Polizisten aus einer nahen Tür gerollt und am Fuß des Tisches aufgestellt. Der Beamte drückte auf ein paar Knöpfe, und die Rollen begannen sich zu bewegen und führten den Scanner direkt über den Tisch mit den dort ausgebreiteten Gegenständen.

Janie sah zu und flüsterte im stillen: *Bitte, laß nicht den Summer ertönen... bitte, finde nichts...* Und gnädigerweise wurde nichts bemängelt. Keine unkatalogisierten Bakterien, keine Parasiten, keine Pilze oder Viren. Janie dachte, sie sei jetzt erlöst, aber der Prüfer beschloß, ihre Folter zu verlängern, indem er einige Fragen über die ungewöhnliche Auswahl von Werkzeugen stellte.

Er zeigte auf die Gegenstände, und sie antwortete.

Überwachungsgerät. Mikrometer. Biosichere Lagertüten. Augenschutz. Biosichere Handschuhe. Grabungsgerät.

Dabei hielt er inne, nahm die meterlange Metallröhre in die behandschuhten Hände und drehte sie, während er sie untersuchte. Es war eine vergrößerte Version des Gartenwerkzeugs, das man benutzt, um Tulpen- und Narzissenzwiebeln zu setzen, und es schien sein Interesse zu erregen. »Meine Mutter hat so eins«, kommentierte er. »Aber ein bißchen kleiner.«

Sie dachte bei sich: *Ihre Mutter hat vielleicht einen Mickey Rooney. Aber ich habe einen Kareem Abdul Jabbar. Total andere Liga.*

Doch sie lächelte freundlich und sagte laut: »Wie nett. Schön zu wissen, daß Leute überall auf der Welt die gleichen Interessen haben.«

Das schien ihm zu gefallen. Er lächelte zurück und sagte: »Tja, ich glaube, das ist alles. Sie können Ihre Sachen durch die Tür dort drüben bringen.« Er zeigte nach links. »Da können Sie sich in der Schlange für die medizinische Untersuchung anstellen.«

Als Janie die Kartons schloß, winkte er und sagte: »Ich hoffe, Sie haben einen angenehmen Aufenthalt.« Janie winkte zurück und drehte sich um, um zu gehen.

Während sie auf die nächste Schlange mit anderen Mitgliedern ihrer Gruppe zuging, murmelte sie unhörbar: »Ich wäre schon mit einem ereignislosen Aufenthalt zufrieden.« Aber sie wußte, daß das nicht wahrscheinlich war.

Bald wartete sie wieder, doch diesmal schien die Schlange schneller voranzukommen. Janie schaute auf die Uhr, während sie völlig übermüdet vorwärtsrückte. *Mehr als vierundzwanzig Stunden...* dachte sie; *ich möchte mich bloß hinlegen.* Sie schaute nach vorn, um die Leute vor ihr in der Schlange herum, und sah mit schläfrigen Augen müde zu, wie ein Reisender nach dem anderen dem Prüfer seine Papiere reichte und dann das rechte Handgelenk ausstreckte. Der behandschuhte Prüfer führte das Handgelenk schnell unter ein helles blaues Licht, um es zu desinfizieren, und legte dann die ganze Hand in eine Öffnung auf der Vorderseite eines kleinen Computers, der Janie an einen altmodischen Geldautomaten erinnerte. Nostalgisch dachte sie an den, der in der Halle ihres Wohngebäudes in der medizinischen Fakultät gestanden hatte. Bei dieser Maschine hatte sie viele wunderbare Gespräche geführt. *Schwätzchen rund um den Geldautomaten.*

Nach jeder Untersuchung eines internationalen Reisenden pflegte die Heathrower Compudoc-Maschine dem heimatlichen Konto des Benutzers die Kosten der Prozedur in Rechnung zu stellen. Sein amerikanisches Konto zeigte die Abbuchung binnen eines Tages nach seiner Ankunft in London, und Janie war dankbar, daß der schwankende Wechselkurs im Augenblick günstig stand. Während sie wartete, fiel ihr auf, daß es mehrere Maschinen, aber nur einen Untersucher gab. Die Schlange war sehr lang; alle Reisenden, die die zahlreichen Schalter der Zollkontrolle passiert hatten, reihten sich nun in diese einzige Schlange ein. Das erinnerte sie an den Sumner Tunnel in Boston. Oder an einen Blutpfropf, bei dem sich rings um ein Hindernis die Blutplättchen stauten.

»Sie scheinen heute einen Engpaß zu haben«, sagte sie zu der Frau hinter ihr, die zustimmend nickte und gähnte.

Endlich war Janie an der Reihe. Der Untersucher sagte: »Paß oder Karte, bitte.«

Da sie noch keine Karte besaß, reichte sie ihm ihren Paß. Er blätterte ihn durch und fragte: »Was ist der Zweck Ihres Besuches, Miss Crowe?«

Janies Schultern sanken müde herab; sie dachte: *Hatten wir das nicht schon?* Doch anstatt den Mann mit Protesten wegen der Wiederholung zu reizen, gab Janie ihm die Antworten einfach noch einmal.

Er tippte einen Teil der Informationen aus ihrem Paß in einen Computer ein, und auf dem Bildschirm erschien fast augenblicklich ihre Gesundheits- und Reisegeschichte. »Und wie lange werden Sie bei uns bleiben?«

Vor Hunger, Erschöpfung und wachsender Ungeduld wäre Janie beinahe explodiert, aber sie zwang sich, ruhig zu bleiben. *Spiel einfach mit, Crowe,* ermahnte sie sich, *du bist fast am Ziel.* Es gelang ihr, sich zu beherrschen, und wieder gab sie dem Untersucher höflich die Information, die er wünschte.

»Danke, Miss«, sagte der Mann. »Würden Sie mir bitte Ihr Handgelenk reichen?«

Sie knöpfte den Ärmel ihrer Bluse auf und streckte das rechte Handgelenk aus. Das desinfizierende Licht war überraschend kühl; aus irgendeinem Grund hatte Janie erwartet, es werde sich warm anfühlen. Es war fast eine angenehme Empfindung; endlich nahm der Mann ihren Arm und legte ihn in die Öffnung der Maschine. In diesem Moment empfand sie die natürliche Angst des Chirurgen vor einer Verletzung der Hände und mußte tief atmen, um nicht in Panik zu geraten und den Arm wegzuziehen. Eine flexible metallische Klammer schloß sich um ihr Handgelenk und paßte sich automatisch dessen Form und Größe an. Nachdem die Klammer sich geschlossen hatte, drückte der Prüfer auf ein paar Knöpfe.

»Gleich erledigt«, sagte er, und Janie spannte sich an, als sie die Vibration des Stroms durch ihr Fleisch dringen spürte. Nach einer Sekunde war es vorbei, und der Mann sagte: »Dauert nur einen Moment, bis das Ergebnis kommt.«

Sie fing an, sich wieder zu entspannen. Die Maschine hatte noch immer ihr Handgelenk, aber es wurde jetzt keinen Tests und Ablesungen mehr unterzogen.

Lautlos erschien ein Papierstreifen aus einem Schlitz am Boden der Frontabdeckung der Maschine. Der Prüfer riß ihn ab und musterte ihn kurz. Er lächelte und sagte: »Gesund wie ein Pferd. Alle wesentlichen Immunisierungen, keine infektiösen Krankheiten.« Dann grinste er boshaft und fügte hinzu: »Und Sie sind nicht schwanger.«

Sie erwiderte seinen Blick, als die Klammer um ihr Handgelenk sich automatisch löste. *Arschloch,* dachte sie. *Du weißt verdammt genau, daß ich sterilisiert bin. Es steht da auf diesem Bildschirm.*

»Der Nächste«, sagte er, und die Frau hinter ihr trat vor.

Während sie ihren Blusenärmel wieder zuknöpfte, beobachtete Janie, wie der Mann seinen kleinen Trick mit der anderen Frau durchführte, und als er sie für immunisiert, frei von Infektionskrankheiten und nicht schwanger erklärte, sah Jamie das »Dr. med.« vor seinem Namen auf seiner Identitätsplakette. *Bitte, lieber Gott,* betete sie im stillen, *laß es nie soweit kommen. Ich würde eher sterben, als das mit mir machen zu lassen.* Als er mit der Frau fertig war, fiel Janie ein, ihn nach Aspirin zu fragen, wie der vorige Untersucher vorgeschlagen hatte.

Er lachte sarkastisch und sagte: »Na, irgendwie müssen die Pharmahersteller ja ihr Geld verdienen, nicht? Mit Antibiotika geht es nicht mehr, also haben sie die Machthaber davon überzeugt, daß diese über die Theke verkauften Schmerzmittel nicht so harmlos sind, wie einmal behauptet wurde. Und ein ganzes Bündel neuer Vorschriften gekriegt. Und natürlich sind sie jetzt alle teurer, weil die Hersteller ja die Kosten der Verhandlungen mit den Gesetzgebern wieder reinholen müssen. Das ist Bürokratie für jedermann. Sie werden sich ein Rezept besorgen müssen, wenn Sie Aspirin brauchen.«

Er stempelte die Einreisepapiere der Frau und gab sie ihr zurück. »Sie sind alle abgefertigt«, sagte er. »Folgen Sie der gelben Markierung zum Ausgang.«

Janies Passagiergruppe entfernte sich aus dem Compudoc-Bereich, und jeder brachte ein paar Augenblicke damit zu, seine verschiedenen Habseligkeiten wieder zu sammeln. Plötzlich ertönten laute, wütende Stimmen aus dem Sektor, den sie gerade verlassen hatten, und alle drehten sich um und sahen einen jungen Mann, der mit der Maschine kämpfte und versuchte, sein Handgelenk loszureißen. Der Prüfer riet den Leuten in der Schlange, diesen Compudoc zu verlassen und sich vor einem der unbesetzten anzustellen, die Janie zuvor bemerkt hatte. Als der Sektor sicher geräumt war, sprach der Untersucher in ein Walkie-talkie und trat selbst auch zurück. Rasch erhoben sich aus dem Boden des Untersuchungsbereichs vier Wände und schlossen den Compudoc und seinen protestierenden Gefangenen ein; er würde dort bleiben, bis Biocops kommen und ihn »zu genauerer Untersuchung« mitnehmen würden. Der Arzt ignorierte das Flehen des jungen Mannes, sagte: »Der Nächste, bitte!«, und eine nervös aussehende Frau trat an die benachbarte Maschine.

Janie sah die Frau neben sich an und grinste sehr befriedigt: »Vielleicht war er schwanger«, sagte sie und ging nach draußen, um nach der Person auszuschauen, die ihre Ankunft erwartete.

1

Cervere, Aragon, 1348

Alejandro Canches wischte sich mit seinem erdverkrusteten Arm die Schweißperlen von der Stirn und hinterließ einen dunklen Schmutzstreifen. Die eiserne Schaufel, die aufrecht in dem Erdhügel neben ihm stand, war ein prachtvolles Werkzeug, das ein ärmerer Mann sich nicht hätte leisten können, aber sie war viel zu schwer, um sie in einer schwülen Nacht in Aragon zu benutzen. Er stützte einen Arm auf den Griff der Schaufel und beugte sich darüber, rastete für einen Moment und wünschte sich aus vollem Herzen, die Arbeit, die vor ihm lag, hätte warten können, bis das Wetter kühler war. Aber ach, dachte er, sie kann nicht warten.

Während sein Lehrling vom Rand des Loches aus herunterschaute und nervös aufpaßte, daß sie keine unerwünschten Zuschauer bekamen, nahm der Arzt Canches die Schaufel wieder zur Hand und begann, sie rhythmisch in den Boden zu stoßen. Das Loch wurde tiefer, der Haufen wurde höher, bis endlich das Blatt der Schaufel auf etwas Hartes prallte und seine schmerzenden Schultern und sein gebeugtes Rückgrat erschütterte. Rasch warf er die Schaufel beiseite und rief dem Jungen zu, er solle zu ihm in das Loch herunterspringen. Mit bloßen Händen schaufelten sie hektisch die Erde weg und hofften, daß sie endlich auf die hölzerne Kiste gestoßen waren, das letzte Ziel ihrer heimlichen Bemühungen.

Auf einmal stieß der Lehrling einen lauten Schrei aus und umfaßte eine Hand mit der anderen. Alejandro hörte zu graben auf und nahm die Hand des Jungen in seine; er konnte einen großen Splitter im Handgelenk ertasten, ihn aber in der feuchtheißen Dunkelheit nicht sehen.

Er zischte ihm zu, leise zu sein. »Wenn wir bei dieser Arbeit erwischt werden, braucht keiner von uns mehr Hände! Vergiß deinen Schmerz fürs erste und geh wieder an die Arbeit! Ich kümmere mich darum, wenn wir wieder in meiner Praxis sind.«

Alejandro konnte den wütenden Blick des verletzten Knaben nicht sehen. Der Junge wappnete sich gegen den pochenden Schmerz der Wunde, machte sich wieder an die Arbeit, kratzte widerwillig die Erdklumpen beiseite und schäumte innerlich, weil sein Meister darauf bestand, daß er trotz seines erheblichen Unbehagens weitermachte.

»Hier!« sagte der Arzt drängend; er war nur noch ein paar Fingerbreit Erde von seinem Preis entfernt. »Hilf mir, das wegzuräumen!«

Zusammen legten sie einen kleinen Teil der Oberfläche der Kiste frei, wo der Deckel an eine Seite stieß. Alejandro bohrte mit seinen Fingern am Rand entlang, bis er eine Spalte fand. Er lächelte triumphierend in die Finsternis, nahm die Schaufel zur Hand und zwängte sie in den engen Zwischenraum. Er hoffte, die Nägel würden weggehobelt; zu seiner großen Enttäuschung war das Holz noch nicht verfault genug, um die eisernen Stacheln freizugeben. Bald, das wußte er, würden sie verrostet und leicht zu entfernen sein; doch leider konnte er sich den Luxus, darauf zu warten, daß die Natur seine Arbeit vollendete, nicht leisten.

Zusammen übten sie heftigen Druck auf den Griff der Schaufel aus, und der Deckel öffnete sich mit einem lauten Krachen. Sie packten ihn und zogen ihn mit aller Kraft hoch, während sie mühsam auf dem freigelegten Rand der Kiste balancierten und vor Anstrengung ächzten und keuchten. Alejandros Schultern und Arme waren vor Erschöpfung fast nicht mehr zu gebrauchen, aber er würde jetzt nicht aufgeben, wo der Erfolg so nahe war und die Zeit so schnell verging.

Mit einer letzten mächtigen Kraftanstregung rissen sie den Deckel ab und legten ihn auf den festen Grund neben dem offenen Grab. Auf einer Seite der Kiste kauernd, während Erde neben seinen Füßen herunterrieselte, beugte Alejandro sich vor, so weit er konnte, packte den Leichnam unter den Schultern und hievte ihn hoch. Der Junge zog nun einen langen Streifen grob gewebtes Tuch unter dem Rücken durch und auf der anderen Seite wieder heraus. Sie vollführten dasselbe unter den Knien und kletterten dann zum Rand des Loches zurück. Alejandro packte die Enden eines Tuchstreifens, der Junge die des anderen; ächzend und fluchend zogen sie, bis der Leichnam endlich hochkam. Sobald er den Rand des Loches erreicht hatte, schoben sie ihn zur Seite und legten ihn auf unberührten Boden.

Keuchend vor Anstrengung, lehnte Alejandro sich einen Moment zurück, um wieder zu Atem zu kommen. Als er wieder sprechen konnte, tätschelte er den schmutzigen Leichnam mit so etwas wie Zuneigung und sagte: »So, Señor Alderon, mein verstorbener Freund, sehen wir uns also wieder. Ich habe mich auf dieses Zusammentreffen gefreut.« Er beugte sein Gesicht dicht über den Kopf der Leiche und flüsterte: »Und bevor ich Euch wieder in die Erde lege, das schwöre ich Euch bei den Knochen meiner eigenen Vorfahren, werde ich wissen, was Euch getötet hat.«

Er hatte diesen Mann gekannt und in seiner qualvollen tödlichen Krankheit mit einem Mangel an Erfolg behandelt, der ihn bitter schmerzte. Carlos Alderon war Schmied in Alejandros Heimatstadt Cevere in der spanischen Provinz Aragon gewesen, ein tüchtiger Mann, der genau die Schaufel geschmiedet hatte, mit der jetzt sein Sarg wieder geöffnet wurde; höchstwahrscheinlich hatte er auch den Hammer und die Nägel hergestellt, mit denen er verschlossen worden war.

Alejandro erinnerte sich an den einst massigen Mann, der vor seiner Krankheit stark und gesund gewesen war, eine Gnade, die der Arzt für Gottes Belohnung für ein anständiges Leben mit ehrlicher Arbeit hielt. Obwohl sie vor Carlos' Krankheit nur selten miteinander in Berührung gekommen waren, hatte Alejandro von ferne die Art bewundert, wie Carlos seiner hart arbeitenden bäuerlichen Familie in Cervere liebevoll Bequemlichkeit und Wohlstand verschafft und ihr so ermöglicht hatte, sich weit über ihre bescheidenen Anfänge zu erheben. Er hatte seine Tochter gut verheiratet, und in der Schmiede gab es reichlich

Arbeit für die Söhne; die Ehefrau war ansehnlich rund geworden und hatte das cholerische Temperament angenommen, das ihrer gehobenen sozialen Stellung entsprach.

Als der hingebungsvolle Familienvater begann, Blut zu husten, war er daher um sich selbst nicht sonderlich besorgt. Schließlich, so hatte er Alejandro einmal gesagt, war Gott gut zu ihm gewesen, und er hatte keinen Grund zu der Annahme, sein Glück werde nicht von Dauer sein. Doch nach den üblichen vierzehn Krankheitstagen hatte sein Husten nicht abgenommen, und das Sputum wurde mit jedem Tag blutiger. Seine Frau behandelte ihn mit Kräuteraufgüssen und Eukalyptustee, doch der Erfolg war nur vorübergehend. Widerstrebend ging Carlos zum örtlichen Bader, der nach kurzer Untersuchung des Auswurfs weise genug war, Carlos zu sagen, diese Krankheit liege außerhalb seiner begrenzten Erfahrung.

Noch immer neben dem geschrumpften Leichnam keuchend, erinnerte Alejandro sich an den Tag, an dem der große Mann an seiner Tür erschien, den Hut in der Hand, und um Behandlung seiner erschreckenden Symptome bat. Carlos war sichtlich nervös gewesen, da er nicht wußte, wie man sich in einer solchen Situation richtig verhielt. Es war jüdischen Ärzten verboten, Christen zu behandeln, und obwohl man mit den Juden in der Stadt Cervere nicht sonderlich wohlwollend verfuhr, duldete man sie immerhin ohne unbillige Bosheit. Alejandros wohlhabende und erfolgreiche Familie war innerhalb der jüdischen Gemeinde sehr angesehen, was zu vorteilhaften Heiraten seiner jüngeren Schwestern geführt hatte (ihm selbst allerdings war es gelungen, sich dem Zugriff des Ehevermittlers zu entziehen). Er zögerte, ihre Stellung zu gefährden, indem er sich auf eine verbotene Handlung einließ.

Und so war Alejandro verständlicherweise auf der Hut vor seinem neuen Patienten, als dieser an seiner Tür erschien. Er hatte noch nie einen Christen behandelt oder auch nur berührt, außer auf der Medizinschule in Montpellier, und selbst damals hatte er nie einen *anständigen* Christen angerührt, nur Sträflinge und Huren, die keine andere Wahl hatten, als stillzuhalten. Wenn der lokale Klerus davon Wind bekam, würde seine Familie in schrecklichen Schwierigkeiten stecken. Er war ein überaus tüchtiger Arzt, aber viel zu mitfühlend und jugendlich unwissend, was die Folgen seines Verhaltens betraf; es fehlte ihm die harte Weisheit, Carlos Alderon einfach wegzuschicken. Törichterweise hieß er ihn willkommen und beschloß, dem großgewachsenen Mann nach Kräften zu helfen.

Er probierte jede bekannte Behandlungsmethode für Lungenkrankheiten aus, darunter Aderlaß, Abführmittel, Einläufe und feuchte Dämpfe, aber nichts wirkte. Er hatte ein Pergament zusammengerollt und ein Ende der Röhre auf die Brust des Mannes gestützt, wie man es ihn gelehrt hatte, und dann am anderen Ende gelauscht. Was er hörte, war schrecklich verwirrend für ihn, denn einer von Alderons Lungenflügeln hörte sich sauber an, während die Luft in dem anderen zu gurgeln und zu wimmern schien. Alejandro begann zu argwöhnen, daß einer der Lungenflügel etwas enthielt, was der andere nicht enthielt, doch er hätte seinen Verdacht nur bestätigen können, indem er in die Brust des Mannes schaute. *Wenn ich doch nur in ihn hineinsehen könnte,* hatte er damals enttäuscht gedacht. Hilflos mußte er zusehen, wie Carlos' Körper gebrechlich wurde und sein Lebensmut schwand; als der einstige Riese schließlich starb, hatte er das Aussehen eines zusammengeschrumpften Ledersacks voll geknickter und gebrochener Zweige.

Während er und sein Lehrling den Leichnam jetzt auf ihren Karren luden, schien er noch immer schwer, und Alejandro fragte sich, ob sie das wohl auch geschafft hätten, wenn der Mann ohne vorherigen Verfall an irgendeiner Verletzung gestorben wäre. Sie bedeckten die Leiche mit frischem Heu und legten die Schaufel und ein paar andere Werkzeuge daneben. Dann zogen sie ihre Kapuzen so weit herunter, daß ihre Gesichter teilweise verborgen waren und hofften, wie Bauern auszusehen, die früh auf dem Weg zu einem Markt durch die Stadt zogen.

Sie waren beide erhitzt und schmutzig und erbärmlich ängstlich, erwischt zu werden, und der gefährliche Rückweg zu Alejandros Praxis würde auf den holperigen Wegen fast eine Stunde in Anspruch nehmen. Trotzdem weinte der Junge bitterlich wegen der Wunde in seiner Hand, die jetzt schmerzhaft pochte; sein Jammern und Klagen hatte die unerwünschte Wirkung, den ohnehin störrischen Maulesel noch weiter zu reizen. Alejandro zog unter dem Sitz eine Flasche starken Rotwein hervor und wies den Jungen an, kräftig davon zu trinken, da er wußte, daß die betäubende Wirkung des Weins vergangen sein würde, bevor sie den Leichnam erneut bewegen mußten. Der Junge wehrte sich nicht, sondern schüttete den Wein in sich hinein, als sei er *aqua vitae,* das Wasser des Lebens, und der letzte, den er jemals trinken würde. Danach kamen sie ungestörter voran, je nachdem, wie gut das schwindende Mondlicht ihren Weg erhellte. Der nervöse Maulesel scheute, weil er ohne Laterne durch die Dunkelheit trotten sollte, und der Arzt dachte unterwegs viele Male, er selbst hätte den Karren schneller ziehen können.

Kurz vor der Morgendämmerung langten sie endlich in dem Stall neben Alejandros Haus an und schlossen die schweren Türen hinter sich zu. Sie hinterließen ihre gräßliche Fracht sicher im Stall versteckt und nahmen im Licht einer Laterne den dunklen Durchgang ins Haus. Jeder Schritt erinnerte schmerzhaft an die Anstrengungen der Nacht, doch der Arzt hatte nun einmal versprochen, sich die Wunde des Jungen anzusehen, sobald sie sicher in seiner Praxis waren, und seine eigenen Beschwerden würden ihn nicht daran hindern.

Er hielt die Hand des Jungen unter das Licht einer Laterne und untersuchte sie sorgfältig. »Es tut mir leid, daß ich mich nicht eher um dich kümmern konnte«, entschuldigte er sich, und sein Bedauern wuchs, als er die Schwere der Verletzung erkannte. Der Junge zuckte zusammen, überempfindlich durch den Schmerz in seiner Hand, den sogar seine Trunkenheit nicht völlig auslöschen konnte. Alejandro versuchte, die Hand ruhig zu halten, während er sich darauf vorbereitete, den Splitter herauszuziehen, aber jedesmal, wenn er ihn berührte, zuckte der Junge zurück.

»Halt still, Junge; sonst kann ich diesen gottverdammten Splitter nicht richtig packen!«

Schockiert von Alejandros gotteslästerlichem Befehl, gehorchte der Knabe, aber der Schaden war schon angerichtet; der Splitter brach am Rand der Wunde ab, und ein beträchtliches Stück blieb im Fleisch stecken.

Alejandro wusch Schmutz und Blut von der Hand des Jungen und goß Wein über die Wunde, um sie noch besser zu reinigen. Er hatte schon lange die Erfahrung gemacht, daß mit Wasser gesäuberte und mit Wein behandelte Wunden eher ohne Eiterung heilten, obwohl er keine Erklärung für die heilende Macht dieser Vorgehensweise besaß. Um den Schmerz zu betäuben, träufelte Alejandro Nelkenöl auf die Wunde, wobei der Junge zusammenzuckte und keuchend Luft holte.

»Das Stechen wird rasch vergehen«, sagte er zu ihm. »Und jetzt halte still, während ich die Hand verbinde. Und trinke mehr Wein. Der wird dir helfen zu schlafen.« Im stillen betete der Arzt, der Junge möge durch die Eiterung, die sich zweifellos einstellen würde, nicht die Hand oder gar sein Leben verlieren.

Als am Horizont die ersten Sonnenstrahlen sichtbar wurden, legte Alejandro sich auf sein Bett; seine Kräfte waren völlig erschöpft. Lebhafte Träume von Carlos Alderon störten seinen unruhigen Schlaf; das grauenerregende Gespenst in fleckigem schwarzem Leichenhemd jagte ihn unablässig durch dunkle, gefährliche Wälder. Alejandro war dem Griff des Schmiedes immer nur knapp einen Schritt voraus, als er sich in den unbekannten Forst stürzte; unbeholfen stolperte er über endlose Hindernisse, und seine bleiernen Glieder mühten sich ab wie in einem unkrautübersäten Sumpf. Er hatte keinen anderen Wunsch, als sich aus diesem Sumpf zu schleppen und zu langer Ruhe niederzulegen.

Aufgestört von dem erschreckenden Traum, zuckte der erschöpfte Körper des Arztes krampfartig, unfähig, sich loszureißen und der verwirrenden Verfolgung zu entkommen. Immer weiter floh er, gejagt von Alderons Geist, ohne sichere Zuflucht vor sich; wahre Ruhe war noch immer sehr, sehr fern.

Die Mittagssonne fiel durch Ritzen in den Läden, die die schmalen Fenster bedeckten, als der erschöpfte Arzt endlich die Augen wieder öffnete. Steif stand er von seinem Lager auf und wurde bei jeder Bewegung, die er versuchte, sofort wieder an die Anstrengungen der vergangenen Nacht erinnert. Noch nie hatte er so quälende Schmerzen in den Schultern gehabt. *Narr,* dachte er, *es lag doch auf der Hand, daß du nach dieser schweren Arbeit leiden würdest!* Er ging zu seinem Arzneischrank und fand eine Salbe aus Menthol und Kampfer, mit der er seine Schultern einrieb.

Das Wasser, das er sich ins Gesicht spritzte, erfrischte ihn nur wenig; es war am Vortag aus dem Brunnen geschöpft worden und unangenehm lauwarm. In seinem angeschlagenen Zustand hielt er es für unklug, sein Haus zu verlassen, nicht einmal, um zum Brunnen zu gehen, denn er trug noch immer die dreckverkrustete Kleidung des Vortags. Rasch legte er sie ab und wischte sich mit einem Tuch sauber, das er in das restliche Wasser getaucht hatte. Alejandro war normalerweise ein gewissenhafter Mann und aufrichtig in seinem Wunsch, ein Beispiel der Reinlichkeit zu geben, das, wie er hoffte, seine Patienten ermutigen würde, sich ähnlich sauberzuhalten, mit großem Nutzen für ihre Gesundheit. In seinem gegenwärtigen verschmutzten Zustand konnte er höchstens hoffen, gewissen Haustieren ein Beispiel zu sein.

Er stopfte sein langes schwarzes Haar unter einen Hut, legte ein schlichtes Hemd und einfache Beinkleider an und ergriff dann zwei hölzerne Eimer. Als er die Tür öffnete, fiel ihn die drückende Hitze an und erinnerte ihn daran, daß die Arbeit des Tages wirklich schrecklich sein würde.

Die Sonne hatte ihren höchsten Stand am Himmel erreicht, und ihre Strahlen brannten erbarmungslos auf den Stadtanger und rissen noch tiefere Sprünge in die bereits rissige Erde. Er beschirmte seine Augen vor der blendenden Helle und ging um eine Ecke zum Gemeindebrunnen.

Zu seiner Bestürzung sah er ihn umringt von Christenfrauen, die frisches Wasser für ihre Krüge und neuen Klatsch einholten, um ihre Zungen daran zu wetzen. Ein kleines Dach beschattete den Brunnen und verschaffte denen, die unter ihm versammelt waren, eine gewisse Linderung der lähmenden Hitze. Alejandro stand im Hintergrund im vollen Sonnenlicht und wartete, bis er an die Reihe kam, wobei er eine schwache, aber erfolglose Anstrengung unternahm, seine Ungeduld zu verbergen. Als sie bemerkten, wie er von einem Fuß auf den anderen trat, gingen die Frauen nur widerwillig beiseite, da sie ihren eigenen schattigen Aufenthalt am Brunnen gern verlängern wollten, ehe sie zu ihren häuslichen Pflichten zurückkehrten.

Er hängte einen der Eimer an den Haken und ließ ihn in den Brunnen hinunter. Wie kühl hörte sich das Plätschern an, als der Eimer tief unten das Wasser traf; wie stechend war der Schmerz in seinen Schultern, als er den Eimer, der nun voll und schwer war, wieder hochzog. *Ich sollte den Jungen wecken,* dachte er; *solche Pflichten sind seine Sache, nicht meine!* Dann erinnerte er sich an die verletzte Hand seines Lehrlings und beschloß, ihn schlafen zu lassen, bis er seine Hilfe bei der schwierigeren Obduktion brauchte. Alejandro verfluchte das Pech, das zu dem Splitter geführt hatte, und taumelte unter Schmerzen zu seinem Haus zurück, schwankend unter der Last der wassergefüllten Eimer. Als er wieder zum Brunnen zurückkehrte, hatte er nur noch einen Eimer bei sich; er wiederholte diese Gänge, bis das große Becken in seinem Operationszimmer ganz voll war.

Er war erleichtert, als er fertig war, denn er fürchtete die neugierigen Augen der Christenfrauen. Jedesmal, wenn er zum Brunnen zurückkam, versuchte ein junges Mädchen in grobem Kleid seinen Blick zu erhaschen, und jedesmal wich er ihren Augen aus, da er ihren Vorwitz nicht ermutigen wollte. Sie starrte ihn verführerisch an und zeigte unmißverständlich Interesse an ihm. Er nahm ihre Aufmerksamkeit nicht zur Kenntnis und erwiderte ihr kokettes Lächeln nicht. Er hoffte, sie würde ihre schweigenden, aber offenkundigen Avancen aufgeben, wenn er sie ignorierte.

Alejandro konnte nicht wissen, daß er in seiner europäisch anmutenden Kleidung den Angehörigen des anderen Geschlechts möglicherweise anziehend erschien; in seinem eigenen Volk wurde physische Schönheit nicht unbedingt als Vorzug angesehen, und er beachtete die seinige kaum. Aber er war groß gewachsen und muskulös trotz seiner drahtigen Schlankheit, hatte ein gut geschnittenes, kantiges Gesicht und glatte, olivfarbene Haut. Sein Gesicht war freundlich, doch sein Ausdruck gewöhnlich ernst und nachdenklich; selten lächelte oder lachte er aus vollem Herzen, denn gewöhnlich war er zu sehr damit beschäftigt, über irgendein gewichtiges medizinisches Geheimnis nachzugrübeln. Wenn er aber lächelte, dann stand in seinen bernsteinfarbenen Augen ein leuchtendes Funkeln, denn nur, wenn er wirklich glücklich war, gab er seine düstere Beherrschung auf; der Kontrast war immer verblüffend, sogar für die, die ihn gut kannten. Von diesen Vertrauten gab es allerdings nicht viele, denn er war schüchtern und blieb für sich, außer, wenn er seinem Beruf nachging. Er war die Art von geheimnisvollem und rätselhaftem Mann, der ein junges Mädchen anziehen mochte, dem die Raffinesse fehlte, seine feineren Eigenschaften zu schätzen. Seine Unschuld und sein Mangel an Erfahrung waren so groß, daß er nicht begriff, welchen Eindruck er machte. Er merkte nicht, wie das Mädchen am Brunnen verstohlen mit einer seiner Gefährtinnen zu flüstern begann; es hatte ihn trotz seiner ungewöhnlichen Aufmachung erkannt und war neugierig.

Sicher in seinen Operationsraum zurückgekehrt, fing er an, sich auf die wenig angenehme Aufgabe vorzubereiten, die ihn erwartete, die Obduktion des Leichnams von Carlos Alderon. Sie würde entweder seinen Verdacht bestätigen, daß der Ursprung von Carlos' Krankheit nicht das vermutete Ungleichgewicht zwischen seinen Lungen und seinem Herzen war, sondern etwas, das man genauer erkennen und sehen konnte, oder sie würde eine Fülle neuer Fragen aufwerfen. Er empfand gleichzeitig Abscheu vor der Verwesung, die er vor sich sehen würde, und Erregung bei dem Gedanken an mögliche Entdeckungen; nicht oft hatte er eine solche Gelegenheit, etwas zu lernen. Während seiner ganzen medizinischen Ausbildung hatte er nur vier Sektionen mit angesehen; der christliche Papst hatte dem massiven

Druck weltlicher Stellen nachgegeben und widerwillig gestattet, daß jede medizinische Fakultät eine Sektion im Jahr durchführte, und dafür das offizielle kirchliche Verbot solcher Vorgehensweisen aufgehoben. Bei diesem schrecklichen jährlichen Ereignis pflegte sich die gesamte Studentenschaft auf einem offenen Platz zu versammeln, um zuzusehen, wie ein Bader-Chirurg den Kadaver öffnete und dann im Laufe von drei Tagen Stück für Stück auseinandernahm. Verweste Organe wurden den Studenten zu näherer Betrachtung und eingehendem Studium dargeboten, während der Professor sich in sicherer Entfernung hielt und Dinge beschrieb, die er nicht mit eigenen Augen sehen konnte. Die Professoren pflegten Galen zu zitieren, dessen geschriebenes Wort für die Medizin das war, was die heilige Thora den Juden bedeutete, und damit Informationen weiterzugeben, die häufig falsch waren, wie Alejandro später entdeckte, denn das, was sie da lehrten, war vor vielen Jahrhunderten geschrieben worden. *Wir haben seither soviel gelernt,* dachte er immer, wenn er die Vorgänge beobachtete; *sicher könnten wir Besseres leisten!* Er wollte die Wahrheit über den menschlichen Körper wissen, und er wollte ihn selbst aus größerer Nähe sehen, um aufgrund eigener Beobachtungen eigene Schlüsse zu ziehen. Dies, so wußte er, war die einzige Art, wie er bekommen konnte, was er wollte. Er würde sich sein Wissen stehlen müssen, wenn keiner zuschaute.

Alejandro sammelte seine Werkzeuge. Er wünschte sich, ein noch besseres als das feine Messer zu haben, das er besaß; er verfluchte auch seinen Mangel an Zeit, denn er hätte gern soviel wie möglich von dem Kadaver untersucht. Er weckte seinen Lehrling, und zusammen nahmen sie ein leichtes Mahl aus Brot und Käse zu sich, bevor die Arbeit ihnen jeden Wunsch nach Essen vergehen ließ.

Er sah sich die Wunde des Jungen noch einmal an, und wie erwartet hatte sie zu eitern begonnen. Aber der Junge würde genug leisten können, um von einigem Wert zu sein; er hatte auch kaum eine Wahl, wenn sie die notwendigen Fortschritte machen wollten. Alejandro träufelte nochmals einen Tropfen Nelkenöl auf die Wunde, und sie bereiteten sich darauf vor, den Leichnam zu sezieren.

Sie banden sich mit aromatischen Kräutern gefüllte Tuchmasken über Mund und Nase, um den unvermeidlichen Punkt hinauszuzögern, an dem sie ihre Arbeit aufgeben mußten, weil der Geruch sie überwältigte. Sie entfernten sorgfältig das Heu und legten es für die Rückfahrt zum Friedhof beiseite. Dann hoben sie den Leichnam an den rohen Tuchstreifen an und trugen ihn in den Operationsraum. Da die Fensterläden zum Schutz vor neugierigen Augen bereits geschlossen waren, blieb ihnen nichts anderes übrig, als Fackeln anzuzünden, um Licht zum Arbeiten zu haben, was die ohnehin kaum erträgliche Hitze rasch noch steigerte. Nachdem sie die Überreste von Carlos Alderon auf den Tisch gelegt hatten, entfernten sie vorsichtig die Leichentücher und hoben sie auf, um den Leichnam später wieder darin einzuhüllen.

Die Leiche, schon beim Begräbnis verschrumpelt und abgemagert, war jetzt wie ein Skelett; das, was vom Fleisch noch übriggeblieben war, hatte die Farbe eines Fischbauches. Die knorrigen Finger und Zehen waren fest gekrümmt, als umklammerten sie kostbare Juwelen, und durch die dünne Haut konnte man beinahe die Knochen sehen. Es war gräßlich, und Alejandro konnte nicht ganz verhindern, daß ihm übel wurde. Ätzende Galle stieg ihm in die Kehle, und er mußte den Kopf abwenden und atmen, ehe sein Magen wieder zur Ruhe kam. Doch trotz der Hitze, des Gestanks und der Angst in seinen Eingeweiden konnte der junge Arzt seine Erregung kaum unterdrücken. Die Tiefe seiner morbiden Faszination durch dieses tote Ding, das keinerlei Ähnlichkeit mehr mit einem Menschen hatte, erstaunte ihn, und seine gottlose Begierde, es zu sezieren, verstörte ihn.

Er machte einen langen senkrechten Schnitt in die Brustmitte des Leichnams. Am oberen und unteren Ende dieses Einschnitts setzte er noch zwei waagerechte Schnitte. Dann klappte er die Lappen aus Haut und Muskeln zur Seite und legte den Brustkorb frei. Dankbar, daß seine Arbeit nicht von dem Blut behindert wurde, das nach solchen Schnitten aus einem lebendigen Körper geflossen wäre (*aber ach,* dachte er, was würde ich für die

Erfahrung geben, *wenn sie schmerzlos möglich wäre!*), zerbrach er das Brustbein mit einem Meißel. Er achtete darauf, das, was darunter lag, nicht zu beschädigen, und teilte den Brustkorb dann in der Mitte in zwei Hälften. Ein neuer Schwall von Fäulnisgestank schlug ihm entgegen. Er ignorierte seine wiederkehrende Übelkeit, spähte in die Körperöffnung und sah sich die Lungen genau an. Ihre Größe war auffallend und unterschiedlich. *Ich wußte es doch!* dachte er, und seine Erregung stieg. Er tastete den größeren Lungenflügel ab; seine Finger glitten auf der schleimigen Oberfläche herum. Doch er konnte spüren, daß sie hart und fest war, und er fragte sich, wie durch eine scheinbar so unbewegliche Masse Luft aufgenommen werden konnte. Der kleinere Lungenflügel dagegen war weich und nachgiebig und ähnelte trotz der grauen Farbe in Form und Beschaffenheit einer getrockneten Aprikose.

Er schnitt den größeren Lungenflügel auf und mußte dabei an das Tranchieren von Fleisch denken; als er in den kleineren schnitt, war dessen Beschaffenheit ganz anders, nämlich nicht trocken und fest, sondern noch immer feucht und etwas weich. Das begriff er überhaupt nicht; er hatte immer angenommen, daß beide Lungenflügel gleich sein müßten, da die Brust sich beim Atmen gleichmäßig hob. Trotz des grauenhaften Anblicks lächelte Alejandro hinter seiner Maske, und seine Augen funkelten vor Erregung. Dies war einer der seltenen Anlässe, bei denen er wirklich glücklich war, denn er wußte, er hatte entdeckt, woran Carlos Alderon gestorben war.

Die innere Oberfläche des kleineren Lungenflügels war dunkel und wirkte beinahe rußig, übereinstimmend mit der populären medizinischen Theorie, vergiftete Luft könne für die Entstehung eines gewissen Ungleichgewichts verantwortlich sein; er fragte sich, welches dunkle Gift in Carlos Alderons Lunge eingedrungen war und sie veranlaßt hatte, sich zu verteidigen, indem sie einen großen Schutzschild anlegte. Es erschien ihm unsinnig, daß der Körper daran sterben konnte, daß er seine eigenen Lungen verteidigte, aber da in seinen Händen lag unbestreitbar der harte Panzer.

Verwirrt drückte er die Lungen beiseite, um das dunkelbraune Herz freizulegen, das sich noch immer fest anfühlte und mit Flecken von weißem Fett bedeckt war, die sich leicht abziehen ließen, nicht unähnlich dem Talg, den Bauern ihren Hühnern unter das Futter mischten, um sie zu mästen. Dieses Herz war denen sehr ähnlich, die er im offenen Brustkorb lebender Tiere gesehen hatte. Señor Alderon hatte ein friedliches Leben geführt, und Alejandro nahm daher an, daß sein Herz nicht krank war, denn sonst hätte er logischerweise zu Lebzeiten gewisse Anzeichen eines unguten Temperaments aufweisen müssen. Obwohl sie sehr verschieden waren und die Behandlung unter Schwierigkeiten und heimlich vor sich ging, hatte Carlos nie ein unfreundliches Wort zu ihm gesprochen. Alejandro bedauerte seine mangelnde Erfahrung mit menschlichen Herzen, fand aber dennoch, daß dieses ziemlich groß aussah, was der angenehmen Wesensart seines Besitzers entsprach.

Er wischte seine besudelten Hände an einem Tuch ab und spülte sie dann mit Wasser. Nachdem er sie sorgfältig abgetrocknet hatte, setzte Alejandro sich an einen nahen Tisch und nahm seine Schreibutensilien heraus, einen feinen Federkiel und eine kleine Flasche schwärzlicher Tinte sowie ein ledergebundenes Buch mit Pergamentseiten, sein »Weisheitsbuch«, wie er es bei sich inzwischen nannte. Es war ein Geschenk, das er mit auf die Medizinschule in Montpellier genommen hatte, eine letzte Gabe seines Vaters, bevor er seinen einzigen Sohn zu den Christen geschickt hatte, damit er dort eine Ausbildung erhielt, die der Vater im Grunde nicht wollte. Alejandro hatte sich immer geschworen, seine Familie würde einmal stolz auf ihn sein, trotz ihrer Einwände dagegen, daß er in die christliche Welt eintrat; er war entschlossen, ihnen zu zeigen, daß seine Anstrengungen der Mühe wert waren. Jetzt enthielt das Buch viele sorgfältige Zeichnungen und Seiten voller präziser Notizen, die er bei seiner Arbeit ständig zu Rate zog. Er schlug eine neue Seite auf und trug gewissenhaft Worte und Skizzen ein, damit er sich später, wenn dieses Wissen ihm bei der Behandlung eines anderen Patienten zugute kommen könnte, noch daran erinnerte.

Seine tiefe Konzentration wurde dadurch gestört, daß der Junge ihm beharrlich auf die Schulter klopfte und daran erinnerte, daß sie sich beeilen mußten. Er beendete seine Eintragungen und räumte das Buch fort; dann machte er sich an die gräßliche Arbeit, beide Lungenflügel wieder in ihre ursprüngliche Position zu bringen, während der Junge die Gliedmaßen so ordnete, daß die Reste der zerschnittenen Leichentücher wieder darumgelegt werden konnten.

Er trat ans Fenster und spähte durch eine Ritze, um festzustellen, wie spät es war. »Die Sonne wird bald untergehen«, sagte er zu dem Jungen, »wir können den Leichnam heute nacht wieder begraben.« Er war ungeheuer erleichtert, daß diese selbstauferlegte Mühsal bald zu Ende sein würde. »Nicht mehr lange, dann können wir die Läden öffnen und diesen üblen Geruch in die Dunkelheit entweichen lassen«, fügte er hinzu. Der Junge sagte nichts, nickte aber zustimmend.

Sie legten wieder die Reisekleidung an, die sie in der vergangenen Nacht getragen hatten, obwohl diese unbeschreiblich schmutzig war. Das, was sie bei der Untersuchung des Leichnams angehabt hatten, stank nach Tod und Verfall; diese Gerüche ließen sich auch mit der stärksten Seife nicht entfernen. Sie warfen die Sachen in eine Ecke des Stalls, um sie später zu verbrennen, denn es würde neugierige Aufmerksamkeit erregen, wenn sie es in einer so heißen Nacht taten.

Durch den Gang trugen sie den wieder verhüllten Leichnam in den Stall und legten ihn hinten auf den Karren. Nachdem sie ihn sorgfältig mit dem Heu bedeckt hatten, öffnete Alejandro die Stalltür und führte das Maultier vor den Karren, um es anzuschirren. Dabei stellte er fest, daß dessen stürmisches Temperament im Laufe des vergangenen Tages nicht fügsamer geworden war, denn es wollte nicht mithelfen. *Dieses Vieh hat gewiß kein übergroßes Herz,* dachte der Doktor angewidert, *denn seine Veranlagung ist kleinlich und gemein.* Nach einigem Streicheln und guten Worten war der Maulesel schließlich besänftigt; rasch legte Alejandro ihm die Ledergurte um den Bauch, solange er Gelegenheit dazu hatte.

Nach der stundenlangen Arbeit pochte die Hand des Jungen wieder, und er begann sich weinerlich zu beklagen, der Schmerz sei unerträglich.

Trotz seiner Ungeduld, endlich aufzubrechen, schickte Alejandro ihn in den Operationsraum zurück und ließ ihn eine Flasche Wein holen. »Wenn du schon betäubt werden mußt«, sagte er, »soll es wenigstens ohne Schmerzen geschehen.« Während er auf den Jungen wartete, führte er das Maultier aus dem Stall und auf den Pfad in Richtung Straße.

Die kühlere Abendluft war eine Wohltat für seine brennenden Lungen; er fühlte sich, als stünde seine Brust in Flammen nach dem Gestank bei der Sektion und der heißen Luft, die er während des langen Tages hatte einatmen müssen. Tief und geräuschvoll atmete er die süße Nachtluft ein und überhörte dabei eine Bewegung in der Nähe.

»Jude.«

Alessandro erstarrte vor Schreck beim Klang der jungen Frauenstimme. *Wie hatte er übersehen können, daß da jemand war?*

Wieder sagte sie: »Jude!« Diesmal lauter und kräftiger. Ohne hinzusehen wußte er, daß die Stimme dem Mädchen gehörte, das ihn am Brunnen so vorwitzig angesehen hatte. *Sicher würde sie es nicht riskieren, mit mir ertappt zu werden, vor allem bei Dunkelheit!* dachte er. Wortlos sah er sich nach ihr um, und ihre Blicke begegneten sich.

»Reagieren Männer Eurer Art immer so ungnädig, wenn sie von einer Dame angesprochen werden?«

Alejandro antwortete leise und absichtlich unfreundlich. Er wollte nicht, daß dieses Mädchen seine Absichten mißverstand. »Werte Dame«, sagte er und gestand ihr damit eine respektvolle Anrede zu, die sie gewiß nicht verdiente, »Männer meiner ›Art‹ gestatten sich die Gesellschaft einer jungen Frau nicht, wenn dies aufgrund ihrer verschiedenen Stellungen im Leben nicht ratsam ist.« Er hoffte, sie würde annehmen, er räume ihr eine höhere Stellung ein, weil sie Christin war; er wollte nicht erklären, was er wirklich meinte.

Sie lachte, warf ihr langes, dunkles Haar auf eine Art zurück, die ihn erregen sollte, und sagte: »Ich halte es nicht für eine Sünde, die Gesellschaft eines gutaussehenden Mannes zu genießen, selbst wenn er unerklärlicherweise als Bettler verkleidet ist. Als ich Euch heute morgen am Brunnen sah, dachte ich, Ihr wolltet allen Damen gefallen. Ich gestehe, daß Euer Aussehen mir gefiel. Doch das ist eine andere Geschichte! Sagt mir, bezahlen Eure Patienten Euch nicht, oder reist Ihr heute abend zu einer Maskerade?«

Alejandro erfand rasch eine Geschichte, mit der er ihre Neugier zu beschwichtigen hoffte. »Ich bin zu einem entfernten Ort unterwegs, um gewisse medizinische Kräuter zu sammeln, die nur nachts blühen; das Gelände ist unwegsam, und ich würde meine normalen Kleider sicherlich ruinieren.«

Mit einem verführerischen Lächeln trat sie nahe genug an ihn heran, um seinen groben Umhang zu berühren, als wolle sie die Qualität des Tuchs prüfen. »Und an diesem Kleidungsstück ist sicher nichts mehr zu ruinieren«, sagte sie. Er fuhr zusammen und versteifte sich sichtlich, und sie lachte spöttisch über sein Unbehagen. Sie fuhr fort, seinen Umhang zu berühren, strich mit den Fingern langsam am vorderen Rand entlang, bis ihre Hände sich seiner Brust näherten, wobei sie seinen Blick nicht losließ und auf ein Zeichen zum Weitermachen wartete. Er blieb ausdruckslos, noch immer starr vor Angst; er verfluchte sich, weil er so achtlos gewesen war.

Er wußte, wenn der Lehrling zurückkam, würde sie so beschämt sein, daß sie fortlief. *Gewiß wird sie keinem Zeugen gestatten, sie hier mit mir zu sehen,* dachte er. *Wo bleibt dieser gottverdammte Junge?*

Sie runzelte ein wenig die Stirn, da sie erkannte, daß er ihrem Entgegenkommen widerstand. Entschlossen griff sie nach seiner Brust und zog ihn näher zu sich heran.

»Señorita«, sagte er nervös, »das kann weder Euch noch mir Gutes bringen. Verbieten uns nicht unsere Götter, auf diese Weise zusammenzusein?«

Sie lachte und erwiderte: »Mein Gott verbietet mir sogar, mit einem Mann meines eigenen Glaubens zusammenzusein, es sei denn, mein Vater hat ihn ausgewählt und ich bin rechtmäßig mit ihm verheiratet. Ich würde vor der ganzen Stadt in Schmach geraten, wenn ich mich einem Christen so nähern würde. Aber ich weiß, Ihr werdet keiner lebenden Seele erzählen, wenn ich Euch gegenüber unkeusch bin. Mein Vater würde Euren Tod fordern, und der Gouverneur würde ihn ihm sicherlich gewähren.«

»Señorita...«

Sie lachte wieder. »Außerdem sagt man mir, daß Juden in Ihrer Männlichkeit anders sind als Christen. Ich werde nicht zugeben, viel darüber zu wissen, wie ein christlicher Mann ist, aber ich gebe zu, daß ich neugierig bin...«

Sie fuhr mit ihrer Verführung fort, und er spürte, wie seine Männlichkeit sich gegen seinen Willen erhob. *Was ist das für ein illoyales Verhalten?* fragte er im stillen seine sich regenden Lenden. *Ihr erhebt euch für diese Dirne?*

Wieder sagte er: »Señorita, ich bitte Euch... tut das nicht...« Aber sie nahm ihre Hand nicht fort. Als sie lachte und ihre Hand in die Öffnung zwischen seinem Leib und seinen Beinkleidern schob, packte er ihr Handgelenk und stieß es weg. In seiner Angst griff er fest zu und tat ihr weh. Sie schrie laut auf und faßte schockiert nach ihrem schmerzenden Handgelenk.

Das launische Maultier war nervös vor und zurück getreten, soweit es das konnte. Von dem Mädchen in Anspruch genommen, hatte Alejandro das schwierige Tier kaum beachtet, obwohl er merkte, daß es gereizt war. Beim Schrei des Mädchens stieg das Maultier hoch, entschlossen, sich von den hinderlichen Ledergurten zu befreien. Der Karren, vor den es gespannt war, kippte zur Seite, und entsetzt sah Alejandro, wie das Heu aus dem Karren glitt, gefolgt von der lose eingehüllten Leiche Carlos Alderons, die zu Füßen des Mädchens landete, das Gesicht von den Leichentüchern entblößt. Der zusammengeschrumpfte Schmied lag da und starrte zu dem jungen Mädchen hinauf, als könne er dessen Unverschämtheit nicht fassen.

Ihre Schreie waren im ganzen Dorf zu hören, und rasch ertönten überall alarmierte Stimmen. Der Lehrling, der inzwischen seinen Schmerz ausreichend betäubt hatte, kam aus dem Stall gelaufen und sah gerade noch, wie das Mädchen mit fliegenden Röcken und unter entsetztem Kreischen zum Dorfplatz rannte.

Alejandro wußte instinktiv, daß sie nicht entkommen konnten; das Mädchen würde zum Schutzmann laufen, und man würde den Priester rufen, damit er sich um die entweihten Überreste Alderons kümmerte.

Der Lehrling sah ihn flehend an; er wußte nicht, was er tun sollte. Niemand hatte ihn bei ihrem Abenteuer mit Alderon gesehen; Alejandro scheuchte ihn eilig fort, und er nahm die Beine in die Hand, erleichtert, der Qual eines Prozesses und der möglichen Hinrichtung mit knapper Not zu entrinnen.

Alejandro fiel auf die Knie, unsäglich müde; er wußte, daß sein Leben für immer verändert war, und er betete zu Gott um Kraft für die schrecklichen Tage und Nächte, die ihm bevorstanden. Als er Leute herbeilaufen hörte, bedeckte er das Gesicht mit den Händen und weinte bittere Tränen.

2

Janie und ihre Assistentin saßen an einem kleinen, runden Tisch in ihrem Londoner Hotelzimmer, einer funktionell eingerichteten kleinen Suite mit Miniküche und Sitzecke. Der Tisch war dazu gedacht, die unerläßlichen Utensilien für eine Teestunde aufzunehmen und nicht ein ganzes wissenschaftliches Forschungsprojekt. Er floß über von Stapeln ungeordneter Papiere, die schließlich folgerichtig sortiert und zu einer Doktorarbeit zusammengeschrieben werden sollten, von der Janie aufrichtig hoffte, daß sie dem kritischen – aber, wie sie zugeben mußte, fairen – Blick ihres Doktorvaters in Massachusetts standhalten würde.

»Wenn John Sandhaus dieses Chaos sehen könnte, würde er einen hysterischen Anfall kriegen«, sagte Janie.

»Tut mir leid«, sagte ihre Assistentin mit verletztem Blick.

»Nein, ich will damit nicht sagen, daß es Ihr Fehler ist«, fügte Janie rasch hinzu. »Ich wußte, daß es Berge von Papier geben würde. Es ist bloß so, daß es im Augenblick nicht gerade den ›karrierefördernden‹ Eindruck macht, den ich mir erhofft hatte. Es sieht aus wie eines meiner frühen Projekte an der medizinischen Fakultät. Völlig chaotisch.« Sie arbeitete sich durch die Papierstapel und suchte ein bestimmtes Stück, von dem sie annahm, es würde vierfach gefaltet sein, weil es so groß war. Während sie sich durch die verschiedenen Genehmigungsschreiben, geographischen Untersuchungen, Computerausdrucke und andere einzelne Kritzeleien auf gepreßter Zellulose wühlte, wurde ihr klar, daß so ungefähr alles, wovon sie angenommen hatte, es werde bei ihrer Ankunft getan sein, in der Tat fertig war.

Sie fand, was sie gesucht hatte, und faltete es über dem Rest der daliegenden Papiere auseinander. Es handelte sich um eine detaillierte geographische Karte eines Teils von London, von dem ein gutes Stück von dem Großen Feuer von 1666 betroffen gewesen war. Im Rahmen ihrer endgültigen Doktorarbeit würde Janie den chemischen Gehalt des Bodens in dem abgebrannten Teil mit dem des nicht abgebrannten vergleichen, und die letzten Grabungsstellen waren sorgfältig in die vor ihr liegende Karte eingezeichnet. Die meisten waren mit einem roten »X« markiert, was anzeigte, daß die Grabungserlaubnis erteilt und der notwendige Papierkram bereits erledigt war; ein paar waren mit einem grünen »X« versehen, was bedeutete, daß die Genehmigung mündlich bereits vorlag, die Papiere aber noch eingeholt werden mußten.

»Meine Güte, ich sehe, Sie hatten ganz schön zu tun«, sagte sie. »Wirklich, Caroline, das ist gute Arbeit.«

Caroline Porter strahlte, erfreut, daß Janie anerkannte, welches Wunder an Organisation sie vollbracht hatte. »Ich weiß, wenn man sich dieses Durcheinander anguckt« – sie wies auf den Tisch – »dann sieht es nicht nach viel aus. Ich hatte gehofft, alles in einen Ordner zu kriegen, bevor ich Sie vom Flughafen abholte, aber das klappte einfach nicht.« Sie lachte ein bißchen. »Ich hatte mich darauf verlassen, daß Ihre Maschine Verspätung haben würde.«

Janie lächelte. »Heutzutage meistens eine ziemlich sichere Wette. Aber der Flug verlief reibungslos. Gott sei Dank, weil die Frau, die neben mir saß, eine echte Quasselstrippe war. Am Ende habe ich einfach meine Kopfhörer ausgemacht. Ich wünschte, die Benimmvorschriften für diesen Kram wären besser entwickelt.«

»Vielleicht sollten Sie sich über E-Mail an eine zuständige Briefkastentante wenden.«

Janie lachte. »Liebe Briefkastentante: Wie kann man mit angemessenem Feingefühl und Empathie seine unhöfliche und entnervende Nachbarin im Flugzeug zum Schweigen bringen?«

»Liebe Leserin«, sagte Caroline, »man kann solchen Langweilern höflich mit der Schnalle des Sitzgurts auf den Kopf hauen.«

»Aber dann sind alle anderen Passagiere sauer auf mich, weil der Sitzgurtalarm losgeht.«

Caroline grinste. »Wenn wir erst die Welt regierten, würde keiner vor so einem Dilemma stehen... aber zurück zu unserem näherliegenden Dilemma.« Sie zeigte auf zwei Stellen auf der Karte. »Diese beiden Eigentümer sind nicht da; einer soll morgen zurückkommen, der andere nach dem Wochenende. Ich habe beiden Nachricht hinterlassen.« Dann seufzte sie. »Aber der hier...«, sie wies auf ein kleines, unbebautes Gebiet südlich der Themse, »wird eine harte Nuß. Er heißt Robert Sarin. Er ist ein sehr alter Mann, und er ist der ›Wärter‹, was immer das sein mag, dieser Gegend.« Sie zog mit dem Finger auf der Karte einen Kreis darum. »Das könnte das Haar in der Suppe sein. Ich habe gestern ziemlich ausführlich mit dem Mann geredet, bevor ich Sie in Heathrow abgeholt habe. Er rührt sich einfach nicht von der Stelle. Und dabei scheint er keinen wirklich guten Grund zu haben, die Erlaubnis zu verweigern. Um Ihnen die Wahrheit zu sagen, ich glaube, er hat nicht alle Tassen im Schrank. Kommt mir ein bißchen schwer von Begriff vor.«

»Glauben Sie, es würde helfen, wenn ich selbst mit ihm rede?«

Caroline dachte einen Moment nach, bevor sie antwortete. »Kann sicher nichts schaden. Aber ich weiß nicht, warum er

Ihnen die Erlaubnis geben sollte, wenn er sie mir nicht geben will. Er kennt keine von uns. Vielleicht sollten wir ihm von all den anderen Leuten erzählen, die eingewilligt haben.«

»Gute Idee. Vielleicht ist ihm wohler, wenn er weiß, daß er in guter Gesellschaft ist, wenn er uns graben läßt.« Sie kramte in den Papieren, bis sie die Liste der Grundbesitzer fand. »Lady Sowieso, Lord Sowieso, Zehnter Earl von Ichweißnichtwas... ziemlich eindrucksvoller Verein, finden Sie nicht?«

»Ja, eindrucksvoll«, sagte Caroline. »Aber ich weiß nicht, ob Ihnen das helfen wird. Ich glaube, dieser Sarin wird eine harte Nuß.«

Janie runzelte die Stirn. »Ich kriege Kopfschmerzen«, sagte sie. »Scheiße.«

»Ich hab Ibuprofen«, bot Caroline lächelnd an. Janies Augenbrauen hoben sich vor Überraschung. »Wie haben Sie das durch den Zoll gekriegt?« fragte sie.

»In der Zehenspitze von einem Schuh. Ich hab vier Paar mitgebracht, aber er hat nur zwei kontrolliert.«

»Na, herzlichen Glückwunsch. Aber lassen Sie sich nicht dabei erwischen.«

»Hab ich auch nicht vor. Ich hole Ihnen ein paar.« Sie ging nach nebenan in ihr Zimmer und kam nach weniger als einer Minute zurück. Sie reichte Janie drei Tabletten und goß ihr ein Glas Wasser ein.

Janie schluckte sie schnell und lehnte sich dann auf ihrem Stuhl zurück, als erwarte sie, ganz bald von einem wundervollen Hochgefühl durchflutet zu werden. »Ah, Drogen«, sagte sie seufzend. »Irgendwie finde ich, die Drogen, die wir früher hatten, machten viel mehr Spaß als diese.«

Caroline grinste. »In der ›guten alten Zeit‹?«

Janie sagte nichts, sondern antwortete mit einem kurzen und sehr angestrengten Lächeln. Innerlich sah sie ihr hübsches Heim in den Ausläufern der Berkshire Mountains vor sich, ihren Mann und ihre Tochter, die von einer Schaukel auf der Veranda lächelten, während sie vor und zurück schwangen; sie hörte das Summen von Maikäfern und spürte die schwüle Hitze eines neuenglischen Sommers. Rasenmäher und vor Wonne kreischende Kinder, die unter dem Wasserstrahl von Sprinklern durchliefen. Wäsche. Winterreifen, das morgendliche Badezimmerritual von drei Menschen, die daran gewöhnt waren zusammenzuleben. Dann verblaßte es, und sie war wieder allein.

»Janie, es tut mir leid… ich wollte nicht…«

Janie versuchte, Carolines Besorgnis mit einer Handbewegung abzutun. »Schon in Ordnung, Caroline«, sagte sie. »Das Leben geht weiter. Und Sie brauchen nicht auf Zehenspitzen um mich herumzugehen. Ich erwarte nicht von Ihnen, daß Sie jedes Wort, das Sie zu mir sagen, vorher auf die Goldwaage legen. Wir haben auch ohne das genug, worüber wir uns Gedanken machen müssen.« Sie blickte wieder auf und lächelte. »Und danke für das Ibuprofen«, sagte sie. »Ich weiß es zu schätzen, daß Sie mir ein bißchen von Ihrem Vorrat abgeben.« Dann wandte sie wieder den Blick ab.

»Kein Problem.«

Ein paar Augenblicke lang herrschte ein kurzes, aber unbehagliches Schweigen. Endlich brach Janie es, indem sie sagte: »Okay, *einen* Kopfschmerz haben wir jetzt erledigt. Gehen wir zum nächsten.«

»Also«, sagte Caroline. »Der halsstarrige Mr. Sarin.«

Janie seufzte tief. »Er könnte wirklich das ganze Projekt vermasseln. Ich brauche diese Bodenprobe.« Mit zwei Fingern deutete sie vor Carolines Gesicht einen engen Abstand von anderthalb Zentimetern an. »Ich bin so nah dran, mein Zertifikat zu kriegen. Und ich bin es wirklich allmählich satt, arbeitslos zu sein.«

»Vielleicht könnten Sie John Sandhaus anrufen und sehen, ob er Sie die Grabungsstellen ändern läßt.«

Während sie die Papierstapel zusammenräumte, sagte Janie: »Atilla den Ratgeber? Keine Chance. Er wollte nicht mal, daß ich überhaupt nach London komme. ›Warum können Sie nicht *hier* was zu tun finden?‹ hat er mich gefragt. Er würde mich liebend gern zurückholen und mich irgendwo in den Staaten was ausgraben lassen.«

»Man macht Ihnen diese Sache nicht leicht, was?« sagte Caroline.

»Nein«, antwortete Janie seufzend. »Aber lassen Sie mich darüber gar nicht erst nachdenken. Ich hab nicht genug Zeit, um mich heute drin zu suhlen.« Dann wurde sie ernster und intensiver. »Ich sag Ihnen was«, sagte sie. »Wir fangen heute nachmittag mit den ersten Grabungen an. Was du heute kannst besorgen...« Sie zeigte auf mehrere X-Zeichen in einer Londoner Gegend. »So kriegen wir die Proben zur Analyse ins Labor, und ich hab das Gefühl, daß ich wirklich was geleistet habe.«

Sie wühlte einen anderen Papierstapel durch und sagte dann: »Ich nehme an, Sie haben die Berechtigungspapiere für das Labor irgendwo hier drin...«

Caroline bewegte ein oder zwei Dinge und zog dann eine Reihe von Blättern heraus, die an einer Ecke zusammengeheftet waren. »Sie haben im falschen Stapel nachgesehen«, sagte sie lächelnd.

»Super«, sagte Janie, nahm Caroline die Papiere ab und stopfte sie in ihre Aktenmappe. »Und wenn wir schon mal draußen sind, fahren wir vorbei und schauen uns dieses Feld an. Vielleicht sollten wir einfach loslegen und die Markierung anbringen, wenn wir es tun können, ohne daß dieser Mr. Sarin uns sieht, nur für alle Fälle. Ist die Stelle geographisch so, daß wir uns unbemerkt hinschleichen können?«

»Es gibt ein paar große Bäume, und ringsum ist eine Art Dickicht. Ich würde es nicht direkt als Wald bezeichnen, aber die Stelle ist ziemlich abgeschieden. Ich denke, die Grabungsstätte wird ziemlich weit von der Hütte entfernt sein.«

»Dann sollten wir's riskieren, denke ich. Und wenn wir erst dort sind, fällt mir vielleicht ein, wie ich diesen Burschen dazu bewegen kann, es sich anders zu überlegen.«

Frustriert knallte Janie ihren Stift so fest auf die Tischplatte, daß er fast zerbrach, und prellte sich dabei die Finger. Das war ein ungewöhnlicher Temperamentsausbruch für eine Frau, die sich sonst so beherrschte, aber sie fand ihn völlig gerechtfertigt. Als der ältliche Wärter des Geländes auch ihr höflich, aber bestimmt die Erlaubnis zu graben verweigert hatte, ohne eine Erklärung dafür zu geben, hatte sie ihn fast *angefleht*, und dann hatte sie jeden angerufen, der ihr einfiel und vielleicht die Autorität hatte, ihn dazu zu zwingen. Ihr Ohr schmerzte nach einem Tag fruchtloser Telefonate; in allen tausend Ministerien Englands konnte sie keine Menschenseele finden, die bereit war, etwas gegen Sarins starrsinnig unbewegliche Haltung zu unternehmen.

Was sie am meisten ärgerte, war die ständige Weigerung des alten Wärters, ihr eine Erklärung für seine Ablehnung zu geben. Nachdem sie bei der Feldarbeit des gestrigen Tages diese bestimmte Stelle gesehen hatte, konnte sie nicht sagen, daß sie irgend etwas schrecklich Kostbares an sich hatte; es war einfach ein gewöhnliches Feld, ganz leicht abschüssig, mit einer Menge Unkraut, wild wuchernden Büschen und einigen wenigen bemerkenswerten Felsen. Es gab eine alte, strohgedeckte Steinkate am hinteren Ende des Feldes, in der, wie Janie annahm, der Wärter wohl lebte; das einzig auffällige Merkmal waren zwei Eichen, fast kahl, die zu beiden Seiten der unasphaltierten Zufahrt wuchsen und über ihr zusammentrafen, wo sie sich zu einer uralten Umarmung vereinigten. Es war ein traurig und müde aussehender Ort, nicht malerisch und bezaubernd, wie sie erwartet hatte. »Ich weiß nicht, was er denkt, welche Art von Wartung er da ausübt«, hatte sie zu Caroline gesagt. »Das hier ist nicht gerade Kensington Gardens.«

Janie ging zum Kühlschrank in ihrer kleinen Hotelsuite und nahm eine reife Nektarine heraus. Mit einem kleinen, scharfen Messer schnitt sie vorsichtig durch die glatte, bernsteinfarbene Schale und war entzückt festzustellen, daß sie gut gewählt hatte, denn das reife Fleisch ließ sich sanft und fast mühelos vom Kern lösen. *So ein schlichtes Vergnügen*, dachte sie; *eins der Dinge, die man für selbstverständlich hält, bis sie nach all den Veränderungen schwer zu bekommen sind.* Die Frucht war wunderbar saftig; sie mußte gleichzeitig saugen und beißen, damit der Saft nicht auf ihre Kleidung tropfte. Sie aß langsam, genoß den süßen Saft und erinnerte sich an eine Zeit, als sie zwei oder drei solcher

Pfirsiche am Tag gegessen hätte, ohne sich auch nur eine Sekunde Gedanken zu machen, wo sie herkamen. Sie leckte ihre Finger ab, wischte sich die Hände an ihrer Jeans ab und griff nach dem Telefon. Dann wählte sie die englische achtstellige Nummer, wonach ihr amerikanischer Zeigefinger fast automatisch noch eine neunte Ziffer eintippen wollte.

Das Telefon klingelte zweimal schnell hintereinander; sie konnte es beinahe durch die Wand zwischen ihrem und Carolines Zimmer hören. Dann erklang die vertraute Stimme. »Hallo?«

»Passen Sie genau auf, Schätzchen, hier ist Ihr Boß, und ich bin, wie man hierzulande sagt, verdammt mieser Laune.«

»Na, großartig. Genau, was ich heute brauche, einen mißgelaunten Boß. Was ist denn jetzt schon wieder?«

»Dasselbe wie gestern«, sagte Janie. »*Bureaucratia nervosa.* Therapie nicht bekannt. Unweigerlich tödlich.«

»Erzählen Sie ihm von Zwangsvasektomie, Madame Chirurgin.«

Janie kicherte. »Ich weiß nicht, ob sie das in England schon machen. Und ich bin keine Chirurgin mehr, falls Sie das vergessen haben, was der Grund ist, warum ich dieses *saudämliche* Projekt überhaupt mache. Ich hätte auf John hören und zu Hause was ausgraben sollen. Ich glaube, wir werden unserem Mr. Sarin einfach einen Besuch abstatten müssen.«

Der alte Wärter schloß vorsichtig das empfindliche Buch, als er das Geräusch des herannahenden Wagens hörte. Er zog den Spitzenvorhang zur Seite und schaute durch das unebene Glas im Fenster seiner alten Kate hinaus. Er beschirmte seine Augen gegen das spätnachmittägliche Licht und versuchte, das Feld jenseits der alten Eichen mit den Augen seiner ankommenden Besucher zu sehen. *Was sehen sie?* fragte er sich und war auf einmal nervös; *woher können sie es wissen?*

Sein Hund stand neben ihm, den Kopf neugierig schräggelegt, und fragte sich, wonach sein Herr schauen mochte. »Sie sind hier, alter Knabe«, sagte der alte Mann und tätschelte dem Hund den Kopf. »Sie sind endlich hier.«

Er beobachtete die beiden Frauen aufmerksam, als sie aus ihrem Mietwagen stiegen. Sie waren beide gut gekleidet, und er dachte, daß sie irgendwie wohlhabend aussahen. Die Größere war eindeutig älter als die Kleinere; ihr Haar war kinnlang und dunkel, lässig geschnitten und an den Schläfen von etwas Grau durchzogen. Sie hatte ein angenehmes Gesicht, doch einen Ausdruck von stillem Kummer; er sah die vielsagenden winzigen Linien zwischen ihren Augenbrauen und fragte sich, worüber sich diese gutaussehende und offensichtlich mit allen Gütern gesegnete Frau grämen mochte. Sie hatte lange, schlanke Finger, bemerkte er, und ihre Hände bewegten sich anmutig, als sie eine Landkarte auseinanderfaltete. Die andere, klein und rothaarig, kam ihm jugendlich vor, und ihr mit Sommersprossen übersätes Gesicht machte einen viel weniger belasteten Eindruck. *Die eine führt, die andere folgt,* dachte er.

Er sah sie zusammen näher kommen, und aus der Nähe schienen die Unterschiede zwischen ihnen ausgeprägter. Einen Augenblick lang studierten sie die Karte, zeigten hierhin und dorthin und wechselten ein paar Worte, die er nicht hören konnte. Dann kamen sie die Zufahrt herauf, beide etwas unsicher auf ihren eleganten Schuhen, als sie über die abgetretenen Steine zur Tür der Kate schritten. Er lächelte, da ihr Aussehen ihm gefiel, und gestand sich ein, daß er begierig nach ein bißchen Gesellschaft war. Er hatte im Laufe der Jahre nur wenige Freunde gewonnen; jetzt waren die engsten davon ganz einfach am Alter gestorben, und der Wärter hatte kaum noch Gelegenheit, hin und wieder sein Bedürfnis nach Gesellschaft zu stillen.

Er war zum Kaufmann gegangen und hatte eine Büchse Kekse gekauft, ein seltenes Festmahl in seinem normalerweise armseligen Haushalt, und hatte das beste Leinen und das beste Service hervorgeholt. Er hatte die Servietten anders falten müssen, um ein paar Flecken zu verbergen; er hoffte, daß sie sie nicht bemerken würden, wenn sie sie benutzten. Während er die Reliquien angemessener Gastfreundschaft ausbreitete, war ihm in den Sinn gekommen, daß dies vielleicht seine letzten Besucher sein würden. Obwohl er einsam und isoliert aufgewachsen war, war seine

Erziehung doch ganz ordentlich gewesen; er war traurig, daß er ihnen das, weswegen sie gekommen waren, nicht geben konnte, aber entschlossen, ihnen diese Enttäuschung so elegant wie möglich beizubringen. Er wünschte sich nur, er hätte besser gewußt, wie man dieses Heim pflegt, nachdem nun seine Mutter nicht mehr da war: Er hatte es nicht richtig geputzt, und es fing allmählich an, etwas unordentlich auszusehen.

Endlich kam das erwartete Klopfen. Er verließ das Fenster und schlurfte zu der Tür aus Holzbohlen. Er öffnete sie und sah zwei sehr weiblich und erwartungsvoll lächelnde Gesichter.

»Mr. Sarin? Robert Sarin?« fragte die Große.

»In der Tat.« Er lächelte und nickte.

»Ich bin Janie Crowe, und das ist meine Assistentin Caroline Porter.«

»Kommen Sie bitte herein«, sagte er mit einer Handbewegung. Die Große mußte den Kopf senken, um einzutreten; die Kleine trat behende und ungebeugt über die Schwelle. Er winkte ihnen, Platz zu nehmen, doch als sie zu den Stühlen gingen, bemerkte er, daß lauter Sachen darauf lagen. Er schlurfte hin und sagte: »Oh, Verzeihung, lassen Sie mich das wegräumen.« Und rasch schaufelte er weg, was er konnte, ein Paar Socken und einen Pullover, die Hundeleine, die er nicht an die Wand gehängt hatte, wie seine Mutter es immer tat, einen schmutzigen Teller mit einer daraufliegenden Gabel. Als alle bequem saßen, wurden Höflichkeiten getauscht, und sie teilten sich die bescheidenen Erfrischungen.

»Mr. Sarin«, sagte Janie, als alle ihre Teetassen wieder auf die Untertassen gestellt hatten, »ich bin dankbar, daß Sie mir Gelegenheit geben, diese Angelegenheit weiterzuverfolgen. Wie ich Ihnen am Telefon erklärte, führe ich eine archäologische Untersuchung dieses Teils von London durch.« Sie nickte in Carolines Richtung. »Miss Porter hilft mir dabei. Wir brauchen eine einen Meter tiefe Probe von etwa zehn Zentimetern Durchmesser, die in Schichten zerlegt und zu wissenschaftlichen Forschungszwecken analysiert wird.«

Wissenschaftliche Forschung, dachte sie bei sich. Das war das wirksamste Lockmittel in ihrem Überredungsrepertoire. Aus Erfahrung wußte Janie, daß sehr wenige Leute dem Gefühl von Wichtigkeit durch Teilnahme an »wissenschaftlicher Forschung« widerstehen konnten. Zu ihrer Enttäuschung hatte sie auf Sarin nicht den gewünschten Effekt.

Er stellte seine Tasse wieder auf die Untertasse und räusperte sich. »Es tut mir leid«, sagte er. »Es tut mir wirklich leid. Aber wie ich Ihnen schon sagte, ich fürchte, das wird ganz unmöglich sein.«

Unwillkürlich runzelte Janie die Stirn. »Mr. Sarin, wenn ich diese letzte Probe nicht bekommen kann, dann sind all meine bisherigen Resultate wertlos. Das ist sehr wichtig für mich. Ich bin sicher, Sie wissen, wie schwierig es heutzutage ist, zwischen den Vereinigten Staaten und Großbritannien zu reisen. Darf ich fragen, warum Sie mir die Erlaubnis nicht geben können? Ihre Einstellung erscheint mir angesichts der schlichten Bitte, die ich an Sie richte, sehr rigide.«

Ein unbehaglicher Moment des Schweigens folgte; er kämpfte mit sich darum, was er ihr vernünftigerweise als Erklärung anbieten konnte. Er wußte, im Denken war er nicht gut. Das hatte seine Mutter ihm gesagt. Er würde ihnen jetzt als alter Mann die Gründe nennen, die er in seiner Kindheit auswendig gelernt hatte und die zu benutzen er bisher niemals Gelegenheit gehabt hatte. Er konnte nicht erwarten, daß sie sie verstehen würden; er verstand sie manchmal selbst nicht, obwohl er sein ganzes Leben mit dem Studium dieses Ortes und seiner Geschichte zugebracht hatte. Es gab Tage, an denen er viele Stunden darauf verwendete, sich nach der Pflege zu fragen, die im Laufe der Jahrhunderte diesem steinigen Feld zuteil geworden war. Ein Ast fiel herunter, und er wurde nachts weggebracht. Irgendwie wurden die Eicheln immer aufgesammelt, obwohl er selbst sich nie darum kümmerte. Andere Menschen als er, Menschen, die er selten sah und kaum kannte, widmeten sich ebenfalls dieser Aufgabe.

»Mrs. Crowe«, begann er vorsichtig, denn er wünschte sich sehnlichst, die Sache mit dem Erklären gut zu machen, »niemand hat den Boden hier jemals gestört. Es ist eine Bedingung des Testaments, mit dem der Besitz der Stadt London übertragen wurde, daß die Erde niemals angerührt würde. Dieses Häuschen und der Garten unmittelbar darum wurden erbaut, bevor es zu der Übertragung kam, und sie sind von den Einschränkungen ausgenommen, aber seither ist nichts dergleichen getan worden.«

Im Geiste ging Janie ihre Optionen durch. An solche Hindernisse war sie nicht gewöhnt. Sarins Weigerung schien das Gewicht irgendeiner ungenannten höheren Autorität in sich zu tragen, und sie war ziemlich ratlos.

»Hat man Ihnen je den Grund für diese Einschränkung genannt? Sie erscheint mir ziemlich extrem.«

Er antwortete diplomatisch, diplomatischer, als man von einem Mann mit seinen begrenzten Fähigkeiten erwartet hätte. »Was der Grund ist, kann ich nicht sagen.« *Will ich nicht sagen*, dachte er bei sich, obwohl er den Grund so gut kannte wie den Vornamen des Königs. »Ich fürchte, auf diesem Gebiet werde ich Ihnen keine große Hilfe sein.«

Das folgende Schweigen hatte etwas lastend Endgültiges. Von hier aus ging es nicht weiter; es war das Mandat einer längst verstorbenen Person, gegen das der Wärter nicht verstoßen konnte, selbst wenn er dazu geneigt wäre, und Janie bezweifelte, daß er das war. Sie stellte ihre Teetasse auf den Tisch und stand langsam auf, während sie ihren Rock glattstrich; Caroline tat es ihr nach und erhob sich ebenfalls; ihre Blicke wechselten ängstlich zwischen Janie und dem Wärter hin und her. Sie wartete darauf, wer den nächsten Schritt tun würde. Der alte Mann blieb noch einen kurzen Moment sitzen, nachdem sie aufgestanden waren, starrte zur Seite und vollführte kleine Bewegungen mit den Lippen, eine Art lautloser Sprechproben. Caroline sah Janie an, die mit einem Achselzucken ihre Verwirrung kundtat.

»Ja, dann«, sagte Janie in der Hoffnung, seine Aufmerksamkeit zu erregen, »ich danke Ihnen für Ihre Zeit und Gastfreundschaft. Vielleicht treffen wir uns irgendwann wieder.«

Ihre Worte hatten die beabsichtigte Wirkung. Sarin stand langsam auf und erwiderte mit großer Vorsicht: »Da bin ich ganz sicher. Und es tut mir wirklich leid, daß ich Ihnen nicht helfen konnte.«

»Danke«, sagte Janie, und sie gingen.

Draußen im Wagen saß Janie einen Augenblick zornig hinter dem Steuer und starrte auf das Feld hinaus. Sie brauchte diese Probe, um alle anderen zu validieren, und wenn sie sie nicht bekam, würde sie mit ihrer Doktorarbeit ganz von vorn beginnen müssen.

»Wir werden sie stehlen«, sagte sie und drehte den Zündschlüssel.

Janie und Caroline standen am Rand des Feldes und warteten darauf, daß ihre Augen sich an die Dunkelheit gewöhnten. Sie waren beide in Schwarz und hatten ihre Gesichter mit Ruß geschwärzt. Doch trotz ihrer raffinierten Aufmachung fühlte Janie sich sehr klein und bescheiden, als sie und Caroline auf die Mitte des Feldes zugingen. Sie traten vorsichtig auf und tasteten in der Finsternis nach unsichtbaren Hindernissen. Janie trug die lange metallene Grabröhre, Caroline den Leinensack, in dem sie die Probe verstauen würden, wenn ihre heimliche Entnahme vollendete Tatsache war. Das Feld war uneben, und trotz ihrer vorsichtigen Schritte stolperte Janie über eine Erhebung; einen Augenblick lang verlor sie das Gleichgewicht, und während sie sich bemühte, es zurückzugewinnen, stieß die Grabröhre gegen einen Felsbrocken. Unbehindert von Bäumen oder Gebäuden, pflanzte sich der Schall über das Feld fort wie ein Trompetenstoß, der ihre Ankunft verkündete.

Unter lautlosen Flüchen streckte Caroline rasch die Hand aus und faßte nach der Röhre, um die Vibrationen zum Verstummen zu bringen. Schweigend standen sie da, ihre Herzen klopften heftig, und sie blinzelten in die Dunkelheit und suchten nach Anzeichen dafür, daß ihre Anwesenheit entdeckt worden war. Doch man sah nichts als die Silhouetten der beiden massiven Eichen und die Baumgruppen am Rand, von denen einige das kleine Haus verdeckten.

Trotzdem stellte Janie sich vor, daß unsichtbare Beobachter da waren; sie konnte spüren, wie sie sich wie Tiere anschlichen und sie auf dem Feld einkreisten. Doch es gab keine goldenen Augenpaare, keine Atemgeräusche, kein leises Knurren. Die einzigen Laute waren gelegentliche Großstadtgeräusche. Sie berührte also Carolines Arm, und sie gingen weiter, alle Sinne auf Alarm gestellt, auf den Ort zu, wo sie den Piepser zu finden erwarteten.

»Gott sei Dank haben wir uns umgetan, bevor wir an Sarin herangetreten sind, dachte Janie, *und Gott sei Dank hat es nicht geregnet, seit wir die Markierung in Position gebracht haben.* Ihr dünnes Piepsen kam aus der Dunkelheit, schwach, aber deutlich, und so wandten sie sich in seine Richtung und gingen darauf zu.

Am Bodennullpunkt setzten sie die Grabröhre rasch zusammen und begannen, sie in die steinige Erde zu drehen; es war harte körperliche Arbeit, und bald schwitzten beide Frauen trotz der relativen Kühle der Nacht. Als die Röhre endlich die richtige Tiefe erreicht hatte, hielten sie inne, um sich ein paar Minuten auszuruhen.

Jenseits des Feldes in dem alten Steinhaus erwachte der Wärter nach einem ziemlich ausgedehnten Nachmittagsschlaf. Er schaute rasch auf die Uhr und verfluchte sich, weil er den größten Teil des Abends verschlafen hatte. Als er sich in seinen Schaukelstuhl gesetzt hatte, war ihm nicht klar gewesen, wie sehr die Begegnung mit den beiden Frauen früher am Tag ihn angestrengt hatte. Er hatte mehrere Stunden lang geschlafen wie tot.

Er ging zum Becken und spritzte sich etwas kaltes Wasser ins Gesicht. Dann trocknete er sich rasch mit einem groben Handtuch ab. Sein Hund lag noch immer still vor der Tür und wartete geduldig auf seinen »Nachmittags«spaziergang.

Sarin bot seinem geduldigen Gefährten eine Schale frisches Wasser, und der Hund schlabberte es auf und sah seinen Herrn danach mit einer Art Lächeln an. Die Leine lag auf dem Boden, wohin Sarin sie zuvor geworfen hatte, damit seine Besucherinnen sich setzen konnten, und der Hund wies mit der Nase darauf hin und wedelte heftig mit dem Schwanz.

»Schon gut, mein Freund, ich verstehe«, sagte Sarin. Er fragte sich, wieso er nie Schwierigkeiten gehabt hatte, mit seinem tierischen Gefährten zu kommunizieren, während ihm dies bei Menschen so schwerfiel. »Ich hole mir nur einen Pullover, und dann gehen wir los.« Er steckte eine Pfeife und ein paar Streichhölzer in seine Tasche, und dann brachen die beiden zu einem Abendspaziergang auf.

Der Hund schnüffelte ein bißchen herum und suchte nach der richtigen Stelle, um seine Duftmarke zu hinterlassen. Er hob ein Bein und benetzte einen niedrigen Busch, dann lief er eifrig weiter. Der Wärter stolperte hinter ihm her, behindert von der Steifheit seiner alten Gelenke. Um das Feld zu umrunden, brauchten sie etwa eine halbe Stunde, vorausgesetzt, sie stießen nicht auf unerwartete Hindernisse, die Aufmerksamkeit forderten, etwa Teenager, die ihr stark riechendes Dope rauchten, und anderen Unsinn dieser Art.

Sie kamen ungestört voran, bis der Hund plötzlich innehielt und den Kopf nach etwas draußen auf dem offenen Feld wandte. Er spitzte die Ohren, legte den Kopf ein wenig schräg, hörte aber genauso plötzlich wieder damit auf. Irgendwo hoch in der Luft kündete der Schrei eines Adlers dessen räuberisches Vorhaben an; verstört blickte der Hund zum Himmel und dann zu seinem Herrn, der sich bückte und ihn beruhigend tätschelte. Sie gingen weiter ungestört um das Feld herum, bis der Hund zehn Minuten später erneut die Ohren spitzte und jaulte.

»Was ist los?« fragte der Wärter. »Ist was da draußen, Kumpel?« Der Hund zerrte an seiner Leine und versuchte, den alten Mann zur Mitte des Feldes zu ziehen. Der Wärter folgte ihm und mußte sich bald anstrengen, mit ihm Schritt zu halten.

Caroline stand auf und streckte sich, bereit, nach der kurzen Ruhepause mit der Extraktion der Probe zu beginnen; plötzlich wurde sie auf etwas Helles weit auf der anderen Seite des Feldes aufmerksam. Sie zwinkerte und schärfte ihren Blick. *Eine Taschenlampe!* Sie tippte Janie auf die Schulter und flüsterte: »Da drüben! Schauen Sie! Ein Licht!«

»Scheiße!« murmelte Janie lautlos. »Er muß uns gehört haben, als ich mit der Grabröhre angestoßen bin! Wenn er eine von uns erkennt, sind wir geliefert.« Sie schaute sich in der Dunkelheit

um und sah eine Baumgruppe, die ihnen vielleicht Deckung bot, wenn sie sie schnell genug erreichen konnten. Sie faßte Caroline am Arm und begann, sie in diese Richtung zu ziehen.

»Die Grabungsröhre!« flüsterte Caroline dringlich. »Was ist, wenn er sie sieht?«

»Dann sieht er sie eben. Dagegen können wir jetzt nichts mehr machen. Der Handgriff ist so weit unten, wie es nur geht, also bemerkt er sie vielleicht nicht. Und wenn doch, dann wollen wir hoffen, daß er zu simpel ist, um zu begreifen, um was es sich handelt.«

Sie eilten den Bäumen entgegen und schauten sich nach der Stelle um, an der die Grabungsröhre in der Erde steckte. Nachdem sie sich hinter einen großen Baumstumpf gekauert hatte, atmete Janie die Luft aus, die sie seit ihrer Flucht von der Grabungsstelle unwillkürlich angehalten hatte. Die beiden Frauen richteten sich ein wenig auf und sahen zu, wie Sarin und sein Hund ziellos herumgingen und sehr unsystematisch nach irgend etwas suchten. Janie wußte zwar, das Stehlen einer Röhre voll Erde war nicht sonderlich illegal, doch da Sarin ihnen die Probe ausdrücklich verweigert hatte, kam ihr Handeln ihr schrecklich unmoralisch vor, ein direkter und flagranter Verstoß gegen die Würde des alten Mannes. Sie fühlte sich mehr beschämt als ängstlich, als hätte sie gegen irgendeinen uralten und obskuren Ehrenkodex verstoßen.

Die Minuten vergingen. Sarin setzte sein zielloses Umherwandern in der Dunkelheit fort, und Janie fing an, auf unerklärliche Weise zu frieren. Es war, als wanderten eisige Finger über ihre Wirbelsäule. Sie bekam eine Gänsehaut an Armen und Beinen, obwohl sie bedeckt waren; es ging nur ein ganz leichter Wind, doch ringsum begannen die Blätter zu rascheln. Ihre Sinne übermittelten ihrem Körper eine seltsame Warnung, ein Gefühl, daß sie nicht allein am Rand des Feldes waren.

Rasch sah sie sich um, um festzustellen, ob ihre Gänsehaut die Wahrheit sagte. Niemand war zu sehen, nur dunkle Baumsäulen, gekrönt von ungebändigten Massen rauschenden Blattwerks, doch Janie konnte ihren Herzschlag nicht verlangsamen und auch nicht verhindern, daß er ihr in den Ohren dröhnte. Sie konnte nichts gegen den kalten Schweiß unternehmen, der ihr nun zwischen den Brüsten hinunterlief.

Endlich stellte das Licht seine unstete Wanderung ein und stand still; sie hörten den Hund des Wärters keuchen, als er an der Leine zerrte. Mit trotziger Stimme rief der alte Mann: »Ich weiß, daß ihr da draußen seid, ich *weiß* es.« Dann wurde sein Ton sanfter, und er sagte ruhiger: »Ich wünschte, ihr würdet mich einfach in Ruhe lassen.« Er drehte sich um. Mit hängenden Schultern wandte sich seine Silhouette wieder dem Haus zu, den Hund an der Seite, und war bald nicht mehr zu sehen.

Janie trat hinter ihrem Baum hervor, und Caroline folgte ihr dicht auf den Fersen. So schnell und leise sie konnten, schlichen sie sich wieder auf das Feld und zogen die Grabungsröhre mit dem kostbaren Inhalt heraus. Als er sicher in dem Leinensack verstaut war, verließen sie das Feld. Janie war überwältigt vor Erleichterung, die Sache hinter sich zu haben, als sie die Autotür aufsperrte. Dennoch wurde ihr Seelenfriede von einem nagenden Schuldgefühl gestört, der schrecklichen, beschämenden Empfindung, etwas getan zu haben, was sie einfach nicht hätte tun dürfen.

Sarin saß zitternd auf seinem schäbigen Sofa, den treuen Hund zu seinen Füßen. Er hatte sich einen zweiten Pullover übergezogen, aber irgendwie wurde ihm nicht warm. Heute nacht würde er dem Hund gestatten, auf seiner Bettdecke zu schlafen, ein seltenes Zugeständnis an seinen Gefährten. Da er sonst niemanden hatte, mit dem er seine Ängste teilen konnte, sprach er laut mit dem Hund.

»Sie sind also endlich gekommen, alter Freund«, sagte er, »aber in dem Buch steht nichts darüber, was ich tun soll! Da steht bloß, daß nicht gegraben werden soll... Ach je, ach je...« Er stöhnte. »Mutter hat immer gesagt, daß sie kommen würden. Ich habe bloß gehofft, daß es nicht so bald sein würde... ich bin noch nicht bereit...«

Alter Narr, dachte er bei sich. *Du hattest ein Leben lang Zeit, dich vorzubereiten, und bist noch immer nicht bereit?* Er dachte an seine Mutter, die sich vor ihm auf deren Kommen vorbereitet hatte, und war froh, daß sie gestorben war, so daß sie nicht sah, wie feige er gewesen war, als der kritische Zeitpunkt schließlich kam. »Amerikanerinnen«, sagte er zu dem Hund. »Ich weiß so wenig über Amerikanerinnen! Jetzt haben sie ihr bißchen Erde genommen und sind wieder verschwunden, und ich weiß nicht mehr, was ich jetzt tun soll!« Tränen der Frustration füllten seine Augen, die nasse Wut eines sehr schlichten Mannes, der vor einer sehr komplexen Aufgabe stand, deren erfolgreiche Vollendung anspruchsvolle Vorfahren von ihm erwarteten. *Wie enttäuscht sie wären, wenn sie mich jetzt sehen könnten,* dachte er.

»Sie kommen wieder, da bin ich sicher«, sagte er zu dem Hund. »Ich weiß bloß nicht, wann.« Er streckte die Hand aus und versenkte die Finger im warmen Pelz am Hals des Hundes, hielt sich daran fest wie ein Kind, das Angst hat, sich zu verirren. »Wir müssen unbedingt versuchen, auf sie vorbereitet zu sein, wenn sie wiederkommen.«

Zwei Tage später erwachte Janie vom zweimaligen schrillen Läuten des Telefons aus einem unruhigen Schlaf. Sie warf die Decken ab und wankte barfüßig über den kalten Fußboden zum Telefon. Sie tauschte Grüße mit dem Labortechniker am anderen Ende der Leitung. Als sie die unverhüllte Begeisterung seiner Stimme hörte, konzentrierte sie sich trotz ihrer frühmorgendlichen Benommenheit, um ihn unbedingt richtig zu verstehen, denn er redete sehr schnell. Sie konnte sich wildes Gestikulieren am anderen Ende der Leitung vorstellen, rasche Handbewegungen, die seine Erregung unterstrichen. Sie murmelte ein paar schläfrige, aber angemessene Fragen, hörte seine aufgeregte Antwort und beendete dann höflich das Gespräch. Sie zog sich ein Paar Socken an und tappte lautlos zum Badezimmer, um sich kaltes Wasser ins Gesicht zu spritzen. Dann wärmte sie sich in der Mikrowelle eine Tasse des von gestern übriggebliebenen Kaffees auf und trug sie zum Telefon.

Sie wählte die Nummer von Carolines Suite. »Aufstehen und

glänzen, Dornröschen«, sagte sie zu ihrer Assistentin. »Wir haben unerwartete Arbeit bekommen. In der letzten Röhre war mehr als nur Erde.«

3

Alejandro erwachte verwirrt und orientierungslos in einem dunklen, modrig riechenden Raum. Als sein Kopf langsam klar wurde, sah er sich ziellos um, erblickte aber nichts, worauf er seinen Blick leicht konzentrieren konnte. Das einzige Licht fiel durch einen dünnen senkrechten Spalt in etwas, das er für eine Mauer in unbestimmbarer Entfernung hielt; auf Händen und Knien kroch er darauf zu und war bestürzt, wie schnell er sie erreichte. Es war eine kleine, schlecht eingepaßte Tür, die den trügerischen Lichtstrahl durchließ, ungefähr quadratisch und gerade groß genug, um jemanden kriechend durchzulassen. Er konnte sich nicht erinnern, ob er aus freiem Willen durch sie hereingekommen war; falls nicht, mußte man ihn ziemlich gewaltsam in diesen Raum verfrachtet haben.

Er stand auf, wobei er darauf achtete, sich nicht zu abrupt zu erheben, denn er konnte noch immer keine Decke sehen. Als er sich ganz aufgerichtet hatte, drückte er sich an die Wand, in der die kleine Tür war, und fing an, sich flach daran entlang nach rechts zu schieben. Er kam langsam voran, und da er nicht an eine Ecke kam, schloß er, daß der Raum rund sein mußte. Sein Verdacht bestätigte sich, als er sich plötzlich wieder an der Tür befand.

Er fiel auf die Knie und begann, den Boden abzutasten. Die Oberfläche bestand aus rohen Steinen, groß und flach, zwischen denen nur schmale Fugen zu spüren waren. Zwischen den Fugen wuchs kein Unkraut, und er spürte auch keine Nässe, wodurch ihm sein großer Durst noch bewußter wurde, den zu stillen es keine unmittelbare Gelegenheit gab. Sein Magen knurrte vor Hunger. Diese Empfindungen waren zwar unangenehm, doch ihm lag mehr daran, den Ernst seiner Lage zu bestimmen, als daran, die nächstliegenden Bedürfnisse seines Körpers zu erfüllen. Er unterdrückte Hunger und Durst, weil sie ihn ablenkten, und konzentrierte sich darauf, mehr über den Ort in Erfahrung zu bringen, an dem man ihn gefangenhielt.

Er legte sich auf den Boden, die Arme über dem Kopf ausgestreckt, und stellte fest, daß er auf diese Weise gerade eben zwei Oberflächen berühren konnte. Er wiederholte dasselbe mehrmals in verschiedenen Richtungen und kam zum gleichen Ergebnis; so konnte er die ungefähre Größe seines Gefängnisses abschätzen. Dann stellte er sich auf die Zehenspitzen und reckte die Arme nach oben. Er konnte springen, so hoch er wollte, seine Finger berührten nur Luft.

Es ist eine Art Schacht oder Turm, dachte er. Doch an der Höhe des einfallenden Lichts erkannte er, daß er sich nicht unter der Erde befinden konnte. Die offenkundige Trockenheit seines Verlieses half ihm zwar nicht gegen seinen Durst, doch er wußte, daß eine trockene Umgebung ihm manche der Krankheiten ersparen würde, die Feuchtigkeit vielen der von ihm als Student untersuchten Gefangenen zugefügt hatte. Pleuritis durch Nässe würde er nicht bekommen. Er war sicher, daß seine Augen sich bald an die Dunkelheit gewöhnen würden, doch im Augenblick konnte er sehr wenig sehen. Wenn er den Arm ganz vor sich ausstreckte, konnte er kaum seine eigene Hand erkennen. Er schwang ihn vor dem Körper hin und her, spürte den leisen Luftzug, den die Bewegung erzeugte, sah aber fast nichts. Also setzte Alejandro sich hin, den Rücken an der Wand, die Augen weit geöffnet, und wartete darauf, besser sehen zu können. Nach und nach paßten sich seine Augen der Dunkelheit an, wie er erwartet hatte, aber es gab nichts zu sehen.

Aufmerksam beobachtete er den Faden Licht, der durch den Türspalt fiel, versuchte, Veränderungen zu erkennen, und fürchtete sich vor dem Einbruch der Nacht. Dann würde er in völliger Finsternis sein. Der Winkel des Lichteinfalls veränderte sich nicht. Alejandro schloß daraus, daß es sich nicht um direktes Sonnenlicht, sondern um Licht handelte, das durch eine Halle oder einen Gang außerhalb der Falltür fiel. Doch als die Zeit verging, wurde es allmählich dämmrig, und er fand sich damit ab, daß er viele lange Stunden seine Sinne nicht voll würde gebrauchen können. Es war verblüffend still in seinem Verlies. *Wenn dies ein Gefängnis wäre,* dachte er, *dann würde ich sicherlich die Schreie der anderen Insassen hören.*

Bei Einbruch der Dunkelheit konnte er seine Sinne nicht länger ignorieren, so sehr er sich auch bemühte. Seine ausgetrocknete Kehle schrie nach Wasser, sein leerer Magen knurrte fast unablässig. Schlafen konnte er nicht, da ihm unablässig alles Schreckliche durch den Kopf ging, das ihm bevorstehen mochte. Mit beklemmender Deutlichkeit erinnerte er sich an das Schicksal eines Mannes, der vor ihm verurteilt worden war, weil er ein Grab ausgeraubt hatte. Nach Beratungen mit der örtlichen Geistlichkeit hatte der Magistrat sich eine logische und passende Bestrafung für das Verbrechen ausgedacht: Der Missetäter wurde lebendig begraben, damit er über sein Vergehen nachdenken konnte, während er in derselben Umgebung starb, in der er es begangen hatte. Und dieser Verbrecher war ein Christ gewesen; er konnte sich nicht einmal vorstellen, was sie mit ihm, einem Juden, wegen desselben Verbrechens anstellen würden.

Wie kann ich sie davon überzeugen, daß mein Handeln kein Verbrechen war, daß ich nur Wissen gesucht habe, das auf vernünftigere Art zu erlangen ihr Papst in seiner Ignoranz mir verbietet? Ich habe kein Grab ausgeraubt, sondern mir seinen Bewohner nur für eine Weile ausgeliehen; ich hätte ihn zurückgebracht, und sein Zustand wäre nicht schlimmer gewesen als bei der Grablegung. Trotzdem machte er sich stundenlang Vorwürfe, nicht wegen seiner Tat, sondern wegen seiner Dummheit, sich erwischen zu lassen. Er suchte in seiner Erinnerung nach etwas, das er hätte tun können, um eine Entdeckung zu vermeiden, doch ihm fiel nichts ein; es war schlicht Pech, daß man ihn ertappt hatte. Sein Gefühl von Ungerechtigkeit wurde stärker, während die Nacht verging, und als das erste Licht durch den Türspalt fiel, war er voll großer Pläne, sich zu retten.

Seine grimmige Entschlossenheit ging ins Leere, als kurz nach der Morgendämmerung die kleine Tür aufgerissen wurde. Das helle Licht blendete ihn, und er mußte seine Augen beschirmen, obwohl er sich fast so sehr nach Helligkeit gesehnt hatte wie nach Nahrung. Eine Schale Wasser und ein kleiner Laib hartes Brot wurden schnell in sein Verlies gestellt, und dann fiel die Tür wieder zu. Das alles ging so schnell, daß Alejandro völlig unvorbereitet war. Er hatte tausend Fragen an seinen Bewacher, doch blitzschnell war die Gelegenheit vorbei.

»Habt Erbarmen! Bitte sagt mir, wo ich bin! Um der Liebe Gottes willen, gewährt mir eine Kerze...« Er sehnte sich verzweifelt danach, etwas zu trinken, aber er wußte, er mußte seine Bitten vorbringen, ehe der Wärter zu weit fort war. Wieder und wieder schrie er flehentlich, bis ihm klarwurde, daß ihn keiner hörte. Er sank auf die Knie nieder, gedemütigt durch seine Unfähigkeit, die Aufmerksamkeit seines Wärters zu erregen, und nahm das erbärmliche Mahl zu sich. Er leckte die Schale mit seiner trockenen Zunge aus, um keinen Tropfen des kostbaren Wassers zu verschwenden.

Wieder ein ganzer Tag und eine Nacht, dachte er und argwöhnte das Schlimmste. Der Gedanke an einen weiteren stillen, dunklen und einsamen Tag erfüllte ihn mit Verzweiflung. Wenn er während dieser Folter die Kontrolle über sich verlieren sollte, so würde ihn nicht sein Körper als erster verraten, das wußte er; bald würde sein Geist sich so nach etwas Sichtbarem oder Hörbarem sehnen, daß er anfangen würde zu halluzinieren. Sollte es so weit kommen, so war er sicher, daß er den Tod dem Wahnsinn vorziehen würde. Die äußerste Würdelosigkeit lag darin, daß es ihm sogar an den Mitteln fehlte, sein Leben selbst zu beenden.

In der Mitte eines riesigen Salons standen sich zwei Männer an einem verzierten Eichentisch gegenüber. Trotz der beeindrukkenden Ausmaße des Raums war es bemerkenswert still, ein Resultat der zahlreichen weichen Teppiche und Tapisserien, mit denen er ausgestattet war.

Höflich bot der Bischof seinem Gast einen Stuhl an. Der ältliche Jude verbeugte sich leicht, um seinem Gastgeber für diese Einladung zu danken, ordnete dann sorgfältig seine Gewänder und nahm Platz. Sein Rücken war krumm, weil er sich jahrelang über Kontobücher und Register gebeugt hatte. Die beiden Männer sahen sich zum ersten Mal. Trotzdem vermutete der Bischof zu Recht, daß eine noch schwerere Last die Schultern seines Besuchers beugte. Avrams Bewegungen waren unsicher, und seine Stimme zitterte fast. Der gebrechliche Mann, den er da vor sich sah, war nicht das, was der Bischof nach jahrelanger Korrespondenz erwartet hatte.

Bischof Johann von Aragon war Monsignore Johann gewesen, soeben von seiner Heiligkeit Papst Johannes XXII. auf seinen Posten berufen, als Avram Canches gerade in das Geldverleihergeschäft seiner Familie eingetreten war, wie sein Vater ihm befohlen hatte. Er erinnerte sich an die Bitterkeit, die er an dem Tag empfunden hatte, an dem entschieden wurde, daß er nicht seinen erwählten Beruf ergreifen durfte. »Laß deine Brüder mit den Händen arbeiten«, hatte sein strenger Vater gesagt, während er Avram zu den Hauptbüchern führte. »Deine Hand wird einen Federkiel halten.« Er wußte, das war der Grund, warum er den Bitten seines eigenen Sohnes Alejandro nachgegeben hatte, die Medizin studieren zu dürfen, trotz seiner ernsten Zweifel an der Weisheit dieser Entscheidung. Jetzt begriff er das despotische Verhalten seines Vaters und wünschte sich, er hätte die Kraft gehabt, zu seinem eigenen Sohn ebenso streng zu sein.

Er und Bischof Johann hatten seit jenem Tag Hunderte von Briefen gewechselt, die alle die finanzielle Situation der christlichen Kirche betrafen. In einer Vereinbarung, die ihnen beiden von großem Nutzen gewesen war, hatte Avram garantiert, daß der weltliche Prälat stets das Bargeld haben würde, um die ausgeklügelten Rituale zu finanzieren, die seine Priester vollzogen, und hatte dies mit konsequenter Integrität eingehalten und niemals seiner persönlichen Meinung Ausdruck gegeben, daß Gott sich nicht für die Kleidung eines Mannes oder die Umgebung interessiert, in der er verehrt wird. Er war froh, seinen Zins zu kassieren, und behielt sein zynisches Urteil für sich; nach jahrelanger Verbindung empfand Avram nun eine Art vorsichtiger Wertschätzung für den Prälaten.

Der Bischof hatte eine ähnlich vorteilhafte Meinung von Avram, war allerdings überrascht, einen Mann vor sich zu sehen, der nicht in der Lage schien, seine Geschäfte mit so fester Hand zu führen, wie es immer Avram Canches' Markenzeichen gewesen zu sein schien. Sie schwiegen eine lange Zeit, beäugten einander, und jeder ging dem spekulativen inneren Bild nach, das er sich jahrelang davon gemacht hatte, wie der andere vielleicht aussehen mochte.

Der Bischof ergriff schließlich als erster das Wort. »Ihr seid nicht, wie ich mir Euch vorgestellt hatte, mein Freund; ich hatte gedacht, Ihr würdet mich überragen; Ihr seid ein mächtiger Geschäftsmann, und ich hätte geschworen, daß Ihr ein Riese seid.«

Der kleine, zerbrechliche Mann antwortete: »Eminenz, vergebt mir, wenn ich Euch enttäusche. Ich kann nur hoffen, daß meine geistigen Kräfte nicht mit den Jahren geschrumpft sind wie mein Körper.«

»Ich habe den Verdacht, daß sie noch immer gargantuesk sind«, lachte der Kirchenmann. »Und jetzt müßt Ihr mir gestatten, Euch eine Erfrischung anzubieten. Eure Reise war lang, und wir sind nicht mehr jung.«

Der Bischof gab einem Akoluthen einen Wink, und ein paar Minuten später kam der junge Mann mit einem verzierten Silbertablett mit Brot, Käsen und Früchten zurück.

Bischof Johann segnete die Speisen auf lateinisch, während Avram ein paar hebräische Worte sprach; ihre Blicke begegneten sich über der Kerzenflamme, als beide gleichzeitig mit ihrer kurzen Andacht fertig waren. Der Bischof füllte aus einem silbernen Weinkrug zwei Becher. Er hielt einen an die Kerzenflamme und genoß die reiche Farbe des Weins in dem durchsichtigen Glas. Er reichte es seinem Gast und sagte: »Nun, Avram, da sind wir also, nach so vielen Briefen endlich von Angesicht zu Angesicht. Ich bin neugierig, Euren Grund für eine so lange Reise zu erfahren.«

Avram, sichtlich nervös, sprach nicht, sondern hantierte mit dem Messer herum, schnitt ungeschickt ein Stück Käse von einem der Laibe auf dem Tablett vor ihm ab. Der Bischof nahm Avrams Unbehagen wahr und spürte eine Chance, einen Vorteil zu erringen, so klein er auch sein mochte, den er in Zukunft gegen seinen Gläubiger verwenden konnte; also drängte er ihn weiter, indem er aufrichtige Besorgnis um sein Wohlergehen heuchelte. »Bitte, Avram«, sagte er, »Ihr wißt sicherlich, daß ich viel mehr bin als Euer Gastgeber bei diesem schlichten Mahl. Wenn Ihr das Bedürfnis habt, über schwierige Angelegenheiten zu sprechen, so tut dies ohne Furcht. Ihr seid im Hause Gottes, und hier werdet Ihr Aufnahme finden.«

Avram ignorierte den Schmerz in seinen alten Knochen, bemühte sich, sich einen Anschein von Würde und Kraft zu geben, und schaffte es, sich auf dem reichverzierten Stuhl etwas größer zu machen. Bei sich dachte er, daß es vermutlich den jährlichen Zehnten von fünfzig Bauern gekostet hatte, dieses Meisterstück zu erwerben. Während er seine Haltung veränderte, stellte er fest, daß rings um den Tisch sorgsam zwölf dieser teuren Stühle angeordnet waren. *Wenn man bedenkt, wie schön sie aussehen, wären sie vielleicht ihren Preis wert gewesen, wenn man bloß ein wenig bequem auf ihnen sitzen könnte,* dachte der alte Jude.

Er räusperte sich. »Eure Eminenz«, begann er vorsichtig, »ich bin sicher, Eure ›Berater‹ haben Euch davon in Kenntnis gesetzt, daß es in unserer Stadt Cervere Probleme gibt.«

Argwöhnisch beäugte der Bischof Avram. *Woher weiß er von meinen Spionen?* wunderte er sich. »Ach ja, meine Berater«, sagte er entschieden. »Ich erinnere mich, gehört zu haben, daß es da neulich zu einer Art Einbruch gekommen ist... ein Grabraub, nicht wahr?« Er wußte ganz genau, daß ein Jude verhaftet worden war, weil er das Grab eines jüngst verstorbenen christlichen Kaufmanns ausgeraubt hatte; die hinterbliebene Familie war entsprechend empört und forderte sofortige Gerechtigkeit. Der Bischof hatte jedoch noch keine Einzelheiten erfahren, er brauchte mehr Informationen über den Vorfall, den Avram zur Sprache gebracht hatte. Indem er so bald gekommen war, hatte der Jude dem Bischof etwas von seinem üblichen Vorteil genommen, und Johann beschloß, dem Abt von Cervere sein Mißfallen zu bekunden. Er fühlte sich auf das Folgende schlecht vorbereitet, aber er wollte nicht verraten, daß es ein schwaches Glied in seinem berühmten Netzwerk gab, einem Netzwerk, von dem er nicht angenommen hatte, daß der alte Jude es überhaupt kannte. *Was weiß er sonst noch, dieser gerissene alte Fuchs?* fragte sich der Bischof.

»Euer Gnaden«, fuhr Avram fort, »ich bedauere, Euch zu meiner ewigen Schmach gestehen zu müssen, daß der Räuber mein Sohn ist.«

Sofort wich die Wärme aus dem Gesicht des Bischofs. Unhöflich unterließ er es, sich zu entschuldigen, als er sich von seinem Stuhl erhob. Warum hatten seine Spione ihn nicht genauer unterrichtet? *Ich sollte den inkompetenten Narren exkommunizieren, der mich um diesen Vorteil gebracht hat!* dachte er wütend. *Der alte Jude war tatsächlich schlau, mit diesem Geständnis zu kommen, denn er hat mich geschickt überrascht!*

Er entfernte sich vom Tisch und starrte einen Augenblick aus dem Fenster, die Arme gekreuzt, als schütze er sich vor einem großen Übel.

Aber Avram konnte sehen, daß der Bischof wütend war; was er nicht verstand, war der Grund. Er glaubte, seine Karten zu früh aufgedeckt zu haben, und begann zu fürchten, seine Mission zu Alejandros Rettung werde fehlschlagen. Er stützte sich auf die Tischkante, erhob sich mühsam und bewegte sich am Tisch entlang zittrig näher zu seinem zornigen Gastgeber.

»Mein Sohn ist Arzt und hat das große Risiko auf sich genommen, diesen Christen auf dessen eigenen Wunsch hin zu behandeln, obwohl er wußte, daß das verboten ist. Der arme Mann starb qualvoll an einer zehrenden Krankheit, und mein Sohn hat sich edelmütig bemüht, das Leiden seiner letzten Tage zu lindern. Er hat alle bekannten Heilmittel ausprobiert und dem Patienten seine Zeit gewidmet. Alles, womit er entlohnt wurde, war eine Schaufel. Eine Schaufel, Euer Gnaden! Er fühlte sich gezwungen, den Leichnam des Mannes zu untersuchen, um die Ursache der Krankheit in Erfahrung zu bringen. Er glaubt nicht, daß er ein Verbrechen begangen hat.«

Er hielt inne, wartete auf eine mitfühlende Reaktion seines Gegners, bekam aber nur einen eisigen Blick. Avram nahm sich zusammen und fuhr fort: »Gewiß ist er nicht der Grabräuberei schuldig. Hätte man ihn nicht daran gehindert, hätte er den Leichnam in sein Grab zurückgebracht, wohin er tatsächlich unterwegs war, als man ihn faßte. Nichts wurde weggenommen; der Leichnam war intakt.«

»Trotzdem«, sagte Johann streng und sah Avram dabei stetig in die Augen, »selbst Moses lehrt, daß es eine Sünde ist, etwas zu begehren, das einem anderen Manne gehört. Weise Männer aller Religionen waren der Ansicht, daß der Körper eines Menschen eines seiner kostbarsten Besitztümer ist. Was kann es für ein größeres Verbrechen geben, als die Heimstatt zu stehlen, in der die Seele des Menschen während seiner Erdentage wohnt? Warum sollte seine böse Tat entschuldigt werden, nur, weil er selbst sie nicht als böse betrachtet? Gott allein und nicht ein niederer Jude hat das Vorrecht, die Natur des Bösen zu bestimmen.«

»Ich gebe zu, Eminenz, daß Alejandros Tat unvorsichtig und unbesonnen war. Wir Juden glauben ebenfalls, daß der Körper eine geweihte Gabe Gottes ist. Aber er hat immer nach Wissen gedürstet und wird vor nichts haltmachen, um es zu erlangen. Wenn irgend jemand Bestrafung verdient, dann ich, weil ich ihm gestattet habe, zu glauben, er könne ohne die unserem Volk angemessene Demut leben. Ich bin alt und dem Ende meines Lebens nahe. Ich flehe Euch an, betrachtet das Verbrechen als meines. Erlegt mir an seiner Stelle die Strafe auf.«

Der Bischof betrachtete den alten Mann, den nie gesehenen Freund vieler Jahre, der sich jetzt plötzlich in einen unerwünschten Feind verwandelt hatte; er sah eine zerbrechliche, müde und geschlagene Seele, ihres heidnischen Glaubens wegen zum ewigen Feuer verurteilt. Er hielt sich für einen Beschützer und Förderer der Juden in seinem Bistum; dieser Verrat an seiner wohlwollenden Gönnerschaft war ein unverzeihliches Vergehen. Mit feurigen Blicken sah er Avram an und zischte: *»Wie könnt Ihr es wagen, Eurem Sohn zu gestatten, unser Vertrauen zu verraten?* Ich habe den Juden von Aragon immer gestattet, friedlich, in *convivencia*, zu leben. Seine Heiligkeit hat mir die Verantwortung übertragen, in meinem Bistum seine Politik der Toleranz gegen die Juden in die Tat umzusetzen. Wie konntet Ihr Eurem Sohn erlauben, mich so bloßzustellen? Wenn *ich* die Juden in Aragon nicht im Zaum halten kann, könnte Euer Volk sich mit einem weniger mitfühlenden Hüter konfrontiert sehen!«

Avram schwieg. *Also fürchtet er, seine Macht zu verlieren*, dachte er. Das war die offene Wunde, die er für sein weiteres Vorgehen brauchte. Avram wußte, daß er tatsächlich die Mittel hatte, den Bischof sehr gut dastehen zu lassen. *Aber ich darf nicht wanken,* dachte er, *sonst willigt er nicht ein!* Sofort benahm er sich nicht mehr bittend, sondern räsonnierend. Er richtete sich höher auf und sprach mit fester Stimme.

»Euer Gnaden, ich bin mir der Gunst bewußt, die wir Juden unter Eurem Schutz genossen haben, und wir sind dankbar für unser Wohlergehen in Eurem Reich. Auch wir haben uns bemüht, mit allen Christen in Frieden zu leben, in der glühenden Hoffnung, Menschen aller Glaubensrichtungen in den Genuß des Reichtums toleranter Zusammenarbeit kommen zu lassen.«

Der Bischof sah Avram direkt an, da ihm die Veränderung in dessen Gebaren aufgefallen war, und fragte sich, wieso sein Versuch, ihn einzuschüchtern, mißlungen war. »Fahrt fort, Jude«, sagte er. »Noch verstehe ich Euch nicht.«

Avram zog eine dicke Schriftrolle aus einem Ärmel seines Gewandes. »Eminenz, ich habe den Bericht über die Konten des Bistums mit dem Hause Canches mitgebracht. Es wäre mir eine Freude, diese Konten jetzt mit Euch durchzugehen. Vielleicht können wir uns wieder setzen und mit unserer Mahlzeit fortfahren. Wir beide haben vieles zu erwägen, und ich kann mit vollem Magen besser denken.«

Nach ein paar Sekunden vorsichtigen Überlegens wies Johann auf den Stuhl gegenüber seinem; dankbar setzte Avram sich wieder hin, und auch sein Gastgeber nahm Platz. Sie aßen schweigend, während beide sich eilends Mittel und Wege auszudenken suchten, den anderen zu manipulieren. Wieviel war zu gewinnen? Wie wenig mußte man aufgeben? Die beiden Männer, bewaffnet mit der Weisheit eines langen Lebens und reicher Erfahrungen, bereiteten sich auf ein Turnier vor, wie Krieger es selten erleben, nämlich nur mit den Waffen des Geistes. Der Bischof war plötzlich mit der glorreichen Möglichkeit konfrontiert, Summen nach Avignon zu senden, die weit über das hinausgingen, was er dem Papst angekündigt hatte. Er würde als ausgezeichneter Verwalter gelten, als sorgfältiger Treuhänder, für Seine Heiligkeit wertvoll, weil er überaus schlau mit dem Zehnten von Aragon umzugehen verstand. Avram fragte sich, was er von dem Bischof für den Erlaß der hohen Kirchenschulden gegenüber seiner Familie verlangen konnte. Für Alejandros Leben und die Chance, daß er anderswo ein neues Leben beginnen konnte, würde er diesen Trumpf mit Freuden aus der Hand geben. Aber der Handel konnte nicht einfach auf Alejandros Entlassung aus dem Kerker beschränkt werden; Avram würde auf seine sichere Ausreise aus Spanien mit einer vertrauenswürdigen christlichen Eskorte drängen, die ihn auf der langen Reise beschützte.

Der Bischof rief den Akoluthen, damit dieser den Tisch abräumte, und verlangte weitere Kerzen. Nachdem diese in die Kandelaber gesteckt und angezündet worden waren, schickte er den jungen Akoluthen fort, und die beiden alten Männer saßen beieinander, bereit, ihr unangenehmes Geschäft abzuschließen.

Avram begann aus dem Gedächtnis die Rede zu halten, die er für den Fall vorbereitet hatte, daß ihre Notwendigkeit Gottes Wille war. »Ich weiß schon seit langem zu schätzen, daß Euer Gnaden meine Familie beschützt hat. Natürlich bin ich beschämt über die schreckliche Schmach, die mein Sohn Euch angetan hat, indem er die Ruhe Eures christlichen Toten mißachtete. Mir ist bewußt, daß ich Euch Eure Großzügigkeit, uns den jahrelangen Dienst an Euch zu gestatten, unmöglich zurückzahlen kann, aber ich möchte Euch gern eine kleine Demonstration meiner Wertschätzung und Dankbarkeit geben.«

Der alte Jude entrollte nun das Pergament vor den Augen des Bischofs, damit dieser die Konten sehen konnte. Johann studierte die Eintragungen aufmerksam und prüfte sorgfältig die langen Kolonnen, in denen das Jahr jeder Anleihe und der geschuldete Betrag verzeichnet waren. Einige waren schon vor langer Zeit zurückgezahlt worden, doch eine ernüchternd hohe Summe war noch unbezahlt. Man würde mehrere Jahre lang einen guten Zehnten einnehmen und keine neuen Schulden machen müssen, um nur die eigentliche Anleihe zurückzuzahlen, von den geschuldeten Zinsen ganz zu schweigen. Der Bischof verfluchte sich im stillen, weil er zugelassen hatte, daß die Schulden der Kirche bei diesem gerissenen Mann solche Ausmaße annahmen.

Avram rollte das Pergament wieder zusammen und hielt es über die Kerze, gerade außer Reichweite der Flamme. So machte der dem zuschauenden Bischof die Bedeutung dessen klar, was er zuvor gesagt hatte. »Vielleicht ist es an der Zeit, daß ich mir diese Schulden noch einmal anschaue«, sagte er. »Ich bin sicher, daß wir zu einer annehmbaren Übereinkunft gelangen könnten.«

Der Bischof begriff. »Mein Freund, Ihr seid zu liebenswürdig; ich kann Euer großzügiges Angebot unmöglich ohne Gegengabe annehmen. Vielleicht kann ich Eurer Familie von Nutzen sein, wenn sie dessen bedarf.«

Avram Canches machte seinen Vorschlag. Seine Stimme war nun stärker und beharrlicher. »Mein Sohn muß aus der Gefangenschaft entlassen werden und sicheres Geleit nach Avignon erhalten. Er braucht eine Eskorte, und da ich auf Euer Volk keinen Einfluß habe, hängt es von Euch ab, für eine passende Begleitung zu sorgen. Es muß jemand sein, den Ihr als vollkommen vertrauenswürdig kennt. Ich werde ihn natürlich für seine Dienste ansehnlich entlohnen.«

Der Bischof konnte sein Glück kaum glauben und mußte sich anstrengen, seine Erregung zu verbergen. Das Verlangen des Juden war unbedeutend und leicht zu erfüllen. »Und wenn dafür gesorgt ist, werden keine weiteren Forderungen erhoben?«

Avram richtete sich zu voller Höhe auf und nahm alle Würde und Kraft zusammen, die er in seiner müden Seele fand. Er schaute dem Bischof gerade in die Augen und erklärte kühn: »Euer Gnaden, dieser Dienst besitzt für mich mehr Wert als alles andere, was in Eurer Macht steht. Mein Sohn ist auf seinem Weg einfach über einen Stein gestrauchelt. Der Erlaß Eurer riesigen Schulden ist ein geringer Preis für sein Leben.«

Mit einem fast höhnischen Lächeln sprach Bischof Johann von Aragon zu Avram Canches: »Dann sind wir uns über den Handel einig, Jude; verbrennt die Rolle.«

Beide schwiegen, als Avram das Pergament an die Flamme hielt und der Raum sich mit dem übelkeiterregenden Geruch brennenden Fleisches füllte, sehr passend zu dem unwürdigen Geschäft, das in ihm abgeschlossen worden war. Als die Rolle völlig verzehrt war, wandte Bischof Johann sich an Avram und sagte: »Ich werde mich in Eurer Sache an einen Soldaten namens Hernandez wenden. Er hat mir bei vielen Gelegenheiten gute Dienste erwiesen; er ist ein toleranter und geduldiger Mann, und er wird froh sein, wenn Ihr ihn anstellt. Aber ich warne Euch, wenn er erfährt, daß er einen abtrünnigen Juden begleiten soll, dann wird sein Preis selbst für Euren Reichtum hoch sein.«

Avram wußte, daß er seine Seele für Alejandros Freiheit geben würde, er bezweifelte, daß selbst der habgierigste Soldat soviel verlangen konnte, wie er für das sichere Geleit seines Sohnes zu zahlen vermochte. »Dann, Euer Gnaden, bitte ich Euch, eingedenk unserer langen Bekanntschaft einen guten Preis für mich auszuhandeln.«

»Ich werde mein Bestes tun,« sagte der Bischof. »Morgen in aller Frühe wird ein Bote zu Euch kommen. Er wird Euch die Einzelheiten der Vereinbarung mitteilen.«

Als Geste des Dankes verneigte Avram sich leicht. Er entbot dem Bischof seinen Gruß und fand es traurig, daß sie einander nie wieder begegnen würden, denn die Abgefeimtheit ihrer Übereinkunft verbot jede weitere Verbindung. Vor diesem Tag hatte ihm ihre Korrespondenz sehr am Herzen gelegen, denn sie war ein kundiges Spiel zwischen gleichwertigen Gegnern gewesen, und er würde sie sehr entbehren.

Der Bischof ging mit Avram zur Tür des großen Raumes, als

wolle er ihn verabschieden. Zu Avrams Überraschung und Widerwillen aber beleidigte er den ehrwürdigen Juden aufs höchste: Er streckte seine beringte Hand aus und wartete, daß Avram sich zum unterwürfigen Kuß darüber beugte.

Trotzig sah Avram den Bischof an. Er starrte auf die dargebotene Hand und wünschte sich, seinen Ekel zeigen zu können, indem er darauf spuckte. Doch obwohl es sich wie ein Geschenk Gottes anfühlen würde, seine Verachtung zeigen zu können, wußte er, daß er Alejandro damit keinen Dienst erweisen würde; er schluckte seinen Abscheu hinunter, verneigte sich und vollzog die verlangte Geste der Unterwerfung. Dann richtete er sich wieder auf, starrte den Bischof einen Moment an und ging.

Der Bischof rief mit dem Klingelzug den Akoluthen. Der junge Mann betrat geräuschlos wie immer den Raum und näherte sich seinem Vorgesetzten ehrfürchtig.

»Bruder, schickt den Koch aus, damit er sich nach diesem Schurken Hernandez umsieht. Zweifelsfrei weiß er, welche Taverne der Schuft besucht.«

»Was soll der Koch ihm sagen, Eminenz?« fragte der junge Priester.

Bischof Johann kratzte sich einen Moment am Kinn und versuchte, sich eine plausible Geschichte auszudenken. »Hmm«, sagte er, »bei Hernandez muß man geschickt vorgehen und natürlich den richtigen Anreiz bieten.« Er überlegte noch einen Moment und sagte dann: »Man soll ihm sagen, daß seine Dienste für eine wichtige Reise im Auftrag der Kirche benötigt werden. Sagt dem Koch, er soll andeuten, daß der Lohn ungewöhnlich hoch sein wird. Und daß ich ihn binnen einer Stunde erwarte.« Mit einer Handbewegung entließ er den jungen Priester, und dieser zog sich unter Verbeugungen rückwärts zurück. »Schickt sofort meinen Schreiber herein«, sagte der Bischof.

Während der Bischof auf den Schreiber wartete, trat er auf seinen Balkon, schaute ein paar Augenblicke in den Nachthimmel hinauf und staunte wie immer über die Erhabenheit und das Geheimnis des Himmels. *Welche Macht,* fragte er sich, *hat soviel Kraft, daß sie die Sonne auf ihren täglichen Weg um die Erde schickt?* Er hatte gehört, daß es weit im Norden Länder gab, in denen zu einer Zeit im Jahr die Sonne nie vom Himmel verschwand und sich zu einer anderen kaum blicken ließ. Er wunderte sich, wie dieser Feuerball so launisch am Himmel herumhüpfen konnte. *Sicher prallt er von Gottes eigenen Fingerspitzen ab,* dachte er.

Nur zu bald unterbrach ihn die Ankunft des Schreibers. Nachdem dieser den Ring des Bischofs geküßt hatte, breitete er seine Schreibutensilien auf dem langen Tisch aus und setzte sich. Der Bischof diktierte.

»Dem Träger dieser Schriftrolle und seinem Reisegefährten wird hiermit sicheres Geleit garantiert von Seiner Eminenz, Johann, Bischof von Aragon.«

Der Schreiber reichte ihm das Pergament, und er versah es mit seinem persönlichen Siegel. »Und nun zum nächsten Brief«, sagte er und begann zu diktieren.

An den erwürdigen Pater Joseph vom Orden St. Franziskus,

Bruder, ich grüße Euch im Namen Christi, unseres Erlösers. Durch die Gnade Gottes und zu Seiner höheren Ehre habe ich eine Übereinkunft mit dem Juden Avram Canches getroffen, die die Heilige Kirche von ihren finanziellen Verpflichtungen gegenüber dem Hause Canches entbindet. In Anerkennung seines freundlichen Entgegenkommens habe ich eingewilligt, seinen Sohn Alejandro freizulassen, der sich in Eurem Gewahrsam befindet, weil er die abscheuliche Sünde der Grabräuberei begangen hat; er ist Señor Eduardo Hernandez zu übergeben, der sich mit meinem Siegel bei Euch einfinden wird. Señor Hernandez wird den lasterhaften jungen Juden aus unserem Herrschaftsgebiet hinausführen, und er soll nie wieder den Frieden unserer Region stören.

Setzt die restliche Familie des Avram Canches davon in Kenntnis, daß sie ebenfalls aus Aragon verbannt ist und von nun an alle geschäftlichen Interessen innerhalb unseres Bistums verwirkt hat. Zwei Tage nachdem Ihr diesen Brief empfangen habt, hat die Familie bei Sonnenuntergang ihr Heim zu verlassen, und alle Güter oder Besitztümer, über die bis dahin nicht verfügt worden ist, fallen der Kirche anheim, um deren Schatulle für das große Werk Gottes, unseres Allmächtigen Vaters, zu füllen.

Bevor Ihr den jungen Juden freilaßt, werdet Ihr ihn brandmarken, damit jeder, der ihn sieht, weiß, daß er ein Jude ist. Er soll nie wieder Missetaten gegen die christliche Gesellschaft verüben.

Möge Gott Euch bei diesen wichtigen Aufgaben beistehen. Ihr tut das Werk Christi und Seiner jungfräulichen Mutter Maria, und Gott wird Euch gut entlohnen.

Johann, Bischof von Aragon.

Wieder drückte er dem Brief sein Siegel auf. Dann diktierte er dem Schreiber noch einen Empfehlungsbrief und entließ ihn mit einem Segen. Kaum drei Minuten später war ein leises Klopfen zu hören, und der Akoluth meldete Señor Eduardo Hernandez.

Wieder verblaßte das Licht, und Alejandro verbrachte eine Nacht in immer wieder unterbrochenem Schlaf. Als der erste Morgenschein durch die Ritzen im Türrahmen fiel, bereitete Alejandro sich auf das Eintreffen seiner elenden Mahlzeit vor. Obwohl sein Körper vor Hunger und Durst schmerzte, war es nicht die Aussicht auf Nahrung, die ihn antrieb. Er kauerte sich dicht neben die Tür, schaute unablässig auf den Lichtstreifen, lauschte auf das leiseste Geräusch und wartete geduldig auf die Wiederkehr seines Wärters. Alle paar Minuten streckte er erst ein Bein, dann das andere, und schüttelte die Arme, um wach und bereit zu bleiben. Er wußte, daß er seine Augen vor dem Licht beschirmen mußte, das ihn vorübergehend blenden würde, wenn die Tür endlich geöffnet wurde.

Ganz leise hörte er Schritte und schärfte sofort seine Sinne. Als die Schritte lauter wurden, pochte sein Herz so erwartungsvoll, daß es das lang erwartete Geräusch beinahe übertönte. Die Schritte hielten inne, und er hörte, wie die Schale vor der Tür abgestellt wurde. Tuch raschelte, und der Riegel bewegte sich.

Als die Tür geöffnet wurde, hielt Alejandro eine Hand über die Augen, wandte den Kopf ab und griff blind nach dem Arm, der sich durch die Tür streckte. Er fühlte das Fleisch seines Kerkermeisters, dessen Wärme ihm Antrieb und Energie gab. Dann folgte der unvermeidliche Kampf, und er öffnete die Augen, als der Arm gerade wieder zurückgezogen wurde. In der blendenden Helle, unmittelbar vor dem Zufallen der Tür, sah er, daß die Hand keine Wasserschale und kein Brot hinterlassen hatte, sondern eine Schriftrolle.

Für den Augenblick achtete er nicht darauf, sondern rief: »Ein Wort, ich bitte Euch, nur ein kurzes Wort! Bitte, ich bitte Euch, sagt mir, was mit mir passiert!«

Stille. Er hörte jedoch keine Schritte, also wußte er, daß sein Kerkermeister noch da war. Beinahe hätte er die leise gezischten Worte überhört. »Seid still, oder ich kann Euch überhaupt nicht helfen.«

Alejandro rang sofort um Fassung. Er wischte sich Gesicht und Nase an seinem schmutzigen Ärmel ab und antwortete: »Gott segne Euch, Herr; ich muß unbedingt wissen, in welcher Lage ich bin!«

Der Ton der Stimme wurde kühler. »Ich ziehe den Segen meines eigenen Gottes vor, Jude, und das solltet Ihr auch tun. Hört genau zu, denn wir haben wenig Zeit.«

»Verzeiht mir bitte«, flehte Alejandro, »ich tue alles, was Ihr sagt, nur verratet mir...«

»Still!« zischte die Stimme. »Wie Ihr zweifellos bemerkt habt, habe ich einen Brief gebracht. Von Eurem Vater.«

Alejandro tastete verzweifelt umher und fand endlich die Schriftrolle. Hastig riß er das Band auf und hoffte, die vertraute, elegante Handschrift seines Vaters zu sehen. Er konnte kaum erkennen, daß das Blatt beschrieben war, und sagte zu seinem Wärter: »Es ist dunkel; ich kann das nicht lesen.«

Der Priester auf der anderen Seite der Tür hielt einen Moment inne. Der Vater hatte ihm nicht genug bezahlt, um auch noch für Licht zu sorgen.

»Vielleicht wird Euer Gott Euch Licht schicken«, sagte der

Wärter, lachte grausam und schlich davon. Er würde später zurückkehren, wenn der Gefangene ruhiger war, um ihm seine tägliche Nahrungsration zu bringen.

Rasch hielt Alejandro das Pergament so nahe an die Tür, wie er nur konnte. Ein dünner Lichtstrahl fiel durch die Ritze, und als er das Pergament darin bewegte, konnte er eine vertraute Schrift erkennen. Sein Vater hatte in einer Sprache geschrieben, die nur ein Jude lesen konnte; er hatte gewußt, daß der Priester sie nicht entziffern konnte und daß kein anderer Jude ihn verraten würde, indem er sie korrekt übersetzte.

Mein Sohn,

verzweifle nicht, denn bald wirst Du befreit werden. Ich habe dafür gesorgt, daß Du freies Geleit nach Avignon erhältst, wo das päpstliche Edikt die Juden vor Verfolgung schützt. Das ist Deine beste Überlebenschance. Die Priester werden Dich einem Söldner übergeben, der ein Päckchen von mir bei sich tragen wird. Der Inhalt wird für Deine Bedürfnisse auf der Reise sorgen. Achte auf Deine Gesundheit und bete täglich um die Kraft, die Du in den kommenden Tagen brauchen wirst. Möge Gott Dich beschützen, bis wir uns wiedersehen.

Dein Dich liebender Vater

Nachdem er den Brief gelesen hatte, saß Alejandro lange zitternd da, den Rücken an die Mauer gelehnt. Er versuchte, sich zu beruhigen, denn er wußte, wenn er sich aufregte, würde sein Durst nur schlimmer; wie immer hatte sein Vater recht. Er mußte seine Kräfte schonen.

So saß er noch immer, als eine kurze Weile später die Tür wieder geöffnet und Brot und Wasser hingestellt wurden. Dann blieb er wie zuvor allein in der Dunkelheit, genoß jede Krume des Brotes und leckte mit seiner verdorrten Zunge auch den letzten Wassertropfen aus der Schale. Er versuchte weder zu entkommen noch mit seinem Wärter zu sprechen, sondern lehnte sich zurück und wartete auf seine Befreiung. Er schlummerte ein.

Er erwachte von einem Licht, das seine entwöhnten Augen fast blind machte. Er wußte, es war nur das Licht, das durch die Tür fiel, doch ihm kam es vor, als fielen gleißende Sonnenstrahlen in seinen Kerker. Er hörte eine Stimme, die ihn rief, und kroch rasch zur Tür. Er beschirmte seine Augen, bis sie sich der Helligkeit besser anpaßten.

Die Stimme forderte ihn auf, durch die kleine Tür zu kriechen, und er gehorchte dankbar. Er glaubte an seine Rettung und war begierig, frische Luft zu atmen, die nicht nach seinen eigenen Exkrementen stank.

»Steht auf, Jude«, wurde ihm befohlen. Er tat es zittrig und konnte noch immer nicht richtig sehen. Unvermittelt wurde er gegen die Wand des Durchgangs geschleudert und von zwei Mönchen an den Schultern festgehalten. Ein anderer stieß sein Gesicht zur Seite und legte seine Wange frei. Alejandro brauchte nur den Bruchteil einer Sekunde, um zu erkennen, daß der Gegenstand, der sich seinem Gesicht näherte, ihm Schaden zufügen sollte; doch das reichte, um seinen Körper hochzustemmen und sich dem Griff der Mönche zu entwinden. Statt seines eigentlichen Ziels traf das rotglühende Brandeisen die Mitte seiner Brust und brannte ein Loch in den Stoff seines Hemdes. Er stieß einen wilden Schmerzensschrei aus.

»Das Gesicht!« sagte einer der Wärter zornig. »Wir müssen es noch einmal machen!«

Als er das hörte, begann Alejandro sich so heftig zu wehren, daß sie ihn kaum halten konnten. Er kratzte wie ein Tier, riß einem der Männer den Arm auf, und dieser ließ ihn prompt los. Er kroch wieder in seine Zelle, zog sich, wie ein Neugeborenes es gern tun würde, in die Sicherheit des Schoßes zurück, in die ihm seine Wärter nicht folgen würden.

Der verletzte Mönch prüfte rasch seine Wunde. Sie blutete zwar heftig, doch er wußte, daß sie nicht gefährlich war. Er rappelte sich auf und griff nach dem Brandeisen, wollte es noch einmal versuchen, doch zu seiner Enttäuschung sah er, daß es nicht mehr glühte. Unwillig ließ er das üble Gerät fallen und schlug die Kerkertür zu. »Die Brust muß genügen«, sagte er.

Alejandro erschlaffte, als er hörte, wie die Schritte auf dem Gang sich entfernten. Er lag da, und es kam ihm wie eine Ewigkeit vor; er wußte, daß man ihn gebrandmarkt hatte. Er spürte den sengenden Schmerz der Verbrennung und die rasende Wut über seine Demütigung. Er fieberte, und sein ganzer Körper überzog sich in dem dumpfen Kerker mit einem dünnen Schweißfilm. Einmal war ihm kalt, dann wieder glühend heiß. Er glaubte, sich durch eine grausame Laune Gottes in der Hölle der Christen zu befinden. Als könnten sie das Zeichen auslöschen, das ihm sein Gott bereits auferlegt hatte, hatten diese bösen Menschen es für notwendig gehalten, ihn noch einmal zu zeichnen. Diesmal hatte er es vereitelt, und sein Gesicht war unverletzt geblieben. Doch er war sicher, daß sie zurückkommen würden. Dann würden sie allerdings keinen schwachen, willfährigen Juden antreffen. Er würde es mit ihnen aufnehmen, sie überwältigen und entkommen.

Wieder wurde ihm sein Essen gebracht, und er verzehrte es wie ein verwundetes Tier. Er sehnte sich glühend danach, sich für diesen Akt ungezügelten Hasses zu rächen. Zwei Tage lang tat er nichts als essen und ruhen. Er sammelte seine Kraft für den Augenblick, in dem sie wiederkommen würden. Die gelbliche Ausscheidung, die die runde Wunde bedeckte, begann sich zu einer Kruste zu verhärten; Alejandro wußte, daß die Heilung begonnen hatte, und dankte Gott, noch am Leben zu sein. Er schwor dem Himmel, dieses Leben nicht zu vergeuden.

Am dritten Tag und zu einer Zeit, zu der er sonst kein Brot und Wasser bekam, öffnete sich plötzlich die Tür, und sie blieb diesmal offen. Der zornige junge Gefangene wartete geduldig, bis seine Augen sich an das Licht gewöhnt hatten. Er blieb in seiner Zelle sitzen und sammelte all seine Entschlossenheit. Vorsichtig blickte er auf und sah im Durchgang außerhalb seiner Zelle die Silhouette eines Mannes. Er beschloß, noch zu warten, bevor er sich bewegte, und hoffte, sein neuer Gegner werde irgendeine verräterische Bewegung machen, eine Schwäche zeigen oder sich auf andere Weise verraten. Wenn das geschah, würde er es ausnützen; er würde sich durch die offene Tür stürzen und mit dem vollen Zorn eines jungen Mannes, der um sein Leben kämpfte, über den Wärter herfallen.

In der offenen Tür erschien der Kopf des Wärters. »Jude? Zeigt Euch«, sagte eine Stimme.

Er kicherte in seinem Kerker und dachte bei sich, daß er dem Mann auf der anderen Seite der Tür wie von Sinnen erscheinen mußte. »Kommt doch herein und sucht mich, stinkender Feigling.«

Von draußen hörte er ein tiefes Lachen. »Für einen gefangenen Heiden wirkt Ihr erstaunlich kühn«, sagte eine Stimme.

»Dann kommt doch, und ich will Euch gern zeigen, wie tapfer ein Jude sein kann.«

»Ihr überschätzt meine Fähigkeiten, junger Mann«, sagte die Stimme. »Ich kann Euch im Dunkeln nicht sehen. Wie soll ich da entscheiden, ob Ihr tapfer seid? Man braucht helles Tageslicht, um die Tapferkeit eines Juden zu sehen. Kommt jetzt, habt Mitleid mit mir, ich bin ein Mensch von begrenzten Möglichkeiten. Zeigt Euch.«

Irgend etwas in Alejandro löste sich auf, ein Rest von Vernunft, den er trotz aller Hindernisse hatte bewahren können. Er löste sich auf, und er brüllte vor Wut.

»Dann seht Euch das an, Ihr Christenschwein!«

Er warf sich durch die Öffnung, rollte auf die Seite, sprang rasch auf die Füße und kauerte sich dann in einer tierischen Angriffshaltung zusammen, bereit, sich auf den Wärter zu stürzen.

Der einzelne Mann, der ihn erwartete, lachte über den traurigen Anblick des zerlumpten und schmutzigen Juden, der ihn anfauchte wie ein erschrockenes Tier. Mühelos trat er beiseite, als die erbärmliche Gestalt ihn ansprang, obwohl sie so offensichtlich im Nachteil war. »Ihr werdet es noch mal versuchen müssen«, sagte er, »aber ich warne Euch. Ich bin ein robuster Mann, und Ihr seid mir nicht gewachsen.«

Doch Alejandro beachtete ihn gar nicht, sondern stürzte blind von neuem auf ihn los. Hernandez packte einen seiner Arme, schleuderte ihn herum, griff nach dem anderen Arm und preßte beide auf dem Rücken des jungen Mannes zusammen. Alejandro wand sich vor Schmerzen, als die verbrannte Haut auf seiner Brust sich bei dieser Bewegung spannte. Sofort hielt er still, sogleich geschlagen. Tränen strömten über sein Gesicht, und er schämte sich, weil es ihm nicht gelungen war, seinem Wärter Schaden zuzufügen.

»Eduardo Hernandez, zu Euren Diensten, junger Pfau! Gestattet mir die Bemerkung, daß Ihr wenig tut, um die Annahme zu widerlegen, daß Juden nichts als Tiere sind. Schaut Euch an! Ihr kratzt und krallt Euch fest wie ein Weib!« Fröhlich riß er Alejandro herum und sah ihm ins Gesicht.

»Durch die Gnade Gottes, Eures oder meines, wer weiß das schon, bin ich hier, um Euch aus diesem Loch in Sicherheit zu bringen. Ich rate Euch, erweist mir die Achtung, die man einem Mann von meinem Wert und meiner Ritterlichkeit schuldet!«

Alejandro sank auf die Knie, völlig ausgelaugt; Hernandez mußte ihn in die Arme nehmen, damit er nicht zu Boden stürzte, und dabei merkte er, wie schmutzig er wirklich war. Er wandte den Kopf ab und äußerte sogleich eine Meinung zu Alejandros Verfassung. »Ihr stinkt schlimmer als ein französischer Edelmann; dem Zustand müssen wir abhelfen, wenn ich Euch den ganzen Weg bis Avignon begleiten soll.« Er lachte und fügte hinzu: »Vielleicht werde ich Euch taufen. Das könnte nicht schaden. Kommt mit mir, mein junger Herr, und laßt uns für Euer neues Leben sorgen. Zumindest könnt Ihr es in sauberem Zustand beginnen. Dann werden wir sehen, was Euch sonst noch not tut.«

Und sie gingen hinaus in das blendende Tageslicht. Alejandro stolperte blind dahin, mit erstaunlicher Sanftheit gestützt von dem riesigen Spanier, der zu seiner Rettung gekommen war. Hernandez warf seinen Gefangenen förmlich über den Sattel eines wartenden Pferdes, bestieg dann selbst ein zweites und übernahm auch die Zügel von Alejandros Reittier. Langsamen Schrittes machten sie sich auf den Weg. Hernandez gab acht, daß das Pferd seine Last nicht verlor.

Nicht weit entfernt gab es einen Bach in einer bewaldeten Gegend, von Bäumen beschattet und nicht einzusehen. Hernandez hob Alejandro vom Pferd und setzte ihn sanft ab. Dann begann er sofort, ihm die Lumpen vom Körper zu streifen. Als er dem jungen Mann das Hemd über den Kopf ziehen wollte, schrie Alejandro auf und drückte die Arme fest gegen seine Brust.

»Nun kommt schon, Jude; Schamhaftigkeit ist eine gute Sache bei einem Mädchen, aber bei einem Mann ist sie vergeudet!« Er versuchte erneut, ihm das Hemd auszuziehen, und nun sprach Alejandro endlich und sagte, das werde er selbst tun. Vorsichtig schlüpfte er aus den Ärmeln, löste das Hemd vorsichtig von seiner verwundeten Brust und gab Hernandez ein Zeichen, ihm das einst feste, aber nun zerfetzte Gewebe über den Kopf zu ziehen.

Als Hernandez den brennend roten Kreis dicht unter Alejandros Halsansatz sah, sog er überrascht die Luft ein. »*Madre de Dios*, junger Mann, welches Verbrechen habt Ihr begangen?«

»Überhaupt kein Verbrechen«, lautete die schnelle und ärgerliche Antwort. »Ich werde dafür bestraft, daß ich nach größerem Wissen gestrebt habe, um das Los aller Menschen zu verbessern, die unnötig unter Krankheiten leiden.«

Hernandez erkannte das Feuer des Eiferers in seiner Stimme. *Aha,* dachte er, *der war es also!* Er hatte von dem lokalen Aufruhr gehört, weil ein Händler aus seinem Grab geholt worden war, angeblich von einem Juden aus Cervere. Und obwohl Hernandez es für das beste hielt, die Angelegenheiten Gottes Gott zu überlassen, schauderte ihn doch unwillkürlich beim Gedanken an einen verwesenden Leichnam unter dem Messer des Arztes. Neugierig betrachtete er den drahtigen und exotisch aussehenden Mann, der den Mut gehabt hatte, etwas zu tun, was er selbst nie fertiggebracht hätte. *Vielleicht ist mehr an ihm dran, als man auf den ersten Blick sieht,* dachte er amüsiert.

Vorsichtig führte er Alejandro ans Ufer und bat ihn, in den kühlen Bach zu steigen. *Er hat Glück gehabt, dieses Brandmal zu überleben!* dachte Hernandez. Er hatte eine solche Verbrennung schon einmal gesehen; sie hatte grünen und gelben Eiter ausgeschieden und rasch die Kräfte des Opfers verzehrt, das delirierend und nach Wasser schreiend gestorben war. Hernandez sah zu, wie Alejandro in das Wasser stieg, und spähte neugierig nach seinem männlichen Glied, um die Auswirkung des Rituals zu sehen, das kurz nach der Geburt an allen jüdischen Knaben vollzogen wurde. Bei diesem Gedanken erschauerte er von neuem, hob die Augen und bemerkte, wie vorsichtig der junge Mann die runde Wunde auf seiner Brust säuberte. Das bereitete ihm offensichtlich Schmerzen, denn er sog den Atem ein und verzog das Gesicht, als das Wasser die Wunde berührte.

Während er tropfnaß im Bach stand, wandte Alejandro sich an Hernandez und fragte, ob es bei ihren Mundvorräten auch Wein gebe. Hernandez nickte und ging hinüber zu den angebundenen Pferden. Er nahm eine Flasche aus einer der Satteltaschen. Überrascht beobachtete er dann, wie Alejandro sich nach hinten lehnte und sich den ganzen Inhalt der Flasche über die Brust goß; er zog eine Grimasse, während die Flüssigkeit über die kreisförmige Wunde rann.

»Also wirklich, junger Mann! Ich werde gut bezahlt für meine Aufgabe, aber nicht gut genug, um zu billigen, daß Ihr den guten Wein so achtlos vergeudet!«

Der Jude hatte seine Fassung zurückgewonnen und antwortete entschieden: »Ich bin Arzt, und ich habe bemerkt, daß Wunden, die mit Wasser und mit Wein ausgespült werden, besser und schneller heilen als unbehandelte. Wenn Ihr erwartet, daß ich an dieser Verletzung sterbe und Euch die Reise dadurch leichter mache, dann muß ich Euch enttäuschen. Den Gefallen werde ich Euch nicht tun. Der Wein ist mir so von viel größerem Nutzen, als wenn ich ihn trinken würde.«

Alejandro stieg aus dem Wasser. Er fühlte sich jetzt kräftiger und erfrischt, nachdem er den Schmutz vieler Tage von seinem Körper abgewaschen hatte. Seine schmutzigen Lumpen waren das Verbrennen nicht wert; deshalb ließ er sie einfach am Ufer liegen, wohin sie gefallen waren.

»Ich nehme an, diese Packtasche enthält frische Kleider.«

»In der Tat. Allerdings habe ich sie selbst gekauft und weiß nicht, ob ihr Stil Euch zusagt.«

Heraus kamen Beinkleider, ein Hemd, Strümpfe, Stiefel, Weste und Hut. Alejandro hatte fast immer die traditionellen Gewänder seines Volkes und sehr selten Kleider im europäischen Stil getragen. Bei der letzten Gelegenheit in Cervere hatte das ein verheerendes Ende genommen und zu der elenden Lage geführt, in der er sich jetzt befand. Er hoffte, ähnliche Kleider würden auf andere Leute nicht eine ähnlich verheerende Wirkung haben.

»Na, Jude, jetzt seht Ihr ja fast normal aus. Man könnte sogar sagen, daß Ihr ansehnlich seid, wenn Euer seltsames Haar nicht wäre.«

Alejandro ging zum Ufer und schaute in die stille Oberfläche des ruhigen Baches. Zu seiner Überraschung sah er, daß Hernandez nicht übertrieben hatte. Abgesehen von seinen Schläfenlocken, sah er ganz wie ein moderner junger Europäer aus. Er war schockiert, wie unfromm dieser Einfall war, und trat rasch beiseite. Völlig undenkbar für ihn, auch nur den *Versuch* zu unternehmen, wie ein Christ auszusehen.

»Ich würde Euch raten, Euer Haar zu schneiden, denn es wird unterwegs nur Aufmerksamkeit erregen. Man wird annehmen, daß ein Jude in christlichen Kleidern auf der Flucht ist oder sich versteckt. Das macht unsere Reise nicht leichter.«

Alejandro war entsetzt über den Vorschlag. »Das kann ich nicht, denn es würde anderen Juden bedeuten, daß ich unseren Vertrag mit Gott entehre.«

»Lebend dient Ihr Eurem Gott besser als tot, junger Mann. Ich werde dafür bezahlt, daß ich Euch heil in Avignon abliefere, und ich denke, ohne diese verräterischen Locken seid Ihr sicherer. Überlegt es Euch noch einmal.«

Alejandro wollte sein Aussehen nicht weiter erörtern, und so verlangte er zu essen. Hernandez holte einen Laib frisches Brot und ein Stück Käse aus der Packtasche. Alejandro machte sich gierig darüber her, und Hernandez bemerkte: »Ihr eßt, als wäre das Eure letzte Mahlzeit, Jude. Habt Ihr vorher keinen Hunger gekannt?«

Alejandro sah seinen Begleiter mit unverhülltem Mißtrauen an und sagte: »Meine Familie ist wohlhabend.«

Hernandez grunzte. »Ja, das weiß ich.« Er reichte Alejandro

ein kleines, in weiches Leder gehülltes Bündel. »Euer Vater bat mich, Euch das zu geben«, sagte er. »Ihr sollt es öffnen, bevor wir unsere Reise antreten.«

Alejandro ging ein wenig beiseite, um unbeobachtet zu sein, und löste die Schnur, die das Päckchen zusammenhielt. Vorsichtig schälte er eine Lederhülle nach der anderen ab. Sie enthielten mehrere Gegenstände, und er untersuchte sie nacheinander. Der erste war eine Börse mit Goldmünzen, mehr, als er je zuvor auf einmal gesehen hatte. Er betastete die Münzen und ließ sie dann wieder in die Börse gleiten, froh über das Gefühl der Sicherheit, das ihr Gewicht ihm gab; er achtete jedoch darauf, Hernandez ihr Klimpern nicht hören zu lassen. Auf seiner Reise nach Avignon würde es ihm an nichts fehlen. Außerdem hatte sein Vater ihm einen Gebetsschal, ein gefährlich scharfes Messer und den Brief des Bischofs geschickt, der ihm sicheres Geleit nach Avignon gewährte. Es gab noch ein paar weitere Gegenstände, die seiner Bekleidung und Körperpflege dienten, darunter ein Kamm und eine kleine Phiole mit Nelkenöl gegen Zahnschmerzen und entzündete Wunden. Doch das wichtigste war, daß sein Vater ihm sein Buch geschickt hatte. Er wußte, daß dies der kostbarste Besitz seines Sohnes war. Ehrfürchtig hielt Alejandro es ein paar Augenblicke in den Händen, ehe er es niederlegte.

Der letzte Gegenstand, den das Bündel enthielt, war ein weiterer Brief, zur Sicherheit mit Wachs versiegelt. Alejandro erbrach das Siegel und entrollte das Pergament vorsichtig.

Mein lieber Sohn,

für uns haben die Dinge eine sehr schlechte Wendung genommen. Ich habe für Deine Freilassung gesorgt in der Hoffnung, daß Du Dich später hier bei uns meldest und uns wissen läßt, wohin Du gegangen bist, doch dieser Verräter von einem Bischof hat uns betrogen.

Als ich ihn verließ, war vereinbart, daß Du mit einem Begleiter (mit dem Du nun, da Du diesen Brief liest, unterwegs bist) freies Geleit nach Avignon erhalten würdest. Ich habe das Pergament, auf dem die Schulden des Bischofs verzeichnet waren, vor seinen Augen verbrannt und damit meinen Teil des Handels eingehalten.

Doch inzwischen hat dieser Schurke angeordnet, daß unsere Familie Cervere innerhalb von zwei Tagen verlassen muß und niemals zurückkehren darf. Wir haben hastig unsere Besitztümer verkauft, und Onkel Joachim hat von uns die restlichen Schuldnerkonten erworben.

Mein eigener Spion hat den Boten des Bischofs bestochen und uns vom Inhalt seines Schreibens unterrichtet. Gib acht auf Dein Gesicht, damit das Brandeisen keine Narben hinterläßt. Deine Mutter ist völlig außer sich über Deine Entstellung. Ich habe ihr versichert, daß Du wissen wirst, wie Du Dich heilen kannst, und daß Entstellung eine geringfügige Angelegenheit scheint, verglichen mit dem Tod. Ich hoffe, Du hast keine Schmerzen und leidest nicht an einer eiternden Wunde; wasche sie gründlich, wie Du mir so oft angeraten hast.

Wir werden ebenfalls nach Avignon reisen; wenn wir unversehrt ankommen, werden wir bei der Familie des örtlichen Rabbiners Nachricht über unsere Lage hinterlassen; er wird auch einen Brief von Dir an uns entgegennehmen.

Geliebter Sohn, Du mußt verstehen, daß Du ein Gejagter bist. Die Familie von Carlos Alderon hat geschworen, sich an Dir zu rächen, weil Du ihren Patriarchen so unsanft aus seiner Totenruhe gerissen hast, und es gibt Gerüchte, ein abtrünniger Jude sei unterwegs nach Avignon. Du mußt Dich also verbergen. Gott wird Dich nicht dafür strafen, daß Du am Leben bleibst. Tu, was Du mußt, um Avignon sicher zu erreichen, denn so Gott will, werden wir dort wieder vereint.

Dein Dich liebender Vater

Alejandro spürte eine Berührung an der Schulter. Sie war erstaunlich freundlich und sanft. »Wir sollten bald aufbrechen«, hörte er Hernandez sagen.

Alejandro rollte das Pergament sorgfältig zusammen; er wußte, es würde ihm noch ans Herz wachsen. Nachdem er das scharfe Messer in seinen Stiefelschaft und die Briefe in seine

Weste geschoben hatte, verschnürte er das Bündel wieder und verstaute es in seiner Satteltasche. Er bestieg das Pferd und überraschte Hernandez mit seiner Gewandtheit.

»Señor Hernandez«, sagte er, »bitte, laßt mich noch eine Aufgabe erfüllen. Mein Vater hat mich in seinem Brief angewiesen, dem Bischof eine Botschaft zu überbringen, ehe wir aufbrechen.«

Hernandez grunzte mißmutig, stritt sich aber nicht mit seinem jungen Herrn. Er wendete sein Pferd in Richtung auf den palastartigen Bischofssitz, und in raschem Trab machten sie sich auf den Weg.

Alejandro wunderte sich selbst, wie schnell er sich daran gewöhnte, auf einem Pferd zu reiten; das war neu für ihn, denn meistens hatte er sich auf einem von einem Maulesel gezogenen Wagen fortbewegt. Sie ritten flott über die holperigen, staubigen Straßen, und ehe er sich versah, hatten sie das Kloster erreicht, in dem sein Vater den schicksalhaften Handel mit dem Bischof abgeschlossen hatte.

Er sprang vom Pferd, wieder überrascht, wie sicher er auf den Füßen landete, und reichte Hernandez die Zügel. Dann ging er zum Tor des Klosters. Ehe er eintrat, nahm er sein Messer heraus, schnitt sich die Schläfenlocken ab und ließ sie an Ort und Stelle zu Boden fallen. Er sah zu, wie das lockige schwarze Haar auf die Erde fiel, der letzte Überrest seiner Bindung an diesen Ort und das geliebte Volk, dem seine Familie und Gemeinde angehörten; als die Locken den Staub zu seinen Füßen erreichten, war er ein neuer Mensch mit einem neuen Leben und einer Vergangenheit, von der er sich lossagen mußte.

Er ließ die Locken liegen, wohin sie fielen, und ging kühn zum massiven Tor des Klosters. Den Mönch, der es öffnete, grüßte er auf Spanisch und sagte, er habe von einem seiner Gläubiger eine Botschaft an den Bischof, und sie müsse ihm persönlich ausgehändigt werden. Der Mönch antwortete, er wolle das ja gern tun, aber der Bischof sei gerade ins Gebet vertieft und dürfe nicht gestört werden.

Wahrscheinlicher ist, daß er mit einer hübschen jungen Gefährtin im Bett liegt, dachte Alejandro bei sich, denn er hatte allerhand Geschichten gehört. Er nahm die Briefe aus seiner Weste, zeigte dem Mönch seinen Geleitbrief mit dem leicht zu erkennenden Siegel des Bischofs und dann das auf Hebräisch abgefaßte Schreiben; er sagte, nur er allein könne es übersetzen.

Als der Mönch sah, daß der Bischof diesem Mann mit eigener Hand einen Geleitbrief ausgestellt hatte, ließ er ihn ein. Er fragte sich, was der lange Brief in der heidnischen Schrift wohl enthalten mochte, den ein so ungewöhnlicher Bote überbrachte, entschied aber dann, das herauszufinden besser dem Bischof zu überlassen. Er führte den jungen Mann zur Tür des Salons und klopfte leise an.

»Herein«, sagte der Bischof.

Der Mönch winkte Alejandro durch die hohe Tür in den üppig ausgestatteten Raum. Alejandro war einen Moment beeindruckt von der Großartigkeit der Möbel und sah sich staunend um.

Der Bischof beäugte ihn argwöhnisch, während er den Salon musterte. »Nun, junger Reisender, Gott mit Euch. Kann ich etwas für Euch tun?«

»Herr, ich habe eine Botschaft von einiger Wichtigkeit, die hier auf dieser Schriftrolle steht.«

»Bringt sie her und laßt sie mich bei Licht betrachten.«

Während Alejandro näher trat, griff er in seine Weste und nahm den zusammengerollten Brief heraus. Er händigte ihn dem Bischof aus, der einen Augenblick brauchte, um das Band zu lösen, ehe er das Pergament entrollte.

Verblüfft sah er zu Alejandro auf und sagte: »Was ist das für ein Scherz, eine Botschaft in der heidnischen Schrift der Juden?«

»Es ist ein Anerkennungsschreiben Eures großen Bewunderers Avram Canches. Er wünscht Euch für Eure Freundlichkeit und die gerechte Behandlung zu danken.«

Ein Ausdruck großer Furcht breitete sich auf dem Gesicht des Mannes aus, und das freute Alejandro. Der Bischof wich zurück, denn er ahnte, was auf ihn zukam. Alejandro verschwendete keine Zeit. Er zog das Messer aus seinem Stiefel und stieß es tief in die Brust des zurückweichenden Geistlichen.

Als er die schlaffe Gestalt auf dem Boden vor sich sah und beobachtete, wie das Blut sich auf der Vorderseite seines prächtigen Gewandes ausbreitete, wunderte sich Alejandro, daß er, ein Arzt und Heiler, so ruhig das Leben eines anderen menschlichen Wesens beenden konnte. Er hatte geschworen, vor allem keinen Schaden zuzufügen, und hier in diesem luxuriösen Salon hatte er ohne Zögern und völlig gnadenlos einem Menschen den äußersten Schaden zugefügt. Er sah sich selbst in einem Spiegel. *Wer ist dieser Schwindler?* fragte er im stillen sein fremd aussehendes Spiegelbild. Er nahm dem Bischof die Schriftrolle aus der Hand, schob sie in eine Tasche seines Hemdes, wischte dann das Blut des Verräters von seinem Messer und steckte es wieder in den Stiefel. So leise, wie er eingetreten war, ging er auch wieder hinaus und zog die Tür hinter sich zu. Dann schritt er, als sei nichts geschehen, durch die Gänge der Abtei und traf draußen Hernandez. Sie wendeten ihre Pferde nach Osten und machten sich auf den Weg nach Avignon.

4

Janie und Caroline standen an einem Tisch im Hauptlabor der mikrobiologischen Abteilung des British Institute of Science, umgeben von Glas und poliertem Chrom und weißem Plastiklaminat. Das Labor befand sich in einem alten Gebäude mit altmodischen Merkmalen: hohen Decken, großen Fenstern, widerhallenden Echos, *vielleicht sogar einem Gespenst,* dachte Janie. Ehrfürchtig und überwältigt standen sie in der Mitte eines Raumes, der sowohl die würdige Autorität des Alters als auch die einschüchternde Macht der Technologie verkörperte. »So was hab ich noch nie gesehen«, sagte Janie. »Mein Gott, was würde ich dafür geben, hier einen Monat herumspielen zu dürfen.«

Der Techniker, der sie gerufen hatte, damit sie sich ansahen, was er in der letzten Röhre voll Erde gefunden hatte, lachte laut.

»Passen Sie bloß auf, daß Ihnen keiner von Biopol über die Schulter guckt. Und wenn Sie wirklich herumspielen wollen, dann lassen die Sie solche Kleider anziehen.« Er wies auf ein nahes Regal mit Biosafe-Ausrüstungen, alle vom gleichen unangenehmen Grün, das Janie schon an den Biocops auf dem Flughafen gesehen hatte.

»Die Farbe steht mir nicht«, sagte sie lächelnd.

»Die steht keinem«, sagte er und erwiderte flirtend ihr Lächeln. »Ich weiß nicht, wer sie ausgesucht hat, aber er sollte jedenfalls wegen Verschwörung zum Zwecke visueller Selbstverstümmelung vor Gericht gestellt werden.«

»Mindestens wegen Verschwörung zur Verursachung von Kopfschmerzen«, warf Caroline ein.

Der Techniker war auf eine sehr urbane und überaus britische Art charmant. »Richtig«, sagte er. »Nun also, ich glaube, diese Kleinigkeit dürfte für Sie von Interesse sein.« Er reichte Janie ein kleines Stück Stoff, annähernd kreisförmig und etwa so groß wie der Durchmesser der Röhre, in der er es gefunden hatte. »Der Form nach würde ich sagen, daß Sie mitten durch das Zeug geschnitten haben, als Sie die Röhre in den Boden gedreht haben.«

»Ich würde sagen, daß es ein bißchen gedehnt wurde, bevor die Fasern nachgaben«, sagte Janie. »Sehen Sie diese kleinen Zacken? Die können nur entstanden sein, indem es im Boden ein bißchen gedreht wurde. Ein größeres Stück von dem Zeug muß da unten noch liegen.«

Während sie das faszinierende Stück in der Hand hielt, verging Janies frühere Scham über die »illegale« Aneignung des Bodens und wich der Erregung darüber, daß sie etwas Bedeutsames darin gefunden hatte. »Es ist in bemerkenswert gutem Zustand«, sagte sie. Sie maß die Entfernung von der Spitze der Röhre bis zu der Markierung, die anzeigte, in welcher Tiefe der Gegenstand sich befunden hatte. »In dieser Tiefe könnte es vor mehr als fünfhundert Jahren dort abgelegt worden sein, aber es weist kaum Verfall auf. Vermutlich, weil der Boden hier in der Gegend so torfig ist. Kaum luftdurchlässig. Ich wette, wir sehen nicht mehr so gut aus, wenn uns mal einer ausgräbt.« Sie gab dem Labortechniker den kleinen Kreis aus Stoff, dessentwegen er sie angerufen hatte, wieder zurück und sagte: »Damit werden wir allerhand Spaß haben, wenn wir in die Staaten zurückkommen.«

»Möchten Sie gleich jetzt einen Blick darauf werfen?« fragte er.

Sofort kam ihr eine Liste unausgesprochener Fragen in den Sinn. Wer hat es dort abgelegt? Wann? Wo ist es gewesen, bevor es seinen endgültigen Ruheplatz fand? Sie bedachte all diese Unbekannten und merkte, daß die Faszination, sie zu entziffern, der Grund war, warum ihr erzwungener Wechsel von der Chirurgie zur Forensik ihr weniger schrecklich erschien als die anderen Möglichkeiten. Trotzdem zögerte Janie. »Vielleicht sollten wir besser warten«, sagte sie. »Jetzt, wo wir alle Bodenproben haben, können wir uns richtig an die Arbeit machen. Ich möchte nicht von etwas abgelenkt werden, was nicht eigentlich zum Projekt gehört, obwohl ich zugeben muß, das das wirklich ein hübscher Fund ist. Vielleicht kann ich ihn irgendwie in die Doktorarbeit einbauen, aber im Moment geht es mir mehr darum, die Arbeit zu beenden, die schon drinsteckt.« Sie sah den Techniker direkt an. »Wir sind bereit, heute mit den chemischen Untersuchungen anzufangen, wenn Sie Zeit haben.« Sie wollte damit, ohne ihn unter Druck zu setzen, zu verstehen geben, daß es ihr nicht gerade das Herz brechen würde, wenn die Laborarbeit schnell beginnen könnte.

Aber der Techniker schien sie nicht zu verstehen. Er sagte: »Ich hab hier noch ein paar unerledigte Sachen, die ich zuerst abschließen muß, bevor ich mir Ihre Arbeit vornehmen kann. Für mich wäre Montag besser. Dann kann ich Ihnen ein paar Tage meine ungeteilte Aufmerksamkeit widmen, und Sie können nach Hause fahren. Aber ich habe genug Zeit, um jetzt sofort einen raschen Blick zu riskieren, wenn Sie wollen.«

»Ach, kommen Sie, Janie«, sagte Caroline, deren Interesse offensichtlich war. »Werfen wir nur mal einen Blick drauf. Was kann das schaden?«

Was kann das schaden? fragte sich Janie. *Wahrscheinlich nichts. Aber trotzdem…*

Janie schaute zu dem kleinen Stoffkreis hinüber und fragte sich, warum der Anblick ihr gerade genug Gänsehaut verursachte, um irgendeinen undeutlichen inneren Alarm auszulösen. sie begriff nicht, was den Wunsch in ihr weckte, das Ding in Ruhe zu lassen, aber irgend etwas hielt sie eindeutig zurück; sie konnte es nicht anders bezeichnen als ein Empfinden, diesen speziellen Gegenstand an diesem speziellen Tag besser sich selbst zu überlassen. Doch im Gegensatz zu ihrer vorsichtigeren Chefin wollte Caroline ihre Neugier sofort befriedigen.

»Es dauert bloß ein paar Minuten«, sagte sie. »Wir haben diese ganzen Grabungen durchgeführt, teilweise unter sehr interessanten Umständen, möchte ich hinzufügen, und bisher ist alles, was wir dafür aufzuweisen haben, Dreck unter den Fingernägeln und ein Stückchen Stoff. Mit dem Dreck werden wir den ganzen Montag zubringen. Wie wär's, wenn wir uns zur Abwechslung heute mal ein bißchen mit dem Stoff amüsieren würden?«

Janie war überrascht über den frustrierten Unterton in Carolines Kommentar. Manchmal vergaß sie, daß Caroline hier war, weil sie so eine Gelegenheit zu lernen hatte, die ihr sonst nicht geboten worden wäre, eine Gelegenheit zu reisen, die sie vielleicht nie wieder bekommen würde. Sie war auf Janies Kosten vorausgeflogen, um alles vorzubereiten, und hatte ihren Teil des Handels mit Fleiß erfüllt. Aber irgendwie nahm sie inzwischen genausoviel Anteil an dem Projekt wie Janie, obwohl Janie sicher war, daß sie das nach den Schwierigkeiten der letzten Tage mehr als einmal bereut hatte. Janie stellte fest, daß Carolines Interesse auch sie plötzlich wieder inspirierte, und so gab sie wider besseres Wissen nach.

»Ich denke, ein bißchen Spaß haben wir uns verdient«, sagte sie, aber laßt uns vorsichtig sein. Eigentlich haben wir nicht die richtige Ausrüstung, und hier haben wir es mit *Geschichte* zu tun.«

Der Techniker führte sie zu einem Computer in der Nähe der Labormitte und stellte drei Stühle so auf, daß sie alle den Bildschirm gut sehen konnten. Er schaltete das System ein und befestigte den Stoff mit Hilfe eines schwachen Vakuums. Der Stoffkreis war ein bißchen größer als die Platte des Mikroskops, also mußte er ein wenig verschoben werden; Janie sah zu und zuckte jedesmal zusammen, wenn der Techniker das tat; sie fragte sich, welche mikroskopischen Schätze dabei jeweils verlorengingen. Endlich war der Stoff richtig plaziert, und sie stellten die erste Vergrößerung ein.

»Die Fasern sind wirklich in gutem Zustand«, sagte Janie. »Deswegen denke ich fast, es könnte Wolle sein.« Doch als sie die Fasern immer weiter vergrößerten, sah sie die vielsagenden langen Streifen, die auf die Wahrscheinlichkeit eines pflanzlichen Ursprungs hindeuteten, und änderte ihre Meinung. »Leinen vielleicht«, sagte sie, »obwohl ich nicht glaube, daß das so gut erhalten wäre. Sieht aus, falls es jemals Farbstoff enthielt, als ob der mit der Zeit verblichen wäre. Aber es gibt wenig Fluktuation in der Gesamtfarbe, deshalb vermute ich, daß es ursprünglich weiß war.«

Das seltsame Artefakt schien nach ihr zu rufen, sie näher heranzuwinken. Sie gehorchte und beugte sich dichter an den Bildschirm, um besser zu sehen. Je genauer sie hinschaute, desto neugieriger wurde sie, fast wider Willen. »Können Sie es noch ein bißchen stärker vergrößern?« sagte sie.

Der Techniker antwortete darauf, indem er mit der Computermaus ein Menü aufrief. Er klickte den Vergrößerungsbefehl an und wählte einen Prozentsatz. Fast sofort erschien ein neues Bild auf dem Schirm, und die Fasern waren nun doppelt so groß wie vorher.

Sie prüften den Ausschnitt, und Janie bat um eine noch stärkere Vergrößerung. Der Techniker tat ihr den Gefallen und wiederholte den Befehl auf ihre Anweisung hin so lange, bis jede vergrößerte Faser auf dem Bildschirm wie ein Baumstamm aussah. Sie bewegten den Ausschnitt auf und ab und hin und her, verschoben das Bild und hielten gelegentlich inne, um besonders interessante Punkte zu betrachten. *Alles in allem,* dachte Janie, *ist da nicht so viel zu sehen, wie zu erhoffen war.* Doch gerade als sie anfing, das Interesse zu verlieren, erschien auf dem Bildschirm verblüffend klar eine einzelne Zelle.

»Halten Sie da an«, sagte sie rasch und zeigte auf das Bild.

Sowohl Caroline als auch der Techniker, auf dessen Namensschildchen »Frank« stand, sogen die Luft ein, als sie die Zelle auf dem Bildschirm sahen.

»Schauen wir uns das näher an«, sagte Janie, und Frank gehorchte, indem er die Vergrößerung noch einmal steigerte und die Zelle auf dem Bildschirm zentrierte. Das Bild war leicht verschwommen; Frank aktivierte die automatische Scharfeinstellung, und es wurde etwas klarer.

Doch die Schärfe stellte Frank nicht zufrieden. Mit offenkundig erregter Stimme sagte er: »Wenn Sie ein paar Minuten Zeit haben, kann ich es Ihnen noch schärfer einstellen. Es gibt ein paar Filter, die ich einsetzen kann.«

»Nur zu«, sagte Janie eifriger, als ihr selbst lieb war.

Er spielte ein bißchen mit der Maus herum und tippte dann ein paar Werte in eine Bildschirmmaske. Eine elektronische Korrekturwelle rollte von oben nach unten durch das Bild und hinterließ ein mit vollkommener Schärfe erkennbares Bakterium.

Es war ein rundlicher, aufgeblähter kleiner Torpedo mit spinnenartigen Geißeln, die sich nach allen Seiten ausbreiteten. Während Janie seine tote Starre betrachtete, konnte sie sich die wellenförmigen Bewegungen dieser Geißeln am lebenden Bakterium vorstellen, wie sie durch die Nährflüssigkeit gingen, in der es einst lebte. Daraus, daß auf dem Stoff keine Blutflecken zu sehen waren, schloß sie, daß das Bakterium in Schweiß, Tränen oder vielleicht Speichel enthalten gewesen war. Sie konnte den Stoff in John Sandhaus' Universitätslabor auf Spuren dieser Körperflüssigkeiten untersuchen.

»He, hoppla«, sagte Frank und grinste über ihren Fund. »Was für ein hübsches kleines Exemplar das ist! Sieht aus wie irgendein Enterobakterium, obwohl es keins ist, das ich auf Anhieb erkennen könnte.«

Caroline stieß einen leisen, erstaunten Pfiff aus. »Sehr hübsch, wirklich sehr hübsch.«

Janie behielt ihre Gedanken für sich. *So einfach und perfekt, und so unglaublich gut erhalten,* dachte sie. Uneingeladen schlich sich ein anderer Gedanke ein. *Gefährlich,* lautete er. Sie wußte, daß sie die Geschichte dieser Mikrobe weiter verfolgen würde, wenn sie nach Hause kamen, und dachte, sie könne ihr vielleicht sogar zusätzliche Informationen für ihre Doktorarbeit geben. Doch sie jagte ihr Schauder über den Rücken, und sie wußte nicht, warum. Weder Caroline noch Frank schienen ähnlich darauf zu reagieren.

»Können wir diese Stelle irgendwie markieren?« fragte sie, da sie plötzlich den Wunsch hatte aufzuhören. »Ich würde sie gern wiederfinden können, ohne nochmal das ganze Stück durchsehen zu müssen.«

»Ich kann eine chemische Farbmarkierung anbringen«, sagte Frank. »Wir können einen kleinen Fleck markieren und als Suchdatei festhalten. Später können Sie die Datei dann wieder öffnen und das Programm anweisen, die entsprechende Stelle auf dem Stoff zu suchen, und Sie können dieselbe Datei mit nach Hause nehmen und mit Ihrem eigenen Computersystem dasselbe machen. Die meisten Biomed-Programme sind darauf eingerichtet, bestimmte Farbstoffe aufzufinden. Ich kann einen sehr gebräuchlichen nehmen, zur Sicherheit. Wir können dieses Bild jetzt auch ausdrucken, wenn Sie möchten, und ich kann die gesamte Datei auf einer separaten Diskette sichern, die Sie mit in die Staaten nehmen können.«

Janie, die vor sich selbst zu rationalisieren versuchte, daß sie ihren zarten Fund potentiell schädigender Feuchtigkeit aussetzte, antwortete: »Es ist in seiner Geschichte wahrscheinlich mehr als einmal naß geworden, also denke ich, ein bißchen Farbe wird es nicht umbringen. Es ist ja ohnehin schon tot.«

Er nickte. »Ich markiere es jetzt gleich, und dann sollten wir es für ein Weilchen nicht anrühren, damit die Färbung sich so wenig wie möglich ausbreitet. Wenn Sie wollen, kann ich es für Sie so verpacken, daß es morgen rausgehen kann.«

»Das wäre prima«, sagte Janie, erleichtert, daß ihr die Last der Exportdokumentation abgenommen war. »Sie sind ja sicher mit Ihren eigenen Bioexport-Prozeduren sehr viel vertrauter als wir. Dürfte ich Sie bitten, die Abbildung auf dem Bildschirm zweimal auszudrucken? Einen Ausdruck würde ich gern meinem Doktorvater in Amerika schicken. Ich möchte seine Meinung darüber hören. Er läßt die Bilder durch ein paar Programme laufen, und wenn wir zurückkommen, erwarten uns Unmengen von Daten.«

»Kein Problem.«

Er schaltete den 3600 DPI-Laserdrucker ein und holte dann das Dateimenü auf die obere Randleiste des Bildschirms. Er klickte den Befehl an, die Datei zu sichern. »Denken Sie sich einen Namen dafür aus«, sagte er zu Janie.

Nach einem Augenblick des Nachdenkens sagte sie: »Gertrude. Wir benennen sie nach meiner Großmutter. Von ihr stammen meine ersten finanziellen Mittel.«

»Guter Name«, sagte er, während er die Buchstaben eintippte. »Also Gertrude.« Er ließ das Bild zweimal ausdrucken, gab beide Ausdrucke Janie und sicherte ihr zu, er werde gut auf das Original achtgeben.

Janie und Caroline gingen, und Frank blieb allein mit dem geheimnisvollen Geschöpf. Er suchte sich verschiedene Mittel und Werkzeuge zum Färben zusammen, darunter auch eine sehr kleine Spritze mit Durchflußsperre. Bei der gleichen Vergrößerung wie zuvor ließ er einen winzigen Tropfen Färbemittel austreten, der in die Fasern des Stoffes floß und die einzelne Zelle überflutete. Mit der Maus zeichnete er einen Kasten um das gefärbte Bild auf dem Computerschirm und gab den Befehl, den eingegrenzten Bereich als separate Datei zu speichern. Dann verließ er das Mikroskop und wandte seine Aufmerksamkeit einer Liste anderer Laboraufgaben zu, die auf ihn warteten, während der Farbstoff absorbiert wurde.

Kurze Zeit später kam er zurück, um die Probe vom Objektträger des Mikroskops zu nehmen. Aus reiner Neugier beschloß er, noch einen Blick darauf zu werfen, ehe er alles verpackte. Er setzte sich auf den Stuhl und schaute auf den Bildschirm.

Gertrude hatte sich bewegt.

Er sah noch einmal genauer hin; das war nicht möglich. Das Bakterium war tot und konnte sich überhaupt nicht bewegen. Er dachte, vielleicht hätte er seine ursprüngliche Position falsch im Gedächtnis. Ohne das Programm zu stoppen, zog er das Printmenü vom oberen Rand des Bildschirms herunter und gab den Befehl ein, die vorhin gespeicherte Datei auszudrucken. Gespannt sah er zu, wie die Seite langsam aus dem Drucker kam, nahm sie heraus, als sie endlich fertig war, und verglich die ausgedruckte Seite mit dem Bildschirm.

Gertrude hatte sich eindeutig bewegt. *Sie muß sich bloß totgestellt haben...* Er speicherte das, was sich auf dem Bildschirm befand, als neue Datei, die er diesmal nach sich selbst »Frank« nannte. *Muß im Keimstadium gewesen sein...* Er grenzte den unmittelbaren Zellbereich ab und löschte alles andere vom Bildschirm; diese kleinere Datei speicherte er dann als Frank2 und verließ das Programm.

Er schäumte über vor Erregung; solche Dinge passierten nicht alle Tage, und er konnte es kaum erwarten, jemandem von dem zu erzählen, was er über die Mikrobe herausgefunden hatte. Rasch durchwühlte er auf seinem Schreibtisch einen Stapel loser Zettel, die kleine Informationen enthielten, die er nicht vergessen durfte, fand die Telefonnummer von Janies Hotel und wählte sie. Doch nachdem der Anruf von der Zentrale durchgestellt worden war, meldete sich niemand unter ihrer Zimmernummer.

»Verdammt«, sagte er. Äußerst frustriert legte er auf und ging zum Computer zurück. Er überlegte, ob sie anderswohin gefahren sein könnte als in ihr Hotel.

Nach einigen Augenblicken des Tippens und Klickens war das Bild des Bakteriums erfolgreich über Modem auf ein anderes System übertragen, das in der Nähe stand und ein Programm namens Microorganism Identification Catalog, kurz MIC, enthielt. Von allen Leuten, die im Institut arbeiteten, kannte Frank die Nuancen dieses speziellen Programms am genauesten, und binnen Sekunden hatte er es aufgerufen und aktiviert. Es enthielt Dateien von Tausenden bekannter Mikroben in graphischem Bildformat und konnte diese Dateien mit einem neu eingespeisten Bild vergleichen, um eine vorläufige visuelle Identifizierung vorzunehmen.

Er rief die Datei Frank2 auf und wies das Programm dann an, nach einer Entsprechung zu suchen. Nach einigen Minuten gab das System einen freundlichen Piepser von sich und kündigte damit seine Entscheidung an.

VORLÄUFIGE KATEGORISIERUNG: ENTEROBAKTERIUM

Wieder richtig, Frank! dachte er triumphierend. Seine Erregung wuchs weiter. Er wies das Programm an, die Suche zu vertiefen.

PRÜFE DATEIEN FÜR SUBKATEGORIEN

Cedeacea
Citrobacter
E. Coli
Edwardsiella
Erwinia
Hafnia
Klebsiella
Kluyvera
Morganella
Providencia
Proteus
Salmonella
Serratia
Shigella
Yersinia

Großer Gott! dachte er. *Was für eine bösartige kleine Versammlung!* Fähig, eine wahrhaft exklusive Auswahl von inneren Krankheiten auszulösen, von denen die meisten den Wirtsorganismus entweder umbrachten oder veranlaßten, um einen schnellen Tod zu beten. Das Programm setzte seine Sortierarbeit fort, indem es Möglichkeiten verwarf, während jedes Merkmal identifiziert und mit den bekannten Proben verglichen wurde. Schließlich, nach einigen Augenblicken, ließ der Computer eine Art elektronischer Fanfare erklingen, um sich selbst zu beglückwünschen, bevor er MICs Entscheidung bekanntgab.

»Entzückend«, sagte Frank laut, obwohl ihn keiner hören konnte. »Ganz süß. Also, was haben wir da?«

Yersinia pestis
Wahrscheinliche Genauigkeit: 98 %
Identifizierung beendet.

Kein alltägliches Enterobakterium, dachte er, *sonst würde ich es besser kennen. Yersinia pestis.* Er erinnerte sich vage, das Yersinia-Bakterium irgendwann einmal studiert zu haben, aber offensichtlich war es in Großbritannien nicht aktiv, sonst hätte er Memos darüber bekommen. Frank verließ den Computer und ging zu dem weit entfernten Bücherregal. Er zog einen Band heraus, fuhr mit dem Finger ungeduldig an den Indexspalten entlang und fand endlich den gewünschten Eintrag. Rasch schlug er die angegebene Seite auf und las die relevanten Informationen.

Als er sich dem unteren Rand der Seite näherte, stieß er einen leisen Pfiff aus. »Mein Gott…« flüsterte er.

Er nahm den Band mit zum Computer und verglich die Diagramme im Buch mit dem Organismus auf dem Bildschirm. Während er noch schaute, erzitterte die Mikrobe; ihre Ränder bebten von der ungeheuren Anstrengung, sich nach so langem Schlaf zu bewegen. Unwillkürlich sprang Frank zurück und preßte das Buch an seine Brust, als wolle er sich schützen.

Er legte den schweren Band ab. Ohne den Blick vom Bildschirm zu wenden, als könne die Mikrobe jederzeit heraushüpfen und ihn mit all ihrer vergrößerten Wucht anspringen, tastete er hinter sich, bis er einen Stuhl fühlte. Er zog ihn heran und setzte sich vorsichtig hin. Fasziniert sah er zu, wie die Mikrobe weiter kämpfte, fasziniert von ihrem gewundenen Tanz, und fragte sich, was sie wohl zu erreichen versuchte. Diese Art von Organismus, die zu den einfachsten auf der Erde gehörte, war auf zwei wesentliche Aktivitäten beschränkt: Sie konnte entweder Nahrung aufnehmen oder sich durch Teilung vermehren. Und essen tat sie entschieden nicht.

Sie versuchte sich zu verdoppeln! »Das kleine Farbbad hat dir gefallen, was, Herzchen?« sagte er. Offensichtlich erfrischt, hatte Gertrude einige hundert Jahre reglosen Schlafes abgeschüttelt und versuchte, ihren normalen Lebenszyklus wieder aufzunehmen. Frank starrte auf den Bildschirm und sah mit frustrierter

Faszination zu, wie die Ränder der Kreatur ohne Ergebnis bebten – ein winziger Houdini, in Ketten gefesselt, nur einen Augenblick vom tödlichen Verschlucktwerden entfernt... er war fast versucht, sie anzufeuern.

Seine Konzentration wurde vom Klingen des Autoklav-Timers und dem plötzlichen Aussetzen des leisen Hintergrundgeräuschs gestört, das sonst alle Operationen begleitete; das Geräusch störte Frank normalerweise nicht, er bemerkte es nicht einmal, bis es aufhörte und ihm auffiel, wie irritierend es eigentlich gewesen war. Er fluchte lautlos, sah auf seine Uhr und stellte fest, daß er über der winzigen Kreatur der Amerikanerin die Zeit vergessen hatte, sehr zum Schaden seines täglichen Arbeitspensums. Mit einiger Sorge wurde ihm klar, daß er wieder mal seinem Ruf gerecht wurde, immer zu spät dran zu sein, eine Unart, die er bei jeder jährlichen Leistungsbewertung vehement leugnete. Er hatte noch eine Liste von Materialien für ein anstehendes Projekt bereitzustellen und Post zu erledigen, und die Entdeckerin der ablenkenden Mikrobe auf dem Bildschirm vor ihm hatte er noch immer nicht erreicht. Rasch wählte er die Nummer; wieder ging niemand ans Telefon. Diesmal hinterließ er eine Nachricht; Janie sollte sich so bald wie möglich bei ihm im Labor melden.

Er betrachtete noch einmal Gertrude; sie zuckte und bebte noch immer. »Komm schon, Mädchen, du schaffst es...«, flüsterte er dem Bild auf dem Schirm zu. »Komm doch...« Aber sie fiel schließlich in ihre ursprüngliche Position zurück und hörte auf, sich zu bewegen, erschöpft von ihren Anstrengungen. Für mehrere lange, lange Minuten unternahm sie keine Versuche mehr, sich zu verdoppeln, und Frank riß sich widerwillig vom Bildschirm los. Er ging durch das Labor zu der Tür, auf der BIOLOGICAL COLD STORAGE stand und hinter der biologisches Material gekühlt gelagert wurde. Dort blätterte er das gedruckte Inhaltsverzeichnis durch und suchte nach einer bestimmten Probe, die er auftauen mußte. Er prüfte Seite um Seite lateinischer Bakteriennamen, jeder mit einem Datum und einem Code für den Ort seiner Unterbringung im Lagerregal versehen;

rasch fuhr er mit dem Zeigefinger an der alphabetischen Liste entlang. Bei Palmerella Coli hielt er inne, es handelte sich um eine Familie von Enterobakterien, die man so gezüchtet hatte, daß sie Zellteile besaß, die sich ziemlich frei mit denen anderer Zellen vermischten; sie ging freundlicherweise großzügig mit ihren genetischen Bestandteilen um und konnte dazu veranlaßt werden, auf den winzigsten Anstoß hin Plasmide auszutauschen. Ein viriles, potentes und kraftvolles Bakterium mit einem Schuß ordentlicher britischer Gastfreundschaft. Er notierte sich, wo es zu finden war, und schloß das Register.

Während er durch die gläserne Trennscheibe in den Kühlbereich schaute, dachte er bei sich: *Tausend Agenten des Todes, gleich auf der anderen Seite dieser Scheibe, Mikroben jenseits aller Vorstellungen. Ein oder zwei undichte Ampullen in den falschen Händen...* Er mochte nicht einmal daran denken. Sie lagen da auf der Lauer, leckten sich die Lippen, bereit, die ihnen rechtmäßig zustehenden Plätze in der Nahrungskette einzunehmen. *Ein kleiner Schluck...*

Er schob diese Weltuntergangsgedanken von sich und setzte sich an die Bedienungskonsole des Robotgreifarms. Genau wie ein Videospiel, dachte er amüsiert und fand in dem kleinen Wald aus Röhrchen und Behältern mühelos die Probe, die er suchte. Behutsam hob er sie auf und führte sie in den Durchlaß zur Dekontaminierung der Oberfläche. Während er die nun leere Lagerstelle betrachtete, ließ er seiner Phantasie freien Lauf und versuchte sich vorzustellen, was passieren würde, wenn jemand eine leere Halterung ohne Markierung entdeckte. Horden von Biocops in ihren seltsamen grünen Raumanzügen mit gelben Biosafe-Beuteln am Gürtel würden binnen Minuten über diesen Raum herfallen. Jeder Ausgang würde versiegelt, und keiner käme hinein oder heraus, bis die Biologische Polizei absolut sicher wäre, daß keine Möglichkeit einer weiteren Kontaminierung bestand. Es wäre faszinierend, das mal zu sehen, dachte er. Doch dann kehrte er in die Wirklichkeit mit all ihrer belastenden Ehrbarkeit zurück; er zollte ihr seinen Tribut und brachte eine Markierung an, die ihn als Entnehmer der Probe identifizierte. Er wußte, es gab vollkommen berechtigte Gründe für all diese Vorsichtsmaßnahmen, und Frank verstand sie nur zu gut.

Er verließ den Kühlbereich und stellte das Röhrchen in ein Gestell auf der Arbeitsplatte neben dem Mikroskop, unter dem Gertrude ruhte. Er schaute nochmals nach Gertrude und sah, daß sie sich noch immer nicht regte.

Am liebsten hätte er sie ein bißchen angestoßen und geschubst, um zu sehen, wie sie reagieren würde, und um sie zu voller Selbstverwirklichung zu ermutigen. Doch ringsum stapelte sich die Arbeit, seine üblichen Pflichten, die seine volle Aufmerksamkeit erforderten. Laß dich nicht ablenken, warnte er sich; erledige zuerst diese anderen Sachen. Die Pflicht kam an erster Stelle, aber er war sich einer hartnäckigen Faszination bewußt. Doch am Ende siegte das Pflichtbewußtsein. »Keine Sorge, Schätzchen«, sagte er zu Gertrude, während er den Computer herunterfuhr, »auf dich komme ich später zurück.«

Er ließ den Stoffkreis unter dem Mikroskop liegen und tippte die Sperrziffern für die Sicherheitstür ein, als er hinausging. Auf halbem Weg durch den Gang fiel ihm ein, daß er die Post vergessen hatte; um sie rechtzeitig abzuschicken, hatte er das Labor eigentlich verlassen. Er rannte also zurück, legte seine Handfläche zur Identifikation auf den Kontrollschirm und wartete auf das Klicken des Schlosses. Ein paar Sekunden später sterilisierte der kleine Bildschirm sich selbst, indem er einen starken elektrischen Blitz durch die metallbeschichtete Oberfläche schickte (nachdem er dies vorher mit einem schrillen Piepen angekündigt hatte). Frank war einer der wenigen Menschen, die uneingeschränkten Zugang zu diesem Labor hatten, obwohl die Sicherheitskräfte mit vereinten Anstrengungen das System zu überlisten vermochten. Er empfand die ganze Anlage als entsetzlich lästig und hätte lieber etwas Einfacheres gehabt. Doch der Direktor des Labors hatte ihm gesagt, alles, was einfacher wäre, wäre zu leicht zu knacken und daher unzulänglich. So kam es, daß Frank, wenn er das Risiko für minimal hielt, die Tür manchmal einfach unverschlossen ließ. Angesichts der Tatsache, daß er nur wenige Minuten abwesend sein würde, beschloß er beim Hinausgehen, es auch diesmal so zu halten.

Als er draußen auf dem Bürgersteig auf eine Lücke im Verkehr wartete, spürte Frank den warmen Sonnenschein auf der Haut, eine willkommene Abwechslung nach den kalten grauen Betonwänden und dem starken fluoreszierenden Licht des Labors. Still stand er im Gewühl des mittäglichen Gehsteigs und nahm die Sonnenstrahlen in sich auf, die in England selten so intensiv brannten. Als er wieder auf die Straße schaute, war sein Sichtfeld mit blauen Sonnenflecken gesprenkelt. Und so kam es, daß er das schwarze Londoner Standardtaxi, das mit halsbrecherischer Geschwindigkeit um die Ecke gebraust kam, nicht sah und sich zu seiner Überraschung ziemlich schnell durch die Luft segeln fühlte. Sein letzter Gedanke, ehe er mit dem metallenen Laternenmast zusammenstieß, war: *Verdammte Scheiße. Yersinia pestis. Verdammte Beulenpest.*

Sie saßen sich am Frühstückstisch gegenüber, und Janie las Caroline laut den Zeitungsartikel über Franks Tod vor. Als sie fertig war, legte sie die Zeitung hin, und beide Frauen schwiegen eine Weile.

Janie schüttelte den Kopf. »Kein Wunder, daß er nicht da war, als ich ihn zurückgerufen habe. Hörte sich an, als hätte er wirklich was Aufregendes entdeckt. Jetzt werden wir nie erfahren, was es war.«

»Und gestern waren wir noch mit ihm zusammen«, sagte Caroline. »Was für eine Tragödie, er war noch so jung...«

Janie war über den Verlust zwar betroffen, aber sie hatte pragmatischere Sorgen. *Es kommt einem nicht mehr so schrecklich unnormal vor, daß Leute plötzlich sterben,* dachte sie bei sich. »Wir müssen den Stoff und die restlichen Bodenproben aus dem Labor holen und in die Staaten schicken. Hier werden wir nicht fertig. Lassen Sie uns gleich ins Labor fahren und mit den Vorkehrungen anfangen. Ich möchte nicht soviel Zeit verlieren.«

»Es wäre erheblich einfacher, wenn wir die ersten Prüfungen hier durchführen könnten«, sagte Caroline, die an die Berge von

Zollformularen dachte, die sie nun würde ausfüllen müssen. »Vielleicht können wir das immer noch. Reden wir doch mit dem Laborleiter und stellen fest, ob wir mit jemand anderem weitermachen können.«

Janies Stimme verriet ihre zunehmende Gereiztheit. »Ich wußte, daß so was passieren würde. Ich *will* nicht auf einen Ersatz für Frank warten. Ich habe zu Hause ein Leben, das ich gern so bald wie möglich wiederaufnehmen würde. Ich habe seit zwei Jahren nicht gearbeitet, Caroline, und fühle mich unglaublich eingerostet. In etwas mehr als drei Wochen muß ich hier raus sein, und Sie haben sogar noch weniger Zeit. Ich *will* mich nicht bodyprinten lassen!«

Caroline, normalerweise ruhig, versuchte zu argumentieren. »Unglücklicherweise wird das nicht Ihre Entscheidung sein«, bemerkte sie. »Wenn die Sie printen wollen, dann finden sie einen Grund, ob Ihnen das paßt oder nicht. Ich kann verstehen, warum Sie Ihren Körper aus dem System heraushalten wollen, aber Sie müssen sich klarmachen, daß es früher oder später passieren wird. Die kriegen jeden. Sie werden ihnen nicht entkommen. Und ich auch nicht. Finden Sie sich also besser damit ab.

Janie wurde rot vor Verlegenheit, als ihr bewußt wurde, daß Carolines Strafpredigt vollkommen berechtigt war. Sie bewunderte die Bereitschaft ihrer Assistentin, so freimütig mit der Person zu reden, die ihr den Geldhahn zudrehen konnte. Sie entschuldigte sich sofort. »Sie haben recht. Ich wollte nicht so ein Theater machen. Ich hab bloß so gräßliche Angst davor. Warum, weiß ich selbst nicht genau.«

Caroline lächelte. »Zerknirschung steht Ihnen gut. Sie sollten's öfter damit probieren.«

»Das werde ich wohl auch«, sagte Janie verlegen. »Und jetzt sollten wir entscheiden, wie wir weiter vorgehen. Wir haben ein paar neue Umstände, die hinzugekommen sind. Ich bin Ihrer Meinung, es wäre einfacher, die Analysen hier machen zu lassen, als den ganzen Kram nach Hause zu transportieren. Wir wollen das als Hauptziel im Auge behalten. Hoffentlich können wir jemanden im Institut überreden, uns zu helfen.«

»Gehen wir einfach hin. Sie wissen doch, wie schwer es in diesem Land ist, etwas per Telefon zu erledigen.«

»Guter Vorschlag. Wir können gleich gehen, wenn wir hier fertig sind. Hat keinen Sinn, darauf zu warten, daß die Hilfe zu uns kommt. Und erinnern Sie mich unterwegs daran, daß ich diesen Ausdruck abschicke.« Sie hielt einen versiegelten und adressierten Umschlag aus Manilapapier hoch.

»Geht er an John Sandhaus?« fragte Caroline.

»Ja. Er wird ihn sich gründlich ansehen. Wenn wir zurückkommen, werden wir sogar Gertrudes Schuhgröße erfahren.«

»Falls der Umschlag nicht auf seinem Schreibtisch untergeht.«

»Die Möglichkeit besteht immer. Jeder will dem armen Kerl was zeigen. Ich bin froh, daß er sich meinen Kram immer noch ansieht.«

»Da haben Sie aber Glück.«

»Ich weiß. Manchmal ist er ein Quälgeist, aber in dem, was er macht, ist er gut.«

Sie wollten gerade eine Seitenstraße nicht weit vom Institut überqueren, als Caroline einfiel, daß es am Ende der Straße einen Briefkasten gab. Sie wies die enge Straße hinunter und sagte: »Wenn wir hier entlanggehen, können wir den Ausdruck abschicken und dann durch den Haupt- statt durch den Seiteneingang ins Institut kommen.«

»Warum nicht?« sagte Janie. »Ein bißchen Abwechslung hin und wieder tut gut. Und wenn man bedenkt, wie diese Reise verläuft, haben wir sie uns verdient.« Sie wandten sich an der nächsten Ecke nach rechts und dann nach links und fanden sich vor der reich verzierten und abweisenden Fassade mit dem Haupteingang des Instituts wieder.

Janie blieb eine Minute stehen, um den großen Plan des Gebäudes zu studieren, der in der Eingangshalle hing. Sie fuhr mit dem Finger über die gravierte Oberfläche, bis sie das Büro fand, das sie suchte.

»Gehen Sie schon ohne mich vor, ja?« sagte Janie zu Caroline. »Ich muß bei der Buchhaltung ein paar Dinge regeln wegen der Tests, die sie für mich durchführen. Das dauert sicher bloß ein paar Minuten. Ich muß ein paar Fragen wegen der Verrechnung klären. Ich treffe Sie dann im Labor, sobald ich fertig bin.«

Sie trennten sich, und Janie ging in die eine Richtung, Caroline in die andere, dem Labor entgegen. Als sie es nach einem langen Weg durch die labyrinthischen Gänge des Instituts erreicht hatte, fand sie die Tür unversperrt und den riesigen Raum merkwürdig still vor. Zögernd trat sie ein. Sie hatte das Gefühl, das eigentlich nicht zu dürfen, und rief fragend, ob jemand da sei. Niemand antwortete.

Es handelte sich um einen riesigen und komplexen Raum mit mehr Apparaten, als sie je in irgendeinem anderen Labor gesehen hatte. Es gab Dutzende von Mikroskopplätzen; nach kurzer Suche fand sie den, an dem sie den ersten Blick auf den seltsamen Stoffkreis geworfen hatten. Er lag noch unter dem Mikroskop, anscheinend unberührt. Sie sah sich weiter um und schlenderte dann zu einem Ende des großen Raumes. Dort fand sie eine ganze Wand mit gekühlten Lagereinheiten und fragte sich, welche davon wohl ihre Proben enthalten mochte.

Sie faßte gerade nach dem Griff einer der Einheiten, als ein Wachmann, aufgescheucht von ihrem plötzlichen und unerklärten Erscheinen auf seinem Videoschirm, in das Labor kam. Er fragte, was sie da zu suchen hätte und wie sie hereingekommen wäre. »Ich fürchte, heute ist das Labor geschlossen, weil einer der Techniker gestorben ist«, sagte er. »Vor Montag wird hier nicht gearbeitet. Nur das Verwaltungspersonal ist heute da.«

Sie wandte sich nach dem Mikroskop um und fragte sich, welche Auswirkung es auf den Stoff haben würde, wenn er länger der Luft ausgesetzt blieb. »Hören Sie, kann ich nicht wenigstens eine meiner Proben wegräumen? Ich glaube, Frank hat unmittelbar vor seinem Unfall daran gearbeitet. Wenn er noch Gelegenheit dazu gehabt hätte, hätte er sie selbst eingelagert.«

Der Wachmann folgte ihr zum Mikroskop. Nachdem er sich die Gegebenheiten angesehen hatte, schüttelte er den Kopf. »Ich fürchte, das ist ganz unmöglich. Tut mir leid, Miss, aber ich kann Sie hier nichts anfassen lassen, solange dafür keine entsprechende

Genehmigung vorliegt. Sie müssen mit dem Direktor sprechen«, sagte er und erklärte ihr den Weg zu den Verwaltungsbüros.

Er winkte sie aus der Tür, und widerwillig gehorchte sie, allerdings nicht, ohne ihm beim Hinausgehen einen eisigen Blick zuzuwerfen.

Bruce Ransom sah besorgt auf die Uhr und beobachtete verzweifelt, wie der Sekundenzeiger unaufhaltsam weiterlief. Jedes Ticken kam einer Verringerung der kurzen Zeitspanne gleich, die ihm blieb, um den Entwurf der Forschungsarbeit fertigzustellen, an dem er arbeitete. Heute morgen hatte er daran gedacht, Ted Cummings anzurufen und ihr Treffen zu verschieben, aber er wußte, daß Ted dieses Projekt unbedingt auf den Weg bringen wollte, trotz der Unannehmlichkeiten, die Franks vorzeitiges Hinscheiden verursacht hatte. Außerdem wurde Bruce allmählich kribbelig bei der Arbeit, hauptsächlich aus dem ehrlichen Wunsch heraus, sie sich vom Hals zu schaffen, damit er sich den interessanteren Dingen widmen konnte. Es war langweiliges Zeug, eine bestätigende Wiederholung von etwas, das er bereits gemacht hatte, ohne es ausreichend zu dokumentieren. Doch die Geldmittel für die umfassendere und interessantere Arbeit, die folgen sollte, hingen davon ab, daß Bruce diese Dokumentation vorlegte, und deswegen hatte er sich dazu bereit erklärt.

Er erinnerte sich noch, wie er sich an dem Tag gefühlt hatte, als er entdeckte, daß der »Bodyprint« irgendeines Bakteriums dazu benutzt werden konnte, ein dreidimensionales holographisches Bild zu erzeugen; indem er dieses »geprintete« Hologramm durch ein anderes Programm zur 3-D-Animation laufen ließ, hatte er den kleinen Kerl dazu veranlassen können, vor seinen Augen ein Tänzchen aufzuführen. Ein bemerkenswerter kleiner Trick; hätte er ihm auch noch einen Schnauzer und einen Hut verpassen können, hätte er das Geschöpf zu einer bakteriellen Version von Jimmy Durante aufgemotzt. Er konnte die von ihm erzeugten Bewegungen aufzeichnen und jedes kleine Detail studieren, indem er den Vorgang an irgendeinem beliebigen Punkt anhielt.

Niemand war sonderlich beeindruckt gewesen, bis Bruce erklärte, daß das, was er da gemacht hatte, sich signifikant von anderen Arten der 3-D-Computeranimation unterschied: Seine Version basierte auf realen, lebenden Wesen, und er konnte sie replizieren bis hinunter zu den einzelnen Zellen. Weil er an der Entwicklung der Technik mitgewirkt hatte, wußte er, daß ein individueller Bodyprint in die separaten Körpersysteme zerlegt werden konnte, Kreislauf, Skelett, neurologisches System und so weiter, und daß diese Systeme einzeln analysiert werden konnten. *Was,* hatte Bruce zum Aufsichtsrat gesagt, *wäre, wenn wir diese Informationen dazu benutzen könnten, Leuten, die ihre Gliedmaßen nicht bewegen können, durch maßgefertigte Computerrobotik die Kontrolle über ihren eigenen Körper zu geben?*

Und obwohl der Institutsdirektor Ted Cummings von einem Kollegen scherzhaft als »sensationell mittelmäßiger« Wissenschaftler beschrieben worden war, erkannte er eine brillante Leistung, wenn sie ihm förmlich ins Gesicht sprang. Da im Institut schon lange keine Experimente mit Starqualität mehr durchgeführt worden waren, setzte sich die wissenschaftliche Maschinerie surrend in Gang. Ted, der sich auf das Einfädeln schlauer politischer Deals verstand, manipulierte das ehrwürdige Establishment mit makellosen Präsentationen zur Bewilligung von Mitteln. Bemerkenswert war, daß er den Löwenanteil der frühen Laborarbeit persönlich übernahm. Das entsprach ganz und gar nicht seiner üblichen Routine; Bruce hatte den Verdacht, daß Ted auf diese Weise an dem beteiligt sein wollte, was mit Sicherheit eine preisgekrönte Arbeit werden würde, ohne an der schwierigeren und anspruchsvolleren Phase mitwirken zu müssen; Beifallsrauschen war eine starke Motivation, selbst für einen talentierten Verwalter, der nur selten Latexhandschuhe anziehen mußte, um seinen Gehaltsscheck zu rechtfertigen. Vielleicht steht sein Vertrag zur Verlängerung an, dachte Bruce zynisch. Derart persönliche Anteilnahme an experimenteller Arbeit war höchst ungewöhnlich bei einem Mann, der in den letzten elf Jahren die Aktivitäten einer sehr begabten Gruppe von Forschern geleitet hatte, von denen er in einem Labor keinem einzigen das Wasser reichen konnte.

Eine von Teds angenehmeren persönlichen Eigenschaften war sein Hang zur Pünktlichkeit. Als Bruces Sprechanlage plötzlich summte, war er daher versucht, das Ding in die Hand zu nehmen und durch den Raum zu schleudern.

Herrgott, wie komme ich eigentlich dazu, mich dauernd mit diesen Abgabeterminen herumzuschlagen? Ach, ich bin ja selber schuld, antwortete er sich selbst. Das Institut hatte ihn direkt nach seiner Ausbildungszeit angeheuert. Bruce hatte ein lukratives Stipendium aufgegeben, das er eigentlich schon akzeptiert hatte, um in dieser hochmodernen Einrichtung zu arbeiten. Eine Chance auf eine private Praxis hatte er nie gehabt; man hatte ihn gleich zu einem Job in der genetischen Forschung überredet, eine Karriere, die viele Vorteile hatte, wie Bruce bereitwillig zugab. Die Arbeit war faszinierend, er hatte reichlich Gelegenheiten zu reisen und sich beruflich fortzubilden, und man hatte ihn nie mitten in der Nacht gerufen, um einem Baby auf die Welt zu helfen.

Trotzdem hatte sich sein Leben dramatisch verändert, als er diesen Weg einschlug. Er war fast über Nacht von Boston nach Kalifornien und dann schließlich hier nach England gezogen, womit sein früherer Plan, sich in einer netten, sicheren Praxis niederzulassen, ein abruptes Ende fand...

Obwohl ihm eben noch danach gewesen war, die Sprechanlage auf eine Reise zum Jupiter zu schicken, drückte er nun auf den Knopf. »Ja, Clara, was kann ich für Sie tun?« fragte er und gab sich Mühe, verärgert, aber gefällig zu klingen.

Seine Sekretärin antwortete nervös: »Entschuldigen Sie, Dr. Ransom, tut mir leid, daß ich Sie störe, aber Dr. Cummings hat gerade aus dem Labor angerufen. Er erwartet Sie ungeduldig.«

Oh, Scheiße, dachte er, als er den Knopf drückte. »In Ordnung, ich gehe gleich. Aber tun Sie mir einen Gefallen. Rufen Sie ihn noch mal an und sagen Sie ihm, daß ich mich in einer Minute auf den Weg mache.«

Er beendete den Abschnitt, den er gerade diktierte, und druckte ihn rasch aus. Er war nicht so wohlgeordnet, wie er gehofft hatte, aber er würde reichen müssen. Da er sich ein bißchen zerknittert fühlte, ging er in seinen Waschraum und überprüfte sein Aussehen. Zufrieden damit, daß er niemanden erschrecken würde, eilte er mit wehendem Laborkittel durch das Vorzimmer, den Aktenordner in der Hand, und stieß sich prompt an einem Stuhlbein den Fuß.

»Scheißkerl«, murmelte er im stillen. Es würde kein leichter Tag werden.

5

Für den Rest des Tages ritten sie in schnellem Tempo und versuchten, möglichst viel Entfernung zwischen sich und Alejandros Heimatstadt Cervere zu legen. Dabei hielten sie stets nach Quellwasser Ausschau. Alejandro gewöhnte sich rasch an den Rhythmus des Reitens und fühlte sich recht behaglich im Sattel; keiner, der ihn beobachtete, hätte ihm angesehen, daß er ein Anfänger war.

Hernandez, der die Geschicklichkeit seines Schützlings bemerkte, sagte: »Ihr seid für den Sattel geboren, Jude; ich glaube, Ihr vergeudet Eure besten Gaben als *medicus.* Der Beruf kommt mir ohnehin wertlos vor, voller Täuschungen und Tricks; wenn ich mich von einem Bader operieren lasse, geht es mir hinterher unfehlbar schlechter als vorher.«

»Dann müßt Ihr nicht den Bader aufsuchen, sondern einen Arzt, wenn Ihr Beschwerden habt, denn ein gut ausgebildeter Arzt besitzt ein Wissen, das kein Bader für sich in Anspruch nehmen kann.«

»Einer wie Ihr?« fragte Hernandez.

Alejandro stieß ein zynisches Brummen aus. »Ihr könnt versichert sein, ich bin gut ausgebildet, aber täglich verfluche ich meine Unwissenheit.«

»Na, dann ist es doch klar. Wenn Eure gegenwärtige Arbeit Euch nicht befriedigt, müßt Ihr das Schwert nehmen. Dann werdet ihr zufriedener sein, da bin ich sicher.«

Alejandro gefiel die Wendung nicht, die das Gespräch zu nehmen schien; er entfernte sich ein wenig von Hernandez, um weitere Wortwechsel zu erschweren. *So ein Unsinn,* dachte er bei sich, *wie kann irgendeine Berufung edler sein als meine? Was habe ich nicht alles dafür geopfert! Und warum belästigt dieser Nichtsnutz mich mit solchem Gefasel, wo ich doch viel gewichtigere Dinge zu bedenken habe?*

Doch Hernandez ließ sich nicht abschütteln. In den wenigen Stunden, die sie zusammen verbracht hatten, hatte Alejandro ihn als überaus spaßhaften Burschen kennengelernt, der gern redete. Als hätte er die Gedanken des jungen Arztes gelesen, trieb der Spanier sein Pferd näher heran und sagte: »Ihr werdet kein nobleres Handwerk finden als das des Soldaten, junger Mann; und Ihr seht aus wie einer, der es leicht erlernen könnte.«

»Und Ihr würdet es mir natürlich gern beibringen, fürchte ich...«

»Warum denn nicht? Welche Zeit wäre dafür besser geeignet als eine Reise, die durchaus gefährlich werden kann?«

Wir haben keine Zeit, uns mit dem Erwerben von Fertigkeiten abzugeben, dachte Alejandro bei sich. *Inzwischen ist der Mord am Bischof entdeckt worden, und ich werde noch mehr gejagt als zuvor.* Er fragte sich, ob Hernandez einen Verdacht hatte; er hatte nichts gesagt und benahm sich nicht wie jemand, der einen Flüchtling begleitet, von dem er wußte, daß er der Mörder eines Bischofs war. Sie ritten zwar in schnellem Tempo, aber doch nicht so, als seien sie auf der Flucht ; sie versteckten sich nicht, und Hernandez war zu allen freundlich, denen sie begegneten.

»Lieber nicht«, sagte Alejandro schließlich auf Hernandez' Angebot.

»Ach, kommt, junger Mann, was kann das schon schaden?«

Und trotz Alejandros offensichtlichem Widerstreben forderte Hernandez ihn heraus. »Wir fangen mit etwas Leichtem an. Ihr sollt derjenige sein, der einen Rastplatz für uns aussucht, wo es Wasser gibt.«

Alejandro war zwar auf der Hut vor dem kleinen Spiel seines Begleiters und der Diskussion müde, aber Herausforderungen machten ihm Spaß. Wasser war außerdem kein Luxus, sondern eine Notwendigkeit, und er sagte: »Und wenn ich kein Wasser finde, was dann? Sind wir dann in Gefahr?«

»Dann werde ich Euch meine Weisheit beweisen, indem ich welches finde.«

»Also gut«, sagte Alejandro.

Im Weiterreiten hielt Alejandro Ausschau nach der Art von Pflanzenwuchs, die man normalerweise in der Nähe von Wasser sah; mehrmals glaubte er, ihn gefunden zu haben, doch bei näherem Hinsehen stellte sich heraus, daß es keinen oberirdischen Wasserlauf gab. Endlich erspähte er von ferne eine üppig begrünte Stelle, größer und voller als die, die er zuvor ausgemacht hatte; sie kam deutlicher in Sicht, während sie durch die flirrende Hitze der meist braunen Landschaft von Aragon ritten.

Sie brauchten nicht lange, um das Grün zu erreichen, und wurden durch eine köstliche Quelle belohnt, die mitten darin sprudelte. »Seht Ihr?« sagte Hernandez. »Ihr seid von Natur aus begabt. Ich werde Euch helfen, Eure Fähigkeiten zu entwickeln.«

Sie sattelten ihre Pferde ab, wobei Hernandez ihm zeigte, wie man es macht, und banden sie dicht an der Quelle fest, wo die Tiere nach Herzenslust saufen konnten. Krummbeinig und steif von dem langen Ritt, reckten sich die beiden Männer und packten in ein paar Schritten Entfernung ihre wenigen Habseligkeiten aus. Nach einigen Ruheminuten nahm Hernandez eine Steinschleuder aus seinem Gepäck und entwirrte sorgfältig die Gurte. »So Gott will, bin ich gleich mit unserem Abendessen zurück«, sagte Hernandez. Er warf Alejandro einen Feuerstein zu. »Macht uns ein Feuer zum Kochen.« Er ging ein paar Schritte weg und drehte sich dann um. »Ich nehme doch an, daß Ihr wißt, wie man das macht?«

»In der Tat«, sagte Alejandro und gab sich beleidigt. »Ihr werdet zweifellos überrascht feststellen, daß ich auch ohne Hilfe essen kann.«

»Das hatte ich nicht bezweifelt«, sagte der Spanier lachend, »denn ich habe Euch essen sehen.« Er trat in das Gehölz und kam bald darauf mit einem großen Kaninchenbock wieder. Er nahm ein Jagdmesser aus der Scheide an seinem Gürtel, häutete das Tier und weidete es auf einem großen, flachen Stein in der Nähe aus. Alejandro sah fasziniert zu, wie die Innereien entfernt wurden. Hernandez wollte sie in einiger Entfernung von ihrem Lager wegwerfen, doch Alejandro hinderte ihn daran. Er griff in die schleimige Masse und zog das Herz heraus.

»Das war ein gemeines Karnickel, denn das Herz ist klein«, sagte er.

»Dann verdient es, gegessen zu werden«, sagte der Spanier. »In solchen Dingen überlasse ich Euch das Urteil. Aber eines weiß ich sicher, und das ist, daß ein Mann mit einer Steinschleuder niemals hungrig bleibt, selbst wenn er Ratten ißt.« Er schleuderte die übrigen Innereien so weit wie möglich weg, um keine unerwünschten Beutejäger anzulocken. »Er kann Wild jagen, das man mit Pfeil und Bogen nicht erlegt. Lieber eine kleine, fade Mahlzeit als keine große, schmackhafte, was?«

Alejandro nickte unwillig, dachte aber bei sich: *Ich würde lieber verhungern, als eine Ratte zu essen.* Zu seiner Überraschung roch das bratende Kaninchen genau wie die Hühner, die seine Mutter fast jeden Tag zubereitete. Und es schmeckte so gut, wie es roch. Er aß es mit großem Genuß und hoffte, Gott werde ihm alle Verstöße gegen die Speisevorschriften verzeihen, die er auf seiner Reise begehen mochte. Insgeheim gelobte er ihm, nach seiner sicheren Ankunft in Avignon der hingebungsvollste und gehorsamste Jude zu werden, der je gelebt hatte.

Hernandez förderte einen weiteren Laib Brot zutage, und sie verschlangen ihn, ohne auch nur einen Krümel übrigzulassen. Ein paar getrocknete Feigen bildeten den Abschluß des Mahls, und Alejandro dachte, daß er noch nie so gut gespeist hatte. Sie füllten ihre Flaschen mit frischem Wasser aus der Quelle und tranken, bis sie zu platzen glaubten.

»Ich schwöre Euch, ich werde nie wieder an Wasser vorbeigehen, ohne zu trinken«, sagte Alejandro, der sich daran erinnerte, wie trocken seine Lippen in den drei Tagen im Klosterkerker geworden waren. Er wischte sich mit dem Hemdsärmel den Mund ab.

»Dann werdet Ihr an keinem Busch oder Baum vorbeikommen, ohne Eure Marke zu hinterlassen.«

Zu seiner eigenen Überraschung mußte Alejandro lachen. Als er sich auf die Decke legte, erschöpft von dem langen Tagesritt, aber voll und satt von gutem Essen und reinem Wasser, fragte er sich: *Wie bin ich bloß hier unter diese Sterne gekommen, wo ich doch zu Hause in Cervere sein und in meinem eigenen weichen Bett schlafen sollte?* Die Ereignisse der letzten paar Tage schossen ihm durch den Kopf. *Wie ist es nur gekommen, daß alles eine so schlimme Wendung genommen hat?* Er dachte an die dramatischen Ereignisse in seinem einst so beschützten Leben: Gebrandmarkt, vielleicht für immer von seiner Familie getrennt und gezwungen, aus der Stadt zu fliehen, in der er geboren und aufgewachsen war, war er nicht mehr derselbe Mensch wie noch vor ein paar Tagen.

Am meisten aber belastete ihn, daß plötzlich eine Seite seines Selbst aufgetaucht war, von der er nie gewußt hatte, daß er sie besaß. *Heute habe ich einen Mann getötet,* dachte er reumütig, *ohne das geringste Zögern.* Es kam ihm merkwürdig vor, daß er keine Reue über das empfand, was er dem Bischof angetan hatte, und er fragte sich, ob es vielleicht Wahnsinn war, was ihn daran hinderte, entsetzt vor seiner eigenen Tat zurückzuschrecken. Doch im innersten Herzen wußte er, daß es nicht daran lag, denn er hatte nur schlichte Gerechtigkeit geübt; lehrten die Alten denn nicht, Auge um Auge, Zahn für Zahn? Alejandro bezweifelte, daß der Bischof jemals für seine unheilvolle Behandlung der Familie Canches bestraft worden wäre, wie die Familie Canches zu Unrecht dafür bestraft worden war, daß sie ihm viele Jahre lang treu gedient hatte. Auf der Stelle vergab er sich, daß er sich zum Richter und Henker dieses Mannes gemacht hatte. Trotzdem war er verwirrt und konnte nicht einschlafen. Er starrte zu den Sternen empor und berührte leicht seine verkrustete Wunde, erlebte noch einmal den Schock, mit dem er sie erlitten hatte, und die Scham über seine Hilflosigkeit. Dann erinnerte er sich an sein Gold; er stand von seiner Decke auf und nahm es aus dem kleinen Stapel seiner Habseligkeiten in der Nähe. Er legte sich die Satteltasche unter den Kopf und benutzte sie als hartes Kissen.

Er hatte geglaubt, Hernandez schliefe, doch der sagte auf einmal: »Daran habt Ihr gut getan. Ich sehe, Vorsicht ist eine Fertigkeit, die ich Euch nicht lehren muß. Schlaft gut, Jude.«

»Ihr auch, Spanier«, sagte Alejandro. *Also weiß er davon,* dachte er und entspannte sich in dem Wissen, daß sein Begleiter ehrenwert genug war, einer solchen Versuchung zu widerstehen. *Er hat mich nicht sterbend und mittellos am Straßenrand liegenlassen, um als reicher Mann davonzureiten.*

Mit diesem Schatz war ihm die reibungslose Niederlassung in Avignon garantiert; er konnte sofort eine Praxis mit gut ausgestattetem Operationsraum und bezahlten Helfern eröffnen und sich auch Dienstboten leisten, um einen Haushalt einzurichten und zu führen. Wenn sein Vater und seine Mutter die Reise nach Avignon durch irgendein Wunder überleben sollten, würde er sie im bequemen Haus eines prominenten Arztes willkommen heißen. Seine Träume spülten die Schmerzen der letzten paar Tage weg, und mit Phantasien über eine schöne, angenehme Zukunft schlief er ein.

Kurz vor der Morgendämmerung schüttelte Hernandez ihn sanft. »Ich würde meine Tätigkeit für das Haus Canchez gern noch in diesem Jahr beenden. Bei Eurer Schwerfälligkeit und Faulheit dauert sie viel zu lange! Am Ende arbeite ich für Pfennige am Tag, wenn wir weiter so langsam vorankommen«, grollte der lockige Spanier.

Alejandro reckte seine Glieder, wobei er darauf achtete, die verheilende Haut auf seiner runden Wunde nicht zu spannen, und erhob sich steif. Mit Hernandez' Hilfe zog er sein Hemd aus und prüfte, ob die Wunde eiterte. Sie tat es nicht. Er wusch sie vorsichtig mit dem kalten Quellwasser und versuchte, die neuen Krusten nicht zu beschädigen. Solange sie noch naß und ein wenig elastisch war, beträufelte er die Wunde mit Nelkenöl. Er ging sparsam mit seinem geringen Vorrat um. Bei den ersten Tropfen zuckte er zusammen, denn sie verursachten einen stechenden Schmerz, doch zum Glück folgte darauf ein taubes Gefühl.

Nach einem leichten Frühstück ritten sie ohne Zwischenfall weiter, bis die Sonne hoch am Himmel stand, und begannen dann, nach einem geeigneten Ort zu suchen, an dem sie rasten und Schutz vor der Mittagssonne finden konnten. Sie erreichten ein Gehölz mit kümmerlichen Bäumen, zu klein, um auf eine Quelle schließen zu lassen, aber hoch genug, um ihnen und ihren Pferden Schutz vor der schlimmsten Tageshitze zu gewähren. Hernandez zauberte etwas Dörrfleisch aus seinem Gepäck hervor, das unangenehm schmeckte, aber den Hunger stillte, und danach tranken sie Wasser aus ihren Flaschen.

Während sie ruhten, schnitzte der Spanier müßig an einem kleinen, trockenen Ast herum. Alejandro sah aufmerksam zu, als der Ast Form annahm, und staunte, wie schnell er sich in eine windende Schlange mit glatter Haut und spitz zulaufendem Schwanz verwandelte.

»Señor, wo habt Ihr gelernt, so feine Schnitzarbeiten anzufertigen?«

»Das habe ich nicht gelernt, mein junger Freund, sondern geübt. Ich habe so viele Stücke geschnitzt, daß ich es jetzt ohne hinzusehen kann, nur mit dem Gefühl. Ich liebe diese Zerstreuung, denn sie läßt mich klarer denken.«

»Ich bitte Euch, die Gedanken, die Ihr jetzt habt, mit mir zu teilen.«

Hernandez spuckte aus, bevor er antwortete: »Ich denke über unseren Reiseweg nach.«

»Gibt es so viele Straßen, daß wir da eine Wahl haben?«

»Nicht so viele, wie Ihr vielleicht denkt. Wir können durch die Berge oder an der Küste entlang reiten. Der Weg durch die Berge ist zwar kürzer, dauert aber fast genauso lange wie der an der Küste entlang. Und in den Bergen lauern viele Gefahren auf den Reisenden.«

»Nennt sie mir, und ich werde sie mit Euch abwägen.«

»Die Leute sind nicht allzu freundlich. Sie betrachten sich weder als Franken noch als Spanier, sondern als Basken. Reisende sind leichte Beute für ihre Wegelagerer, die die Straßen gut kennen und ihnen manchmal in versteckten Gebirgswinkeln auflauern. Und das Wetter kann hochgehen wie ein wütendes Roß und mit scharfen Hufen auf Euch niederstürzen; dann blitzt und hagelt es, und der Donner rollt durch die Berge wie die Götter persönlich.«

»Doch der Weg hat gewiß seine Vorteile, da Ihr ihn in Erwägung zieht?«

Hernandez erklärte: »In dieser Jahreszeit kann es sehr angenehm sein, durch die kühlen Berge zu reiten, denn entlang der Küste gibt es wenig Schutz vor der Sonne und ihren Schäden. Aber wir sind nur zu zweit, einer von uns trägt viel Gold bei sich, und wir wären eine leichte Beute für Marodeure.«

Alejandro musterte seinen gewissenhaften Begleiter. *Vater muß ihn sehr, sehr gut bezahlt haben,* dachte er, *oder er ist einfach ein sehr, sehr ehrenwerter Mann. Ich habe mein ganzes Leben Seite an Seite mit Christen verbracht, aber ich weiß nur wenig über sie...* Alejandro hatte sich immer auf das verlassen, was die Alten ihm über sie erzählt hatten; oft war das alles andere als schmeichelhaft, und nur selten hatte er Geschichten gehört, in denen es nicht um irgendeinen Streit oder Skandal ging. Jetzt zeigte ihm dieser Mann, sein Reisegefährte, daß Christen auch zu ganz anderem Verhalten fähig waren. Hernandez benahm sich nicht wie ein frommer Christ, sondern eher wie ein Christ aus Bequemlichkeit, und Alejandro konnte leicht erkennen, daß er nicht primitiv oder ungebildet war, sondern über eine recht handfeste Weltkenntnis verfügte.

Hernandez fuhr fort: »Der weniger gefährliche Weg führt uns nördlich von Barcelona um das östliche Ende der Pyrenäen herum und ins Languedoc. Von da an folgen wir einfach der Küstenlinie und reiten durch Narbonne, Beziers und Montpellier. Nicht weit hinter Montpellier liegt Avignon, wo Euer Schicksal Euch erwartet.«

»In Montpellier war ich schon. Dort erhielt ich meine Ausbildung.«

»Ah, dann seid Ihr ja nicht so unschuldig, wie ich dachte.« Hernandez grinste bei der Erinnerung an jugendliche Beutezüge in unbekannte Städte. »Und ich auch nicht, wie ich Euch gestehen muß. Ich habe viele Städte gesehen, mein Freund, und sie ähneln sich alle; in jeder gibt es köstliche Speisen, exotische und willige Frauen, wunderbare Gebäude und viele kostbare, begehrenswerte Gegenstände. Man muß nur wissen, wo man diese Reichtümer findet.«

»Und Ihr wißt das natürlich«, meinte Alejandro.

Hernandez lachte herzlich. »Ich habe eine Nase für Dinge, die es wert sind, gefunden zu werden. Wenn wir den Küstenweg nehmen, so lernt Ihr das vielleicht von mir. Eure Reise, die Euch, fürchte ich, lang und anstrengend vorkommen wird, wird dadurch interessanter und wesentlich weniger unbequem, als wenn wir den Weg durch die Berge nehmen. Vielleicht werdet Ihr auch feststellen, daß sie länger dauert, weil Ihr diese Orte des Entzückens nicht zu schnell hinter Euch lassen, sondern bleiben und von ihren Schätzen kosten wollt.«

Alejandro dachte über die Möglichkeiten nach. »Ich bin in einem Zwiespalt, Señor«, sagte er. »Wenn ich reise, wie mein Volk das normalerweise tut, was zweifellos die Absicht meiner Familie ist, dann muß ich diese Stätten christlichen Frevels meiden und den weniger begangenen Weg wählen. Wir Juden sind immer in Gefahr, zum Opfer jener zu werden, die von den Reichen ihres eigenen Volkes unterdrückt werden. Sie suchen sich an denen zu rächen, die sich nicht wehren können. Es ist meine Pflicht, nach Avignon zu reisen und mich dort in der Hoffnung niederzulassen, meine Familie willkommen heißen zu können.« Doch er wußte, daß er Avignon lange vor seinen alten Eltern erreichen würde, selbst wenn er den langsamsten Weg nahm. Sie würden unterwegs in jeder Stadt rasten müssen. Im günstigsten Fall brauchten sie vielleicht ein Jahr, um in Avignon anzukommen.

»Vergeßt nicht, junger Mann, daß Ihr nicht mehr wie ein Jude ausseht, und verzeiht, wenn ich sage: *Gott sei Dank!*«

Alejandro fragte sich, ob Hernandez vielleicht der Ausschweifungen der Städte schon müde war und sich nach frischer Bergluft und kühlen Nächten sehnte. Vielleicht wollte er auch gern mit ein paar baskischen Marodeuren kämpfen, damit seine Fähigkeiten nicht einrosteten. Doch Alejandro wollte das nicht.

»Nun, Jude, was sagt Ihr?«

»Am Meer entlang, Señor! Ich vertraue darauf, daß ich diese fremden Gebräuche sehen kann, ohne ihnen anheimzufallen. Und vielleicht gibt es in diesen Städten auch ein paar neue Methoden der Chirurgie.«

»Aber ja, sie schneiden Euch im Nu die Börse heraus!«

Alejandro lachte, klopfte aber trotzdem zur Sicherheit auf seine Satteltasche, worauf Hernandez sagte: »Eure erste Anschaffung mit diesem Vermögen wird geeignetere Kleidung für die Reise sein. Wir werden den Schneider anweisen, mehrere kleine Taschen mit Knöpfen daran anzufertigen, auf die Ihr Eure Münzen verteilt; dann könnt Ihr niemals alles auf einmal verlieren.«

Alejandro hielt das für einen weisen Rat. Er war jetzt ausgeruht, die Sonne stand etwas tiefer, wodurch das Reisen angenehmer wurde, und eine gewisse Unruhe erfaßte ihn. Als Hernandez das sah, schob er sein kleines Schnitzmesser wieder in die Scheide und packte die Schlange in eine seiner Taschen. Nach einem letzten Trunk Wasser schwang er sich auf sein Pferd, und sein Schützling tat es ihm nach. Sie ritten wieder auf den Weg und wandten sich in raschem Tempo nach Nordosten.

Sie kamen stetig voran, immer nordostwärts in Richtung Küste. Die Küstenstraße war jetzt noch einen Tagesritt entfernt, und mit jeder Stunde, die verging, hatten sie mehr Berührung mit der Zivilisation. Als sie sich dem Meer näherten, wurde die Luft kühler und reiner und war nicht mehr so staubig wie in der heißen Landschaft von Aragon; die Vegetation wurde üppiger und das Reisen angenehmer, weil es mehr Schatten gab. Sie hielten an, wann immer das nötig war, und holten sich frisches Wasser, wo es ging. Alejandro trank an jeder Quelle und jedem Bach, durstig wie ein tollwütiger Hund.

Seine Wunde hatte glücklicherweise nicht geeitert, und nun, da sie heilte, war sie nicht mehr schmerzhaft, sondern nur noch lästig. Die Haut auf seiner Brust war etwas hart geworden, obwohl er versucht hatte, sie nach Möglichkeit weich zu halten.

Doch er konnte einfach nicht verhindern, daß sich eine große, häßliche Narbe bildete, die ihn für den Rest seines Lebens begleiten würde. Er wußte, er würde sich dieser unschönen Entstellung schämen, sobald er wieder mit anderen Menschen als Hernandez zusammenkam; dieser versuchte höflich, den häßlichen Schorf zu übersehen. Andererseits dankte Alejandro seinem Schicksal dafür, daß er die Narbe auf der Brust hatte und nicht im Gesicht, wie es zweifellos die Absicht derer gewesen war, die ihn gebrandmarkt hatten. Seine Brust konnte er unter der Kleidung verbergen, sein Gesicht nicht.

Als die Ablenkungen am Wegesrand zunahmen, richtete Hernandez sich etwas steiler im Sattel auf und schenkte dem, was ringsum zu sehen und zu hören war, mehr Aufmerksamkeit. »Es ist lange her, daß ich in einer Stadt war, in der die *cantinas* einen Besuch wert waren!« sagte er zu Alejandro. Er wies auf einige interessante Orte, an denen sie vorbeiritten. »Das ist verheißungsvoll, Jude! Vielleicht finden wir hier etwas Anständiges zu essen!«

Als ihre Schatten in der Sonne des Spätnachmittags nach Osten hin länger wurden, näherten sie sich der kleinen Stadt Gerona. Hernandez amüsierte sich über die Faszination, mit der sein unerfahrener Gefährte das geschäftige abendliche Treiben der Leute betrachtete. Die meisten waren harmlos, doch er wußte, es gab auch solche darunter, die ihnen mit der gleichen Leichtigkeit lächelnd die Börsen abnehmen würden, mit der sie lächelnd grüßten. »Ich glaube, Ihr wärt eine leichte Beute für die, die auf den Inhalt Eurer Taschen aus sind«, sagte er mit lautem Lachen. »Seid besser auf der Hut.«

Darauf warf sein Schützling ihm einen eisigen Blick zu, denn nach den Erfolgen ihrer Reise war er seiner selbst recht sicher. »Ich bin vielleicht unerfahren, Hernandez, aber ich bin kein Einfaltspinsel. Glaubt Ihr, ich sei nicht fähig, durch diese Stadt zu reiten, ohne daß man mir meine Habseligkeiten wegnimmt?«

»Es ist nicht der Ritt, der mir Sorgen macht, mein junger Freund. Es ist die Zeit danach, wenn unsere Pferde angebunden sind, aber unser Temperament nicht, die am gefährlichsten ist.

Gebt acht, daß Ihr nicht irgendeinem lüsternen jungen Ding zum Opfer fallt, das mit einem unsichtbaren Dieb im Bunde ist!«

Alejandro ärgerte sich über Hernandez' Unterstellung und dachte bei sich, der ältere Mann könne viel leichter in eine solche Lage geraten. Und das sagte er ihm auch deutlich. »Haltet Euch nur selbst an Eure Warnung«, ermahnte er ihn. »Erinnert Euch an das, was Ihr selbst gesagt habt! *Ich* bin derjenige, der jung und ansehnlich ist, und *Ihr* tragt die Male vieler Kriege! Wer wird da wohl die leichtere Beute sein?«

»Bei allen Göttern, Jude«, schrie Hernandez laut, »Ihr habt recht! Ihr seid kein Einfaltspinsel. Und wenn ich nach der überraschend angenehmen Aufgabe, Euch sicher aus der Verbannung Aragons wegzuführen, sparsam bin, kann ich für die nächsten paar Jahre gut leben. Vorausgesetzt natürlich, daß ich nicht zuviel für Weiber ausgebe!« Wieder lachte er, und als das Lachen vergangen war, sagte er: »Ich bin allmählich ohnehin zu alt, um mein Geld an solchen Unsinn zu vergeuden. Das überlasse ich besser Euch hübschen jungen Männern, was, Jude? Und nun«, meinte er, »suche ich wohl am besten einen Ort, wo wir über Nacht unsere müden Knochen zur Ruhe betten können.«

Er erkundigte sich bei einigen Passanten nach einem Gasthof mit guten Ställen, und man wies sie zu einem Haus auf der Nordseite des Marktplatzes. Eine kleine *cantina*, sagte man ihnen, sei nur ein paar Schritte entfernt.

Während sie den Weg zum Gasthof einschlugen, hörten sie herannahenden Hufschlag; bald darauf erreichten die Pferde mit ihren gepanzerten Reitern in einer Staubwolke den Platz. Alejandro versteifte sich, als er die Soldaten sah; Hernandez beobachtete ihn, ohne etwas zu sagen, achtete aber auf jede seiner Bewegungen.

Die Soldaten saßen alle gleichzeitig ab, und jeder betrat ein anderes Haus im Zentrum der kleinen Stadt; mit grober Autorität gingen sie von Tür zu Tür und suchten jemanden oder etwas, aber sie hatten keinen Erfolg. Hernandez und Alejandro standen an den Pfosten, an denen die Pferde angebunden wurden; sie rührten sich nicht von der Stelle, während die Soldaten über den ganzen Platz schwärmten.

Er zieht die Sache in die Länge, dachte Hernandez, als er sah, wie Alejandro sein Pferd festband, dann wieder losband und erneut festband; *er fürchtet eine Begegnung mit diesen Reitern.* Er legte die Hand auf die Schulter des jungen Juden und schaute dann wieder nach den Soldaten, die in der Nähe ihrer Pferde Aufstellung genommen hatten. »Sollen wir hier ein paar Minuten rasten, ehe wir in den Gasthof gehen?« fragte er.

Alejandro war nicht überrascht, daß sein Führer seine Angst wahrgenommen hatte, und er war ihm dankbar, daß er seinem Wunsch folgte, unbemerkt zu bleiben, bis die Soldaten wieder fort waren. Sie blieben bei den Pferden, und Alejandro machte sich sinnlos an ihrem Gepäck zu schaffen, zog hier einen Gurt fest, um ihn gleich darauf wieder zu lockern, nahm die Flasche, um etwas zu trinken, spülte sich den Mund, spie das Wasser aus, trank erneut. Dabei ließ er die Soldaten nicht aus den Augen; seine schweigende Anspannung wich erst, als sie wieder aufgesessen waren und lärmend den Marktplatz verlassen hatten.

Hernandez sah Alejandro in die Augen und sagte mit neugierig hochgezogenen Augenbrauen: »Vielleicht braucht Ihr diese neuen Kleider sofort, was? Wir kümmern uns darum, sobald wir eine angemessene Unterkunft gefunden haben.«

Alejandro nickte und warf sich seine Satteltasche über die Schulter. Er wollte auf den Gasthof zugehen, doch Hernandez faßte ihn am Arm und hielt ihn fest. Streng sagte der große Spanier zu seinem Schützling: »Junger Mann, ich bin kein Freund der Juden, aber Ihr seid ein guter Mensch, und ich werde dafür bezahlt, Euch sicher in Avignon abzuliefern. Ihr solltet mir sagen, ob wir Grund haben, uns vor Soldaten zu hüten.«

Der junge Jude erwiderte seinen Blick; er wollte Hernandez nicht belügen, denn der Spanier hatte sich als wertvoller Gefährte erwiesen. Doch solange er nicht sicher sein konnte, daß der Christ ihn nicht verraten würde, wollte Alejandro das Geheimnis der Ermordung des Bischofs für sich behalten. Er nickte noch einmal, ohne Hernandez zu erklären, was das Nicken bedeutete.

Er war überrascht, als der Spanier laut auflachte und ihn so kräftig auf den Rücken schlug, daß er fast keine Luft mehr bekam. »Ihr habt mehr Mumm in den Knochen, als ich dachte! Kehren wir ein!« Und sie gingen auf den Gasthof zu.

Der Wirt zeigte ihnen ein Zimmer mit zwei großen Strohlagern, jedes mit einer groben, aber sauber aussehenden gewebten Decke versehen. Auf dem niedrigen Tisch unter dem Fenster, das auf den Platz hinausging, standen eine Schüssel und ein Krug.

»Sauber genug für zwei Vagabunden, was, Señor? Heute nacht werden wir Eure dankbaren Gäste sein. Ein Bad vor dem Abendessen wird uns beiden guttun. Und sagt mir bitte, wo wir in dieser Stadt einen guten Schneider finden.«

Sie nahmen den Weg, den der Wirt ihnen gesagt hatte, und Alejandro ließ sich ein Hemd und Beinkleider anmessen. Er zuckte zusammen, als der Schneider mit dem Maßband seine Lenden berührte, und bemerkte gereizt das erheiterte Grinsen auf Hernandez' Gesicht.

»Mein junger Freund, Ihr verratet Eure Unwissenheit! Wie sonst soll der Schneider Euch wie einen Herrn ausstatten? Möchtet Ihr so enge Beinkleider, daß Ihr singt wie ein Mädchen? Steht still und laßt den Mann seine Arbeit tun.«

Verlegen über seine eigene Schüchternheit gehorchte Alejandro.

»Wir brauchen diese Kleider morgen früh«, sagte Hernandez zu dem Schneider.

»Señor«, protestierte dieser, »das ist unmöglich, es bleibt nicht mehr lange genug hell, um rechtzeitig mit der Arbeit fertig zu werden! Und ich muß erst das Notwendige einkaufen…«

Hernandez griff in seine Tasche, nahm eine Goldmünze heraus und schwenkte sie verlockend vor der Nase des Schneiders. »Vielleicht könnt Ihr damit den nötigen Stoff und Kerzen erwerben«, sagte er. Er sah, wie gierig der Schneider die Münze betrachtete, also drückte er sie ihm in die Hand und sagte: »Wenn die Kleider morgen früh fertig sind, gibt es noch eine.«

Nachdem sie so für Alejandros neue Ausstattung gesorgt hatten, kehrten sie in den Gasthof zurück und stiegen die Treppe zu ihrem gemeinsamen Zimmer hinauf. Inzwischen hatte man eine teilweise gefüllte Wanne zwischen den beiden Strohlagern aufgestellt. Jemand klopfte leise an die Tür, Hernandez brummte ein Herein, und die Wirtin trat ein. Sie trug einen weiteren Eimer mit dampfendem Wasser. Nachdem sie das Wasser in die Wanne geschüttet hatte, ging sie wieder und kehrte bald darauf mit einem großen Stück durchsichtiger grüner Seife und einem Luffaschwamm zurück. Hernandez winkte Alejandro, die Wanne als erster zu benutzen, und sagte, er werde in die *cantina* gehen und einen Schluck Wein trinken, ehe er ebenfalls badete. Wieder schärfte er Alejandro ein, auf seine Habseligkeiten aufzupassen.

Nachdem er so seinen Pflichten als Begleiter des jungen Mannes genügt hatte, verschwand er durch die Tür und zog sie hinter sich zu. Alejandro schob den Riegel vor, um nicht gestört zu werden, und zog sich vorsichtig aus, um nicht an seine wunde Brust zu rühren. Das warme Wasser schmerzte zuerst auf der roten Haut der runden Wunde, doch als er sich an die Temperatur gewöhnt hatte, fand er das Wasser höchst beruhigend. Nachdem er den Staub aus seinen Kleidern geschüttelt hatte, zog er sich wieder an und öffnete den Türriegel. Dann sah er aus dem Fenster und erblickte Hernandez, der prahlerisch über den Platz schritt; offenbar hatte er seine Erfrischung genossen.

Der große Spanier sang laut, während er die Treppe zu ihrem Zimmer hinaufging; seine Fröhlichkeit war ansteckend, und Alejandro lächelte. Der Mann gefiel ihm von Tag zu Tag besser. Er freute sich, ihn zu sehen, als er polternd eintrat, ein kleines bißchen betrunken und freundlicher denn je.

»Ah, mein Junge, ich glaube, dieses Bad ist ein Geschenk des Himmels.« Mit großen Gesten entkleidete er sich und kratzte sich dabei müßig. Er schlug nach einem lästigen Insekt und sagte dann: »Gott sei Dank für diese neue Taufe!« Dabei lachte er laut über seinen eigenen Witz. Alejandro verstand ihn nicht, kicherte jedoch höflich, erheitert über das kindliche Gebaren des riesigen Mannes.

Hernandez badete mit demonstrativer Wollust; kraftvoll scheuerte er mit dem rauhen Luffaschwamm den Straßenstaub von seinem Körper. Nachdem er den ganzen Kopf unter Wasser getaucht hatte, schnaubte er durch die Nase, rieb sich die Augen und putzte sich mit den kleinen Fingern die Ohren. Genußvoll nutzte er die seltene Gelegenheit, an allen Körperteilen gleichzeitig sauber zu werden. Als er fertig war, war das Seifenstück sichtbar kleiner.

»Die Wirtin wird uns dieses Stück Seife extra bezahlen lassen«, bemerkte Alejandro.

»Ja, und es war seinen Preis wert!« sagte Hernandez. »Ihm habe ich es zu verdanken, daß ich herrlich sauber bin!«

Der Spanier schüttelte sich wie ein Hund, den Kopf in den Nacken gelegt. Alejandro sprang beiseite, um nicht naß zu werden, und staunte über die schlammige Farbe des wenigen Wassers, das noch in der Wanne war.

Nachdem sie so für ihre äußerlichen Bedürfnisse gesorgt hatten, gingen die beiden Männer die Treppe hinunter. Alejandro umklammerte seine kostbare Satteltasche, und gemeinsam schlugen sie den Weg zur *cantina* ein, um zu Abend zu essen. Der Lärm und das Gewimmel machten Alejandro neugierig und benommen; seine übervorsichtigen Eltern hatten ihn sorgfältig von der *cantina* in Cervere ferngehalten, denn sie fürchteten den Einfluß christlicher Gewohnheiten auf ihre Kinder fast mehr als alles andere. Und nun stand er in der Tür dieses verbotenen Orts, hatte beinahe Angst einzutreten und war gleichzeitig von seiner geheimnisvollen Exotik fasziniert. Hernandez war bereits im Inneren und wurde von mehreren neuen »alten Freunden« begrüßt, die er bei seinem Krug Wein vor dem Bad kennengelernt hatte. Alejandro sah, wie er spielerisch nach einer ziemlich plumpen und drallen Frau griff, sie grob umarmte und ihr dramatisch einen Kuß aufzudrücken versuchte. Sie wehrte sich, aber nicht allzusehr, und stieß kokett züchtige und schamhafte Schreie aus wie eine schüchterne Jungfrau beim ersten Rendezvous. Bei näherem Hinsehen erkannte Alejandro, daß sie durchaus kein Mädchen mehr war.

Der junge Jude nahm am großen Tisch Platz und beobachtete die Szene. Was er sah, war eine Gruppe harmlos wirkender

Leute, die sich harmlos verhielten; sie lachten und tranken, vielleicht ein bißchen zuviel, und prosteten einander zwanglos und fröhlich zu. Phantastische Geschichten machten die Runde, und Hernandez brüstete sich vor den aufmerksamen Zuhörern mit seinen vergangenen Heldentaten. Der Spanier unterhielt seine neuen Freunde mit Herz und Seele und nahm sie mit Geschichten gefangen, die weit über die Alltagserfahrung ihres gewöhnlichen Lebens hinausgingen. Und die Zuhörer waren dankbar für die Gaben des Geschichtenerzählers, denn solche Dinge hörten sie sonst nicht, und die Erzählungen würden an die Verwandten und Kinder derer weitergegeben, die sie gehört hatten, und zum Ursprung kleiner Legenden werden. Auch Alejandro wußte die Unterhaltung zu schätzen.

Bald hatte Hernandez zuviel Wein getrunken, um fortzufahren, und nach einer kurzen Pause wurden Schlürfen und Schmatzen von der Stimme eines jungen Mannes übertönt, der Hernandez sehr aufmerksam zugehört hatte.

»Ich habe auch eine Geschichte zu erzählen«, sagte er. »Ich habe sie von einem Matrosen im Hafen von Marseille.«

»Dann laßt sie hören«, lallte Hernandez. Doch im Unterschied zu dem bärbeißigen Soldaten, der die Menge schon in seinen Bann schlug, bevor er sprach, war der junge Mann kein Geschichtenerzähler von Natur; man mußte ihn drängen fortzufahren.

»Vielleicht wird ein Glas Wein Eure Zunge lösen«, sagte Hernandez und winkte dem Wirt, eines zu bringen.

Und nach ein paar Minuten stellte sich heraus, daß Hernandez die Wirkung des Weins richtig eingeschätzt hatte. Der junge Mann sagte: »Der Matrose lungerte auf den Docks von Marseille herum, weil er auf einem Kaufmannsschiff anheuern wollte; sein eigenes Schiff sollte überholt werden und eine Weile im Trockendock liegen. Da er sonst nichts zu tun hatte, trieb er sich in der *taverna* herum und hoffte, von einem Schiff zu hören, das Matrosen brauchte.«

Nach Hernandez' bunten Geschichten fanden die Zuhörer das ziemlich langweilig. Doch nach einem weiteren Schluck

Wein fuhr der gestärkte Erzähler tapfer fort: »Eines Nachmittags hörte ich ihn von einer Galeone berichten, die in den Hafen von Messina eingelaufen und ziemlich weit draußen vor Anker gegangen war. Sie gehörte einer Genueser Handelsgesellschaft und war lange überfällig, daher galt ihre sichere Ankunft als großer Segen. Doch als die Vertreter der Compagnia an Bord gingen, fanden sie die Mannschaft tot bis auf sechs Matrosen, und diese sechs lagen ebenfalls im Sterben.«

Gedämpfte Rufe der Überraschung pflanzten sich unter den Zuhörern fort, und ihr Interesse war plötzlich geweckt. Mit leiser Stimme sagte ein Mann: »Ein Pestschiff!«

»Ja«, bestätigte der Erzähler, »und eine Pest, wie man sie noch nicht gesehen hatte, hat mein Matrosenfreund berichtet. Der Mann erzählte von schwarzen Hälsen, so aufgeschwollen, als steckte eine Melone drin!«

Die Zuhörer stöhnten, machten ungläubige Gesten und schalten den Erzähler wegen seiner phantastischen Geschichte. Alejandro erhob sich halb von seinem Stuhl und streckte die Hand aus, um die Menge zum Schweigen zu bringen.

»Schscht! Bitte, ich will diese Geschichte zu Ende hören.«

Die anderen warfen ihm seltsame Blicke zu, aber sein Eingreifen machte dem Erzähler Mut fortzufahren.

»Die Kranken hatten Beulen an Armen und Beinen, und ihre Hände und Füße waren schwarz wie die Nacht; keiner von ihnen konnte es ertragen, berührt zu werden, und alle schrien, ein gnädiger Tod möge sie von ihren schrecklichen Leiden erlösen. Aus allen Poren strömte der Gestank von Krankheit und Tod, und sie schwitzten so, daß ihre Kleider tropfnaß waren. Von den fünfzig Mann an Bord, als sie ablegten, waren alle angesteckt, und nur einer überlebte. Jetzt ist er verrückt und erinnert sich nicht einmal an den Namen seiner Mutter.«

Keiner sagte etwas. Der betrunkene Hernandez bekreuzigte sich, andere taten es ihm nach, und einige baten die Heilige Jungfrau um Schutz. Gegen so eine Krankheit gab es keine andere Verteidigung.

Irgendwie gelang es Hernandez, die Aufmerksamkeit der

schweigenden Menge zurückzugewinnen und sie wieder aufzumuntern. Der Spanier merkte nicht, daß sein Reisegefährte nachdenklich und in ganz anderer Stimmung war als die anderen. Später fragte Alejandro den Erzähler eingehend nach weiteren Einzelheiten über die angebliche Krankheit, doch der Mann konnte nicht viel mehr berichten, und Alejandro gab schließlich auf.

In dieser Nacht schrieb Alejandro beim Licht einer Kerze die Einzelheiten der Geschichte, die er in der *cantina* gehört hatte, in sein Buch. Während er eifrig kritzelte, schnarchte Hernandez, grunzte und warf sich auf seinem Strohlager herum. Alejandro war froh, daß keine weiteren Reisenden da waren, sonst hätte er sich mit Hernandez womöglich ein Lager teilen müssen, und bei dem Gedanken, die Gliedmaßen des betrunkenen Spaniers könnten in der Nacht mit der Wucht von Mehlsäcken auf ihn einschlagen, war ihm alles andere als wohl. Sauber, satt und in Gedanken noch heftig mit den Neuigkeiten des Abends beschäftigt, schlief er endlich ein; seine Tasche hielt er an sich gedrückt, und bald träumte er von Carlos Alderon.

In seinem Traum war der riesige Schmied noch größer und eindrucksvoller als im Leben. Er kam bei Tageslicht zu Alejandro, tot, aber noch auf den Beinen, jedes Glied einzeln mit dem groben Leichentuch umwickelt; nur die Brust lag bloß und wies zahlreiche Schnitte und Wunden auf. Die Hände und Füße, die aus den Tüchern herausschauten, waren schwarz wie das Eisen der Schaufel, mit der er ausgegraben worden war. Er stieß gräßliche Anschuldigungen gegen den Arzt hervor, dem es nicht gelungen war, ihn gesund zu machen, und beschuldigte Alejandro, seinen Tod gewollt zu haben, damit er seinen Leichnam später exhumieren und sezieren konnte. Er kam näher, streckte die Arme aus, doch gerade, als er ihn packen wollte, wurde Alejandro ruckartig wach; er setzte sich zitternd auf, kalter Schweiß drang ihm aus allen Poren. Er rieb sich mit einer Hand heftig das Gesicht, während er mit der anderen seinen zitternden Körper stützte; als er sich zur Seite wandte, sah er Hernandez friedlich schlafen, unberührt von dem Gefühl der Bedrohung, das ihn geweckt hatte.

Der Schneider verbeugte sich und ging rückwärts zur Tür hinaus. dabei umklammerte er die Goldmünze, die Hernandez ihm in die Hand gedrückt hatte; er konnte es gar nicht fassen, welche phantastische Summe er für so einfache Arbeit bekommen hatte. Nachdem sie die Rechnung des Wirts bezahlt hatten, machten der Spanier und der Jude sich auf den Weg zur Bäckerei, wo Hernandez mehrere der frisch gebackenen Brote des Tages erstand und die langen, dünnen Laibe in alle freien Taschen seiner Kleidung und seines Gepäcks steckte.

Während Alejandro sein Reittier bestieg, sagte er: »Das Hemd ist richtig schwer vor lauter Münzen!«

Hernandez lachte herzlich. Ohne jedes Mitgefühl mit der beneidenswerten Last sagte er: »Möge Gott mich mit der Beschwernis schlagen, zu viele Münzen zu haben! Und möge ich nie davon genesen!«

Sie ritten zügig, bis sie mittags die kleine Stadt Figueras erreichten, noch immer ein gutes Stück von der Küste entfernt. Sie ließen die Pferde in einem Stall zurück, wo ein kleiner Junge sie gut abrieb und tränkte.

Die *cantina* war dunkel und kühl, eine willkommene Abwechslung nach der brennenden Tageshitze. Sie aßen eine herzhafte Mahlzeit, die Hernandez mit einer reichlichen Menge Bier hinunterspülte. Wieder war Alejandro recht still, während sein Gefährte die anderen Gäste mit seinen Heldentaten und Kriegsgeschichten unterhielt.

»Genug von meinen Lügen«, sagte er schließlich. »Ich bin es leid, mich zu rühmen. Wer hat berichtenswerte Neuigkeiten?«

Man erzählte von verschiedenen Ernten; ein Mann beschrieb in allen Einzelheiten einen Hochzeitszug, der vorbeigekommen war und eine junge Adelige von weither zu ihrem wartenden Bräutigam in Kastilien geführt hatte. Er unterhielt seine hingerissenen Zuhörer mit Erzählungen über die verschwenderischen Ausschweifungen der Reichen, die die lauschenden Bauern sich kaum vorstellen konnten.

Alejandro war sich seiner Lage als Flüchtling sehr bewußt; er wollte keine Aufmerksamkeit erregen und verhielt sich still. Sein

Desinteresse schlug schnell in Langeweile um. Er und Hernandez hatten es bislang geschafft, der Neuigkeit von der Ermordung des Bischofs vorauszureiten, und er hoffte glühend, daß ihnen das auch weiterhin gelingen werde. Noch immer vertraute er Hernandez nicht genug, um ihm zu sagen, was er getan hatte, während der Spanier vor dem Kloster auf ihn wartete. Er nahm allerdings an, der ältere Mann wisse, daß er nicht die Absicht gehabt hatte, dem Bischof für seine milde Behandlung zu danken.

Erst als ein zerlumpter Pilger anfing, von dem Pestschiff zu sprechen, richtete Alejandro sich aufmerksam auf. Der Mann hatte ruhig in der Ecke gesessen und hatte zügig sein Brot und seinen Käse verzehrt, obwohl er offensichtlich keine Zähne hatte. Graue Stoppeln bedeckten sein Kinn, und sein Geruch deutete darauf hin, daß er kürzlich in Tuchfühlung mit Maultieren gekommen war.

»Die Krankheit ist nicht mehr auf die Schiffsmannschaft beschränkt«, sagte er zur Verblüffung seiner Zuhörer. Gedämpftes Murmeln ging durch die Reihen der Gäste. »Die Vertreter der Compagnia haben ein paar Tage gewartet und dann Leute ausgeschickt, die die Schiffsladung an Land bringen sollten, ganz gegen den Willen des Hafenmeisters von Messina, der geschworen hat, die Angelegenheit zur richterlichen Entscheidung vor den örtlichen Dogen zu bringen.«

Alejandro war überrascht, wie beredt der Mann sich ausdrückte. Bei seinem zerlumpten Aussehen hatte er das nicht erwartet. Der Mann setzte seinen Bericht fort und schmückte ihn mit präzisen Einzelheiten über das Fortschreiten der Krankheit aus.

»Innerhalb weniger Tage wurden mehrere Mitglieder der Entladungsmannschaft krank; zuerst klagten sie über Halsschmerzen und ein Kratzen in der Kehle. Bald hatten sie alle Fieber, und ihre Zungen waren geschwollen und weiß. Einer nach dem anderen mußte sich zu Bett legen, und keiner stand mehr auf.«

Die Gäste der *cantina* hörten aufmerksam zu; sie waren entsetzt über die Geschichte des Mannes. »Nach ein paar Tagen wurden bei einem Mann die Gliedmaßen blau, dann schwarz; die

Schwellung in seinem Hals war ein apfelgroßer Klumpen, gefüllt mit dickem gelbem Eiter und umgeben von blauen und schwarzen Flecken. Ebensolche Eiterherde erschienen bald an seinen Lenden und in den Achselhöhlen, und er hatte ständig Schmerzen. Seine Familie rief einen Arzt, der die riesigen Beulen öffnete.«

Die anderen Zuhörer stießen Rufe des Abscheus aus, aber Alejandro hörte aufmerksam zu und bedachte sorgfältig die möglichen Diagnosen. Er hörte, wie der Pilger von Delirien und Schweißausbrüchen, Perioden der Bewußtlosigkeit und anschließendem Schüttelfrost berichtete, bei dem der Kranke auf Eis zu liegen glaubte. Er erzählte auch davon, daß der arme Mann nicht mehr in der Lage gewesen war, seine Ausscheidungen zu beherrschen, und wie er nach und nach zum Skelett abmagerte, als der Körper einen letzten Versuch machte, die Krankheit zu überleben. Am Ende sei der Mann in tiefe Verzweiflung gestürzt und unter qualvollen Krampfanfällen gestorben.

Alejandro vergaß für einen Moment sein vorsichtiges Schweigen und fragte den Pilger: »Habt Ihr das mit eigenen Augen gesehen?«

»Nein, Herr, das nicht, ich habe die Geschichte von einem anderen Reisenden aus Messina. Aber ich zweifle nicht daran, daß er die Wahrheit sprach.«

Das tat auch Alejandro nicht; dennoch war die Geschichte nicht der Augenzeugenbericht, auf den er gehofft hatte.

Alle waren nun verstummt und dachten über die erschreckende Schilderung nach, die sie gerade gehört hatten. Der Berichterstatter wandte sich wieder seinem Mahl zu, tauchte sein restliches Brot in Bier und kaute entschlossen. Selbst der normalerweise überschwengliche Hernandez wirkte düster und zurückhaltend. Er erinnerte Alejandro daran, daß sie noch eine lange Reise vor sich hatten und daß es am besten wäre, das verbleibende Tageslicht auszunutzen, um vor Einbruch der Nacht das nächste Dorf zu erreichen. Sie brachen auf und machten sich in raschem Tempo auf den Weg zur Küstenstadt Carbere.

Das tiefblaue Mittelmeer glänzte im letzten Tageslicht; das Geräusch der Wellen, die sanft das Ufer liebkosten, beruhigte die beiden müden Männer; die Hufschläge ihrer Pferde hatten sie nun lange genug gehört. Alejandro hatte das Meer seit seiner Rückreise von der medizinischen Ausbildung in Montpellier nicht mehr gesehen, und sein Anblick war ihm willkommen.

In Carbere hatten sie ihre Wasserflaschen aufgefüllt und gedünsteten Fisch gekauft, der in große Blätter gewickelt war. Nun setzten sie sich bei Sonnenuntergang still an den Strand und genossen ihren Fisch, gefolgt von einem von Hernandez' zahllosen Brotlaiben.

Im Unterschied zu Hernandez war Alejandro nicht ernüchtert über die Pestgerüchte, sondern unruhig und erregt. Er spekulierte über die Ursachen und machte sich laut Gedanken über die Schwierigkeit, ein solches Leiden zu behandeln.

»Niemals«, sagte er, »auch nicht in meinen Jahren auf der Medizinschule, habe ich von so gräßlichen Symptomen gehört. Sicher sind die Geschichten bei jeder Wiederholung stärker übertrieben worden; ich kann einfach nicht glauben, daß etwas so Entsetzliches einfach aus dem Nichts auftaucht.«

Hernandez hatte in seinen Kriegerjahren viele Fälle von Typhus und Cholera gesehen. »Trotz meiner glorreichen Geschichten«, sagte er traurig zu Alejandro, »ist der Krieg in Wirklichkeit selten glorreich. Die Geschichten helfen mir, das Elend zu vergessen, weil sie die Ehre des Sieges in den Vordergrund stellen; wenn ich mich genausooft an Blut und Pestilenz erinnern sollte, würde ich vor Kummer den Verstand verlieren. Das Schwert der Krankheit kostet ebenso viele Menschenleben wie das Schwert des Feindes.«

Alejandro merkte, daß diese Gedanken schwer auf Hernandez lasteten, denn seine übliche Fröhlichkeit war düsterem Schweigen gewichen. Als die Sonne untergegangen war, stand der alte Krieger auf, sammelte etwas trockenes Strandgras und zündete ein kleines Feuer an, damit sie noch eine weitere Stunde Licht hatten.

Sie schliefen im weichen Sand auf ihren Decken, eingelullt

vom Rauschen des Meeres. Alejandro erwachte, als die ersten Sonnenstrahlen am Horizont glänzten. Vergeblich bemühten sich die Seevögel, den morgendlichen Wellengang zu übertönen; sie kreischten und krächzten, als wollten sie Gott persönlich wecken.

Alejandro beschattete seine Augen gegen das helle Sonnenlicht und sah sich nach Hernandez um. Er fand ihn im kühlen Salzwasser, wo er sich in den Wellen erfrischte. Hernandez winkte ihm wild, er solle auch ins Wasser kommen, und Alejandro rollte schließlich seine Hosenbeine hoch und ging ein Stückchen hinaus; es gefiel ihm, Sand und Wasser zwischen seinen nackten Zehen zu spüren. Er kehrte auf den Strand zurück, zog sich aus und tauchte dann ganz in die Wellen.

Für ein paar Augenblicke waren sie so beide unbekümmert und sorglos; Hernandez schüttelte die verstörenden Erinnerungen an vergangene Kriege ab, und Alejandro fühlte sich sicher wie in der Zeit, als er noch nicht auf der Flucht gewesen war. Keiner von ihnen konnte die gestaltlose Bedrohung, die sich uneingeladen zu ihrem Reisegefährten gemacht hatte, ganz abschütteln. Sie saß ihnen in der Magengrube wie eine nagende, unterschwellige Angst. Beide wußten, daß diese kurze Idyll die Ruhe vor irgendeinem Sturm war, doch der Sturm blieb noch verborgen, war noch nicht bereit, sich zu zeigen.

Der Strand war fest und zum Reiten gut geeignet, und so ritten sie am Wasser entlang, wo es nur möglich war, genossen die kühlen Spritzer der Brandung und kehrten nur auf die Straße zurück, wenn der Strand für die Pferde zu felsig und gefährlich wurde. Sie kamen gut voran; Hernandez hoffte, gegen Abend die Uferstadt Narbonne zu erreichen, denn hinter Perpignan kannte er keine Süßwasserquelle mehr.

In Narbonne erfuhren sie, daß die Krankheit in Genua angelangt war. Alejandro war nicht sonderlich überrascht, daß sie den wichtigsten Handelshafen der Region erreicht hatte. Genua war das ursprüngliche Ziel des Pestschiffes gewesen, und seine verpestete Fracht war mit einer anderen Galeone dorthin befördert worden. Wenige Tage nach der Ankunft hatten einige Mannschaftsmitglieder, die nach der kurzen Reise wieder an Land gegangen waren, die gleichen Krankheitssymptome bekommen wie die Mannschaft des Geisterschiffs. Andere Matrosen und Handelsagenten hatten sich auf anderen Schiffen zu anderen Häfen aufgemacht, unter anderem nach Marseille, und hatten die unbekannte Ursache der Pestilenz mit sich genommen.

Zuerst breitete sich die Krankheit unter den Schiffsruderern aus, und nach und nach wurden sie alle in ihren Ketten sich selbst überlassen, tot oder sterbend. Man erzählte sich eine grauenhafte Geschichte über einen Galeerensklaven, den man tagelang schreien hörte; er flehte, man möge ihn freilassen, denn auf wunderbare Weise war er der Ansteckung entgangen. Doch statt durch die Pest starb er an Wassermangel, umgeben von den stinkenden Leichen seiner Schiffsgefährten, denn keiner wollte an Bord gehen, um das Wasserfaß in seine Reichweite zu stellen.

Alejandro und Hernandez verbrachten die Nacht in der Küstenstadt, da sie einen geeigneten Gasthof mit einem freien Zimmer gefunden hatten. Im Wirtshaus der Stadt drehte sich die Unterhaltung den ganzen Abend um neue Berichte von der Ausbreitung der Pest; kein anderes Thema weckte auch nur annähernd soviel Interesse. Man sprach in gedämpftem und ängstlichem Ton; unter den Bürgern herrschte große Furcht, die geheimnisvolle Krankheit könne auch ihren Bezirk erreichen.

Beim ersten Morgenlicht machten Hernandez und Alejandro, die ihre Vorräte schon am Abend erneuert hatten, sich wieder auf den Weg; irgendwie schien ihre Reise auf einmal dringender. Obwohl sie schon zuvor schnell vorangekommen waren, beeilten sie sich nun noch mehr, denn Montpellier war nur noch einen harten Tagesritt entfernt.

Als die Sonne unterging, trugen die schweißglänzenden Pferde ihre Reiter über die letzte kleine Erhebung zum Tor der alten Klosterstadt, wo Alejandro in seiner Jugend seine Ausbildung erhalten hatte.

»Ich sehe alles wieder so deutlich vor mir«, sagte er zu Hernandez, »obwohl die Stadt sich sehr verändert hat! Jetzt stehen

Häuser, wo früher freies Land war, und einige der Straßen sind gepflastert!« Sie ritten in die Stadt hinein, und Alejandro zeigte auf das Haus, wo er bei einer bekannten jüdischen Familie gewohnt hatte. »Vielleicht sollte ich sie begrüßen«, sagte er zu Hernandez. Montpellier war ein Teil seiner Vergangenheit und erinnerte ihn an eine glückliche Zeit seines Lebens; plötzlich spürte er eine unerklärliche Sehnsucht nach etwas Vertrautem.

»Das solltet Ihr besser lassen«, sagte Hernandez nüchtern, »es sei denn, daß Ihr keinen Grund habt, Entdeckung zu fürchten.«

Alejandro wich seinen Blicken aus und ließ die Angelegenheit ohne Entscheidung fallen. Schweigend entfernten sie sich von dem Haus. Ein Stück weiter die Straße hinunter erreichten sie die ersten Gebäude der Universität, und Alejandro geriet sichtlich in Erregung. »Hier kann ein Jude studieren, ohne Mißhandlungen fürchten zu müssen«, sagte er. »Obwohl diese Schule von Priestern gegründet wurde. Die Familie, bei der ich wohnte, hielt mich unter strenger Aufsicht, so daß ich bei meinem Aufenthalt wenig mehr getan habe als studieren. Heute bereue ich, daß ich mir nicht die Zeit genommen habe, mehr über diese Stadt zu erfahren.«

Es herrschte geschäftiges Treiben in der Stadt, als sie durch die überfüllten Straßen ritten. Sie wollten unbedingt eine Unterkunft für die Nacht finden und hielten viele Leute an, um sie um Auskunft zu bitten; die meisten waren höflich, aber einige wirkten zerstreut und eilten nach einer kurzen Entschuldigung davon. Alejandros eingerostetes Französisch war bestenfalls bruchstückhaft, doch Hernandez, der die Sprache noch weniger beherrschte, verließ sich auf ihn.

Als sie schließlich untergekommen waren, fragte Alejandro den Gastwirt nach der hektischen Aktivität in der Stadt.

»Monsieur, eine schreckliche Krankheit sucht unsere Region heim. Wir dachten, sie wäre auf Marseille beschränkt, aber heute morgen kam ein Bauer in die Stadt und berichtete, daß er seine gesamte Schafherde tot auf der Weide gefunden hat. Ein Massensterben. Die Leute haben es eilig, die Stadt zu verlassen; sie fürchten die Ansteckung, denn keiner weiß, wer diese Pest mitgebracht hat und wie sie sich ausbreitet. Ich bin zwar froh über die Münzen, die ich von Euch bekomme, doch Ihr tätet gut daran, weiterzureisen und Euch schnellstens von diesem Ort zu entfernen.«

Nach dem Gespräch nahm Hernandez Alejandro beiseite. »Ich bin auch der Meinung, daß wir gut daran tun, diese Stadt so schnell wie möglich hinter uns zu lassen, doch heute nacht bleiben wir hier. Es paßt mir gar nicht, daß ich mich in Gesellschaft eines Arztes befinde, denn ihr könntet von einem Priester oder Behördenvertreter zum Dienst gezwungen werden. Verbergt Euren Beruf vor jedem, der danach fragt, oder sagt, Ihr wärt ein Gelehrter.«

»Hernandez«, antwortete Alejandro ihm, »Ihr verlangt zuviel von mir! Mein Eid verpflichtet mich, den Kranken und Verletzten uneigennützig zu dienen.«

»Junger Freund, ich flehe Euch an, schützt jetzt Eure eigene Gesundheit. Wenn Ihr unbedingt dienen wollt, dann seid Ihr vielleicht wesentlich nützlicher, wenn die Pest sich noch weiter ausbreitet. Wenn Ihr tot seid, könnt Ihr niemandem helfen, Euch selbst am allerwenigsten.«

Diese letzte Feststellung bewirkte, daß Alejandro ein ahnungsvoller kalter Schauer über den Rücken lief. *Wenn Ihr tot seid,* wiederholte er im stillen.

»Wenn ich tot bin, Hernandez, seid Ihr nicht mehr für mich verantwortlich.«

»Dann bitte ich in aller Bescheidenheit darum, daß Ihr mir gestattet, meine Vereinbarung mit Eurer Familie einzuhalten, indem ich Euch sicher in Avignon abliefere, denn die volle Bezahlung erhalte ich erst, wenn Ihr Euch unversehrt bei dem Bankier präsentiert, der den Schuldschein einlösen wird, den ich von Eurem Vater bei mir trage.«

Alejandro versprach Hernandez, auf sich achtzugeben, bis sie sicher in Avignon waren. »Bitte verzeiht mir, Hernandez, ich wußte nichts von dieser Vereinbarung. Ihr wart ein edler Gefährte und ein ehrenwerter Begleiter. Ihr habt mich beschützt, und dafür bin ich Euch dankbar. Ihr sollt Euer kleines Vermögen haben, denn Ihr habt es verdient. Allein wäre ich auf dieser Reise mit Sicherheit umgekommen.«

Hernandez verbeugte sich gravitätisch, schwenkte einen Arm vor dem Körper und sagte: »Zu Euren Diensten, Señor. Es war mir eine Ehre, Euch bei Eurer Reise in ein neues Leben beizustehen.«

Die streitsüchtige Atmosphäre war vergangen, und die beiden Reisenden schickten sich an, zu Bett zu gehen. Sie einigten sich darauf, am frühen Morgen zu ihrem eigentlichen Ziel Avignon aufzubrechen.

6

Ted fand das Labor für Mikrobiologie leer bis auf den Wachmann.

»Da war gerade eine junge Dame hier, die Sie gesucht hat, Sir«, sagte der Wachmann. »Sie hat nach einer Arbeit gefragt, die sie hier machen läßt. Sie interessierte sich für das hier«, berichtete er Ted und zeigte auf den Stoffkreis unter dem Mikroskop. Nervös stand der Mann da und wartete auf irgendeine Reaktion des Direktors, der im Umgang mit rangniederen Institutsangestellten bekannt wortkarg war. Die meisten von ihnen fühlten sich in seiner Gegenwart ziemlich unbehaglich.

Ted sah an seiner langen Nase hinunter den Wachmann an. »Hat sie gesagt, wo sie hingeht?«

»Sie sagte, daß sie Sie suchen will, Sir. Vermutlich ist sie direkt zu Ihrem Büro gegangen.«

»Dann wird sie sicher zurückkommen, wenn meine Sekretärin ihr sagt, daß ich hier bin.« Ted lächelte dem Mann halbherzig zu, ein leichtes Kräuseln der Mundwinkel, an dem keine anderen Gesichtsmuskeln beteiligt waren. Er wollte dem Wachmann die Verlegenheit nehmen, doch seine ansonsten unbewegten Züge machten diesen nur noch nervöser.

»Also«, sagte der Wachmann und ging rückwärts in Richtung

Tür, »ich muß weiter meine Runden drehen. Wenn ich die junge Dame treffen sollte, sage ich ihr, daß Sie hier sind.« Damit wandte er sich um und flüchtete.

Während er auf Bruce wartete, schaute Ted sich im Labor um. *Echtes Selbstwertgefühl kommt von echter Leistung,* sagte er sich, und in diesem Gebäude hatte er eine Menge geleistet. Seit den Ausbrüchen hatten er und Bruce die Abteilung für Mikrobiologie zu einer wissenschaftlichen Einrichtung von immenser Bedeutung ausgebaut, nicht nur für die experimentellen Forschungsarbeiten, die aus ihr hervorgingen, sondern auch für die heikle Arbeit, mit der sie auf eine Krise in der Außenwelt reagieren konnte. Das Personal dieser Abteilung hatte sämtliche Richtlinien für die Biologische Polizeitruppe entwickelt – er haßte das Wort »Biocop«, aber es hatte sich, nachdem ein Journalist es zum ersten Mal gebraucht hatte, festgesetzt wie kalter, angetrockneter Haferschleim – und die ersten Offiziere ausgebildet, die dieser Divison der Londoner Polizei zugeteilt wurden. In seinem Büro hatte Ted einen Ordner von mindestens sieben Zentimetern Dicke mit Unterlagen von Bewerbern, die auf eine der seltenen freien Stellen in der Abteilung für Mikrobiologie warteten, und am Montag, wenn er die Aufgabe in Angriff nahm, Frank zu ersetzen, wollte er diesen Ordner aufschlagen, um die zwölf Besten auszusieben. Ein glücklicher Mikrobiologe würde die Chance seines Lebens bekommen: Er oder sie würde selig in Englands bestem Labor arbeiten, umgeben von Glas, Chrom und weißem Plastiklaminat, mit sämtlichen Geräten, neuen Computerprogrammen und allen robotischen Dingen, die für Geld zu haben waren. Seit den Ausbrüchen, bei denen der aufgeregte und überforderte Gesundheitsminister gesehen hatte, welche Vorteile für die öffentliche Gesundheit eine solche Einrichtung bot, waren finanzielle Mittel kein Problem mehr.

Ted hatte das Institut mit Bruces Unterstützung klug aufgebaut; es war eine Art gemeinsames Baby. Bruce, der großen Wert darauf legte, die eigentliche Arbeit in der Hand zu behalten, war vertrauter mit den alltäglichen Tätigkeiten. »Ich bin eifersüchtig, weißt du?« hatte Ted einmal zu Bruce gesagt. »Du darfst die ganzen Spielsachen benutzen.« Ähnlich neidisch hatte Bruce erwidert: »Ja, aber du suchst sie aus.«

Während er sich nun unter all diesen Spielsachen umsah, fiel Teds Blick auf das, was Franks Arbeitsplatz gewesen war. Er bot ein getreues Abbild seines Inhabers, unordentlich und ungepflegt. Die perfekte Wiedergabe desselben Chaos. Er ging hinüber und suchte unter den Stapeln von Papieren und Forschungsberichten nach der Liste der Vorbereitungen, die für anstehende Arbeiten zu treffen waren, aber er fand sie nicht gleich. In einem Zeitalter, in dem die Bedeutung von Papier dramatisch abnahm, hatte Frank es geschafft, sich davon weit mehr als seinen Anteil zu sichern, und das meiste war nach Teds Einschätzung überflüssig. Ted haßte diese Art von Unordnung und hatte Frank das oft gesagt; er hatte gerade wieder einmal versuchen wollen, dem ansonsten hervorragend tüchtigen Techniker diese schreiende Unart abzugewöhnen, als der Mann die Frechheit besaß, unpassenderweise zu sterben. Ted wurde klar, daß er bald jemanden an seine Stelle setzen mußte, um die Arbeiten weiterzuführen; *ich hätte das gleich gestern tun sollen, als ich es erfuhr,* dachte er. Aber er hatte nicht geahnt, daß Frank ein solches Chaos hinterlassen würde.

Er begann, sich im Umkreis von Franks Arbeitsplatz umzusehen. Auf einem nahen Tisch lag ein Nachschlagewerk; offensichtlich gehörte es nicht dorthin. Er fragte sich, was passieren würde, wenn es gebraucht wurde und nicht auffindbar war; zweifellos würde derjenige, der es dort liegengelassen hatte, sich als erster beschweren. Er nahm das Buch in die Hand und sah sich das Stichwort auf der aufgeschlagenen Seite an. *Yersinia pestis.* Ihm fiel kein Zusammenhang mit irgendeiner neueren Arbeit ein. *Ach, vielleicht hat der Ventilator die Seiten umgeblättert,* dachte er. Er schloß das Buch und sah sich weiter um.

Er fragte sich, ob Frank die Vorbereitungsliste in der Tasche gehabt hatte, als er starb; das Personal in der Wäscherei hatte in den Taschen von Laborkitteln schon seltsamere Dinge gefunden. Natürlich würden Franks Kleidung und seine Habseligkeiten von der Polizei registriert worden sein; was würden sie mit einem solchen Gegenstand machen, wenn sie ihn fanden? Er nahm sich vor, den Namen des Beamten festzustellen, der mit den Ermittlungen nach dem Todesfall befaßt war. Er war dankbar, daß dieses unzeitige Ableben wenigstens nicht *im* Labor passiert war; sonst hätte es Wochen gedauert, bis die Biocops ihn wieder hereinließen, dieselben Poliszisten, deren routinemäßige medizinische Ausbildung in ebendiesem Labor entwickelt worden war. Sie würden bedenkenlos jede Verzögerung verursachen, die ihnen notwendig erschien, und er konnte es sich nicht leisten, so lange darauf zu warten, daß er endlich anfangen konnte.

Das Anfangen wäre viel einfacher, wenn ich diese verdammte Liste hätte! dachte er. Seine Gereiztheit wuchs. Er entschied, daß außer Franks Taschen der naheliegendste Ort, an dem er suchen mußte, die Bürokabine im Labor war.

Nur Sekunden nachdem Ted an dem kleinen Tisch vorbeigegangen war, auf dem es lag, begann es in dem Röhrchen mit *P. coli* zu prickeln; rings um den Stöpsel erschienen kleine Bläschen. Die Bakterien, aufgetaut und warm, hatten sich kräftig vermehrt; die mikrobiologische Aktivität hatte Gase freigesetzt. Die Vibration von Teds Schritten erschütterte den Tisch gerade genug, um die Gase innerhalb des Röhrchens in Bewegung zu setzen; sie wirbelten durcheinander, schäumten, wurden instabil und näherten sich dem Zustand der Flüchtigkeit. Der Stöpsel, für die übliche Kaltlagerung sicher genug, erreichte die Grenze seiner Verschlußkraft; unsicher saß er in dem glatten Glas der Röhre, bis der automatische Ventilator des Labors wieder ansprang und eine neue Vibrationswelle auslöste. Daraufhin bebte der Stöpsel und schoß heraus. Schaumige Tröpfchen von *Palmerella coli* verteilten sich im Labor.

Wenn Ted gesehen hätte, was sich da abspielte, wäre er überrascht gewesen, wie weit der Sprühregen reichte. Doch er wandte den Vorgängen den Rücken zu und sah nicht, daß die schaumige Flüssigkeit sich in grob elliptischer Form über einen bereich von etwa zweieinhalb mal dreieinhalb Metern verteilte und so ziemlich alles in ihrer Reichweite kontaminierte, darunter auch das Mikroskop, unter dem Janies neuester Fund lag. Ein

Tröpfchen *P. coli* landete direkt auf dem Stoffkreis und benetzte die Stelle, an der die geheimnisvolle Mikrobe lag und nach ihren Reproduktionsbemühungen wieder schlief.

Hätte Frank noch gelebt und zusehen können, so hätte er von neuem fasziniert beobachtet, wie die mit frischer Feuchtigkeit versehene *Yersinia pestis* sich streckte und gähnte, an den Rändern wieder zu beben begann und mit herkulischer Anstrengung versuchte, sich zu teilen. Doch diesmal hatte sie einen Besucher, der ihr genau die Hilfe leistete, die sie brauchte; *Palmerella coli*, ihrer wollüstigen Natur treu, schickte auf der Suche nach ein bißchen heißem Sex eine Armee von gentransportierenden Plasmiden aus, und sie fand diesen Sex, denn Gertrude, die 600 Jahre in keuschem Schlaf gelegen hatte, war bereit, reif und willig; gierig öffnete sie ihre Zellwand der Invasion des genetischen Projektils. Dieses glitt mühelos in ihren feuchten Zellkörper, und sie waren eins.

Gertrude *P. coli* war geboren, und danach war die Reproduktion durch Teilung eine einfache Sache.

Als er das Splittern von Glas und das »Plop« des Stöpsels hörte, drehte Ted sich um, und fast sofort wurde seine Nase von einem neuen und abscheulichen Geruch belästigt. *Trauben,* dachte er, *Trauben, die verfault sind.* Seiner Nase folgend, erreichte er den Schauplatz der kleinen Explosion; seine Augen sahen Spuren von zerbrochenem Glas und schaumiger Flüssigkeit, und wo sie dichter wurden, konnte er das Epizentrum des Desasters ausmachen. Das Geschehen schockierte ihn so, daß er die angemessenen Vorsichtsmaßnahmen vergaß, eine große Scherbe der explodierten Röhre in die nackte Hand nahm, nach allen Seiten drehte und genau betrachtete. Ein kleines Stückchen des Etiketts klebte noch daran. Die Buchstaben »P« und »C« waren verschmiert, aber noch lesbar.

Er wußte, daß *P. coli* auf seiner Liste der vorzubereitenden Materialien gestanden hatte. »Verdammter Mist«, sagte er zu Franks Geist, »ich hätte mir denken sollen, daß du es noch schaffen würdest, die Probe aus dem Gefrierschrank zu nehmen.« Ted wußte, daß die Probe sich durchaus schon vierundzwanzig Stunden außerhalb des Gefrierschranks befinden konnte, reichlich Zeit, um den Druck aufzubauen, der für eine solche Explosion nötig war.

Er starrte auf das toxische Chaos, das er vor sich hatte, und Panik stieg in ihm auf. Er war sicher, daß sein Blutdruck in ungeahnte Höhen schoß. Er würde selbst aufräumen müssen. Niemand durfte erfahren, was hier passiert war, und noch viel weniger, daß es bei einem von ihm geleiteten Projekt passiert war. Theoretisch mußte er ein solches Ereignis der Biologischen Polizei melden, und je nach den Umständen würde das eine Strafverfolgung nach sich ziehen. Da Frank von der Bildfläche verschwunden war, wußte Ted, daß sich alle folgenden Ermittlungen auf ihn konzentrieren würden. Seine Aufsichtspflicht verlangte, daß er sofort jede laufende Arbeit kontrollierte, an der Frank zum Zeitpunkt seines Todes beteiligt gewesen war, um die Sicherheit des Labors zu gewährleisten. Das hatte Ted versäumt, was eine ungeheure Unterlassungssünde war; er mußte zugeben, daß er nicht einmal daran gedacht hatte.

Was für ein Durcheinander! dachte er. Und Bruce wird jeden Moment hier sein.

Er hatte oft genug mit *P. coli* gearbeitet, um zu wissen, daß es sich dabei um die bakterielle Version eines harmlosen Gigolos handelte, die an sich weder toxisch noch besonders gefährlich war. Doch Ted machte sich mehr Sorgen um das ziemlich extrovertierte soziale Verhalten der Mikrobe, ein Verhalten, dessentwegen sie entwickelt worden war und nun für Forschungszwecke geschätzt wurde: schamlos bereit, ihr genetisches Material zu teilen, und das häufig mit Mikroben, die das biologische Äquivalent von völlig Fremden waren. Ted rannte sofort in das verglaste Büro zurück und sah sich den dort aushängenden Plan der laufenden Arbeiten an; zu seiner Erleichterung stellte er fest, daß keine Prozeduren mit freien Bakterien darunter waren. Er ging zum Putzschrank des Labors, wo er ein angemessenes Sortiment antibakterieller Reinigungsmittel fand, die regelmäßig für die Fußböden und alle glatten Oberflächen des

Labors benutzt wurden. Er griff sich einen Arm voll Sprühflaschen und eine Rolle Papiertücher und kehrte an den Schauplatz des Desasters zurück.

Sorgfältig wischte er alle nahen Oberflächen mit Papiertüchern ab, die er mit dem stärksten Reiniger getränkt hatte, den er finden konnte. Der Geruch nach Chemikalien war überwältigend, weit schlimmer als der an verfaultes Obst erinnernde Geruch der bakteriellen Kontaminierung. Er verstaute die benutzten Papiertücher in einem für biologische Abfälle vorgesehenen Plastikbeutel. Er wischte den computergestützten Mikroskopaufbau ab und mußte dabei den kleinen Stoffkreis entfernen, der auf dem Objektträger lag, um die Flächen zu erreichen, die zwar von dem Stoff bedeckt, dadurch aber nicht vor Kontaminierung geschützt gewesen waren. Er drehte den Stoff in der Hand und sah ihn sich kurz an; in seiner Panik kam er nicht auf den Gedanken, er könne für sich genommen von Bedeutung sein. Bevor er seine Putzarbeit beendete, legte er ihn genau in der vorherigen Position auf den Objektträger zurück.

Als hätte Ted noch nicht genug Sorgen, brauchte er noch immer eine Mikrobe vom Typ *P. coli* für die Arbeit, die Bruce und er beginnen wollten; jetzt hatte er keine, und das würde er irgendwie erklären müssen. Er kramte auf der Suche nach einem Stift in Franks Schublade herum, und als er endlich einen fand, lief er zum Kühlraum. Rasch schaute er in der Liste nach, wo *P. coli* normalerweise gelagert wurde, und richtete die Kamera auf den entsprechenden Schacht. Aus der Nähe konnte er die Markierung lesen. Sie trug Franks Namen.

Er würde erklären müssen, wo Frank die Probe gelassen hatte, wenn er die Markierung nicht änderte. Vorsichtig, aber linkisch bewegte er den mechanischen Arm und wünschte sich dabei, er wäre mit dem Robotgreifer nur halb so geschickt wie der tote Frank. Ted nahm die Markierung und führte sie durch die Dekontaminierungsöffnung. Dann schrieb er rasch auf ein leeres Markierungsschildchen: »Probe wegen Sprung der Röhre kontaminiert. Neutralisiert und entsorgt am...« Er hielt inne und zählte rückwärts bis zu dem Tag vor Franks Tod. Dieses Datum trug er ein und kritzelte dann Franks Initialen in die Unterschriftszeile. Er schob die gefälschte Markierung durch die Öffnung und nahm sie dann mit dem mechanischen Arm auf; nach vielem Manövrieren gelang es ihm, sie an die Stelle zu plazieren, an der die Probe entnommen worden war. Danach steckte er die alte Markierung zu den benutzten Papiertüchern in den Entsorgungsbeutel. Wenn jemand fragte, warum die Entsorgung einer lebenden Mikrobe nicht in das tägliche Protokoll eingetragen worden war, würde er wahrheitsgemäß erklären, daß Frank manchmal die Angewohnheit hatte, seinen gesamten wöchentlichen Papierkram freitags zu erledigen, indem er persönliche Notizen zu Hilfe nahm, die er sich während der Woche gemacht hatte.

Er stellte den Ventilator auf stärkste Kraft und öffnete die Außentür einen Spalt, damit der antiseptische Geruch entweichen konnte. Nach wenigen Minuten war er bis auf das übliche Maß reduziert, denn es verging kein Tag, an dem im Labor nicht irgendeine antibakterielle Lösung benutzt wurde. Er versiegelte gerade den Plastikbeutel, als er hörte, daß jemand zögernd an die Außentür des Labors klopfte. Die unbekannte Stimme einer Frau rief leise: »Hallo?«

Er stopfte den versiegelten Plastikbeutel rasch unter einen Tisch, betrachtete den Bereich, den er soeben gesäubert hatte, und entschied, daß er bei einem zufälligen Beobachter keinen Verdacht erregen würde. Er selbst war ein bißchen zerzaust; deshalb fuhr er sich schnell mit den Händen über die Haare und strich seinen zerknitterten Laborkittel glatt, bevor er sich umdrehte, um den unerwarteten Eindringling anzusehen. Mit dem Ärmel wischte er sich den Schweiß von der Stirn, doch ein paar Tropfen waren ihm in den Augenwinkel gelaufen; mit einer behandschuhten Fingerspitze schnippte er sie weg.

Ted drehte sich um und setzte sein herzlichstes Lächeln auf, als er sah, daß es sich bei dem Störenfried nicht um den Großen Bösen Bruce, sondern um eine rothaarige Frau handelte, die aussah wie etwa dreißig, vermutlich dieselbe, von der der Wachmann gesprochen hatte. Er atmete tief ein, bevor er sprach – sein

Herz pochte noch immer rasend –, und begrüßte sie liebenswürdig.

»Guten Morgen. Kann ich etwas für Sie tun?«

»Ja, vielleicht. Ich suche den Direktor, Dr. Cummings.«

Er sagte: »Na, den haben Sie ja jetzt gefunden.« Er freute sich, als er sah, daß sie darüber anscheinend glücklich war.

Sie streckte die Hand aus. »Freut mich, Sie kennenzulernen«, sagte sie. »Ich heiße Caroline Porter. Ich soll mich heute morgen mit einer Kollegin hier treffen. Wir haben einige Proben zur Analyse in diesem Labor. Aber als ich vorhin kam, sagte mir der Wachmann, daß ich mit Ihnen darüber sprechen muß. Ich bin auf der Suche nach Ihnen wie ein kopfloses Huhn durch das ganze Gebäude gelaufen!«

Demonstrativ zog er seinen Handschuh aus und warf ihn in den entsprechenden Container, bevor er ihr die bloße Hand reichte. »Das tut mir leid«, sagte er. Wieder vergewisserte er sich mit einem raschen Rundblick, daß seine Reinigungsarbeit nicht zu sehen war. »Ich hatte allerhand zu tun«, sagte er und bemühte sich, seine Nervosität zu verbergen.

Er musterte die junge Frau rasch von oben bis unten, wobei er darauf achtete, daß sein Blick nicht lüstern wirkte, und versuchte einzuschätzen, ob sie eine Bedrohung war. Sie war ein bißchen schüchtern, etwa mittelgroß, weder dick noch dünn, und ihr Gesicht war konventionell hübsch, ihr Lächeln sehr freundlich. Sie war konservativ gekleidet, schlicht und eher unprätentiös. Nach ein paar Sekunden entschied er, daß ihm durch diese junge Frau wohl keine Entdeckung drohte. Allerdings behinderte sie die Beendigung seiner Reinigungsarbeit erheblich, und er mußte sie loswerden. Er würde versuchen, ihr Problem zu lösen und sie dann so schnell wie möglich wegzuschicken. »Was für Proben haben Sie denn hier?« fragte er und gab sich Mühe, möglichst hilfsbereit zu klingen.

Caroline beschrieb mit den Händen lange, schmale Formen in der Luft, um die gesuchten Gegenstände zu beschreiben. »Große Röhren mit Erde. Wir beenden gerade eine archäologische Grabung, die Bodenanalysen erfordert, und die chemischen Arbeiten werden hier durchgeführt.« Sie runzelte die Stirn und fuhr fort: »Unter Franks Leitung, wie es der Zufall wollte.«

»Da haben Sie ein bißchen Pech gehabt, fürchte ich. Sie sind in eine etwas unangenehme Situation geraten, um es milde auszudrücken.« Gespielt mitfühlend fuhr er fort: »Was für eine Tragödie. Er wird uns allen fehlen; er war ein tüchtiger Mann. Ich versuche gerade, mit ein paar Dingen klarzukommen, die er für mich angefangen hat. Ich weiß gar nicht, was ich ohne ihn machen soll.«

Caroline, der es unangenehm war, über jemanden zu sprechen, den sie kaum kannte, brachte das Gespräch höflich wieder auf ihre Sache zurück und sagte: »Vielleicht können Sie mir helfen festzustellen, wo unsere Proben gelagert sind. Sie dürften wohl im Kühlraum sein. Außerdem waren sie ziemlich groß, ungefähr einen Meter lang und zehn Zentimeter im Durchmesser.«

»Und wie viele waren es?«

»Vierundfünfzig.«

»Meine Güte, das ist eine Menge! Ich kann mir gar nicht vorstellen, daß wir Platz für soviel Material haben.«

»Es wurde alles hierhergebracht, und wir bekamen keine Mitteilung, daß es anderswohin transportiert wurde. Obwohl es natürlich möglich wäre, daß Frank uns benachrichtigen wollte, falls er die Proben weitergeleitet hatte, und nicht mehr dazu gekommen ist.«

»Das ist leider nur zu gut möglich. Er hat ein paar Dinge unerledigt gelassen. Aber alle Proben, die rausgehen sollen, werden dort drüben im Kühlraum gelagert. Sie unterlagen doch nicht irgendwelchen Biorestriktionen, oder?«

»Nicht daß ich wüßte.«

»Dann sind sie bestimmt da drin. Alle anderen Lagerbereiche sind Proben vorbehalten, die irgendwelchen Restriktionen unterliegen.« Er wies auf einen Lagerungsbehälter an der hinteren Wand des Labors. »Dort müßten sie also am ehesten zu finden sein.«

»Dann will ich mal nachsehen«, sagte Caroline lächelnd. »Danke für Ihre Hilfe.«

»Vorher muß ich nur noch eine kleine Sache regeln.« Als sie zu dem Bereich ging, den Ted gerade gesäubert hatte, spürte er, wie sein Herz wieder heftig zu pochen begann. Sie zeigte auf den Stoffkreis unter dem Mikroskop, und seine Knie wurden weich, der Schreck schnürte ihm die Kehle zu. Sie stellte ihre Handtasche ab und erklärte: »Das ist mit einer unserer Bodenproben aus der Erde gekommen. Wir haben es uns am Donnerstag angesehen, unmittelbar ehe Frank... äh, verstorben ist. Er hat es mit dem Computer ein bißchen bearbeitet und uns ein paar Dateien über eine markierte Stelle angelegt; vermutlich war das die letzte Arbeit, die er hier gemacht hat.«

Sie berührte den Stoff, versuchte ihn vom Objektträger zu nehmen. *Warum trägt sie keine Handschuhe?* Ted ging zu ihr hinüber, während er hektisch überlegte, wie er sie daran hindern konnte, den Stoff in die Hand zu nehmen, aber es war zu spät; ihre Finger waren bereits überall. Er konnte kaum seine eigene Stimme hören, als er sagte: »Haben Sie irgend etwas Interessantes gefunden?«

»Zuerst nicht, aber dann sind wir über diese dicke, fette Mikrobe gestolpert. So weit herauszufinden, um was es sich handelt, sind wir nicht gekommen, aber Frank hat gesagt, er würde sie sich genauer ansehen. Er hat die eigentliche Mikrobe mit einer Farbmarkierung versehen, damit wir sie später leichter wiederfinden. Wir werden uns damit amüsieren, wenn wir in die Staaten zurückkommen.«

Irgendwie gelang es Ted Cummings, die in ihm aufsteigende Übelkeit niederzukämpfen, seine Knie dagegen hatte er weniger unter Kontrolle. Doch er hatte Glück. Als seine Knie nachgaben und er schwankte, drehte Caroline sich gerade weg und schaute zur Tür, weil dort jemand ihren Namen rief. Sie konnte seine Bestürzung nicht sehen. Ted blickte auf, als er sich wieder gefaßt hatte, und sah eine großgewachsene Frau eintreten; er hörte, wie Caroline sie begrüßte, während er sich an eine Stuhllehne klammerte, um Halt zu finden.

»Tut mir leid, daß es so lange gedauert hat«, sagte die Frau, »aber es war schrecklich schwer, die Buchhaltung davon zu überzeugen, daß sie den Wechselkurs des Tages nehmen sollen, an dem sie meine Rechnung abschicken, und nicht den, der für sie zufällig am günstigsten ist. Ich mußte also etliche Minuten mit einem ziemlich unangenehmen Buchhalter zubringen und ihm einiges über Mathematik und Währungsumtausch erklären.«

»Sie Glückliche.«

»Das können Sie laut sagen! Und wir dachten schon, daß es bei uns zu Hause schlimm zugeht!«

Ted hielt sich zurück und schwankte leicht, während die beiden Frauen ihr triviales Gespräch beendeten. Mit großer Willensanstrengung nahm er sich zusammen und ging auf die Frau zu, um sich vorzustellen. Als er die Hand ausstreckte, lächelte er etwas zu liebenswürdig, doch die Antwort, die er erhielt, war prompt und professionell. »Hallo«, sagte Janie einfach, während sie ihm kurz die Hand drückte. Er räusperte sich nervös und sagte: »Miss Porter hat mir von Ihren Proben erzählt. Ich habe ihr gesagt, wo sie vielleicht zu finden sein könnten. Wenn ich sonst noch etwas für Sie tun kann, brauchen Sie es nur zu sagen.« Sie dankten ihm und gingen auf den Lagerbehälter zu.

Er setzte sich, um auf Bruce zu warten. Das Blut tobte förmlich durch seine Adern. Was sollte er sagen, wenn Bruce endlich kam? *Tut mir leid, alter Junge, ich scheine so eine Art kleinen Schlaganfall zu haben… Ich stehe da vor einem gewissen Problem, aber ich kann im Moment nicht darüber sprechen…* Im Hintergrund hörte er die beiden Besucherinnen reden, während sie den Kühlbereich durchsuchten; eigentlich hätte er hinter ihnen stehen und aufpassen sollen, daß sie die Vorschriften einhielten, aber da war er und klebte auf seinem Stuhl wie der personifizierte Streß. Er schwitzte, sein Herz pochte, und ihm war schrecklich übel. Außerdem ließen seine Sinne ihn im Stich; er konnte hören, daß Janie und Caroline miteinander sprachen, verstand aber nichts. Er war viel zu sehr in Panik, um sich auf etwas so Spezifisches zu konzentrieren.

Bald kamen die beiden Frauen wieder. »Ein Teil unseres Materials fehlt«, sagte Janie. »Wir haben die herausstehenden Enden gezählt. Unsere Röhren sind wesentlich größer als alles andere, was Sie dort gelagert haben, und wir haben sie ziemlich leicht gefunden. Aber wir haben dreimal nachgezählt, und keine von uns ist auf mehr als achtundvierzig gekommen.«

»Das tut mir schrecklich leid«, sagte Ted, aber insgeheim war er froh über die Ablenkung.

Janie stöhnte. »Eine, das könnte ich ja verstehen, aber sechs?«

»Wie ich Miss Porter schon sagte, ist es durchaus möglich, daß sie weitergegeben wurden«, sagte er. »Hier ist nicht sonderlich viel Platz. Wissen Sie, ich erinnere mich, daß Frank vor ein paar Tagen gesagt hat, er würde die Lagerbestände umräumen; er wollte damit das Labor auf einige ziemlich komplexe Recherchen vorbereiten, die wir in Kürze beginnen werden. Vielleicht weiß einer meiner Kollegen, welche Gegenstände anderswo untergebracht wurden; er wird hier an einem Experiment teilnehmen, und er brauchte mehr Platz.«

»Können wir mit ihm sprechen?« fragte Janie.

Ted schaute auf die Uhr und antwortete mit steifer Höflichkeit: »Vermutlich ist er schon unterwegs. Er müßte jeden Moment dasein.«

»Dürfen wir hier auf ihn warten?«

Das wird allmählich zu kompliziert, dachte Ted bei sich. Endlich sagte er ziemlich frostig: »Wenn Sie möchten.«

Kaum hatte er diese halbherzige Einwilligung ausgesprochen, flog die Labortür auf, ein Bruce Ransom stürmte hastig und dramatisch herein. Er atmete schwer. Sein langer, dünner Körper wirkte noch länger in den schwarzen Hosen und dem dunkelgrauen Hemd mit der passenden Krawatte; als einzige Konzession an seinen Beruf bedeckte er seine Straßenkleidung mit einem langen weißen Laborkittel, an dessen Brusttasche sein Namensschild geheftet war. Sein störrisches dunkles Haar, das in weichen Wellen bis über den Kragen seines Kittels fiel, sah aus, als hätte er sich am Morgen nicht die Mühe gemacht, es zu kämmen. Ted sagte ihm immer, er wirke eher wie ein Jazzmusiker als wie der stellvertretende Direktor einer der Regierung unterstellten medizinischen Forschungseinrichtung der höchsten Sicherheitsstufe. Bruce dankte ihm stets für diese Bemerkung.

»Ah, da ist er ja!«

»Tut mir leid, Ted«, sagte Bruce. »Ich wollte bloß den ganzen Entwurf zu Papier bringen, bevor wir heute anfangen.« Er schwenkte seinen Aktenordner vor Ted. »Jetzt ist er endlich fertig…«

Ihm war bewußt, daß zwei Fremde in der Nähe standen, und dankbar dachte er: *Ted wird mich nicht vor anderen kritisieren, weil ich zu spät komme…*

Er schaute zu den beiden Frauen hinüber; sie schienen auf jemanden zu warten, und ihr erwartungsvolles Aussehen machte ihm klar, daß sie möglicherweise auf ihn warteten. An der größeren Frau kam ihm irgend etwas vertraut vor, und er fragte sich, ob er sie vielleicht irgendwoher kannte. Er überlegte, aber auf Anhieb fiel ihm nichts ein, was ausgereicht hätte, um sie zu identifizieren. *Attraktiv,* dachte er. *Schöne Beine.* Doch dann merkte er, daß die Frau ihn ebenfalls anstarrte und prüfend musterte. Ihr Blick wanderte zu seinem Sicherheitsausweis; als sie den Namen las, erschien ein Lächeln auf ihrem Gesicht.

»Oh, mein Gott. Bruce Ransom. Wir waren zusammen auf der medizinischen Fakultät. Ich wette, Sie erinnern sich nicht an mich.«

Er sah sie wieder an und lächelte leise, während er ihr Gesicht betrachtete. Er schaute auf den Besucherausweis, der an den Kragen ihrer Bluse geheftet war. Er trug keinen Namen, sondern nur Datum und Zeit ihrer Ankunft. »Tja, es wäre einfacher, wenn ich ebenfalls Ihren Namen wüßte.«

»Verzeihung«, sagte sie. »Natürlich. Janie Crowe. Sie dürften mich als Janie Gallagher gekannt haben.«

»Crowe?« sagte er mit einem amüsierten Lächeln. »In den letzten zwei Monaten haben wir ungefähr hundert Faxe von Ihnen bekommen.«

Janie fand das nicht komisch. »Ihre Leute haben mich unglaubliche Verrenkungen machen lassen, um Zutritt zu diesem Labor zu erhalten. Inzwischen müssen Sie sogar meine Schuhgröße wissen.«

»Nun, das würde mich nicht überraschen, aber ich habe den

Antrag nicht bearbeitet, also weiß ich nichts darüber. Die Genehmigungen kommen zwar aus meiner Abteilung, aber ich schaue sie mir nicht alle persönlich an. Jemand aus meinem Büro hat sich um Ihre Anfrage gekümmert.« Er kicherte. »Ich weiß nicht, ob ich Ihnen das sagen soll, aber sie nennt Sie inzwischen *den Quälgeist mit den Faxen.* Ich hatte keine Ahnung, daß Sie das sind. Ich meine, der andere Name und all das.«

Janie lachte. *Quälgeist?* »Ich bin inzwischen wirklich ein anderer Mensch. Das Medizinstudium liegt zwanzig Jahre zurück.«

»Erinnern Sie mich nicht daran«, sagte er mit schiefem Grinsen. »Der Gedanke gefällt mir überhaupt nicht.«

»Ach, hören Sie auf. Zufällig weiß ich, wie alt Sie sind, und Sie sehen fabelhaft aus.«

»Sie auch, Janie!« Er musterte sie von oben bis unten. »Was für eine Überraschung! Was führt Sie an unser Institut?«

Sie seufzte. »Das ist eine sehr lange Geschichte. Lang und traurig und nicht sonderlich interessant. Ich möchte nur sagen, daß ich den Beruf wechseln mußte. Ich führe eine archäologische Ausgrabung durch, um ein Diplom in Forensik zu bekommen, und habe ein paar Bodenproben zur chemischen Analyse hier. Frank wollte die Arbeit beaufsichtigen. Wir sind hergekommen, um zu sehen, ob man uns einen anderen Techniker zuteilen kann. Wir, das sind Caroline und ich...« Sie wies auf ihre Assistentin, die lächelte und hallo sagte. Bruce erwiderte ihr Lächeln mit einem Nicken. »Caroline arbeitet mit mir an diesem Projekt. Jedenfalls haben wir, als wir uns unsere Proben ansehen wollten, festgestellt, daß einige fehlen. Es müßten vierundfünfzig sein, und wir können nur achtundvierzig finden. Wir stehen ziemlich unter Termindruck und müssen schauen, daß wir vorankommen. Wir versuchen festzustellen, wohin die Proben gebracht worden sein könnten, und Ihr Kollege hier...« – sie wies auf Ted – »hat uns gesagt, daß jemand ins Labor kommen würde, der vielleicht weiß, wo sie sind.«

Bruce sah Ted an. »Und das soll vermutlich ich sein.«

Ted nickte. »Da du regelmäßig mit Frank gearbeitet hast,

dachte ich, du wüßtest sicher mehr als ich. Ich erinnere mich, daß Frank gesagt hat, er würde die Lagerbehälter umräumen, bevor wir mit unserer neuen Arbeit anfangen.«

»Ja, das wollte er«, sagte Bruce, »aber ich weiß nicht, was er im einzelnen gemacht hat und wie weit er damit gekommen ist, bevor er starb. Nur, daß er es vorhatte.«

Janie seufzte sichtlich enttäuscht. »Ich finde es bloß merkwürdig, daß er uns nichts davon gesagt hat, als wir gestern hier waren.«

»Wann sollten Ihre Analysen beginnen?«

»Montag.«

»Dann ist es durchaus möglich, daß er die Proben vorübergehend anderswo gelagert hat und sie am Montag wieder hier haben wollte. Wenn das der Fall ist, hätte er keinen Grund gehabt, die Verlagerung zu erwähnen. Frank konnte sehr zerstreut sein, aber er hatte seine eigene Art, Dinge anzugehen. Irgendwie wurden sie immer erledigt.« Er sah Ted an, als suche er Bestätigung für seine Einschätzung der Arbeitsgewohnheiten des verstorbenen Technikers. Ted nickte zustimmend.

Janie stellte fest, daß ihre Enttäuschung in Zorn umschlug. *Zuviel geht schief,* dachte sie bei sich. *Das ganze Projekt scheint vom Pech verfolgt.* Schnippischer, als der Anlaß rechtfertigte, sagte sie: »Das ist ja alles schön und gut, ich bin sicher, daß er sie in bester Absicht verlagert hat und daß sie am Montag morgen in aller Frühe wieder hiergewesen wären.« Sie schaute zwischen Bruce und Ted hin und her. »Sie beide scheinen viel Vertrauen zu ihm zu haben, also muß ich Ihre Erklärung wohl akzeptieren.« Sie lächelte ziemlich höhnisch. »Sogar dankbar akzeptieren. Aber leider trägt Ihre sehr gute Erklärung, warum die Röhren nicht hier sind, nicht viel zu dem Problem bei, sie zu *finden* und dann wieder hierher *zurückzubringen.*«

Bruce und Ted wechselten Blicke und schienen im Geiste eine Münze zu werfen. Janie beobachtete sie und dachte: *Also, wer von euch muß sich nun mit diesem mißgelaunten amerikanischen Weib abgeben?*

Anscheinend kam es zu einer Entscheidung. Bruce erwiderte

Janies Blick und sagte: »Ich will das gern für Sie überprüfen. Es gibt wirklich nur wenige Stellen, an die so große Proben gebracht worden sein könnten.«

»Ich wäre Ihnen wirklich sehr dankbar, Bruce. Unser Terminplan ist ohnehin schon sehr knapp. Ich möchte durch so etwas keine Zeit verlieren.«

»Kein Problem. Ich tue das gern für Sie. Aber vielleicht kann ich die Proben erst in ein paar Stunden beschaffen.« Er warf Ted einen kurzen Blick zu, wandte sich dann wieder an Janie und sagte: »Ted und ich haben im Moment ein paar Dinge zu besprechen. Wenn wir damit fertig sind ...«

Zu Bruces Überraschung unterbrach Ted ihn: »Das können wir auch um ein oder zwei Stunden verschieben. Ich weiß nicht genau, wieviel von den Vorbereitungen Frank schon erledigen konnte, und könnte ein bißchen Zeit im Labor brauchen, um das festzustellen. Es hat nicht viel Sinn, daß wir weitermachen, solange wir nicht wissen, wie weit die Vorbereitungen schon gediehen waren.«

Bruce sah Ted erneut an, diesmal mit fragend hochgezogenen Augenbrauen. »Bist du sicher?«

Ted lächelte. *O ja, ganz sicher,* dachte er bei sich, während ihn Erleichterung durchströmte. »Es bedeutet eine kleine Verzögerung unserer eigenen Arbeit, aber die Dinge sind sowieso ziemlich ins Stocken geraten wegen der bevorstehenden Beerdigung und so. Der größte Teil des Personals wird hingehen wollen. Ich kann mir nicht vorstellen, daß ein paar Stunden da so viel ausmachen. Und es gibt noch ein Problem. Ich habe heute morgen, als ich auf dich wartete, im Kühlbehälter nach der Probe von *P. coli* gesucht, und die ist leider vernichtet worden. Die Röhre hatte irgendwie einen Sprung, und Frank hat sie entsorgt. Er hat eine Markierung für die Entnahme angebracht. Aber ich habe keine Bestätigung dafür finden können, daß er Ersatz bestellt hat, bevor er starb.«

Janie, die sehr erfreut aussah, sagte: »Nun, dann ist das ja geklärt.« Sie wandte sich an Bruce. »Wie kann ich Sie erreichen?«

Er nahm seine Brieftasche aus der Gesäßtasche seiner Hose, suchte einen Moment darin herum und fand schließlich eine

Karte, die er Janie reichte. »Das ist meine Nummer. Geben Sie mir doch auch Ihre.«

Sie nahm einen kleinen Notizblock aus ihrer Handtasche und schrieb die Nummer ihres Hotels auf. »Es gibt einen Anrufbeantworter. Wenn ich nicht da bin, hinterlassen Sie eine Nachricht. Ich rufe Sie dann gleich zurück, das verspreche ich.«

»Okay.« Bruce sah Ted an. »Ich kümmere mich sofort darum.« Er schaute auf seine Uhr. »Sollen wir uns später wieder hier treffen, vielleicht um halb drei oder so?«

Ted nickte.

Janie sagte: »Wir schreiben uns nur die Nummern der Proben auf, die wir haben, und dann muß ich ins Hotel zurück, um sie mit der Liste zu vergleichen. Ich habe nicht daran gedacht, sie mitzubringen.«

»Gut. Dann sprechen wir uns später.«

»Würde mich freuen«, sagte Janie.

Ehe sie ging, sagte Bruce: »Es war nett, Sie nach all dieser Zeit wiederzusehen.«

Janie lächelte. »Ja, war es.«

Während er in sein Büro zurückging, dachte Bruce über die seltsamen und verwirrenden Ereignisse des Vormittags nach. Als er mit der inneren Wiederholung seines zufälligen Zusammentreffens mit Janie fertig war, wurde ihm klar, daß gleichzeitig eine weit interessantere Geschichte Gestalt annahm, die ihm bei all der Aufregung beinahe entgangen wäre. *Wieso hat Ted eigentlich keinen Schaum vor dem Mund gehabt?* fragte er sich. Normalerweise geriet Ted völlig außer sich, wenn so etwas passierte. Am liebsten hätte Bruce zu dem Mann, der im Labor geblieben war, gesagt: *Wer sind Sie, und was haben Sie mit Ted gemacht?*

Ted setzte sich in die Nähe des Mikroskops, den Schauplatz seines jüngsten Fiaskos, und wartete darauf, daß die beiden Frauen gingen, damit er seine Reinigung beenden konnte. Er rang noch immer um Fassung, als Caroline von dem Lagerbehälter zurückkam und sagte: »Noch etwas... Das hätte ich fast vergessen. Ich muß Gertrude holen.«

»Gertrude?« fragte Ted.

Caroline wandte sich dem Mikroskop zu und nahm einen kleinen Plastikbeutel aus ihrer Handtasche. »Die Mikrobe, die Frank auf dem Stoff gefunden hat. Wir haben sie nach Janies Großmutter benannt.«

Ted sprang von seinem Stuhl auf und streckte die Arme aus, bereit, sie am Berühren des Stoffes zu hindern. »Hier, lassen Sie mich das für Sie machen...« Er hoffte, daß seine Stimme seine wachsende Panik nicht verriet. Er versuchte, entschlossen und nicht verzweifelt auf sie zuzugehen. Aber er war nicht schnell genug; sie hatte die Probe bereits fest in der Hand. Er konnte sie nicht daran hindern.

»Danke, ich komme schon zurecht«, sagte sie. »Ich werde den Stoff in diesem versiegelten Beutel zu den übrigen Proben tun.« Sie lächelte ihn an. »Hoffentlich nimmt ihn uns keiner weg.«

Ich werde mich nie an unabhängige Frauen gewöhnen, dachte Ted wütend. Er schluckte und sagte nichts, sondern beobachtete sie genau und merkte sich, wo sie den Stoff hinlegte. Er würde ihn sich später holen.

Er gab sich Mühe, die Fassade perfekter Höflichkeit aufrechtzuerhalten, und in Anbetracht der Adrenalinmenge, die durch seine Adern strömte, gelang es ihm recht gut. Er setzte sich wieder hin, schloß die Augen und hoffte, daß der Alptraum vorüber war, wenn er sie in ein paar Minuten wieder öffnete. Wahrscheinlich war es allerdings nicht.

»Hier drin sieht sie nach gar nichts aus«, sagte Janie. Die Stoffprobe, die flach auf dem plastikbeschichteten Drahtgestell mit den Erdröhren lag, wirkte fast mitleiderregend verloren. »Vielleicht sollten wir sie jetzt gleich mitnehmen«, sagte sie. »Wir müssen ja heute nicht unbedingt noch mehr verlieren.«

Caroline betrachtete das Gestell. »Sie haben recht«, sagte sie und steckte den versiegelten Plastikbeutel in ihre Handtasche.

Bevor er am Abend das Institut verließ, ging Ted noch einmal in das Labor, um den Stoff zu holen. Er würde ihn verbrennen, und damit wäre der Fall erledigt. Das Potential, eine Katastrophe auszulösen, wäre für alle Zeit beseitigt. Wenn sie fragten, was aus dem Stoff geworden war, würde er sich ahnungslos stellen. Und Gelegenheit, danach zu suchen, würde er ihnen nicht mehr geben. Doch als er den Lagerbehälter öffnete, war der Gegenstand an der Stelle, an die Caroline ihn gelegt hatte, nicht gleich zu sehen. Ängstlich durchsuchte er eine Reihe von Containern und Schachteln in der Nähe, aber er konnte ihn nicht finden; nach ein paar Minuten gab er auf und ordnete alles wieder so an, wie er es vorgefunden hatte. Er wollte nicht, daß man Spuren seiner Suche sah.

Er fragte sich, ob Caroline ihn doch noch anderswo abgelegt hatte oder ob seine Erinnerung ihn täuschte. Er war in Panik gewesen, als er beobachtet hatte, wie sie den kleinen Plastikbeutel verstaute; vielleicht konnte er sich nicht auf sein Gedächtnis verlassen. *Na, egal,* dachte er; die beiden Frauen würden wiederkommen, und er würde dafür sorgen, daß man ihn über ihre Ankunft informierte. Vielleicht würde er wie zufällig hereinschauen, wenn sie arbeiteten, ein bißchen mit ihnen plaudern, das Gespräch dann auf ihre Arbeit bringen und sich den Gegenstand zeigen lassen. Und danach würde er ihn nicht mehr aus den Augen lassen.

7

Dies sollte der letzte Tag ihrer weiten Reise sein; der Spanier und der Jude erhoben sich also lange vor Tagesanbruch aus ihren bequemen Betten in dem Gasthof in Montpellier und ritten in flottem Tempo los. Beide waren begierig, die alte Mönchsstadt zu verlassen und endlich Avignon zu erreichen.

Nachdem sie ein gutes Stück Weges zurückgelegt hatten, hielten sie in einem kleinen Bauerndorf an, um ihre Pferde zu tränken. Die Sonne stand noch nicht hoch genug am Himmel, um die Feuchtigkeit der vergangenen Nacht zu vertreiben, und sie bewegten sich durch Wolken von feinem, grauem Dunst. Während sie am Brunnentrog standen und sich so gut wie möglich vom Straßenstaub reinigten, spritzte Alejandro sich Wasser ins Gesicht und sagte: »Ich werde froh sein, wenn ich einen Tag erlebe, an dem ich nicht aus einem weichen Bett aufstehen und mein Gesäß einem harten Sattel überlassen muß.«

»Beklagt Euch nicht, mein Freund«, sagte Hernandez kichernd. »Ein weniger vom Glück begünstigter Mann wäre vielleicht gezwungen gewesen, *zu Fuß* nach Avignon zu gehen.«

»Ach, wenn ich *wirklich* Glück gehabt hätte, hätte ich die Reise überhaupt nicht zu machen brauchen.«

»Ihr fordert das Schicksal heraus, mein Freund, wenn Ihr so etwas sagt; es gibt Menschen, die denken, daß es eine Art göttlichen Plan für den Verlauf eines Lebens gibt. Ich neige auch dieser Ansicht zu. Ihr wißt nicht, was Euch am Ende dieses Weges erwartet; vielleicht wird es eine angenehme Situation sein. Vielleicht werdet Ihr einsehen, daß Ihr *nicht* unglücklich seid. Und bis dahin solltet Ihr dankbar sein, daß Ihr reiten könnt.«

Das Geräusch knirschender Räder erregte ihre Aufmerksamkeit; aus dem Dunst in einiger Entfernung tauchte ein von einem Maultier gezogener Karren auf, der unter dem Gewicht seiner Ladung ächzte.

»*Madre de Dios*«, flüsterte Hernandez und bekreuzigte sich.

Sie wechselten bestürzte Blicke. Hernandez zeigte auf den Karren und sagte: »Ja, ein *wirklich* unglücklicher Mann wäre vielleicht auf diese Weise gereist.«

Als der Karren langsam deutlicher sichtbar wurde, erkannte Alejandro Hände und Füße, die seitlich herausragten. Ein Mann in einem schwarzen Kapuzengewand, eine Peitsche in der Hand, ging vor dem Maultier her und drehte sich alle paar Schritte um, um auf das widerspenstige Tier einzuschlagen, das anscheinend die Reisenden auf dem Karren mit seinem jämmerlichen Gewieher aufwecken wollte.

Der Arzt spürte, wie seine Neugier wuchs. *Endlich,* dachte er bei sich. *Jetzt werde ich selbst sehen, ob die Geschichten, die wir gehört haben, wahr sind.*

Als der Karren näher kam, ließ er ihn nicht aus den Augen. »Seht nur, wie zerlumpt und schmutzig sie alle sind«, sagte er zu Hernandez. »Sie müssen zu Lebzeiten alle arm gewesen sein. Und schaut nur!« sagte er und zeigte auf den Karren. »Kein einziger trägt Schuhe!«

»Daraus kann man noch nicht auf Armut schließen«, sagte Hernandez in zynischem Ton. »Wahrscheinlich haben die Armen sie gestohlen, um ihren eigenen Füßen etwas Gutes zu tun.« Er bekreuzigte sich wieder, die zweite ungewöhnliche Geste für einen Mann, der es sonst mit den Vorschriften seiner Religion nicht zu genau nahm. »Gebe Gott, daß ich nie solche Entbehrungen kennenlerne.«

Alejandro bemerkte das beschützende Ritual und sagte: »Ihr seid viel zu einfallsreich, als daß Euch ein solches Schicksal beschieden sein könnte.«

Düster starrte Hernandez den Karren an. »Das stimmt wohl, denke ich, und die Jungfrau sei gelobt«, sagte er leise. »Aber ich würde mit Freuden mein Vermögen geben für die Gewißheit, nicht zu enden wie *diese* armen Seelen.«

So eine Gewißheit gibt es nicht, dachte Alejandro bei sich. *Vor dieser Geißel sind wir alle gleich.* Er wollte sich dem Karren nähern, und Hernandez begann sofort zu protestieren.

Alejandro beachtete die Ausrufe seines Begleiters nicht und ging so nahe an den Karren heran, wie seine eigene Furcht es zuließ. Ein ekelhafter Gestank ging von ihm aus, und Alejandro mußte ein paar Schritte zurücktreten. Er wandte den Kopf ab, weil es ihn würgte, und atmete mehrmals tief die frische Luft ein. Als er sich dem Karren erneut näherte, hielt er sich den Ärmel seines Hemdes vor die Nase.

Auf dem Totenkarren sah er die verrenkten Leichen von Frauen, Kindern, alten Männern; sie waren groß und klein, hell und dunkel, so verschieden, wie Menschen nur sein können. *Hernandez hatte recht,* dachte er bei sich, *sie waren nicht alle arm.* Einige wiesen Anzeichen von Beleibtheit auf und waren im Leben vielleicht wohlhabend gewesen; andere waren klapperdürr und verbraucht, ein sicheres Zeichen dafür, daß sie für ihr tägliches Brot lange und hart gearbeitet hatten, bevor sie ein schmähliches Ende fanden. Neugierig spähte er nach den Leichen, sah sich die geschwollenen Hälse und aufgeschwemmten Finger der unglücklichen Opfer an und kam zu dem Schluß, daß keine der Erzählungen, die er gehört hatte, übertrieben gewesen war.

»Wohin bringt man sie?« sagte er zu dem Karrentreiber.

Der Mann blickte auf und sah ihn mit einem müden Blick an, der fast so tot wirkte wie seine grausige Fracht. Unwillkürlich jagte eine düstere Vorahnung Alejandro einen Schauder über den Rücken.

»Sie werden auf einen Acker nördlich der Stadt gebracht, wo der Priester für alle zusammen eine Totenmesse lesen wird. Gott gebe, daß sie nicht ohne Beichte gestorben sind!«

Obwohl er nicht genau verstand, was »ohne Beichte« bedeutete, nickte Alejandro, als habe er Mitgefühl für das Ungemach derer, die so gestorben waren, und hoffte insgeheim, daß der Gott der Christen den Wert der Seele nicht am Aussehen des Leichnams maß. Er würde Hernandez später bitten, ihm die Bedingung zu erklären. Etwas zittrig vom Anblick der grauenhaften Fracht des Karrens, kehrte er zum Brunnentrog zurück und fuhr mit seinen Waschungen fort.

Die majestätischen Bögen der großen Brücke von St. Benezet spannten sich elegant über die Rhône; die schön gemeißelten Steine spiegelten sich im glänzenden Wasser. Alejandro hielt den Atem an, als sie in Sicht kam; sie waren auf einer baumbestandenen Straße um eine Biegung geritten, als die Brücke plötzlich aus dem Nichts auftauchte, massiv und prachtvoll. Jenseits des Flusses lag die Stadt Avignon, das Juwel der Provence. Trotz allem, was er durchgemacht hatte – seine Gefangennahme, die Brandmarkung, die Trennung von seiner Familie, der Mord –, war Alejandro aufgeregt wie ein Kind, dort zu sein, denn in Avignon würde sein neues Leben beginnen.

Die Türme des Papstpalastes ragten majestätisch empor, große, weiße Arme, die sich bittend gen Himmel reckten. Die blendend weißen Mauern leuchteten in der Nachmittagssonne und machten den Betrachter blind für die Umgebung. Alejandro fand den Palast schöner als alles, was er je gesehen hatte. Gerüste erhoben sich an einer der Mauern, doch Alejandro sah, daß sie leer waren. »Findet Ihr es nicht seltsam, Hernandez«, fragte er, »daß an einem so schönen Tag wie heute keine Arbeiter auf den Leitern stehen?«

Hernandez folgte seinem Blick. »Ihr habt recht«, sagte er. »Keine Steinmetze zu sehen. Vielleicht ist Avignon dieser Pest auch nicht entgangen.«

Als sie in die Stadt ritten, sahen sie ringsum, daß Avignon in der Tat nicht verschont geblieben war. Leute eilten hastig an ihnen vorbei, als trieben dringende Geschäfte sie an; die Bürger von Avignon zeigten keine Anzeichen der offenen Freundlichkeit, die Alejandro zu finden gehofft hatte, sondern drückten sich an ihnen vorbei, vermieden jeden Kontakt mit den Reitern und wirkten mißtrauisch, ja sogar regelrecht feindselig. Vor beinahe jedem dritten Haus, an dem sie vorbeikamen, lagen Leichen auf dem Boden und warteten auf den Karren. Die Karren selbst lösten einander in rascher Folge ab wie eine makabre Karawane auf dem Weg zu den Begräbnisstätten. Immer waren sie voll, und ihre hölzernen Räder bogen sich unter der Last.

»Wo werden diese Toten bloß alle begraben?« fragte Alejandro sich laut, als ein weiterer Karren vorbeifuhr.

»Wichtiger noch: Wer wird sie begraben?« erwiderte Hernandez. »Diese Plage rafft so viele dahin! Bei allen Göttern, Arzt, ich fürchte, sie wird auch mich ergreifen! Wie sollen wir das verhindern?«

»Ich weiß es nicht«, sagte Alejandro entmutigt und seufzte. »Ich weiß es nicht.«

»Seid Ihr sicher, daß dieses Zeichen bedeutet ›Zimmer zu vermieten‹?« fragte Hernandez. »Vielleicht habt Ihr die richtigen Wörter vergessen...«

»Ich habe sie nicht vergessen«, antwortete Alejandro. Das Geräusch der zufallenden Tür klang ihm noch in den Ohren; die verwitwete Wirtin hatte ihnen den Eintritt verweigert und gesagt, sie glaube keinem mehr, daß er nicht die Pest habe. Sie hatte ihnen geraten, in einem anderen, in der Nähe gelegenen Haus nach Unterkunft zu fragen, und so machten die beiden müden Reiter kehrt und gingen die enge Treppe wieder hinunter auf die kopfsteingepflasterte Gasse.

Die zweite Witwe, eine ältere Frau, deren Mann erst vor drei Tagen der Seuche zum Opfer gefallen war, war nur zu froh, sie aufzunehmen, denn sie war ganz allein und sehr verängstigt und hatte keine Verwandten, bei denen sie Hilfe suchen konnte. Sie brauchte allerdings mehr Geld als nur die Miete für das Zimmer, denn der Tod ihres Mannes hatte sie mittellos zurückgelassen. Sie bot Alejandro an, ihm ihr ganzes Haus zu vermieten und ihm den Haushalt zu führen, und zwar gegen ein geringes Entgelt, wenn er dafür versprach, ihr bei Dingen zu helfen, die sie als alte Frau nicht allein bewältigen konnte.

Diese Vereinbarung schien für beide vorteilhaft, doch bevor er einwilligte, nahm Alejandro Hernandez beiseite und fragte ihn nach seiner Meinung zu dem Vorschlag der Witwe.

Der Spanier billigte ihn. »Ein Mann hat immer Glück, wenn eine Frau sich um ihn kümmert«, sagte er, »selbst wenn sie es nicht ohne Bezahlung tut.« Er wandte sich nach der Witwe um, die eine Entscheidung erwartete. »Zumindest wird diese nicht Eure Zeit vergeuden, indem sie versucht, Euch zum Altar zu schleppen.«

Nachdem die beiden Männer sich kurz zu ihrer glücklichen Entdeckung gratuliert hatten, sagte Hernandez: »Ich bringe unsere Pferde in den Stall und gehe dann zum Bankhaus, um meinen Vertrag mit Eurem Vater zum Abschluß zu bringen. Ich komme vor dem Abendessen zurück, und dann werden wir sehen, ob die Dienste dieser Witwe ihren Preis wert sind. Wir trinken auf Euer neues Heim und darauf, daß Euch das Glück weiter hold bleibt.«

Alejandro trug seine wenigen Habseligkeiten in das kleine Haus; es war nicht groß, aber gut mit soliden und praktischen Möbeln ausgestattet. Die Böden aus gestampfter Erde im unteren Geschoß waren sauber gefegt und eben; es gab einen langen, schmalen Tisch mit Bänken zu beiden Seiten, einen Sessel und eine kleine Pritsche zum Schlafen. Oben fand er zwei getrennte Schlafkammern, von denen eine, nach der Größe des Bettes zu urteilen, einst einem Kind gehört zu haben schien. Der zweite Schlafraum war groß und bequem und hatte ein Fenster, da er auf der Vorderseite des Hauses lag. Das Strohlager befand sich auf einem Bettgestell; bei näherem Hinsehen merkte Alejandro, daß das Stroh frisch und ziemlich frei von Insekten war, die Laken, wenn auch sichtlich alt, in gutem Zustand und sehr sauber. Er stellte seine Sachen in dem kleineren Zimmer ab, denn er wollte dem beleibten Hernandez, solange dieser in Avignon war, das größere Bett überlassen. Nach seiner Abreise würde er als Hausherr es dann selbst übernehmen.

Nachdem er sich eingerichtet hatte, machte Alejandro sich auf, um Avignon zu besichtigen. Er hoffte, passende Räumlichkeiten für seine chirurgische Praxis zu finden. Nicht weit von seiner neuen Unterkunft stieß er auf den Laden eines Apothekers und fragte den Mann, ob in diesem Viertel irgendwelche Ärtzte praktizierten.

»Früher gab es hier in der Gegend zwei Ärzte und einen Bader für die Bewohner«, sagte der Apotheker. »Aber alle sind an derselben furchtbaren Krankheit gestorben, die auch ihre Patienten umgebracht hat, und ich fürchte, Ihr werdet dort keine Hilfe finden.«

Alejandro erklärte ihm, er sei selbst Arzt und nicht der Dienste eines Arztes bedürftig. »Ich bin eben erst nach Avignon gekommen und erwarte die Ankunft meiner Familie. Ich suche Räume für meine chirurgische Praxis.«

»Dann schlage ich vor, daß Ihr bei Dr. Seligs Witwe nachfragt. Seine Praxis war zwei Häuserblocks östlich von hier in einer engen Gasse neben der Werkstatt eines Schuhmachers. Vielleicht ist die Witwe auch bereit, Euch seine Gerätschaften zu verkaufen.« Sein Gesichtsausdruck wurde traurig. »Sie hat Kinder zu ernähren.«

Der Apotheker beugte sich dichter zu Alejandro, als wolle er ihm ein großes Geheimnis anvertrauen. »Der gute Doktor und ich hatten eine Vereinbarung, was seine Patienten betraf. Wenn seine Behandlung keine Heilung herbeiführte, schickte er die Leute zu mir, und ich verschrieb ihnen weitere Medikamente und Arzneien, um ihnen zu helfen.«

Alejandros Interesse war geweckt. »Hattet Ihr Erfolg bei der Behandlung dieser Pestilenz?«

»Pah!« lachte der Apotheker. »Keine unserer Behandlungen hat irgend etwas bewirkt! Niemand kann sagen, was die Quelle der Ansteckung ist! Sogar bei der Behandlung der Symptome habe ich wenig Erfolg.« In vertraulichem Ton fuhr er fort: »Es heißt, Juden würden die Brunnen vergiften. Ich persönlich bin geneigt, das zu glauben.«

Alejandro war bestürzt, versuchte sich das aber nicht anmerken zu lassen; er hörte diese lächerliche Anschuldigung nicht zum ersten Mal. Nun, da er nicht mehr aussah wie ein traditioneller Jude, glaubten die Leute offenbar, in seiner Gegenwart schlecht über sein Volk sprechen zu dürfen. Er zog den Kragen seines Hemdes enger zusammen und ging auf das Spiel des Mannes ein. Flüsternd sagte er: »Schrecklich! Was kann man dagegen tun?«

»Oh, es wird bereits eine Menge getan! In Arles sind drei Jüdinnen auf dem Scheiterhaufen verbrannt worden, nachdem ein Priester leere Glasampullen in ihren Häusern gefunden hat. Nur Stunden zuvor waren sie am Brunnen gesehen worden. Jetzt wissen die Einwohner nicht, was mit ihrem Wasser ist – einige sagen, der Brunnen sei sauber, andere wollen ihn nicht mehr benutzen und erklären, lieber verdursten zu wollen, als sich der Gefahr auszusetzen, an dieser Seuche zu sterben.«

Kühner, als er sich fühlte, sagte Alejandro: »Das zeugt sicher von einer gewissen Weisheit, aber ich glaube nicht, daß die Pest vom Wasser ausgeht. Wir alle trinken Wasser, und doch sind viele von uns noch am Leben; und wären inzwischen nicht alle Einwohner von Arles bis auf den letzten Mann gestorben, wenn das Gift aus dem Brunnen käme? Es scheint nur logisch, daß wir das Wasser nicht zu fürchten brauchen.«

»Aber das ist eine Geißel, eine Strafe Gottes«, protestierte der Apotheker. »Mit Logik können wir ihre Ursache nicht entdecken.«

»An jede Entdeckung muß man mit Logik herangehen«, sagte Alejandro. Darauf erwiderte der Apotheker nichts. Alejandro hielt es für besser, die Diskussion damit zu beenden; er hatte aus dem Munde des Mannes genug Unsinn gehört. Er entschuldigte sich so höflich wie möglich und machte sich auf die Suche nach der Witwe Selig. Dabei schwor er sich, niemals einen Patienten zu diesem Mann zu schicken, der selbst so voller Gift war.

Die Witwe öffnete die Tür zur chirurgischen Praxis ihres verstorbenen Gatten, und nachdem Alejandro sein Begehren erklärt hatte, bat sie ihn herein. Er ging ein Weilchen umher und sah sich die Räumlichkeiten und die Gerätschaften aufmerksam an. Die Frau wartete an der Tür, blieb zurückhaltend und beantwortete Alejandros Fragen höflich, aber kurz.

Er fragte sie nach dem Preis von Räumlichkeiten und Ausrüstung und äußerte Interesse, alles auf einmal zu kaufen. Die Geräte kamen ihm gut zupaß; sie waren nicht von allererster Qualität, aber weit besser als die, die er in Cervere benutzt hatte. Die Frau nannte einen Preis, und er zögerte einen Augenblick, weil er dachte, er sei zu gering für den wahren Wert des Ganzen. Dann sagte er zu ihr: »Madame, gewiß wäre eine höhere Summe angemessen.«

»Ich habe diesen Preis genannt, weil ich schnell verkaufen muß. Ich muß für meine Kinder sorgen.«

Er zählte einige Münzen mehr ab, als dem Preis entsprach, und drückte sie ihr in die Hand. Nachdem sie ihm überschwenglich gedankt hatte, gab sie ihm den eisernen Türschlüssel und wollte gehen, doch Alejandro hielt sie zurück.

»Madame«, sagte er, »hat Euer Gatte viele Patienten behandelt, die die Seuche hatten?«

Noch immer sah sie ihn nicht an, sondern antwortete mit niedergeschlagenen Augen: »In seiner letzten Lebenswoche hat er nichts anderes getan. Es hat ihn aufgezehrt. Als sie seinen Leichnam abholten, war er mit Beulen bedeckt; aber *ich weiß*, daß er an gebrochenem Herzen gestorben ist.« Und damit ging sie, in einer Hand alles tragend, was von der jahrelangen Hingabe ihres Mannes an seinen Beruf übriggeblieben war.

Alejandro stand in der leeren Praxis und musterte seine neuen Besitztümer; er empfand eine eigenartige Mischung aus Erregung und Angst. Die Praxis war größer und dunkler als seine in Cervere; er wußte, daß er für heikle Tätigkeiten eine Lichtquelle würde schaffen müssen. *Licht für mein neues Leben,* dachte er, als er die Tür hinter sich absperrte. Auf der Tür war noch immer ein Schild mit Seligs Namen. *Morgen,* dachte er, *werde ich einen Schildermacher suchen und mein eigenes Schild anbringen.*

Wie versprochen kam Hernandez rechtzeitig zum Abendessen zu Alejandros Haus zurück und berichtete vom Erfolg seines Besuchs im Bankhaus. »Wir sollen uns in drei Tagen zusammen dort einfinden, und dann werde ich hübsch dafür belohnt, daß ich Eure unwissende Haut gegen Straßenschurken verteidigt habe.« Er warf Alejandro einen vielsagenden Blick zu und fuhr fort: »Ich bin dankbar, daß uns keine Schurken in der Verkleidung spanischer Soldaten belästigt haben.« Dann lachte er und sagte: »Aber ich glaube, man bezahlt mir zuviel; die schlimmste Gefahr, der wir ausgesetzt waren, war wohl die Hitze der Sonne.«

»Trotzdem, Señor«, antwortete Alejandro, »Eure Aufgabe war nicht leicht, und Ihr habt sie gut erfüllt. Niemand mißgönnt Euch Eure verdiente Belohnung. Sie wurde im voraus vereinbart.«

Im Licht von zwei Kerzen auf dem Tisch verzehrten sie ihr gekochtes Fleisch und das knusprige Brot. Die Witwe servierte ihnen einen köstlichen Wein, den ihr Mann gekeltert hatte, und sie tranken einander zu, wie sie es sich versprochen hatten.

Alejandro fragte den Spanier nach seinen Zukunftsplänen. »Was werdet Ihr tun, da Eure Aufgabe nun erfüllt ist? Vielleicht solltet Ihr eine Weile hier in Avignon bleiben. Dieses Haus ist viel zu groß für mich, und ich glaube, die Witwe wäre froh um eine zusätzliche Münze jede Woche.«

Hernandez dankte ihm für das Angebot. »Ich habe Euch tatsächlich liebgewonnen, junger Herr, und ich weiß, daß Eure Gesellschaft mir fehlen wird. Seit unserer ersten Begegnung im Kloster von Cervere haben wir einen langen Weg zurückgelegt.«

Er trank einen Schluck von dem ausgezeichneten Wein und fuhr fort: »Für einen Mann wie mich ist es eine zu große Versuchung, ein gutes Pferd und eine kleine Börse mit Gold zu besitzen; jetzt kann ich reisen, wohin ich will, und viele Nächte unter den Sternen zubringen. Außerdem bin ich meiner alten Geschichten überdrüssig; ich glaube, es ist Zeit, daß ich ein paar neue erlebe.«

Dann senkte der Spanier die Stimme, da er die Wirtin nicht an ihren jüngsten Verlust erinnern wollte. »Ich habe vor, dieser Pest davonzureiten. Ich glaube, Avignon ist gefährlicher für mich als ein Platz am Lagerfeuer.«

Diese Erklärung seines tapferen Freundes ernüchterte Alejandro. Er versuchte, die herzliche Stimmung wiederherzustellen, und prophezeite kühn:

»Ihr werdet nach Avignon zurückkehren, und ich werde Euren nächsten Besuch ungeduldig erwarten; ich rechne fest damit, daß Ihr mich mit Erzählungen über Eure neuesten Abenteuer unterhaltet. Bis dahin werde ich Eure angenehme Gesellschaft und unsere Gespräche bitter vermissen.«

Mit einer höflichen Verneigung trank Hernandez seinem jungen Gastgeber nochmals zu. Alejandro dachte an zukünftige Abendmahlzeiten, bei denen ihm nur seine Hauswirtin Gesellschaft leisten würde, und er wußte, Hernandez würde ihm tatsächlich fehlen.

»Und jetzt, mein Freund, verlasse ich Euch für heute abend und suche die Gesellschaft einer fröhlichen Dirne. Ich verspüre das Bedürfnis, meine alten Geschichten noch einmal zu wiederholen.«

Am Vorabend des Tages, an dem sie das Bankhaus aufsuchen sollten, entschuldigte sich Herandez und stand vom Tisch auf, bevor er seine Mahlzeit beendet hatte, er klagte über Magenbeschwerden.

»Dieses französische Essen ist zu reichhaltig für mich. Ich habe in dieser Woche mehr Eier und Käse gegessen als während der ganzen Zeit in Aragon. Ich glaube, heute nacht gewähre ich meinen Verdauungsorganen eine Verschnaufpause.«

Gegen Mitternacht schwitzte und fror er abwechselnd; mal zog er seine Decke eng um sich, mal warf er sie heftig ab. Gegen alle Vernunft hoffte Alejandro, die Symptome seines Freundes seien nur die einer vorübergehenden Influenza oder einfach ein Anfall von *la grippe*; also behandelte er Hernandez entsprechend, flößte ihm Tee ein und wischte ihm mit kaltem Wasser und einem Schwamm das Gesicht ab.

Von der Wirtin borgte er sich eine Lampe mit dem Versprechen, den Ölbehälter am folgenden Tag wieder aufzufüllen. Dann lief er rasch in seine nahe Praxis und suchte die Geräte zusammen, die er für die Behandlung von Hernandez' Krankheit brauchen würde, falls seine schlimmsten Befürchtungen sich bewahrheiten sollten. Er würde sein Messer, sein Skalpell und eine Schüssel zum Auffangen des Blutes nötig haben, etwas Laudanum, um den Schmerz zu lindern, und viel Wein, den er seiner Wirtin abkaufen würde.

Als Alejandro in sein Haus zurückkehrte, ging es Hernandez sichtlich schlechter. Sein Atem war flach, und sein normalerweise gerötetes Gesicht sah bleich und teigig aus. Alejandro wies die Wirtin an, einen großen Becher zu bringen, füllte ihn mit starkem Wein und zwang Hernandez, diesen zu trinken. Der Wein schien ihn zu beruhigen.

Doch kurz darauf setzte der beleibte Mann sich ohne Vorwarnung im Bett auf, seine Augen traten hervor, und er übergab sich so heftig, daß der unverdaute Inhalt seines Magens durch das ganze Zimmer spritzte. Die Wirtin ächzte voller Ekel und eilte aus dem Zimmer; Alejandro hörte ihre hastigen Schritte auf der Treppe, versuchte aber nicht, ihr zu folgen.

Hernandez beruhigte sich ein wenig, nachdem er seinen Mageninhalt losgeworden war. Alejandro öffnete die Fensterläden, um den unangenehmen Geruch zu vertreiben, und zog einen Stuhl neben das Bett des Kranken. »Ich werde bei Euch wachen,

Hernandez, und für Eure Bedürfnisse sorgen«, sagte er. Dann legte er den Kopf auf die Arme und fiel in unruhigen Schlaf, wobei er immer wieder kurz von Carlos Alderon träumte.

Das Zwitschern einer Amsel auf dem Sims des offenen Fensters weckte ihn auf. Er schaute nach Hernandez und sah, daß der Kranke noch friedlich schlief. Die grobe dunkle Decke war bis zum Hals des Soldaten hochgezogen, und sein kalkweißes Gesicht hob sich unheimlich davon ab. »Euch muß sehr warm sein, mein guter Freund«, sagte Alejandro und legte eine Handfläche auf Hernandez' schweißnasse Stirn.

»Ja, tatsächlich«, antwortete er sich selbst und zog die Decke ein wenig hinunter.

Er hatte die scheußlichen Schwellungen an den Hälsen der Leichen gesehen, doch der Anblick eines so entstellten Lebenden drehte ihm den Magen um. Hernandez' Hals war unförmig aufgequollen. Blaue und schwarze Flecken umgaben eine große, runde Beule. Alejandro streckte die Hand nach Hernandez aus und spürte, daß das Fleisch immer wärmer wurde, je näher seine Finger dem Hals kamen; er legte die Fingerspitzen leicht auf die heiße Haut, tupfte sanft auf die runde Schwellung und war überrascht, wie fest sie sich anfühlte. Er wußte ganz sicher, daß sie mit dem dicken, wolkigen Sekret gefüllt war, das Beobachter dieser Seuche so oft beschrieben hatten. Er beschloß, Hernandez von dem Schmerz dieser riesigen Beule zu befreien, indem er sie öffnete.

Als er nach der Wirtin rief, damit sie Wasser brachte, erhielt er keine Antwort. Er ging nach unten und sah, daß die Laken auf ihrer Schlafpritsche neben dem Herd unberührt waren, und schloß daraus, daß sie die Flucht ergriffen hatte. Er nahm das dünne Leintuch von der Pritsche und riß es schnell in schmale Streifen. In der Küche fand er zwei Eimer mit Wasser, einer ganz voll, einer halb. Er trug einen Eimer und die Stoffstreifen nach oben und stellte alles auf dem kleinen Tisch neben Hernandez' Bett bereit.

Nachdem er sich rasch die Hände gewaschen und an einem der Leintuchfetzen abgetrocknet hatte, nahm er ein kleines

Fläschchen Laudanum heraus. Er schüttelte Hernandez sanft, um ihn aufzuwecken, und bat ihn, den Mund zu öffnen.

»Streckt die Zunge heraus, Hernandez; ich will Euch eine Arznei geben, die Eure Schmerzen lindern wird.«

Benommen tat der Spanier, worum er ihn gebeten hatte. Ihre Rollen waren jetzt vertauscht. Hernandez war das hilflose und unwissende Kind, Alejandro der weise und erfahrene Krieger, bereit, den unsichtbaren Angreifer seines Freundes zu bekämpfen.

Alejandro wandte sich ab, um saubere Luft zu atmen, denn Hernandez' Zunge war von einem kreidigen Belag bedeckt und verströmte einen unbeschreiblichen Geruch. Von der frischeren Luft gestärkt, sagte Alejandro: »Ruhig jetzt, denn das schmeckt unangenehm.« Dann träufelte er eine kleine Menge der Droge auf die Zunge seines Freundes. Um seinen Patienten aufzuheitern, fügte er hinzu: »Ich fände es sehr freundlich, wenn Ihr es nicht wieder von Euch geben würdet wie Eure letzte Mahlzeit.« Hernandez versuchte zu lächeln, doch statt dessen zuckte er zusammen; das bloße Verziehen der Lippen ließ den Schmerz in seinem Hals wild pochen. Tapfer unterdrückte er einen Schrei, doch er konnte nicht verhindern, daß ihm Tränen über die bleichen Wangen liefen.

»Nur Geduld, Hernandez, gleich werde ich meine bescheidenen Fertigkeiten an Eurem gequälten Hals anwenden. Ihr braucht nicht mehr lange zu leiden.«

Hernandez konnte nicht sprechen. Langsam bewegte er seine Hand, klopfte leicht auf Alejandros Hand und dann auf seine Achselhöhle. Alejandro versuchte zu erraten, was der Kranke ihm sagen wollte, öffnete Hernandez' Hemd und zog es über die Schulter herunter, um besser sehen zu können. Er entdeckte die gleichen fleckigen Schwellungen. Als er die apfelgroßen Beulen berührte, zuckte Hernandez zurück; diesmal konnte er seine Qual nicht verbergen. Er schrie vor Schmerzen.

Langsam tat das Laudanum seine wundersame Wirkung, und der Patient lag still, unempfindlich und benommen von der Droge. Alejandro arbeitete schnell, da er nicht wußte, wieviel

Zeit er haben würde, bevor Hernandez wieder bei vollem Bewußtsein war. Er säuberte seine Instrumente und wischte sie sorgfältig an einem der Leinenstreifen ab. Einen anderen tauchte er in Wasser und wusch den Bereich rings um die Beule von dem Schweiß sauber, der Hernandez über den Hals gelaufen war. Sorgfältig legte er dann mehrere schmale Streifen Stoff um das gelbliche Zentrum der Beule, um das Sekret aufzufangen, das nach dem Öffnen austreten würde, denn er hatte nicht die Absicht, es zu berühren. Er setzte das Skalpell in der Mitte der Beule an, legte einen weiteren Stoffstreifen darum und drückte zu. Hernandez begann sich schwerfällig zu winden, da er trotz seines Laudanumrausches Schmerz verspürte. Alejandro hielt den starken Druck aufrecht und fühlte, daß die Schwellung kleiner wurde.

Endlich versiegte das Sekret, keinen Augenblick zu früh, denn Hernandez kam langsam wieder zu Bewußtsein. Alejandro glaubte, betäubt sei er besser daran, und bot ihm mehr Laudanum an. Doch Hernandez machte mit der Hand eine schwache, verneinende Geste; er schien etwas sagen zu wollen.

Seine Stimme klang trocken und erschöpft. »Vergeudet Eure Arznei nicht an mich, Alejandro; ich empfinde in der Achselhöhle und in der Nähe meiner Männlichkeit den gleichen Schmerz wie im Hals. Bald werde ich nur noch aus Beulen bestehen, und Ihr werdet mir nicht helfen können. Ich glaube nicht, daß ich je wieder von diesem Bett aufstehen werde; bitte gestattet mir, in Würde zu sterben.«

Hernandez hatte all seine Kraft gebraucht, um diese wenigen Worte zu sprechen; er schloß die Augen und lag still, erschöpft von der Anstrengung, seine Wünsche zu bekunden.

Alejandro hatte gehört, daß die Opfer der Seuche in ihren letzten Stunden unter schrecklicher, verzweifelter Hoffnungslosigkeit litten, und er spürte, daß das jetzt auch bei Hernandez so war, doch er hatte nicht geahnt, daß dieselbe Verzweiflung auch die Überlebenden ergriff. Er umfaßte die schwarz gewordene Hand des Mannes und flüsterte ihm zu: »Wie Ihr wollt, mein Freund. Ich werde Eure Leiden nicht vergrößern.«

Um die Mitte des Nachmittags waren beide Hände des Spaniers vollkommen schwarz. Alejandro hatte nicht gewagt, sich die Füße anzusehen, vermutete aber, daß sie in ähnlichem Zustand waren. Untätig saß er am Bett des Spaniers und empfand abwechselnd tiefe Betrübnis und hilflose Wut. Er dachte zurück an den Tod des Schmiedes Carlos Alderon und seine Enttäuschung, weil er das Fortschreiten seiner Krankheit nicht hatte verhindern können. »Wollt Ihr mir nicht Zeit lassen, mich vorzubereiten?« fragte er Hernandez, der ihn nicht mehr hören konnte.

Alejandro betrachtete den verfallenen Körper und erinnerte sich, wie kräftig und stark er einmal gewesen war. Der Leib hatte sich während der kurzen Krankheit im Fieber verzehrt und wirkte viel kleiner und knochiger, als sei das Leben schon aus ihm entwichen. Der Hals war wieder geschwollen, da er sich rasch mit schwarzem Blut aufgefüllt hatte, das jetzt aus der Wunde tropfte und in körnigen Klumpen an den Seiten des Halses gerann.

In dem verzweifelten Wunsch, den Kontakt mit dem Mann nicht zu verlieren, den er inzwischen bewunderte und der nun sein einziger Freund auf der Welt war, sprach Alejandro leise auf ihn ein, während Hernandez dem Tode näher und näher kam, obwohl er wußte, daß der Spanier ihn nicht hören konnte.

»Ich verfluche mein Schicksal, Hernandez«, sagte er. »Ich wäre noch immer in Cervere bei meinen Freunden und meiner Familie, wenn dieses Mädchen nicht gewesen wäre. Und wenn der Bischof sich ehrenhaft benommen hätte – Ihr habt mir gezeigt, daß Christen dazu imstande sind –, dann hätte ich auf dieser Reise nicht die Angst vor Entdeckung kennengelernt.« Beschämt ließ er den Kopf hängen. »Und ich hätte auch keinen Grund gehabt, Euch mein Geheimnis zu verschweigen. Ich habe ihn getötet, wißt Ihr; ich habe ihm mein Messer in die Brust gestoßen. Ich wollte, daß sein Leben vor meinen Augen rot aus ihm herausströmt. Das belastet meine Seele; irgendwie werde ich diese Tat büßen müssen.«

Hernandez stöhnte, und Alejandro wischte ihm die Stirn ab. »Aber wenn das alles nicht passiert wäre, hätte ich nicht das Privileg gehabt, Euch kennenzulernen, mein Freund; es war eine größere Freude, als ich mir je hätte vorstellen können. Ihr werdet mir wirklich fehlen.«

Hernandez starb bei Sonnenuntergang, nachdem er die Augen kurz geöffnet und sich ein letztes Mal umgesehen hatte. Er flüsterte: *»Madre de Dios.«* Dann schloß er die Augen und tat seinen letzten Atemzug.

Alejandro wußte, daß er nun nichts mehr für Hernandez tun konnte. Er bedeckte ihn mit dem Laken, ging dann langsam in seine eigene Schlafkammer und fiel erschöpft ins Bett. Er machte sich nicht einmal die Mühe, die Kleider abzulegen.

Papst Clemens saß in seinen privaten Gemächern und fächelte sich in der drückenden Hitze. *Wozu ist das gut?* fragte er sich im stillen. *Hier hat es keine frische Luft mehr gegeben, seit dieser Schurke de Chauliac mich eingeschlossen hat, und noch dazu auf meinen eigenen Befehl, welche Ironie!* Er wischte sich den Schweiß von der roten Stirn; das feuchte Tuch hatte er seit dem Beginn seiner Gefangenschaft bei sich.

Das leise Klingeln einer Glocke lenkte ihn für einen Augenblick von seinem Elend ab. *Oh, Herr Jesus, laß es etwas Schmackhaftes sein, oder etwas mit Honig, oder vielleicht etwas Wollüstiges und Williges! Ich bin dieser Langeweile so müde!*

Doch zu seiner Enttäuschung wurde ihm nur eine Schriftrolle überbracht, wenn auch von eindrucksvoller Größe. Eifrig öffnete er sie, gierig nach Abwechslung von der Langeweile als Gefangener seines Arztes. Er sah sich nicht einmal vorher das Siegel an, sondern begann gleich zu lesen.

Eure Heiligkeit,

mit großer Traurigkeit schreibe ich Euch über Angelegenheiten, die sehr wichtig für die Heilige Kirche Christi und das Königreich England sind. Nun sind auch wir mit der Geißel geschlagen, die schon in ganz Europa wütet. Wir hatten gehofft, durch unsere Isolation von Frankreich ihren Verheerungen zu entgehen, doch sie hat starrsinnig das Meer überquert und ihr böses Gift an unsere schönen Ufer getragen. Sie begann vor nicht ganz einem Monat in Southampton und hat nun in unserer guten Stadt London und Umgebung festen Fuß gefaßt.

Ich habe die traurige Pflicht, Euch vom Tode John Stratfords zu unterrichten, unseres hingebungsvollen Erzbischofs, der am sechsten Tage des August in Canterbury verstarb. Seine Eminenz verließ diese Erde nach fünftägiger Krankheit, umsorgt von seinem Arzt und mehreren Mitgliedern seiner Familie, die über den Verlust tief betroffen und untröstlich sind.

Doch nun müssen wir von unserer eigenen Trauer sprechen, denn ich muß Euch einen weiteren Verlust melden, der mich und meine gute Königin Phillippa in noch größere Verzweiflung stürzt. Unsere liebe Tochter Joanna ist auf ihrer Brautreise nach Kastilien derselben schrecklichen Seuche zum Opfer gefallen. Während sie durch Bordeaux reiste, erkrankte sie zusammen mit mehreren Mitgliedern ihres Hofstaates.

Der Tod unserer schönen Joanna stürzt unsere Familie in unaussprechliche Trauer und bedroht außerdem unsere Allianz mit König Alfonso. Ich fürchte, die Weigerung meiner Isabella, seinen verachtungswürdigen Sohn Pedro zu heiraten, hat die Verständigung zwischen unseren beiden Reichen nicht gerade gefördert, und Ihr wißt, daß ich gegen die danach beschlossene Vermählung zwischen ihm und Joanna war. Eure Heiligkeit erinnert sich vielleicht, daß es viel Zwietracht über die Frage gab, ob diese Heirat weise wäre. Wir haben uns sehr bemüht, Alfonso davon zu überzeugen, daß Joanna ein angemessener Ersatz für ihre Schwester wäre, und das Mädchen selbst war willig. Möge Gott im Himmel ihr die Gnade gewähren, die sie für so edlen Gehorsam verdient. Ihr unzeitiges Hinscheiden hat nun ohne Zweifel die Spaltung zwischen Kastilien und England vertieft. Der Verlust Joannas ist nicht gutzumachen, es sei denn mittels einer anderen annehmbaren Tochter in heiratsfähigem Alter, und meine Königin weigert sich nun, eines ihrer Kinder aus den Augen zu lassen, da sie Angst hat, es sonst niemals wiederzusehen. Ich habe sie überredet, die jüngeren Kinder mit unserem königlichen Arzt, Ma-

ster Gaddesdon, nach Eltham Castle reisen zu lassen, um dort das Ende der Seuche abzuwarten. Aber sie will nichts davon hören, den jungen Edward und Isabella ebenfalls dorthin zu lassen, und in Wahrheit wollen die beiden das auch nicht.

Meine Minister und Berater können sich im Augenblick nicht einig werden, und alles ist in Verwirrung. Niemand möchte in London bleiben, da man die Ansteckung fürchtet, die unsere Bevölkerung in ihren schwarzen Klauen hat. Meinem Hof mangelt es an Dienerschaft, und ich mußte das Parlament auf unabsehbare Zeit auflösen. In Windsor fehlen mir fähige Berater, und Geschäfte meines Hofes werden gefährlich vernachlässigt. An meiner Grenze sammeln sich vergnügte Schotten, die gedenken, unsere vorübergehende Schwäche zu nutzen, weil sie sich in dem Irrglauben wiegen, sie würden der Pest nicht zum Opfer fallen.

In aufrichtiger Demut erbitte ich den Rat Eurer Heiligkeit, wie wir diese Angelegenheiten regeln sollen. Insbesondere brauchen wir einen Nachfolger für den verstorbenen Erzbischof; gewiß gibt es unter Avignons fähigen Bischöfen einen passenden Kandidaten, vielleicht auch einen Prälaten aus unserem eigenen Volk, der diesem Amt gerecht werden kann. Ich überlasse diese Entscheidung Gott und Eurer Heiligkeit, aber ich erinnere Euch in aller Bescheidenheit an unseren Wunsch, den Posten eilig zu besetzen.

Unsere Gesandten sagen, daß Euer Arzt über weise Methoden verfügt, die Ausbreitung der Ansteckung zu verhindern; als Beschützer Eurer heiligen Person ist er seiner Rolle wahrhaftig gerecht geworden. Ich hätte gern, daß Ihr uns einen Arzt schickt, der sich gut auf diese Vorbeugungsmaßnahmen versteht, denn wir haben wenig Erfahrung und müssen dafür sorgen, daß unsere Isabella vor dem Schicksal ihrer Schwester bewahrt bleibt. Sie ist der Liebling ihrer Mutter, die schon den Schmerz erleiden mußte, daß eine ihrer Töchter ihr in die Ewigkeit voranging. Ich möchte meiner guten Königin einen weiteren Verlust dieser Art mit Gottes Hilfe ersparen.

Ich habe angefangen, andere Heiratsmöglichkeiten für Isa-

bella in Betracht zu ziehen. Es besteht die Möglichkeit einer Verehelichung mit der Familie von Brabant; der Herzog hat den Vorschlag gemacht, seinen ältesten Sohn mit unserer Tochter zu vermählen. Ich zögere, diese Heirat fest zuzusagen, da ich fürchte, unsere Blutlinie zu schwächen. Isabella wäre mit ihrem Bräutigam nahe verwandt, und Eure Heiligkeit hat ja die Ansicht kundgetan, daß solche Verbindungen zu kränklicher und oft geistesschwacher Nachkommenschaft führen können. Wir sind zwar von der Lebenskraft unserer Linie überzeugt, nicht aber von der Brabants. Meine Königin und ich suchen Euren Rat bezüglich der vorgeschlagenen Verbindung. Und Isabella selbst leidet noch immer unter der Schmach ihrer jüngsten Zurückweisung, an die die Gegenwart der Brabanter erinnert.

Wir befinden uns auf unserer schönen Insel noch nicht im Zustand der Anarchie, sind aber nicht weit davon entfernt. Mein Feldzug in Frankreich ist zum Stillstand gekommen; dort herrscht große Ungewißheit, und meine guten Ritter raten davon ab, die Belagerung gerade jetzt fortzusetzen. Jeden Tag fordert die Seuche mehr Opfer und macht keinen Unterschied zwischen niedrig und hoch Geborenen. Die Bauern können die Ernte nicht einbringen, weil es an fähigen Helfern fehlt, die die Sichel schwingen. Die Gerste auf den Feldern schießt ins Kraut, der Honig wird nicht eingesammelt, daher gibt es keinen Honigwein. Unser Vieh wird nicht versorgt; einige Tiere sind bereits der gleichen Seuche zum Opfer gefallen, und ihre Kadaver verderben die Weiden und verpesten die Luft. Unsere ganze Welt windet sich in den Händen des Teufels und bemüht sich, der Pest aus dem Weg zu gehen, doch von Tag zu Tag sind es mehr, die auf entsetzliche Weise zugrunde gehen.

Meine Königin und ich mit unserem ganzen königlichen Haushalt erwarten Eure weise Antwort auf unsere Bitten. Wir beten, sie möge von schnellen Reitern geschickt werden, denn diese fürchterliche Krankheit rafft ihre Opfer aufs Geratewohl dahin und nimmt nicht einmal auf die besten Pläne der mächtigsten Lords Rücksicht. Ich werfe mich Eurer Heiligkeit zu

Füßen, erflehe Euren apostolischen Segen und verbleibe, Heiliger Vater, in tiefer Verehrung Eurer Heiligkeit, Euer demütigster und bescheidenster Diener und Sohn
Edward Rex

Papst Clemens VI. las den Brief des Königs zu Ende und fächelte sich dann nachdenklich mit der Schriftrolle. Die Ereignisse, die Edward in seiner Botschaft schilderte, verlangten gründliche Überlegung, und in der ausgeklügelten Isolation, die sein Leibarzt Guy de Chauliac ihm auferlegt hatte, hatte er reichlich Zeit zum Nachdenken.

Monsieur le docteur hatte angeordnet, daß der Papst wenig oder keinen Kontakt mit anderen Menschen haben sollte, solange die Seuche andauerte. Er hatte Clemens in seinen Privatgemächern eingesperrt und befohlen, in allen Kaminen der großen Zimmerfluchten Feuer zu machen. Die Fenster waren mit Läden verschlossen, und die Türen wurden nur mit besonderer Erlaubnis des Arztes geöffnet. Clemens wurde angeraten, langärmelige, eng sitzende Gewänder zu tragen und stets sein Haupt bedeckt zu halten. Sein fade zubereitetes Essen wurde in winzigen Portionen serviert, denn de Chauliac glaubte, die Sünde der Völlerei verstärke die Krankheitsanfälligkeit eines Menschen.

Clemens rieb sich bedrückt das Kinn und dachte bei sich, daß dieses mönchische Leben für einen Mann mit seinen weltlichen Vorlieben schlimmer war als der Tod. De Chauliac war fest davon überzeugt, die Infektion sei eine Folge direkten Kontakts mit der Krankheit, doch er konnte nicht erklären, auf welche Weise die Ansteckung erfolgte, und hatte daher einfach angeordnet, Clemens sei von allem zu isolieren.

So war der Papst aller Freuden beraubt und daher natürlich recht reizbar, ein Zustand, der sich durch Edwards Brief nicht verbesserte. Er zog an dem samtenen Klingelzug, der neben seinem Divan hing, und wartete auf Guy de Chauliac. Leise trat der Arzt ein, kniete vor dem Papst nieder und küßte unterwürfig seinen Ring.

»Steht auf, de Chauliac, denn ich finde Eure Geste unaufrichtig. Wir wissen beide, daß ich mich Euch unterwerfe und nicht umgekehrt. Ich sehne mich nach dem Tag, an dem diese Pest vergangen ist und ich Euch angemessen züchtigen kann für die Strafe, die Ihr mir auferlegt habt.«

Aber Clemens war kein Narr; er wußte, daß Avignon den größten Teil seiner Einwohner an die Pest verloren hatte, und er selbst war noch immer sehr lebendig. Er wußte, seine anhaltende Gesundheit war mehr als schlichtes Glück.

De Chauliac erhob sich wie befohlen; er überragte den sitzenden Papst, der angewidert zu ihm aufsah. »Euer Heiligkeit«, sagte der Arzt mit zuckersüßer Stimme, »womit darf ich Euch dienen?«

»Wahrhaftig, Monsieur, Ihr habt mir bereits allzugut gedient. Ich möchte, daß Ihr mich aus dieser unheiligen Gefangenschaft entlaßt.«

De Chauliac war auf diese Klage seines verwöhnten Patienten immer vorbereitet. »Ich erinnere Euer Gnaden bescheiden daran, daß unsere Anstrengungen, Eure Gesundheit zu bewahren, bislang recht erfolgreich waren.«

»Euer Erfolg ist mir bewußt, de Chauliac, aber ich bin Eurer spartanischen Methoden müde. Sicher sind sie nicht mehr lange notwendig.«

»Euer Heiligkeit, erst heute morgen habe ich den Bericht der medizinischen Fakultät der Universität von Paris erhalten, der auf Befehl unseres edlen Königs Philip geschrieben wurde. Eine höchst gelehrte Gruppe von Ärzten und Astrologen hat ihren beträchtlichen Geistesgaben die Aufgabe gestellt, diese sehr heikle Frage zu lösen. Sie sind der Ansicht, daß diese Pestilenz von einem überaus ungewöhnlichen Himmelsgeschehnis ausgelöst wurde. Gott der Allmächtige hat den Planeten Saturn, einen starrsinnigen, aber ziemlich ungeduldigen Himmelskörper, in eine fast vollkommene Linie mit dem unzüchtigen und verspielten Jupiter gestellt, normalerweise eine nicht weiter bemerkenswerte Verbindung; ihre sich überschneidenden Pfade am Himmel stehen bekanntlich unter dem Einfluß des Aquarius. Dieses himmlische Zusammentreffen hat schon früher einige ungewöhnliche Ereignisse ausgelöst, etwa kleine Überschwemmungen, schlechte Ernten und dergleichen. Unglücklicherweise hat das Eintreffen des Mars mit seinem kriegerischen Temperament dem, was sonst kaum bemerkt worden wäre, einen tödlichen Charakter gegeben. Mars liebt den Krieg und hat Jupiter und Saturn veranlaßt, miteinander zu kämpfen. Es ist diese unglückselige Mischung von Eigenschaften, die der Pestilenz gestattet hat, unser Leben zu beherrschen.«

Clemens bedauerte den anhaltenden Einfluß der Astrologie auf die Anhänger des Christentums, konnte aber die Ausübung der fatalistischen Wissenschaft anscheinend nicht verhindern. »Seid Ihr mit diesen Feststellungen einverstanden, Monsieur?«

De Chauliac, stets ein vorsichtiger Diplomat, antwortete: »Mein Fürst, meine Weisheit reicht nicht aus, um *nicht* damit einverstanden zu sein. Es handelt sich um sehr weise Männer, die gelehrtesten in unserem Reich, und sie haben sich mit Fleiß an die Aufgabe gemacht, die Seine Majestät ihnen stellte. Die himmlischen Bedingungen, die sie beschreiben, könnten leicht Ereignisse auf der Erde in höchst böswilliger Weise beeinflussen.«

Der Papst, der sich ärgerte, weil de Chauliac mit vielen Worten nichts gesagt hatte, fächelte sich erneut. »Ich möchte trotzdem wissen, wie lange meine Gefangenschaft hier wohl noch dauern wird, und Ihr habt mir nicht geantwortet.«

De Chauliac lächelte seinen Herrn liebenswürdig an und entzog sich mit gewohnter Wortgewandtheit der möglichen Falle. »Wir sind nur Menschen, die versuchen, den Plan Gottes zu erklären, und Gott teilt seine Pläne niemandem mit. Ich bitte Euch, seid geduldig und bleibt in Eurer Abgeschiedenheit. Zu gegebener Zeit wird sie zu Ende sein.«

Geduld gehörte zwar nicht zu den herausragenden Eigenschaften des Papstes, doch Clemens war klug genug, um zu wissen, daß die Worte seines Arztes zumindest zur Hälfte stimmten, und er fand sich mit der verhaßten Isolation ab. »Monsieur, die Engel werden lachen, wenn ich diese Geißel nur überlebe, um danach zufällig von Gottes Blitz gefällt zu werden. Wenn ich zum Himmel aufsteige, werde ich Euch diese Gefangenschaft sehr übelnehmen.«

De Chauliac gestattete sich ein kleines Lachen, erleichtert, die Situation wieder in der Hand zu haben.

Clemens nahm Edwards Brief und reichte ihn de Chauliac, der ihn rasch überflog. »Das sind höchst bestürzende Ereignisse, Euer Heiligkeit.«

»In der Tat!« antwortete Clemens. »Diese Heiratsfrage war doch schon geregelt! Und nun sind all unsere klugen diplomatischen Bemühungen zunichte gemacht. Eine Allianz zwischen Spanien und England wäre für unsere Heilige Kirche von großem Nutzen gewesen. Wenn Pedro König von Spanien ist, wird er größere Rücksicht auf Dinge nehmen, die die Kirche betreffen, als Edward in England; vielleicht hätte er durch dessen Tochter Joanna auch Edward in diesem Sinne beeinflußt.«

De Chauliac murmelte: »Hat Prinzessin Isabella Pedro nicht bereits abgewiesen?«

»Ja! Und sie wirkt auf höchst verwerfliche Weise auf ihren Vater ein! Sie ist ein verwöhntes, halsstarriges Ding. Kaum war die kastilische Heirat vorgeschlagen, hat sie Edward schon wissen lassen, daß sie Pedro nicht mag. Dieser Narr begeht gelegentlich den Fehler, sich mit seinen Kindern zu beraten, bevor er eine Vereinbarung schließt, als ob deren Meinung für das Ergebnis so gewichtiger Entscheidung von irgendeiner Bedeutung wäre! Er ist zu duldsam mit ihr; von meinem Gesandten habe ich gehört, daß diese Tochter ihn an seine Mutter erinnert.«

»Der er auf einem Umweg seinen Thron verdankt«, bemerkte de Chauliac. Er wußte, daß Clemens' »Gesandte« nichts anderes waren als Spione, die ständig den Einfluß der katholischen Kirche auf den englischen Hof im Auge behalten sollten; auch Edward wußte das. »Dann verstehe ich nicht, warum es für uns vorteilhaft ist, sie zu beschützen. Wenn sie so eigenwillig und wild ist, wie man sich erzählt, werden wir es schwer haben, sie zu kontrollieren.«

»Aber wir dürfen nicht unterschätzen, wie wichtig sie als Mittel ist, unseren Einfluß auf England zu wahren. Daß sie verschwenderisch und verwöhnt ist, spielt für uns keine Rolle. Ihre größte Bedeutung liegt darin, daß sie die Mutter zukünftiger Könige ist und eines Tages vielleicht selbst als Königin Einfluß hat. So Gott will, wird sie ihr unverschämtes Verhalten ablegen, wenn ihre Schönheit schwindet, und sich ihrer königlichen Abstammung würdig erweisen. Sie ist schließlich die Tochter des Königs von England und Abkömmling einer sehr edlen Familie.«

»Dann werde ich fleißig zu Gott beten, daß er Euch in diesen Dingen weise führt.« De Chauliac wußte, daß Clemens Edwards Bitte mit seinem beträchtlichen politischen Geschick behandeln und eine gute Wahl für das Bistum Canterbury treffen würde. Die unmittelbarere Sorge des Arztes bezog sich auf Edwards zweite Bitte um einen Arzt, der seine Kinder beschützen konnte, wie de Chauliac Clemens beschützt hatte.

Er wußte, daß seine medizinischen Fähigkeiten nicht mit der diplomatischen Finesse zu vergleichen waren, die sein gerissener Herr besaß, obwohl er seine Unwissenheit niemals eingestanden hätte. Trotz seiner umfassenden Bildung und seiner offiziellen Stellung als Leibarzt des Papstes war de Chauliac sicher, daß er über die Ursache der schrecklichen Seuche nicht mehr wußte als ein gewöhnliches Marktweib. Alles, was er tun konnte, war das, was er bereits getan hatte: Er hatte den gesunden Patienten isoliert in der Hoffnung, ihn von der Ursache der Krankheit, was immer sie sein mochte, fernzuhalten; und er gedachte das fortzusetzen, weil er hoffte, daß es wirken würde. Er hatte keinen direkten Beweis dafür, daß seine Verordnungen irgend etwas bewirkten, aber Clemens schien von seinen Anstrengungen beeindruckt, also setzte er sie fort.

Er wußte, es würde keine leichte Aufgabe sein, einen Beschützer für Edwards Kinder auszuwählen. Man mußte nicht nur medizinische Fragen bedenken, sondern auch diplomatische. Der schlaue und zynische König Edward III., der sich trotz der Schwächen, die er möglicherweise von seinem erbärmlichen Vater geerbt hatte, als sehr fähiger Regent erwiesen hatte, mißtraute den Franzosen und würde einen französischen Arzt nicht akzeptieren. Die meisten Ärzte von Avignon waren bereits gestorben, und viele derer, die noch lebten, waren Juden und daher noch ungeeigneter als ein Franzose, sich um die englische Königsfamilie zu kümmern. Bei sich dachte de Chauliac, daß Clemens den Juden von Avignon gegenüber zu nachsichtig war, vor allem jetzt, da so viele Anhänger der Kirche ihnen die Schuld an der Seuche gaben. Wenn man diese Überzeugung schürte, lenkte das die Aufmerksamkeit des Volkes vom Versagen der Geistlichkeit und des Ärztestandes beim Umgang mit der Pestilenz ab.

Er würde sich einfach alle Ärzte ansehen und dann so sorgfältig wie möglich seine Wahl treffen müssen. Aber auch nicht zu sorgfältig, denn der Einfluß des Arztes durfte nicht zu stark werden. »Euer Heiligkeit«, sagte er und unterbrach damit das Fächeln seines Patienten, »es wäre klug, ein päpstliches Edikt zu erlassen, das alle Ärzte in Avignon auffordert, vor Euch zu erscheinen. Dann kann ich eine angemessene Wahl treffen. Wir müssen sicher sein, daß wir einen Mann schicken, der der königlichen Familie genehm ist, vor allem der Prinzessin. Wir werden viele Männer ausbilden und so eine ansehnliche Zahl von Kandidaten haben, unter denen wir die endgültige Wahl treffen können. Und wenn sie schon einmal alle versammelt sind, wäre es vielleicht klug, Emissäre an sämtliche europäische Höfe zu schicken. Warum sollten wir unseren Einfluß auf England beschränken?«

Die Augen des Papstes weiteten sich. »De Chauliac, das ist ein glänzender Einfall! Gewiß würde niemand zu protestieren wagen. Sucht alle verfügbaren Ärzte zusammen und bringt sie am nächsten Montag um zwölf Uhr hierher. Ihr werdet ihre Ausbildung persönlich überwachen.«

»Und wer soll sich um die Bedürfnisse Euerer Heiligkeit kümmern, während ich damit beschäftigt bin?«

Der Papst lächelte. »Ihr seid allzu schlau, de Chauliac. Ich sehe, daß ich Euch nicht entkommen kann. Keine Angst, ich werde Euren Anweisungen folgen. Aber jetzt werde ich Edward antworten, die gute Nachricht wird ihm willkommen sein.«

Clemens ging zu seinem Schreibpult und nahm eine Pergamentrolle heraus. Seit dem Beginn seiner Isolierung hatte Chauliac ihm nicht erlaubt, die Dienste seines Schreibers in Anspruch zu nehmen, und er hatte seine gesamte Korrespondenz selbst schreiben müssen.

Das wird meinen Geist für eine Weile beschäftigen, dachte er, froh, etwas zu tun zu haben. Er tauchte seine Feder in *encre noir* und begann zu schreiben.

Geliebter Bruder in Christo,

wir sind tief betrübt über die Nachricht vom Hinscheiden Johanns, des Erzbischofs von Canterbury, und danken Eurer Majestät, uns so rasch davon Mitteilung gemacht zu haben, damit wir schneller handeln und diesen Verlust lindern können. Und wir werden für Eure verstorbene Tochter Joanna beten. Zweifellos ist Eure Trauer über ihren Tod grenzenlos; ein solcher Schmerz läßt sich mit Worten allein nicht beschreiben. Und dennoch, tapferer Edward, seid Ihr ein eifriger Diener der Heiligen Kirche! Selbst in Eurer Trauer denkt Ihr an den Schutz des christlichen Einflusses in England. Diese edle Gesinnung wird der Allmächtige Gott gewiß belohnen, wenn Ihr dereinst zur ewigen Ruhe gebettet werdet, was hoffentlich noch viele Jahre in der Zukunft liegt. Wir sind dankbar für Eure Stärke in diesen schweren Zeiten.

Mit Interesse haben wir vernommen, daß Ihr daran denkt, Isabella mit dem jungen Herzog von Brabant zu vermählen. Wir gestehen, daß uns die nahe Verwandtschaft des Paares gewisse Sorgen macht, und empfehlen Euch die Geduld, den Vollzug der Heirat noch etwas aufzuschieben. Unsere Gebete in dieser Angelegenheit richten sich direkt an den Himmel, und mit Gottes Willen werden wir in dieser Sache bald Seine Anleitung erhalten.

Ratet Isabella, geduldig zu sein, lieber Bruder. Sie muß ihre volle Blüte erst noch erreichen und wird bald gut und glücklich vermählt sein. Unsere Gesandten berichten uns, daß sie eine stolze Schönheit von großer Klugheit und beträchtlichem Charme ist. Sie darf an ihrem unverehelichten Zustand nicht verzweifeln.

Unser Arzt de Chauliac nimmt Euer Lob seiner großen me-

dizinischen Leistungen dankbar an. Wie Ihr verlangt habt, werden wir Euch einen von de Chauliac persönlich ausgebildeten Arzt schicken in der Hoffnung, daß Eure geliebten Kinder so vor der schrecklichen Geißel der Pest geschützt sein mögen. Ihr müßt dafür sorgen, daß seine Anweisungen strikt befolgt werden; gestattet nicht, daß der Stolz der Prinzessin sie in die Irre führt. Sie muß alle seine Ratschläge eifrig befolgen und täglich für den Erhalt ihrer Gesundheit beten.

Edler König, wir hier leiden unendlich; es ist unmöglich, Euch die wirkliche Verfassung des schönen Avignon zu schildern. Jeden Tag sterben Hunderte und werden eilends begraben; wenn nicht gleich ein Grab ausgehoben werden kann, werden die Leichen in den Fluß geworfen, um dort auf ihre ewige Ruhe zu warten. Es ist, als wolle Gott unsere ganze Rasse auslöschen; wir fragen uns, welche Sünde den Zorn des Allmächtigen auf uns herabbeschworen hat. Achtet gut auf Eure Gesundheit und folgt dem Rat unseres Gesandten. Wir flehen Euch an, Euch und Eure edle Familie zu schützen, und beten täglich, damit Christus und Seine gesegnete Mutter unablässig über Euch wachen.

Reitende Boten werden Euch dieses Schreiben überbringen, damit Ihr schnell von Eurer Besorgnis über diese schwerwiegenden Angelegenheiten befreit werdet. Unsere weiteren Abgesandten werden sich auf den Weg machen, sobald alle entsprechenden Vorkehrungen getroffen sind. In diesen schrecklichen Zeiten müssen wir alle Vorsichtsmaßnahmen ergreifen, damit sie Euch heil erreichen.

Im Namen des Vaters, des Sohnes und des Heiligen Geistes übersenden wir Euch unsere besten Wünsche für Euer weiteres Wohlergehen und für das Gedeihen Eures Königreiches.

Clemens VI.
Erzbischof von Avignon

Clemens reichte den Brief de Chauliac, der ihn sorgfältig las. Als er fertig war, grinste er und sagte: »Edward wird denken, daß wir ihm einen Spion in seinen eigenen Haushalt schicken. Inzwischen fragt er sich sicher, ob sein Ersuchen an Euch weise war. Es spielt also keine große Rolle, wen wir schicken; der Mann wird wenig Unterstützung vom König erhalten, obwohl er selbst um seine Anwesenheit gebeten hat.«

»Aber dennoch«, sagte Clemens, »ist es amüsant zu wissen, daß wir solche Verwirrung im königlichen Haushalt erzeugen können. Wir werden ihm also einen Arzt schicken. Wir werden den enthusiastischsten und hingebungsvollsten Arzt schicken, den wir finden können. Und dann werden wir uns in dem Wissen sonnen, daß wir noch immer ein Dorn im Fleische unseres lieben englischen Bruders sind.«

Alejandro erwachte und spürte sofort wieder den bohrenden Schmerz der Trauer in dem kleinen, stillen Haus, das ihm leer und verlassen vorkam, nachdem die Witwe fortgegangen und Hernandez gestorben war. Niemals hatte er sich so allein gefühlt. Die einzigen Menschen, die er in Avignon kannte, waren der bigotte Apotheker und die grämliche Witwe Selig. Er war verloren in seinem Kummer; es gab niemanden, der ihn über den Verlust des rauhen Mannes hinwegtröstete, den er wie einen Bruder in sein Herz geschlossen hatte.

Voller Unbehagen durchwühlte er alle Schränke auf der Suche nach etwas, *irgend etwas,* das sich heimelig anfühlte, doch es gab nichts außer den allgegenwärtigen Exkrementen der Mäuse und Ratten, die fast jedes Haus heimsuchten, selbst das bescheidenste. Der vertraute Anblick tröstete ihn nicht, sondern stieß ihn nur ab. Still saß er an dem kahlen Tisch im Eßzimmer und verzehrte einen Kanten Brot und etwas Käse, die er in der Speisekammer gefunden hatte. Als er nichts mehr essen mochte, holte er seine Geräte aus Hernandez' Schlafzimmer und wusch sie in dem Eimer in der Küche. *Ich werde den Leichnam für den Karren nach unten bringen müssen,* dachte er unglücklich und stellte sich vor, wie die Gliedmaßen seines Freundes, bleichen Stöcken gleich, aus den seitlichen Planken des Karrens herausschauten. *Aber im Augenblick bin ich dazu nicht imstande.* Er wickelte seine Gerätschaften in eines von Hernandez' alten Hemden und machte sich auf den Weg zu seiner neuen chirurgischen Praxis, wo er vielleicht etwas Ablenkung finden würde.

Die Menschen in den engen Gassen drückten sich an ihm vorbei; als er sich seiner Praxis näherte, sah er eine Art Anschlagzettel an einem Nagel an der Tür hängen. Er nahm ihn herunter und sah sich das Siegel genauer an, um die lateinische Inschrift zu entziffern, die in das grobe, runde Wachsstück eingeprägt war.

Sie lautete: Seine Heiligkeit Clemens VI., Bischof von Avignon.

8

Janie schob die Plastikkarte in den Schlitz der lackierten Metalltür zu ihrer Hotelsuite. Sobald sie eingetreten war, ließ sie ihre Aktentasche zu Boden fallen und sank auf einen Stuhl. Sie lehnte sich zurück und streckte ihren großgewachsenen Körper lang aus; einen Arm ließ sie schlaff hängen, mit dem anderen bedeckte sie ihre Stirn. Die frustrierenden Geschehnisse des Tages hatten sie völlig erschöpft.

»Nur zu, Welt, schlag mich zusammen«, sagte sie zu Caroline, die ihr in das Zimmer folgte und die Tür hinter sich schloß. »Ich könnte ein paar weitere blaue Flecken gebrauchen.«

Caroline nahm sofort den in Plastik gehüllten Stoffkreis aus ihrer Handtasche und legte ihn in Janies Kühlschrank. »Baden wir etwa gerade ein bißchen in Selbstmitleid?« sagte sie dann, während sie sich Janie gegenüber an den kleinen Tisch setzte.

»Und wie«, sagte Janie, den Arm noch immer über den Augen. »Unter den gegebenen Umständen ist das völlig angemessen.« Einen Moment später richtete sie sich auf, rieb sich die Augen und seufzte. Sie betrachtete den Stapel Papier auf dem Tisch vor ihr und sagte: »So, und jetzt sollten wir feststellen, woher die fehlenden Proben stammen.«

Sie blätterte in den Papieren und fand sowohl die Karte mit dem Gitternetz als auch die Liste der Eigentümer. Sie verglich die

Liste der achtundvierzig vorhandenen Proben mit der Gesamtliste und machte eine separate Aufstellung der Proben, die fehlten. Dann verglich sie diese Aufstellung mit der Karte und versah die Herkunftsorte der fehlenden Proben jeweils mit einem Kreis, der ein stirnrunzelndes Gesicht darstellte.

»Natürlich«, sagte Janie. »Sie sind über ganz London verteilt. Warum habe ich gedacht, die fehlenden Proben würden in einer sauberen, ordentlichen Reihe liegen?«

Caroline sah ihr über die Schulter. »Ignoranz? Dummheit? Wunschdenken?«

»All das und noch mehr«, sagte Janie. »Sie weisen keine logische Ordnung auf. Wer auch immer die Röhren entfernt hat, er hat wohl einfach die sechs erstbesten gegriffen und woanders gelagert.«

»So, wie es im Moment aussieht, bestimmt an irgendeinem möglichst unzugänglichen Ort«, sagte Caroline.

Janie legte die Papiere auf den Tisch und rieb sich erneut die Augen. Sie stützte die Ellbogen auf und legte für einen Moment den Kopf in die Hände. »Aber ich darf mich davon nicht unterkriegen lassen«, sagte sie und richtete sich wieder auf. »Ich fange jetzt mit den Anrufen an, damit wir sofort neue Proben entnehmen können. Den ganzen Papierkram brauchen wir nicht zu wiederholen; für die zweite Probe sollte eine mündliche Einwilligung reichen.«

Caroline war überrascht. »Sind Sie sicher, daß Sie das machen wollen?« fragte sie. »Warum warten Sie nicht, bis Sie von Ihrem Freund hören, bevor Sie alles noch einmal wiederholen, was wir schon erledigt hatten?«

Caroline nahm die Liste der Eigentümer zur Hand und sah nach, welche Janie angekreuzt hatte. Sie runzelte die Stirn. »Zwei von denen waren schwer zu überreden«, sagte sie. »Möglicherweise gibt keiner die Einwilligung für eine zweite Probe. Aber Gott sei Dank haben wir den letzten nicht auf der Liste. Ich kann mir einfach nicht vorstellen, daß wir noch mal zu dem alten Mann gehen und sagen: ›Verzeihung, Mr. Sarin, erinnern Sie sich vielleicht an diese Bodenprobe, die wir bei Ihnen gestohlen haben?

Tut mir leid, aber wir müssen noch eine stehlen.‹ Ganz davon abgesehen, daß *eine* nächtliche Fahrt zu dieser Wiese mir für den Rest meines Lebens reicht. Was war das für ein unheimlicher Ort!«

Janie stimmte ihr zu. »Ja, allerdings«, sagte sie. »Aber wissen Sie was? Obwohl ich nicht bekommen habe, was ich wollte, mochte ich diesen alten Mann irgendwie gern. Er hat uns auf sehr liebenswürdige Weise abgewiesen.« Sie stieß sich vom Tisch ab, kippte ihren Stuhl nach hinten, legte einen Arm quer über ihre Brust und kaute am Ende eines Stifts. »Was mag er für eine Geschichte haben? Er lebt allein in dem alten Häuschen, nur mit dem Hund als Gesellschaft. Vermutlich ist er zu verschroben, um eine Frau oder Kinder zu haben.«

»Ich habe keine Bilder bemerkt, die nach Familie aussahen. Allerdings gab es eins von einer Frau und einem Jungen, das irgendwie altmodisch aussah, vielleicht aus den vierziger Jahren. Es war schwarzweiß, und die Frau trug hochgestecktes Haar und Schuhe mit klobigen Absätzen; vielleicht waren das seine Mutter und er.«

»Vielleicht. Er wirkte fast ein bißchen zurückgeblieben, finden Sie nicht? Vielleicht hat er nie geheiratet.«

»Ja, irgendwie eigenartig, aber ich weiß nicht, ob ich das als zurückgeblieben bezeichnen würde. Langsam, vielleicht. Jedenfalls stimmt mit ihm etwas nicht.«

Bevor Janie zu einem Schluß darüber kommen konnte, was Robert Sarin so von anderen Menschen unterschied, läutete das Telefon. Sie sprang auf und nahm nach dem ersten Klingeln ab.

»Hallo?« sagte sie erwartungsvoll.

Eine männliche Stimme sagte: »Geben Sie bloß acht, sonst könnte ich den Eindruck bekommen, daß Sie begierig auf meinen Anruf warten.«

Sie konnte beinahe *hören*, wie er am anderen Ende der Leitung lächelte. »Bruce?« sagte sie.

»Ja, Bruce.«

»Haben Sie sie gefunden?«

Er lachte leise. »Mir geht's gut, und wie geht's Ihnen?«

»Entschuldigung«, sagte sie. »Verzeihen Sie meine Ungeduld. Mir geht es auch gut. Und ich bin froh, von Ihnen zu hören.«

»Sie werden noch froher sein, wenn ich Ihnen sage, daß ich hier einen Versandschein vor mir liegen habe, auf dem sechs Metallröhren verzeichnet sind, jede einen Meter lang.«

»Das ist ja wunderbar!« sagte Janie aufgekratzt. »Wo sind sie?«

»Tja, das ist der weniger erfreuliche Teil. Ich weiß es nicht genau. Sie könnten an einem von zwei Orten sein. Wir haben zwei Depots für langfristige Lagerungen, eines in Manchester und eines in Leeds. Aus dem Versandschein geht nur hervor, daß Proben von hier in beide Depots geschickt worden sind, aber welche wohin gingen, ist nicht verzeichnet. Ich habe schon bei beiden Depots angerufen, und ich rechne damit, daß sie mich spätestens morgen nachmittag zurückrufen.«

»Nicht mehr heute?« fragte sie, unverkennbar enttäuscht.

»Vielleicht auch noch heute, aber ich bin nicht sicher. Mit Bestimmtheit jedenfalls nicht später als morgen. Können Sie sich noch ein kleines bißchen gedulden?«

Sie seufzte und ließ sich auf ihrem Stuhl ein wenig zurückfallen. »Mir bleibt wohl nichts anderes übrig. Wir brauchen diese sechs Röhren. Wir haben ein Gitternetz von Grabungsstätten angelegt, sechs mal neun Reihen, also könnten wir jeweils eine Sechserreihe an jedem Ende weglassen und hätten trotzdem eine gültige Stichprobe. Aber wir haben die Proben nicht reihenweise entnommen; wir sind viel willkürlicher vorgegangen, je nachdem, ob der Papierkram für eine bestimmte Grabungsstätte schon erledigt war oder nicht, und deswegen sind die Proben nicht in einer bestimmten Reihenfolge gelagert worden. Die fehlenden sind auf das ganze Gitternetz verteilt, also müssen wir entweder die Originale zurückbekommen oder neue Proben entnehmen. Caroline hat mir gerade erzählt, daß zwei der Eigentümer die ersten Proben nur widerwillig zugelassen haben, also wäre es vielleicht sinnvoll, noch einen Tag zu warten, damit wir nicht erneut an die Leute herantreten müssen.«

»Hört sich umständlich an. Wenn ich Sie wäre, würde ich vermutlich auch warten.«

»Leider verurteilt uns das zum Daumendrehen.«

Bruce lachte. »Wußten Sie nicht, daß Daumendrehen in London illegal ist? Der Oberbürgermeister hält es für ein schweres Vergehen. Es gibt ein ganzes Ministerium voller Bürokraten, die nur dafür zu sorgen haben, daß innerhalb der Londoner Stadtgrenzen keine Daumen gedreht werden.«

»Das überrascht mich gar nicht. Hier scheint es für alles und jedes ein Ministerium zu geben.«

»Na, vielleicht könnte ich Ihnen helfen, den Fallstricken der Langeweile zu entgehen. Haben Sie das Britische Museum schon gesehen?«

»Außer dem Griff einer Bohrröhre habe ich überhaupt nichts gesehen. Wir waren zu beschäftigt für Besichtigungen. Wir haben unsere gesamten Proben innerhalb von vier Tagen entnommen.«

»Donnerwetter.«

Janie seufzte. »Das können Sie laut sagen. Am zweiten und dritten Tag hatte ich ganz schönen Muskelkater. Ich bin nicht daran gewöhnt, mich so oft zu bücken.«

»Na, ich war selbst länger nicht mehr im Museum, also, warum gehen wir nicht heute abend zusammen hin? Ich kann Ihnen versichern, daß Sie sich dort nicht bücken müssen. Hinterher könnten wir vielleicht etwas trinken oder sogar essen und uns ein bißchen unterhalten.«

Janie zögerte mit der Antwort, weil sie überlegte, ob die Beziehung nicht besser rein beruflich bleiben sollte. Aber die Einladung war ziemlich verlockend und Bruce war ein sehr attraktiver Mann. *Sei nicht so verkrampft, Janie,* sagte sie zu sich selbst. »Warten Sie einen Moment«, sagte sie. Sie legte eine Hand über die Sprechmuschel und flüsterte Caroline zu: »Würde es Ihnen etwas ausmachen, heute abend allein zu sein?«

Caroline zog ein wenig die Augenbrauen hoch und schüttelte den Kopf.

Janie nahm die Hand vom Hörer und sagte: »Ja, das wäre nett. Würde mir gefallen.«

»Gut«, sagte er. »Wird Spaß machen. Soll ich Sie gegen fünf abholen?«

Sie sah auf die Uhr; es war halb vier. *Zeit genug, um mich präsentabel herzurichten,* dachte sie. »Hört sich gut an«, sagte sie. »Bis später dann.«

»Okay. Bis nachher.«

»Wiedersehen«, sagte sie und legte auf.

»Was gibt's?« fragte Caroline. »Hörte sich nach einer sehr freundlichen Unterhaltung an, vor allem gegen Schluß. Ich vermute, das bedeutet gute Nachrichten.«

»Ja. Er hat festgestellt, daß die Röhren an einen von zwei Orten geschickt worden sind, und morgen wird er wissen, wo sie sind.«

»Wunderbar!« sagte Caroline. »Gott, bin ich erleichtert! Aber was hat das damit zu tun, daß ich heute abend allein bin?«

»Das ist die bessere Nachricht«, sagte Janie grinsend. »Er führt mich heute abend aus.«

»Na fein«, sagte Caroline. »Man kommt nach London, um Daten zu sammeln, und am Ende springt auch noch ein Rendezvous dabei raus.«

»Ich hab seit fast zwanzig Jahren keins mehr gehabt. Ich bin nicht sicher, daß ich noch weiß, wie man das macht.«

»Wird schon klappen. Nach den ersten fünf Minuten fällt Ihnen alles wieder ein.«

»Ich hoffe, Sie haben recht.«

Janie und Bruce beugten sich über eine Glasvitrine in einem dämmrig beleuchteten Saal im ersten Stock des Britischen Museums. Die Vitrine war mit einem Tuch verhängt und mit einem Schildchen versehen: »Die Besucher werden gebeten, zur Betrachtung des Dokuments das Tuch abzunehmen und nach erfolgter Besichtigung freundlicherweise wieder über die Vitrine zu breiten.«

Während sie das Tuch anhob, sagte Janie: »Diese Briten! Immer höflich, selbst wenn sie einem vorschreiben, was man zu tun hat.«

»Etikette ist hier der nationale Zeitvertreib.«

»Das begreife ich auch allmählich.«

Janie nahm das Tuch weg, und Bruce las die Beschriftung neben dem Ausstellungsstück. »Brief von Papst Clemens VI. an König Edward III., geschrieben während des Schwarzen Todes im Jahre 1348, betreffend die Entsendung eines päpstlichen Vertreters an den englischen Königshof, um die königliche Familie vor der Beulenpest zu schützen.«

Das Pergament war braun vor Alter und die Tinte ziemlich verblichen. Janie konnte einige Wörter erkennen, aber nicht genug, um den Brief zu lesen. »Hui«, sagte sie, »das Ding ist aber *alt.*«

»*Wirklich* alt«, sagte Bruce und breitete das Tuch wieder aus. »Das gehört zu den Dingen, an die ich mich am längsten gewöhnen mußte, als ich neu nach England kam. Alles ist so alt.«

»Sie kommen aus Kalifornien, nicht?« fragte Janie.

»Daran erinnern Sie sich?« sagte er.

»Hier und da weiß ich noch das eine oder andere. Aber ich muß sagen, mein Gedächtnis ist nicht mehr so gut wie früher.«

»Meins auch nicht«, sagte Bruce. »Aber Sie haben recht. Los Angeles. In fast jeder Hinsicht das genaue Gegenteil von England. Na ja, es gibt in Kalifornien ein paar Altertümer aus der Zeit der spanischen Besiedelung, aber die sind mit den hiesigen nicht zu vergleichen. Und hier ist auch alles so klein. Viel kleiner als in den Staaten. Die Menschen waren kleiner, als London erbaut wurde. Sie sind aus Massachusetts, nicht?«

»Ich lebe noch immer dort«, sagte sie. »In einer kleinen Stadt ganz im Westen. Etwa hundertfünfzig Kilometer von Boston entfernt. Wir haben da ein paar ziemlich alte Dinge, einige Häuser aus dem siebzehnten Jahrundert; malerisch, typisch Neuengland; und eine hübsche alte Main Street mit Gebäuden aus dem frühen neunzehnten Jahrhundert.«

Sie schlenderten weiter und tauschten dabei Bemerkungen über die verschiedenen Ausstellungsstücke und allgemeine Kommentare über ihr Leben; schließlich erreichten sie einen Saal mit ägyptischen Exponaten, von denen einige ziemlich groß waren. Auf einer Seite des Saales stand eine leere Bank. Sie setzten sich und kamen sich in diesem Raum voller sehr großer Objekte recht klein vor.

»Ob sich ein Hund wohl so fühlt, wenn er neben einer Couch sitzt?«

Bruce sah sich um. »Ein kleiner Hund vielleicht.«

Janie sah ihn an. *Keine einzige Falte,* dachte sie bei sich. Er erwiderte ihren Blick, und für einen unbehaglichen Moment sahen sie sich in die Augen. Janie durchbrach ihn, indem sie sagte: »Wie lange sind Sie schon hier? In England, meine ich.«

»Achtzehn Jahre«, sagte er.

»Das ist eine lange Zeit.«

»Ich weiß nicht, mir kommt sie eigentlich gar nicht so lang vor. Ted hat mich direkt nach meiner Assistenzzeit angeworben. Er kannte Dr. Chapman, der mein Chef war, und Chapman hat ihm von mir erzählt. Er hat mir ein Angebot gemacht, das ich nicht ablehnen konnte.«

»Und das Sie offenbar auch nicht abgelehnt haben.«

»Nein. Nach all den Jahren bin ich immer noch hier. Und ich habe es eigentlich nie bereut. Ich war an einigen wirklich aufregenden Forschungsprojekten des Instituts beteiligt.«

»Aus irgendeinem Grund hört sich das sehr abschreckend an, wenn Sie es so nennen.«

»Für manche Leute kann es auch ein sehr abschreckender Ort sein. Je nachdem, was Sie machen, kann die Arbeit dort Ihr ganzes Leben auffressen. Aber ich liebe meine Arbeit. Jeden Tag, wenn ich aufstehe, freue ich mich darauf. Das einzige Haar in der Suppe ist, daß ich als Mediziner eigentlich nie wirklich praktiziert habe, und ich glaube, das hätte mir gefallen. Ich war in meinem Labor aus Glas und Chrom von der wirklichen Welt isoliert und habe bloß geforscht und geforscht und geforscht.«

»Ich habe ungefähr fünfzehn Jahre praktiziert«, sagte Janie.

»Sie haben?«

»Ja. Im Augenblick praktiziere ich nicht.«

»Warum nicht? Gehört das zu der langen, traurigen Geschichte, die Sie erwähnt haben?«

»Ja. Wollen Sie sie hören? Das dauert eine Weile.«

Er sah auf seine Uhr. »Vorerst wird man uns hier noch nicht rauswerfen.«

»Okay, gut«, sagte sie. Sie atmete tief ein. »Als es zu den ersten Ausbrüchen kam und so viele Leute starben, hatte gerade die ganze medizinische Umorganisation stattgefunden. Sie hatten die Formel für die Verteilung der Ärzte noch nicht optimiert; wenn ich darüber nachdenke, haben sie das immer noch nicht getan. Jedenfalls gab es auf den verschiedenen Fachgebieten viele überschüssige Ärzte. Ich war Chirurgin; die Chirurgie gehörte zu den überbelegten Kategorien. Die Allgemeinärzte kamen regelmäßig mit Infizierten in Berührung, und infolgedessen starben viele von ihnen. Es war keiner übrig, um Halsschmerzen zu behandeln, und so erließ der Kongreß eine Notverordnung, in der bestimmte Spezialistengruppen der Allgemeinmedizin und anderen Mangelbereichen zugeteilt wurden. Aber es gab noch immer zu viele Ärzte für die verbliebene Bevölkerung, und ein großer Teil der Mittel für die Gesundheitsvorsorge wurde von den Kosten, die durch die Epidemie entstanden waren, aufgefressen; um das Bundesbudget auszugleichen, wurden etliche von uns buchstäblich kaltgestellt.«

»Kaltgestellt?« sagte er. »Ich verstehe nicht.«

»Man hat uns einfach befohlen, nicht weiter zu praktizieren.«

»Hört sich an wie ein gefundenes Fressen für Rechtsanwälte.«

»O ja, das war es auch. Die Klagen werden dauern bis in alle Ewigkeit. Ich bin an mehreren Gemeinschaftsklagen beteiligt. Aber mein Anwalt sagt, unter Notstandsbedingungen wären solche Maßnahmen im wesentlichen legal. Krieg, Hungersnot, Pest, solche Situationen. Der Kongreß kann durch Gesetze alles legal oder illegal machen. Letztlich liegt es bei den Gerichten, darüber zu entscheiden, ob die Gesetzgebung gegen die Verfassung verstößt oder nicht, und wir wissen ja alle, wie schnell die arbeiten. Also ist die eigentliche Frage nicht, ob diese Bestimmungen standhalten oder nicht, für mich jedenfalls nicht; die eigentliche Frage ist, wie lange es dauern wird, sie wieder loszuwerden. Und das kann eine Weile dauern. Inzwischen haben sie uns die Möglichkeit gegeben, an einer Lotterie teilzunehmen, bei der uns nach dem Zufallsprinzip neue medizinische Fachgebiete zugeteilt wurden, mit Umschulung, falls nötig.«

»Und Sie haben offenbar von dieser Möglichkeit Gebrauch gemacht«, sagte er.

Sie nickte.

»Und was ist dabei herausgekommen?«

»Forensische Archäologie.«

»Na, das ist so ziemlich das obskurste Spezialgebiet, von dem ich je gehört habe.«

Janies Ton wurde sehr sarkastisch. »Nicht so obskur, wie man meinen sollte. Die erforderlichen Fertigkeiten liegen irgendwo zwischen denen eines Archäologen und eines Leichenbeschauers. Da gab es nämlich viele freie Stellen, weil von denen auch eine Menge umgekommen sind. Sie hatten zuerst mit den Leichen zu tun.«

»Und starben zweifellos wie die Fliegen.«

Sie nickte.

»Sie sprachen heute nachmittag von einer Zulassung.«

»Ja. Ich muß bestimmte Kurse belegen, die ich vorher nicht gebraucht hätte, und dann muß ich eine Doktorarbeit schreiben. Darum dreht es sich bei der gegenwärtigen Reise.«

Bruce atmete tief aus und schüttelte den Kopf. »Ich vermute, es geht uns hier viel besser, als wir gedacht hatten. Vielleicht werde ich ganz hierbleiben.«

»Haben Sie Ihre Staatsbürgerschaft geändert?« fragte Janie.

»Nein«, sagte er, »und das werde ich wohl auch nie tun, denke ich. Ich bin zu gern Amerikaner. Zumindest hier verschafft mir das ein gewisses Prestige.«

»Wann waren Sie zuletzt in den Staaten?«

»Oh, Gott, wenn Sie mich das fragen... das ist mindestens fünf oder sechs Jahre her.«

»Also vor dem Ausbruch.«

»Ja.«

Janie seufzte. »Ihnen würde vielleicht nicht so viel an Ihrer Staatsbürgerschaft liegen, wenn Sie seither dort gewesen wären. Es geht wirklich drunter und drüber.«

»Ich habe einiges gehört, Zeitungen gelesen, CNN gesehen; wahrscheinlich muß man es aus erster Hand erfahren.«

»Ja, wahrscheinlich«, sagte sie. »Das Leben in den Staaten hat heutzutage so etwas Martialisches, das in den Medienberichten nicht zum Ausdruck kommt. Keiner redet groß darüber, aber alle wissen, daß es da ist. Es ist nicht so, als würde überall eine Art Gestapo herumlaufen oder so; eher so, als hätte jemand während der Ausbrüche Gestapo-Parfum in die Luft gespritzt, und der Gestank ginge nicht mehr ganz weg. Wie ein totes Stinktier. Das riecht man auch ewig lange.«

»Davon hab ich ein bißchen was gehört; ich hab's wohl ignoriert. Ich habe auch eigentlich keinen Grund, mich allzusehr darum zu kümmern, denn ich habe nicht vor, in nächster Zeit zurückzugehen. Ich habe versucht, den Kontakt mit den Leuten dort aufrechtzuerhalten, aber ich habe mich wohl nicht allzu geschickt angestellt. Mein ganzes berufliches Leben spielt sich hier ab. Ich habe drüben ein paar alte Freunde, aber das ist auch alles, und keiner von denen interessiert sich sonderlich für Politik. Meine Eltern sind tot, und Geschwister habe ich nicht.«

»Meine Eltern sind auch tot; es fühlt sich an, als wären wir bei den Ausbrüchen um ein oder zwei Generationen zurückgefallen. Früher hatten Leute in unserem Alter ihre Eltern noch. Bis vor zwei Jahren hatte ich sogar noch eine Großmutter; sie ist allerdings nicht während der Ausbrüche gestorben. Sondern an Altersschwäche. Wurde eines Morgens nicht mehr wach. Meine Eltern hatten nicht solches Glück.«

Sie senkte den Kopf und schwieg einige Augenblicke. Bruce sagte nur leise: »Das tut mir leid.«

»Danke«, sagte sie. »Mir auch. Sie fehlen mir.«

Er fragte sich, ob jetzt der richtige Zeitpunkt war, um ihr die andere Frage zu stellen, die ihm keine Ruhe gelassen hatte. *Na ja, wir reden doch von der Familie,* beschwichtigte er sich. »Sie sagten, daß Sie jetzt Crowe heißen. Sind Sie verheiratet?«

Nach einem tiefen Atemzug sagte sie leise: »Ich war es.«

»Haben Sie Kinder?«

Eine bedeutungsschwere Pause trat ein, und dann antwortete sie so leise, daß er sie kaum verstehen konnte: »Ich hatte ein Kind.«

»Oh, mein Gott...«, sagte er betroffen, als ihm der Sinn dessen aufging, was sie gerade gesagt hatte. *Sie hat alles auf einmal verloren,* dachte er, bestürzt über die niederschmetternde Wucht dieser Vorstellung. »Janie, es... es tut mir so leid. Ich hatte keine Ahnung. Sonst hätte ich das nicht angesprochen. Hier war es nicht so schlimm, und wir sind einfach nicht an den Gedanken gewöhnt, daß jeder jemanden verloren hat.«

Mit einem kleinen, schluchzenden Laut atmete sie einmal ein, und eine Träne lief ihr aus einem Augenwinkel. Sie rann bis zur Nasenspitze, hing dort ein paar Sekunden und fiel dann in ihren Schoß. Sie wandte den Kopf zur Seite und sah ihn an; er glaubte, noch nie ein so trauriges Menschengesicht gesehen zu haben. Sie versuchte zu lächeln. »Ist schon gut«, sagte sie. »Sie konnten es ja nicht wissen.«

Sie richtete sich auf, schniefte und wischte sich sehr unelegant die Nase am Ärmel ab. »Ich habe anscheinend nie ein Taschentuch bei mir«, sagte sie. »Glauben Sie, daß das Ministerium für Etikette versuchen wird, mich festzunehmen?«

Bruce lachte. Er war dankbar, daß sie nicht die Fassung verloren hatte. In ihrer Lage wäre ihm das sicher passiert. »Ich sag's nicht weiter«, sagte er. »Aber wahrscheinlicher ist, daß Sie vom Gesundheitsministerium verhaftet werden, wegen öffentlicher Freisetzung von Körperflüssigkeiten. Aber das werde ich auch nicht weitererzählen.«

Sie wußte, daß er scherzte, aber etwas an seinem Ton, als er über das Gesundheitsministerium sprach, brachte sie zu der Annahme, daß es ein schwerer Verstoß war, in aller Öffentlichkeit Tränen zu vergießen und sich zu schneuzen. Sie schniefte noch einmal, leise und, wie sie hoffte, dezent. Niemand von den Leuten ringsum schenkte ihnen besondere Aufmerksamkeit, und so verging ihre Verlegenheit nach ein paar Augenblicken. »Danke«, sagte sie schließlich mit einem schwachen Lächeln. »Ich weiß Ihre Diskretion zu schätzen. Und was ist mit Ihnen?« fügte sie mit festerer Stimme hinzu. »Sind Sie verheiratet?«

»Nein«, sagte er. »Den Sprung habe ich nie gewagt.«

»Schande über Sie«, sagte sie gespielt spöttisch; überrascht merkte sie, daß ihr Anfall von Trauer ohne bitteren Beigeschmack vergangen war. *Vielleicht wird es ein bißchen leichter,* dachte sie im stillen. »Sie haben sich der moralischen Verantwortung entzogen, die Population der alleinstehenden Frauen zu verringern.«

Er lachte. »Sie sagen das mit soviel weiblicher Autorität! Wenn die richtige alleinstehende Frau vorbeigekommen wäre, hätte ich meine sozialen Pflichten nur zu gern erfüllt. Aber wie ich schon sagte, eigentlich bin ich mit meiner Arbeit verheiratet. Wenn bei uns ein interessantes Projekt läuft, wird mein Leben ziemlich hektisch. Ich kenne keine, die sonderlich scharf darauf wäre, das mitzumachen.«

»Hört sich an, als läge Ihnen wirklich an Ihrem Beruf.«

»Ich liebe ihn. Ich bin der glücklichste Einzelgänger der Welt.«

»Ich beneide Sie. Ich bin schon fast zwei Jahre keine Chirurgin mehr.«

Er warf ihr einen sehr mitfühlenden Blick zu. »Meine Güte, das muß hart für Sie sein. Kommen Sie denn zurecht?«

»Finanziell, meinen Sie?«

Er nickte.

»Alle in meiner Familie waren gut versichert. Und sie kamen alle schon zu Beginn der Ausbrüche um, als die Versicherungen noch zahlten. Dann hinterließ meine Großmutter mir ihr ganzes Vermögen, und das war ziemlich beträchtlich. Geld ist meine allerletzte Sorge. Und das ist gut so, weil ich viel davon für Reisen verbraucht habe, um dieses Projekt durchzuziehen. Sie können sich nicht vorstellen, wie kompliziert es ist, heutzutage Visa zu bekommen. Man läßt Sie die Ein- und die Ausreise bezahlen.«

»Na ja, ich vermute, all die Einschränkungen, die man hier eingeführt hat, waren letzten Endes doch eine gute Idee.«

»Ich glaube auch. Hier bei Ihnen war es nicht annähernd so schlimm wie bei uns. Und die britische Regierung hat keine Zeit verloren. Wir haben unsere Grenzen erst fast ein Jahr nach dem Ausbruch dichtgemacht, und das war meiner Meinung nach ein großer Fehler. Dumm, vor allem wenn man bedenkt, daß es aus

Mexiko zu uns kam. Ich meine, Gott behüte, wir wollen den Menschen, die nicht einmal unsere Staatsbürger sind, ja nicht das Recht wegnehmen, tödliche und hochinfektiöse Krankheiten einzuschleppen. Und wir würden ungern die Gelegenheit versäumen, für ihre Behandlung zu bezahlen.«

»Klingt da etwas von einem Redneck durch, Mrs. Crowe? Was ist aus Ihrem hippokratischen Eid geworden?«

Sie sah ihn an, ohne eine Miene zu verziehen, und sagte: »Wenn ringsum die Leute zu Hunderten sterben und Sie nichts, aber auch gar nichts dagegen tun können, dann kommt Ihnen der hippokratische Eid ziemlich blödsinnig vor. Sie tun einfach, was getan werden muß, mit oder ohne Eid.«

Er fühlte sich getadelt. »Ich war noch nie in so einer Situation. Wahrscheinlich kann ich sie mir gar nicht vorstellen.«

»Ich hatte auch nie gedacht, daß ich so etwas erleben würde. Ich dachte, ich würde meine ganze berufliche Laufbahn damit zubringen, in aller Ruhe irgendwelche Dinge aufzuschneiden und andere zuzunähen. Aber einiges von dem, was ich gesehen habe, Bruce, würden Sie einfach nicht glauben. Haufen von toten Babys mit schwärenden Wunden, alle aus einer einzigen Säuglingsstation. Leute mit sichtbaren Anzeichen der Infektion vor erhobenen Gewehren, die erschossen wurden, wenn sie wegzulaufen versuchten. Sogar Kinder. Es war einfach unbeschreiblich. Ich könnte endlose Horrorgeschichten erzählen.«

Darauf hatte Bruce nicht viel zu antworten, und Janie war es leid, über die Ausbrüche zu sprechen; das hatte sie schon viel zu oft getan. Also saßen sie schweigend da und starrten vor sich hin. Über Lautsprecher erklang eine Frauenstimme, die verkündete, das Museum werde in zehn Minuten geschlossen.

»Also«, sagte Bruce und stand auf, »sollen wir etwas essen gehen?«

»Ach, wissen Sie, ich glaube, ich habe im Augenblick keinen großen Hunger«, sagte Janie. »Vielleicht sollte ich einfach in mein Hotel zurückgehen.«

»Aber der Abend ist noch jung«, protestierte Bruce.

»Leider fühle ich mich im Moment nicht sonderlich jung. Ich

glaube, ich habe gar nicht gemerkt, wie mich all diese Komplikationen ermüdet haben. Ich bin ohnehin noch nicht an den Zeitunterschied gewöhnt. Vielleicht sollte ich mich mal richtig ausschlafen. Darf ich ein andermal auf Ihr Angebot zurückkommen?«

Bruce war enttäuscht und machte auch keinen Versuch, das zu verhehlen, nahm den Korb aber recht liebenswürdig hin.

»Natürlich«, sagte er. »Jederzeit.«

Mit dem Versprechen, sie am nächsten Tag anzurufen, sobald er etwas aus einem der beiden Lagerungsdepots hörte, brachte er sie mit einem Taxi zu ihrem Hotel zurück. Janie ging sofort nach oben, nahm eine sehr heiße Dusche und legte sich zu Bett. Sie hatte unzusammenhängende Träume von ihrem Mann und ihrer Tochter.

Als das Telefon am nächsten Morgen läutete, fühlte Janie sich nicht so, als hätte sie zehn Stunden geschlafen. Benommen nahm sie den Hörer ab.

»Guten Morgen«, sagte Bruce.

Ohne die Augen zu öffnen sagte Janie: »Sind Sie morgens immer so fröhlich?«

»Habe ich Sie geweckt?« fragte er.

Sie schlug die Augen auf und schaute auf die Uhr auf dem Nachttisch. Es war bereits viertel nach zehn. »Ich gebe es ungern zu, aber das haben Sie. Ich muß den Schlaf nötig gehabt haben. Sonst stehe ich mit den Hühnern auf.«

»Soll ich Sie zurückrufen, wenn Sie richtig wach sind?«

»Nein. Sie hören sich so fröhlich an, daß ich lieber hören möchte, was Sie zu sagen haben.«

»Aha«, sagte er amüsiert, »Sie haben meinen Enthusiasmus bemerkt. Gut. Das hatte ich gehofft. Ich habe die Proben gefunden, und sie befinden sich im näher gelegenen der beiden Depots.«

Janie hatte mindestens fünfzig Fragen, aber sie war noch zu schläfrig, um sie in ihrem Kopf zu organisieren. Sie setzte sich im Bett auf, schüttelte den Kopf, um die Schlaftrunkenheit zu vertreiben, und fragte dann: »Wie schnell kann ich sie zurückbekommen?«

»Das kommt darauf an, welchen Stellenwert sie da oben haben. Ihre Arbeit ist für die Leute dort bestimmt nicht vorrangig. Die schnellste Art, sie zu beschaffen, wäre wahrscheinlich, mit dem Auto hinzufahren und sie zu holen.«

»Nicht mit dem Flugzeug? Das ist eine lange Fahrt, nicht?«

»Ja; ich glaube, wenn Sie sie mit dem Flugzeug transportieren wollten, dürften Sie auf etliche bürokratische Hindernisse stoßen. Ich weiß ja nicht, wie das in den Staaten ist, aber hier muß alles, was im Frachtraum eines Flugzeugs transportiert wird, gewisse Kriterien erfüllen. Deswegen könnte Fliegen sogar länger dauern als Fahren. Soweit ich im Labor gesehen habe, sehen Ihre Proben ein bißchen zu sehr wie Bomben aus.«

»Okay, ich werde einen Wagen mieten…«

Er unterbrach sie. »Da gibt es noch ein kleines Problem. Sie brauchen bestimmte Genehmigungen, um die Einrichtung betreten zu dürfen. Ich habe die meisten, die man braucht. Ted hat sie alle. Aber wenn Sie allein fahren, müssen Sie wochenlang da rumsitzen, während irgendein Unterminister entscheidet, ob Sie in Ihrem eigenen Land eine loyale Bürgerin waren und ob Sie wissenschaftlich qualifiziert sind, mit biogefährlichen Materialien zu hantieren. Sie können sich sicher vorstellen, daß man Ihnen alle möglichen Schwierigkeiten machen wird.«

»Hat Ihr Direktor, wie hieß er noch…«

»Ted.«

»Hat Ted irgendwelchen Einfluß?«

»Hat er. Er kann Dinge ziemlich schnell bewegen. Aber leider war in diesem Fall Frank derjenige, der alle Trümpfe in der Hand hatte. Er kannte die Leute, die diese Depots leiten, beim Vornamen. Ich brauche Ihnen wohl nicht zu sagen, daß Sie keine solchen Schwierigkeiten hätten, wenn er nicht gestorben wäre.«

»Erinnern Sie mich nicht daran. Aber gut, okay, ich muß mich also auf Teds Hilfe verlassen, um da reinzukommen.«

»Langsam, langsam. Vielleicht läßt man Sie trotzdem nicht

rein, und Sie müssen warten, bis überhaupt jemand Zeit für Sie hat. Und schon stehen Sie wieder am Anfang.«

Jeder Vorschlag, den sie machte, warf irgendein Problem auf. »Es ist doch kein radioaktiver Abfall!« sagte sie wütend. »Es handelt sich bloß um schlichte Erde! Die Art Erde, in der früher unsere Nahrung wuchs!« Sie verfiel in den jammernden Tonfall von jemandem, der sich selbst bedauert. »Ach, zum Teufel damit«, sagte sie schließlich. »Es wäre viel einfacher, die ganze Sache zu vergessen und nach Hause zu fahren. Es war bloß eine Riesenverschwendung von Zeit und Geld.«

»Ich habe eine Idee«, sagte Bruce. »Ich werde Ted bitten, vorher dort anzurufen, damit die Sache schneller geht. Dann fahre ich mit Ihnen hin, und wir bringen die Proben in meinem Wagen zurück. Ich habe relativ leicht Zutritt; Sie brauchen also bloß durchs Fenster zu gucken und die Röhren zu identifizieren, damit wir sicher sein können, daß es die richtigen sind.«

Janie war von seinem Angebot überwältigt. »Das ist ein großer Aufwand von Zeit und Mühe für jemanden, der bloß ein zufälliger Bekannter von vor zwanzig Jahren ist. Wahnsinnig nett von Ihnen. Ich weiß gar nicht, was ich sagen soll.«

»Sagen Sie: ›Danke, Bruce, ich fände es wunderbar, wenn Sie mit mir fahren würden.‹«

Sie lachte. »Okay. Danke, Bruce, ich fände es wunderbar, wenn Sie mit mir fahren würden.«

»Das hört sich schon besser an.«

Sie schwieg einen Augenblick und fragte dann: »Warum tun Sie das?«

»Aus dem besten Grund, den es gibt«, antwortete er. »Weil ich es möchte. Es ist schön, hin und wieder hilfreich sein zu können. Gibt mir ein gutes Gefühl.«

Janie lächelte in den Hörer. »Und mir gibt es ein *sehr* gutes Gefühl. Ich hatte gerade eine Aufmunterung nötig.«

»Freut mich, daß ich sie Ihnen geben kann. Aber richten Sie sich darauf ein, daß Sie sich sogar noch besser fühlen werden. Ich glaube, ich kann es so einrichten, daß Sie im Labor Ihre Arbeit selbst durchführen können. Ich habe etwas freie Zeit, bis unser neues Projekt anfängt, und ich kenne die meisten Apparate. Ted hat schon gesagt, er könne Ihnen die notwendigen Genehmigungen beschaffen, sofern keine von Ihnen in den letzten paar Jahren Bomben auf ein Regierungsgebäude geworfen hat.«

»Mein Gott, Bruce, ich bin sprachlos. Ich weiß schon wieder nicht, was ich sagen soll.«

»Sagen Sie: ›Ja, Bruce, Sie können mit mir daran arbeiten.‹«

»Das ist das sprichwörtliche Angebot, das *ich* nicht ausschlagen kann. Ich bin einverstanden.«

»Gut. So, und wenn Sie sich jetzt aus dem Bett aufraffen und heute nachmittag herkommen könnten, könnte ich anfangen, Ihnen alles zu zeigen. Wenn Ihre Assistentin tüchtig genug ist, kann sie allein arbeiten, wenn ein Wachmann dabei ist. Es dürfte nicht allzu schwierig sein, sich jemanden zuteilen zu lassen. Auf diese Weise kann sie arbeiten, während Sie und ich nach Leeds fahren.«

»Das ist zuviel.«

»Nein, ist es nicht; es ist nur ordentliche britische Gastfreundschaft.«

»Dann ziehe ich vielleicht auch hierher. Zu Hause geht man nicht so freundlich mit mir um. Es hat den Anschein, als würden sie denken, daß nette Behandlung die Leute womöglich glücklich machen könnte oder etwas ähnlich Schlimmes.«

»Na, na«, sagte er, um ihre gute Laune wiederherzustellen. »Die Polizei für Etikette schätzt Sarkasmus überhaupt nicht.«

»Ich werde versuchen, mir das zu merken«, sagte sie mit einem bitteren Unterton. »Also dann, bis später.«

»Ich freue mich.«

Sie suchten Bruce in seinem Privatbüro auf. Janie sah sich um, während sie im Vorzimmer warteten. Die Einrichtung war sehr männlich, dunkel und gepflegt, fast wie er selber. Die Sekretärin hinter dem Schreibtisch in Schwarz und Chrom war eine ältere Frau, ziemlich großmütterlich mit Rüschen und Perlen und stark toupierten Haaren, die etwas bläulich schimmerten. *Die hat er sich vermutlich nicht ausgesucht, und sie hat diese Möbel ganz bestimmt nicht ausgesucht,* dachte Janie und nahm an, daß Bruce sich persönlich um die Einrichtung gekümmert hatte. Ihr gefiel die Vorstellung, daß er das wahrscheinlich nicht von seiner Untergebenen hatte erledigen lassen.

Er kam aus dem inneren Büro und sah frisch und sauber gewaschen aus, und während sich alle begrüßten, dachte Janie, daß er sich sehr wohl fühlte, sowohl in seiner eigenen Haut als auch in den Räumen, die sein berufliches Reich waren. Alles um ihn herum schien ordentlich an seinem Platz zu sein; offensichtlich war es ihm gelungen, seine Arbeitsumgebung so zu beeinflussen, daß sie perfekt zu ihm paßte. Sie kam gar nicht auf die Idee, es könne womöglich umgekehrt sein und er habe sich seiner Umgebung angepaßt. Obwohl sie ihn viele Jahre nicht gesehen hatte, erinnerte sie sich noch, daß seine Persönlichkeit auf positive Art zu stark war, um sich von den Umständen formen zu lassen. Einen Moment lang empfand sie Neid auf die augenscheinliche Leichtigkeit, mit der er sich im Leben bewegte, und den Einfluß, den er auf die Dinge seiner Umgebung zu haben schien.

»Sehr schön«, sagte sie zu ihm.

»Danke«, sagte er und bestätigte dann ihren Verdacht, als er fortfuhr: »Das habe ich vor ein paar Jahren gemacht. Vorher war alles ein bißchen zu voll.«

Aus dem Augenwinkel nahm Janie wahr, daß die großmütterliche Sekretärin sich leicht versteifte, als sei sie hochbeleidigt über seinen Kommentar, würde aber eher eine Kröte schlucken, als sich das anmerken zu lassen. Vielleicht hat *sie* Bruce ausgesucht, spekulierte Janie, zu einer Zeit, als dieses Büro eher zu ihr paßte, und leidet jetzt mit stoischer britischer Würde unter der Einrichtung, die er ausgesucht hat. Sie nahm sich vor, diese Frage in die Liste derer aufzunehmen, die sie ihm auf der langen Fahrt nach Leeds stellen wollte.

Als sie durch die Korridore des Instituts gingen, kam Janie sich sehr klein vor. Wände und Decken waren alle im gleichen matten Weiß gehalten, und der Fußboden bestand aus hellem Linoleum. Alte Rohre, die wohl einst zur ursprünglichen Heizanlage des Gebäudes gehört hatten, waren in weichen, pastelligen Regenbogenfarben lackiert und bemerkenswert frei von Staub, woraus sie schloß, daß das Ventilationssystem fabelhaft sein mußte.

»Das ist ein toller Bau«, sagte sie zu Bruce. »Er sieht wirklich gepflegt aus. Nicht dieses Kleb-ein-Pflaster-drauf-Aussehen, das so viele alte Gebäude haben.«

»Ich weiß«, sagte Bruce. »Sie halten es wirklich gut in Schuß. Es ist seit dem späten neunzehnten Jahrhundert ständig in Gebrauch. Ursprünglich wurde es als Krankenhaus gebaut. Während der Grippeepidemie 1918 war es überfüllt. Und dann, im Ersten Weltkrieg, gab es hier auf den Gängen eine Menge verwundeter Soldaten. Die Stationen konnten sie einfach nicht mehr aufnehmen. Überall wurden Operationsräume eingerichtet, um die vielen Verwundeten zu versorgen. Man hat hier auch zahlreiche Opfer von Senfgas behandelt.«

Sie dachte an das Grauen dieser Zeit und konnte förmlich spüren, wie es aus den Wänden drang, während sie weiterging. Vor ihrem inneren Auge sah Janie Reihen von Bahren, die die Korridore säumten, und in jedem schmalen Bett irgendeinen leidenden Jungen von knapp zwanzig Jahren oder eine alte Frau im heißen Klammergriff der Influenza. Sie sah das öde Hospitalgrün, das man damals in der irrigen Hoffnung bevorzugt hatte, die kühle Farbe vermittle ein heiteres Gefühl von Keimfreiheit, einem Zustand, den man erst fünfzig Jahre später mit der Entwicklung der Antibiotika erreichen sollte. *Was war die Ära der Antibiotika für eine berauschende Zeit,* dachte sie bei sich, *wir konnten fast alles heilen. Das ist jetzt vorbei.* Sie konnte die Rohre an der Decke beinahe zischen hören und die ölige Rußschicht sehen, während sie weiterging; stöhnende Landser zupften an ihr und flehten sie an, ihnen etwas zur Linderung ihrer Schmerzen zu geben; die alten Frauen, die nach Tod rochen, seufzten nur, da sie wußten, daß ihnen nicht mehr zu helfen war. Die Bilder standen ihr so klar vor Augen, daß sie blaß wurde; sie schauderte leicht, versuchte die imaginäre Szene abzuschütteln und war dankbar, als sie wieder klar sehen konnte und die Wände wieder weiß waren.

Bruce sprach noch immer über die Geschichte des Gebäudes, als Janie aus der grüngestrichenen Phantasie in die weiße Realität ringsum zurückkehrte; nach einer weiteren Biegung des Korridors erreichten sie die Metalltür des Labors mit dem kleinen Fenster aus dickem, drahtverstärktem Glas. Bruce legte die rechte Hand flach auf ein graugrünes Paneel rechts von der Tür, und nach ein paar Sekunden hörte Janie das elektronische Schloß klicken. Bruce bewegte die Türklinke. Die Tür ließ sich schwer öffnen, und er winkte sie herein. Während sie die Tür passierten, hörte Janie ein elektrisches Summen, sie drehte sich um und sah, daß der graugrüne Schirm einen blauen Ton angenommen hatte, der nach ein paar Sekunden verblaßte.

»Er reinigt sich«, erklärte Bruce. »Nachdem wir diese Schlösser installiert hatten, stellten wir fest, daß Erkältungen unter dem Laborpersonal häufiger waren als in anderen Abteilungen. Deshalb versahen wir einen der Techniker mit einem harmlosen, nicht infektiösen Virus. Im Labor haben wir es nicht gefunden; offenbar hielten sich alle an die vorgeschriebenen Prozeduren. Aber es war überall auf den Platten, die den Handabdruck identifizieren, und deshalb rüsteten wir sie so nach, daß sie sich selbst sterilisieren. Ein elektrischer Strom fließt durch die Oberfläche des Schirms, nicht stark genug, um irgend jemanden zu verletzen, aber ausreichend, um alle Tierchen zu töten, die sich da herumtreiben. Das wird wiederholt, bis keine Mikroben mehr zu entdecken sind.«

»Sehr clever«, sagte Janie. »Sehr effizient.«

»Wir geben uns Mühe«, sagte Bruce. »Und jetzt möchte ich Ihnen die Geräte zeigen.« Er führte Janie und Caroline im Labor herum, wies auf Sperrzonen, die von niemandem als speziell dazu ermächtigten Mitarbeitern betreten werden durften, und prüfte dabei, ob alle diese Bereiche ordnungsgemäß gesichert waren. Er erklärte ihnen die Arbeitsweise aller Geräte, die sie für ihre Bodenanalysen benutzen würden, und zeigte ihnen, wo die Bedienungsanleitungen waren, falls sich Probleme ergeben sollten. Er erklärte die Entsorgungssysteme und zeigte ihnen, wie man in Notfällen das Sicherheitspersonal alarmierte. Er zeigte ihnen auch das Kommunikationssystem und erläuterte, wie er und Ted zu erreichen waren.

»Die meisten dieser Geräte habe ich früher schon benutzt«, sagte Caroline, »aber sie sind alle verbessert worden. Ich glaube allerdings nicht, daß ich lange brauchen werde, um mich daran zu gewöhnen. Das Problem ist bloß, daß ich frustriert sein werde, wenn wir in unser Labor an der Universität zurückkommen und ich wieder mit den veralteten Apparaten arbeiten muß.«

»Da kann ich Ihnen leider nicht helfen«, sagte Bruce.

»Vielleicht müssen Sie auch nach England ziehen«, sagte Janie zu Caroline. »Gut, daß Sie mit den meisten dieser Geräte vertraut sind, ich fühle mich nämlich ziemlich verloren. Sie müssen mir alles noch einmal erklären, wenn wir mit den fehlenden Proben aus Leeds zurückkommen.«

»Kein Problem«, sagte Caroline zuversichtlich. »Bis dahin sollte ich mich bestens auskennen.«

»Prima«, sagte Bruce. »Wenn Sie morgen früh herkommen, liegt am Empfang ein Passierschein für Sie bereit. Gehen Sie als erstes hin und holen Sie ihn sich. Und dann lassen Sie sich vom Empfang einen Sicherheitsmann zuteilen.«

Auf dem Weg nach draußen verschwand Caroline in der Damentoilette. Janie und Bruce warteten auf dem Gang auf sie. Er wandte sich Janie zu, als hätte er auf eine Gelegenheit gewartet, unter vier Augen mit ihr zu sprechen.

»Es hat mir gefallen, mit Ihnen ins Museum zu gehen«, sagte er.

»Ja, hat Spaß gemacht.«

»Ich habe mir überlegt, ob Sie vielleicht Lust hätten, auf mein Angebot mit dem Abendessen zurückzukommen. Heute. Ich kenne ein großartiges indisches Restaurant in South Kensington.«

Janie spürte, wie in ihrem Inneren Sperren hochgingen, ähnlich wie bei dem Mann, den der Compudoc bei den medizinischen Untersuchungen in Heathrow festgehalten hatte. Das geschah völlig unwillkürlich und passierte ihr regelmäßig und zuverlässig, seit sie bei dem Ausbruch den ersten Angehörigen verloren hatte; sie hatte sich traurigerweise daran gewöhnt. Mit jedem weiteren Verlust waren die Schutzwälle dicker und undurchdringlicher geworden, und sie hatte gerade erst entdeckt, daß sich einzelne Steine daraus lockern ließen, wenn sie sich Mühe gab. Doch Janie fand einen gewissen Trost in dem Wissen, daß sie vor dem potentiellen Trauma weiterer Verluste geschützt war, solange es diese Wände gab, und unternahm kaum Versuche, über sie hinaus in die freiere Gefühlswelt auf der anderen Seite zu schauen. Wie ein Gefangener, der an die Sicherheit und Einfachheit der Gefangenschaft gewöhnt ist, war sie nicht ganz sicher, ob eine Flucht in ihrem Interesse lag.

Sie antwortete nicht gleich, und das Schweigen zwischen ihnen wurde drückend. Bruces Miene verdüsterte sich, weil er anscheinend eine Zurückweisung erwartete; in der Damentoilette rauschte die Wasserspülung, und Janie wußte, daß Caroline gleich wiederkommen würde.

Sie setzte zu einer Erklärung an. »Es fällt mir schwer, mich nach draußen zu trauen, seit…« Sie suchte nach Worten. »Seit den schlimmen Sachen, die mir passiert sind. Ich würde gern, aber in sozialen Situationen bin ich immer noch nicht besonders standfest. Ich schätze, ich habe Angst, die Fassung zu verlieren.«

»Ich verstehe«, sagte er. Er sah sie mit einer Wärme an, die deutlich sagte: Vertrau mir. Und dabei beließ er es. Kein Druck, nur eine Einladung, die stillschweigend besagte, daß er sie so akzeptieren würde, wie sie war.

Sie suchte in seinen Augen nach irgendeinem Anzeichen dafür, daß es nicht klug wäre, Zeit mit ihm zu verbringen. Sie fand nichts, gegen das vernünftige Einwände zu erheben waren. »Ach, zum Teufel«, sagte sie und atmete tief ein. »Ich nehme Ihre Einladung an. Wann?«

»Ich hole Sie um sieben ab.« Er lächelte. »Ich werde heute nachmittag einen Tisch reservieren.«

»Schön«, sagte sie. In diesem Augenblick kam Caroline zu ihnen zurück. »Bis später also.« Sie verabschiedeten sich und gingen auseinander.

Es wurde schneller sieben Uhr, als Janie erwartet hatte, und als in ihrer Suite das Telefon läutete, spürte sie einen leichten Schauer von Nervosität. Sie versuchte ihn abzuschütteln und sah in den Spiegel, ehe sie nach unten ging. Sie ertappte sich dabei, daß sie attraktiv aussehen wollte und sich mit ihrem Äußeren Mühe gegeben hatte; das war ihr seit dem Ende der Ausbrüche selten passiert.

Sie war nicht enttäuscht von dem, was sie sah. Mit fünfundvierzig war sie immer noch schlank, im wesentlichen wegen ihres zwanghaften Drangs zu körperlicher Bewegung; sie schien die einzige Möglichkeit, der Wut und dem Schmerz Luft zu machen, die sie in sich trug. Ihr dunkelbraunes Haar wies erste Anzeichen von Grau auf, und während sie ein paar Strähnen zurückstrich, kam ihr nicht zum ersten Mal der Gedanke ans Färben in den Sinn. Ihre Haut war hell und relativ faltenlos, wenn man bedachte, welchem Streß sie in den letzten paar Jahren ausgesetzt war; allerdings gab es dünne Linien in den Mundwinkeln, und zwischen den Augenbrauen zeichnete sich auch eine ab. Sie runzelte die Stirn, und die Linie wurde tiefer. Sie lächelte, und die Linie verging, dafür sah man die Lachfalten. *Hoffnungslos,* dachte sie. Ihre Beine, gut geformt und straff von jahrelangem täglichem Joggen, hielt sie für ihren größten Vorzug. Deswegen hatte sie einen kniefreien Rock angezogen, um sie zu zeigen, und Schuhe mit kleinem Absatz, um ihre Größe zu betonen. Es gefiel ihr, großgewachsen zu sein, denn das bot ihr einen Ausblick, wie ihn üblicherweise nur Männer hatten, und was sie aus dieser Höhe gesehen hatte, war bei mehr als einer Gelegenheit recht aufschlußreich gewesen.

Sie war zufrieden, denn mit den Mitteln, die ihr zur Verfügung standen, hatte sie ihr Bestes getan. Das einzige, was sie enttäuschte, war die tiefsitzende Traurigkeit in ihren Augen. Sie hatte noch kein Makeup gefunden, mit dem sie sich hätte verbergen lassen.

»Sie sehen toll aus«, sagte Bruce, als sie durch die Halle kam. »Besser, als ich Sie von vor zwanzig Jahren in Erinnerung habe.«

Zufrieden, daß ihre Bemühungen erfolgreich gewesen waren,

sagte sie: »Danke, gleichfalls. Ich kann immer noch nicht glauben, wie jung Sie aussehen.«

»Ich glaube, das ist eine Folge des feuchten englischen Klimas«, sagte er sarkastisch. »Da wir gerade vom Wetter reden, heute abend ist es bemerkenswert gut. Das Restaurant ist nicht weit. Möchten Sie ein Taxi nehmen, oder sollen wir vielleicht zu Fuß gehen?«

»Ich würde gern zu Fuß gehen«, sagte sie. »Seit ich hier bin, bin ich ziemlich träge. Zu Hause laufe ich gewöhnlich drei Meilen am Tag, und das fehlt mir.«

»Also gehen wir«, sagte er und bot ihr seinen Arm.

Wie *charmant,* dachte sie, als sie sich unterhakte. Sie gingen durch die Halle zur Drehtür und mußten sich gleich wieder trennen. Lachend glitten sie in verschiedene Abteile der Tür und wurden auf die Straße gewirbelt, wo sie sich von neuem bei ihm einhängte.

Die Straßen Londons waren um die Essenszeit nur wenig bevölkert, und auf dem Weg nach South Kensington fühlte Janie sich sehr wohl. Sie hatte sich seit ihrer Ankunft noch keine Zeit genommen, sich etwas anzusehen, und während sie die verschiedenen Läden und Bürofenster betrachtete, fiel ihr auf, wie schlicht und einfach alles wirkte. Die Auslagen in den Schaufenstern waren zurückhaltend und auffallend frei von der grellen Werbung und den aufdringlichen Anpreisungen, die man in den Vereinigten Staaten überall antraf. Sie erinnerte sich an eine Reihe von Werbespots im Fernsehen, in denen ein derber und offensichtlich neureicher Texaner eine wohlgeborene britische Lady so schockierte, daß sie in Ohnmacht fiel, als er sie bat, ihr die Marmelade zu reichen, und sie fand, daß diese Werbespots den Unterschied zwischen Amerika und England ganz gut zusammenfaßten. Amerika besaß eine Zivilisation, deren Standards je nach Bedarf neu definiert wurden. England *war* zivilisiert, und die zivilisierten Maßstäbe wurden niemals angetastet. Ihr wurde klar, daß sie ungern zwischen den beiden hätte wählen müssen.

»Sie leben schon so lange hier«, sagte sie. »Gibt es irgend etwas, das Sie vermissen?«

»Kaltes Bier«, sagte er und lachte. »Die ein oder zwei Tage mit fünfunddreißig Grad, die ich im Juli gern hatte. Aber man gewöhnt sich daran. Ich habe total vergessen, wie es ist, auf der rechten Straßenseite zu fahren. Ich schalte mit der linken Hand. Und ich verschwende kein Wasser mehr.«

»Mir ist aufgefallen, daß das Wasser hier nicht allzu gut schmeckt«, meinte Janie. »Ich habe mir Mineralwasser gekauft.«

»Das tun alle, einheimisch oder nicht«, sagte er. »Ihr seid durch die Qualität des Wassers in den Staaten verwöhnt. Übrigens, ich wohne nicht weit von hier.« Er zeigte auf ein schmales Haus in einer der Seitenstraßen, als sie über eine Kreuzung gingen. »In einem kleinen Stadthaus, so ähnlich wie dieses. Ich habe die beiden oberen Geschosse. Das Haus ist schmal, aber die Zimmer sind für London recht groß und die Decken ziemlich hoch. Manchmal, wenn ich mich darin bewege, kommen sie mir für mich allein viel zu groß vor. Aber ich habe gern Platz, und ich denke, ich werde ihn schließlich ausfüllen. Ich habe die Wohnung vor ein paar Jahren gekauft, unmittelbar vor dem ersten Ausbruch.«

»Wenn Sie ein Jahr gewartet hätten, hätten Sie sie wahrscheinlich viel billiger bekommen. In den Staaten fielen die Wohnungspreise in den Keller, als die Nachfrage geringer wurde.«

»Hier sind sie leicht gefallen, aber nicht so sehr, wie Sie vielleicht denken. Sie waren vorher ohnehin inflationär. Jeder akzeptiert irgendwie, daß er zuviel bezahlt. Jetzt sind die Preise eher angemessen. Aber ich bin nicht unglücklich. Ich mag die Wohnung.«

»Gibt es irgend etwas an Ihrem Leben, was Ihnen nicht gefällt?« fragte sie beinahe mißmutig. »Alles hört sich so perfekt an.«

Er dachte einen Moment lang über ihre Frage nach. »Manchmal gefällt mir das Alleinsein nicht, und gelegentlich bedaure ich, daß ich keine Kinder habe, vor allem an Feiertagen.« Er sah ihr direkt in die Augen. »Ich bin sicher, daß das für Sie schwere Zeiten sind.«

Sie seufzte. »Feiertage und Geburtstage. Und Jahrestage sind auch nicht gerade erfreulich. Solche Zeiten stehe ich nur schwer durch.«

»Was machen Sie dann gewöhnlich?«

»Ich versuche, so weit wie möglich von vertrauten Dingen und Orten entfernt zu sein«, sagte sie, »aber es ist schwer, nicht auf Erinnerungen zu stoßen. Sie scheinen überall zu sein. Wenn ich meine Ausbildung beendet habe, hoffe ich, ein bißchen mehr reisen zu können, innerhalb der Staaten, meine ich, weil das viel einfacher ist, als das Land zu verlassen. Wenn ich erst eine neue Stellung habe, sollte ich mir das einrichten können. Reisen macht es leichter, weil nichts vertraut ist.«

»Ist es hier einfacher?«

Sie überlegte einen Moment und sagte dann: »Ja, vielleicht. Im Augenblick geht's mir ganz gut.«

»Das freut mich«, sagte er. »Ich hatte gehofft, daß Sie das sagen würden.« Er lächelte und drückte ihren Arm. Dann führte er sie durch die Tür des Restaurants.

Der Duft von Kardamom und Fenchel hieß sie willkommen, und im Hintergrund hörte man leise eine Sitar spielen, die die indische Atmosphäre angenehm betonte. Kunstvolle bunte Stickereien auf schwarzem Samt hingen an den Wänden, Szenen mit Ranis und Elefanten und Buddhas im vertrauten zweidimensionalen Stil des Orients.

Sie teilten sich eine halbe Flasche Rotwein, die sie erwärmte und entspannte; sie sprachen über ihr Leben und darüber, wie verschieden ihre Wege gewesen waren. Das Essen schmeckte so gut, wie es roch, und Janie war von ihrem eigenen Appetit überrascht. »So viel habe ich nicht in der gesamten Zeit gegessen, seit ich angekommen bin«, sagte sie, faltete ihre Serviette zusammen und legte sie auf den Tisch. »Jetzt bin ich voll bis zum Platzen.«

»Wir machen noch einen Spaziergang, wenn wir von hier weggehen«, sagte Bruce.

»Gute Idee.«

Sie nahmen einen anderen Weg, als sie gekommen waren, und befanden sich bald in einem Wohnviertel. Ihr fiel auf, daß es fast keine Geschäfte gab. Bruce führte sie, bog in eine Straße ein, dann in eine andere, und Janie hatte den Eindruck, daß sie zu einem bestimmten Ort gebracht wurde. Ihre Vermutung bestätigte sich, als Bruce vor einem weißen Stadthaus aus Ziegelsteinen mit hübschem Vorgarten stehenblieb.

»Hier ist es«, sagte er und zeigte auf das Haus. »Hier wohne ich.«

Janie betrachtete es argwöhnisch. »Es ist reizend«, sagte sie und fragte sich, ob er auf irgendein Signal wartete, daß sie hineingebeten werden wollte. Sie entschied, der Frage auszuweichen und fing an, sich die anderen Häuser anzusehen. »Das ist ein sehr hübsches Viertel.«

»Und ruhig«, sagte er. »Ein paar Hunde, aber sonst ist es sehr friedlich.«

In dem kurzen Schweigen, das folgte, ging Janie eine Liste von Selbstbeschuldigungen durch, die ihrem Therapeuten Tränen in die Augen getrieben hätten. *Ich bin eine pubertierende Fünfundvierzigjährige,* dachte sie bei sich, *die mit einem tollen Mann auf der Schwelle zu einer heißen Nacht steht. Ich könnte durch diese Tür gehen und vermutlich ein paar schöne Stunden haben, vielleicht ein bißchen Dampf ablassen. Oder ich könnte nicht durch diese Tür gehen.*

Beide setzten im gleichen Moment zum Sprechen an. Janie sagte: »Wissen Sie, wie spät es ist…« Bruce sagte im selben Augenblick: »Möchten Sie mit raufkommen…« Und dann sprachen sie wieder gleichzeitig: »Ich würde es sehr gern sehen, aber wir müssen früh aus dem Haus…«, sagte Janie, und Bruce sagte: »Natürlich, wie gedankenlos von mir, Sie müssen erschöpft sein…«

Dann lachten beide über die komische Situation. Bruce sah auf seine Uhr. »Es ist fast elf«, sagte er. »Wir können bis zur nächsten Ecke gehen; da ist eine Hauptstraße, und ich kann Ihnen sicher ein Taxi rufen.«

»Ich glaube, das ist eine gute Idee«, sagte Janie. Ihre Wangen waren heiß und rot. »Ich sollte morgen wirklich ausgeschlafen sein.«

Als sie vor ihrem Hotel aus dem Taxi stieg, stand ihr der Sinn nach allem anderen als nach Schlafen. Sie eilte in den Aufzug und fuhr nach oben, wo sie rasch in ihren Jogginganzug schlüpfte. Dann fuhr sie wieder nach unten und rannte durch die Straßen, bis der Schweiß in Strömen floß und ihr Herz so schnell schlug, als würde es explodieren.

Um ein Uhr in der Nacht stellte sie sich unter die Dusche und verschwendete Wasser in amerikanischer Manier. Sie ließ das dampfende Wasser wie heiße, spitze Nadeln auf ihre verschwitzte Haut prasseln. Von ihren Dämonen befreit, zumindest vorübergehend, und von der Sünde der Faulheit geläutert, trocknete sie sich ab und schlüpfte nackt zwischen die Laken. Sie machte die Aguen zu und schlief diesmal traumlos.

Für alle Fälle, dachte Janie und warf einen sauberen Slip und eine Zahnbürste in ihre Aktenmappe, ehe sie nach unten in die Halle ging, um auf Bruce zu warten. Er kam in der Morgendämmerung, wie er tags zuvor telefonisch versprochen hatte. *Hoffen wir, daß die Mission Erfolg hat,* dachte sie bei sich, als Bruce vom Hotel abfuhr und sich in den Londoner Verkehr einfädelte.

Sie fuhren fast den ganzen Vormittag auf großen Schnellstraßen. Sie schaute häufig auf die Karte, während Bruce fuhr, und verglich die pastellfarbenen, zweidimensionalen Darstellungen auf dem Papier mit der üppiggrünen Wirklichkeit der ländlichen Umgebung Londons. Meist unterhielten sie sich über die Gegend, durch die sie fuhren; sehr persönliche Dinge wurden nicht berührt, und Janie war darüber irgendwie erleichtert. Für eine ganze Weile lehnte sie sich auf ihrem Sitz zurück und schloß die Augen, glitt in einen friedlichen Zustand, soweit das bei ihren persönlichen Unsicherheiten möglich war. Bruce störte sie nicht, wenn sie sich in diesen privaten Raum zurückzog. Kurz vor Mittag verließ er die Schnellstraße und nahm eine Abzweigung, die nach Norden führte.

Janie erwachte aus ihrer Tagträumerei, als der Straßenbelag sich veränderte und ihre Fahrt langsamer wurde. Sie schaute auf die Karte und sagte: »Das kann nicht unsere Ausfahrt sein!«

»Nein«, sagte er, »Sie haben recht. Es ist meine Ausfahrt.«

»Wie bitte?« sagte sie.

»Mein Lieblingspub in ganz England befindet sich hier. Und es ist Zeit zum Mittagessen. Wir haben ungefähr noch zwei Stunden bis Leeds. Ich glaube nicht, daß mein Magen mir verzeiht, wenn ich jetzt nichts esse.«

Als sie das kleine Gebäude im Tudor-Stil betraten, sagte Janie: »Wir scheinen eine Menge Zeit mit Essen zu verbringen.«

»Aber wir essen gut, nicht?«

Sie konnte nicht widersprechen; als der Kellner ihm eine Speisekarte reichte, gab Bruce sie ihm sofort wieder zurück. »Ich weiß schon, was ich möchte«, sagte er und bestellte Yorkshire-Pudding. Janie entschied sich rasch für einen Teller Suppe und ein Brötchen. Die Speisen kamen schneller als erwartet.

Während sie Bruce beim Essen zusah, ließ Janie ihre Gedanken zwischen dem Mann, den sie vor sich sah, und dem Jungen, an den sie sich aus ferner Vergangenheit erinnerte, hin und her wandern. Der Mann widerlegte alle Gründe, die sie vielleicht gehabt hatte, den Jungen nicht zu mögen; er war eine zunehmend angenehme Überraschung. Sie fragte sich, ob sie in seiner Vorstellung auch so gut wegkam oder ob er sich überhaupt die Mühe machte, das Mädchen, das er vor zwei Jahrzehnten flüchtig gekannt hatte, mit der Frau zu vergleichen, deren tiefste Geheimnisse er hatte sehen können. Er aß rasch und mit offenkundigem Genuß und leckte sich hin und wieder die Finger ab, wenn er große Brocken von dem teigigen Pudding in die Sauce auf dem Teller stippte. Janie erinnerte sich, daß sie ihn früher einmal Gebäck in Kaffee hatte tauchen sehen, und verglich im stillen den Bruce von damals mit dem heutigen, während sie jeden Bissen ihres eigenen kargen Mahls sorgfältig kaute. Es war ein aufschlußreicher Moment, ein ruhiges Studium der Unterschiede zwischen ihnen, eine Bestätigung ihrer persönlichen Überzeugung, daß die Eßgewohnheiten das waren, woran man jeden Mann und jede Frau messen konnte. Sie fragte sich, was dieser Augenblick für ihn bedeutete.

Als antworte er auf ihre unausgesprochene Frage, sagte er: »Also, das ist mal ein *richtiges* Mittagessen.«

Sie lachte laut auf.

Er sah sie mit hochgezogenen Brauen an und sagte: »Es ist so schön, Sie lachen zu hören. Ich dachte schon, Sie hätten vergessen, wie es geht. Was ist so lustig?«

Sie ignorierte diesen Köder und sagte: »Ach, nichts Besonderes, einfach das Leben. Wenn ich gewußt hätte, daß so ein netter Mann aus Ihnen wird, hätte ich Sie mehr beachtet, als Sie jünger waren.«

»Äh... na ja, danke.«

»Bitte, gern geschehen.«

Obwohl er sehr charmant sein konnte, lag unter Ted Cummings glatter Oberfläche ein aufreizend spartanisches Wesen, das immer pünktlich zur Arbeit kam, nie krank war, nie äußerlich zerknittert, und bei dem jedes Haar am richtigen Platz saß. Als er am Freitag morgen mit einem stechenden Schmerz in der rechten Schläfe aufwachte, war er völlig überrascht; er hatte nicht einmal Aspirin im Haus, weder legal verschriebenes noch anderes. Er hatte seit Jahren keines mehr gebraucht.

Beinahe hätte er verschlafen, und als er es schließlich schaffte, sich aus dem Bett zu quälen, ging das nur langsam vonstatten. Steif hievte er ein Bein nach dem anderen heraus und ließ es auf den Boden plumpsen. Seine nackten Füße waren so schwer, als trage er Schuhe mit Stahlkappen, und ein paar benommene Momente lang fragte er sich, ob die Schwerkraft über Nacht irgendwie intensiver geworden war, denn sein ganzer Körper fühlte sich unerträglich bleiern an. Sein Haar war von den Kissen zerzaust und stand in alle möglichen Richtungen vom Kopf ab; er mußte es ziemlich gewaltsam zähmen, ehe es halbwegs präsentabel aussah.

Zum ersten Mal in seiner von Ritualen bestimmten Amtszeit im Institut kam er später ins Büro als seine Sekretärin. Nachdem er seine E-Mails durchgesehen hatte, stellte er die Lautsprecher seines Computers ab, denn schon nach wenigen Minuten konnte er dessen Stimme und Signaltöne kaum noch ertragen. Aus dem gleichen Grund schaltete er auch seinen Piepser aus.

Er ging bei einem der medizinischen Büros des Instituts vorbei und verlangte von der Assistentin des Arztes zwei Aspirintabletten. Diese machte sich prompt über ihn lustig.

»Am besten suchen Sie Ihren freundlichen Compudoc auf«, sagte sie grinsend, ein Vorschlag, den Ted sofort zurückwies. Trotz der Rolle des Instituts bei der Entwicklung der Compudocs und bei der Überwachung ihrer Tätigkeit haßte Ted sie und vermied sie bis auf die obligatorische monatliche Untersuchung. Er hatte genug Leute gesehen, die von diesen verdammten Maschinen am rechten Handgelenk festgehalten wurden und heftig gegen die Zwangshaft protestierten, die stets folgte, wenn die Maschine bei einer Routineüberprüfung irgendeine bösartige Mikrobe entdeckte.

Inzwischen war sein Unwohlsein so groß, daß er das Aspirin trocken schluckte und das saure Brennen spürte, mit dem die Tabletten durch seine rauhe Kehle glitten. Obwohl er sich immer schlechter fühlte, schaffte er es, die erste Hälfte seiner Tagesarbeit erfolgreich hinter sich zu bringen, wenn er auch nicht hätte behaupten können, sich groß daran zu erinnern; später diktierte er Aktenvermerke über die Aktivitäten, an die er sich erinnern *konnte*; darunter war auch ein erster Blick auf die Liste der Bewerber um Franks Stellung. Er hatte gerade seine Aktenmappe gepackt und wollte nach Hause gehen und sich ins Bett legen, als ihm der Stoffkreis wieder einfiel. Er wußte irgendwie noch, daß er jemanden anrufen mußte, aber an mehr erinnerte er sich nicht; er kramte in seinem Gedächtnis, fand aber nicht die notwendige Information. *Wen muß ich anrufen? Was muß ich sagen? Ich muß kränker sein, als mir bewußt ist, wenn mein Erinnerungsvermögen beeinträchtigt ist,* dachte er bei sich, und zum ersten Mal kam ihm die Möglichkeit in den Sinn, daß das, was ihm zu schaffen machte, vielleicht mehr war als eine schlichte Erkältung. *Vielleicht ist es eine Sommerinfluenza.* Er wollte sie aggressiv mit Bettruhe, Flüssigkeiten und mehr Aspirin bekämpfen, wenn er sich welches beschaffen konnte *(wenn Bruce hier wäre, könnte er einfach ein Rezept ausstellen!),* und er war sicher, nach einem Tag wieder arbeiten zu können und sich viel wohler zu fühlen, ohne daß jemand etwas merkte.

Er schob die Gedanken an den Anruf beiseite und konzentrierte sich auf den Stoffkreis. Das Labor war noch immer der naheliegendste Ort, um danach zu suchen, und so ging er hin. Er hoffte, Erfolg zu haben, denn während der Tag voranschritt und sein Zustand sich verschlimmerte, wurde ihm klar, daß er sich nicht allzusehr anstrengen durfte, bevor er sich wieder bei Kräften fühlte. Er legte die Hand flach auf den grauen Schirm vor der Haupttür des Labors und hörte das Klicken, mit dem das Schloß sich öffnete. Er ging hinein und hörte sofort ein anderes Klicken, das Geräusch von Fingern auf der Tastatur des Computers; Caroline saß an einem der Geräte und war in ihre Arbeit vertieft.

Da Ted auch vergessen hatte, daß sie an diesem Tag im Labor arbeiten würde, überraschte ihn ihre unerwartete Anwesenheit. Er hatte sie nur zweimal gesehen, erkannte sie aber sofort an dem roten Haar, das ihr in weichen Wellen auf den Rücken fiel. Er hatte den Impuls, die Hand auszustrecken und in das Haar zu fassen, solange sie ihm noch den Rücken zuwandte, um es an seiner Wange zu reiben. Er fragte sich, ob sie wohl schockiert wäre, wenn er das täte.

Als eine Hand schon nach der Lockenfülle greifen wollte, nahm er sich zusammen und zog sie rasch zurück, tief beschämt über die untypische Handlung, die er beinahe begangen hätte. Normalerweise hätte er eher die Mähne eines Löwen gestreichelt als unaufgefordert das Haar einer Frau zu berühren, und er war schockiert über sein eigenes Verhalten. *Guter Gott, was ist bloß in mich gefahren,* fragte er sich hektisch. Er fühlte sich schon unwohl, mit ihr zusammen in diesem Labor zu sein, ohne daß sie von seiner Anwesenheit wußte. Er machte sich mit einem diskreten Räuspern bemerkbar, vergaß dabei aber seine rauhe Kehle und zog eine Grimasse bei dem Schmerz, den das leise Geräusch ihm verursachte.

Caroline hörte ihn und drehte sich um. Ihr Anblick verschlug ihm fast den Atem, aber er konnte sich gerade noch beherrschen, ehe er sie kränkte; das war gewiß Caroline, aber wie anders sah sie aus! Nichts mehr von dem rosigen Schimmer auf ihren Wangen, den er gesehen hatte, als sie sich das letzte Mal trafen; ihre

Haut war teigig und weiß, die Augen rot gerändert. Es schien ihr schwerzufallen, den Kopf zu drehen.

Caroline sah seinen schockierten Gesichtsausdruck und errötete vor Verlegenheit, ein starker Kontrast zu der kränklichen Blässe. Am Morgen hatte sie im Spiegel gesehen, daß sie aussah, als würde sie krank; wie Ted hatte sie auf den Beginn einer Erkältung getippt.

»Guten Tag, Caroline«, sagte Ted. »Wie geht's denn heute?«

Sie hustete zweimal, ein harter, trockener Husten, den sie mit der Hand dämpfte. »Ehrlich gesagt, mir ging's schon mal besser«, antwortete sie. »Anscheinend habe ich mir eine scheußliche Erkältung eingefangen.«

»Dann haben wir wohl dasselbe«, sagte er. »Eine Erkältung, die unbesiegte Geißel der modernen Medizin. Ich bin froh, daß ich nicht allein bin, aber ich bedaure, daß Sie meine Gefährtin im Elend sind.«

»Danke.« Sie lächelte schwach. »Ich glaube, das könnte sogar mehr sein als bloß eine Erkältung. Seit ich heute morgen aufgestanden bin, habe ich gräßliche Kopfschmerzen. Ich muß bloß noch ein paar Dateien kopieren, und dann gehe ich schnurstracks ins Hotel und ins Bett. Ich hoffe, ich kann das loswerden, ohne das Interesse der hiesigen Biocops zu erregen. Ich denke, wenn ich mich jetzt hinlege, merkt es keiner. Ich bin in aller Kürze aus dem Weg.« Sie wandte sich ab und schneuzte sich die Nase.

»Oh, Sie sind überhaupt nicht im Weg. Ich muß nur ein paar Sachen im Gefrierschrank suchen. Dann bin ich für heute auch fertig. Übrigens, haben Sie von unseren Freunden in Leeds gehört? Ob sie diese Bodenproben wohl gefunden haben?«

Das Wort *Leeds* ließ ihn wieder an den *Anruf* denken. Irgendein Zusammenhang bestand da, aber er kam nicht darauf. Heiße Frustration stieg in ihm auf, und er begann wütend zu werden. Er überhörte den ersten Teil von Carolines Antwort auf seine Frage und bekam nur das Ende mit.

»... heute abend, wenn sie sie loseisen können.«

Sie glaubte also, daß die beiden vielleicht am gleichen Abend noch zurückkommen würden. Ted wußte, es war höchst unwahrscheinlich, daß sie so bald wieder in London sein würden, weil die Mühlen der Bürokratie, insbesondere der britischen Wissenschaftsbürokratie, in der Tat sehr langsam mahlten. Aber er äußerte seine Zweifel nicht, sondern versuchte statt dessen, Caroline in ein Gespräch über das kontaminierte Stück Stoff zu verwickeln. »Sie hatten also ein bißchen Zeit, mit diesem Ding zu arbeiten, das Sie in einer der Röhren gefunden haben – diesem Stoff? Ein ziemlich interessanter Fund; sicher waren Sie recht neugierig, ihn zu untersuchen.«

Caroline setzte zu einer Antwort an: »Nein, heute hatte ich keine Zeit, ich hatte zuviel zu tun, und wir wollen ohnehin...« Ein fast gewaltsamer Hustenanfall unterbrach sie mitten im Satz. Sie stand von ihrem Stuhl auf, beugte sich vor, noch immer hustend, und legte die Hände auf die Knie, um leichter atmen zu können.

Beunruhigt trat Ted näher. Er legte ihr tröstend die Hand auf den Rücken und rieb ihn mit einer sanft kreisenden Bewegung, was sie zu beruhigen schien. Nach ein paar Augenblicken richtete sie sich wieder auf und hustete nur noch leicht.

Als sie wieder sprechen konnte, lachte sie ein wenig und sagte: »Entschuldigen Sie. Das war wirklich ziemlich unfein. Ich glaube, ich gehe am besten jetzt gleich ins Hotel zurück.«

Nein! dachte er verzweifelt. *Nicht, ehe du mir gesagt hast, wo du dieses verdammte Stück Stoff hingetan hast!* Er suchte nach einer Möglichkeit, sie zurückzuhalten, aber sein Gehirn fühlte sich an wie Tapiokapudding, dick und trübe und mit großen Klumpen irgendeiner geleeartigen Substanz, die darin herumschwammen. *Denk nach, Ted!* schalt er sich selbst. Und endlich, nach einer Phase qualvoller Leere, verging seine Benommenheit, und er kam auf die Idee, ihr Hilfe anzubieten. Er war zutiefst erleichtert, endlich etwas Sinnvolles gefunden zu haben.

Er setzte sein mitfühlendstes Gesicht auf. »Kann ich irgend etwas für Sie tun?« fragte er mit besorgt gerunzelter Stirn. »Vielleicht brauchen Sie etwas. Vor allem, solange Ihre Freundin nicht zurück ist. Vielleicht kann ich Ihnen helfen.«

Caroline setzte sich wieder, hustete noch ein paarmal und begann, ihre Katalogisierungen einzupacken. »Wenn es schlimmer wird, könnte es sein, daß ich Ihre Hilfe brauche. Das Gesundheitssystem hier ist so verwirrend, und ich möchte die Sache nicht komplizierter machen als nötig, wenn ich versuche, auf dem üblichen Weg Hilfe zu bekommen. Wenn ich festgenommen werde, haben wir alle möglichen Schwierigkeiten, und Janie hat eine morbide Angst vor dem Bodyprinting. Sie ist entschlossen, in die Staaten zurückzukehren, bevor man es von ihr verlangt.«

Was das Bodyprinting betraf, war er anderer Meinung; er und Bruce waren maßgeblich an der Vervollkommung der Technik beteiligt gewesen. Er hätte zwar bereitwillig zugegeben, daß die Erfahrung eines Bodyprinting von keinem normalen Menschen als »angenehm« bezeichnet werden würde, aber nur wenige fanden es nicht faszinierend. Trotzdem stimmte er mit Caroline überein, was die potentiellen Schwierigkeiten für die Reise betraf. »Verständlich. Das könnte ziemlich problematisch sein.«

Caroline sprach weiter. »Wenn Janie hier wäre, würde sie sich um mich kümmern, aber sie ist nicht hier, und ich weiß nicht, wann sie wiederkommt. Könnten Sie mir den Namen eines richtigen Arztes sagen, falls ich einen brauche? Jemand, der mich nicht reinlegen wird? Ich meine, ich glaube, es ist bloß eine Erkältung, aber sie hat sich anscheinend schrecklich schnell entwickelt.«

Es gab jede Menge mit dem Institut verbundener Ärzte, die gern diskret geholfen hätten, selbst wenn das technisch gegen das Gesetz verstieß, und Ted hatte mühelos Zugang zu ihren privaten Telefonnummern. Aber er zögerte, Caroline an jemand anderen zu verweisen. Selbst in seinem benommenen, verwirrten Zustand wußte Ted, daß er es sich nicht leisten konnte, sie frei herumlaufen zu lassen, solange er diesen Stoff nicht in der Hand hatte, das Potential an Katastrophen war einfach zu groß. Er nahm einen Stift aus der Brusttasche seines Kittels und einen Notizblock aus der Seitentache und schrieb eine Reihe von Zahlen auf.

»Das ist meine Privatnummer«, sagte er und gab Caroline den

Zettel. Da er sie nicht merken lassen wollte, daß er keine Pläne hatte, fügte er hinzu: »Ich habe verschiedenes zu erledigen und bin immer mal wieder unterwegs, aber wenn Sie Hilfe brauchen, rufen Sie an und hinterlassen Sie eine Nachricht. Ich denke, ich kann dann einen Arzt auftreiben, der Sie sofort behandelt.«

Sie nahm den Zettel und lächelte erleichtert. »Danke«, sagte sie. Sie sah wirklich dankbar aus.

»Wissen Sie«, sagte Ted zu ihr, »ich verstehe wirklich nicht, warum Ihr Amerikaner so heftig gegen das Bodyprinting seid. Es ist kaum schlimmer als früher die Mammographien, und es ist bestimmt nicht schlimmer als eine Testigraphie.« Ihn schauderte, als er sich erinnerte, wie er zuletzt nach dem ersten Ausbruch auf testikuläre Anomalien untersucht worden war. »Das Bodyprinting ist ein wunderbares diagnostisches Werkzeug; mit so geringen Mitteln können wir so viel über den Körper erfahren.«

»Genau das ist das Problem, glaube ich, Ted.«

»Nun, ich denke, das kommt ganz auf den Standpunkt an. Aber diese Diskussion sollten wir ein andermal führen.« Er lächelte honigsüß und sagte: »Vielleicht wäre es eine gute Idee, wenn ich am Wochenende ein- oder zweimal bei Ihnen vorbeischaue, falls Sie allein sind. Wo wohnen Sie?«

Ohne eine Sekunde zu zögern, gab Caroline ihm die Hoteladresse.

»Gut, ich melde mich dann«, sagte er. Etwas widerstrebend verließ er sie und ging zum Katalog des Gefrierschrankes. Als er das Labor vorhin betreten hatte, war ihm wieder eingefallen, daß er einen Ersatz für *P. coli* finden mußte, und er war entschlossen, diese Aufgabe noch zu erledigen, bevor er in sein Bett fiel. Das Experiment schien eine Million Lichtjahre entfernt; er tat nichts weiter, als die Bezeichnungen auf seiner Liste zu überprüfen und festzustellen, daß die gewünschten Proben zur Verfügung standen, was bei allen der Fall war. Danach dachte er nicht mehr an seine Arbeit.

Er ging auf die Herrentoilette, ehe er nach Hause fuhr; während er sich die Hände wusch, sah er sich im Spiegel an.

Sein Hals begann anzuschwellen.

Auf der restlichen Fahrt nach Leeds unterhielten Janie und Bruce sich ruhig miteinander; einmal übernahm Janie das Steuer auf einem Autobahnstück, wo der Verkehr sehr schwach war. Als sie sich Leeds näherten, wurden die Fahrzeuge zahlreicher, und Bruce übernahm wieder. Kurz darauf verließ er die Autobahn und fuhr über eine Nebenstraße zu der ehemaligen Spielzeugfabrik. Er parkte den Wagen auf dem Parkplatz daneben, und während beide sich die Steifheit vom zweiten Teil der Wegstrecke aus den Gliedern schüttelten, schaute Janie auf ihre Uhr. »Es ist Viertel vor drei. Wenn wir unsere Sache in einer Stunde oder weniger erledigen können, müßten wir eigentlich noch die Rückfahrt schaffen.«

Bruce schloß den Wagen ab und antwortete: »Wir haben gute Chancen. Hoffen wir nur, daß Ted sein Gewicht für uns in die Waagschale werfen konnte.«

Nachdem er Bruce einige Fragen gestellt hatte, suchte der Wachmann in seinen Computerdateien nach einer Mitteilung Teds über die fehlenden Röhren. Bruce und Janie warteten ungeduldig vor den Sicherheitsscannern. Sie waren dem, was Janie brauchte, nun sehr nahe, aber noch immer draußen. Eine Nachricht von Ted gab es nicht.

»Ich habe versucht, über den Computer direkt sein Büro zu erreichen, aber da antwortet niemand. Vielleicht haben Sie eine andere Möglichkeit, mit ihm Kontakt aufzunehmen.«

Bruce wählte auf seinem Handy sofort Teds persönlichen Piepser an, erhielt aber keine Antwort.

»Verdammt!« sagte er mit offensichtlicher Frustration. »Er meldet sich nicht. Das ist ganz ungewöhnlich. Ich habe ihn noch nie ohne seinen Piepser gesehen.«

Obwohl Bruce es in der folgenden halben Stunde immer wieder versuchte, war Ted nicht zu erreichen. Sie beschwerten sich heftig, und der Wachmann verwies sie direkt an den Chef des Sicherheitsdienstes, da er sich ihr unberechtigtes Geschimpfe nicht länger anhören wollte. Man sagte ihnen, wenn sie die Papiere sofort ausfüllten, würden die entsprechenden Genehmigungen am nächsten Morgen vorliegen, auch ohne Teds Autorisation.

»Aber was ist mit meinen eigenen Genehmigungen?« fragte Bruce empört. »Zählen sie denn überhaupt nicht?«

»Aber doch, Dr. Ransom«, sagte der Sicherheitschef mit einem zuckersüßen Lächeln. »Ohne die würden Sie das Material frühestens in einer Woche bekommen können.«

Bruce führte Janie außer Hörweite des Wachmannes. »Ich weiß nicht, was ich dazu sagen soll. Es ist mir wirklich peinlich. Und es tut mir *wirklich* leid. Ted ist in solchen Details normalerweise sehr zuverlässig. Ich kann mir nicht vorstellen, warum er nicht angerufen hat. Sonst kümmert er sich immer penibel um alle Einzelheiten.«

Janie versuchte, ihre Frustration zu verbergen, doch das mißlang jämmerlich. Sie spürte die Anspannung in ihrer Stirn und fühlte sich auf einmal schrecklich gereizt. Sie rieb ihre Schläfen, weil sie eine Migräne fürchtete, und stand einen Augenblick reglos und schweigend da. Dann schaute sie Bruce an und sagte: »Was ist das für ein *Mist*! Kein Wunder, daß die Welt auseinanderfällt.«

Bruce sagte nichts, da er keine sofortige Lösung anzubieten hatte. Nach ein paar Augenblicken meinte er: »Wie die Briten sagen würden: *›Wie unangenehm.‹*«

Angewidert von ihrem lächerlichen Dilemma, ließ Janie jeden Anschein von Wohlerzogenheit fallen und sagte: »*Wirklich* ziemlich unangenehm – eine verdammte Scheiße ist das!«

Bruce war nicht überrascht von der Heftigkeit ihrer Wut. Stattdessen versuchte er, einer Lösung näher zu kommen. »Was möchten Sie jetzt machen? Ich richte mich ganz nach Ihnen.«

Janie seufzte tief. »Ich denke, ich möchte es trotzdem weiter versuchen. Wenn wir morgen früh hier wegkommen, ist das immer noch besser, als wenn ich neue Proben ausgraben muß. Ich finde, wir sollten weiter versuchen, uns mit Ted in Verbindung zu setzen. Vielleicht erreichen wir heute doch noch etwas.«

Da er nicht wollte, daß sie sich vergebliche Hoffnungen machte, sagte er: »Ich glaube, das ist unwahrscheinlich.«

»Wann machen sie hier zu?«

»Vermutlich um halb sechs.« Er sah auf seine Uhr. »Damit

haben wir zwei Stunden, um Ted zu erreichen und den Papierkram zu erledigen. Wenn uns das gelingt, bedeutet es immer noch, daß wir mehr als die halbe Nacht fahren müssen. Ich weiß nicht, ob ich das schaffe. Vielleicht müssen wir hier übernachten, es sei denn, Sie wollen sofort zurückfahren und morgen in aller Frühe mit neuen Grabungen anfangen.«

Janie ging ziellos umher, die Arme schützend vor der Brust verschränkt, die schwere Aktenmappe an einem Riemen über der Schulter. »Ich habe die Eigentümer noch nicht wieder angerufen«, sagte sie. »Ich war so sicher, daß wir das heute erledigen würden. Ich weiß nicht mal, ob irgend jemand mir neue Grabungen gestatten würde.«

Ihre Enttäuschung und Wut, für die er sich teilweise verantwortlich fühlte, lasteten schwer auf Bruce. »Hören Sie«, sagte er, »wir brauchen einen Plan. Ich habe nichts dagegen, heute nacht hierzubleiben, und selbst wenn wir sofort abfahren würden, würden wir erst so spät zurückkommen, daß Sie heute zu nichts mehr kämen. Es gibt ein sehr hübsches Hotel im Zentrum von Leeds, und ich bin sicher, daß es da ein freies Zimmer geben wird.«

Sie warf ihm einen überraschten Blick zu.

»Freie Zimmer«, berichtigte er sich rasch.

Sie stieß einen Seufzer aus. »Wir haben wohl keine Wahl. Wir müssen bleiben. Und ich wäre Ihnen sehr dankbar, wenn Sie diese Formulare ausfüllen würden, für alle Fälle. Aber wenn wir die Röhren nicht gleich morgen früh bekommen, muß ich nach London zurück. Selbst wenn ich dann sofort mit den Grabungen anfange, muß ich zwei Tage lang wie ein Maulwurf graben.«

»Tut mir wirklich leid, daß wir all diese Schwierigkeiten haben.«

»Das ist nicht Ihre Schuld, Bruce, und Sie waren wirklich ein Schatz und haben mir sehr geholfen. Ich denke, ich sollte Caroline anrufen. Dann kann sie schon mal anfangen, sich mit den Eigentümern in Verbindung zu setzen. Dürfte ich vielleicht Ihr Telefon benutzen?«

Er reichte ihr das Handy, und sie wählte die Nummer ihres

Londoner Hotels. In Carolines Zimmer meldete sich niemand, also hinterließ Janie eine Nachricht und detaillierte Anweisungen auf dem Anrufbeantworter. Dann versuchte Bruce noch einmal, Teds Piepser zu erreichen, aber er erhielt keine Antwort.

Nachdem Bruce in der medizinischen Abteilung des Depots ungefähr ein Dutzend Formulare ausgefüllt hatte, fuhren er und Janie in eisigem Schweigen nach Leeds hinein. Sie erkundigten sich nach dem Weg und wurden zu der in ein hübsches kleines Hotel umgebauten Mühle gewiesen, an die Ted sich von einer früheren Reise erinnerte. Sie fanden sie ohne Mühe im Zentrum der einst blühenden Stadt im edwardianischen Stil, die jetzt um ihr Steueraufkommen zu kämpfen hatte. Das Viertel, in dem das Hotel lag, erlebte eine Renaissance als schickes Wohngebiet mit zahlreichen Lokalen. Vor der Renovierung des Hotels war der jahrealte Schmutz mit einem Sandstrahlgebläse entfernt worden, und die Ziegelfassade war einheitlich rötlich-braun; in der Abendsonne wirkte die Farbe sehr anheimelnd, und Janie spürte, wie etwas von ihrer Anspannung wich, als sie den warmen rötlischen Schein auf sich wirken ließ.

Während sie und Bruce aus dem Auto stiegen, war sie froh, daß sie frische Unterwäsche und eine Zahnbürste mitgenommen hatte. Dann sah sie, wie Bruce eine Reisetasche aus dem Kofferraum nahm, und ihre Selbstzufriedenheit wich einem Gefühl totaler Inkompetenz, noch ehe er die Hecktür wieder geschlossen hatte.

»Ich bin gern vorbereitet«, sagte er, als er die Tasche dem Hoteldiener übergab. »Ich hätte Ihnen sagen sollen, daß wir vielleicht übernachten müssen.«

Am liebsten hätte sie geflucht, aber sie nahm sich zusammen und sagte liebenswürdig: »Das ist schon okay. Ich hatte irgendwie damit gerechnet, daß wir Schwierigkeiten haben würden, und habe selbst auch das Nötigste bei mir.«

»Gut gemacht«, sagte er. »Melden wir uns an, und dann sehen wir, daß wir etwas zu essen bekommen.«

Sie verabredeten, wann sie sich in der Halle treffen wollten, und bezogen dann zwei reizvolle Zimmer an entgegengesetzten Enden des sechsten Stocks. Nachdem sie sich frisch gemacht hatte, ging Janie in das nahe Geschäftsviertel, wo einige Läden noch geöffnet hatten. Sie kaufte sich ein Kleid und ein Paar hübsche Ohrringe und eilte ins Hotel zurück.

Es geht doch nichts über einen schönen, langen Dauerlauf, dachte sie bei sich, während sie ihre Schritte beschleunigte; als sie ins Hotel zurückkam, fühlte sie sich beinahe wieder normal. Sie wusch sich und zog das Kleid an. Dann legte sie die Ohrringe an und betrachtete sich im Spiegel.

»Nicht übel für so eine alte Schnepfe«, sagte sie laut zu ihrem Spiegelbild und ging nach unten.

Als sie sich dem Tisch näherte, stand Bruce auf und zog einen Stuhl für sie zurück. »Ich habe mir die Freiheit genommen, eine Flasche Wein zu bestellen, der Ihnen vielleicht schmeckt. Ich habe den Kellner gebeten, sie erst zu servieren, wenn Sie da sind.«

Kaum hatte er zu Ende gesprochen, erschien bereits der Kellner mit zwei Gläsern, einer Flasche und einem Korkenzieher. Geschickt vollzog er das übliche Ritual, zeigte Bruce das Etikett der Flasche und zog nach ein paar Drehungen des hölzernen Griffs den Korken. Er goß ein wenig Wein in ein Glas und trat diskret zurück, während Bruce die Blume des Weins prüfte und ihn kostete. Bruce nickte, und der Kellner trat wieder vor und füllte die dunkelrote Flüssigkeit in ihre Gläser.

Janie beobachtete ihn prüfend und neugierig und verglich ihn erneut mit dem Jungen, an den sie sich erinnerte. Sie kam zu dem Schluß, daß der reife Bruce sehr viel eleganter und charmanter war als der unreife. Die Jahre in der wohlgeordneten englischen Gesellschaft hatten ihm ein Verständnis für soziale Formen beigebracht, das den meisten amerikanischen Männern einfach abging. Er hatte gute Manieren, und all seine rauhen Kanten schienen geglättet. Er war wirklich ein überaus attraktiver Mann.

Die Fenster des Speiseraums gingen auf einen nahen Kanal hinaus, und das Licht der untergehenden Sonne glitzerte auf dem langsam fließenden Wasser. Alles, was von ihren Strahlen berührt wurde, glänzte flammend rot, und Janie war fasziniert von der Wärme dieser Farbe. Die Magie des Weins floß aus dem Glas in ihre Adern; mehr als einmal erschien der Kellner unaufgefordert, um ihre Gläser nachzufüllen und dann diskret wieder zu verschwinden. Janie bemühte sich zwar, ihre Schutzwälle aufrechtzuerhalten, doch sie spürte, wie der Streß des langen, anstrengenden Tages allmählich von ihr abfiel, und lehnte sich entspannt zurück. Sie schloß einen Moment die Augen und fühlte sich beinahe heiter. Als sie sie wieder öffnete, stellte sie fest, daß sie Bruce anstarrte. Rasch wandte sie den Blick ab.

Er war neugierig auf sie; das wußte sie zweifelsfrei, und soweit sie es zulassen konnte, fühlte sein unverhohlenes Interesse an ihr sich wunderbar an. Sie wußte, er konnte sich nicht vorstellen, was sie durchgemacht hatte und wie hart sie dabei geworden war, wie schwer es ihr fiel, einen tieferen Kontakt zu ertragen. Zum ersten Mal seit dem Tag, an dem sie ihren Mann beerdigt hatte, ließ Janie den ungeheuren Schmerz des Verlangens nach Berührung an die Oberfläche treten. Da saß sie unter Bruces wohlwollendem Blick, und die Elektrizität des Begehrens prickelte auf ihrer Haut. Dieses eine Mal machte sie keinen Versuch, es zu unterdrücken. Ihre Augen verschleierten sich, und sie biß sich auf die Lippen, um die Tränen zurückzuhalten; sie wollte nicht, daß Bruce ihren emotionalen Aufruhr sah.

Sanft legte er eine Hand auf ihren Arm, deren Wärme sie verblüffte. Als hätte er ihre Ängste erraten, sagte er: »Janie, ich verspreche, ich werde nicht schlecht von Ihnen denken. Aber ich möchte wirklich wissen, was Ihnen zugestoßen ist.«

Ihre Unterlippe zitterte, und sie senkte den Blick.

»Es ist gut«, sagte er beruhigend. »Bei mir sind Sie sicher.«

Um den gelösten Zustand zu erreichen, in dem Hemmungen schwinden, leerte sie ihr Glas. Nach einem kleinen, zarten Schluckauf sagte sie leise: »Fünfundvierzig Jahre alt, und es macht mir immer noch angst.«

Er lächelte. »Sie brauchen keine Angst zu haben.«

Sie erwiderte das Lächeln, aber nur zögernd. »Also gut.« Sehr vorsichtig sagte sie dann: »Die Geschichte fängt gut an, aber gegen Ende wird sie häßlich.«

»Ich verstehe. Aber ich würde sie trotzdem gern hören, wenn Sie bereit sind, sie zu erzählen.«

Sie sprach langsam und bedächtig, als sei die Geschichte, die sie erzählte, zerbrechlich, obwohl sie wußte, daß die wirkliche Zerbrechlichkeit in ihr selbst lag. Der Wein ließ ihre Worte ein wenig zögernd klingen. »Nach meiner Assistenzzeit heiratete ich einen Mann namens Harry Crowe. Harry war Kinderarzt. Wir hatten ein sehr schönes Leben, Harry und ich... ein behütetes Leben. Alles war richtig. Alles. Ich pflegte mich jeden Morgen zu kneifen und zu denken: ›Was habe ich für ein wunderbar geordnetes Leben.‹ Ungefähr so, wie sie Ihr Leben schildern. Zufrieden, wissen Sie? Erfüllt.«

Sie hielt inne und streckte die Hand aus, um sich Wein nachzuschenken, aber Bruce nahm ihr die Flasche ab und sagte: »Lassen Sie mich das machen.« Dann goß er ein wenig in ihr Glas und sagte: »Sprechen Sie weiter.«

Sie konnte spüren, wie sie in die alte, vertraute Melancholie fiel, aber sie machte weiter, da sie wußte, Bruce würde erst zufrieden sein, wenn die Geschichte zu Ende war. »In den Reagan-Jahren kauften wir Aktien und verkauften unmittelbar vor dem Crash. Wir kauften unser Haus, bevor die Preise in den Himmel wuchsen, und behielten es, bis sie sich wieder stabilisiert hatten. Anfang der neunziger Jahre investierten wir in Technologiefonds. Wir liebten beide unsere Arbeit. Unsere Tochter besuchte wunderbare Privatschulen und entwickelte sich prächtig; sie hatte Musikstunden und trieb Sport...«

Bruce beobachtete sie aufmerksam, während das Drama sich entfaltete; als sie sichtlich um Fassung ringen mußte, nahm er ihre Hand. Er spürte, wie sie sich dabei anspannte. »Sprechen Sie weiter, Janie.«

Sie atmete einmal schnell ein und ließ dann den Schmerz zu. »Eines Morgens sah ich sie zusammen weggehen; normalerweise wäre ich an der Reihe gewesen, Betsy zur Schule zu fahren, aber Harry hatte an dem Tag ein Seminar an der Uni, und die Schule lag auf seinem Weg. Ich hatte an diesem Tag Bereitschaft und mußte nirgends hin. Um acht Uhr morgens war ich noch im Pyjama.

In Ärztekreisen hörte man gerade die ersten Berichte über Epidemien; die Gesundheitsbehörde hatte bereits ein Bulletin herausgegeben, aber die Medien hatten es nicht wirklich zur Kenntnis genommen. Also war die Schulbehörde nicht gewarnt. Nun, am Vortag hatte eine der Mitarbeiterinnen der Schulcafeteria über Magenschmerzen und Fieber geklagt und war nach Hause gegangen. Bevor sie ging, hatte sie noch die Pausensnacks für den nächsten Tag hergerichtet.

Um zwei Uhr fühlten sich alle Kinder, die davon gegessen hatten, krank. Da war die Mitarbeiterin der Cafeteria schon gestorben. Als sie zum Notarzt ging, hatte einer der Ärzte gerade das Bulletin der Behörde gelesen und inzwischen festgestellt, wo sie arbeitete. Er rief das Gesundheitsministerium an und ließ die Schule unter Quarantäne stellen.

Am späten Vormittag war ich zu einem Notfall gerufen worden, also hatte ich Harry bereits angerufen und ihn gebeten, Betsy am Nachmittag von der Schule abzuholen. Als er hinkam, war die Quarantäne bereits verhängt, aber irgendwie kam er hinein, wahrscheinlich, indem er sagte, daß er Kinderarzt war. Wenn ich einer von den Polizisten gewesen wäre, hätte ich ihn vermutlich auch hereingelassen. Von den vierhundert Leuten, die in dieser Schule unter Quarantäne gestellt wurden, infizierten sich dreihundertsechsundfünfzig. Dreihundertzweiundvierzig starben. Harry und Betsy gehörten nicht zu denen, die Glück hatten. Alle Leichen wurden zur Sektion beschlagnahmt. Ich habe beide nie wiedergesehen. Nach einer Woche wurden sie verbrannt.«

»Oh, Janie, mein Gott, wie schrecklich … Es tut mir so leid …«

»Es kommt noch schlimmer«, sagte sie. Tränen liefen jetzt über ihre Wangen. »Ich ließ einen Gedenkgottesdienst abhalten; es gab keine Leichen, die ich begraben konnte, aber ich brauchte irgendeinen Abschluß, das Gefühl, das getan zu haben, was man eben tut, wenn jemand stirbt. Meine Eltern kamen; sie waren in

Pennsylvania, als es passeirte, und so fuhren sie los, um bei mir zu sein und an dem Gottesdienst teilzunehmen. Unterwegs hielten sie bei einer Raststätte auf dem Jersey Turnpike, um etwas zu essen…«

Sie unterdrückte ein trunkenes Schluchzen, und Bruce sagte: »Und dort infizierten sie sich?«

Sie nickte rasch und kniff die Augen zu. Ströme von Tränen liefen ihr über die Wangen und tropften auf ihren Arm, auf Bruces Hand, auf die Tischdecke. »Oh, Gott…« sagte sie. »Schauen Sie mich nur an. Schon wieder undicht.«

Unwillkürlich mußte Bruce schmunzeln. »Vielleicht muß ich Sie wegen unerlaubter Freisetzung von Körperflüssigkeiten in der Öffentlichkeit melden…«

Janie wischte sich mit der Hand die Augen, schniefte kurz und sagte: »Gut, daß das in den Staaten nicht illegal ist. Sonst säße ich schon im Gefängnis.«

Bruce stand von seinem Stuhl auf, ging um den Tisch herum und stellte sich hinter Janie; ohne um Erlaubnis zu fragen, nahm er sie von hinten in die Arme und legte sein Kinn auf ihre Schulter. So hielt er sie zärtlich umfaßt, während sie lautlos weinte. Sie wehrte sich nicht gegen seinen Versuch, sie zu trösten.

Ringsum starrten die Leute sie an; sie waren leise gewesen, doch Bruces abruptes Aufstehen hatte bewirkt, daß sich alle Köpfe nach ihnen umdrehten. Janie sah nicht, welche Aufmerksamkeit sie erregten; Bruce wollte nicht, daß sie es sah. Er blickte in die Runde und schaute alle Neugierigen mit einem Blick an, der besagte: *Bitte, nicht starren…* Nach und nach verwandelten sich die verächtlichen Blicke in mitfühlende.

Nach ein paar Minuten hob Janie eine Hand und tätschelte seinen Arm zum Zeichen, daß er sie loslassen sollte. Er begriff sofort und zog sich zurück. Er setzte sich wieder auf seinen Stuhl.

Mit roten, verschwollenen Augen sah sie ihn an und sagte zu ihrer eigenen Überraschung: »Ich kann Ihnen gar nicht sagen, wie gut sich das anfühlte. Danke, *vielen* Dank.«

»Gern geschehen. Jederzeit. Ich weiß nicht, ob ich all das

durchgestanden hätte, was Sie durchgemacht haben. Es ist sehr tapfer von Ihnen, daß Sie so schnell ins Leben zurückgekehrt sind.«

»Na ja, nach so etwas wird man ziemlich hart. Eine Zeitlang war ich danach wirklich sehr hart. Ich fühlte mich wie jemand, dem man die Eingeweide aus dem Leib gerissen hat, und ich habe seither immer versucht, sie irgendwie wieder zurückzuschaufeln.«

Ein paar Augenblicke saßen sie schweigend da, während Janie sich die Augen trocknete; die Stille im Raum wurde nur durch die Gespräche an den Nachbartischen unterbrochen. Bruce winkte den Kellner weg, der mit einer neuen Flasche Wein näher kam. Nach einer angemessenen Pause sagte er: »Ursprünglich hatte ich gedacht, wir könnten zum Essen anderswo hingehen, aber vielleicht sollten wir einfach bleiben.«

»Schon wieder Essen«, sagte sie. »Anscheinend ist uns beschieden, jedesmal zu essen, wenn wir uns sehen. Ich weiß nicht, ob ich nüchtern genug bin, um die Speisekarte zu lesen.«

»Ich kann für uns beide bestellen.«

Sie streckte den Arm aus und legte ihre Hand auf seine. »Wie nett Sie heute sind. Bestellen Sie, was Sie wollen, nur keine Schnecken«, sagte sie undeutlich. »Ich *hasse* diese Dinger.« Sie verharrte in trunkenem Schweigen, während der kluge und bedächtige Erwachsene, der sich im Körper des einst eher rücksichtslosen Bruce breitgemacht hatte, verschiedene Gerichte bestellte, in denen keine Schnecken vorkamen.

Die Speisen wurden sehr bald serviert, und während sie aß, wurde Janie langsam wieder nüchtern. Etwas verärgert fragte sie sich,wie Bruce so nüchtern hatte bleiben können, während sie völlig betrunken geworden war. Doch im Laufe des Abends hellte ihre Stimmung sich etwas auf, und das Gespräch wandte sich anderen Details ihres Lebens zu. Das Gift der Trauer wich langsam, und nach dem Essen fühlte Janie sich unerwartet wohl in Bruces Gesellschaft.

Als sie durch die Halle zu den Aufzügen gingen, spürte Janie noch immer die Nachwirkungen ihres kurzen, aber intensiven

Kontakts. In ihrem gelösten Zustand hatte sich die Wärme seiner attraktiven männlichen Gegenwart einen Weg in ihr Inneres gebahnt und bewegte sich langsam, aber stetig auf ihren Schoß zu. Sie sah Bruce an und dachte: *Es ist so offensichtlich, du kannst spüren, wie es aus meinen Poren dringt, ich weiß, daß du es kannst.* Es war spät, niemand war in der Nähe, und während sie auf den alten, käfigartigen Aufzug warteten, legte Bruce die Arme um sie, diesmal von vorn, und zog sie an sich. Sie widerstand, aber nur ein wenig; er sah ihr in die Augen, näherte den Mund ihren Lippen und streifte sie leicht. Dann zog er sich wieder zurück und lächelte. Gleich darauf berührte sein Mund wieder ihre Lippen, und er schloß dabei die Augen.

Doch der Rausch des Weins war vergangen, und als sich die Aufzugstüren öffneten, zog Janie sich von ihm zurück. Sie dachte an sich und an die Arbeit, die noch zu tun war, teils beruflich, teils privat. So gern sie sich ihrem erstickenden Griff auch entzogen hätte, die Angst, sich an jemanden zu binden, der ihr wieder genommen werden könnte, ließ sie nicht los. Sie fand ihre normale Stimme wieder und sagte entschieden: »Ich denke, ich gehe zu Fuß nach oben. Ich brauche ein bißchen Bewegung.« Dann drückte sie seine Hand und sagte: »Danke für den schönen Abend. Es geht mir viel besser.« Während Bruce ihr verwirrt nachsah, ging sie entschlossen auf das Leuchtschild mit der Aufschrift Treppe zu.

9

Wieso sind ihre Tempel so prächtig, wenn ihr Prophet Jesus ein armer Zimmermann war? Alejandro war erstaunt über die reichen Teppiche und Tapisserien, die er überall im Papstpalast erblickte; die kostbaren Gemälde waren von einer Feinheit, wie er sie noch nie gesehen hatte. Die üppigen Gestalten kaum bekleideter Göttinnen wirkten seltsam erregend auf ihn; nie zuvor hatte er so erotische Darstellungen des weiblichen Körpers gesehen, schon gar nicht in seinen medizinischen Lehrbüchern, wo die zweidimensionalen Abbildungen nichts von der lebensechten Anziehungskraft der Frauen an diesen Wänden besaßen. *Dieser Palast ist ihnen heilig*, dachte er verwirrt, denn er hatte ihn sich tempelähnlicher, spiritueller vorgestellt. Statt dessen wirkte er geradezu verschwörerisch weltlich. Sollte er Ehrfurcht vor diesen Christen empfinden, deren Art er, wie er sich eingestand, nicht begriff, oder sollte er sie dafür verachten, daß sie sich in ihrem Glauben so weit von jeder Schlichtheit entfernt hatten?

Mit der Zeit werde ich es wissen, dachte er bei sich.

In der Hand hielt er die Schriftrolle mit der Anordnung, sich hier einzufinden, und er schaute sich nach jemandem um, der vielleicht wußte, was er jetzt zu tun hatte; endlich wandte er sich an einen Gardisten in verzierter Rüstung, der an einer Wand stand.

»Entschuldigt mich«, sagte er zu dem Mann. Er zeigte ihm die Rolle. »Ich sollte mich hier melden. Wohin soll ich gehen?«

Der Wächter schaute auf die Rolle und zeigte nach rechts. »Dort drüben, durch diese Tür«, sagte der bärtige Mann, ein mürrischer Grobian, der, wie Alejandro bei sich entschied, unter seinem kräftigen Panzer entschieden *kein* Priester war. Vor der nächsten Flügeltür, die aus dickem Holz wunderbar geschnitzt und größer war, als er je eine Tür gesehen hatte, stand ein weiterer Wächter. So viele Wachleute, dachte er und fragte sich: Wozu braucht dieser arme Zimmermann eine Armee? Wieder zeigte er die Schriftrolle vor, und der neue Wachmann öffnete die schweren Türflügel und wies Alejandro in einen großen Raum, eine Art höfisches Vorzimmer, dachte er, wo schon viele andere, genauso verwirrt aussehende Männer warteten.

Er trat in die Mitte des Raumes, überwältigt von seiner Umgebung, und gesellte sich zu einer Gruppe anderer Männer, die ebenso ehrfürchtig wirkten und auf die Pracht ringsum starrten. Als am anderen Ende des Raumes ein Geräusch ertönte, drehten sich alle gleichzeitig um. Große hölzerne Flügeltüren schwangen auf, und zwei weitere Wächter in Rüstungen traten ein. Jeder trug einen Zeremonienstab, und zwischen ihnen schritt ein großgewachsener Mann, der sich bewegte wie ein König. Aufgeregtes Flüstern ging durch die Gruppen der Wartenden.

Der Herr, der soeben eingetreten war, war in ein üppiges, langes Gewand in Rot gekleidet, dessen Kragen und Ärmel mit weißem Hermelin besetzt waren; die Schnalle seines Gürtels war aus Gold, besetzt mit bunten Juwelen und schimmernden Perlen. Majestätisch schritt er in die Mitte des Raumes und wartete, bis alle Anwesenden ihm ihre Aufmerksamkeit zugewandt hatten. Aus seinem ungeduldigen Gesichtsausdruck schloß Alejandro, daß der Mann, der die widerspenstige Menge mit offener Mißbilligung musterte, daran gewöhnt war, beachtet zu werden, und zwar sogleich. Seine intelligenten, scharf blickenden Augen, die über einer langen, spitzen Nase dicht beieinander lagen, wanderten von Mann zu Mann; sie verweilten einen Augenblick bei Alejandro, und die beiden Ärzte starrten sich sekundenlang an. Mit der Andeutung eines Lächelns wandte der Mann in dem roten Gewand sich dann wieder ab, nickte einem der Stabträger zu, und dieser stieß seinen Stab laut auf den Boden; die überraschten Wartenden stellten augenblicklich ihr Geflüster ein. Der große Mann räusperte sich und begann zu sprechen.

»Sind irgendwelche Juden unter Euch? Wenn ja, sollen sie vortreten.«

Angst ergriff Alejandro. Haben die spanischen Soldaten Avignon ereicht? Werde ich jetzt entdeckt? Ängstlich sah er sich um, was die anderen Männer im Raum taten. Warum ruft dieser Mann nur die anwesenden Juden auf? Er hatte kein Wort darüber gehört, daß das päpstliche Edikt, welches die Juden schützte, widerrufen worden wäre. Er versuchte, sich seine Angst nicht anmerken zu lassen, während er in dem Raum voller Fremder stand, mußte sich aber Mühe geben, sein Zittern zu verbergen; er wußte, wenn man ihn eingehender nach seiner Herkunft fragen würde, würde er mit Sicherheit die Fassung verlieren und sich verraten.

Erschrocken beobachtete er, wie die Juden einer nach dem anderen vortraten; einige hatten gelbe Kreise auf die Ärmel ihrer Kleidung genäht; sie hatten keine Wahl. Sie sammelten sich in einer Gruppe und erwarteten nervös ihr unbekanntes Schicksal. Alejandro bemerkte die Furcht in ihren Augen, aber auch den stolzen Trotz; er schämte sich seiner eigenen Feigheit.

Der große Mann in Rot betrachtete die Gruppe verächtlich. »Ihr seid entlassen«, sagte er.

Die Juden sahen einander ungläubig an, und auf ihren zuvor ängstlichen Gesichtern zeichnete sich Erleichterung ab. Rasch wandten sich alle zur Tür und eilten hinaus, verblüfft über ihr Glück.

Es war zu spät, sich ihnen anzuschließen. Zerknirscht sah Alejandro zu, wie sie aus dem Raum verschwanden. Der große Mann gab den übrigen Anwesenden ein Zeichen, sich zu setzen, und sie schauten sich nach einem angemessenen Platz um. Zu Alejandros Überraschung wurden sie zu einer Reihe luxuriös gepolsterter Stühle gewiesen, die er zuvor schon bewundert hatte.

Nachdem alle Platz genommen hatten, setzte sich der Mann in Rot auf einen prachtvoll vergoldeten Stuhl, der auf einem erhöhten Podest stand. »Gelehrte Ärzte und Kollegen«, begann er, »ich bin Guy de Chauliac, und es ist mir eine große Ehre, Leibarzt seiner Heiligkeit Clemens VI. zu sein. Heute handle ich im Auftrag seiner Heiligkeit, der Eure Dienste in einer Angelegenheit von höchster Wichtigkeit für die Heilige Kirche und das Königreich Frankreich verlangt.

Wie Ihr alle zweifellos wißt, werden wir von einer schrecklichen, verheerenden Seuche heimgesucht; man berichtet, daß inzwischen ganz Europa von dieser Geißel ergriffen ist und jeden Tag Tausende umkommen. Die Nachrichten aus anderen Ländern sind ebenso düster wie die, die wir zu versenden hätten. Unser geliebter Bruder, Edward III. von Engalnd, hat uns von der Ankunft der Pest an seinen Ufern geschrieben, und wir betrauern deshalb das Hinscheiden des Erzbischofs von Canterbury.

König Edward selbst hat den Tod seiner Tochter Joanna zu beklagen, die zur Vermählung mit dem Königshaus von Kastilien unterwegs war, als sie grausam von der Pestilenz dahingerafft wurde.«

Die junge Edelfrau auf ihrer Brautreise nach Kastilien! Alejandro erinnerte sich an die *cantina*, wo er auf seiner Reise nach Avignon zum ersten Mal von der Geschichte erfahren hatte.

»Seine Heiligkeit hegt große Achtung und Zuneigung zum englischen Königshaus und erkennt dessen Bedeutung für die Aufrechterhaltung der politischen Stabilität in Europa an. Trotz des Grolls, der augenblicklich zwischen unseren beiden Ländern herrscht, wünscht seine Heiligkeit die edlen Führer Frankreichs und Englands zu ermutigen, ihre Differenzen beizulegen und die Allianzen weiter zu fördern, die für die Wiederkehr von Frieden und Wohlstand so wesentlich sind. England muß sich unbedingt mit den anderen Adelshäusern Europas verbünden. Wenn die Königshäuser dezimiert würden, würde dies schwerwiegende Folgen für die Ordnung unserer Welt haben, und das wäre den Interessen der Kirche nicht dienlich.«

Alejandro sah sich unter den Umsitzenden um; alle folgten mit gespannter Aufmerksamkeit den Ausführungen de Chauliacs, der seine dramatische Rede fortsetzte.

»Während dieser grauenhaften Seuche wache ich persönlich über die Gesundheit und das Wohlbefinden Seiner Heiligkeit; meine Methoden sind unorthodox, und meinem Herrn gefällt seine Gefangenschaft zwar nicht, aber gegen die Ergebnisse ist wohl kaum etwas einzuwenden.

Unser geliebter Papst hat angeordnet, daß wir uns aktiv am Schutz der Königsfamilien Europas beteiligen. Er hat Euch in Anerkennung Eurer medizinischen Leistungen und Eurer großen Gelehrsamkeit heute hierher gerufen, damit Ihr an einem Heiligen Krieg gegen die Pestilenz teilnehmt. Ihr alle werdet nun unter meiner persönlichen Aufsicht in den Methoden unterwiesen, mit denen die Gesundheit unseres Heiligen Vaters beschützt wird, danach werdet Ihr alle als Botschafter an die Königshöfe Europas und Englands gesandt. Eure Aufgabe wird sein, über die Gesundheit dieser Familien zu wachen, um sie vor der Krankheit zu bewahren. Wir werden nicht zulassen, daß die Seuche Bündnisse zerstört, die viele Jahre lang Bestand hatten, und wir werden auch nicht zulassen, daß sie für die Zukunft geplante Bündnisse verhindert.«

Es war eine meisterhafte Vorstellung, und Alejandro war davon ebenso ergriffen wie alle anderen Männer im Raum.

»Wenn ich Euch entlasse, werdet Ihr sofort in Eure chirurgischen Praxen zurückkehren, um Eure Gerätschaften zu holen, denn Ihr werdet abreisen, sobald Eure Unterweisung beendet ist. Wenn irgend jemand von den Anwesenden eine Familie zu erhalten hat, so wird Seine Heiligkeit in Eurer Abwesenheit für ihre Bedürfnisse sorgen. Ich werde jetzt Eure Namen feststellen, und unser Schreiber wird sie dem Heiligen Vater bringen.«

Alejandro Canches war sich darüber klar, daß sein wirklicher Name ihn womöglich sofort als Mörder des Bischofs Johann von Aragon verraten würde. Er hatte keine andere Wahl, als ihn aufzugeben. Traurig dachte er, daß er ihn vermissen würde; er hatte ihm, solange er lebte, gute Dienste geleistet, und er war stolz, als Avram Chances' Sohn bekannt zu sein.

Als er an die Reihe kam, sah er de Chauliac ins Gesicht, konzentrierte den Blick auf die durchdringenden blauen Augen des Mannes und sagte ruhig: »Hernandez. Ich bin Alejandro Hernandez.«

»Spanier?« fragte de Chauliac.

»Oui, Monsieur, ich bin Spanier.«

Alejandro und seine erstaunten Kollegen wurden während der drei Tage ihrer intensiven Ausbildung unter de Chauliacs wachsamem Auge prachtvoll im Papstpalast beherbergt. Jeder hatte seinen eigenen Raum mit einer privaten Toilette. Sie wurden gut ernährt und in jeder Weise verwöhnt, denn der Papst wollte ihre totale Loyalität gewinnen. De Chauliac hielt die Männer ganz unter seinem Einfluß und seiner Vormundschaft und unterrichtete sie in allen Einzelheiten über seine Maßnahmen, den Papst vor Ansteckung zu schützen; dabei beobachtete er genau, ob sie die angeborenen Qualitäten besaßen, die nötig waren, um die Aufgabe zu erfüllen, für die sie ausgebildet wurden, denn diese Qualitäten konnte man nicht erlernen.

Jeden Tag besuchten die angehenden medizinischen Gesandten Vorlesungen in einem der prächtigen Säle des Papstpalastes.

De Chauliac pflegte auf einem Podium zu stehen und stundenlang mit professoraler Stimme Vorträge zu halten. Alejandro staunte, daß er nie müde zu werden schien. *Er liebt seine Arbeit genauso wie ich,* dachte der Schüler über den Lehrer.

»Ihr müßt Euch mit Astrologen beraten«, sagte er am ersten Tag der Unterweisung, »um die günstigsten Tage für Bäder, Ausgänge und die sonstigen normalen Verrichtungen des Alltagslebens zu erfahren. Normale Aktivitäten, denen Eure Patienten früher ganz beiläufig nachgingen, müssen jetzt mit Argwohn betrachtet werden, denn wir wissen einfach nicht, welche Aktivitäten das Potential haben, das Individuum mit der Seuche in Berührung zu bringen. Ihr werdet feststellen, daß Eure königlichen Patienten, die daran gewöhnt sind, jede ihrer Launen zu befriedigen, sich Euren Anweisungen, wann und wo sie gewisse Dinge tun dürfen, widersetzen werden. Bleibt unbeugsam und laßt keine Herausforderung Eurer Autorität zu.«

Alejandro versuchte sich vorzustellen, wie er einem König sagte, was er zu tun hatte und wann, konnte dieses unwahrscheinliche Bild aber nicht heraufbeschwören. »Und wenn sie sich trotzdem weigern?« fragte er.

»Bittet sie, sich daran zu erinnern, daß Ihr die Macht des Allmächtigen Gottes besitzt, die Euch durch Seine Heiligkeit verliehen wurde, und daß Ihr, falls nötig, davon Gebrauch machen werdet, um ihre Gesundheit zu schützen.«

An diesem Abend fühlte Alejandro sich sehr klein und verwirrt, als er zu Bett ging. *Das Schwierigste an dieser Aufgabe,* dachte er, *wird sein, die arroganten Patienten zum Gehorsam zu bewegen.*

Am zweiten Tag erläuterte de Chauliac seine Theorien über die Ansteckung. »Es ist meine feste Überzeugung, die auf Beobachtung begründet ist, daß es in der Luft unsichtbare Säfte und Dämpfe gibt, und daß diese Ausdünstungen die Seuche verbreiten. Das lebende Opfer gibt diese Säfte an die Luft ab, wenn es atmet, und gibt so die Krankheit weiter, ohne daß das nächste Opfer ihr entkommen kann. Deshalb müssen die Patienten isoliert werden. Setzt sie in ihren Schlössern fest; laßt keine Händler oder Reisenden ein, die Ihr nicht untersucht habt. Und da man diese Dämpfe und Dünste nicht immer sehen kann, wenn sie sich bilden, ist es die klügste Vorgehensweise, *überhaupt keinen* Verkehr mit der Außenwelt zuzulassen. Mein geschätzter Vorgänger, Henri de Mandville, war sehr von seinen Ansichten über die Ansteckung überzeugt; er brachte meinen Lehrern bei, sich vor und nach dem Berühren eines Patienten die Hände zu waschen, da er fest daran glaubte, daß diese Dämpfe auch durch die Hände weitergegeben werden können. In der Bibliothek Seiner Heiligkeit befinden sich Abschriften von de Mandvilles diesbezüglichen Lehrbüchern, und wer möchte, kann sie lesen.«

Aber das ist ja auch meine Theorie! dachte Alejandro erregt, als er erfuhr, daß andere Ärzte seine Überzeugung von der Bedeutung der Reinlichkeit teilten. Wieder meldete er sich ungebeten zu Wort.

»Ich habe außerdem die Erfahrung gemacht, daß eine mit Wein ausgewaschene Wunde schneller heilt. Irgendein Bestandteil des Weins scheint die Sepsis zu attackieren.«

»Vielleicht wird sie betrunken und findet ihren Weg zur Wunde nicht mehr«, warf ein Mann ein und erregte damit allgemeines Gelächter.

Alejandro errötete, doch de Chauliac hob die Hand. Die Gruppe verstummte sofort. »Man soll nie über die Beobachtungen eines Kollegen lachen«, sagte er. »Auch die Weisesten von uns vermögen diese Pest nicht zu heilen. In unserer Unwissenheit sind wir alle gleich.« Er sah Alejandro direkt an. »Wir werden später unter vier Augen darüber sprechen.«

Alle Köpfe wandten sich dem jungen Juden zu, der seinem Lehrer nur zunickte und dann die Augen senkte. »Deshalb«, fuhr de Chauliac fort, »müßt Ihr den Hofastrologen, obwohl sie dieser Forderung nicht leicht nachkommen werden, einschärfen, Euren Patienten zu sagen, daß jeder Tag günstig für Bäder ist…«

An diesem Abend wurde Alejandro von einem Gardisten des Papstes abgeholt und in de Chauliacs Privatgemach geführt. Er erstieg hinter dem Gardisten, den sein Panzer und seine Waffen sichtlich behinderten, mehrere Treppen.

Zögernd betrat er den Vorraum. De Chauliac winkte ihn hinein.

»Kommt, kommt«, sagte er, »und setzt Euch.« Er wies auf eine weich gepolsterte *chaise longue* und sagte: »Macht es Euch bequem.«

Schüchtern nahm Alejandro auf der dicken Polsterung Platz. Der Pädagoge und Lehrmeister war verschwunden, und an seine Stelle war ein liebenswürdiger und angenehmer Gastgeber getreten. Die Verwandlung erschien ihm verblüffend. »Unter vier Augen seid Ihr ein anderer Mensch, Doktor de Chauliac«, sagte er vorsichtig.

De Chauliac bot ihm ein Glas Wein aus einem schweren Silberpokal an, das sein Gast akzeptierte. »Und wieso findet Ihr mich verändert?« fragte er, eine Augenbraue neugierig hochgezogen.

Nach einem herzhaften Schluck Wein sagte Alejandro: »Ihr seid ein strenger Lehrmeister, und Eure Gegenwart ist ziemlich...« Er suchte nach dem richtigen Wort. »Gebieterisch.«

De Chauliac lachte zynisch. »Man muß den Eindruck erwecken, alles zu beherrschen, wenn man Narren unterrichtet«, sagte er, »sonst lernen sie nichts, und man vergeudet seine Anstrengungen. Ich hasse es, kostbares Wissen an Leute weiterzugeben, die seinen Wert nicht begreifen.«

Alejandros Miene verriet, daß er verletzt war. »Herr, ich...«, begann er protestierend.

»Euch habe ich nicht gemeint«, sagte de Chauliac rasch, »denn Ihr würdet heute abend nicht hier sein, wenn ich eine solche Meinung von Euch hätte. Ich spreche von den anderen Ärzten. Eine Bande von Tölpeln, denke ich. Anscheinend hat die Seuche unsere besten Ärzte dahingerafft und nur Idioten zurückgelassen.« Er erhob sich von seinem Stuhl und setzte sich auf einen anderen, der näher bei Alejandro stand. Er beugte sich vor und wirkte sehr erregt. »Aber in Euren Augen sehe ich Feuer und eine Liebe zum Lernen, und das erfreut mein Herz.«

»Ihr erweist mir zuviel Ehre, Herr.«

De Chauliac musterte ihn eingehend. »Das glaube ich nicht«,

sagte er. »Ich habe beobachtet, wie Ihr meine Vorträge anhört, und Ihr könnt Eure Intelligenz nicht verbergen. Ich habe mich danach gesehnt, mit jemandem zu sprechen, der über die Sepsis dasselbe denkt wie ich. Ich bin froh, daß Ihr Euch heute zu Wort gemeldet habt. Jetzt müßt Ihr mir sagen, wie Ihr zu Eurer Überzeugung gekommen seid, daß Wein zur Heilung von Wunden beiträgt.«

Alejandro entspannte sich; er begriff, daß er nicht entdeckt worden war, sondern daß de Chauliac ebenso wißbegierig war wie er selbst. »Ich habe viele Experimente mit verschiedenen Flüssigkeiten gemacht, um nach Operationen Wunden zu waschen«, begann er, »und es gibt viele, die keinerlei Wirkung haben. Manche scheinen die Heilung sogar zu verzögern. Aber Wein, selbst der schlechteste, ungenießbare Wein, beschleunigt den Heilungsprozeß immer. Das habe ich jedenfalls beobachtet. Zuerst habe ich es gesehen, als ich in Montpelllier war…«

»Ihr habt in Montpellier studiert?«

»Ja«, sagte Alejandro.

»Ich halte oft Vorlesungen in Montpellier. Wann wart Ihr dort? Vielleicht habt Ihr damals einen meiner Vorträge gehört.«

»Ich war dort…«, begann Alejandro, hielt dann aber inne; er kannte die Jahreszahlen nur so, wie die Juden sie zählten. Er geriet in Panik; wie sollte er de Chauliac erklären, daß er das Jahr nicht wußte?

»Ich war, äh, vor sechs Jahren dort.«

»Also 1342.«

»Ja.« Seine Stirn wurde heiß und feucht.

»Ach, dann haben wir uns vielleicht verpaßt. Ich habe dieses Jahr in Paris verbracht und den König behandelt. Er leidet fürchterlich unter Gicht. Mich überrascht das nicht; trotz seiner unerklärlichen Schlankheit ernährt der Mann sich sündhaft üppig, sosehr ich ihn auch um Mäßigung bitte.« Mit Schwung hob er seinen Becher und trank einen Schluck Wein. »Seine Majestät wollte keinen anderen Arzt als mich, deswegen war ich gezwungen, meine Lehrtätigkeit für die Dauer seiner Krankheit aufzugeben. Ein Jammer, daß wir uns damals nicht getroffen haben;

ich denke, ich hätte einen bemerkenswerten Studenten wie Euch im Gedächtnis behalten und mich über ihn gefreut.«

Zweifellos würde ich mich auch an Euch erinnern, dachte Alejandro. *Aber mit Freude…*

»Nun, es spielt keine Rolle«, sagte de Chauliac. »Jetzt seid Ihr hier. Wie kommt ein Spanier nach Avignon?«

Nach einer kurzen Pause sagte Alejandro leise: »Ich bin auf Wunsch meiner Familie hier.« Nähere Erläuterungen gab er nicht.

Aber de Chauliac fragte nicht weiter nach seinem persönlichen Leben; ihm lag mehr daran, von anderen Dingen zu sprechen. »Ihr sagt also, Ihr seid zu diesem Schluß über den Wein gekommen, indem Ihr einfach wieder und wieder Versuche mit anderen Mitteln gemacht habt, bis Ihr deren Wirkung kanntet? Wie wunderbar originell! Wie oft warten wir, daß der Zufall uns etwas lehrt, und selbst dann lernen wir nur langsam…«

Nach und nach wich Alejandros Panik, und er gab sich ganz der Diskussion hin; für den Rest des Abends unterhielten sie sich bei Wein und köstlichen Früchten und tauschten sich über Ideen und Theorien zu Chirurgie, Krankheit und Behandlungsmethoden aus. Wie gleichwertige Kollegen sprachen sie bis spät in die Nacht und teilten einander ihre Hoffnung auf die Entdeckung von Heilmethoden mit. Als Alejandro das Gemach de Chauliacs verließ, hatte er sehr viel mehr Respekt vor seinem Lehrer als bei seiner Ankunft, und er war ganz sicher, daß mit diesem Mann nicht zu scherzen war.

Am dritten Tag bereitete de Chauliac seinen Schülern eine unerwartete Überraschung. Sie versammelten sich in einem großen, luftigen Raum im Erdgeschoß des Papstpalastes, einem angenehmen Saal mit vielen wunderbaren Gemälden. De Chauliac stand hinter einem langen, mit einem schweren Tuch bedeckten Tisch und grinste breit. Als alle Studenten sich um den Tisch versammelt hatten, zog er das Tuch fort und enthüllte den Leichnam eines frisch verstorbenen Pestopfers, eines Mannes von vielleicht dreißig Jahren.

Ein Raunen der Überraschung ging durch die Menge der versammelten Schüler, denn es war offensichtlich, daß de Chauliac die Absicht hatte, den Leichnam vor ihren Augen zu sezieren. »Wie Ihr alle wissen müßt, verbietet Seine Heiligkeit die Sektion von Leichen«, sagte er.

Alejandro stand schweigend da und dachte bei sich: *Wenn Ihr ahnen würdet, wie gut ich das weiß...*

»Weil aber«, fuhr de Chauliac fort, »die Notwendigkeit gebietet, daß Ihr lernt, und weil solche Studien des Körpers aus unmittelbarer Anschauung so großen Nutzen bringen, hat Seine Heiligkeit mir die Erlaubnis gegeben, diesen Leichnam zu sezieren. Seinen Segen allerdings nicht, möchte ich hinzufügen, wenn das Opfer auch Jude war und ohnehin keine Aussicht auf Erlösung hatte...«

Alejandro schaffte es irgendwie, Haltung zu bewahren; seine Augen wanderten zu den Lenden des Toten, wo er den unbestreitbaren Beweis seiner Zugehörigkeit zum Judentum erblickte.

»Und nun«, sagte de Chauliac, »brauche ich Hilfe.« Er sah Alejandro an. »Doktor Hernandez, würdet Ihr mir vielleicht zur Hand gehen?«

Traurig betrachtete Alejandro den Leichnam des Juden; der Hals war dick geschwollen, Finger und Zehen schwarz von angesammeltem Blut; er fand es eigenartig, daß er, der einzig andere anwesende Jude, derjenige sein sollte, der ihn aufschnitt. *Vielleicht ist das bloß eine Strafe für meine Sünden,* dachte er betrübt. *Vielleicht ist es auch einfach Gottes Wille, daß mir diese Aufgabe gestellt wird, denn wer würde behutsamer mit dem Leichnam eines Juden umgehen als ein anderer Jude?*

Er trat näher an de Chauliac heran und nahm schweigend Hammer und Meißel zur Hand. »Gut«, sagte de Chauliac, »Ihr nehmt die Öffnung vor.«

Alejandro legte eine Hand auf die Brust des Toten, um den richtigen Ansatzpunkt für den Meißel zu finden. Der Leichnam war noch nicht ganz kalt; der Mann konnte noch nicht länger als ein paar Stunden tot sein. *Gut,* dachte er, d*ann wird der Gestank nicht so schlimm sein.* Wie in Cervere bei Carlos Alderon setzte

Alejandro sorgfältig den Meißel an und schlug dann mit dem Hammer darauf. Er hörte die Rippen brechen und legte die Werkzeuge beiseite. Er ergriff das Messer und nahm die entsprechenden Schnitte vor.

»Wie geschickt Ihr seid, Doktor Hernandez«, sagte de Chauliac, während er Alejandros Arbeit beobachtete. »Man könnte fast meinen, Ihr hättet das schon öfter gemacht.«

Der scheinbar beiläufige Kommentar verblüffte Alejandro. *Was kann er damit meinen?* fragte er sich nervös. Er fürchtete sich, de Chauliacs Blick zu begegnen, weil er Angst davor hatte, was er darin sehen würde: Wiedererkennen aus Montpellier vielleicht; Wissen um seinen wirklichen Namen und die Umstände seiner Flucht; den spöttischen Ausdruck von jemandem, der einen Mann seine möglicherweise letzte Handlung in Freiheit vollbringen sieht. Während er den Brustkorb öffnete, schwieg Alejandro. Das Herz des toten Juden war sehr groß, und alle Anwesenden wußten, was das bedeutete: daß der Mann auf dem Tisch vor ihnen im Leben ein sehr guter und freundlicher Mensch gewesen war. Mit qualvoller Langsamkeit hob Alejandro den Kopf und starrte seinen Lehrer an.

Ohne jede Emotion nickte de Chauliac und sagte: »Fahrt fort.«

Die Schreiber des Papstes fertigten Abschriften von Rezepten für Amulette und Arzneien an, die an die Ärzte verteilt wurden, zusammen mit reichen Vorräten an den für ihre Tränke notwendigen Ingredienzien.

Alejandro schrieb das, was er erhielt, direkt in sein Buch, wobei er darauf achtete, daß es genau den Angaben entsprach, die die Schreiber notiert hatten. Während er die letzten Eintragungen vornahm, erschien unangemeldet de Chauliac bei ihm und ertappte ihn mit dem Buch in den Händen.

»Ich bin wieder einmal erstaunt über Euren Fleiß, Doktor Hernandez; so etwas ist bei Spaniern selten.«

Ach, wenn er die Wahrheit wüßte… aber vielleicht kennt er sie…

Alejandro klappte das Buch rasch zu, ehe de Chauliac lesen konnte, was er geschrieben hatte, und sagte: »Ich habe seit meiner Studentenzeit die Gewohnheit, alles niederzuschreiben, was ich gelernt habe. Sonst könnte ich die Weisheiten vergessen, deren Träger ich sein soll.«

De Chauliac glaubte keine Sekunde lang, daß Alejandro auch nur die geringste Einzelheit des Gelernten vergessen würde. *Er kann seinen Eifer nicht verbergen; er ist schlau und gestattet sich kein Versagen.*

»Vielleicht können wir eines Tages wieder miteinander speisen, und Ihr gewährt mir einen Blick in dieses Buch.«

»Wenn ich nach Avignon zurückkehre, vielleicht«, sagte Alejandro tonlos. *Falls ich nach Avignon zurückkehre,* dachte er.

Am Morgen der Abreise betrachtete Alejandro sich im Spiegel und dachte, wenn seine Mutter und sein Vater wunderbarerweise noch am Leben wären, würden sie ihn in den von de Chauliac gestellten Kleidern kaum wiedererkennen. *Was werden sie tun, wenn sie hier ankommen und keine Spur von mir finden?* fragte er sich. Er hatte nicht einmal Gelegenheit gehabt, ein anderes Schild an der Tür seiner chirurgischen Praxis anzubringen, die nun mit ihren Geräten und Werkzeugen und versprochenen Dienstleistungen bis zu seiner Rückkehr leerstehen würde. Würden sie glauben, daß ihm etwas zugestoßen war, daß er Avignon vielleicht gar nicht erreicht hatte? *Werden sie glauben, ich hätte ihr Vertrauen mißbraucht?* dachte er bitter.

Gott verdamme diese Pest und die arroganten Narren, die glauben, sie könnten sie nach ihrer Pfeife tanzen lassen. Er betrachtete sein Spiegelbild genauer; er haßte die Veränderungen an seiner Person, sehnte sich nach den vertrauten fließenden Gewändern, die er in Cervere getragen hatte. In so kurzer Zeit hatte er sich so verändert! Er war glattrasiert und sein Haar nach der französischen Mode der Zeit gut kinnlang geschnitten. Er trug enge Beinkleider von weinroter Farbe, weiche Lederstiefel mit Stulpen in Wadenhöhe und darüber eine langärmlige Tunika aus einem Leinen im weichen Blaugrün des Mittelmeers; sie war bis hoch zum Hals zugeknöpft, wofür er dankbar war, denn so würde sie seine Narbe verbergen. Die Tunika reichte ihm bis zu den Oberschenkeln. Über all dem trug er einen luxuriösen Mantel mit weiten Ärmeln und breitem Revers. Er bestand aus Wolle, hatte die gleiche tiefrote Farbe wie seine Beinkleider und reichte ihm bis unter die Knie. Auf dem Kopf trug er eine achteckige Kappe aus dunkelgrüner Wolle, die schräg aufgesetzt wurde und mit einer bunten Feder geschmückt war, für seinen Geschmack ein wenig zu keck. Wenn der Spiegel ihn nicht täuschte, sah er aus wie der Inbegriff eines modernen französischen Edelmanns. Die sichtbarste Veränderung allerdings betraf sein Gesicht; er war nicht mehr der unschuldige, sorglose junge Mann, der er in Cervere gewesen war. Seine bernsteinfarbenen Augen hatten jetzt einen harten Blick und eine traurige Weisheit, die er nicht verbergen konnte, nicht einmal vor sich selbst.

Die Truhe, die de Chauliac ihm gegeben hatte, enthielt drei weitere vollständige Anzüge im gleichen Stil. *Genug für den Rest meines Lebens,* dachte er, *falls ich nicht dick werde.*

Außerdem enthielt seine Truhe noch die Kleider, die er auf seiner Reise erstanden hatte. Diese einfachen Sachen waren noch gut zu gebrauchen, und er hielt es für wahrscheinlich, daß er sie bald wieder nötig haben würde. Reiten würde er allerdings mit seiner eigenen Satteltasche, ob de Chauliac das nun gefiel oder nicht, denn darin bewahrte er sein Vermögen und sein Buch auf, von denen er sich nicht trennen wollte.

Zumindest in diesem Punkt werde ich mich nicht ändern, dachte er und verließ sein Privatgemach, um sich den anderen anzuschließen.

Die Männer, die sich wieder in dem großen Saal versammelt hatten, unterhielten sich lautstark über ihr verändertes Aussehen, als er eintrat. *Wie anders sieht es hier jetzt aus als vor ein paar Tagen,* dachte Alejandro bei sich. *Heute machen diese Männer den Eindruck, als gehörten sie in diesen Raum; sie sind so gut angezogen und ausgestattet wie die reichsten Edelleute.*

De Chauliac hatte einen weiteren großen Auftritt; er baute

sich vor seinen frisch ausstaffierten Schützlingen auf und ergriff das Wort.

»Messieurs, Ihr alle seid eine Zierde Eures Berufes; ich bin entzückt über Euren Fleiß und Lerneifer. Jeder von Euch ist in seinem Gewerbe geschickter geworden, und wir vertrauen darauf, daß Ihr Euer Können auch erweisen werdet, wenn Ihr in den Adelshäusern Europas Seine Heiligkeit repräsentiert. Seid gewissenhaft in der Anwendung Eurer Fähigkeiten und dient Eurem Gott gut. Ihr seid mit dem Schutz unserer Interessen betraut, und wir werden unablässig für Euren Erfolg beten.«

Dann nahm de Chauliac jeden Mann einzeln beiseite und gab ihm individuelle Anweisungen, die sein Reiseziel betrafen. Er ermutigte alle und versicherte sie des persönlichen Segens Seiner Heiligkeit. Einer nach dem anderen verließen die Ärzte den Saal, um ihre Reise in fremde Länder anzutreten.

Alejandro mußte warten bis zuletzt; alle anderen waren schon fort, und er blieb mit de Chauliac allein im Raum.

»Doktor Hernandez«, sagte de Chauliac, »wie großartig Ihr ausseht! Genauso sollte ein Arzt aussehen, wohlhabend und edel. Ich hatte keinen Zweifel daran, daß die richtige Kleidung Eure Erscheinung verbessern würde. Bitte, nehmt Platz. Ich habe Euch vieles zu sagen, und im Sitzen habt Ihr es bequemer.«

Alejandro tat wie ihm geheißen, wobei er sich fragte, wie ein Mann so enge Beinkleider jemals bequem finden konnte. Wieder einmal war er mit seinem undurchschaubaren Lehrer und Kollegen allein. *Wie kann ein so gelehrter Mann, ein so kluger Denker und logischer Geist, nur so bigott und arrogant sein?* dachte er, als er ihn betrachtete. *Können diese widersprüchlichen Eigenschaften in einem einzelnen Menschen nebeneinander existieren, ohne ihn umzubringen oder zumindest in den Wahnsinn zu treiben?*

»Ich habe mit Bewunderung zugesehen, welche neuen Fertigkeiten Ihr in diesen letzten Tagen erworben habt«, begann de Chauliac, »und wie ich Euch schon sagte, bin ich beeindruckt von Eurer Klugheit und Eurem Wissen. Ich habe daher nach eingehender Beratung mit Seiner Heiligkeit entschieden, daß Ihr am Hofe von König Edward III. dienen sollt, dessen Bitte um

Schutz dieses ganze Unternehmen überhaupt erst in Gang gesetzt hat.«

Alejandro schluckte und nickte.

De Chauliac, der eine lebhaftere Reaktion erwartet hatte, fragte: »Nun, seid Ihr nicht erfreut? Das ist eine große Ehre für einen Arzt.«

Leise antwortete Alejandro: »Ich fühle mich hochgeehrt, Herr. Euer Vertrauen in mich ist ganz unverdient.«

»Das finde ich nicht, Doktor Hernandez. Ich sehe in Euch etwas von meiner eigenen Jugend, den gleichen brennenden Wunsch, Größe zu erlangen. Oh, nein, Monsieur«, fügte er beinahe heftig hinzu, »ich glaube nicht, daß ich Euch überschätze. Aber Eure Aufgabe wird schwierig sein, und zwar wegen der Natur des Königshauses, dem Ihr dienen werdet.«

Er hielt inne, um Alejandro Gelegenheit zu einer Antwort zu geben, doch er bekam keine. Er seufzte tief und fuhr dann in düstererem Ton fort: »Ich verstehe Euer Widerstreben, doch begreift bitte, daß Eure Arbeit in England keine freie Entscheidung ist. Für Seine Heiligkeit steht viel auf dem Spiel, und wir werden in ständiger Verbindung mit dem englischen Hof stehen, um uns zu vergewissern, daß Ihr Eure Aufgabe mit Fleiß erfüllt. Falls Ihr das nicht tut, wird es für Euch kein gutes Ende nehmen.«

Alejandro blickte von seinen Händen auf und starrte de Chauliac an. Der unterschwellige Zwang, den er schon während der Ausbildungszeit empfunden hatte, bestätigte sich nun; er hatte daran gedacht, den Papstpalast zu verlassen, er hatte viele Male mit dem Gedanken an Flucht gespielt, doch all das erübrigte sich nun. *Ich weiß nicht, was er über mich weiß*, dachte er und suchte in de Chauliacs durchdringenden blauen Augen einen Hinweis auf das Ausmaß seines Wissens. Was er sah, war de Chauliacs Wunsch, ihn in Erstaunen zu versetzen, und die Sicherheit, daß er sich unterwerfen würde. Traurig dachte er, daß es wohl am klügsten war, sich danach zu richten.

Mit einem tiefen, resignierten Seufzer sagte er: »Sind die Mitglieder dieses Königshauses anders als die anderen?«

De Chauliac lächelte beinahe boshaft; seine dünnen Lippen

verzogen sich zu einem spöttischen Grinsen, und begeistert setzte er zu einer Erklärung an. »Sie sind Plantagenets«, sagte er und betonte den Namen, als solle er für Alejandro eine Bedeutung haben. »Sie glauben, sie seien die edelste Linie in ganz Europa. Sie sind alle Riesen und hellhäutig mit Haaren aus gesponnenem Gold und Augen wie Saphire; das Nordische ist bei allen unverkennbar. Sie sind hochmütig, rücksichtslos und samt und sonders lasterhaft. Und es gefällt ihnen nicht, Befehle entgegenzunehmen, die von Seiner Heiligkeit kommen, obwohl sie äußerlich so tun, als beugten sie sich dem Willen der Kirche. Edward hat zwar ausdrücklich verlangt, daß ein Arzt zu ihm geschickt wird, aber er wird Eure Anweisungen nicht befolgen, ohne mit Euch darüber zu streiten.«

»Das klingt, als wären die Angehörigen des englischen Königshauses schrecklich unangenehme Leute«, sagte Alejandro.

De Chauliac lachte. »Oh, ganz und gar nicht. Edward und Philippa führen den lebhaftesten und prachtvollsten Hof in ganz Europa. Sie sind stolz darauf, ihren Gästen die wunderbarsten Bequemlichkeiten zu bieten. Sie haben ein Vermögen ausgegeben, um ihr Schloß in Windsor zu vergrößern, und Ihr werdet es zweifellos sehr spektakulär finden.«

»Spektakulärer als das hier?« Alejandro wies auf den Saal mit seiner reichen Ausstattung, in dem sie sich befanden. »Wie ist das möglich?«

»Edward will die Franzosen in allem überbieten. Das ist eigentlich nur natürlich, da er über seine Mutter den französischen Thron für sich selbst beansprucht. Ihr werdet sehen, daß die Franzosen ein sehr viel sittsameres und aufgeklärteres Volk sind als die Engländer. Edward muß der Aufgabe gewachsen sein, sie zu regieren, falls ihm diese Ehre zufallen sollte.«

Er schwieg ein paar Augenblicke, damit Alejandro in sich aufnehmen konnte, was er gesagt hatte. »Besondere Aufmerksamkeit sollt Ihr Prinzessin Isabella zollen, denn Seine Heiligkeit hat Pläne für ihre Vermählung. Ich warne Euch, sie ist ein eigensinniges und störrisches Mädchen und eine große Schönheit. Sie wird versuchen, Euch mit Charme nachsichtig zu stimmen, aber

Ihr dürft nicht zulassen, daß ihre Natur Euch an der Erfüllung Eurer wichtigen Aufgabe hindert. Die anderen, den Schwarzen Prinzen und die Königin, ihre Gefolgsleute, werdet Ihr ähnlich geartet finden, aber weniger stark. Ich denke, Edward und Isabella werden Euch alle Hände voll zu tun geben.« Er erhob sich und zeigte damit an, daß das Gespräch beendet war. »Ich beneide Euch nicht um die Schwierigkeiten Eurer dortigen Arbeit«, sagte er, »aber ich beneide Euch um die erregende Aufgabe. Ich wünschte, ich könnte an Eurer Stelle gehen.«

Alejandro mißfiel die Idee, daß sein Wissen zu einem so anstößigen Zweck benutzt wurde, denn er konnte den Wunsch des ehrgeizigen Papstes nicht gutheißen, sich in die Affären der europäischen Staaten einzumischen, und wollte damit nichts zu tun haben. Doch er konnte nicht leugnen, daß de Chauliac recht hatte. Es war eine unvergleichliche Chance. Er schwor sich, diese Chance, soviel wie möglich zu lernen, gut zu nutzen.

»Ich werde mein Bestes tun, Herr«, sagte der Jude.

De Chauliac verbeugte sich tief und ging durch den üppigen Salon des Papstes auf den Pontifex zu. Wieder einmal hörte er sich dessen Klagen an und sprach mitfühlende Worte, doch die Isolierung wollte er nicht aufheben.

»Unter den Ärzten ist ein Spanier«, sagte er zu Clemens. »Er ist klug und geschickt und wird seine Sache besser machen als die anderen, glaube ich. Ich habe ihn nach England gesandt.«

Clemens lächelte zustimmend und fächelte sich mit seinem Fächer aus Pfauenfedern. »Gut gemacht, mein Freund. Zweifellos wird Edward erfreut sein, daß es uns gelungen ist, ihm einen Arzt zu schicken, der kein Franzose ist.«

»Wir werden ungefähr zwanzig Tage unterwegs sein«, sagte der Hauptmann zu Alejandro. »Seine Heiligkeit hat uns zehn Gardisten gegeben, denn die Straßen sind heutzutage unsicher, überall herrscht Anarchie. Wir werden so schnell wie möglich reisen, denn ich will nicht zu lange an einem Ort bleiben, weil ich Angst vor der Pest habe.«

Sehr weise, dachte Alejandro, während er sein Pferd bestieg, ein feuriges dunkles Roß, das die schönen Insignien der Päpstlichen Garde trug. Er hatte seine Satteltasche gut hinter sich festgeschnallt und folgte dem Hauptmann, der die Gruppe aus dem Palasthof führte. Unter dem schützenden Banner des Papstes machten sie sich am späten Vormittag auf den Weg.

Ihre Reise ging bis zum vierten Tag zügig und ereignislos vonstatten. Sie nahmen eine Route, die ungefähr parallel zur Rhône verlief, und hatten auf dem Weg nach Dijon, das drei Tagesritte nördlich lag, bereits Lyon passiert, als sie einer unheimlichen Prozession von zerlumpten, schmutzigen Bauern begegneten, die sich auf der Straße staute und ihr Fortkommen behinderte.

»Sie sehen aus wie Gerippe«, sagte Alejandro und lenkte sein Pferd an der stöhnenden Karawane vorbei; er hielt sich den Ärmel vor die Nase, um ihrem Geruch zu entgehen. »Es müssen zweihundert oder mehr sein.« Er ritt nach vorn zum Hauptmann und fragte: »Was in aller Welt tun diese erbärmlichen Kreaturen?«

»Solche sind auf dem Land überall, sie ziehen von Stadt zu Stadt und geißeln sich vor aller Augen. Sie behaupten, die Retter der Menschheit zu sein, und denken, die schrecklichen Dinge, die sie einander und sich selbst antun, würden von Gott als Buße für die Sünden der Welt betrachtet. Sie meinen, Gott werde dadurch veranlaßt, die Seuche zu beenden. Sie finden von Tag zu Tag mehr Anhänger.«

»Aber ich habe keinen Anführer gesehen. Wie organisieren sie diesen gräßlichen Pilgerzug?«

»Angeblich hat jede Gruppe einen Meister, dem die Mitglieder totalen Gehorsam schwören; alle geloben, dreißig Tage oder länger bei der Gruppe zu bleiben. Sie erheben eine Abgabe für ihren Unterhalt während dieses Kreuzzuges, aber Gott allein weiß, was diese abgemagerten Gestalten zu essen bekommen. Man braucht sie bloß anzusehen; sie sind doch nur Haut und Knochen.«

Alle waren nackt bis zur Taille und mit blutgetränkter Asche verkrustet. Ihr ständiges Jammern beleidigte das Ohr und erfüllte die Luft mit den dissonanten Klängen von Trostlosigkeit und Weh. Die Reiter gaben ihren Pferden die Sporen, um sie hinter sich zu lassen.

Als sie sicher an der Prozession vorbei waren, sagte der Hauptmann: »Wenn *ich* Gott wäre, würde ich auf diese Elendsgestalten herabsehen und ihnen eine eigene Seuche schicken.«

»Wie es aussieht, hat Gott das bereits getan«, sagte Alejandro, »nämlich die Seuche des Wahnsinns.«

Sie ritten rasch voran, um möglichst viel Abstand zwischen sich und die schreckliche Horde zu legen. Nach einigen Stunden erreichten sie die Außenbezirke einer Stadt und hielten an, um näher zusammenzurücken, ehe sie die Stadt passierten.

Obwohl Alejandro vom Krieg nur das wußte, was Hernandez ihm erzählt hatte, war ihm klar, daß die Schrecken des Krieges nicht grauenhafter sein konnten als die Szene, die sie auf dem offenen Marktplatz der Stadt erwartete. Sechs Feuer brannten, dicker Rauch erhob sich um sechs Pfähle, und an jedem hingen die verkohlten Überreste von etwas, das einmal ein Mensch gewesen war. Um diese Pfähle herum bewegten sich mehrere Dutzend jammernder Dämonengestalten, schrecklicher als alle, die sie in der Prozession gesehen hatten, bis zur Taille entblößt, den Rest ihres Körpers nur mit rohem Sackleinen bedeckt. Sie geißelten sich mit dornigen Zweigen und Peitschen mit Metallspitzen, und wenn sie sich nicht mehr selbst geißeln konnten, wandten sie sich um und schlugen sich gegenseitig. Blut tropfte von ihren Beinen und bildete Pfützen am Boden; überall war der Staub der Straße mit blutigen Fußabdrücken und blutigen Stoffetzen bedeckt. Hektisch tanzten sie um ihre verbrannten Gefangenen herum, aufgestachelt von einer großen Menge von Stadtbewohnern, die sich versammelt hatten, um das Schauspiel zu beobachten. Die Kirchenglocken läuteten in wilder Begleitung zu ihren scheußlichen Hymnen.

Alejandro und der Hauptmann sahen entsetzt und fasziniert zu; ihre Pferde tänzelten nervös, als einer der Flagellanten den Kreis verließ, um einen der Körper auf den Scheiterhaufen zu geißeln. Alejandro würgte beinahe, als er sah, daß der an den

Pfahl gefesselte Mann noch lebte und sich unter den wilden Peitschenhieben wand. Er ritt näher heran, um besser zu sehen, und als er auf dem Ärmel des Mannes die rußigen Überreste eines gelben Kreises sah, preschte er mit seinem Pferd wütend vor.

Der Hauptmann hatte gesehen, daß sein Schützling die Beherrschung verlor, und schlug auf sein Pferd ein, um ihn einzuholen. Dann packte er die Zügel von Alejandros Reittier und brachte es abrupt zum Stehen.

»Monsieur! Ich bitte Euch, seid vernünftig! Das sind doch nur Juden!«

Wütend versuchte Alejandro sich loszureißen, doch der Hauptmann war viel größer und stärker als er, und er konnte sich nicht befreien. Der Hauptmann, der den Zorn in seinem Blick sah, erkannte, daß er ihn nicht unbegrenzt zurückhalten konnte. Inmitten des Chaos schrie er einem nahen Gardisten einen Befehl zu, und dieser sprang vom Pferd und legte rasch einen Pfeil in seinen Bogen. Mit verblüffender Genauigkeit zielte er, und der Pfeil traf mitten ins Herz des Gefangenen auf dem Scheiterhaufen und tötete ihn auf der Stelle.

Der schreckliche Kreis der Büßer hielt in seinem stöhnenden Tanz inne und drehte sich in einer einzigen Bewegung um, um zu sehen, welcher Verräter ihnen ihr Vergnügen genommen hatte. Sie erblickten die päpstliche Reisegesellschaft, ignorierten das schützende Banner und stürmten auf sie zu.

Wieder packte der Hauptmann die Zügel von Alejandros Pferd, gab seinem eigenen heftig die Sporen und versuchte, der wahnsinnigen Menge zu entkommen. Der ganze Geleitzug preschte davon und floh vor der verrückten, blutenden Horde. Die Reiter hielten erst inne, als sie tief im Wald und in Sicherheit waren.

Die Pferde waren nach der hastigen Flucht schweißnaß, und da die Dämmerung heranrückte, entschied der Hautpmann, über Nacht zu rasten. Während die Gardisten sich daranmachten, ihre Zelte aufzustellen, nahm der Hautpmann Alejandro beiseite.

»Euer Verhalten war unvorsichtig«, sagte er streng, »und hätte verheerende Folgen haben können.«

»Aber der Mann hat gelitten! Sie verbrannten ihn bei lebendigem Leib, und ich konnte nicht...«

»Ich verstehe Euer Mitleid mit den Leidenden, Arzt«, unterbrach ihn der Hauptmann, »aber keiner von uns hätte etwas tun können, um den Mann zu retten.«

»Ihr selbst habt doch Befehl gegeben, ihn zu töten! Ihr habt seine Qual auch gespürt.«

»Und einen guten Pfeil verschwendet«, sagte der Hauptmann. »Er war bloß ein Jude. Juden sind zum Leiden bestimmt. Es wäre klug, wenn Ihr Euch in Zukunft so wertlosen Heldenmuts enthalten könntet, wenn Ihr diese Reise bei guter Gesundheit beenden wollt.«

Wut stieg in Alejandro auf, und er mußte sich mühsam beherrschen. *Verrate dich nicht,* warnte er sich selbst. *Ein Jude ist heute gestorben. Laß nicht zu, daß du der nächste bist.*

Sie wandten sich leicht nach Westen, als sie Dijon passiert hatten, und nahmen eine Straße, die sie nach Norden und um Paris herum führte; am Ende würden sie so Calais erreichen und dort über den Kanal setzen.

Als sie noch eine Tagesreise östlich von Calais waren, begann einer der Gardisten über Kopf- und Magenschmerzen zu klagen. Alejandro untersuchte ihn sofort; wie er befürchtet hatte, begannen Hals und Achselhöhlen des Mannes anzuschwellen, und es stand fest, daß er sich infiziert hatte. Alejandro bat den Hauptmann, die Reise zu unterbrechen, um dem Mann etwas Ruhe zu gönnen, denn er wurde von Meile zu Meile kränker. Am nächsten Morgen wies ein anderer Gardist ähnliche Krankheitssymptome auf; am Nachmittag waren zwei weitere erkrankt.

Von den zehn Gardisten erkrankten fünf; die übrigen schickte Alejandro mit dem Hauptmann zusammen fort. Sie sollten in einiger Entfernung kampieren. Er selbst behandelte die Opfer mit Kräutern und Arzneien, die er nach England mitnehmen sollte, trug dabei das Amulett und bedeckte seine Nase und seinen Mund, wie de Chauliac ihn angewiesen hatte.

Der erste Mann starb schon einen Tag nach Ausbruch der

Krankheit, die übrigen waren in schrecklich elender Verfassung. Der Hauptmann drängte Alejandro, die Reise fortzusetzen, doch davon wollte der Arzt noch nichts hören. Er hatte große Hoffnung, mit der neu erlernten Behandlungsweise das Voranschreiten der Krankheit irgendwie beeinflussen zu können. Doch als der zweite Mann starb, begannen die restlichen Gardisten zu murren, und der Hauptmann, der an seine Pflicht dem Papst gegenüber dachte, drängte noch mehr auf Weiterreise.

»Ich gehe nicht weg, bis diese Männer entweder tot oder geheilt sind. Da kann ich keine Zugeständnisse machen.«

Das Murren der ängstlichen Gardisten nahm zu; sie sprachen davon, ohne Alejandro und ihre kranken Gefährten aufzubrechen. »Ich bin mit meiner Weisheit am Ende«, vertraute der verzweifelte Hauptmann dem Arzt an. »Ich muß Euch sicher nach England begleiten, und ohne anständige Eskorte kann ich das nicht. Wir haben schon zwei Männer verloren, und die anderen wollen nicht hierbleiben. Sie sind überzeugt, daß die Ansteckung hier irgendwo in der Luft lauert.«

»Dagegen kann ich nicht logisch argumentieren«, antwortete der Arzt. »Ich kann nichts sagen, um sie zu beruhigen. Ein weiterer Kranker ist jetzt dem Tod nahe, und noch zwei werden ihm sicherlich folgen.«

»Wie lange wird das dauern?« fragte der Hauptmann.

»Das kann ich nicht sagen; vielleicht einen Tag, vielleicht zwei.«

Der Hauptmann zog sich für ein paar Augenblicke zurück und kam dann überaus betrübt wieder. »Ich bitte Euch um Verzeihung, Monsieur, für das, was ich jetzt tun werde, aber wir können uns nicht länger aufhalten.«

Alejandro verstand nicht; er sprang auf und folgte dem Hauptmann dahin, wo die kranken Gardisten lagen. In der kurzen Zeit, die er mit dem Hauptmann verbracht hatte, war der kränkste von ihnen gestorben; seine reglosen Augen starrten blicklos nach oben, Fliegen sammelten sich in den feuchten Augenwinkeln, und seine Brust hob und senkte sich nicht mehr. Die beiden anderen, die noch bei Bewußtsein waren, stöhnten und schrien in ihrem Elend.

Der Hauptmann trat zwischen die beiden Männer und sagte: »Macht Euren Frieden mit Gott.« Dann zog er sein Schwert.

Ihr mitleiderregender Anblick hätte einem Engel das Herz zerrissen, dachte Alejandro. *Wie würde ich aussehen, wenn ich wüßte, daß meine Zeit gekommen ist?* fragte er sich. *Nicht anders. Sie werden wenigstens nicht länger leiden.* Er machte keinen Versuch einzugreifen.

»Möge Gott sich ihrer und meiner Seele erbarmen«, sagte der Hauptmann. Und mit schnellen, gnädigen Stößen erlöste er die Seelen der letzten beiden kranken Gardisten.

»Und nun, Monsieur, werden wir aufbrechen, denn wir haben hier viel Zeit vergeudet. Gott wird die unschuldigen Seelen der Toten aufnehmen, aber Seine Heiligkeit wird dafür sorgen, daß Er mir nicht verzeiht, wenn ich Euch nicht sicher in England abliefere. Bitte packt Eure Sachen und kommt mit.« Sie ließen die Leichen im Wald liegen, da sie keine Mittel hatten, um sie zu begraben. Alejandro wünschte sich von Herzen, er hätte die solide Schaufel mitgebracht, die Carlos Alderon vor so langer Zeit in Aragon geschmiedet hatte.

Am zweiundzwanzigsten Tag nach der Abreise aus Avignon erreichte die dezimierte Gruppe den Hafen von Calais, der jetzt unter englischer Kontrolle stand; König Edwards Streitkräfte hatten ihn im Vorjahr in einer wilden, blutigen Schlacht erobert. In der Küstenstadt herrschte große Verwirrung, und die französischen Garden des Papstes klagten, sie fühlten sich wie auf feindlichem Gebiet. Wäre das päpstliche Banner nicht gewesen, hätte die englische Besatzungsmacht ihre Weiterreise gewiß behindert, denn sie waren kriegerisch aussehende Gruppen, die in Calais den Kanal überqueren wollten, alles andere als freundlich gesonnen.

Der Hauptmann ließ Alejandro und die restlichen fünf Gardisten in der Stadt zurück und ging zum Hafen, um eine Möglichkeit zur Überfahrt zu finden. Eine Stunde später kam er zurück und erklärte: »Wir haben wirklich Glück, das Wetter ist günstig für die Überfahrt. Ich habe einen Fischer gefunden, der begierig ist, unser Gold zu nehmen.«

Pferde und Männer gingen an Bord des soliden Schiffes, und der Fischer setzte Segel, um den frischen Wind zu nutzen. Alejandro war noch nie in einem Schiff auf dem offenen Meer gewesen und freute sich anfangs auf die Überfahrt nach England. Doch als sie die schützende Küste hinter sich ließen und die offene See erreichten, überfiel ihn schreckliche Übelkeit, und er konnte den Kopf, der zwischen seinen Knien hing, nicht mehr heben. Er starrte auf den Eimer mit seinem eigenen Erbrochenen, bis es so dunkel wurde, daß er ihn nicht mehr sehen konnte.

Der Kapitän hatte Mitgefühl mit der Schwäche des Arztes. »So eine Überfahrt ist nie leicht«, sagte er. »Bei rauher See sind manche Leute hinterher nie mehr dieselben. Aber ich denke, wir kommen gut voran; das Meer ist ruhig, und der Wind ist günstig für uns. Manchmal ist es sehr viel schlimmer als heute.«

Alejandro hob den Kopf gerade lange genug, um zu antworten: »Wie kann es noch schlimmer sein? Ich speie schon meine Eingeweide aus.«

»Danach habt Ihr vielleicht keine Beschwerden mehr«, sagte der Kapitän, »aber ich denke, Ihr solltet sie besser behalten. Vielleicht erleichtert es Euch zu hören, daß Ihr nicht als einziger leidet. Es heißt, sogar der mächtige Edward persönlich sei nicht seefest!« Er lachte, denn daß man den großen Edward heftig hatte erbrechen sehen, erschien ihm überaus komisch. Alejandro, der furchtbar litt, konnte sich dem nicht anschließen. Er ließ den Kopf wieder sinken und würgte trocken.

Sie erreichten das andere Ufer ohne Zwischenfall spät am nächsten Tag, und die ganze Reisegesellschaft ging schnell von Bord und führte die Pferde durch das flache Wasser zum felsigen Strand. Alejandro taumelte einige Zeit auf schwankenden Beinen umher, ehe er aufsaß.

Die weißen Felsen erhoben sich majestätisch aus dem Sand, und Alejandro sah zu, wie das Boot im verblassenden Sonnenlicht des Spätnachmittags kehrtmachte, um nach Frankreich zurückzusegeln, und ihn und seine Gefährten an diesen fremden Ufern zurückließ.

Alejandro zeigte auf eine ferne Stadt, deren Türme und Rauchsäulen am Horizont auftauchten, und fragte: »Ist das London?«

»Ja«, sagte der Hauptmann.

»Aber es sieht so klein aus! Und schaut nur, wie schmutzig die Luft darüber ist!« sagte Alejandro. »Ich hatte es mir größer und eindrucksvoller vorgestellt! Es sieht nicht aus wie eine Stadt, in der der große König Edward lebt.«

»Ich glaube, da ist er mit Euch einer Meinung«, sagte der Hauptmann, »denn augenblicklich hat er hier nur seine Armeen, wohnt aber westlich davon in Windsor. Ich habe gehört, daß er dort einen wunderbaren Palast hat. Heute abend werde ich Euch beim Tower von London abliefern, wie man mich angewiesen hat. Morgen werdet Ihr vielleicht nach Windsor gebracht.«

Die gutturale Sprache des englischen Volkes war hart und abrupt, fand Alejandro, ganz anders als sein lyrisches heimatliches Spanisch oder das weiche, fließende Französisch, das er gelernt hatte. Die groben Laute attackierten seine Ohren, als der päpstliche Gesandte durch die Menge ritt, die die große Brücke in die Stadt London verstopfte. Einmal hatte er Deutsch sprechen hören, das ein ungeübtes Ohr mit Englisch hätte verwechseln können, doch der Klang beider Sprachen gefiel ihm nicht.

Er blickte hinunter auf die Ufer des Flusses Themse und sah die Leichen, die sich dort angesammelt hatten; einige trieben dahin, andere schaukelten im seichten Wasser nahe dem Ufer. Er konnte ihre Verwesung bis hoch oben auf die Brücke riechen. Das Wasser sah eher wie Schlamm aus, überall trieben Exkremente und Unrat, und er erblickte kaum irgendwo eine klare Oberfläche.

Noch immer flatterte das päpstliche Banner ihrem Zug voran, und überall traten die Menschen beiseite, um sie vorbeizulassen. Beim Anblick des goldenen Kreuzes auf rotem Grund fielen jammernde Bittsteller auf die Knie und falteten die Hände zum Gebet. Alejandro war verwirrt über die Aufmerksamkeit, die er und seine Begleiter erregten, und lenkte sein Pferd zwischen die Gardisten, um weniger aufzufallen.

Am Tor des Towers sorgte der Kastellan, der sie begrüßte, dafür, daß ihre Habseligkeiten in ihre vorübergehenden Unterkünfte gebracht wurden. »Seine Majestät erwartet Euch, ist aber nach Windsor gegangen, wo er Euch einen besseren Empfang bereiten kann. Er läßt Euch bitten, heute nacht hier zu rasten und morgen nach Westen zu reiten, wenn es Euch genehm ist.«

Da er begierig war, etwas über die Zustände außerhalb Englands zu erfahren, lud der Kastellan sie ein, an diesem Abend mit ihm zu speisen. Er hoffte, sie würden in allen Einzelheiten von ihrer Reise durch Frankreich berichten. Der Hauptmann stimmte bereitwillig zu, und die Abendmahlzeit wurde im Hauptwohnsaal des Kastellans serviert. Ein langer Holztisch war beladen mit dampfenden Fleischspeisen und knusprigen Broten, heiße Rüben lagen auf einer Platte angehäuft und wurden von Mann zu Mann weitergereicht. Als sie ihre Mahlzeit beendet hatten, dröhnte Alejandros Kopf von der Anstrengung, die Gespräche zu verstehen. Er hatte auf der Reise von dem Hauptmann einige Brocken und Sätze in Englisch aufgeschnappt, denn an den Abenden in ihrem dunklen Lager hatten sie außer Reden nicht viel zu tun gehabt. Doch das Englisch des Hauptmanns war sehr dürftig und seine Aussprache schlecht; Alejandro hatte von ihm nicht genug lernen können, um sich zu verständigen, und bat häufig um Übersetzungen ins Französische.

Beim ersten Tageslicht wurde Alejandro von dem Hauptmann geweckt. »Wir sind aufbruchsbereit«, sagte er. »Ich habe einige Dinge mitgebracht, die Ihr von Seiner Heiligkeit überbringen sollt.«

Alejandro richtete sich auf, rieb sich die Augen und nahm das Päckchen entgegen. »Warum ruht Ihr nicht ein oder zwei Tage aus?« fragte er. »Ihr und Eure Männer müßt doch gewiß nicht sofort aufbrechen.«

»Lieber nicht«, sagte der Hauptmann. »Mir liegt nichts an der englischen Erde, und die englischen Soldaten machen sich nichts aus der guten französischen Erde, wenn sie die Wahl haben.«

Alejandro wollte ihn nicht gehen lassen. »Aber sicher sind ein oder zwei Tage doch nicht zu beschwerlich…«

»Ihr vergeßt, guter Herr, daß mein König mit demjenigen, in dessen Hände ich Euch jetzt übergebe, im Krieg steht. Im Augenblick herrscht Waffenstillstand, wegen der Pest, aber der wird bald zu Ende sein. Ich diene zwar dem Papst, aber ich bin für alle Zeit ein Sohn Frankreichs, und ich möchte in meine Heimat zurückkehren. Das könnt Ihr sicher verstehen, so weit von Eurem eigenen Land entfernt…«

»*Nur zu gut*… dachte Alejandro. »Dann sage ich Euch adieu und wünsche Euch eine sichere Heimkehr«, sagte er. Der Hauptmann salutierte und ging.

Als Alejandro wieder allein war, öffnete er das Päckchen, um den Inhalt zu inspizieren. Es enthielt mehrere Schriftrollen für den König und seine Minister und einige kleine Geschenke für die Damen sowie eine Börse mit Gold für ihn selbst.

Rasch kleidete er sich an und ging die Treppe hinauf zu einigen englischen Wachleuten, die die umgebende Landschaft beobachteten. Sein Herz wurde ihm schwer, als er die sechs Reiter kleiner und kleiner werden und schließlich verschwinden sah, und er fragte sich, wer von ihnen Avignon wohl nicht erreichen würde.

Auf dem Ritt nach Windsor hielt Alejandro sich dicht beim Führer seiner Eskorte, der unter König Edward in Frankreich gedient und die Sprache recht gut erlernt hatte. Alejandro bestürmte ihn dauernd mit Fragen, erkundigte sich nach den Namen alltäglicher Gegenstände und erbat Rat über die richtige Art, die englische Königsfamilie zu begrüßen, anzusprechen und sich zu verabschieden. Sein Lehrmeister amüsierte sich anfangs, doch nach und nach wurde er der unablässigen Fragen des jungen Mannes überdrüssig. Er war froh, als sie die Tore des Schlosses erreicht hatten und er Alejandro an seinem Bestimmungsort abliefern konnte.

Alejandro stellte fest, daß Windsor eine riesige Festung mit dicken Steinmauern und prachtvollen Türmen war, die hoch über die umgebenden Wälder ragten. Im unteren Hof wurde er von einem stattlich aussehenden Mann, der reich gekleidet und von noblem Äußeren war, begrüßt.

»Ich bin Sir John Chandos, Berater des Königs Edward und des Prinzen von Wales, und ich heiße Euch willkommen in unseren Mauern.« Der Arzt erwiderte die förmliche Verbeugung des Mannes und kam sich dabei ziemlich linkisch vor. Er war noch nicht an so höfische Umgangsformen gewöhnt.

»Pardon, Monsieur, je ne comprends pas.«

»Ach, ja«, sagte der Mann auf französisch. »Unsere grobe Sprache ist Euch unbekannt. *Moi aussi, je préfère la langue française.«* Er sprach auch weiter Französisch, da es die einzige gemeinsame Sprache zwischen ihm und Alejandro war. »Ich soll Euch in Eure Gemächer auf der Ostterrasse des Schlosses begleiten. Wir haben eine Suite von Räumen für Euch vorbereitet, die Ihr sicherlich annehmbar finden werdet. Der König hat großen Wert darauf gelegt, daß dem Abgesandten Seiner Heiligkeit während seines Aufenthaltes in unserem Reich alle Annehmlichkeiten zur Verfügung stehen.«

Alejandro folgte Sir John durch die Höfe in den Wohnbereich des Schlosses. Die Räume und Gänge waren von Fackeln und Kerzen hell erleuchtet, und während er unter ihnen hindurchging, sagte er: »Ich sehe, daß Öl in England nicht so teuer ist wie in Spanien.«

Sir John lachte. »Oh, es ist teuer genug, aber unser König duldet keine Dunkelheit in Windsor.«

Sie schritten durch eine geräumige Halle mit gewölbter Decke, deren Wände mit gewebten Behängen geschmückt waren, die glorreiche Schlachtenszenen darstellten; über dem Kamin hingen drei Gruppen gekreuzter Schwerter, umgeben von mehreren riesigen Geweihen.

»Welches Ungeheuer hatte denn solche Hörner?« fragte Alejandro und wies nach oben. »Lebt es hier in der Nähe? Wenn ja, dann sagt es mir, damit ich ihm aus dem Weg gehen kann.«

Sir John lachte. »Ihr braucht nichts zu fürchten, denn diese Geweihe sind sehr alt und stammen vom irischen Elch; der Vater König Edwards hat sie von den Torfmooren Irlands mitgebracht. Seit Hunderten von Jahren hat man keine Elche mehr gesehen; es heißt, sie seien doppelt so groß gewesen wie ein gutes Pferd.«

»Sie sehen eher aus, als stammten sie von einem Baum und nicht von einem Pferd«, sagte Alejandro. »Alles hier ist so groß! Ich komme mir wie ein Zwerg vor. Sind diese Plantagenets denn solche Riesen?«

»Das würdet Ihr denken, wenn Ihr sie in der Schlacht sehen würdet«, sagte Sir John und errötete dabei vor Stolz. »Sie wirken wie Goliath in einer Rüstung.«

Und ich bin kein David, dachte Alejandro.

Ein langer Tisch, groß genug für mehrere Familien, beherrschte die Mitte des Raumes. Ringsum standen mit reichen Schnitzereien verzierte Stühle. Das Rautenmuster des Fußbodens bestand aus glattem Marmor, abwechselnd schwarz und braun, und war hier und da mit gewebten Teppichen und Tierfellen bedeckt. Als sie den Raum verließen, kamen sie in einen langen, hell erleuchteten Korridor. An seinem Ende wandten sie sich nach rechts, kamen an mehreren geschlossenen Türen vorbei und blieben schließlich an einem kleinen Alkoven stehen.

Sir John öffnete die Tür und bat Alejandro hinein; der Arzt trat ein, sah sich in seinem neuen Zuhause um und war beeindruckt von den feinen Möbeln und der reichen Ausstattung.

»Ich glaube, Ihr werdet diese Räume sehr bequem finden, Monsieur. Ihr braucht nur diesen Glockenstrang zu ziehen, dann wird sogleich Euer Diener erscheinen und nach Euren Wünschen fragen.« Sir John hielt inne, damit Alejandro sich kurz umsehen konnte, und fuhr dann fort: »Die Familie wird sich beim siebten Glockenschlag zum Dinner in der großen Halle versammeln. Der König würde sich freuen, wenn Ihr an seinem Mahl teilnehmen würdet. Ich verlasse Euch jetzt; ich freue mich darauf, später in Eurer Gesellschaft zu sein. Guten Abend, Doktor Hernandez.«

Beim Klang der Glocken hielt Alejandro im Auspacken inne und lauschte aufmerksam. Er zählte mit, um die Uhrzeit festzustellen. Es waren sieben Schläge. Noch einmal überprüfte er seine Kleidung, damit alles perfekt in Ordnung war, denn er hatte nie zuvor so feine Sachen getragen und mußte bei jedem Kleidungsstück auf die richtige Verwendung achten. Ein letztes

Mal strich er sich die Beinkleider glatt, die er verabscheute, verließ seine Gemächer und machte sich auf den Weg in die große Halle.

Der Raum, der ihm schon vorher exquisit erschienen war, wirkte nun noch prächtiger durch die dort versammelte Gesellschaft. Zahlreiche Personen in prächtiger Kleidung lauschten einem Musikanten, der zwischen ihnen herumging und seine Laute an einem bunt bestickten Band über der Schulter trug.

Eine anmutige Frau, hellhaarig und dicklich, saß auf einem von zwei großen hölzernen Sesseln mit roten Samtpolstern. Trotz ihrer prächtigen Gewänder und Juwelen trug ihr Gesicht den bekümmerten Ausdruck tiefer Trauer. Er dachte: *Das ist die Königin, die gerade erst ihre Tochter verloren hat; kein Wunder, daß sie so niedergedrückt aussieht…*

Alejandro betrachtete die anderen Anwesenden im Raum. Er blieb verborgen in der Tür stehen und beobachtete die strahlende Versammlung, ohne sich selbst zu zeigen. Es gab viel zu sehen; er versuchte zu erraten, welche von den Versammelten die Söhne und Töchter des Königspaares waren. Fast alle hatten helle Haut, helles Haar und helle, blaue oder graue Augen. Eine der jungen Damen war über und über mit funkelnden Juwelen behängt und in glänzenden Satin gewandet; er hielt sie für eine Prinzessin. Eine andere hatte Haare in der Farbe von schimmerndem Kupfer…

Alejandros heimliche Beobachtung wurde abrupt durch den Klang eines Clairons unterbrochen, der das Eintreten einer bedeutenden Persönlichkeit ankündigte.

Ein Mann mit einer schmalen goldenen Krone im ergrauenden Haar schritt rasch in den Raum, dicht gefolgt von einem gutgekleideten jungen Mann ähnlichen Aussehens. Alejandro dachte, daß beide einen guten Kopf größer waren als er selbst. Beide waren von ansehnlicher, männlicher Gestalt. Hätten sie Rüstungen getragen, hätte er sie für irgendwie bedeutende Krieger gehalten. Es war offensichtlich, daß es sich um Vater und Sohn handelte, und ebenso offensichtlich, daß sie Könige waren oder sich dafür hielten. Die Versammelten verneigten sich alle gleichzeitig, als der König näher kam; der Prinz blieb zurück und nahm seinen Platz unter den anderen ein. Schließlich blieb der König vor der sitzenden Frau stehen, die Alejandro für die Königin gehalten hatte. Er reichte ihr seine Hand, sah sie mit funkelnden Augen an, und sie kicherte wie ein junges Mädchen und nahm seine Hand. Sanft zog er sie vom Stuhl hoch.

»Meine Königin«, sagte der König und küßte zart ihre Hand. Er führte sie durch die sich verneigende Versammlung und sorgte dafür, daß sie bequem saß; dann schritt er feierlich an das andere Ende der Tafel und ließ sich auf einem hochlehnigen hölzernen Stuhl mit Samtkissen nieder. Nachdem er saß, forderte er seine Gäste auf: »Nehmt Platz.«

Unter allgemeinem Stühlerücken setzten die Gäste sich um den großen Tisch. Alejandro sah einen freien Stuhl und erkannte zu seiner großen Verlegenheit, daß er vermutlich für ihn selbst bestimmt war. Hastig trat er nun in den Raum und sah, daß Sir John sich sofort von seinem Sitz erhob und auf ihn zukam.

»Euer Majestät«, sagte Sir John, während er eilig auf den Arzt zuging, »gestattet, daß ich Euch Doktor Hernandez vorstelle, den ärztlichen Gesandten, den Seine Heiligkeit, Papst Clemens, uns geschickt hat. Er ist erst heute nachmittag eingetroffen.«

Aller Augen wandten sich sofort Alejandro zu, auch die durchdringenden blauen Augen des Königs. Der Herrscher musterte den fremden Gast schnell und überaus gründlich, denn Edward liebte Clemens nicht besonders und vertraute ihm noch weniger; trotz ihrer eifrigen Korrespondenz war keiner von beiden von den guten Absichten des anderen überzeugt.

Alejandro ließ die aufdringliche Musterung reglos über sich ergehen, da er nicht wußte, was er tun sollte; Sir John hielt ihn an der Schulter, und Alejandro wartete, bereit, sich von ihm führen zu lassen.

Endlich ließ König Edwards Blick ihn los, und er sagte: »Wir sind entzückt, Doktor Hernandez, daß Ihr so weit gereist seid, um unserer Familie beizustehen. Es ist freundlich und großzügig von Seiner Heiligkeit, für unseren Schutz zu sorgen, indem sie uns Eure Dienste zur Verfügung stellt. Bitte nehmt mit uns das Abendessen sein. Wir sind begierig, die Neuigkeiten aus Avignon zu hören, die nur Ihr uns berichten könnt.«

Der König nickte in Richtung des leeren Stuhls, und Alejandro spürte, wie der diensteifrige Sir John ihn hinführte. Er setzte sich und zog den Stuhl an den Tisch. Zu seiner Rechten saß die hellhaarige und graziöse Prinzessin, die er zuvor bemerkt hatte. Er sah sie an und lächelte höflich.

»Mein Vater duldet nicht, daß seine Gäste sich verspäten«, sagte sie.

Sie sah Alejandro direkt an und lächelte kokett, und er spürte, wie alle ihn anschauten und auf seine Antwort auf diese unfreundliche Bemerkung warteten.

Das muß die ungezogene Isabella sein, dachte er. *Sie ist genauso, wie de Chauliac* gesagt hat. »Das ist nicht mehr als recht«, sagte Alejandro, »denn ein König verdient die höchste Achtung aller seiner Untertanen.« Alejandro wandte sich an den König und fuhr zerknirscht fort: »Bitte verzeiht meine Unhöflichkeit, Majestät, ich kenne mich in den Bräuchen Eures Königreiches noch nicht aus. Ich bin ein unwissender Spanier und weit von den Tröstungen meiner Heimat entfernt.«

Er hätte nichts Besseres sagen können, denn der König war stolz auf die Eleganz seines Hofes und legte größten Wert auf perfekte Gastfreundschaft. »Wir werden dafür Sorge tragen, daß Ihr in unseren Bräuchen unterwiesen werdet, Sir, damit Ihr Euch hier wohl fühlt. Ich kann nicht dulden, daß irgend etwas das Wohlbefinden meiner Gäste beeinträchtigt.«

Dann lachte der König herzlich. »Nach Auskunft des Heiligen Vaters, junger Mann, seid Ihr alles andere als unwissend. Er hegt große Bewunderung und Wertschätzung für Eure Fähigkeiten als Arzt. Und nun müßt Ihr mir meine Ignoranz vergeben, denn ich habe gegen meine Pflichten als Euer Gastgeber verstoßen. Bitte gestattet mir, Euch meiner geliebten Königin Philippa vorzustellen.« Er wies in die Richtung der Königin.

Alejandro erhob sich so eilig, daß er beinahe seinen Stuhl umgeworfen hätte, und verbeugte sich tief vor der Königin, die ihm gnädig ein Lächeln gewährte. Unter den jüngeren Mädchen im Raum erhob sich gedämpftes Kichern; sie fanden seine aufrichtige, aber linkische Verbeugung sehr amüsant.

»Bitte, nehmt wieder Platz, Monsieur; ich bin diejenige, die sich durch Eure gelehrte Anwesenheit geehrt fühlt.«

Alejandro gehorchte der Aufforderung der Königin und wurde rot vor Verlegenheit über seinen erfolglosen Versuch, höflich zu sein.

»Doktor Hernandez«, fuhr der König fort, »ich hoffe aufrichtig, daß Ihr uns eine Arznei für die scharfe und übereilte Zunge meiner Tochter verschreiben könnt.« Er wies auf das Mädchen, das ihn vorhin getadelt hatte, und Alejandro sah den wütenden Gesichtsausdruck der Prinzessin. »Wir alle leiden unter Isabellas unbeherrschbarem Drang, unsere Unvollkommenheiten zu korrigieren. Aber sucht die Ursache dieser Eigenart zuerst bei mir; ich habe meine Isabella verwöhnt und kann niemandem die Schuld geben außer mir selbst. Und nun lernt meinen Sohn Edward kennen, den Prinzen von Wales.«

Der junge Mann, der mit dem König eingetreten war, sagte: »Eure Anwesenheit ist uns eine Ehre, Doktor«, während er Alejandro ein Zeichen gab sitzenzubleiben. »Seine Heiligkeit hat viel über Eure Ausbildung und Eure Fertigkeiten geschrieben. Er versichert uns, daß Ihr unsere Familie heil durch diese Plage bringen werdet.«

Er hat meine Fähigkeiten übertrieben, fürchte ich, dachte Alejandro bei sich; *bei den Soldaten, die auf der Reise hierher krank wurden, haben sie wenig ausgerichtet.* Er beschloß, eine realistischere Beschreibung dessen zu geben, was er für die englische Familie tun konnte, wenn er Gelegenheit hatte, den König unter vier Augen zu sprechen, denn er wollte die Damen nicht beunruhigen.

Das Gespräch wandte sich den Neuigkeiten aus Europa zu, und alle spitzten die Ohren, als Alejandro von seiner Reise aus Avignon erzählte. Er war dankbar für die Gelegenheit zu sprechen, denn sein Kopf dröhnte von der Anstrengung, den Gesprächen am Tisch zu lauschen, die in zwei ihm fremden Sprachen geführt wurden. Er berichtete den Anwesenden von seiner Begegnung mit den abstoßenden Flagellanten und ihrem barbarischen Angriff auf die Reisegesellschaft; sehr bekümmert erzählte er vom Tod der päpstlichen Garden. Die Zuhörer schwiegen aufmerksam; alle waren in ihre eigenen Gedanken über Europas traurige Situation versunken.

Der Prinz von Wales bemerkte die düstere Stimmung und gab der Unterhaltung geschickt eine andere Wendung. »Wie kam es, daß Ihr in Frankreich wart, fern von Eurem heimatlichen Spanien, und dort die Aufmerksamkeit des päpstlichen Leibarztes erregtet?«

Alejandro dehnte die Wahrheit ein wenig. »Ich erhielt meine medizinische Ausbildung in Montpellier. Alle ausgebildeten Ärzte in der Gegend um Avignon wurden aufgefordert, sich beim Leibarzt des Papstes zu melden, und dieser traf seine Auswahl unter uns, nachdem er sich unsere Fertigkeiten angesehen hatte. Doktor de Chauliac unterwies diejenigen, die für das Ausland ausgewählt wurden, in seinen besonderen Techniken zum Schutz des Papstes.«

Das Gespräch wandte sich anderen Themen zu; von den meisten verstand Alejandro nichts. Ein Musiker spielte leise auf einer Harfe, während ein Narr zu der fröhlichen Weise seine Kapriolen schlug und alle entzückte, besonders ein kleines Mädchen, das auf der anderen Seite der Prinzessin saß. Ihr perlendes Gelächter war reizend und ihre überschäumende Fröhlichkeit ansteckend. *Ich wünschte, es wäre so ansteckend wie die Seuche,* dachte Alejandro.

Obwohl die königliche Familie ein Mitglied durch die Pest verloren hatte, wirkten die Anwesenden weitgehend unberührt von den grausamen Geschehnissen in der übrigen Welt. Nur die Königin hatte den vielsagenden Ausdruck von Trauer und Verlust, der im übrigen Europa so weit verbreitet war. Ansonsten herrschte hier echte Fröhlichkeit; die Herren waren kräftig und robust, die Damen anmutig und charmant. In diesem Schloß herrschte eine geheimnisvolle Immunität gegen die Folgen der Seuche, und Alejandro fand die Gesellschaft sehr vom Glück begünstigt. Er beschloß, sein Bestes zu tun, um ihnen ihre Zufriedenheit zu erhalten.

10

Trotz des Kloßes in seinem Magen von dem großen Stück Hammelfleisch, das er bereits verzehrt hatte, gelang es Robert Sarin, noch einen Bissen zu essen. Dann lehnte er sich zurück und stieß einen lauten, zufriedenen Rülpser aus. Er war überrascht und erfreut über die plötzliche und unerklärliche Zunahme seines Appetits. Er rieb sich mit den Händen den vorstehenden Bauch, während der Hund neben ihm saß, mit dem Schwanz wedelte, ein wenig jaulte und um etwas von den Resten auf dem Teller seines Herrn bettelte. Der alte Mann lächelte und tat seinem Gefährten den Gefallen, indem er ihm auf der offenen Handfläche einen ordentlichen Batzen Fett darbot. Der Hund nahm ihn, ohne dabei Sarins Haut zu berühren, und schluckte den Bissen in einem Stück hinunter. Sarin bewegte seine fettige Hand nicht, und der Hund leckte sie sauber.

Da Sarin im Innersten wußte, daß er diese und alle anderen Empfindungen nicht mehr allzu oft erleben würde, gestattete er sich, das leise Kitzeln der feuchten Hundezunge in seiner schwieligen Handfläche zu genießen. Er lernte gerade, sich an jedem angenehmen Gefühl zu erfreuen, das seines Weges kam, und verweilte bei jedem seiner eigenen Gedanken, als sei er ein großes philosophisches Geschenk.

Er fand es merkwürdig, daß Furcht ihm ein solches Gefühl von Lebendigkeit einflößte. Jetzt, da er sich der Aufgabe widmete, sich auf das vorzubereiten, was vor ihm lag, fühlte er sich vitaler als seit vielen Jahren, als sei binnen weniger Tage ein Jahrzehnt des Alterns von ihm abgefallen. Er atmete leichter und er ging schwungvoller. Er war draußen im Garten seiner Mutter gewesen und hatte ihn in Ordnung gebracht, besser in Ordnung, als er in den vielen Jahren seit ihrem Tod gewesen war. Er liebte den Geruch der üppigen schwarzen Erde seit jeher; er war so fruchtbar, so feucht und würzig, wie er sich den Geruch einer Frau vorstellte.

Jeden Tag schaute er in das Buch seiner Mutter und prägte sich die Rituale genauer ein. Wäre doch sein Gedächtnis schon früher so gut gewesen! Die Macht, Dinge zu wissen und dann noch mehr zu lernen, berauschte ihn förmlich; er wußte, bald würde eine Zeit kommen, da er das Gelernte würde anwenden müssen, und er war aufgeregter als jemals in seinem Leben. *Wäre sie doch noch am Leben und könnte das sehen,* dachte er traurig.

Als er seine Mahlzeit ein wenig verdaut hatte, stand er aus seinem Sessel auf, um Arme und Beine zu strecken. Im Haus roch es wundervoll, und Sarin wurde ständig von Erinnerungen an seine Mutter überflutet, da seine Umgebung jetzt wieder so war wie damals, als seine Mutter noch im vollen Besitz ihrer Kräfte gewesen war. Er rief den Hund; das große, struppige Tier kehrte zu ihm zurück und ließ mit einem breiten Hundegrinsen seine rosa Zunge heraushängen. Sarin tätschelte ihm den Kopf und sagte: »Manchmal fühlt es sich an, als wäre sie gar nicht wirklich tot.« Der Hund wedelte zustimmend mit dem Schwanz und jaulte leise.

»Es ist, als wäre sie noch da und würde mir helfen«, sagte Sarin. Er hatte viel Zeit darauf verwendet, die Dinge in Ordnung zu bringen, und dabei dauernd das Gefühl gehabt, sie blicke ihm beschützend über die Schulter, während er alles instand setzte. Erst als er mit allem fertig war, wurde ihm klar, wie sehr er die Dinge hatte schleifen lassen.

Er wußte, seine Mutter hatte darum gebeten, die Aufgabe möge noch während ihrer Zeit als Wärterin kommen. So sorgfältig sie ihn, ihr einziges Kind, auch unterwiesen hatte, sie hatte niemals geglaubt, daß er bereit sein würde, wenn sie sich zu seiner Zeit stellte. »Ich hätte es wissen sollen«, hatte sie bitter gesagt, als sie dem Tod nahe war. »Ich hätte es wissen sollen, daß ich einen Sohn haben würde.« Und sie hatte recht, dachte er, denn er war seit mehreren Jahrhunderten der erste männliche Nachkomme einer direkten Linie tüchtiger Frauen. Jede Tochter hatte aufgrund eines alten und streng beachteten Rituals wieder eine Tochter geboren und dem Kind ihren eigenen Namen gegeben.

Aber sie hatte ihm gesagt, daß er der Liebe entsprungen war und nicht einem Ritual. Er dachte, daß seine Mutter entsetzt gewesen sein mußte, als sie zwischen ihre blutigen Schenkel schaute und dort das kleine, runzlige Ding erblickte, das sie nach langen und heftigen Wehen zur Welt gebracht hatte. Er fragte sich, ob sie in Panik geraten war und geweint hatte oder, was die furchtbarste Vostellung war, ob sie daran gedacht hatte, sich seiner zu entledigen. Er konnte ihren Trotz im Augenblick der Entscheidung fast spüren, ihre Weigerung, das zu tun, was Tradition und Bräuche von ihr verlangten; sie war ein zorniges junges Ding, das mit einem unvollkommenen Baby kämpfte und sechshundert Jahren Willfährigkeit ihrer Ahninnen mit der Faust drohte. Als die Zeit verging und ihr Trotz sich auflöste, hatte er ihre Reue gespürt. »Ich wußte, was von mir verlangt wurde«, hatte sie ihm einmal gesagt, »und ich habe es nicht getan. Daran ist keiner schuld außer mir selbst.« Und von da an richtete sie sich nach dem, was von ihr verlangt wurde, in allem, nur nicht in der Fürsorge für ihren behinderten Sohn.

Dieser Sohn, jetzt ein sehr alter Mann, bückte sich und trat durch die niedrige Tür in die frische Luft hinaus. Seine alten Augen folgten der Silhouette eines zerlumpten Mannes, der rasch zwischen die Bäume schlüpfte. Der Alte tätschelte seinem Hund den Kopf. »Da ist einer von ihnen«, flüsterte er dem hechelnden Hund zu. »Ich frage mich, warum sie nicht öfter kommen.«

Warum, fragte Janie sich ärgerlich, muß das Telefon immer gerade dann läuten, wenn ich den Mund voller Zahnpasta habe? Sie hätte den Anruf am liebsten dem Anrufbeantworter des Hotels überlassen, doch da ihr einfiel, daß es vielleicht Caroline war, spuckte sie die Zahnpasta aus und rannte los. Sie erwischten den Hörer gerade noch vor dem fünften Läuten, wonach sich automatisch der Anrufbeantworter eingeschaltet hätte. Sie leckte sich den Pfefferminzgeschmack von den Lippen und sagte: »Hallo?«

»Guten Morgen«, sagte Bruce.

Sie wollte schon sagen: »Wer ist da, bitte?«, nur, um ihn zu verwirren, aber sie war entschlossen, heute freundlich und sanft zu sein, vor allem, da er sich am Vorabend so großartig verhalten hatte.

Eigentlich, dachte sie, *bin ich heute eher erregt und von meinen Hormonen gesteuert, seit meine Libido wieder erwacht ist.*

»Guten Morgen«, sagte sie.

»Wie haben Sie geschlafen?« fragte er.

Sie fragte sich, ob sie ihm erzählen sollte, daß es ihr gelungen war, unfreiwillig sämtliche Laken zu zerwühlen, und daß sie das, was sie in acht langen und bemerkenswert einsamen Stunden erlebt hatte, kaum als Schlaf bezeichnen konnte, sondern eher als halbbewußtes Herumwälzen. Sie entschied sich, nichts von den bohrenden Kopfschmerzen zu sagen, die jedesmal, wenn sie auch nur ein wenig den Hals bewegte, ihr Gehirn zu spalten drohten. *Vielleicht hat er Aspirin,* dachte sie und erwog noch einmal ihre Lage.

»Ach, ganz gut«, sagte sie schließlich. Das entsprach halb der Wahrheit, was dann folgte aber keineswegs: »Ich fühle mich sehr ausgeruht heute morgen. Das muß der Wein gewesen sein.«

»Sie Glückliche«, sagte er. »Ich habe mich aus irgendeinem Grund die ganze Nacht herumgewälzt. Vielleicht war es das ungewohnte Bett, ich weiß nicht. Normalerweise kann ich in ungewohnten Betten ganz gut schlafen.«

»Tatsächlich?« sagte Janie kichernd. »Können Sie Zeugen für diese Behauptung beibringen?« Ihr Kichern ging in ein herzhaftes Lachen über.

Einige Sekunden herrschte völliges Schweigen am anderen Ende, dann lachte auch Bruce und sagte: »Ich bin wohl selber schuld, was? Vielleicht sollte ich Gesprächen am frühen Morgen aus dem Weg gehen.«

»Ach, ich weiß nicht«, sagte Janie. »Es fiel mir nur einfach so ein. Tut doch gut, den Tag mit einem Lachen zu beginnen. Und es tut mir leid, daß Sie nicht gut geschlafen haben. In Wirklichkeit ist es mir nicht viel besser ergangen. Ich glaube, ich hatte einfach zuviel getrunken.«

»Vielleicht hatte ich nicht genug getrunken. Aber ein oder zwei Tassen Kaffee werden mich vermutlich wieder aufmuntern. Ich gehe nach unten ins Café zum Frühstück, falls Sie auch kommen möchten.«

»Ich komme in ein paar Minuten nach, sobald ich angezogen bin.«

»Ich werde im Depot anrufen, bevor ich nach unten gehe; vielleicht haben sie endlich etwas von Ted gehört.«

»Gute Idee. Ich glaube, ich werde es auch noch mal bei Caroline versuchen.«

»Hoffen wir, daß wir beide gute Neuigkeiten haben, wenn wir uns nachher treffen«, sagte er, und sie legten auf.

Ted zog das Sensorthermometer von seiner heißen, feuchten Haut und schaute auf die Anzeige. »Neununddreißig neun«, sagte er laut, obwohl ihn keiner hören konnte. *»Großer Gott.«* Er setzte sich auf den Bettrand; dabei fiel ihm auf, daß seine Knie schmerzten. *Noch ein Symptom?* dachte er bei sich. *Was kommt als nächstes?*

Er war sicher, daß er mehr hatte als eine Erkältung. Er hatte unruhig geschlafen und war in der Nacht mehrmals aufgestanden, um Wasser zu trinken, doch sein erster Gedanke beim Erwachen war wieder der Durst. Er fühlte sich erhitzt und schweißig, und seine Augen sahen krank aus, aber was ihm mehr als alles andere Sorgen machte, war die Schwellung an seinem Hals. Sie hatte nicht abgenommen, sondern war sichtbar größer geworden.

Als er jetzt seinen Hals untersuchte, sah er dunkle Stellen, wo die Schwellung ausgeprägter war. Bei seiner Arbeit hatte er die Symptome der meisten modernen Krankheiten aus eigener Anschauung kennengelernt, doch etwas wie das, was er jetzt im Spiegel erblickte, hatte er noch nie gesehen.

Er strich sich mit der Hand über den Hals. Die Knoten fühlten sich hart an, und der leichte Druck verursachte die Art von dumpfem Schmerz, die er mit einem großen, geschlossenen Abszeß in Verbindung gebracht hätte. »Au!« Er zuckte zusammen, als seine Finger eine besonders schmerzhafte Verdickung berührten. Er dachte, er sollte vielleicht einen Arzt aufsuchen, fragte sich aber, wie er das tun konnte, ohne auf sich aufmerksam zu machen. Er wollte seine Kollegen nicht wissen lassen, daß es einen Riß im Panzer seiner Perfektion gab, und wenn seine nicht diagnostizierten Beschwerden sich tatsächlich als etwas Schlimmeres als eine Erkältung herausstellten, dann wollte er auf keinen Fall von den langsam kreisenden Rädern des medizinischen Systems erfaßt werden. Ein falscher Schritt, und er würde in dessen großes Mahlwerk geraten und erst wieder herauskommen, wenn die Behörden überzeugt waren, daß er keine Bedrohung für die Gesellschaft darstellte. Die Ironie der Tatsache, daß er selbst oft Teil dieser strengen Behörden war, entging ihm nicht.

Er entschied, daß die sicherste Vorgehensweise darin bestand, mit dem Computersystem des Instituts eine Selbstdiagnose zu versuchen. Er wußte, daß alle Programme, die er brauchte, um seine Symptome zu erfassen und zu analysieren, in der medizinischen Bibliothek des Computersystems zu finden waren; er hatte dieses System selbst ausgewählt. Er wußte auch, daß er die schlimmsten Möglichkeiten ausschließen konnte, bevor er weitermachte.

Jeder Zoll seines Körpers schmerzte, als er sich mühsam anzog. Er zuckte zusammen, als er einen Pullover mit Rollkragen überstreifte, war aber zufrieden, als er im Spiegel sah, daß dieser die Flecken an seinem Hals verdeckte. *Unglücklicherweise ist er verdammt unbequem,* dachte er und versuchte, das enge Gewebe um seinen Hals zu lockern. Ehe er die Wohnung verließ, nahm er einen leichten Mantel aus dem Schrank. Draußen merkte er, daß er ihn sofort brauchte, denn, obwohl der Tag relativ warm war, empfand er die Luft als kalt und beißend. Da er nicht wagte, in seinem angegriffenen Zustand Auto zu fahren, nahm er ein Taxi und saß während der ganzen Fahrt bibbernd auf dem Rücksitz.

Die Bibliothek des Instituts war über das Wochenende geschlossen, und Ted nahm an, daß sie unbesetzt sein würde, obwohl er wußte, daß in anderen Abteilungen des Gebäudes ein paar Leute arbeiteten. Ohne die Wärme und die Geräusche menschlicher Aktivität kam ihm das Institut immer riesig vor, fast wie eine ungeheure Höhle, in der er an jedem Arbeitstag verschwand. Doch diese Höhle hatte er selbst geschaffen, und gewöhnlich fühlte er sich darin ziemlich sicher. Heute empfand er sie als allzu groß. Während seine Sorge über seinen Zustand wuchs, hatte er das Gefühl, mehr und mehr die Kontrolle über seine Situation zu verlieren; die Umgebung nahm Proportionen an, die nicht stimmten, und er kam sich sehr klein und zerbrechlich vor.

Mit einem Handabdruck verschaffte er sich Zugang zu der verlassenen Bibliothek. Drinnen sah er sich um und rief: »Hallo?« Als niemand antwortete, verlor er keine Zeit, sondern schaltete sofort den Computer an und klinkte sich in die Datenbank ein. Das Programm führte ihn von einem Datenübertragungsblock zum nächsten und bat mit angenehmer, beruhigender Stimme um spezifische Informationen. In das mit NAME DES PATIENTEN gekennzeichnete Feld trug er »Unterrichtssitzung« ein, damit der Computer keine der Informationen, die er gleich hervorbringen würde, in seinen permanenten Datenspeicher aufnahm. So konnte er auch die zeitraubenden statistischen Datenfelder umgehen und direkt das Feld SYMPTOME ansteuern. *Bring es hinter dich, bevor du dazu zu krank bist,* ermahnte er sich. Unter Symptome gab er Fieber, Kopfschmerzen, geschwollener Hals, Steifheit, Übelkeit ein.

Der Apparat ließ ihn einige Minuten warten, während die Informationen weitergegeben wurden. Die Wartezeit kam ihm endlos vor, obwohl sie nicht länger als fünfzehn oder zwanzig Sekunden dauerte. Seine gesamte physische Wahrnehmung und sein Zeitgefühl waren verzerrt, und während er wartete, hatte er das Empfinden, ein wenig die Orientierung zu verlieren. Es kam ihm wie eine Rettung vor, als eine Liste potentieller Diagnosen auf dem Bildschirm erschien und der Computer ihn dann bat, die Felder anzuklicken, über die er zusätzliche Informationen wünschte.

Die Liste, die er vor sich hatte, war alles andere als beruhigend. Seine Panik wuchs, während er sie durchlas.

Hodgkinsche Krankheit: Krebserkrankung der Lymphdrüsen...

Er überging das Feld.

Influenza: Virusinfektion der oberen Atemwege...

Er markierte es.

Mononukleose: Viruserkrankung, die ausgeprägte Müdigkeit hervorruft...

Vielleicht. Aber wahrscheinlich nicht.

Mumps: Viruserkrankung in der Kindheit, gekennzeichnet durch...

Er war geimpft.

Pest: Bakterielle Infektion, verursacht durch das Bakterium Yersinia pestis...

Er hörte zu lesen auf und starrte den Bildschirm an. *Yersinia pestis.* Er hatte diesen Namen kürzlich gesehen, doch sein Gehirn konnte keine Verbindung herstellen. Er lehnte sich zurück und konzentrierte sich, war aber sehr schnell frustriert wegen seiner Unfähigkeit, sich an diese kleine, aber offenbar wichtige Einzelheit zu erinnern. Er wußte noch nicht, daß ein neugeborener Verwandter des Bakteriums mit dem vertrauten, aber unberührbaren Namen tatsächlich die Ursache seiner höchst ärgerlichen Gedächtnislücken war.

Als ihm schließlich einfiel, wo er ihn gesehen hatte, verließ er das Programm und schaltete den Computer aus. Er saß auf dem Stuhl und starrte den grauen, dunklen Bildschirm an, zitternd, mit wild pochendem Herzen, und obwohl er sich einige Minuten lang nicht bewegte, lief ihm der Schweiß förmlich von Stirn und Oberlippe. Er stand auf, und eine Welle von Übelkeit erfaßte ihn, so daß er sich in einen in der Nähe stehenden Papierkorb übergab. Danach würgte er trocken, ohne noch etwas hervorzubringen, denn er hatte seit seiner Erkrankung keinen Appetit gehabt, und sein rebellischer Magen enthielt nichts mehr, was er hätte von sich geben können.

Als die Krämpfe endlich aufhörten, schloß er die Bibliothekstür wieder und ging langsam zum Labor. Er hatte schreckliche Angst vor dem, was er dort finden würde, aber er mußte es wissen; die Koinzidenz war einfach zu auffällig, um sie zu ignorieren.

Langsam ging er durch die weißen und pastellfarbenen Gänge, eine Hand an der Wand, um nicht das Gleichgewicht zu verlieren, die andere auf dem schmerzenden Magen. Am Wochenende schalteten die automatischen Timer nur jede dritte Glühbirne ein, und die Korridore, die hell erleuchtet heiter wirkten, kamen ihm jetzt düster vor. Die gleiche Dämmerung herrschte in seinem Gehirn; jeder Schritt hallte von den frisch gebohnerten Böden wider und dröhnte in seinen Ohren, ließ ihn erzittern, machte ihn noch benommener.

Als er das Labor erreichte, ging er sofort zu dem Buch, das Frank offen neben dem Computersystem zur Identifizierung von Mirkoorganismen hatte liegenlassen. Er nahm es zur Hand und schlug den Teil mit den Enterobakterien auf. Dabei sah er, daß unter dem Buch ein Stück Papier mit einer Graphik lag. Er hob es auf und sah es sich genauer an. In der unteren linken Ecke standen Datei und Datum. Er las das Datum des Tages, an dem Frank gestorben war, und den Namen Gertrude.

Der Dateiname löste erneute Frustration aus; er schloß die Augen und durchsuchte sein Gehirn, wollte unbedingt die Information finden, die er brauchte. *Mein Kopf fühlt sich so dumpf an,* dachte er und fragte sich, ob das Gefühl wohl dem entsprach, was ein dummer Mensch jeden Tag erlebte. Triumphierend kam er schließlich darauf, daß er Caroline nach dem Namen Gertrude gefragt hatte; sie hatte gesagt, es sei der Name, den sie der Mikrobe gegeben hatten, die Frank auf ihrer Stoffprobe gefunden hatte.

Dieselbe Probe war der Explosion von *P. coli* früher an diesem Morgen ausgesetzt gewesen.

Er hatte die Probe berührt, Caroline ebenfalls. Ted erinnerte sich nicht, daß Janie oder Bruce sie ebenfalls berührt hatten. Er hielt es für unwahrscheinlich, daß Bruce damit in Berührung gekommen war, doch die andere Frau hatte sie wahrscheinlich angefaßt. *Ich muß diese Stoffprobe finden... Wenn ich nur nicht dieses dumpfe Gefühl im Kopf hätte...*

Er schaltete beide Computer ein. Beide hatten eine Funktion »Frühere Operationen«, die dem Benutzer erlaubte, vorher auf diesem System durchgeführte Operationen wieder abzurufen, wobei er direkt wieder an die Stelle des Programms geführt wurde, an der er es zuvor verlassen hatte. Die Daten, Zeiten und Bediener waren aufgelistet, um die Suche zu beschleunigen. Ted hatte Beschwerden darüber, es sei hinterhältig, daß die leitenden Angestellten jederzeit feststellen konnten, was die Techniker machten und wann sie es machten, damit beantwortet, daß die Programmierer diese Funktion in jeden Computer des Instituts einbauen mußten; zwei Techniker hatten daraufhin auf der Stelle gekündigt. Er hatte sie sofort durch willfährigeres Personal ersetzt.

Er ging zuerst zu dem Mikroskopsystem, wo Frank die Stoffprobe zurückgelassen hatte. Er rief die Liste der früheren Operationen auf und ging zurück zu dem Tag, an dem Frank gestorben war. Aufgeführt waren drei Dateien: Gertrude, Frank und Frank2. Dann ging er zu dem System, auf dem MIC installiert war.

Auf der Liste, unmittelbar hinter »Frank2«, stand der Eintrag »MIC ID *Yersinia pestis*«.

Grauenerregende Möglichkeiten schossen ihm durch den Kopf, als er das MIC-Programm aktivierte und die Datei mit der Graphik *Yersinia pestis* aufrief. Er hielt den Ausdruck von Gertrude in der Hand, um die auf dem Bildschirm erscheinende Abbildung damit zu vergleichen. Nach ein paar Sekunden entrollte sich das Bild auf dem Schirm von oben nach unten. Die Graphiken waren nahezu identisch; er hätte keinen Computer gebraucht, um festzustellen, daß es sich um die gleiche Mikrobe handelte.

Seine Finger auf der Computertastatur zitterten, als er das Programm verließ und wieder die Datenbank aufrief, die er in der Bibliothek durchgesehen hatte. Er war den Tränen nahe und murmelte leise vor sich hin: *Irgendwie werden sie mich finden;*

sie werden mich in ihren grünen Anzügen abholen und in eine dieser großen gelben biologischen Entsorgungstüten stecken und einfach wegwerfen…

Diesmal ging er über die Symptomsuche hinweg und rief direkt die Datei für Pest auf.

Die Pest ist eine bakterielle Erkrankung, verursacht durch das Enterobakterium Yersinia pestis, *und ist in signifikanten Nestern überall auf der Welt noch immer zu finden, insbesondere in Südostasien (Vietnam, China) und im amerikanischen Südwesten. Die Bakterien werden durch Fliegen übertragen, die auf Nagetieren und kleinen Säugetieren leben; große Säugetiere wie Rotwild und Rinder sind ebenfalls gelegentlich Träger der Fliegen. Das Bakterium geht auf die Fliege über, wenn diese den Träger beißt, und vermehrt sich im Verdauungstrakt der Fliege, bis der Magen des Insekts mit Bakterien gefüllt ist. Beim Beißen anderer Tiere überträgt die Fliege die Mikrobe in den Blutkreislauf des Bißopfers, welches dann infiziert ist. Die Krankheit kann auch durch direkten Kontakt mit infektiösem Material wie Körperflüssigkeiten oder kontaminierter Kleidung übertragen werden.*

Schweiß rann über Teds Gesicht und durchtränkte den Kragen seines Pullovers.

Es gibt drei Formen der Krankheit, sämtlich durch dieselbe Mikrobe verursacht. Bei der bubonischen oder Beulenform gehören zu den frühen Symptomen Fieber, Kopfschmerzen, minimale Schwellung der Lymphdrüsen, vor allem im Hals- und Lendenbereich. Unbehandelt schreitet die Krankheit rasch mit ausgeprägteren Symptomen fort, darunter massive Schwellungen der Lymphknoten, Blutungen innerhalb der umgebenden Gewebe. Beulen (Bubonen) bilden sich innerhalb der eigentlichen Knoten und erscheinen oft als Auswuchs an der Oberfläche des Knotenbereichs. Sie können starke Schmerzen verursachen, vor allem in den Gelenken und Extremitäten. Die Patienten können auch unter einer Beeinträchtigung des Gedächtnisses leiden und antiszoiales oder uncharakteristisches Verhalten an den Tag legen. Auch tiefe Depressionen können auftreten.

Unwillkürlich berührte Ted seinen Hals und tastete ihn noch einmal ab, als wolle sein Kopf nicht glauben, was er in seinem Herzen bereits als wahr erkannt hatte. Er las weiter.

Unbehandelt entwickelt sich die Beulenpest häufig zur pneumonischen Pest, bei der Bakterien die Atmungsorgane befallen, indem sie sich an der Innenseite der Lungen festsetzen. In dieser Form ist die Krankheit am ansteckendsten, denn das Sputum und Flüssigkeitströpfchen, die bei normaler Atmung ausgeschieden werden, enthalten häufig lebensfähige Bakterien.

Ted legte sich die Hand auf den Mund, während er atmete.

Die blutvergiftende Pest tritt auf, wenn die Bakterien in den Blutkreislauf und in lebenswichtige Organe eindringen. Wenn die Bakterien ihren normalen Lebenszyklus vollenden und absterben, werden große Mengen toxischen Sekrets direkt in den Blutkreislauf abgegeben; Nieren und Leber können nekrotisch werden, wenn sie versuchen, das System von Toxinen zu reinigen. Am Ende erliegt das Opfer einem toxischen Schock. Der Verlauf dieser Form der Pest ist gewöhnlich sehr schnell und fast immer tödlich.

Ted schwitzte jetzt noch stärker; er fuhr sich mit der Hand über die Stirn und wischte sich dann die Hand am Hosenbein ab. Er hob die Hand, starrte sie an und fragte sich entsetzt, wie viele Millionen Bakterien er gerade an den Stoff seiner Hose abgegeben hatte.

Gängigste Indikation ist eine längere Gabe von oralen und parenteralen Antibiotika. Am wirksamsten sind Streptomyzin, Chloramphenikol und Tetrazykline. Die Beulen können geöffnet werden, um den Druck zu lindern, und in der bubonischen Form mit steriler Salzlösung ausgespült werden, wobei darauf geachtet werden sollte, daß es infolge des chirurgischen Eingriffs nicht zu Sekundärinfektionen kommt. In den meisten Fällen muß mit der Behandlung binnen 72 Stunden nach Auftreten der Symptome begonnen werden, damit diese wirksam ist. Antikörper früherer Opfer enthaltendes Serum kann verwendet werden, um die traditionelle Behandlung mit Antibiotika zu unterstützen oder zu ersetzen.

Alle Patienten sollten isoliert werden, und sämtliche Personen, die der Krankheit ausgesetzt waren, sollten in Quarantäne gehalten werden, bis die maximale Inkubationszeit verstrichen ist (gewöhnlich drei Wochen). Medizinisches Personal sollte umfassende Vorsichtsmaßnahmen treffen, wenn es mit Gewebe oder Körperausscheidungen infizierter oder exponierter Personen umgeht.

Nach internationaler Übereinkunft müssen alle Pestfälle der Weltgesundheitsorganisation gemeldet werden. Die amerikanischen Gesundheitsbehörden können über Info-Fax-System weitere Informationen zur Verfügung stellen.

Ted war jetzt völlig außer sich und versuchte hektisch, rückwärts zu zählen. Unter großen Schwierigkeiten kam er zu dem Schluß, daß fast achtundvierzig Stunden vergangen waren, seit seine Symptome begonnen hatten. Er lehnte sich zurück und schloß die Augen. Sein Kopf dröhnte, während das mit Bakterien verseuchte Blut hindurchströmte. *Das ist ungeheuerlich,* dachte er erregt, *das ist völliger Wahnsinn. Wir leben im einundzwanzigsten Jahrhundet, nicht im Mittelalter! Wie ist das passiert?*

Doch die Antwort auf diese Frage kannte er schon. Er hatte versagt. Er allein war für dieses Chaos verantwortlich, und es gab handfeste Beweise, um das zu belegen, von denen nur ein Teil seiner unmittelbaren Kontrolle zugänglich war. Infolge seiner eigenen Inkompetenz litt er unter einer potentiell tödlichen und hochinfektiösen Krankheit, und wenn er sich auf normalem Wege behandeln ließ, würde die ganze wissenschaftliche Gemeinde erfahren, was passiert war. Er würde sein ordentliches, präzises Leben nie wieder aufbauen können.

Er wußte, daß er behandelt werden mußte; sonst würde er wahrscheinlich sterben. Aber er konnte unmöglich seinen Arzt aufsuchen; ihm war klar, daß er direkt in die medizinische Abteilung des Instituts gehen und sich nehmen mußte, was er brauchte, ohne daß irgend jemand davon erfuhr.

Er verließ das Labor und wankte durch die schlecht erleuchteten Korridore zur medizinischen Abteilung. *Bitte, laß nicht zu, daß mich jemand sieht*, betete er zu jedem Gott, der bereit war, ihn zu hören. Sein hektisches Gebet wurde erhört, denn er erreichte die Abteilung, die geschlossen war, unbemerkt. Er konnte einfach hineingehen und sich sämtliche pharmazeutische Produkte nehmen, die er brauchte. Er wußte, daß die Medikamente nach Typen geordnet waren, und ging daher sofort zu dem Bereich, wo sich sämtliche Antibiotika befanden, darunter auch solche, die nun obsolet waren, aber auch einige wenige, die noch eine gewisse Wirkung hatten.

Er schritt Reihe um Reihe erbärmlich nutzloser Ampullen ab und fragte sich, warum sie noch immer gelagert wurden; *Hoffnung stirbt nie*, dachte er. *Wir sind so dumm. Warum waren wir nicht vorsichtiger im Gebrauch dieser Medikamente?* Eines nach dem anderen waren alle Antibiotika, auf die die Menschheit sich einst verlassen hatte, unwirksam gegen die Bakterien geworden, die zu kontrollieren man sie entwickelt hatte; die Zeiten, als ein Kind von einer leicht besorgten Mutter wegen einer Streptokokkeninfektion im Hals in die Klinik gebracht und dann mit einem Arm voller Antibiotika nach Hause geschickt worden war, waren längst vorbei. Heute, das wußte er, starben solche Kinder in Isolierstationen, und ihre Körper waren völlig verwüstet von Mikroben, die sich dem Überleben genetisch besser angepaßt hatten als ihre menschlichen Wirte.

Aber dies ist eine alte Krankheit, und ein altes Medikament kann vielleicht das leisten, was ich nötig habe. Der Gedanke tröstete ihn, aber nur kurz, dann geriet er wieder in Panik und überlegte, was er tun sollte, wenn nicht wenigstens eines der Medikamente, die er brauchte, vorrätig war. Die drei in dem Computerprogramm genannten Antibiotika waren archaischer als die meisten anderen; alle drei hatten vor mehr als fünf Jahren ihre Wirkung auf die meisten Bakterienstämme verloren und wurden nicht mehr hergestellt. Verzweifelt hoffte er, daß irgendein sammelwütiger Pharmazeut mit einem Sinn für Geschichte etwas für die Nachwelt aufbewahrt hatte, nur, um es hin und wieder herauszuholen und irgendeinen jungen Studenten mit den Schwierigkeiten archaischer Behandlungsmethoden zu beeindrucken. *Wir mußten jeden Tag fünfzehn Kilometer durch Schnee und Sturm zu Fuß zum Apotheker laufen...* Wahrscheinlicher war allerdings, und darauf hoffte er nun, daß irgend jemand zu faul gewesen war, die alten tiefgekühlten Proben auszusortieren. *Lieber Gott, bitte, laß noch etwas dasein... das ist meine einzige Hoffnung!* Er würde viele Erklärungen abgeben müssen, um an die Antikörper eines früheren Opfers heranzukommen, wenn keine Medikamente zur Verfügung standen.

Als wollte man ein Haar von dem Hund, der einen gebissen hat, dachte er, und trotz seines blanken Entsetzens hätte er beinahe gelacht.

Zehn qualvoll lange Minuten vergingen, bis er drei tiefgekühlte Ampullen injizierbares Tetrazyklin in der hintersten Ecke eines Gefrierschrankes fand; seine Hände waren taub, und er mußte innehalten, um sie aufzuwärmen, ehe er es riskierte, die kostbaren Ampullen zu entnehmen. Wenn er eine davon fallenließ, würde er wahrscheinlich sterben, genau wie Caroline, falls sie auch infiziert war, und eine Menge anderer Leute.

Er mußte sich ausruhen; sein Herz schlug wieder wie rasend, und sein Kopf fühlte sich noch dumpfer an als vorher. Gequält dachte er daran, daß er sich für Diagnose und Behandlung an einen Computer gewandt und mit keinem menschlichen Wesen gesprochen hatte. Compudoc-Lizenzen sprossen aus dem Boden wie vor ein paar Jahrzehnten McDonald's-Restaurants, und ihre neongrünen Merkurstäbe waren heute ein ebenso leicht erkennbares Wahrzeichen wie einst die goldenen Bögen. Er konnte das ganze grauenhafte Szenario vor seinem inneren Auge sehen: Tausende von Pestopfern, mit dem Handgelenk an diese computerisierten Monster gefesselt, mit geschwollenen Hälsen und vorstehenden Augen, schweißtriefend, bewacht von einem gnadenlosen Biocop, der schießen würde, bevor er Fragen stellte.

Hör auf, Zeit zu vergeuden! schimpfte er sich wütend und zwang sich aufzustehen. *Du hast keine Zeit zu verschwenden!* Er packte eine Handvoll Spritzen, die in einem Vorratsschrank lagen, und stopfte alle bis auf eine in seine Tasche. Die würde er benutzen, um sich eine ordentliche Dosis Tetrazyklin zu spritzen, sobald es aufgetaut war. *Diesmal passe ich auf und lockere den Stöpsel, bevor der Druck zu stark wird…* Aus dem Augenwinkel sah er in einem Glasschrank eine Flasche mit Aspirin; er nahm sie und steckte sie zu den anderen Sachen in seine Tasche. Bewaffnet mit einem ganzen Arsenal gegen seinen stummen Feind, schaltete Ted das Licht aus und machte sich wieder auf den Weg ins Labor. Dort waren noch Spuren zu verwischen.

Er konnte alle Beweise seines Versagens zerstören, nur nicht die Liste der Vorräte, die er Frank ausgehändigt hatte, doch ohne die entsprechenden Computerdateien würde die nicht viel bedeuten. Er wußte, er konnte die Dateien und die Programme, die sie stützten, mühelos zerstören. Ohne zu zögern schaltete er beide Systeme ein.

Er umging das Betriebssystem ganz und wandte sich sofort dem Hauptmenü zu. *Gott segne den Geist von DOS,* dachte er dankbar. Dann tippte er ein:

Löschen *.*

Er drückte die Eingabetaste. Auf dem Bildschirm erschien die Antwort:

Alle Dateien werden gelöscht. Sind Sie sicher? (j, n)

Er tippte j für ja.

Bitte geben Sie Ihr Paßwort ein. Er gehorchte.

Ein oder zwei Augenblicke lang hörte er ein leises Surren, während der gesamte Inhalt der Festplatte gelöscht und dann der Bildschirm leer wurde, was den Tod einer künstlichen Intelligenz anzeigte. Software im Wert von einer Million Dollar verschwand mit einem kurzen elektronischen Signal. Er wiederholte die Prozedur bei dem zweiten System, ohne Gnade und ohne Reue.

Dann stand Ted auf und wankte unsicher zu dem Lagerraum, wo Caroline, wie er glaubte, die Stoffprobe gelagert hatte; er sah sich das Fach an, in dem die kleineren Gegenstände aufbewahrt wurden, doch er fand den Stoff nicht, und nachdem er fünfzehn Minuten gesucht hatte, gab er auf. Er versuchte zu überlegen, wo Caroline die Probe gelassen haben könnte; es gab im Institut keinen anderen Platz dafür; die restlichen Fächer des Gefrierschrankes waren wegen der toxischen Natur ihres Inhalts gesichert. Er sah die Ironie in der Tatsache, daß von allen Gegenständen, die durch dieses Labor gegangen waren, ausgerechnet diese Probe, die am wenigsten gesicherte, zu den tödlichsten gehörte. Fast die Hälfte der Bevölkerung Europas und Asiens war im vierzehnten Jahrhundert der Beulenpest zum Opfer gefallen. *Und es könnte wieder passieren,* dachte er, *weil nun verschiedene Bakterienstämme regelmäßig medikamentenresistentes genetisches Material miteinander teilen.* Wütend trat er gegen einen nahen Stuhl; sein Fuß tat elend weh, und er setzte sich und murmelte unzusammenhängend vor sich hin.

Der Parkplatz war besetzt, als Janie und Bruce beim Depot in Leeds ankamen, und Bruce ließ den Wagen deshalb gleich außerhalb des Tors auf der Zufahrtsstraße stehen. Sie nahmen ihre Aktentaschen vom Rücksitz und gingen zum Sicherheitsbereich, wo Bruce die Verhandlungen mit dem Wachmann wieder aufnahm, wo er sie gestern abgebrochen hatte. Vorher hatte er angerufen und festgestellt, daß Ted sich noch immer nicht gemeldet hatte. Dennoch lag eine gewisse hoffnungsvolle Erwartung in der Luft, als er und Janie das Gebäude betraten. Auf die eine oder andere Art würden sie gleich wissen, womit sie es zu tun hatten.

Der Wachmann blätterte den Stapel Papiere durch, die Bruce ausgefüllt hatte. »Ich habe alle Zulassungen geprüft, und ich bin froh, Ihnen sagen zu können, daß alles in Ordnung ist. Tut mir leid, daß wir das nicht schon gestern nachmittag klären konnten, aber Sie verstehen sicher, daß wir gar nicht vorsichtig genug sein können. Sie können jetzt durchgehen, und wir bringen Ihnen dann die Sachen aus dem Lagerraum.« Er warf Janie einen kurzen Blick zu. »Ihre Begleiterin wird hier draußen warten müssen, aber es sollte nicht zu lange dauern. Hier entlang, bitte.«

Der Wachmann drehte sich um und ging auf die Tür des Warteraumes zu. Bruce lächelte Janie an und hob einen Daumen; sie erwiderte das Lächeln und seine beruhigende Geste. Sie war ungeheuer erleichtert, daß die Proben bald wieder in ihrem Besitz sein würden. Und sie war überaus dankbar, daß Bruce ihr geholfen hatte; er hatte sich in all den Schwierigkeiten als hochanständiger Charakter erwiesen. Sie stellte fest, daß sie ihn von Minute zu Minute mehr mochte und respektierte.

Sie blieb im Warteraum zurück und ging ungeduldig auf und ab, während Bruce dem Wachmann folgte. Nervös fummelte sie an ihrem Haar herum und schob ein paar widerspenstige Strähnen hinter die Ohren. Dabei berührte etwas leicht ihre Brust. Sie schaute nach unten und sah ärgerlich, daß einer ihrer Ohrringe sich gelöst hatte, zu Boden gefallen war und nun davonrollte. Überraschend schnell bewegte er sich auf die Sicherheitstür zu. Instinktiv trat Janie vor, um ihn aufzuhalten, und bückte sich, um ihn aufzuheben.

Der Ohrring rollte nur einen Zentimeter zu weit. Sobald ihre Hand sich in die Reichweite des Sicherheitsscanners bewegte, prüfte dieser ihr genetisches Material und verglich die Werte mit den gespeicherten Bodyprintings. Er würde festhalten, daß sie die Tür an einem bestimmten Tag und zu einer bestimmten Stunde passiert hatte. Doch anders als bei Bruce fand der Computer für Janie keine gespeicherten Daten und wurde verständlicherweise ärgerlich. Binnen Sekunden ertönte ein lauter elektronischer Alarm. Kein Zutritt! Der Wachmann fuhr herum, um zu sehen, was den Alarm ausgelöst hatte. Blitzschnell hatte er seine Waffe gezogen und zielte auf Bruce, der zwischen ihm und Janie stand.

»Rühren Sie sich nicht, keiner von Ihnen«, sagte er streng.

Wie alle Wachleute bei medizinischen Einrichtungen war er darauf trainiert, in jeder Situation mit dem Schlimmsten zu rechnen und seine Reaktion erst nach sorgfältiger Analyse der Umstände abzumildern. *Benutzen Sie Ihr äußerstes Hilfsmittel zuerst,* hatten sie ihm bei der Ausbildung eingeprägt. Er richtete seine Waffe direkt auf die »Eindringlinge« und ließ weder Bruce noch Janie im Zweifel darüber, daß jede abrupte Bewegung ihr Leben schnell beenden würde.

Als seine Gefangenen reglos genug verharrten, um ihn zufriedenzustellen, sagte der Wachmann: »Bitte gehen Sie zur Seite,

Dr. Ransom.« Sein Ton war zwar höflich, aber Bruce wußte, daß dieser Mann es ernst meinte. Doch er blieb ruhig stehen und verblüffte Janie mit diesem gefährlichen Beschützerverhalten. »Was werden Sie mit ihr machen?« fragte er den Wachmann.

»Ich fürchte, ich muß Sie *beide* in Gewahrsam nehmen, Sir.«

»Uns beide?« sagte Bruce ungläubig. »Was ist mit meiner Zulassung?«

Der Wachmann schaute auf den Lauf seiner Waffe hinunter und antwortete: »Sir, wie Sie wissen, unterliegt der Zutritt zu dieser Einrichtung strengen Einschränkungen. Einigen Zivilpersonen wie Ihnen wird er nach Überprüfung der entsprechenden Zulassungen gewährt, aber ungeprintete Personen erhalten niemals Zutritt. Nie«, wiederholte er betont. »Und dieser Alarm bedeutet, daß die Dame nicht geprintet ist.«

Bruce war wütend. »Das ist doch unerhört! Ich habe noch nie von dieser Vorschrift gehört.«

Noch ehe er weiter protestieren konnte, kamen vier zusätzliche Biocops angerannt, die chemischen Gewehre im Anschlag. Rasch waren Bruce und Janie eingekreist.

Kurz darauf marschierten sie durch einen langen Korridor zum anderen Ende eines Gebäudeflügels, angetrieben von den harten Gewehrläufen in ihrem Rücken. Sie betraten eine Art Haftraum mit vergitterten Zellen. Janie wurde in eine davon gesperrt, Bruce in geringer Entfernung in eine zweite. Nachdem er beide Zellentüren verschlossen hatte, trat der Biocop an einen Schirm an der Wand außerhalb der Reichweite von Bruces Zelle und schob eine Plastikkarte in den Schlitz. Dann drückte er auf zwei Knöpfe, und die Türen beider Zellen wurden mit einem Klicken verschlossen. Der Biocop kam noch einmal zurück und rüttelte an den Gitterstäben, um sich davon zu überzeugen. Dann verließ er den Raum mit den Worten: »Wegen Ihrer Habseligkeiten komme ich später zurück.« Die Haupttür fiel hinter ihm zu, und das Klappen hallte in dem kleinen, sparsam möblierten Raum bedrohlich nach.

Janie sank an einer Wand zusammen und umfaßte ihre Knie, benommen von dieser plötzlichen Wendung der Ereignisse.

Bruce stand in seiner Zelle, die Hände über dem Kopf um die Gitterstäbe geklammert, und sagte nichts. Das Schweigen war drückend.

»Bruce?« sagte Janie ganz leise.

Er antwortete nicht, sondern blickte auf und sah sie mit einem gequälten Blick an.

»Ich glaube, wir sind nicht mehr in Kansas.«

11

Alejandro hatte seine erste Audienz bei König Edward III. im Ankleidezimmer innerhalb der Privatgemächer des Königs.

Der König trug noch seinen Morgenrock, einen Mantel aus schimmerndem Goldbrokat, den ein geringerer König sich vielleicht als Staatsgewand gewünscht hätte, und war mit seiner ausgedehnten Morgentoilette beschäftigt. Er winkte Alejandro wortlos hinein und widmete sich dann weiter seinen morgendlichen Aufgaben, während der Arzt in einer Ecke wartete.

Vor dem König ausgebreitet, lag ein Sortiment feinster Kleidungsstücke, hübsche Hemden mit gefältelten Ärmeln, Samthosen, Westen mit aufgestickten Bordüren aus Perlen und Edelsteinen. Der König schritt daran vorbei und zeigte entschlossen auf die Stücke seiner Wahl, und die Diener trugen die abgelehnten Gegenstände fort. Dann brachten sie eine Fülle von langen Strümpfen, eleganten Strumpfhaltern und seidenen Unterkleidern herein, und der gutaussehende Monarch musterte sie mit offenkundigem Vergnügen.

Er wirkt viel zu heiter für einen König, dem solche Not aufgebürdet ist, dachte Alejandro bei sich. De Chauliac hatte gesagt, England liege im Krieg, und wenn das stimmte, was er auf seiner Reise von Avignon nach England hatte flüstern hören, dann hatten die Kosten das Land beinahe in den Bankrott getrieben.

Und außerdem war da noch die Pest, die schon fast bis nach Windsor vorgedrungen war.

»Setzt Euch, Doktor!« sagte der König. »Wir werden uns unterhalten, während meine Männer mich ankleiden.«

Alejandro musterte die Diener vorsichtig und kam zu dem Schluß, daß keiner aussah wie ein Minister oder Berater, der vielleicht beleidigt sein könnte, weil man ihn von der Diskussion einer wichtigen Angelegenheit ausschloß. *Die Zungen von Dienern lassen sich für einen geringen Preis lösen,* dachte er bei sich. Zum König sagte er: »Majestät, ich halte es für ratsam, daß wir zunächst unter vier Augen sprechen.«

Der König sah ihn einen Moment überrascht an und bemerkte den ernsten Gesichtsausdruck des Arztes. »Also gut«, sagte er. Er entließ die Diener, und sie entfernten sich sofort; der zweite schloß die Tür hinter sich. Der König starrte Alejandro mit bohrendem Blick an und sagte: »Ich bin es nicht gewohnt, daß meine Morgenroutine gestört wird. Ich mache eine Ausnahme, weil Ihr unsere Bräuche nicht kennt. Ihr tätet allerdings gut daran, Euch damit vertraut zu machen. Und nun sprecht.«

Vielleicht ist er doch nicht so heiter, dachte Alejandro bedrückt und hegte auf einmal Zweifel an seiner bisherigen Einschätzung des Königs. Jetzt war der Monarch viel weniger gastfreundlich als bei dem herzlichen Empfang am Vorabend. Er räusperte sich nervös. »Euer Majestät«, begann er, »ich bin besorgt wegen der schmeichelhaften Berichte, die Ihr vom Papst erhalten habt. Ich fürchte, Seine Heiligkeit hat meine Fähigkeiten übertrieben. In Wahrheit, Sire, kann weder ich noch irgend jemand sonst, de Chauliac eingeschlossen, diese Pest heilen. Ich bin nur dafür ausgebildet, eine Ansteckung durch Isolierung zu verhindern. Ich möchte nicht, daß Ihr etwas anderes annehmt.«

Edward goß sich einen Becher mit Wasser vermischten Wein ein und bot auch seinem Gast einen an, doch dieser lehnte ab. Nachdem er einen Schluck getrunken hatte, sagte er. »Sicher seid Ihr nicht so machtlos gegen die Pest, wie Ihr mich glauben machen wollt, Doktor.«

»Majestät, ich kann diese Pest so gut heilen, wie eine Schlange mit den Flügeln schlagen und fliegen kann.«

Die scharfgeschnittenen Züge des Königs nahmen einen erzürnten, ärgerlichen Ausdruck an. »Warum in Gottes Namen hat Clemens Euch dann hergeschickt? Für nichts und wieder nichts war das eine lange Reise.«

»Ich hatte nie das Privileg, Seine Heiligkeit direkt danach fragen zu können, Euer Majestät. Soweit ich weiß, erfolgte diese meine Reise auf *Euren* Wunsch. Alles wurde mir durch de Chauliac übermittelt; alle meine Anweisungen habe ich von diesem gelehrten Arzt erhalten, der sich seiner Arbeit mit Fleiß und Begeisterung widmet.«

Der König gab dazu keinen Kommentar ab; er rieb sich die Stirn, als versuche er, Kopfschmerzen zu lindern. »Diesen de Chauliac kenne ich nicht. Clemens kenne ich. Erzählt mir von de Chauliac.«

Alejandro hatte das Gefühl, von den blauen Augen des Königs beinahe verbrannt zu werden. Er konnte nicht glauben, daß dieser Mann, den alle als schlau und gerissen schilderten, keine ausreichenden Informationen über einen so wichtigen Mann wie de Chauliac besaß. *Vielleicht stellt er mich auf die Probe, um zu sehen, ob ich die Wahrheit sage,* dachte Alejandro. »Er ist ein Mann von machtvoller Präsenz und sehr klug; er kann geschickt mit Worten umgehen. Er ist ein höchst gelehrter Mann, ein brillanter Denker und ein Mensch voller Ideen. Er scheint das völlige Vertrauen des Papstes zu besitzen. Ich glaube allerdings, daß er bei Bedarf seine Haut wechselt wie ein Chamäleon. In einer Minute tropft Honig von seinen Lippen, in der nächsten Essig. Wie er es gerade braucht.«

Der König lächelte listig. »Das habe ich auch aus anderen Quellen gehört.«

Ich habe die Probe bestanden, dachte Alejandro mit fast sichtbarer Erleichterung, daß sein Verdacht sich bestätigt hatte.

Edward wurde wieder ernst. »Was aber sollen wir jetzt tun, wenn Ihr nicht in der Lage seid, unsere Sicherheit zu gewährleisten?«

Der Arzt versuchte, den besorgten Monarchen zu beruhigen. »Ich bin nicht ganz ohne Hilfsmittel für den Schutz Eurer Familie. De Chauliac hat mir all sein Wissen über Vorsorgemethoden mitgeteilt. Er meinte, so könnte ich Euch am besten dienen.«

Der König antwortete nicht sofort; statt dessen sah er Alejandro mit zusammengekniffenen Augen an, und der Arzt spürte, daß er wieder abgeschätzt wurde. Er fühlte förmlich, wie der König sich fragte: *Was ist das für ein Mann?* Er fand eine gewisse Ironie darin, daß er vielleicht der vertrauenswürdigste Arzt war, den der Papst nach England hätte schicken können, denn er war weder mit der Kirche noch mit irgendeinem anderen Königreich verbündet. Doch das konnte er nicht beweisen, ohne sich als Jude erkennen zu geben.

Endlich brach der König sein Schweigen. »Dann sprecht über das, was Ihr tun müßt. Ich werde nicht zulassen, daß noch eines meiner Kinder diesem Fluch zum Opfer fällt.«

»Sire, diesen Euren Wunsch teile ich völlig. Und ich bin mit einer Methode gekommen, ihn zu erfüllen. Es handelt sich um eine komplizierte Vorgehensweise, die sorgfältige Isolierung mit verschiedenen Vorsorgebehandlungen verbindet, und ich bin ziemlich sicher, daß sie denen, die zu ihrer Anwendung gezwungen werden, nicht gefallen wird. Meine größte Angst ist, daß Eure Kinder sich gegen die Strenge der Vorsorgemaßnahmen auflehnen. Meine Hoffnung auf Erfolg hängt ganz von der Bereitschaft der Patienten zur Mitwirkung ab.«

Edwards enttäuschter Ausdruck verstärkte sich. »Ihr habt meinen Sohn und meine Tochter kennengelernt, Doktor Hernandez. Wie schätzt Ihr Eure Chancen ein, Ihr Verhalten zu kontrollieren?«

Der Arzt wollte sich nicht zu einem Ohnmachtseingeständnis verführen lassen, solange er seine Arbeit noch nicht einmal begonnen hatte. *Dazu wird später noch Zeit sein…*, dachte er nüchtern. »Um ehrlich zu sein, Sire, das wage ich nicht zu sagen. Wie man mir zu verstehen gab, sind die königlichen Kinder an beträchtliche Entscheidungsfreiheit und Unabhängigkeit gewöhnt. De Chauliac gibt bereitwillig zu, daß der Papst seine Isolierung verabscheut und als unerträgliche Gefangenschaft bezeichnet.«

Edward grinste und gab damit seine wenig schmeichelhafte

Meinung über die verweichlichten Gewohnheiten des Papstes zu erkennen. »Zweifellos vermißt er seine Schloßherrin; der gute Oberhirte hat sich den Luxus eines weltlichen Lebens nie versagt. Es ist ein Wunder, daß er seinem Arzt sein Wohlwollen noch nicht entzogen hat, um der Verantwortung zu entgehen, sich vernünftig zu verhalten.«

»Alle weisen Männer fürchten diese Pest, Majestät, und jemand, der Papst ist, muß doch weise sein, nicht wahr? Die Reichen und Mächtigen fallen ihr genauso zum Opfer wie die Armen und Hilflosen; die Krankheit macht da keine Unterschiede.«

Der König stimmte ihm zu. »Ich bin ein weiser König, das versichere ich Euch. Ich fürchte sie mehr als die blutigste Schlacht.« Mit fester Stimme fügte er hinzu: »Und davon habe ich mehr als meinen Teil überlebt.«

»Die Schlacht, die uns nun bevorsteht, ist nicht blutig, aber sie erfordert Tapferkeit und Entschlossenheit.«

»England besitzt beides in reichem Maße, da könnt Ihr sicher sein.«

»Nun«, sagte Alejandro und stand auf, »dann ist folgendes zu tun. Wir müssen damit beginnen, daß wir das Schloß vollkommen abriegeln. Keiner darf ohne eine Zeit der Quarantäne ein- oder ausgehen; keine Güter, die nicht vorher für eine gewisse Zeit außerhalb des Schlosses gelagert wurden, dürfen die Tore passieren. Ihr müßt der Dienerschaft befehlen, Vorräte für mindestens drei Monate heranzuschaffen.« In höchster Konzentration begann er, im Audienzzimmer auf und ab zu gehen. »Die wichtigsten Nahrungsmittel müssen eingelagert werden, und für Fleisch müssen Schlachttiere ins Schloß gebracht werden. Ihr müßt Euch vorbereiten, wie mir scheint, als ob Ihr eine Belagerung erwarten würdet. Laßt alles heranschaffen, was Ihr vielleicht brauchen werdet. Und dann laßt nichts und niemanden mehr herein.«

Als er zu Ende gesprochen hatte, sah Alejandro den König an und wartete auf eine Antwort. Der Monarch sah sehr bekümmert aus. »Ihr habt recht, Doktor; das wird nicht gut aufgenommen werden. Gibt es keine andere Möglichkeit?«

»Mir ist keine genannt worden, und Ihr kennt den Erfolg meines Lehrmeisters.«

Edward ging zum Fenster und betrachtete die umliegende Landschaft. Er seufzte tief. »Tut, was Ihr tun müßt«, sagte er. »Ich werde bekanntgeben, daß Ihr von mir bevollmächtigt seid.«

Nach der Besprechung einiger weiterer Einzelheiten entließ der König Alejandro, und er war sich selbst überlassen. Der Arzt nahm sich ein paar Stunden Zeit, um auf dem Gelände von Windsor umherzustreifen, alle Ein- und Ausgänge zu erkunden, sich den Zustand der Küchen und Wäschereien anzusehen und die Aborte zu inspizieren. Es war eine ungeheuer große Anlage, die den Papstpalast im Vergleich dazu klein erscheinen ließ, und obwohl die Einrichtung nicht weniger üppig war, dachte Alejandro, daß de Chauliac recht gehabt hatte: Der französische Schönheitssinn war verfeinerter. Die Steine von Windsor waren größer und gröber behauen, die Tapisserien weniger fein, die Bodendielen weniger glatt. Außerdem gab es Gerüste, denn der König war dabei, umfangreiche Ausbauten in Windsor vorzunehmen, da es der Größe des englischen Reiches angemessen sein sollte. Es war ein prachtvolles Werk, das von Tag zu Tag voranschritt, wie sein Herr und Meister es sich erträumte; in Kürze würde er behaupten können, daß Englands Herrscher majestätisch residierte.

Später am Tag machte Alejandro sich daran, de Chaulicas Anweisungen zu befolgen, indem er eine Versammlung der königlichen Astrologen einberief. Der König tat deren Ratschläge zwar als närrische Quacksalberei ab, doch Königin Phillippa verließ sich sehr auf ihre täglichen Vorhersagen, und Edward duldete grollend ihre Abhängigkeit von ihnen.

»Ich beschäftige drei Astrologen«, erklärte die Königin bei ihrem ersten Gespräch. »Mein Gatte hält das für extravagant und meint, einer sollte genügen, aber ich denke nicht daran, mich von ihnen zu trennen.« Sie lächelte liebreizend, wobei man sah, daß sie in ihrer Jugend eine große Schönheit gewesen war, und fügte hinzu: »Natürlich würde er nicht für alles Gold auf Kleopatras Schiff einen der Leute hergeben, die ihm beim Ankleiden helfen. Und ich werde keine meiner Vergnügungen hergeben.«

»Dann, Majestät«, sagte Alejandro, »bittet doch, wenn es Euch recht ist, Eure Astrologen um einen Zeitplan, der angibt, wann die Zeit für jedes Miglied des Haushalts günstig ist, um zu baden und zu speisen, und bittet sie auch um Ratschläge, welche Nahrungsmittel der Gesundheit förderlich sind.«

»Eine ungeheure Aufgabe!« sagte die Königin. »Sie werden gewiß protestieren.«

»Sie ist aber notwendig«, sagte Alejandro. »Ich bitte Euch darum, Eure Astrologen von der Wichtigkeit dieser Auskünfte zu überzeugen. Die Gesundheit der Bewohner Windsors kann davon abhängen.«

Widerstrebend erklärte die Königin sich bereit, seiner Bitte nachzukommen, doch ihre Bemühungen waren nicht so fruchtbar, wie er gehofft hatte. Das unmittelbare Ergebnis der okkulten Wahrsagungen war eine Küche voll höchst verärgerter Köche und eine Tafel mit lauter unzufriedenen Essern, denn die Astrologen und ihre Schützlinge konnten sich kaum darauf einigen, daß an einem bestimmten Tag ein einziges Gericht für die ganze Familie wohltuend sei. Und die Zimmermädchen waren auch nicht erfreut, zu den eigenartigen Zeiten, zu denen die Astrologen Bäder für angezeigt hielten, Eimer mit heißem Wasser für die Wannen ihrer Herrschaft herbeischleppen zu müssen.

Doch diese Probleme schrumpften an dem Tag zu kleineren Ärgernissen, an dem einer der Astrologen zur Königin sagte: »Es gibt gewisse Tage, an denen eheliche Beziehungen zwischen Euch und dem König für Eure Gesundheit am förderlichsten sind. Unglücklicherweise gibt es andere, an denen gegenteilige Folgen zu erwarten sind. Ich habe einen Kalender für Euch vorbereitet.«

Als die Königin diese Information in entschuldigendem Ton an ihren Gatten weitergab, bekam er einen Wutanfall. »Diese jämmerlichen Ketzer! Wie können sie es wagen, sich einzubilden, sie hätten mir in meinem Schlafgemach Vorschriften zu machen! Genug des Unsinns! Ich will nichts mehr davon hören!«

»Edward, sie wollen uns nur beschützen; der Arzt hat gesagt...«

Er unterbrach sie. »Vielleicht könnten sie ihre Fähigkeiten darauf verwenden, mir eine andere Dame zu suchen, deren Gesellschaft von ihnen für angemessen erachtet wird, wenn Eure es nicht ist.«

Die Königin rauschte eilig davon, und von da an wurde die Tätigkeit der Astrologen auf jene Angelegenheiten beschränkt, die nichts mit den ehelichen Freuden des Königs und seiner Gemahlin zu tun hatten.

Nachdem Alejandro so die Grenzen seines Einflusses auf das Verhalten des Königs kennengelernt hatte, wandte er seine Aufmerksamkeit schon ein wenig entmutigt dem Zutritt jener Personen zu, die nicht auf dem Schloßgelände wohnten, und hoffte dabei auf verstärkte Mitarbeit des Hauptmanns der königlichen Garde. Doch als er den Mann aufsuchen wollte, stellte er fest, daß dieser sich entschlossen hatte, Windsor zu verlassen, um zu seiner Familie zurückzukehren, und daß der König ihm dies widerwillig gestattet hatte. Alejandro traf an seiner Stelle Sir John Chandos, der ihn vorübergehend vertrat.

»Ich freue mich, Euch in diesem Amt zu sehen«, sagte Alejandro. »Der Anblick eines vernünftigen Mannes ist mir wirklich willkommen. Die anderen setzen mir viel Widerstand entgegen, und dabei habe ich mit meiner Aufgabe noch kaum begonnen. Manches ist mir schon verwehrt worden.«

»Ich werde versuchen, Euch behilflich zu sein, wenn ich kann, Doktor«, sagte Chandos.

»Ich hatte nichts anderes von Euch erwartet, Sir«, sagte Alejandro. »Wir müssen folgendes tun. Wir müssen das Schloß vollständig abriegeln und ohne strikte Quarantäne niemanden hereinlassen.«

»Wie lange soll die Quarantäne dauern?« fragte Sir John.

»Vierzehn Tage dürften ausreichen, denke ich.«

»Und wenn jemand ausgeht, was dann?«

»Dasselbe«, sagte Alejandro.

»Und wo sollen die Männer des Königs sich an den Waffen üben?«

Alejandro sah sich auf dem Gelände um. »Hier, meine ich.«

»In diesen Höfen? Da ist nicht genug Platz!«

»Leider wird er genügen müssen, Sir John. Wenn die Tore einmal geschlossen sind, darf niemand hinausgehen und ohne Quarantäne wieder hereinkommen, so kurz er auch fort war.«

»Und was ist mit Reparaturen an den Waffen und der Versorgung der Soldatenunterkünfte?«

»Kann das nicht im voraus erledigt werden? Gibt es nicht einen Waffenschmied, der bereit wäre, solange auf dem Gelände zu wohnen?«

»Bereit oder nicht, ich werde jemanden finden und dazu überreden«, sagte Chandos.

Noch jemand, der aus Not zum Dienst gepreßt wird, dachte Alejandro und erinnerte sich an seine eigene Rekrutierung durch den Papst. »Tut, was getan werden muß, Sir John, und laßt uns auf eine kurze Internierung hoffen«, sagte er. »So Gott will, werden wir hier nicht lange eingesperrt sein.«

Dann wurden die Arbeiter des Schlosses versammelt, und man weihte sie in den Plan ein, Windsor vollständig abzuriegeln, bis die Pest vorbei war. Sofort erhoben sie heftige Einwände. Sattler, Bogenmacher, Schneider und alle möglichen anderen Handwerker sollten nach Alejandros Willen außerhalb der verriegelten Tore bleiben. Alle Nahrungsmittel und Getreidevorräte, einschließlich des Viehfutters, sollten vernichtet und durch frische Vorräte ersetzt werden. Alle Truhen, Schränke und Behältnisse sollten geleert und gereinigt werden, ehe man sie wieder füllte.

Jede Anordnung, die er der Versammlung verkündete, löste unzufriedenes Gemurmel aus, doch mit Geduld und sorgfältig gewählten Worten gelang es ihm, die Bewohner Windsors davon zu überzeugen, daß die ihnen auferlegten Einschränkungen sie vor der Pest bewahren würden. Dann holte er zum letzten Schlag aus.

»Von nun an werden alle Bewohner des Schlosses täglich baden und frische Kleider anlegen. Getragene Kleider sind sofort zu waschen; die Wäschereien werden zu jeder Stunde heißes Wasser für diesen Zweck bereithalten.«

Die Schloßbewohner heulten förmlich auf. Alejandro klatschte ärgerlich in die Hände, um ihre Aufmerksamkeit zu gewinnen. Als sie endlich wieder schwiegen, sagte er: »Wollt Ihr alle diese Pest überleben, um hinterher zu Eurer üblichen Lebensweise zurückzukehren, die Euch besser zu gefallen scheint?«

Er hörte leises Brummen, aber keine so heftigen Einwände mehr wie vor ein paar Augenblicken. »Dann müßt Ihr tun, was ich sage. Seine Majestät unterstützt mich in dieser Agnelegenheit.«

Als die Menge sich zerstreute, sagte Sir John, der aus einiger Entfernung zugesehen hatte: »Ihr werdet innerhalb dieser Mauern ein sehr unbeliebter Mann sein.«

Alejandro zuckte mit den Schultern. »Ich war schon früher unbeliebt, und noch erheblich mehr. Aber sie werden alle Unannehmlichkeiten vergessen, wenn die Tore wieder geöffnet werden und sie noch am Leben sind.«

Während er weiterhin seine Maßnahmen durchsetzte, stellte Alejandro zu seinem Erstaunen fest, daß seine Befehle, je unerbittlicher er sie gab, desto bereitwilliger befolgt wurden, sogar von den königlichen Kindern, deren angeblicher Mangel an Respekt vor Autoritäten sich ansonsten durchaus bestätigt hatte. Doch wie de Chauliac vorhergesagt hatte, dauerte es nicht lange, bis ihre fröhliche Bereitwilligkeit sich in grollenden Gehorsam verwandelte. Der Krieg mit Frankreich war einstweilen unterbrochen, und die jungen Männer des Schlosses unter Führung des Schwarzen Prinzen wurden unruhig, weil sie nichts zu tun hatten. Sie baten darum, mit ihren Pferden und Waffen in die Umgebung ziehen zu dürfen, um sich zu üben, und der König war dafür und behauptete, die Aufrechterhaltung der Kampfkraft seiner Streitmacht sei genauso wichtig wie die Vermeidung der Pest. Alejandro widersprach heftig und wollte nichts davon hören; er bestand darauf, daß die Männer sich zur Übung ihrer Fertigkeiten auf das Schloßgelände beschränkten.

Der König schien seinen Absichten bei jedem Zusammentreffen mehr zu mißtrauen. Alejandro begann sich zu fragen, ob Edward wohl glaubte, er habe eine geheime Mission und sei gar kein Arzt, sondern ein Spion des französischen Papstes, ausgesandt, um Englands Kampfesstärke in der Schlacht mit Frankreich zu schwächen, die zweifellos wiederaufflammen würde. Es kam der Tag, an dem Alejandros Befürchtungen sich bewahrheiteten und der König eine strenge Warnung aussprach.

»Arzt, die Dinge, die Ihr uns tun laßt, kommen mir allmählich verräterisch vor; wenn Eure Anweisungen anfangen, in meinen Ohren wie tückische Einflüsterungen des Königs von Frankreich zu klingen, die die Stärke meiner Truppen mindern sollen, dann lasse ich Euch in Ketten zu Seiner Heiligkeit zurückschaffen.«

Wieder einmal spürte Alejandro das Mißtrauen des Königs und war enttäuscht und verärgert, es nicht entkräften zu können. Er konnte nur sagen: »Sire, ich bin Spanier und als solcher nicht mit Frankreich im Bunde; und ich stehe auch nicht unter übermäßigem Einfluß des Papstes. Ich flehe Euch an, vertraut mir. Ich bin nur daran interessiert, meine Aufgabe gut und gründlich zu erfüllen. Ich bin nur meinem Beruf verpflichtet, ihm allein gehört meine Loyalität.«

Diese Erklärung schien den König für eine Weile zufriedenzustellen, und die Dinge verliefen verhältnismäßig friedlich. Doch es dauerte nicht lange, bis einige der Gefolgsleute des Königs Alejandros Erlaubnis forderten, Windsor zu verlassen und auf ihre eigenen Güter zurückzukehren.

Als sie zu ihm kamen, sagte er: »Es ist nicht an mir, Euch das zu gestatten oder zu verbieten. Das ist Sache des Königs. Ich habe lediglich darüber zu bestimmen, wer das Schloß wieder betreten darf. Wenn Ihr zurückkommen wollt, müßt Ihr so lange in Quarantäne bleiben, bis ich es für ungefährlich halte, daß Ihr wieder mit den anderen Bewohnern in Berührung kommt. Denn es ist möglich, daß die Anzeichen der Infektion nicht sofort, sondern erst später auftreten; soviel ich gesehen habe, liegt immer ein zeitlicher Abstand zwischen den Symptomen des ersten Opfers und der Erkrankung des nächsten. Nach Meinung des päpstlichen Leibarztes, der mir sein Wissen persönlich übermittelt hat, kann bloßer Augenkontakt die Ansteckung von einer Person auf die nächste weitergeben.« Er fügte nicht hinzu, daß er dieser Theorie nicht zustimmte, denn ihm war jeder Aberglaube recht, wenn er nur seinen Erfolg bei der Isolierung der Schloßbewohner von der Außenwelt förderte.

Dennoch entschlossen sich viele, zu ihren Familien heimzukehren. Nachdem er dem Hauptmann der Garde den Abschied gestattet hatte, konnte der König ihn den anderen kaum verweigern und ließ widerstrebend zu, daß viele seiner besten Gefolgsleute und Ritter zu ihren eigenen Gütern aufbrachen. Einer nach dem anderen verließen seine Waffenbrüder Windsors Bequemlichkeit und Sicherheit und machten sich auf die ungewisse Reise zu ihren verschiedenen Gütern, meist ohne zu wissen, was sie antreffen oder mitbringen würden, wenn sie das Glück hatten, dort anzukommen.

So wurde der königliche Haushalt kleiner, und die Tage vergingen ruhiger als je zuvor. Alejandro fand es günstig, daß die älteren Kinder des Königs eigene Suiten besaßen, weil sie sonst auf der ständigen Suche nach Unterhaltung sehr lästig geworden wären. Prince Edward hatte drei Diener, die für seine Bedürfnisse sorgten, und die Gesellschaft von Sir John Chandos, der sich erfolgreich bemühte, den Prinzen und seine Kameraden mit Schwertübungen und Strategielektionen beschäftigt zu halten. Der jüngere Edward amüsierte sich dabei recht gut, akzeptierte sein Schicksal stoisch und ertrug es wie der tapfere Krieger, der er eines Tages sein wollte. Die Damen der Königin, an Unterhaltung durch Dichter, Musikanten und Geschichtenerzähler gewöhnt, beschäftigten sich mit Stickereien und fingen an, sich gegenseitig vorzulesen und vorzusingen. Ständig hörte man aus ihren Gemächern leise Singstimmen und Leierklänge. Alejandro hatte sogar gehört, einige hätten sich dem Würfelspiel zugewandt, dem Damen sonst selten frönten, und er hielt es für möglich, daß deshalb aus diesem Teil von Schloß Windsor neuerdings häufiger Gelächter zu vernehmen war.

Prinzessin Isabella allerdings war eine große Herausforderung für Alejandro und stellte seine Autorität und Vorschriften ständig in Frage.

Eines Morgens hörte er ein schüchternes Klopfen an seiner Tür. Als er öffnete, sah er ein kleines Mädchen, ein Kind noch, das er schon einmal in Isabellas Gemach gesehen hatte. Die Kleine bat, er möge sofort die Prinzessin aufsuchen, und knickste höflich, wobei sie ihren Rock seitlich mit beiden Händen festhielt. Dann strich sie sich eine widerspenstige goldene Locke aus der Stirn und versuchte, sie unter ihre Haube zu schieben. Doch die Locke löste sich wieder, und die Kleine legte eine Hand vor den Mund und kicherte. Unwillkürlich mußte Alejandro lächeln.

»Ja?« sagte er.

Sie wartete einen Augenblick und sagte dann: »Sir, wollt Ihr meinen Knicks nicht mit einer Verbeugung erwidern?«

»Ach, ja«, antwortete er und errötete. »Verzeiht mir.« Er machte aus der Taille eine tiefe Verbeugung und richtete sich dann wieder auf. Er sah ihren mißbilligenden Blick und sagte: »Diese Verbeugungen beherrsche ich noch nicht. Ich entschuldige mich bei Euch.«

Mit einem Lächeln sagte sie: »Ich nehme Eure Entschuldigung dankend an.« Dann versuchte sie, die ernste Miene aufzusetzen, die ihrer Mission entsprach. Sie streckte den Rücken und sagte mit fester, aber kindlicher Stimme: »Meine Herrin ist sehr bekümmert und schlechter Laune, weil die Nurse sie gescholten hat.« Dann wartete sie ungeduldig zappelnd auf Alejandros Antwort.

»Und was möchte die Dame, daß ich tun soll, um dieser unerträglichen Situation abzuhelfen?« fragte er.

»Sie möchte, daß Ihr gewisse Dinge in Gegenwart der Nurse klärt, denn diese hat Eure Vorschriften erwähnt, um die Aktivitäten der Prinzessin einzuschränken.«

Er lächelte amüsiert über die Selbstsicherheit der Kleinen. »Und was ist Eure Meinung in diesem Streit?«

Sie lächelte so spitzbübisch, daß er annahm, sie werde unter dem Deckmantel ihrer eigenen Meinung irgendeine ungehörige Enthüllung zum besten geben. »Sir, meine Meinung ist ganz unwichtig, denn ich bin noch ein Kind und außerdem ein Mädchen«, sagte sie, »aber ich gestehe, daß ich glaube, daß die Nurse ständig nach Gründen sucht, um meine Schwester einzuengen. Sie will, daß Isabella immer ein Kind bleibt.«

Aha, ihre Schwester! dachte er und war von dem Kind fasziniert. Er wollte noch mehr hören. »Und wie alt ist Eure Lady, da sie schon genügend Weisheit erworben hat, um selbst über sich zu bestimmen?«

»Sechzehn«, lautete die selbstsichere Antwort. »Meine Schwester war schon zweimal verlobt und steht jetzt ihrem eigenen Haushalt vor.«

»Dann überrascht mich Euer offenkundiger Stolz auf ihre Unabhängigkeit nicht, denn sie hat in ihrem zarten Alter viel erreicht.«

Die Kleine, die sich jetzt bei ihrer Mission wohler zu fühlen schien, strahlte ihn an, erfreut über das erfolgreiche Überbringen ihrer Botschaft. »Wir müssen uns beeilen«, sagte sie und streckte ihm die Hand hin, »sonst wird Isabella böse auf mich, weil Ihr nicht gleich gekommen seid. Sie ist selten freundlich, wenn man sie warten läßt.«

Er nahm kurz ihre Hand und ließ sie dann wieder los. »Dann laßt uns nur gleich gehen, um dem Wunsch Ihrer Hoheit nachzukommen.«

Als sie sich Isabellas Privatgemächern näherten, konnte Alejandro die schrillen Wutschreie einer jungen Frau und das Poltern von Gegenständen hören, die durch den Raum geschleudert wurden. Ab und an waren in dem gereizten Getöse die Erwiderungen einer älteren Frau zu vernehmen. Vor der Tür gab das Kind Alejandro ein Zeichen, er möge stehenbleiben, legte den Finger an die Lippen und sagte leise: »Bitte wartet hier, Sir. Ich melde der Prinzessin, daß Ihr gekommen seid.«

Bis die Kleine wiederkam, hatte Alejandro alle Steine in der Wand gezählt und kannte das Muster der Fliesen auf dem Boden auswendig. Er saß auf einer ziemlich unbequemen Bank vor dem Vorzimmer der Prinzessin und hörte drinnen geschäftige Dienstboten. Er versuchte sich das Durcheinander vorzustellen, daß Isabella so geräuschvoll angerichtet hatte. Die Kleine erschien, knickste erneut, und Alejandro erhob sich und deutete eine Verbeugung an.

»Möchtet Ihr Euch setzen, Prinzessin?«

»Ach, danke, Sir; im Augenblick ist mir nicht nach Sitzen zumute. Meine Lady erwartet uns. Und bitte, erlaubt mir, Euch zu korrigieren. Ich bin keine Prinzessin. Mein Name ist Catherine; die Mitglieder unseres Haushalts nennen mich Kate.«

»Darf ich dann um die Ehre bitten, Euch ebenso anzureden?«

Die Kleine kicherte und genoß ihre Rolle als Isabellas erwachsene Abgesandte. »Die Ehre ist ganz auf meiner Seite, Sir. Und nun laßt uns eintreten, bevor die Prinzessin wieder so rastlos wird, daß sie alles kurz und klein schlägt.«

Kate öffnete die äußere Tür und führte Alejandro in den Vorraum. Er war groß, sehr hell und exquisit ausgestattet; die Farben und Muster von Teppichen und Tapisserien ließen sofort auf eine überaus feminine Bewohnerin schließen. Alejandro war schon an diesem Raum vorbeigekommen, hatte ihn aber nicht betreten. Er starrte wie ein sprachloses Kind.

»Bewundert Ihr meinen Geschmack bei Möbeln, Doktor Hernandez?«

Alejandro fuhr zusammen beim Klang der hellen Stimme der Prinzessin auf der anderen Seite des Vorraums. Er drehte sich um, um sie anzusehen, bereit, sich grüßend zu verbeugen. Seit dem ersten Abend in Windsor, als er beinahe die Tafel umgestoßen hatte, hatte er das Verbeugen immer wieder geübt in der Hoffnung, diese fremdartige Technik zu meistern und nicht wieder in Verlegenheit zu geraten. Seine Verbeugung vor Kate war besser gewesen, aber vor Isabella hatte er nicht mehr Erfolg als beim ersten Mal, denn mitten in der Bewegung hielt er inne, schnappte nach Luft und starrte staunend die junge Fau an, die still neben Isabella stand. Beim Begrüßungsdinner hatte sie weit entfernt von ihm gesessen, und im Abendlicht hatte er ihre Gesichtszüge nicht genau sehen können. Doch er erinnerte sich an ihr Haar.

Er hatte schon früher Haar von dieser glänzenden Kupferfarbe gesehen, aber noch nie eine Frau, die eine solche beinahe durchsichtige Haut hatte. Sie stand etwas hinter der großen, gertenschlanken Prinzessin, klein und zierlich in einem rosenfarbenen Kleid, das mit weißen Blüten bestickt war. Sie wirkte ein wenig älter als ihre Herrin, und obwohl ihre Haltung eindeutig edel war, hatte sie nichts von den gebieterischen Allüren der Prinzessin. Um den Hals trug sie eine Kette aus kleinen goldenen Perlen, an der ein goldenes Kreuz mit einem leuchtenden Rubin in der Mitte hing. Sie blieb zurückhaltend hinter der Prinzessin und hatte die großen Augen niedergeschlagen, als sei sie fasziniert von dem komplizierten bunten Muster des Webteppichs unter ihren Füßen. Isabella verhielt sich angemessen reserviert und wartete geduldig, bis Alejandro sich wieder in der Gewalt hatte; sie unternahm keinen höflichen Versuch, ihn vorzustellen, sondern sah ihn unverwandt an. Alejandro war ganz in die Bewunderung ihrer Begleiterin versunken.

»Doktor Hernandez? Ist Euch nicht wohl, Sir?« fragte sie und klang ärgerlich. »Sollen wir so tun, als wäret Ihr die Prinzessin und ich der Arzt?«

Es gelang ihm, sich so weit aus dem bezaubernden Bann der stillen jungen Frau zu lösen, daß er ihrer Herrin antworten konnte. »Ich bitte um Entschuldigung, Hoheit; die große Schönheit in diesem Raum nahm mich einfach für einen Moment gefangen.« Diese kühne, aber eifrige Erwiderung glitt ihm von der Zunge wie Honig, und er war über seine eigene Kühnheit verblüfft.

Die kupferhaarige Frau an Isabellas Seite sog den Atem ein und hielt sich eine Hand vor den Mund, vielleicht, wie Alejandro dachte, um ein Lächeln zu verbergen. Widerstrebend löste er den Blick von ihrem bezaubernden Gesicht und sah wieder Isabella an. »Ich glaube, Ihr habt mich rufen lassen. Womit kann ich Euch dienen?«

»Nun, da Ihr endlich fragt – Ihr dient mir am besten, wenn Ihr mir gestattet, meine persönlichen Schneider und Juweliere kommen zu lassen. In der von Euch verhängten Haft mußte ich mich mit Kleidern begnügen, die ich lieber wegwerfen als tragen würde, und sie sind ganz verdorben durch diesen Unsinn, sie dauernd zu waschen. Ich brauche unbedingt meinen Schneider, damit er sofort meine Garderobe aufbessert. Ihr könnt doch unmöglich etwas gegen seine Anwesenheit haben.«

Ihr herablassender Tonfall und ihre verächtliche Art, ihre *hauteur*, waren genau das, worauf man ihn vorbereitet hatte, doch trotz der Warnung de Chauliacs war Alejandro nicht auf ihre scharfe Zunge gefaßt gewesen. *Paß auf, daß du sie nicht kränkst*, dachte er bei sich. Er wünschte sich von ganzem Herzen, de Chauliac hätte ihm nicht nur eine medizinische, sondern auch eine Ausbildung in Diplomatie gegeben. Am liebsten hätte er gesagt: Gebt zwei Tropfen von diesem pflanzlichen Trank in euren Wein, Hoheit, und Ihr werdet sofort von Eurer Arroganz geheilt sein. Doch er fürchtete, eine solche Arznei würde nicht gut aufgenommen.

»Wäre es nicht möglich, daß die Kleider wie vorgeschrieben draußen bleiben und Euch dann zur Musterung vorgelegt werden? Gewiß würden sie in dieser kurzen Zeit nicht aus der Mode kommen.«

Er bedauerte diese Stichelei sofort, als alle Damen im Raum den Atem anhielten, als erwarteten sie einen erneuten Wutanfall. Die Frau an Isabellas Seite wandte den Kopf ab, die Hand noch immer vor dem Mund; diesmal war Alejandro sicher, daß sie ein Lachen unterdrückte. Rasch sah er sich im Raum um und suchte verzweifelt eine Verbündete, doch niemand kam ihm zu Hilfe.

Bemerkenswerterweise explodierte die Prinzessin nicht, sondern bemühte sich sichtlich, sich vor so vielen Zeugen zu beherrschen. Sie sah Alejandro direkt an, hob hochmütig das Kinn und holte zu einem möglicherweise vernichtenden Schlag aus.

»Ich werde mit meinem Vater über diesen Vorfall sprechen.«

Sie wandte sich ab und sah ihre rothaarige Gefährtin an. »Kommt, Adele, wir ziehen uns in den Salon zurück.« Damit verließ sie das Vorzimmer. Die kupferhaarige Dame hob endlich die Augen, schaute in Alejandros Richtung und erwiderte seinen intensiven Blick. Doch sie reagierte nicht mit dem erwarteten Erbeben, sondern mit einem fröhlichen Zwinkern. Dann folgte sie rasch ihrer Herrin und beeilte sich, sie einzuholen, als Isabella den Arzt entschlossen stehen ließ. Ehe sie in Isabellas Salon verschwand, drehte sie sich noch einmal um.

Ihre Augen waren grün. Alejandro war sprachlos.

Kate begleitete ihn zu seinen Zimmern zurück und plauderte dabei freundlich. »Meine Schwester genießt die aufgeregte Aufmerksamkeit ihres Schneiders fast so sehr, wie sie es liebt, die schönen Kleider zu tragen, die er für sie anfertigt. Sie wird sich nicht damit zufrieden geben, daß ihre neuen Kleider einfach geschickt werden. Die Nurse hat den Verdacht, daß der Schneider nur solche Sachen bringt, die schlicht sind, aber weitere Verschönerung verdienen, damit Isabella noch mehr von ihrem Einkommen für modische Stickereien und Knöpfe ausgeben kann. Der Schneider selbst würde einfachere Verzierungen aus Knochen und gebranntem Ton wählen, sagt die Nurse, um seine eigenen Kosten für das Kleid zu verringern; Isabella wählt stets die feinsten Dinge aus Gold und Silber, und der Schneider verdient auf diese Weise mehr, ohne daß er sich dafür anstrengen muß. Isabella ist so verliebt in seine Arbeit, daß sie gar nicht merkt, wenn er Wucherpreise verlangt.« Sie kicherte über ihre skandalöse Enthüllung, als gebe sie ein wohlgehütetes Geehimnis preis.

»Und was sagt Eure Mutter zu solcher Extravaganz?«

Kate zögerte mit der Antwort. Endlich sagte sie: »Meine Mutter gehört nicht zu diesem Haushalt, und in Dingen, die Isabella betreffen, sind ihre Ansichten noch unerheblicher als meine. Sie lebt in London und hört selten den Klatsch über die königliche Familie. Wenn ich sie besuche, berichte ich ihr immer von den Hofintrigen, so gut ich kann, aber die interessantesten Dinge höre ich nicht immer. Was mein Vater für das Ohr eines jungen Mädchens nicht angemessen findet, wird vor mir verheimlicht.«

Also haben dieses Kind und Isabella den gleichen Vater, dachte Alejandro, *und es schmerzt sie, über ihre Mutter zu sprechen.* Er beschloß, einstweilen keine Fragen mehr zu stellen.

Kate, die nichts von seinen Überlegungen merkte, fragte: »Spielt Ihr gern Schach?«

»Ich habe es noch nie gespielt, aber ich stelle mir vor, es würde mir gefallen, wenn ich es könnte.«

»Soll ich es Euch beibringen?« fragte sie eifrig.

»Ich wäre entzückt, eine so wertvolle Fertigkeit von einer so charmanten Lehrerin zu lernen«, antwortete er.

»Wunderbar!« sagte sie. »Dann erwarte ich Euch nach dem Dinner im Damensalon. Ich freue mich, einen neuen Partner zu haben, denn keine der Frauen meiner Schwester ist darin so gut wie ich, und ich bin es müde, sie gewinnen zu lassen.«

»Spielt die Hofdame Eurer Schwester, Adele, mit Euch Schach?« fragte er.

»Ja, aber ihr liegt wenig an dem Spiel, und sie ist nur mittelmäßig. Ich glaube, sie liest oder stickt lieber, und häufig nimmt Isabella all ihre Zeit in Anspruch. Ich rechne damit, daß Ihr schnell geschickter sein werdet als sie, auch wenn Ihr Anfänger seid.«

Alejandro lachte. »Erwartet nicht zuviel von mir, Kate, denn ich weiß nichts über das Spiel außer dem, was ich beobachtet habe, seit ich hier in Windsor bin. Wenn Ihr sofort mit einem guten Partner rechnet, werdet Ihr bitter enttäuscht sein.«

»Ach, Monsieur«, sagte sie abschließend, »für die unmittelbare Zukunft werde ich meine Erwartungen auf ein Minimum beschränken, aber heute abend werden wir sehen, wie vielversprechend Ihr seid. Meine Mutter sagt, daß man immer mit dem Unerwarteten rechnen muß.«

Und mit den angemessenen höflichen Verbeugungen und Knicksen trennten sie sich.

Keine Stunde nach Kates Fortgang erschien Sir John Chandos an Alejandros Tür. Alejandro hatte sich mit dem umgänglichen Mann angefreundet, dessen barsches Auftreten ein angenehmes und gefälliges Wesen verbarg.

»Ich beneide Euch nicht, Monsieur«, sagte Chandos, »denn Isabella hat sich fast eine Stunde lang beim König beschwert und ihn davon zu überzeugen versucht, daß Eure Behandlungsmethoden schlecht und unerträglich sind. Sie würde Euch am liebsten auf der Stelle nach Avignon zurückschicken.«

Wozu? fragte sich Alejandro. Inzwischen könnten, soweit man in England darüber unterrichtet war, in Avignon alle tot sein. Er bedauerte, daß er so wenig über die Intrige zwischen dem Papst und dem eigenwilligen König und darüber wußte, in welcher Weise sie ihn selbst betreffen könnte.

Was er wußte, war, daß der König von Frankreich, den Edward als Usurpator auf dem eigentlich ihm zustehenden Thron bezeichnete, viel stärker unter dem Einfluß von Papst Clemens stand als sein weltlicher Vetter Edward. Das hatte er auf seiner Reise nach England an den Lagerfeuern erfahren; der Hauptmann seiner Eskorte kannte viele solcher wundervoller Intrigen, und nach Einbruch der Dunkelheit gab es außer dem Erzählen langer und anschaulicher Geschichten, die zweifellos mit jeder Wiederholung bunter wurden, nicht viel zu tun.

Wie hätten diese Lagerfeuer Hernandez gefallen! dachte Alejandro. Für ihn selbst waren sie allerdings nicht ganz ungefährlich gewesen; bei mehr als einer Gelegenheit hatte er sich rasch eine persönliche Vorgeschichte ausdenken müssen, die seine wahre Identität nicht verriet, und wenn er mit Erzählen an der Reihe war, setzte er sich mit dem Erfindungsreichtum seiner Fabeln oft selbst in Erstaunen. Der Hauptmann hatte ausführlich über den Krieg gesprochen, der schon mehr als ein Jahrzehnt dauerte,: jetzt herrschte Waffenstillstand, da die Pest sehr viel mehr Krieger dahingerafft hatte als die Kämpfe.

Nach dieser kurzen Ablenkung kehrte Alejandro in die Gegenwart zurück und antwortete Sir John, wobei er seine Worte sorgfältig wählte: »Ich habe bemerkt, daß die Prinzessin eine temperamentvolle Frau ist. Sie scheint ihre Abgeschiedenheit nicht besser zu ertragen als der Papst die, die mein Lehrmeister ihm aufzwang.«

Sir John lachte. »Ich kenne sie von Kindesbeinen an; man sieht deutlich, welche Folgen es hatte, daß ihr Vater sie übermäßig zu verwöhnen pflegte. Er gibt sogar zu, daß er seine Kinder verwöhnt, vor allem Isabella; die anderen murren häufig, er würde sie ihnen vorziehen, sogar mein Lord, der Prinz von Wales, der Thronerbe seines Vaters ist.«

Daß Sir John so beiläufig über die Mitglieder der königlichen Familie sprach, ermutigte Alejandro, sich nach Kate zu erkundigen. »Ich habe ein reizendes junges Mädchen kennengelernt, das Isabella als seine Schwester und den König als seinen Vater bezeichnete. Dürfte ich fragen, welche Position dieses Mädchen hier einnimmt?«

Der ältere Mann lächelte. »Sie ist ein bemerkenswertes Kind, nicht wahr?«

»Ja«, antwortete Alejandro, »und sie besitzt eine wunderbar schnelle Auffassungsgabe.«

»Sie ist die Tochter des Königs und einer der früheren Hofdamen der Königin. Der Mann dieser Dame diente einst dem König in Frankreich, wurde aber in der Schlacht getötet, während Edward selbst hier in Windsor weilte und sich um andere Angelegenheiten kümmerte. Der König umwarb die Lady ziemlich heftig, die, wie man munkelt, seinen Avancen zunächst widerstand. Doch schließlich gab sie, noch bevor sie vom Tod ihres Gatten erfuhr, seinem Werben nach; es heißt, sie habe die Stellung ihres Gatten im Gefolge des Königs schützen wollen.

Etwas weniger als ein Jahr nach der Abreise ihres Gatten nach Frankreich gebar sie Catherine. Ihr Mann kam nie zurück. Edwards Neigung zu der Dame war innerhalb des Haushalts kein Geheimnis; kaum jemand zweifelte daran, daß Kate sein Kind war, und sie wurde mit dem unverkennbaren Aussehen einer Plantagenet geboren. Natürlich«, sagte Sir John, »war die Königin wütend, daß ihr Mann ihr vor ihrer Nase untreu war; sie rächte sich an Edward, indem sie die betreffende Dame zu ihrer Familie in London zurückschickte. Ihre Strafe für die Lady bestand darin, daß sie das Kind behielt und mit seiner Nurse in Isabellas Gemächern unterbrachte, wo sie als Hofdame der Prinzessin großgezogen wird.«

Alejandro war schockiert. »Hatte die Königin denn kein Mitleid mit einer Frau, die auch ihren Gatten verloren hatte? Die Strafe kommt mir ungewöhnlich grausam vor.«

Sir John zuckte mit den Schultern und seufzte. »Die Königin ist machtlos in Dingen, die üblicherweise der Kontrolle des Königs unterliegen, aber ihre häuslichen Angelegenheiten kann sie auch ohne seine Zustimmung regeln. Das war nicht die erste Indiskretion des Königs; ein paar Jahre zuvor verliebte er sich in die Frau eines seiner treuesten Gefolgsleute, des Herzogs von Salisbury, während Salisbury in seinem Auftrag auf Reisen war. Ich kann es ihm nicht verübeln«, sagte Chandos. »Ich erinnere mich gut an die Dame; sie hielt ihre Burg mehr als einen Monat lang gegen die schottischen Angreifer, obwohl ihr Gatte nicht anwesend war. Als der König ihr zu Hilfe kam, begrüßte sie ihn in ihren feinsten Kleidern und mit der Miene der Siegerin. Natürlich war seine Majestät hingerissen; welcher Mann würde einer solchen Frau nicht erliegen?«

Am liebsten hätte Alejandro gesagt: *Welcher König würde sich die Frau seines Gefolgsmannes nehmen, nachdem sie seine Grenze verteidigt hat?* Doch er sagte statt dessen: »Sie scheint ein Beispiel nobler Weiblichkeit zu sein.«

»In der Tat«, erwiderte Sir John. »Ein großartiges Beispiel. Trotzdem gab es einen großen Skandal, von dem alle Welt wußte, und Salisbury war schließlich gezwungen, all seine Güter abzugeben und das Land zu verlassen. Es heißt, die Herzogin habe sich nie von der Schande erholt und trauere unablässig um ihr früheres Leben. Edward wollte keinen zweiten derartigen Skandal heraufbeschwören, deshalb griff er nicht ein, als Phillippa die Sache mit Kate in die Hand nahm.«

Laut wunderte sich der Arzt: »Und doch wirken die beiden wie ein einträchtiges Paar mit großer Bewunderung füreinander.«

»Das sind sie auch«, sagte Chandos. »Sie haben einander selbst gewählt. So eine Heirat ist unter königlichen Personen selten.«

»Wie ist es dann möglich, daß solche Vorfälle ihre gegenseitige Zuneigung nicht beeinträchtigen?«

Sir John dachte einen Augenblick nach und sagte dann: »Sie

hätten viel zu verlieren und wenig zu gewinnen, wenn sie sich auf die unangenehmen Vorkommnisse der Vergangenheit konzentrieren würden. Ich nehme an, beide haben den Willen und die Mittel, einander zu verzeihen, und tun das häufig. Aber es ist nicht erstaunlich, daß Kate Euch aufgefallen ist. Sie ist notorisch schwatzhaft.«

Das ist wirklich kein Wunder, dachte Alejandro bei sich. *Ich bin manchmal so einsam, daß ich mit der Hauskatze über ihre jüngste Ausbeute an toten Ratten reden würde, wenn ich glaubte, sie würde mir antworten.*

Sie erreichten die Tür zur großen Halle und wurden von der Wache dem König gemeldet. Dieser winkte sie herein, und Alejandro sah zu seiner Bestürzung, daß Isabella auf einem gepolsterten Stuhl neben ihrem Vater saß. Es bereitete ihm Verdruß, dem König seine Argumente gegen ihre Forderungen in ihrer Gegenwart unterbreiten zu müssen.

Nachdem Sir John sich verabschiedet hatte, wandte sich der König an Alejandro und begann, sich nach dem Vorfall am Morgen zu erkundigen. »Doktor Hernandez«, sagte er langsam und bedächtig, »meine Tochter teilt mir mit, daß es Meinungsverschiedenheiten zwischen Euch und ihr über den Zutritt ihres Schneiders zum Schloß gibt. Ich würde gern von Euch hören, wie Ihr die Situation beurteilt.«

Alejandro räusperte sich nervös. »Euer Majestät, ein Schneider kann ebensogut wie ein Bäcker oder ein Schmied den Auslöser der Pest, worin immer er bestehen mag, ins Schloß tragen. Wie ich deutlich gesagt habe, glaube ich, daß eine einzige kranke Person das ganze Schloß anstecken kann, und wir müssen darauf achten, daß wir nicht unwissentlich die Pestilenz in den sicheren Hafen einlassen, den wir auf Kosten unserer Freiheit hier geschaffen haben.«

Isabella hatte ihre Antwort parat, und als sie sprach, wurde Alejandro klar, daß sie bereits mit ihrem Vater geredet und die Grenzen dessen erkundet hatte, was sie erhoffen konnte, denn ihre Äußerungen waren milder, als er erwartet hatte.

»Doktor Hernandez, ich schlage einen Kompromiß vor. Können wir nicht ihn und seine Waren innerhalb des Schlosses in Quarantäne nehmen, bis wir sicher sind, daß er keine Ansteckung verbreitet? Ihr hattet diese Möglichkeit schon erwähnt.« Sie erhob sich von ihrem gepolsterten Sitz und begann händeringend auf und ab zu gehen. »Wenn der Mann nach einem Zeitraum von, sagen wir, sechs oder sieben Tagen keine Anzeichen der Krankheit aufweist, dürfen wir dann nicht annehnmen, daß er harmlos ist?«

»Bedauerlicherweise, Prinzessin, kann ich das nicht mit Sicherheit sagen. Wir können einfach nicht mit Gewißheit feststellen, ob der Mann Euch und alle anderen arglosen Seelen innerhalb dieser Mauern anzustecken vermag oder nicht. Und der Zeitraum, den Ihr vorschlagt, ist viel zu kurz.«

Sie warf ihrem Vater einen flehenden Blick zu, der schweigend um seine Hilfe bat. Sie war jetzt eine ganz andere Frau als die zänkische und eigenwillige Person, die er am Morgen gesehen hatte. Sie gab sich liebenswürdig und unschuldig, ganz so wie bei ihrer ersten Begegnung, und Alejandro konnte gut verstehen, warum ihr Vater so schamlos in sie vernarrt war.

Ihr flehender Blick verfehlte seine Wirkung auf den König nicht. Er wandte sich selbst an den Arzt und sagte: »Ich glaube, daß Isabellas Vorschlag etwas für sich hat. Und ich möchte sie nicht leiden sehen. Vielleicht können wir einen nützlichen Kompromiß erreichen.«

Sie leidet, weil sie keinen Schneider hat? dachte Alejandro ungläubig. Er erinnerte sich an die zerlumpten, heimatlosen Kinder, die er auf den Straßen von Avignon gesehen hatte, Kinder, die keine Familien mehr hatten, sich um sie zu kümmern, und es widerte ihn an, daß diese Frau, Prinzessin oder nicht, sich nicht als ungeheuer vom Glück begünstigt betrachtete. Seine Entschlossenheit wuchs.

»Sire, ich muß Euch daran erinnern, daß es keinen Nutzen bringen kann, meine Einschränkungen zu verwässern. Die einzige mögliche Folge wäre eine große Tragödie, die niemandem nützt, am wenigsten Eurer Tochter, die sich sonst auf ein langes und wohlhabendes Leben und zweifellos eine brillante Heirat freuen könnte.« Er sah, wie Isabella zusammenzuckte, als er von Heirat sprach. *Soll sie doch diese Unannehmlichkeit ertragen,* dachte er, *sie kann ihr nur guttun, und sei es für noch so kurze Zeit.* »Und ich trage nicht zu ihrem Überleben bei, wenn ich mögliche Träger der Infektion in diese Mauern lasse. Ich bitte Euch, denkt daran, daß wir in der Zeit, seit ich Euch diene, kein Mitglied des Haushalts an die Pest verloren haben, obwohl in der Welt außerhalb dieser Tore weiterhin zahllose Menschen sterben. Meine Einschränkungen erzielen also zweifellos die gewünschte Wirkung. Ich kann die Krankheit nicht heilen, wenn sie hier eindringt, weil wir in unserer Wachsamkeit nachlassen, aber ich glaube, daß ich sie fernhalten kann.«

Doch der König, des weinerlichen Gejammers seiner Tochter und der ständigen Nörgelei ihrer Dienerschaft überaus müde, gab ihr schließlich nach und befahl, den Schneider ins Schloß zu lassen.

»Tut alles Nötige, damit die Sicherheit des Schlosses gewahrt bleibt«, sagte er zu Alejandro. Dann wandte er sich an Isabella: »Ich will diesbezüglich keine Klagen mehr hören. Der Schneider wird so lange in Quarantäne gehalten, wie der Doktor es für nötig hält.«

Und so sah sich Alejandro erneut das Schloßgelände an und suchte einen passenden Ort, um einen solchen Besucher in Quarantäne zu nehmen. Nach langem Zögern entschied er sich schließlich für eine kleine, wenig benutzte Kapelle, die auf der Ostseite des unteren Schloßteils lag. Ihre vielen Fenster ermöglichten dem Arzt, den Bewohner genau zu beobachten, ohne mit ihm in Berührung zu kommen. Nachdem er sich unter den verbliebenen Schloßwachen erkundigt hatte, fand er einen Mann, der mit Werkzeug umzugehen verstand, und ließ die Fenster und Türen der Kapelle von ihm mit hölzernen Gittern versehen.

Während die Vorbereitungen ihrem Abschluß entgegengingen, ließ die Prinzessin Alejandro wiederholt in ihre Gemächer kommen, um ihn zu fragen, wie lange der Schneider in Quarantäne bleiben müsse. Sie versuchte jedesmal, den Zeitraum abzukürzen.

Alejandro freute sich zwar immer, einen Blick auf die selten anzutreffende Adele werfen zu können, wurde aber der Tiraden ihrer Herrin bald müde. Eines Tages sagte er schließlich zu ihr: »Prinzessin, ich habe entschieden, daß die Dauer der Absonderung sich auf sechs Monate belaufen wird. Erst dann kann ich sicher sein, daß keine Ansteckung ins Schloß getragen wird.«

Isabella wurde blaß vor Zorn über die offenkundige Impertinenz des Arztes. »Wie könnt Ihr es wagen, Monsieur? Vergeßt Ihr, wer ich bin?«

Darauf antwortete er: »Ganz gewiß nicht, Hoheit. Ihr seid meine Patientin, und Ihr werdet Euch an meine Regeln halten, um Eure Gesundheit zu bewahren. Ich möchte Eure Geduld jedoch nicht zu sehr strapazieren, also können wir vielleicht einen Kompromiß erreichen, wie wir es schon einmal getan haben.«

»So erklärt Euren Vorschlag«, war ihre vorsichtige Antwort.

»Ich schlage vor, daß die Quarantäne auf vierzehn Tage begrenzt wird und daß Ihr im Austausch dafür während der ursprünglich vorgesehenen Frist von sechs Monaten meinen Einschränkungen Folge leistet, ohne darüber zu verhandeln oder Einwände zu erheben. Gebe Gott, daß unsere Isolation nicht so lange dauern muß.«

Isabella begann erneut, sich zu beschweren, und klagte laut über die »unerträglichen« Bedingungen des von Alejandro vorgeschlagenen Handels. Der Arzt erinnerte sie daran, daß der König ihm unmißverständlich die Vollmacht gegeben hatte, den Schneider so lange einzusperren, wie er es für richtig hielt, und so gab Isabella schließlich nach und stimmte seinem Vorschlag zu.

»Dann ruft eine Eurer Damen, ich werde Sir John zu uns bitten, und wir werden diesen Handel vor Zeugen abschließen.«

Wütend und, wie Alejandro fand, wenig königlich stampfte sie in ihre Privatgemächer, unablässig murmelnd und schimpfend, um die Ankunft von Sir John abzuwarten.

Isabellas Nurse hatte die Vorgänge mit boshafter Befriedigung verfolgt, froh, daß endlich jemand der ungezogenen Prinzessin Herr wurde; insgeheim wünschte sie sich, für all die groben Beleidigungen, mit denen Isabella sie in ihren Dienstjahren überhäuft hatte, ähnliche Rache nehmen zu können. Alejandro störte sie bei diesen Gedanken, indem er darum bat, Kate nach Sir John zu schicken. Die Nurse zog sich zurück, und Alejandro blieb in dem luxuriösen Salon allein.

Gleich darauf hörte er, wie eine Tür geöffnet wurde. Er sah sich um, erkannte Adele und merkte, wie sein Herzschlag für einen Moment aussetzte.

Ihre Schritte waren so leicht, daß sie fast in seine Richtung zu schweben schien; ihre Röcke raschelten, und in ihrem hellen Kleid wirkte sie klein und zart wie ein Porzellanpüppchen. Von ihrer Haube hing ein dünner Schleier herunter, der sich weich um ihre Schultern legte, als sie vor ihm stehenblieb. Einige Strähnen ihres roten Haars hatten sich aus der Haube gelöst, und er sehnte sich danach, mehr von seiner Fülle zu sehen. Lächelnd stand sie vor ihm, und er nahm ihr Bild gierig in sich auf.

In seiner Phantasie legte er einen Arm um ihre Taille und zog sie an sich, während er ihr mit der anderen Hand die Haube und den Schleier abstreifte und ihr herrliches Haar frei über ihren gebogenen Rücken fließen ließ; dann nahm er die Masse der seidigen Locken in die Hand und preßte sie an sein Gesicht, atmete tief den berauschenden Duft ein. In Wirklichkeit allerdings erhob er sich rasch und verneigte sich höflich vor ihr. Sie erwiderte seine respektvolle Geste, indem sie anmutig knickste; dann versetzte sie ihn dadurch in Erstaunen, daß sie ihm die Hand reichte. Ohne nachzudenken nahm er sie , führte sie an die Lippen und küßte sie lange, wobei er intensiv in ihre grünen Augen starrte. Sie zuckte nicht zurück und entzog ihm auch ihre Hand nicht. Schließlich konnte Alejandro das wilde Pochen seines Herzens nicht mehr ertragen; er fürchtete, es werde platzen und ihn so weiterer Freuden berauben. Deshalb ließ er langsam und voller Bedauern ihre Hand los.

Welch seltsame Besessenheit läßt mir das Blut wie Feuer durch die Adern schießen? Ich habe diese Dame nur wenige Male gesehen und nie mit ihr gesprochen, und trotzdem bin ich gefangen von ihrem Zauber. Alejandro kämpfte darum, Haltung zu bewahren, und schwieg verlegen, denn er wußte, wenn er jetzt zu sprechen versuchte, würde er nur krächzen können. Sein Mund war trocken.

»Guten Tag, Doktor Hernandez«, sagte sie.

Warum hat Gott ihr auch noch die Stimme eines Engels gegeben, um mich weiter zu verzaubern? dachte er unglücklich.

Die himmlische Stimme sprach weiter: »Ich bin Adele de Throxwood, und ich diene Prinzessin Isabella als Gefährtin und Vertraute. Sie hat mich gebeten, als Zeugin eines Handels zwischen Euch anwesend zu sein, und ich gehorche ihr mit Freuden.«

Alejandro, der endlich seine Stimme wiedergefunden hatte, dankte ihr und fügte hinzu: »Sir John wird ebenfalls kommen.«

Dann ließ ihn seine große Verlegenheit wieder verstummen. Er hatte nie zuvor eine Frau geküßt, noch nicht einmal eine Frauenhand, und wie es unter seinem Volk üblich war, hatte er angenommen, die erste Frau, die er berührte, werde seine Braut sein. Was würde diese elegante Dame sagen, wenn sie seine wahre Identität entdeckte? Würde sie angewidert zurückzucken, entsetzt über seine böse Täuschung?

Wie selbstzufrieden er in dieser kurzen Zeit fern von Menschen seiner eigenen Art geworden war; wie leicht er seine Vergangenheit einfach vergessen und dieses privilegierte Leben im Dienst eines fremden Königs führen konnte, wie leicht er sich den Umständen anpaßte! Die Trennungslinien zwischen Christen und Juden waren streng und wurden selten überschritten; er wußte, es war völlig undenkbar, daß er sich auf eine Romanze mit einer christlichen Dame von edler Geburt einließ. Er schauderte bei dem Gedanken, welche Strafe ihr Lehnsherr ihm dafür auferlegen würde, im Falle von Adele König Edward persönlich, da sie im Haushalt seiner Tochter lebte.

Sie muß annehmen, ich stamme aus dem spanischen Adel, und daher dürfe sie mit mir kokettieren. Sie weiß nicht, daß ich nicht von ihrem Stand bin. *Guter Gott, warum hast du mich sicher hierhergeführt, nur, um mich dann mit etwas zu quälen, das ich niemals haben kann?*

Adele nahm auf einer dick gepolsterten Bank Platz und winkte Alejandro, sich zu ihr zu setzen, was er sofort tat. Als sie nebeneinander saßen, beugte sie sich zu ihm und sagte in vertraulichem Ton: »Meine Lady beschwert sich unablässig über die Beschränkung ihrer Freiheit durch Euch, als wäre sie die einzige, die sich nicht ungehindert bewegen kann.«

Geschickt hatte sie das Gespräch auf ein Thema gebracht, über das er ohne Nervosität sprechen konnte. »Ich weiß keinen anderen Weg, Eure Sicherheit zu garantieren. Mein Lehrmeister hat den Papst am Leben erhalten können, während mehr als die Hälfte der Einwohner von Avignon umgekommen sind; dieser Erfolg kann nur darauf zurückzuführen sein, daß er die täglichen Aktivitäten des Papstes streng überwacht hat. Im Palast in Avignon ging das Gerücht, Clemens habe sich darüber so heftig beschwert, daß die Klagen Eurer Lady sich daneben schwächlich ausnehmen.«

»Das kann ich mir nicht vorstellen, denn unsere Isabella ist bei ihrem unablässigen Gejammer richtig zänkisch geworden. In leichteren Zeiten kann sie eine so angenehme Gefährtin sein; ich liebe ihre geistreiche Gesellschaft, aber im Augenblick ist sie recht verdrossen.« Sie seufzte und senkte traurig den Blick. »Ich vermisse ihre frühere Fröhlichkeit und werde froh sein, wenn unsere Aktivitäten nicht mehr eingeschränkt sind.«

»Ich auch, Lady Throxwood.«

Kate erschien mit Sir John im Schlepptau an der äußeren Tür des Vorzimmers. Nach den üblichen höflichen Begrüßungen verschwand Kate durch eine andere Tür, und Adele entschuldigte sich, um der Prinzessin Sir Johns Ankunft zu melden. Sir John sah zu , wie Alejandros Augen begierig jeden ihrer Schritte verfolgten und dann traurig wurden, als sie hinter Isabellas Tür verschwand.

Als Sir John sagte: »Eine reizende Lady, nicht wahr?«, war Alejandro ganz überrascht; er hatte nicht gemerkt, daß seine Betörtheit so offensichtlich war. Die Verliebtheit, die er plötzlich für Adele empfand, hatte geheim bleiben sollen, denn für ihn war sie neu, er hatte keine Erfahrung im Umgang mit der Liebe. Er wußte einfach nicht, wie er auf Sir Johns Bemerkung antworten sollte, ohne sich zu verraten. Es war ihm gar nicht in den Sinn gekommen, daß andere Männer Adele ebenso reizvoll finden könnten wie er, und dieser überraschende Gedanke stürzte ihn für ein paar Augenblicke in eifersüchtige Unsicherheit. Unwillkürlich wurde er rot, und Sir John lachte.

»Seid nicht verlegen, mein Freund; und fürchtet nichts, ich selbst habe kein Interesse an der Lady.«

Alejandro war sichtlich erleichtert, wußte aber noch immer nicht, wie er reagieren sollte. Schließlich fragte er voller Angst vor einer unwillkommenen Antwort: »Hat sie einen Liebhaber, oder ist sie verlobt?«

Sir John beruhigte ihn. »Der Prinzessin liegt Lady Throxwoods Gesellschaft am Herzen, und sie hat versporochen, sie so lange zu unterstützen, wie sie in ihren Diensten bleibt. Da Adeles Familie tot ist, ihr Vater ist in Frankreich gefallen, ihre Mutter ein Opfer der Pest, obliegt es dem König, sie zu verheiraten. Edward legt keinen Wert darauf, seiner Tochter zu mißfallen, wie Ihr gesehen habt, und daher ist Adele niemandem versprochen.

Fröhlich zählte er dann die Reize der Lady auf. »Ich kenne sie seit ihrer Kindheit, denn wir sind entfernt verwandt, und ich begrüße es, daß Ihr ihre guten Eigenschaften zu schätzen wißt. Sie ist bemerkenswert geduldig mit ihrer stürmischen Herrin, wo andere längst enttäuscht aufgegeben haben. Vielleicht ist das der Grund, warum Isabella Adele aufrichtig bewundert; sie allein scheint fähig, die sanftere Natur der Prinzessin zu wecken.«

Er lächelte Alejandro wissend zu. »Doch genug davon. Ihr habt ihre Vorzüge erkannt, und aus Eurem hingerissenen Blick schließe ich, daß aller unfreundliche Klatsch, den ich über die Lady berichten könnte, Euer entzücktes Ohr nicht erreichen würde.«

Als Alejandro antwortete, geschah das nur, um seiner Unsicherheit Ausdruck zu geben. »Ich fürchte, sie wird mich in den amourösen Künsten unzulänglich finden; ich habe wenig Erfahrung mit Frauen, da ich mich ganz meinem Beruf gewidmet habe. Bis heute habe ich nie eine Dame gefunden, deren Tugenden ausgereicht hätten, mich von meinem verzehrenden Interesse an meiner Arbeit abzulenken. Für einen unschuldigen Menschen wie mich ist das ein verwirrender Zustand.«

»In diesem Schloß unschuldig zu bleiben ist eine sehr schwere Aufgabe.«

»Ja, das sagtet Ihr schon«, antwortete Alejandro, der sich an den Bericht über Kates Aufnahme in den Haushalt erinnerte.

Wieder spürte der Arzt den Druck hinter seiner Stirn und den dumpfen Schmerz von der ständigen Anstrengung, die gutturale Sprache und die verwirrenden Bräuche des englischen Volkes zu verstehen. Die Unterschiede waren Alejandro schmerzhaft bewußt, und er zog sich in seine eigenen Gedanken und in die Erinnerung an sein sicheres und bequemes Heim in Cervere zurück. *Ich werde niemals einer von ihnen sein, dachte er; zwischen uns liegen Welten.*

Plötzlich standen Isabella und Adele vor ihm; er fragte sich, wie lange sie wohl gewartet haben mochten, bis er aus seiner Trance erwachte. Als sie endlich seine Aufmerksamkeit erregt hatte, sah Isabella Alejandro fast herausfordernd an und sagte: »Sir John und Lady Throxwood werden Zeugen unserer Vereinbarung und Eures Versprechens sein, daß die Quarantäne meines Schneiders nur zwei Wochen dauern wird. Bitte wiederholt den Handel, den wir vorhin abgeschlossen haben.«

Der Arzt legte noch einmal die Bedingungen dar, und Isabella fragte die Zeugen, ob sie die Vereinbarung verstanden hätten. Endlich zufrieden damit, einen gültigen Vertrag zu haben, wandte sie sich an Sir John und gab ihm sorgfältig ihre Anweisungen. »Wählt einen schnellen Reiter, der die besten Erfolgsaussichten hat, und sagt ihm, er solle sich auf eine Reise in meinem Auftrag vorbereiten. In Kürze werde ich Lady Throxwood mit weiteren Anweisungen schicken.«

Chandos verneigte sich vor ihr und machte sich auf den Weg zum Tor.

Dann wandte Isabella sich an Adele. »Begebt Euch sofort mit Doktor Hernandez zum Tor. Befehlt dem von Sir John gewählten Reiter, unverzüglich aufzubrechen und den Schneider James Reed zu holen. Bittet ihn, Master Reed die Bedingungen des Dienstes, den ich von ihm verlange, genau zu erklären. Sollte der Schneider wegen der Quarantäne zögern, meiner Aufforderung Folge zu leisten, so soll der Reiter ihn an den beträchtlichen Wert meiner weiteren Protektion erinnern.« Sie wandte sich an Alejandro und sagte: »Ihr werdet zweifellos dafür sorgen, daß Master Reed während seiner Quarantäne bequem untergebracht wird. Er soll nicht weniger nobel behandelt werden als unter weniger einengenden Umständen. Ich zähle auf seinen guten Willen. Wie jetzt auch auf Euren, Doktor.«

Alejandro verneigte sich, Adele knickste, und zusammen machten sie sich auf. Sie gingen langsam und nahmen absichtlich einen unnötig langen und gewundenen Weg durch das große Schloß zum Torhaus, da beide die gemeinsame Zeit ausdehnen wollten. *Gnädiger Gott,* dachte Alejandro, *sie hat nichts gegen meine Gesellschaft, sondern genießt sie ebenso wie ich die ihre.*

Trotz seiner Abneigung gegen die unangenehme Aufgabe, die vor ihm lag, dachte er, dies sei vielleicht seine schönste Stunde seit dem herrlichen Morgen, als er und der echte Señor Hernandez im warmen Wasser des Mittelmeers gebadet hatten; jetzt wie damals stand die Zeit still, und in Gegenwart dieser Frau schienen seine Dämonen zu schlafen.

12

Caroline erwachte mitten in der Nacht, und der soeben durchlebte Traum stand ihr noch vor Augen. Sie sah ihn nur bruchstückhaft und hätte sich gern an viel mehr erinnert; sie bemühte sich, die Benommenheit abzuschütteln, die ihr Bewußtsein trübte und die Einzelheiten des Traumes verschwimmen ließ.

Ein Pferd. Ein langer Ritt.

Sie lag im Bett und glitt hin und her zwischen zwei gegensätzlichen Zuständen, einem, in dem sie hätte schwören können, daß sie das Auf und Ab ihres eigenen Körpers auf dem Rücken des Pferdes so deutlich spürte, als sei es Realität, und einem anderen, in dem alles so undeutlich war, daß sie nicht einmal mit Sicherheit hätte behaupten können, ihr Arm ende in einer Hand. Sie träumte und wachte abwechselnd, warf sich fiebernd im Bett herum, bis die Decken hoffnungslos verknäuelt waren und sie sich kaum noch bewegen konnte. Die Einzelheiten des Traumes wurden lebhafter, und endlich tauchte sie ganz hinein.

Das große Tier bewegte sich rhythmisch unter ihr, und sie duckte sich, um sich vor dem Wind zu schützen. Die sturmzerzauste Mähne des Pferdes stach ihr ins Gesicht, als sie sich dichter über seinen langen Hals beugte.

Aber ich habe noch nie auf einem Pferd gesessen! protestierte ihr Verstand. *Wie kann ich wissen, wie sich das anfühlt?* Sie bemühte sich aufzuwachen, doch ihre eigenen Phantasien fesselten sie. Der Schritt des Pferdes wurde schneller, und sie glaubte eine gewisse Dringlichkeit zu spüren, irgendeine Notwendigkeit, daß der Reiter sich von diesem Strand entfernte. Während die Geschwindigkeit des Pferdes zunahm, wurde ihr bewußt, daß ihr das unangenehm war, und sie wünschte sich, ihre Hosen...

Hosen?

...wären nicht so eng und das Leinen des Hemdes, das sie trug, nicht so rauh; die Anstrengung des Reitens erzeugte eine unangenehme Feuchtigkeit, und der Stoff kratzte auf ihrer Haut. Sie drückte die Schenkel fester an die Flanken des Pferdes und spürte ein scharfes Stechen in der Leistengegend. Im Reiten hob sie sich ein wenig aus dem Sattel, wobei die Muskeln ihrer Schenkel sich verhärteten, und setzte sich so wieder hin, daß der Sattel nicht auf ihre Hoden drückte...

O mein Gott...

Sie riß sich von dem Traum los und schälte sich hektisch aus den Fesseln der Laken. Nachdem sie sich von ihrer verschwitzten Umhüllung befreit hatte, saß sie kerzengerade auf dem zerwühlten Bett. Rasch legte sie eine Hand zwischen ihre Beine, und zu ihrer ungeheuren Erleichterung fand sie dort keine physischen Beweise von Männlichkeit. Sie fuhr sich mit der Hand über einen Schenkel und verglich dessen Umfang mit dem, den er im Traum maß. Dankbar fühlte sie die vertraute Weichheit. Es war nicht der harte, fremde Schenkel, den sie noch vor ein paar Augenblicken an die bebende Flanke des Pferdes gepreßt hatte.

»Großer Gott«, sagte sie laut und mit zittriger Stimme. Sie hätte schwören können, daß all das real war, Teil ihres eigenen Körpers, und daß es die natürlichste Sache der Welt war, wie sie mit engen Hosen und schmerzenden Hoden an diesem unbekannten Strand entlangritt. Sie erinnerte sich an einen Gefährten in ihrem Traum, einen weiteren Reiter, von dem sie nur noch wußte, daß er ebenfalls ein Mann war; seine Gegenwart war vage, aber beharrlich, und irgendwie wußte sie, daß er wichtig war, daß ihr Überleben im Traum von ihm abhing. Etwas von seinem Namen... haftete verschwommen in ihrem Gedächtnis, aber sie konnte es nicht hervorholen. Doch sie erinnerte sich deutlich an die physische Erscheinung des Mannes, in dessen Bewußtsein sie sich im Traum, wie kurz auch immer, befunden hatte.

Sie schloß die Augen und beschwor das Bild wieder herauf; es war von großer physischer Schönheit und jugendlicher Kraft. Vor ihrem inneren Auge sah sie die hübschen, dunklen, südländischen Züge im ernsten Antlitz eines jungen Mannes von etwa Mitte Zwanzig. Sein Gesicht war sonnengebräunt, und er war groß und drahtig, ohne jedes Fett, schlank wie ein Athlet; er hatte feingliedrige, geschmeidige Hände mit langen, eleganten, fast weiblichen Fingern, aber ein paar verheilenden Schnitten, als habe er kürzlich eine schwere Arbeit getan. Sein langes, dunkles Haar wurde von einer Art Kordel zusammengehalten, ein paar lockige Strähnen hatten sich an den Schläfen gelöst. Er hatte etwas überraschend Starkes und Angespanntes an sich und war ständig auf der Hut. Läuft er vor etwas davon? fragte sie sich. Seine Augen bewegten sich fast nervös hin und her und nahmen rastlos alles ringsum in sich auf. Angst. Sorge. Unruhe. Qual und Kummer. Und eine so liebevoll gehegte Hoffnung, daß es beinahe schmerzte.

Eine Welle von Übelkeit durchfuhr sie, und ihr Kopf begann zu pochen. Sie öffnete die Augen und legte eine Hand auf ihren Magen. Als sie aufzustehen versuchte, schwankte sie benommen. »Hui!« sagte sie laut und stützte sich am Bettpfosten. Als sie aufrecht stand, spürte sie den Drang zu urinieren, doch nachdem sie zur Toilette gewankt war, brachte sie nur einen dünnen Strahl zustande. Sie verließ das Badezimmer unbefriedigt, denn der Drang hielt an. Etwas schien auf ihre Blase zu drücken, obwohl ihr Schlafanzug locker saß und normalerweise sehr bequem war.

Sie ging zurück ins Bett und fiel in einen unruhigen Schlaf. Als das erste schwache Tageslicht durchs Fenster fiel, hatte sie viele Stunden im Bett gelegen, fühlte sich aber noch immer müde und unausgeruht.

Unter großen Schwierigkeiten kochte sie sich eine Kanne Kaffee, doch obwohl sie normalerweise süchtig war nach der dunklen Flüssigkeit, fand sie sie jetzt unbefriedigend und hatte das Gefühl, nichts anderes als heißes, schmutziges Wasser getrunken zu haben. Sie hatte immer noch Kopfschmerzen, und ihr Hals war noch steifer als am Vortag. Sie versuchte, einen Becher Joghurt zu essen, aber er schmeckte metallisch und ungenießbar, und sie konnte ihn nicht leeren.

Na, vielleicht werde ich ein oder zwei Pfund abnehmen, bis ich das loswerde, dachte sie, was immer es sein mag. Doch nicht einmal der Gedanke an etwas lockerer sitzende Jeans linderte ihr zunehmendes Elend. Sie ging zum Schrank und nahm die illegale Flasche mit Ibuprofen aus der Spitze eines Schuhs. Sie schüttelte drei Tabletten auf ihre Handfläche und schluckte sie mit Wasser. Dann setzte sie sich in einen zu weich gepolsterten Sessel und wartete auf die schmerzlindernde Wirkung. Eine halbe Stunde später hatten ihre Kopfschmerzen etwas nachgelassen, waren aber noch nicht vergangen; trotzdem hatte das Medikament eine leicht betäubende Wirkung, und sie war entspannter. Sie ging wieder ins Bett und schlief bald erneut ein.

Das Läuten des Telefons brachte sie wieder zu Bewußtsein. Janie, dachte sie froh und hatte Visionen von Hühnersuppe und Thermometern. Sie wird mir Vitamine und Wick Vaporub bringen und mich warm zudecken, und in ein oder zwei Tagen geht es mir besser. In erwartungsvoller Erleichterung, mit ihrer Chefin zu sprechen, nahm sie den Hörer ab und war überrascht, wie schwach ihre eigene Stimme klang. Noch überraschter war sie, als sie am anderen Ende der Leitung nicht Janies Stimme hörte.

»Caroline, hier ist Ted Cummings.«

Caroline war einen Moment verwirrt; sie konnte noch immer nicht klar denken und brauchte ein paar Augenblicke, um sich zu erinnern, daß Ted versprochen hatte, in Janies Abwesenheit nach ihr zu sehen. Sie kam sofort zu dem Schluß, daß Janie noch nicht zurückgekommen war und daß es weder Hühnersuppe noch Gingerale geben würde. Ihre Enttäuschung war beinahe offenkundig.

»Oh, hallo«, sagte sie nach kurzer Pause. »Tut mir leid, wenn ich mich verwirrt anhöre. Ich hatte vergessen, daß Sie anrufen wollten. Ich bin heute morgen noch immer nicht ganz auf dem Posten.«

»Sie brauchen sich nicht zu entschuldigen«, sagte er. »Aber vielleicht möchten Sie auf die Uhr sehen. Es ist Nachmittag.«

Caroline wollte den Kopf nach der Uhr auf dem Nachttisch umdrehen, aber ihr Hals war viel zu steif. Also drehte sie den ganzen Oberkörper und entdeckte, daß es schon nach fünfzehn Uhr war. »Mein Gott, ich bin früher wach geworden und dann wieder ins Bett gegangen. Offenbar fehlen mir ungefähr sechs Stunden.«

»Geht es Ihnen denn jetzt ein bißchen besser?« fragte er.

»Eigentlich nicht«, sagte sie. »Gerade wollte ich den Kopf drehen, und es tat richtig weh. Wirklich eine schlimme Erkältung.«

Du hast ja keine Ahnung, dachte Ted. »Weshalb ich anrufe ...«, sagte Ted. »Ich habe heute morgen mit einem meiner Kollegen aus der medizinischen Abteilung des Instituts gesprochen. Ich habe erwähnt, daß Sie vielleicht ärztliche Hilfe brauchen, und gesagt, Sie hätten vielleicht eine Art Grippe. Er war ziemlich besorgt; er hat gesagt, es gäbe da einen Bakterienstamm, den wir gerade erst gefunden haben, und die ersten Symptome wären ganz ähnlich wie bei Grippe. Leider wird die Sache sehr viel schlimmer als eine Grippe, wenn sie nicht behandelt wird. Sie kann tödlich sein, und er hat mir versichert, damit sei nicht zu spaßen. Sie haben die Quelle des Ausbruchs noch nicht entdeckt, Sie könnten es sich also überall geholt haben.«

Caroline geriet allmählich in Panik, und ihre Stimme verriet das. »Was treten sonst noch für Symptome auf?«

»Zuerst ein steifer Hals«, sagte er. »Hohes Fieber, auch bei Bettruhe. Schwellung der Drüsen am Hals und in der Leistengegend. Dunkle Stellen auf der Haut, die fast wie blaue Flecken aussehen.«

»Diese Sypmptome habe ich! Jedes einzelne davon! Oh, mein Gott...«

»Keine Panik«, sagte er mit seiner beruhigendsten Stimme. »Es ist bakteriell, und anscheinend handelt es sich um eines der seltenen Tierchen, die noch auf Antibiotika ansprechen.«

»Gott sei Dank«, sagte Caroline. Ihre Stimme klang ungeheuer erleichtert. »Was soll ich jetzt tun? Muß ich mich testen lassen oder so?«

»Leider ist die medizinische Abteilung des Instituts für ein paar Tage geschlossen, weil wir im Augenblick keine stationären Patienten im Haus haben. Ich kann Sie erst testen lassen, wenn sie wieder geöffnet ist.«

»Aber brauche ich nicht einen Test, um behandelt zu werden? Hier geht doch sonst alles der Reihe nach.«

»Ja, das ist schon richtig, aber in Ihrer Situation würde das keinen Unterschied machen. Es handelt sich um eine neu aufkommende Krankheit, und die ist im System noch nicht vorgesehen.«

»Warum nicht?«

»Nicht genug Fälle wahrscheinlich. Eine gewisse Schwelle muß überschritten sein, ehe sie in das ganze System aufgenommen wird.«

»Wie kommt es dann, daß es schon einen Test dafür gibt?«

Es gefiel ihm nicht, daß sie all diese schwierigen Fragen stellte. Warum mußte ich ausgerechnet jemanden infizieren, der ein Gehirn im Kopf hat? dachte er. Aufgepaßt jetzt...

»Es ist eigentlich kein Test, sondern nur ein Mittel, die spezifischen Bakterien festzustellen, nach denen wir suchen. Wir benutzen eine Art Polymerase-Kettenreaktion, um genug Material für Identifikationszwecke zu züchten. Das ist sehr schnell und ziemlich genau.«

Dann legte er eine effektvolle Pause ein; er wollte, daß sie dachte, er halte irgendein wichtiges Detail vor ihr geheim, etwas so Schreckliches, daß sie es nicht bewältigen könnte.

Caroline schnappte nach dem Köder und durchbrach das Schweigen. »Aber ich muß behandelt werden! Ich werde in eine Klinik gehen müssen. Wenn die Krankheit so schrecklich ist, sollte ich wohl nicht warten...«

»Beruhigen Sie sich«, sagte er. »Panik hilft uns jetzt nicht weiter.« Aber Panik war genau das, was er hatte erzeugen wollen; er wollte die Kontrolle über sie erlangen, notfalls mittels ihrer Angst, solange Janie noch nicht zurück war. Er mußte sie in diesem Hotelzimmer festhalten und so aus dem Verkehr ziehen. Er würde sie unter seine Kontrolle bringen, wenn er sich selbst in die von ihm geschaffene Lösung des Problems einbezog. »Das wäre für uns beide im Moment keine gute Idee«, sagte er daher. »Es bringt uns in eine heikle Situation. Wenn eine medizinische Überwachungsstelle denkt, daß etwas Ansteckendes vorliegt, dann ist Ihr Status als Ausländerin ein großer Nachteil.«

»O Gott! Was würde dann passieren?«

Ein weiteres vielsagendes Zögern. Dann, vorsichtig: »Biopol müßte Sie unter Quarantäne stellen, bis eine definitive Diagnose erfolgt. In letzter Zeit sind die Einrichtungen von Biopol so überlaufen, daß es mehrere Tage dauert, bis sie jeden Patienten erst einmal untersucht haben. Das könnte eine lange Wartezeit in einem Lager bedeuten. Und in neun von zehn Fällen kommen die Leute auch dann in ein Lager, wenn es sich bloß um eine Erkältung handelt. Ich glaube nicht, daß wir im Moment in so eine Einrichtung geraten wollen, vor allem, wenn Sie wirklich krank sind und es Ihnen sehr schlecht geht.«

»Das tut es. Ich kann kaum den Hals bewegen.«

Und deine Leisten schwellen an, deine Achselhöhlen schmerzen, und die Haut an deinem Hals wird dunkel, dachte er. »Das ist eines der Symptome, nach denen ich Ausschau halten soll. Und noch etwas müssen wir berücksichtigen. Wenn Sie noch nicht geprintet sind, dann wird das nachgeholt, während Sie in Quarantäne sind. Die Prozedur ist ohnehin nicht sehr angenehm, und ich denke, sie könnte ziemlich scheußlich sein, wenn man bereits krank ist.«

Carolines Schweigen war genau die Reaktion, die er erhofft hatte. Er wußte, sie stellte sich die schauderhaften Konsequenzen vor, wenn sie außerhalb der von ihm angebotenen Kanäle medizinische Hilfe suchte. Übertriebene und ungenaue Vorstellungen von den Schrecken des Bodyprintings gingen ihr durch den Kopf, zusammen mit der Angst davor, gegen ihren Willen festgehalten zu werden, während die Gesundheitsbehörden entschieden, was mit ihr zu geschehen hatte. Er hoffte, daß sie sich eine Art Viehpferch mit unzulänglichen sanitären Einrichtungen und Horden von schmutzigen, ansteckenden Leuten vorstellte. In Wirklichkeit waren die Einrichtungen ziemlich modern und sauber, und die Insassen wurden gut behandelt, aber er wollte sie in ihrer falschen Vorstellung bestärken, damit sie ihn für ihren Beschützer hielt; er wollte ihr solche Angst einjagen, daß sie tat, was immer er verlangte, damit er sie gegen die Pest behandeln konnte, ohne daß jemand außer ihm von ihrer Erkrankung erfuhr.

Ohne auf eine Antwort von ihr zu warten, fuhr er fort: »Ich könnte Sie heute nachmittag besuchen und mit der medikamentösen Behandlung anfangen. Morgen brauchen Sie dann eine Wiederholungsdosis.«

»Oh, Ted… ich kann Ihnen gar nicht sagen, wie dankbar ich bin, daß Sie das für mich tun. Sie machen sich so viel Mühe für jemanden, den Sie kaum kennen.«

»Nein, ganz und gar nicht. Ich freue mich, wenn ich Ihnen helfen kann. Ich weiß, wie unangenehm diese Dinge sein können… heutzutage ist das alles so schwierig. Sie sind in einem fremden Land und kennen das System nicht. Es macht wirklich keine Mühe.«

»Sind Sie sicher, daß Sie sich damit nicht in Schwierigkeiten bringen? Ich meine, mir kommt es so vor, als wäre das alles womöglich illegal…«

Er schwieg für einen kurzen Moment. »Die Legalität ist fraglich, sicher, aber ich glaube nicht, daß ich Probleme bekommen werde. Es gibt hin und wieder so eine Art ›Illegalität‹ der Medizin. Manchmal werden wir dazu gezwungen, weil das alles so kompliziert ist. Ich bin oft frustriert wegen der Hindernisse, die unsere Regierung uns in den Weg legt. Wenn nötig, haben wir so unsere kleinen Tricks, um sie zu umgehen. Und ich kann Ihnen versichern, daß mein Kollege sehr diskret sein wird. Er kennt nicht einmal Ihren Namen.« Er wünschte sich, er hätte ihr zulächeln können, aber ihr Hotel hatte keine Bildtelefone.

»Nun, ich denke, dann ist es ja in Ordnung…«

»Alles bestens«, versicherte er ihr. »Bestens. Sie müssen mir vertrauen, wenn ich Ihnen sage, daß es Ihnen in ein paar Tagen bessergehen wird, ohne daß jemand etwas merkt. Dann können Sie wieder an Ihre Arbeit gehen, und ich kann Bruce mit unserem Projekt anfangen lassen.«

»Daran habe ich gar nicht mehr gedacht«, sagte sie in entschuldigendem Ton. »Er hilft Janie, obwohl er eigentlich mit Ihnen arbeiten sollte. Wahrscheinlich haben wir dadurch, daß wir hier einfach aufgetaucht sind, ein ganz schönes Durcheinander angerichtet, nicht?«

Er tat nichts, um ihr ihre Schuldgefühle zu nehmen. »Das ist schon in Ordnung; ich verstehe, daß so etwas hin und wieder passiert. Dagegen kann man nichts machen. Aber bald geht es Ihnen wieder besser, und dann läuft alles wieder normal.«

»Hoffentlich haben Sie recht.«

»Oh, ich weiß, daß ich recht habe. Und jetzt sollten wir mit der Behandlung anfangen. Ich muß gleich aus dem Haus und kann dann bei Ihnen vorbeikommen, wenn Sie einverstanden sind. Mal sehen… jetzt ist es Viertel nach drei; ich denke, ich kann in ungefähr einer Stunde bei Ihnen sein.«

»Ich bin Ihnen wirklich dankbar, daß Sie das tun.«

Es ist mir ein Vergnügen, dachte er.

Der alte Hund lag im Gras neben Sarin, den Kopf auf den Vorderpfoten, die Augen halb geschlossen. Hin und wieder zuckte er, und sein Herrchen schaute auf ihn herunter und fragte sich, wie schnell die Kaninchen in seinem Hundetraum wohl rannten.

Er schaute hinüber auf die leicht abfallende Ebene und sah zu, wie das Tageslicht verblaßte, eine neue Angewohnheit, die nun zu ihren spätnachmittäglichen Spaziergängen gehörte. Jeden Tag hielten sie an dieser Stelle an und sahen zu, wie die Sonne hinter dem Horizont verschwand; für Sarin war das die einfachste Art, sich das Vergehen der Zeit zu vergegenwärtigen, die für ihn seit dem Besuch der amerikanischen Frauen eine neue Bedeutung gewonnen hatte. Er wußte, daß seine Zeit begrenzt war, und er wollte sehen, wie sie verging.

Die Sonne ging unter; sein Herz erhob sich. Dieses Wunder faszinierte ihn jedesmal von neuem; er konnte sich vorstellen, wie all seine Vorgänger dasselbe getan hatten, zurück bis zum allerersten.

Er bezweifelte, daß das Feld jetzt sehr anders aussah. Abgesehen von den Lichtern der Stadt in der Ferne und den verwahrlost aussehenden Leuten, die immer an den Grundstücksgrenzen herumzulungern schienen, war es eigentlich unverändert; in diesem kleinen Protektorat schien es keinen großen Wandel zu geben, so deutlich man auch bei Sonnenuntergang das Vergehen der Zeit wahrnehmen mochte. Die Zeit schritt voran, unbekümmert um die kleinen Intrigen derer, auf die sie ihren dunklen Schatten warf.

Doch ihn würde die Zeit bald einholen, das wußte er. In den letzten paar Tagen nach dem Energieschub, der ihn angeregt hatte, die Dinge wieder in Ordnung zu bringen, erschlaffte er nun allmählich, als sei die Luft plötzlich dünner geworden. Jeder Tag brachte ihn seinem letzten Tag näher, und jetzt kam es ihm so vor, als rase die Sonne förmlich über den Himmel, um sich wie wahnsinnig hinter den Horizont zu stürzen. Er hatte Angst, und bis auf seinen Hund war er allein; er schaute auf seinen schlafenden Gefährten nieder und beneidete das sanfte Geschöpf um den schlichten Frieden, in dem es immer zu leben schien.

Ted ging den Gang im sechsten Stock des Hotels hinunter, unsicher wie ein Betrunkener, und stützte sich dabei mit einer Hand an der Wand ab. Sein Zustand hatte sich seit dem Gespräch mit Caroline dramatisch verschlechtert. Er war überzeugt gewesen, daß es ihm bald bessergehen würde, denn er hatte schon vor vielen Stunden seine erste Dosis Antibiotika genommen. Die Wirkung auf die Bakterien, die in seinen Körper eingedrungen waren, hätte sich eigentlich schon bemerkbar machen müssen. Doch er konnte keine Besserung spüren, seine Energie hatte um keinen Deut zugenommen, und er machte sich von Stunde zu Stunde größere Sorgen.

Endlich erreichte er die Tür mit der Nummer, die Caroline ihm genannt hatte. Hinter ihm an der Wand hing ein Spiegel; er drehte sich um, um sich anzusehen, bevor er klopfte, und sich zu vergewissern, daß seine sorgfältigen Vorbereitungen seine immer schlechter werdende Verfassung wirklich verbargen.

Gott sei Dank, dachte er, während er sich musterte; das Fieber gibt mir eine schöne rosige Gesichtsfarbe… Er zog am Halsausschnitt seines Pullovers, um ihn zu weiten, denn er fühlte sich jetzt noch knapper und beengender an als am Vortag. Er hatte es geschafft, mit einem Taxi herzukommen, ohne Verdacht zu erregen, doch keiner hatte sich ihm so weit genähert, daß er ihm in die Augen hätte sehen können. Mit Caroline würde er allerdings in nähere Berührung kommen, doch er hoffte, daß sie mit ihrer eigenen Verfassung zu beschäftigt war, um auf seine zu achten.

Er hob die Hand, um anzuklopfen, hielt dann aber inne. Er schaute den Gang auf und ab, bis er an einer Tür in der Nähe ein BITTE-NICHT-STÖREN-Schild hängen sah. Er nahm es ab, verbarg es hinter seinem Rücken, klopfte an und starrte dann auf seine Füße, während er auf Carolines Reaktion wartete.

Sie läßt sich Zeit, dachte er nervös und hoffte, daß niemand vorbeikam und ihn warten sah. Wenn mit Caroline etwas schiefging, wollte er keine Zeugen.

»Wer ist da?« kam es schwach von der anderen Seite der Tür.

Er trat so dicht wie möglich an die Tür und sagte so leise, daß es hoffentlich nur Caroline hören konnte: »Ich bin's, Ted.«

Er war erleichtert, als Caroline die Tür öffnete, und ziemlich sicher, daß ihn aus den benachbarten Zimmern niemand hatte hören können. Beim Eintreten hängte er das BITTE-NICHT-STÖREN-Schild außen an die Tür, ohne daß Caroline es bemerkte.

Als er sie sah, erfaßte ihn blankes Entsetzen. Ihr flammend rotes Haar war stumpf und zerzaust, ihre Haut geisterhaft bleich. Sie sah unverkennbar krank aus, so krank, daß es niemandem entgehen würde. Er schämte sich sehr, die Ursache ihrer Krankheit zu sein, aber er wischte die Schuldgefühle beiseite, denn im Augenblick waren sie nicht wichtig; er mußte den Schaden begrenzen, und dazu mußte er als erstes ihr Aussehen verbessern. Er brauchte ihr volles Vertrauen und wollte sie auf keinen Fall vor den Kopf stoßen; deshalb mußte er mit seinen Vorschlägen taktvoll vorgehen. Sie wird beleidigt sein, wenn ich ihr rate, sich zu waschen, dachte er ängstlich, aber ich kann nicht zulassen, daß jemand sie so sieht.

Er hätte sich keine Sorgen zu machen brauchen; Caroline mißdeutete seinen verwirrten und schuldbewußten Blick als Abscheu vor ihrem Aussehen und zog ihren Morgenrock enger um sich. »Ich sehe schrecklich aus, ich weiß«, sagte sie. »Lassen Sie mir Zeit, mich ein bißchen zurechtzumachen.«

Wirklich erstaunlich, was man mit einem angemessen mißbilligenden Blick ausrichten kann, dachte er und sagte: »Unsinn.« Er trat ein. »Sie sehen nur ein bißchen müde aus, das ist alles, Und es ist ganz normal. Ein paar Tage Ruhe, und alles ist wieder in Ordnung.«

Aber sie wankte bereits ins Badezimmer, eine Jeans und ein Flanellhemd umklammernd, und als sie nach ein paar Minuten wieder herauskam, wirkte sie ein bißchen frischer. Ihr Haar war ordentlich gekämmt und zu einem Pferdeschwanz zurückgebunden, was ihm Sorgen machte, denn nun, da ihr Hals frei war, konnte man die Verfärbungen deutlich sehen. Es war nur eine Frage der Zeit, bis sie sie selbst bemerkte.

»So, hoffentlich sehe ich jetzt ein bißchen besser aus«, sagte sie. Sie setzte sich auf das zerwühlte Bett, und Ted bemerkte, wie steif ihre Sitzhaltung war. »Ich fühle mich ein bißchen menschlicher, aber nicht viel.« Mit einer Hand rieb sie ihren Hals und zuckte dabei sichtbar zusammen. Sie schaute zu Ted auf, merkte, daß er sie anstarrte, und fühlte sich unbehaglich. Sie lächelte schwach, um den Bann zu brechen, unter dem er zu stehen schien. »Erzählen Sie mir von dieser Medizin«, sagte sie.

Was gibt es da zu erzählen? dachte er. Das ist ganz einfach. Ich gebe dir Spritzen, und entweder geht es dir danach besser oder nicht. Aber wie auch immer, du wirst dieses Zimmer erst einmal nicht verlassen...

»Ich habe zwei Antibiotika mitgebracht, und ich werde Ihnen beide spritzen. Morgen brauchen Sie dann wieder neue Injektionen.« Eines der angeblichen »Antibiotika« war in Wirklichkeit ein starkes Beruhigungsmittel mit Langzeitwirkung, das sie für eine Weile außer Gefecht setzen sollte. »Sie sind beide ziemlich stark. Es würde mich nicht überraschen, wenn es die Nebenwirkung hätte, Sie ziemlich benommen zu machen.«

Ihr Gesicht nahm einen argwöhnischen Ausdruck an. »Ich habe noch nie von einem Antibiotikum gehört, das einen schläfrig macht.«

Ted brauchte ein paar Sekunden, um sich eine plausible Erklärung auszudenken. »Äh, nun ja, nicht schläfrig, wie man es normalerweise versteht, sondern eher... diese Medikamente sind ziemlich stark, und manchmal können sie für den Körper so eine Art ›Schock‹ sein, und der Patient fühlt sich recht müde. Sie sollten wirklich im Bett bleiben, während Sie sich erholen, wenn es irgend möglich ist.«

Das war etwas unbeholfen, er wußte es, aber es schien sie zufriedenzustellen. »Nichts tue ich lieber, glauben Sie mir«, sagte sie. »Aber ich muß bald wieder auf den Beinen sein. Wir haben einen Abgabetermin, und Janie wird meine Hilfe brauchen. Ich möchte sie nicht noch unglücklicher machen, als sie ohnehin schon ist.«

Ted zweifelte nicht daran, daß Janie unglücklich sein würde, aber nicht aus den Gründen, an die Caroline dachte. Er hatte keine der Nachrichten beantwortet, die Bruce ihm aus Leeds übermittelt hatte, und hatte auch nicht Janies wegen im Depot angerufen, obwohl man ihn darum gebeten hatte. Wenn sie schließlich nach London zurückkehrten, würden sie Erklärungen von ihm erwarten, aber Ted hatte schon beschlossen, Bruce (natürlich unter vier Augen und mit der Hoffnung auf Verständnis) zu erklären, er sei krank gewesen und hätte das nicht bekanntmachen wollen. Er würde sagen, er wäre mit abgeschaltetem Piepser zu Hause geblieben, damit er sich erholen konnte, ohne gestört zu werden; Bruce würde das verstehen. Ob Janie es verstand oder nicht, war ihm gleichgültig.

»Na«, sagt er und zog seinen Stuhl näher an das Bett heran, auf dem sie saß, »dann wollen wir mal, damit Sie möglichst bald wieder an Ihrem Projekt arbeiten können und ich an meinem. Krempeln Sie bitte Ihren Ärmel hoch.«

Sie tat es. Er riß einen Beutel mit einem Alkoholtupfer auf und wischte einen Bereich auf ihrem Oberarm damit ab. Dann zog er eine der Spritzen mit dem Antibiotikum auf und klopfte dagegen, bis die Luftbläschen nach oben stiegen. Er betätigte leicht den Drücker, bis alle Luft entwichen war, und faßte dann Carolines Handgelenk. »Halten Sie jetzt still«, sagte er. »Es dauert nur eine Sekunde.« Er stach mit der Nadel rasch in das Fleisch ihres Oberarms und drückte den Kolben hinunter.

Caroline haßte Spritzen; es kam ihr immer vor wie eine kleine Vergewaltigung, wenn die Nadel in ihr Fleisch drang. Sie beobachtete Teds ausdrucksloses Gesicht, während er ihren Arm festhielt und die Nadel herauszog.

»Noch eine, und dann sind wir fertig«, sagte er.

Gott sei Dank, dachte sie. Sie spürte den Einstich und die Flüssigkeit, die sich im Muskel ihres Oberarms verteilte, und endlich war die Nadel wieder draußen. Ted steckte die beiden benutzten Spritzen und die Alkoholtupfer in eine Plastiktüte und diese in seine Tasche.

»Ich bleibe noch ein paar Minuten, bis ich sicher bin, daß Sie nicht allergisch reagieren, und dann gehe ich. Ich rufe Sie morgen früh an und frage, wie es Ihnen geht. Sie brauchen mich nicht hinauszubegleiten; ich ziehe die Tür hinter mir zu.«

Caroline spürte, wie sie müde wurde, und war schockiert, daß ein Antibiotikum eine solche Wirkung auf sie haben konnte. Die Sekunden vergingen, und sie verlor mehr und mehr die Kontrolle über sich; schließlich machte sie die Augen zu und sank in Schlaf.

Sofort setzte der Traum erneut ein; wieder war sie darin der dunkle junge Mann und befand sich in einem Gutshaus oder einem anderen großen, steinernen Gebäude. Sie beobachtete eine Frau, die ihrem eigenen wachen Selbst glich und die sich vor einem Feuer das Haar trocknete. Als Mann in ihrem Traum betrachtete sie diese Frau mit schmerzhafter Liebe; sie stöhnte im Schlaf unter dem Widerstreit ihres Unbehagens und seines Verlangens.

Ted betrachtete sie von einem Stuhl neben dem Bett und wunderte sich, warum ihre Hand plötzlich an ihren Hals fuhr, als wolle sie etwas verbergen. Vielleicht träumt sie von ihren Flecken, dachte er. Er war unglaublich müde; er konnte kaum von seinem Stuhl aufstehen. Er hatte fast seine gesamte Energie gebraucht, um Caroline zu behandeln, ohne selbst unter seiner Krankheit zusammenzubrechen. Sein Herz schlug wie rasend, aber er wußte nicht, ob das die Krankheit war oder seine Angst.

Nachdem er etwas Kraft gesammelt hatte, ging er zu Carolines Kühlschrank, um nach der Stoffprobe zu suchen. Er kramte herum, brachte alles durcheinander und fühlte sich wütend und frustriert, als er erkennen mußte, daß das, was er suchte, einfach nicht da war. Er wußte, er würde all seine verbliebenen Energiereserven aufbrauchen, wenn er diese Wut zuließ, und deshalb setzte er sich wieder auf den Stuhl neben dem Bett und versuchte, sich zu beruhigen. Er beobachtete die schlafende Caroline.

In ihrem Fieber warf sie sich unruhig herum. Sie schleuderte die Decken von sich und enthüllte ein langes, blasses Bein, wo ihr Nachthemd verrutscht war. Der Anblick dieses nackten Beins weckte Gefühle in ihm, die er normalerweise nicht mit einer solchen Situation in Verbindung gebracht hätte; er erregte ihn, weckte den Wunsch in ihm, sie zu berühren, und einen Augenblick lang schämte er sich dieser unpassenden Reaktion.

War das der Beginn der Demenz, die das medizinische Lehrbuch angekündigt hatte? Er erschauerte in einem unwillkürlichen Krampf und schüttelte den Kopf, um wieder klar denken zu können. Dann beugte er sich vor, streckte die Hand nach der Bettdecke aus, und als er sie endlich zu fassen bekam, deckte er Caroline wieder zu.

Erschöpfung und Entmutigung überwältigten ihn. Er spürte, daß er von Minute zu Minute tiefer in Depression und Angst fiel; dem Buch zufolge ein weiteres Symptom. Das Antibiotikum, das er sich selbst gespritzt hatte, schien keine große Wirkung zu haben, und er fragte sich, ob er die nächste Dosis verdoppeln sollte. Darüber dachte er einen Augenblick nach und kam zu dem Schluß, daß wohl kaum die Gefahr einer allergischen Reaktion bestand. Er hoffte, diesmal würde die Droge schneller wirken. Aus zusammengekniffenen Augen schaute er auf den Wecker auf Carolines Nachttisch und sah, daß die nächste Dosis bald fällig war. Vielleicht sollte ich vorher nach Hause gehen und mich hinlegen, dachte er, vielleicht auch etwas essen. Doch bei dem Gedanken an Essen wurde ihm übel, und er entschied, daß er sich das Medikament genausogut gleich hier spritzen konnte. Warum warten? dachte er. Es wird schneller wirken, wenn ich es jetzt gleich mache.

Mit einem tiefen Seufzer rollte Ted den Ärmel seines Hemdes auf und wischte mit einem Tupfer die Haut ab. Er nahm eine Ampulle aus der einen Tasche und eine saubere Spritze aus der anderen und zog zehn Milliliter von der Flüssigkeit in den klaren Glaskolben, also die doppelte Dosis der erforderlichen fünf. Dann kniff er die Augen zu, denn auch er haßte Spritzen, stieß die Nadel in seinen Arm und zog sie so schnell wie möglich wieder heraus.

Erst danach sah er sich die kleine Ampulle näher an. Statt der Bezeichnung des Antibiotikums trug sie den Namen des Beruhigungsmittels. Statt der empfohlenen Dosis von einem Milliliter hatte Ted sich eine Dosis von zehn Millilitern gespritzt.

In dem Augenblick wußte er, daß er keine andere Wahl hatte, als um Hilfe zu rufen, denn das Beruhigungsmittel war stark und wirkte schnell; er hatte es speziell wegen dieser Eigenschaften ausgewählt. Er vergeudete ein paar kostbare Sekunden, indem er an der Haut seines Arms herumdrückte, als könne er die tödliche Flüssigkeit herauspressen, die sich nun lautlos, aber stetig in seinem Körper verteilte. Alles, was er so sorgfältig geheimzuhalten versucht hatte, würde infolge seines Irrtums nun ans Licht kommen; er würde denen, die ihm zu Hilfe kamen, die Wahrheit sagen müssen. Er wäre ruiniert, daran bestand kein Zweifel. Und wenn schon, dachte er bei sich, als das Beruhigungsmittel zu wirken begann. Ich bin lieber lebendig und ruiniert als ein angesehener toter Mann.

Diese traurigen Gedanken gingen ihm blitzschnell durch den Kopf, und er war selbst überrascht, wie leicht er sich entschließen konnte, alles aufzugeben, wofür er gearbeitet hatte, um noch ein wenig leben zu können. Ich bin der Anti-Faust, dachte er leicht amüsiert, ich handle mit Gott, um meine Seele zu behalten. Beim zweiten Anlauf werde ich alles besser machen, versprach er. Mit dem verzweifelten Verlangen, am Leben zu bleiben, stand er auf und ging auf den kleinen Tisch zu, auf dem das Telefon stand, seine Rettungsleine, und die Wählscheibe darauf wartete, von seinen sterbenden Fingern bedient zu werden.

Er hatte es fast geschafft, doch bei den letzten Schritten durch das kleine Zimmer überwältigte ihn das Sedativum. Seine Knie gaben nach, sein Bewußtsein schwand. Sein letzter klarer Gedanke war ein wütendes: Verdammt, zu kurz. Er knickte neben dem Bett zusammen und versuchte noch immer, das Gleichgewicht zu halten, obwohl er seinen instinktiven Versuch, aufrecht zu bleiben, schon nicht mehr bewußt erlebte. Er taumelte wenige Sekunden, stürzte dann nach vorn und brach über der schlafenden Caroline zusammen, die selbst zu betäubt war, um das Gewicht seines Körpers zu bemerken. Seinen letzten Atemzug tat er auf ihrer Brust.

13

Alejandro beobachtete die Truppen des Königs, wie sie im Hof von Windsor an ihm vorbeigingen, jeder einzelne Mann begierig auf irgendeine Aufgabe, die ihn aus den Mauern heraus und in die Freiheit bringen würde. An seiner Seite stand Sir John Chandos mit dem matten Blick von jemandem, der sich mit der unangenehmen Pflicht abgefunden hat, innerlich aber noch immer um eine Gnadenfrist betet.

»Wie eifrig sie sich aufstellen, um dieser Pest zu trotzen«, sagte Chandos traurig. »Sie halten es für eine Ehre, diese Reise anzutreten, die unter einem so schlechten Omen steht.«

Sie sind so jung, dachte Alejandro. *Jeder von ihnen ist jünger als ich.* Er wandte sich zu Sir John und sagte: »Wer von ihnen wird wohl unversehrt zurückkommen?«

Die Augen des Ritters prüften die Reihe der Freiwilligen und blieben bei einem kräftigen, hübschen jungen Mann hängen. Nüchtern musterte er den Soldaten einen Augenblick und brüllte dann einen Befehl.

»Matthews, Euer König erweist Euch eine große Ehre. Ihr werdet ihn auf einer ziemlich wichtigen Mission für die Prinzessin Isabella vertreten. Kommt mit mir.«

Alejandro benutzte die letzten der aus Frankreich mitgebrachten Kräuter, um zwei Schutzmasken für die Reiter anzufertigen. Er ermahnte Matthews, nicht zu essen, nichts zu trinken, nichts anzufassen und sich so schnell wie möglich zu bewegen.

Er und Adele sahen aus einer Fensternische zu, wie Matthews sein Pferd bestieg, sich den Beobachtern zuwandte und salutierte. Rasch ritt er dann aus dem Tor und verschwand in einer Staubwolke.

»Möge Gott mit ihm sein«, sagte Adele.

»Und ihn stetig seinen Weg nehmen lassen«, fügte Alejandro hinzu.

Alejandro sandte eine Botschaft an Kate, in der er das Schachspiel an diesem Abend absagte, denn er hatte die Pflicht, dafür zu sorgen, daß Matthews und der Schneider Reed in ihren vorübergehenden Quartieren untergebracht wurden, und Sir John hatte ihm gesagt, ihre Ankunft sei bei Sonnenuntergang zu erwarten.

Während er sich in der umgebauten Kapelle zu schaffen machte und um die letzten Einzelheiten kümmerte, fragte sich der Arzt, ob überhaupt einer der Männer lebendig wiederkommen würde. Außerhalb der Mauern von Windsor war die Hälfte der Menschen umgekommen, und darum war es nur logisch, daß einer der beiden Reisenden sich die Pest zuzog. Gott allein wußte, welcher es sein würde; Alejandro betete still darum, daß beide davor bewahrt blieben.

Aber wenn die Pest aufhört, habe ich in Windsor nichts mehr zu tun, und ich werde nicht mehr so willkommen sein; meine Dienste hier werden von denen vergessen, denen ich das Leben und die Zukunft gerettet habe. Und ich werde Adele nicht mehr sehen.

Er dachte an Kate, die bereits in zartem Alter durch die Unsicherheit ihrer Stellung abgehärtet war. Wie hatte dieses Kind die Stärke gefunden, angesichts seiner eigenen Machtlosigkeit und Anonymität zu gedeihen, während alle um es herum einfach kraft ihrer Geburt befehlen konnten, was sie wollten? *Ihre uneheliche Geburt und meine Täuschung haben einiges gemeinsam,* dachte er. *Beide sind wir nicht, was wir sind; wir sind namenlos.* Diese Namenlosigkeit, die Möglichkeit, daß er sein Leben ohne denkwürdige Leistung lebte und dann allein und unbetrauert starb, fürchtete Alejandro am meisten.

»Da kommen Reiter!«

Dieser Ruf des Spähers ertönte kurz vor Sonnenuntergang und löste aufgeregte Aktivität im Schloßhof aus. Alejandro, der aus einem der Türme von Windsor in das verblassende Licht schaute, brauchte ein paar Minuten, bis er das rote Wams erkennen konnte, das Matthews bei seinem Aufbruch getragen hatte. Der Mann neben ihm hüpfte auf einem Pferd auf und ab, das viel zu schwer beladen war; tatsächlich boten die beiden Männer mit ihren falkenhaften Masken einen bizarren Anblick.

Doch trotz ihrer närrischen Erscheinung waren sie hochwillkommen. Die Bewohner des Schlosses hungerten derart nach Nachrichten aus der Außenwelt, daß die beiden Männer erwartet wurden wie fremde Potentaten oder hohe kirchliche Würdenträger.

Der Arzt eilte die Treppen hinunter und in den Hof. Dort fand er Sir John und unterrichtete ihn über die Vorgehensweise, die beim Einlassen der beiden Reiter beachtet werden mußte. »Matthews und Reed müssen all ihre Habseligkeiten abladen und ihre Pferde in den äußeren Stall führen. Dort sollen sie ihre Überkleider und Stiefel ausziehen. Wenn sie über die Zugbrücke kommen, müssen sie direkt zur Kapelle gehen und dürfen niemanden berühren. Dort werden sie frische Kleider finden und können sich wieder ankleiden, wie es sich gehört.«

Trotz Alejandros Ernst lächelte Sir John. »Ich denke, Matthews hat nichts dagegen, unbekleidet zu sein, selbst vor den Damen, denn er weiß um seine Reize und prahlt gern mit seinen Fähigkeiten bei Frauen. Er wird wie ein Pfau herumstolzieren, statt verschämt über den Hof zu schleichen.«

»Trotzdem darf er nicht stehenbleiben und sich niemandem nähern. Er muß den schnellsten und direktesten Weg nehmen.«

Er wandte seine Aufmerksamkeit der Menschenansammlung zu, die in den letzten paar Minuten beträchtlich angewachsen war. Auch Isabella und der Schwarze Prinz waren schon unter den neugierigen, aufgeregten Zuschauern. Die Verwirrung wurde noch durch die Ankündigung des Ausrufers gesteigert, daß König Edward persönlich nahe. Obwohl seine Aufgabe ihn stark in Anspruch nahm, konnte Alejandro es nicht lassen, sich nach Adele umzuschauen. Seine suchenden Blicke wurden durch den Schimmer ihres kupfernen Haars belohnt, und als ihre Augen sich trafen, lächelte sie ihm zu. Für einen Moment vergaß er die Verwirrung ringsum.

Ihr Lächeln gab ihm Kraft. *Ich muß diese Menge unter Kontrolle bringen!* dachte er in panischer Angst; *sonst wird die Rück-*

kehr nicht so verlaufen, wie ich es geplant habe! Er sprang auf eine steinerne Bank, schwenkte wild die Arme und schrie den laut redenden Menschen zu, sie sollten ihm genau zuhören. Als der Lärm endlich verebbte, überraschte er die Zuhörer, indem er seinen Vortrag in stockendem, aber verständlichem Englisch hielt.

»Alle jene, die keine Infektion mit der Pest riskieren wollen, sollen den Weg freimachen.«

Sofort hörte man beunruhigtes Raunen, und Alejandro sprang wieder zu Boden und ging mit festen Schritten auf die Zugbrücke zu. Er nahm einem der Wachleute eine Fahnenstange ab und zog damit eine Linie auf der Erde, wobei er die Umstehenden anwies, ihm Platz zu machen. Die Linie führte vom Tor zur Kapelle. Dann zog er parallel dazu eine zweite Linie von der Kapelle zum Tor und schuf so einen breiten Weg, auf dem die Reiter zur Kapelle gehen sollten.

»Macht diesen Männern Platz: Niemand darf sie anhalten; faßt sie nicht an, gebt ihnen nichts, und nehmt auch von ihnen keine Gegenstände an. Jeder, der diese Linie überschreitet, wird mit ziemlicher Sicherheit von jeder Ansteckung getroffen, die diese beiden Männer vielleicht mit sich tragen.«

Rasch wichen die Zuschauer hinter Alejandros imaginäre Mauer zurück und verstummten erwartungsvoll. Alejandro näherte sich dem König, der zusammen mit Königin Phillippa weit hinter der Linie in der Mitte des Hofes stand.

»Eure Majestät, ich bedaure diese Unbequemlichkeit. Die Männer werden in ein paar Minuten untergebracht sein, und die Wachen können die Leute vertreiben, wenn Ihr das wünscht.«

»Wahrhaftig, Doktor Hernandez, ich möchte ein Wort mit diesen beiden Männern reden, wenn sie endlich in ihrer Unterkunft sind. Und der Menge möchte ich ihr Vergnügen nicht nehmen. Die Leute sind genauso begierig wie ich auf Nachrichten aus der Außenwelt. Ich kann mein Königreich unmöglich regieren, ohne zu wissen, was darin vorgeht.«

Alejandro wußte, daß er diese Möglichkeit hätte vorhersehen sollen, aber er hatte es nicht getan und daher keine Antwort parat. Jetzt würde er die Dinge dem König zuliebe beschleunigen müssen. »Euer Majestät«, sagte der Arzt und dachte sich seine Erklärung aus, während er sprach, »es wird eine Weile dauern, ehe die beiden bereit sind, Euch zu sehen. Sie müssen sicher untergebracht sein, und man muß sich um ihre Habseligkeiten kümmern. Ich flehe Euch an, geduldig zu sein.« Doch Edward, der das Eingesperrtsein ebenso satt hatte wie seine ungestüme Tochter, sah Alejandro mit deutlicher Feindseligkeit an und sagte gepreßt: »Nun gut, ich werde jetzt in meine Privatgemächer zurückkehren. Doch innerhalb einer Stunde erwarte ich, von Euch zu einem Gespräch mit unseren ›Gästen‹ abgeholt zu werden. Sie sollen sich auf meine Ankunft vorbereiten. Guten Abend, Doktor.«

Alejandro war verletzt von der Zurechtweisung des Königs, doch er schluckte sie und kehrte zum Tor zurück. Er hatte zuviel zu tun, um sich davon aufhalten zu lassen. *Eine Stunde!* dachte er. *Nicht annähernd genug Zeit.* Er rannte zum Tor und öffnete das kleine Fenster in der Zugbrücke. Matthews und Reed standen draußen und sahen mit ihren schnabelähnlichen Masken wie riesige Vögel aus. Alejandro wies sie an, die Masken abzunehmen, und sie taten es und warfen sie beiseite; eine landete direkt vor dem niedrigen Zaun, der die Pferdekoppel begrenzte. Matthews' neugieriges Pferd senkte den Kopf und schnupperte prüfend daran; dann nahm es sie mit den Zähnen auf. Doch sie schien ihm nicht zu schmecken, denn gleich darauf ließ es sie wieder fallen und näherte sich dem anderen Pferd, um es spielerisch anzustupsen.

Alejandro dachte sich weiter nichts dabei, da er zu sehr mit den Vorgängen innerhalb des Tors beschäftigt war. Er benutzte die gleiche Fahnenstange, mit der er die Linien gezogen hatte, um den beiden Männern zwei Kapuzen aus grobem Stoff zu reichen, die sie aufsetzen sollten.

Der zurückgekehrte Soldat und sein Schützling sahen in ihrer seltsamen Kostümierung komisch und bizarr aus; man hätte sie für Teilnehmer an irgendeinem alten heidnischen Ritual oder einer Zirkusvorstellung halten können, wenn man ihre Aufgabe nicht gekannt hätte. Matthews trat rasch und entschlossen durch das offene Tor, der Schneider ängstlich und zögernd; fast panisch schaute er um sich, während er zur Kapelle ging. Bei seinen früheren Besuchen in Windsor war er eleganter und ansehnlicher empfangen worden, und es war ihm überaus peinlich, seiner Gönnerin in so unordentlichem Aufzug vor Augen zu treten.

Isabella, nach dem Fortgang ihrer Eltern kühn geworden, sprang auf und ab und klatschte beim Anblick ihres Schneiders wie ein Kind in die Hände. »Willkommen, Monsieur Reed! Gut gemacht, Matthews! Ich werde Euch beide für Eure Tapferkeit reich belohnen!«

Nach diesen Worten Isabellas fühlte die Menge sich berechtigt, ihrerseits Beifall zu spenden, und laute Hochrufe erhoben sich in der sonst so stillen Dämmerung, Willkommensgrüße, die der Rückkehr eines Kriegshelden oder einer geretteten Geisel würdig gewesen wären. Matthews sonnte sich in seiner kurzen Berühmtheit, winkte mit der Hand und verbeugte sich wie ein Höfling. Mit stolzgeschwellter Brust schritt er der Kapelle zu, den bescheidenen, verwirrten Schneider im Gefolge. Dann verschwanden beide in ihrem Inneren.

Die schwatzenden Zuschauer zerstreuten sich bald, doch Alejandro blieb zurück, um mit den Reisenden zu sprechen. Er stellte sich in einiger Entfernung vor eines der vergitterten Fenster und rief nach Matthews.

»Meinen Glückwunsch zu Eurer erfolgreichen Mission und Eurer sicheren Rückkehr, Matthews«, sagte er. »Im Schrank liegen frische Kleider, und es gibt auch Brot und Bier für Euch. Ich habe mich bemüht, alles bereitzustellen, was Ihr braucht, damit Ihr es während Eurer erzwungenen Haftzeit bequem habt.«

Trotz der Tatsache, daß ihm zwei Wochen Gefangenschaft mit dem mürrischen Schneider bevorstanden, bewahrte Matthews seine gute Laune. »Sieht so aus, als hättet Ihr das willige Mädchen vergessen, Doktor«, scherzte er.

»Natürlich, wie dumm von mir«, entschuldigte sich Alejandro, der den Humor des Mannes zu schätzen wußte. »Einstweilen werdet Ihr Euch mit Monsieur Reed begnügen müssen.«

Matthews grinste und sah achselzuckend den Schneider an, der auf seinem Bett saß, verwirrt über die Lage, in der er sich so plötzlich befand.

»Vielleicht später«, sagte der Soldat. »Im Augenblick gewöhnt er sich noch an sein neues Zuhause. Und ich selbst bin ziemlich erschöpft von der anstrengenden Tagesreise, also werde ich mich bald in mein üppiges Bett zurückziehen.« Er wies auf das Strohlager. »Leider allein.«

»Ich muß Euch bitten, noch ein wenig wach zu bleiben, denn der König persönlich wünscht Euch zu sprechen.«

Matthews zuckte wieder mit den Achseln und antwortete: »Ich denke, ich kann noch ein bißchen wach bleiben, aber Master Reed ist heute abend vielleicht nicht in der Verfassung, ihm seinen Respekt zu erweisen.«

Der König erschien auf Alejandros Aufforderung beinahe sofort. Obwohl er begierig war zu hören, was sich in der Außenwelt abspielte, waren die Geschichten, die Matthews zu erzählen hatte, nicht ermutigend. »Überall verlassene Hütten, Sire«, berichtete Matthews. »Die Kornfelder sind nicht abgeerntet und werden verfaulen, wenn sich keiner darum kümmert. Doch die Bevölkerung ist so dezimiert, daß es keine fähigen Männer für diese Arbeit gibt, fürchte ich.«

Dann erzählte Matthews, was er in der kurzen Wartezeit gesehen hatte, während der Schneider sein Material und seine Habseligkeiten zusammenpackte. »In der Nähe gibt es eine Ebene, wo angeblich Hunderte begraben sind; das Feld sah tatsächlich aus wie frisch gepflügt, so viele neue Gräber enthielt es. In der Abtei gibt es nur noch zwei Priester, und es geschieht kaum noch etwas, weder für Gott noch für sonst jemanden. Die Toten treten ohne Beichte vor ihren Schöpfer, weil es an Priestern mangelt, sie zu hören, und die Überlebenden bleiben aus Angst vor Ansteckung in ihren Häusern.«

Alejandro stand in der Nähe und beobachtete das Gespräch zwischen dem König und seinem Soldaten. Als sich nach und nach herausstellte, wie trostlos Englands Zustand außerhalb der Sicherheit von Windsor war, sah er, daß Edwards Miene sehr traurig und bekümmert wurde. Der König sagte nichts, denn nach solchen Neuigkeiten gab es nicht viel zu sagen.

Matthews schwieg höflich ein paar Minuten und wartete darauf, daß sein König sprach. Als der nachdenkliche Herrscher nichts sagte, bat Matthews um Erlaubnis, noch einmal zu sprechen. Zerstreut brummend gestattete der König es ihm.

»Sire, das ist mit Sicherheit das Ende der Welt, wie wir sie gekannt haben«, sagte der Soldat in seinem Käfig.

Prinzessin Isabella brachte es fertig, sich bis zum folgenden Morgen fernzuhalten. Alejandro, der auf seiner Pritsche im nahen Torhaus erwachte, seufzte schwer, als ein Soldat ihm meldete, die Prinzessin sei draußen.

»Guten Morgen, Doktor Hernandez«, zwitscherte sie fröhlich. »Ich würde Euch gern einige Fragen über die Bedingungen von Master Reeds Haft stellen.«

So müde er auch war, Alejandro wußte, daß er sie nicht abweisen konnte; sie würde ihn so lange belästigen, bis sie die gewünschte Information erhielt. »Ja, Prinzessin, was kann ich für Euch tun?« fragte er munterer als er sich fühlte.

»Ich möchte wissen, wie nahe ich den Kapellenfenstern kommen darf und ob ich Master Reed Zeichnungen meiner Ideen für neue Kleider hineinreichen darf. Es würde seinen Besuch hier sicher abkürzen, wenn er in seiner vorübergehenden Unterkunft schon mit den vorbereiteten Arbeiten beginnen könnte. Ich möchte ihm nicht zuviel Unannehmlichkeiten machen.«

Als wären vierzehn Tage Isolation keine Unannehmlichkeit, dachte Alejandro. »Eure Zeichnungen können Master Reed gegeben werden«, antwortete der Arzt ziemlich kühl, »aber nicht von Eurer eigenen Hand. Wir werden sie durch die Durchreiche schieben. Ich werde das gern für Euch erledigen, wenn Ihr sie mir geben wollt.«

In erfreutem Ton sagte die Prinzessin, sie würde einen Band mit selbstgezeichneten Entwürfen schicken, der mit größter Sorgfalt zu behandeln und ihrem Schneider so bald wie möglich auszuhändigen sei. *Erinnert sie sich überhaupt noch an unsere bittere Auseinandersetzung?* dachte Alejandro, während er ihr nachsah. *Sie benimmt sich, als sei dieses ganze Unternehmen eine angenehme gemeinsame Bemühung um ein einvernehmliches Ziel. Sie findet es vollkommen normal, daß ihre Wünsche solche Umstände machen.*

Nicht lange nach Isabellas Fortgang kam Adele mit den zusammengerollten Zeichnungen. Alejandro war entzückt, sie zu sehen, denn bei ihr durfte er für einen Augenblick in seiner Wachsamkeit nachlassen. Während er die Rollen entgegennahm, sagte er: »Lady Throxwood, Eure Gegenwart wärmt mir das Herz.«

»Es ist mein Herz, das gewärmt wird, Monsieur; ich habe bereitwillig meine Dienste angeboten, als die Prinzessin einen Boten für ihre Zeichnungen suchte. Zuerst zögerte sie, mich mit einer so kleinen Besorgung zu beauftragen, aber ich habe sie davon überzeugt, daß so bedeutende Werke von jemandem überbracht werden sollten, der ihren Wert begreift.«

»Adele«, sagte er, sie kühn mit Vornamen anredend, »ich kann mir niemanden vorstellen, der dazu besser geeignet wäre. Ich bedaure, daß wir so selten Gelegenheit haben, uns zu treffen, denn Eure Gesellschaft ist mir höchst erfreulich und willkommen.«

Sie unterhielten sich einen Augenblick über die jüngsten Ereignisse, froh über den seltenen, gestohlenen Moment. Dann entschuldigte Adele sich widerstrebend und sagte, Isabella erwarte sie und werde bald eine andere Dame nach ihr schicken, wenn sie nicht zurückkomme.

»Es tut mir leid, daß unsere Wege sich so selten kreuzen«, sagte Alejandro traurig.

»Dann werden wir Gründe finden müssen, sie so zu legen, daß sie uns besser gefallen«, antwortete sie. »Ich wünsche Euch einen guten Nachmittag, Doktor, und sehe unserem nächsten Treffen mit erwartungsvoller Freude entgegen.«

Sein Herz pochte heftig, als er sie fortgehen sah; er mußte sich zwingen, sich wieder seinen Aufgaben zu widmen. Nachdem er nachgesehen hatte, wie es Matthews und Reed ging, suchte Alejandro Sir John auf und sagte ihm: »Hier scheint alles wohlauf und ruhig; bitte, gebt diese Rollen durch die Durchreiche Master Reed. Ich muß mich unbedingt waschen und frisch machen, also verlasse ich Euch jetzt und gehe in meine Gemächter.«

Nachdem er dem Ritter für seine fleißigen Bemühungen gedankt hatte, ging der Arzt in den Südflügel des Schlosses zurück, wo er in der Abgeschiedenheit seiner eigenen Zimmer baden konnte. Er entließ den Diener, der das heiße Bad bereitet hatte, zog sich aus und setzte sich in die Wanne mit dem dampfenden Wasser. Er schrubbte sich am ganzen Körper kräftig ab, als wolle er seinen Abscheu vor der lächerlichen Übung abwaschen, an der er soeben teilgenommen hatte.

Die kreisförmige Wunde auf seiner Brust war noch Monate nach der Brandmarkung flammend rot; doch sie würde bald blasser werden. Wenn die Narbe auch niemals ganz verschwinden würde, eines Tages, *wenn ich so lange lebe,* dachte er, könnte er seinen Hemdkragen vielleicht wieder offen tragen.

Kurz nach der Morgendämmerung am vierten Tag der Quarantäne der beiden Reiter wurde Alejandro mitten in einem Traum, in dem ihn erregte Dämonen verfolgten, von seinem Diener grob wachgerüttelt. Er zog und zerrte an seinem Arm wie ein ängstliches Kind, das nach der Aufmerksamkeit seiner Mutter verlangt.

»Monsieur! *Monsieur!* Ihr werdet am Tor verlangt! Steht auf, denn Sir John braucht Euch!«

Benommen rieb Alejandro sich die Augen und starrte den zahnlosen alten Mann an, der ihm so nahe war, daß er seinen Atem spüren konnte. Er erhob sich rasch, kleidete sich an und folgte dem Wachmann dann durch die labyrinthischen Gänge zum Haupthof. Der schnelle Schritt des Soldaten zeigte ihm, wie wichtig die Mission war; offenbar war in der Nacht irgend etwas von großer Bedeutung vorgefallen.

Er erwiderte den knappen Gruß des Ritters mit einer schnellen Verbeugung und fragte dann ängstlich, ob Matthews oder Reed der Grund sei, warum man ihn gerufen hatte.

»Weder noch«, erwiderte Chandos bekümmert. »Es ist das Pferd.«

Matthews' Pferd tobte ohne ersichtlichen Grund in seinem Pferch herum, wild schnaubend und mit Schaum vor dem Maul; es beschrieb einen großen Kreis, bäumte sich dann abrupt auf und rannte in die andere Richtung. Hin und wieder lief es an den niedrigen Zaun und rieb seinen nassen Hals an dem rauhen Holz, bis er wund und blutig war, doch offenbar linderte das seine Qual nicht. Seine Knöchel waren sichtbar geschwollen; jede Bewegung verursachte dem armen Tier schreckliche Schmerzen.

»Wie lange benimmt es sich schon so?«

»Gestern abend, bevor ich schlafen ging, fiel mir auf, daß das Tier unruhig und nervös war, aber das ist bei einem Hengst nicht so ungewöhnlich, vor allem, wenn er eine rossige Stute gewittert hat. Ich habe mir nichts weiter dabei gedacht und bin zu Bett gegangen. Aber heute morgen war er noch immer so ruhelos. Ich habe so etwas noch nie gesehen, weder bei der Krankheit, bei der Pferde das Wasser scheuen, noch bei den Verdauungsstörungen, die auch die stärksten Tiere so häufig befallen. Ich begreife den seltsamen Tanz nicht, den er aufführt; ich fürchte, er benimmt sich, als hätte er die Pest. Deshalb wollte ich Euch sofort zu Rate ziehen.«

»Das war richtig«, versicherte Alejandro ihm. »Wenn dieses Tier die Pest hat, dann fürchte ich das Schlimmste für Matthews und den Schneider.«

Sir John schaute zur Kapelle hinüber, wandte sich dann wieder an Alejandro und sagte: »Dann habe ich ihn in den Tod geschickt; ich trage die Schuld.«

Alejandro sah ihn voller Bedauern an und sagte, was Sir John selbst nicht sagen konnte, ohne Verrat zu begehen: »Es ist weder Eure noch meine Schuld, Sir, sondern Schuld der Prinzessin und ihres allzu nachsichtigen Vaters. Die Zeit wird uns die Antwort geben, die wir suchen; wenn wir Glück haben, trägt niemand die Schuld. Wir wollen das Tier sorgfältig beobachten; vielleicht erholt es sich bald, und unsere Ängste sind unbegründet. Bis dahin wollen wir die Sache für uns behalten.«

Ihre Ängste erwiesen sich nicht als unbegründet, sondern wurden noch verstärkt. In den folgenden Stunden tänzelte das Pferd noch rasender umher und rieb sich immer wieder den Hals, bis kaum noch ein Stückchen heiler Haut zu sehen war. Dann wurden seine Bewegungen langsamer, doch nicht etwa, weil sein Zustand sich gebessert hätte. Es hatte einfach all seine Energie verbraucht. Am Ende war es ruhig, stand still in der Mitte des kleinen Pferchs, und sein keuchender Atem war selbst von dem kleinen Torfenster aus zu hören. Bei jedem flachen Atemzug bebten seine Flanken. Dann begann das Tier leicht zu schwanken, versuchte sein Gleichgewicht zu halten, mußte seinen tapferen Kampf aber schließlich erschöpft aufgeben. Mit dem schrecklichen Geräusch eines zerbrechenden Knochens stürzte es zu Boden, und Alejandro bedeckte sein Gesicht mit den Händen, weil er den Todeskampf des einst prachtvollen Hengstes nicht mit ansehen konnte.

»Behaltet das vorerst für Euch, Sir John.« Er ließ den älteren Mann mit beschämt gesenktem Kopf zurück und ging auf die Kapelle zu. Dort fand er Matthews, der zwischen den hölzernen Gitterstäben in den Hof hinausstarrte und beobachtete, wie seine Kameraden sich im Schwertkampf übten. Er sah recht gesund aus und hatte keine Beschwerden geäußert, aber Alejandro wollte sich nicht auf Matthews' Fähigkeit verlassen, ein berichtenswertes Symptom zu erkennen. Er begrüßte den Mann und erkundigte sich nach seiner Verfassung.

»Ich fühle mich ganz wohl, danke, Sir«, lautete die rasche Antwort des Soldaten. »Nur beneide ich meine Kameraden, weil sie da draußen ohne mich üben. Mein Bauch wird bei dieser Untätigkeit fett, und ich bin träge wie ein alter Wurm.«

Die vermeintliche Trägheit erregte das Interesse des Arztes, und so fragte er: »Fühlt Ihr Euch müde oder lethargisch?«

»Wie ich sagte, Sir, nur träge, aber ich bin sicher, das kommt von dem untätigen Leben, das ich in diesem Gelaß führe.«

»Schmerzt Euer Kopf? Oder habt Ihr einen steifen Hals?«

Der Soldat antwortete: »Gott sei Dank nicht. Ich versichere Euch, Doktor, es geht mir gut.«

Alejandro beendete das Gespräch mit Matthews und schaute in dem dunklen Raum nach Reed. Endlich erblickte er eine rundliche Gestalt, die über den Tisch gebeugt dasaß und aufmerksam etwas studierte, das wie die Zeichnungen der Prinzessin aussah. Er wollte den Mann schon rufen, doch dann zögerte er, da er ihn nicht unnötig beunruhigen wollte. Doch für den Rest des Tages blieb er in der Nähe und beobachtete genau, was die beiden Männer taten, nur für den Fall, daß ihr Befinden sich plötzlich änderte. Und als man ihn am nächsten Morgen erneut rief, wußte er, daß es nicht um das Pferd ging.

Als er die Kapelle erreichte, fand er Sir John in einiger Entfernung vor den hölzernen Gitterstäbe stehend; hinter ihm war die ganze Truppe der Soldaten versammelt, und man hörte unruhiges Gemurmel. Weitere Mitglieder des Haushalts fanden sich ein, manche noch in den Nachtgewändern, denn die Nachricht, daß unten im Hof etwas nicht stimmte, hatte sich rasch verbreitet.

Matthews kauerte in einer Ecke der Kapelle, den Rücken an die Wand gepreßt und blankes Entsetzen im Gesicht, denn der Schneider James Reed war über dem Tisch zusammengesunken, die runde Wange flach auf die Pergamente der Prinzessin gepreßt, die Augen weit offen und unverwandt auf Matthews gerichtet, als könne er durch den Schleier des Todes noch sehen. In seinen Mundwinkeln hingen Reste von Erbrochenem, und seine Lippen waren so grotesk verzerrt, wie es nur möglich ist, wenn der Körper keine Kontrolle mehr über sie hat. Wäre die Situation nicht so gräßlich gewesen, hätte der Arzt beinahe gedacht, der Patient amüsiere sich über irgend etwas Seltsames.

Matthews dagegen fand seine Situation ganz und gar nicht erheiternd. Als er Alejandro erblickte, kam er an das vergitterte Fenster gerannt und rüttelte heftig an den Stäben. Er wollte dem unheimlichen Leichnam entkommen, mit dem er seine Gefangenschaft geteilt hatte.

»Doktor, ich bitte Euch, laßt mich heraus, sonst werde ich sicher auch sterben!«

Alejandro drehte sich um und ging fort, scheinbar taub für die Schreie und Bitten des Soldaten um Gnade, obwohl sein Herz sich vor Mitleid mit dem verängstigten Mann zusammenkrampfte. Er stellte Sir John einige Fragen und eilte davon, um eine Audienz beim König zu erlangen.

König Edward empfing Alejandro in seinem behaglichen Salon und führte ihn zu einem gut gepolsterten Stuhl. Er bemerkte den Ausdruck ernster Sorge auf Alejandros Gesicht sofort.

»Einer guten Nachricht wegen hättet Ihr mich wohl nicht gestört, Doktor Hernandez. Welche schlimme Botschaft überbringt Ihr mir?«

»Sire, der Schneider Reed ist heute morgen tot in der Kapelle aufgefunden worden, und obwohl Matthews bis jetzt noch nicht erkrankt ist, fürchte ich, daß er ihm bald nachfolgen wird.«

Edward dachte einen Augenblick mit unbewegter Miene über diese Neuigkeit nach und fragte Alejandro dann: »Und wie soll man sich in dieser Situation verhalten?«

»Euer Majestät«, antwortete Alejandro, »meine Vorschläge sind gewiß für jeden zivilisierten Menschen verabscheuungswürdig, aber wir müssen folgendermaßen vorgehen, um die Bewohner dieses Schlosses zu schützen.« Er hielt inne, atmete tief ein und umriß dann seinen Plan. Der König hörte aufmerksam zu.

»Ihr könnt es in meinem Namen anordnen. Und Gott gebe, daß Euer Handeln wirklich gerechtfertigt ist, sonst werdet Ihr mit Sicherheit in der Hölle brennen.«

Daran hatte Alejandro keinen Zweifel.

Während Matthews' Schreie anhielten, mußten die Neugierigen den Hof räumen, und die Soldaten begannen, in der Mitte der offenen Fläche Holz aufzuschichten. *Wo ist nur die frühere muntere Tapferkeit des Mannes geblieben?* fragte Alejandro sich, denn das unablässige Schluchzen und Flehen des Soldaten hatten nichts mehr mit dem gemein, was er einst gewesen war.

Sir John befahl den übrigen Soldaten, rings um den Holzstoß herum, der nun noch mit dünnen Zweigen und trockenen Blättern bedeckt worden war, Aufstellung zu nehmen.

»Haltet Pfeil und Bogen bereit!« rief er, und rasch gehorchte die Truppe.

Dann ging er zur Tür der Kapelle. Er entfernte den Balken, mit dem sie versperrt war, und trat zurück, so daß Matthews ihn sehen und hören konnte. Der verängstigte Gefangene ließ ihn nicht aus den Augen.

»Matthews! Denkt daran, wer Ihr seid, und an den König, dem Ihr dient«, sagte er. Als daraufhin Matthews' Jammern und Flehen endlich verstummten, befahl Sir John: »Schleppt den Leichnam des Schneiders hinaus und legt ihn auf den Holzstoß.«

Matthews schaute zwischen dem Arzt und Sir John hin und her und suchte nach einem Anzeichen von Mitleid auf ihren versteinerten Gesichtern. Alejandro konnte dem Mann nicht in die Augen sehen, sonst wäre er in seiner Entschlossenheit wankend geworden. Also starrte er blicklos zu Boden, während Matthews den Leichnam Reeds vom Stuhl stieß und an den Fußknöcheln packte.

Unter beträchtlichen Anstrengungen, denn Reed war ein stattlicher Mann gewesen, schleppte Matthews den schlaffen, teilnahmslosen Körper über den steinernen Boden, bis er die Tür erreichte. Dann ließ er die Knöchel los und stieß die Tür auf. Dutzende von Pfeilen seiner Kameraden, mit denen er viele wilde Schlachten geschlagen hatte, waren auf ihn gerichtet. Keiner der Männer reagierte auf seine flehenden Blicke.

Er schleppte Reeds schweren Körper über den Hof. Dann stemmte er ihn mit aller Kraft, die er aufbringen konnte, auf den Holzstoß. Danach richtete er sich wieder auf und sah seine Kameraden an.

Sir John rief: »Fertig!« Die Soldaten spannten alle gleichzeitig die Sehnen ihrer Bögen. Matthews stand regungslos da.

»Zielen!« befahl der Ritter, und die Bogenschützen gehorchten. Matthews hielt sich die Augen zu.

»Feuer!« schrie Sir John endlich, und Dutzende von Pfeilen surrten durch die Luft; fast alle trafen Matthews.

Nachdem Matthews gefallen war, nahm Sir John dem nächststehenden Mann den Bogen ab und zog einen seiner eigenen Pfeile aus dem Köcher. Er umwickelte die Spitze mit einem Stück in Paraffin getauchtem Tuch und hielt eine Fackel daran. Dann zielte er sorgfältig und schoß den brennenden Pfeil mitten in den trockenen Holzstoß. Die Blätter und Zweige fingen sofort Feuer, und lodernde Flammen schossen empor und begannen, die Leichen der beiden Männer zu verzehren.

Sir John sah sich im Kreis der Bogenschützen um und sagte: »Gott allein weiß, welcher Bogen den tödlichen Pfeil verschoß. Wir werden es Ihm überlassen, uns alle zu richten.«

»Ihr Barbaren! Ihr Ungeheuer! Was habt Ihr Schreckliches getan?«

Isabella stand hilflos da und beobachtete das wütende Feuer außerhalb des Schloßtors, das Ballen von Seide und Leinen und zahllose Längen schön gearbeiteter Spitze verzehrte. Sie lief auf und ab und sah wütend zu, wie ihre langersehnten Kostbarkeiten verbrannten; der Anblick war zuviel für sie. Erbärmlich jammernd klammerte sie sich an Adele fest.

Alejandro sah von weitem zu, wie Adele versuchte, ihre erzürnte Herrin zu beruhigen. *Wie müßig!* dachte er zornig. Adele konnte Isabellas spektakuläre Darbietung vor der versammelten Menge nicht stoppen. Wieso trauerte sie nicht um den Schneider Reed? Der Arzt schüttelte angewidert den Kopf und wandte sich von dem Schauspiel ab, das Übelkeit in ihm aufsteigen ließ.

In dieser Nacht träumte er wieder von Carlos Alderon, der seinen Schlaf zorniger und lebhafter denn je störte. Diesmal jedoch gesellte sich die geisterhafte Gestalt von Matthews dazu, der ihn verfolgte, wie eine Zielscheibe gespickt mit Pfeilen, die in seinem Lauf aneinanderstießen und eine bizarre, geisterhafte Musik ertönen ließen.

Alejandro war nicht bereit, Isabella aus ihrer gemeinsamen Vereinbarung zu entlassen, obwohl Matthews' Mission erfolglos gewesen war. Unerwartet weise weigerte sich der König, sich Isabellas jammernde Bitten anzuhören, und es ging das Gerücht um, selbst ihr in sie vernarrter Vater empfinde Abscheu vor ihr. Nur die geduldige, loyale Adele schien fähig, die Prinzessin zu ertragen; fast alle anderen im Schloß hatten sich von ihr abgewandt. Endlich, bei einer ihrer immer häufigeren, aber stets heimlichen Zusammenkünfte, fand Alejandro den Mut, Adele nach dieser Situation zu fragen.

»Ich bin zwischen zwei gegensätzlichen Gedanken hin und her gerissen«, sagte er. »Ich bewundere, wie Ihr die starrsinnige Natur der Prinzessin ertragt, und finde es gräßlich, daß Ihr so unendlich geduldig mit ihr sein müßt. Ich bezweifele, daß ich in der Lage wäre, mir ihre Beleidigungen so lange anzuhören.«

Adele errötete bei diesem Kompliment. »Ich bitte Euch, bedenkt ihre Lebensumstände, bevor Ihr sie verurteilt. Trotz der erheblichen Vorteile ihrer Stellung hat sie keine aufrichtigen Bewunderer oder Verehrer, und sie ist sechzehn Jahre alt! Mir wird wenigstens die Bewunderung eines edlen Mannes zuteil, der ein geschickter und aufmerksamer Arzt ist. Isabella hat kein Glück in der Liebe, und auch ihrem Vater ist kein Erfolg beschieden bei seinen Versuchen, sie zu verheiraten. Sie war zweimal verlobt und bleibt doch eine alte Jungfer.«

Alejandro freute sich über das Geständnis, daß sie seine Aufmerksamkeiten genoß.

»Aber über ihr Alter braucht sie sich doch keine Sorgen zu machen«, sagte Alejandro. »Ihr selbst seid älter als sie und auch noch unverheiratet; von Euch höre ich darüber keine Klagen.«

Adele wirkte betroffen, und Alejandro bedauerte seine taktlose Bemerkung sofort.

»Ich bin nicht traurig, weil ich nicht verlobt bin«, sagte Adele. »Zwar hat niemand um mich angehalten, und das wird wahrscheinlich so bleiben, bis Isabella selbst mit Hochzeitsvorbereitungen beschäftigt ist. Es ist ihr Vater, der dem Mann seiner Wahl meine Hand gewähren muß, aber das wird nicht ohne Zustimmung der Prinzessin geschehen. Und sie wird nicht zustimmen, solange sie meiner Gesellschaft bedarf.«

Alejandro antwortete nicht, denn darauf gab es nichts zu sagen. Isabella würde sich von ihrer liebsten Freundin und einzigen Stütze erst trennen, wenn das in ihrem eigenen Interesse lag. Sein Mangel an Diskretion war Alejandro peinlich, und er entschuldigte sich, Adele in Verlegenheit gebracht zu haben.

»Ach, lieber Freund«, antwortete sie mit niedergeschlagenen Augen, »um mich braucht Ihr Euch keine Sorgen zu machen. Ich bin mit meiner Stellung hier nicht unzufrieden. Ich habe nie viel an Heirat gedacht, denn meine Verlobung würde niemandem Vorteile bringen, weil ich keine Familie mehr habe, der eine günstige Vermählung nützlich sein könnte. Isabella ist meine Familie; in ihrem Haushalt genieße ich Privilegien, wie sie kaum jemand auf dieser Welt je erleben wird. Ich bin zufrieden.« Sie sah ihm direkt in die Augen. »Ich war es – bis jetzt.«

Endlich streckte er die Arme aus und umfaßte sie, wie er es sich von Anfang an gewünscht hatte, und strich ihr mit zitternder Hand verzweifelt über das rote Haar.

Alejandro saß an dem kleinen Tisch im Privatgemach des Königs und sah zu, wie das Abendlicht lange Schatten an die gegenüberliegende Wand warf. Der König hatte ihn zu sich rufen lassen, und der Arzt frage sich ängstlich nach dem Grund. Plötzlich flog die Tür auf, und Edward schritt rasch in den Raum. Alejandro sprang auf und verbeugte sich. Der König hieß ihn wieder Platz nehmen. *Das wird ein kurzes Gespräch; er ist besorgt und in Eile.*

»Doktor, ich bin in einer schwierigen Lage und brauche Eure Hilfe.«

Mit Argwohn in der Stimme sagte Alejandro: »Sire, womit kann ich Euch dienen?«

Edward atmete tief ein, als bereite er sich auf eine lange Rede vor, und begann mit seiner Geschichte. »Ihr wißt, daß es in Isabellas Haushalt ein junges Mädchen gibt, das meine Tochter ist, aber nicht von meiner Königin.«

»Das hat man mir gesagt, ja. Ich dachte, daß es mir nicht zukommt, mich näher danach zu erkundigen, Majestät.«

»Für einen Spanier beweist Ihr große Weisheit, Doktor Hernandez.«

Alejandro ließ sich seinen Ärger über die kaum verhüllte Beleidigung seines Erbes nicht anmerken, denn die Bemerkung des Königs wäre noch beißender ausgefallen, wenn er die Wahrheit gekannt hätte. »Das liegt zweifellos an meiner französischen Erziehung, Sire.«

Der König warf dem Arzt einen Blick zu; er wußte, daß seine Kränkung mit einer anderen erwidert worden war, jedoch so subtil, daß er sich dadurch nicht beleidigt zeigen konnte. »Ach, ja, Eure Ausbildung in Montpellier«, sagte er nur. »Aber laßt mich fortfahren.« Er ging auf und ab und rang die Hände.

»Die Mutter des Kindes, die in London wohnt, ist erkrankt. Heute morgen kam die Nachricht, daß die Dame an der Pest leidet.«

»Es tut mir leid, das zu hören, Euer Majestät. Es ist eine wirklich schreckliche Art zu sterben.«

Angst und Reue klangen im Tonfall des Königs mit. »Ich sehe überhaupt keine angenehme Art, diese Welt zu verlassen, Doktor, und ich hege noch immer große Zuneigung zu dieser Dame. Es war nicht meine Entscheidung, sie nach London zu schicken. Bis heute quälen mich die Umstände ihrer Abreise sehr. Hätte ich zu entscheiden gehabt, so wäre sie nicht fortgeschickt worden.«

Alejandro war etwas verlegen über die Reue, die der König äußerte, und fragte sich, wie er wohl seine Missetaten wiedergutmachen wollte. »Euer Majestät, ich sehe nicht, wie ich Euch behilflich sein könnte. Ich kann die Dame nicht heilen, obwohl ich meine Seele dafür geben würde, es zu können.«

Ungeduldig sagte der König: »Das erwarte ich auch nicht. Ich möchte, daß Ihr das Kind nach London an das Sterbebett seiner Mutter bringt. Ich kann nicht länger mit der Qual darüber leben, daß die beiden getrennt sind. Ihr seid am besten geeignet, auf der Reise über sie zu wachen. Zumindest besteht dann eine gewisse

Hoffnung, daß sie heil nach Windsor zurückkehrt, wenn Ihr alle Eure Fähigkeiten zu ihrem Schutz anwendet. Es gibt für mich schon viel zu viele Gründe, Angst um meine unsterbliche Seele zu haben; zumindest die Last dieser Schuld wäre mir genommen.«

Alejandro war verblüfft. Das war mit Sicherheit das Todesurteil für ihn und das Kind. Wie konnte Edward diese Bitte rechtfertigen?

Doch es war keine Bitte. »Bereitet Euch vor, sofort abzureisen, Doktor«, sagte der König, »denn Ihr habt wenig Zeit und werdet beim ersten Morgenlicht aufbrechen.«

Adeles ohnehin blasses Gesicht verlor jede Farbe, als Alejandro ihr von der »Bitte« des Königs berichtete.

»Großer Gott... warum kann er nicht einen der Wachleute schicken?«

»Er glaubt, in meiner Begleitung hätte Kate bessere Chancen, die Hin- und Rückreise nach London zu überleben. Er hat schwere Schuldgefühle wegen ihrer Trennung von ihrer Mutter.«

»Zu Recht. Er hat nicht versucht, sich für sie einzusetzen, als Königin Phillippa das Kind nahm, sondern nur seine Hände in Unschuld gewaschen. Und jetzt will er seine Sünde gutmachen, indem er Kate in den sicheren Tod schickt, und Euch mit ihr!« Sie unterdrückte ein Schluchzen. »Verflucht sei diese Pest und all die Bosheit, die sie hervorgerufen hat!«

»Adele«, flüsterte er mit mehr Zuversicht, als er empfand, »fürchtet nicht um meine Rückkehr. Ich habe viele Prüfungen durchlitten und dabei wenig Hoffnung gehabt, Freude oder Zufriedenheit zu finden. Jetzt habe ich wenigstens einen Grund, mich weiter zu bemühen, denn mich treibt die Hoffnung, mit der Zeit Eure Liebe zu erringen.«

Er zitterte beinahe vor Angst, daß sie seine Hoffnung nicht teilen, sondern ihn wegen seiner Liebeserklärung schelten würde. *Verflucht sei meine Unerfahrenheit! Ich habe mich zu früh erklärt.*

Doch Adele schalt ihn nicht und zog sich auch nicht hastig zurück. »Ich habe mich danach gesehnt, Euch diese Worte sagen zu hören, denn auch ich möchte Euer Herz gewinnen. Ich hasse es, Euch aus diesen Mauern fortgehen zu sehen, denn ich fürchte, daß Ihr außerhalb ihrer Sicherheit zu Schaden kommen werdet.«

»Ich werde zurückkommen, da könnt Ihr sicher sein.«

Sie war nicht überzeugt. »Ja, gewiß, wie Matthews zurückgekommen ist und Reed mit ihm! Ich will nicht sehen, wie Euer Leichnam verbrannt wird, weil Ihr dem König helfen mußtet, sich von seinen vergangenen Sünden zu befreien!«

Still und nachdenklich ließ Adele sich auf eine steinerne Bank sinken. Nach einer Weile sah sie zu Alejandro auf und erklärte entschlossen:

»Ich werde mit Euch und Kate gehen.«

»*Das ist ganz unmöglich!* Selbst wenn der König es erlauben würde, was er sicher nicht tut, Isabella wird sich dagegen wehren, Eure Gesellschaft zu verlieren. Ich sehe keine Hoffnung, daß Ihr uns begleiten könnt. Und Ihr solltet es auch nicht tun. Das ist keine Aufgabe für eine so zarte Dame.«

»Laßt Euch nicht täuschen, so zart bin ich nicht, Alejandro; ich bin eine Frau von großer Entschlossenheit und einiger Willenskraft. Seit ich ein kleines Kind war«, erzählte sie bedächtig, »habe ich meiner Lady ergeben gedient und nie einen Gedanken an mein eigenes Glück verschwendet. Mein ganzes Leben lang war ich ihre Freundin und zuverlässige Vertraute und habe sie nie um eine Gunst gebeten. Sie wird mir nichts verweigern. Und König Edward werde ich nicht um Erlaubnis bitten. Isabella würde lieber sterben, als die einzige Gefährtin zu verlieren, deren Liebe zu ihr aufrichtig ist und nicht bloß ein Instrument, um königliche Gunst zu erlangen. Sie wird mich gehen lassen und meine Abwesenheit beim König entschuldigen.«

Alejandro staunte über ihre plötzliche Kühnheit; er hatte nicht geahnt, daß sie diese Eigenschaft in sich verbarg. *Wo hat sie diese abenteuerlustige Natur versteckt?* fragte er sich.

Dann kehrte seine Vernunft zurück. »Ich kann nicht zulassen, daß Ihr Euch in solche Gefahr begebt, nur um mich zu begleiten. Das Risiko, daß keiner von uns überlebt, ist schrecklich groß.«

»Ich fürchte mich nicht davor, ein Leben zu verlieren, dem fast alles fehlen würde, was mir lieb und teuer ist. Wenn Ihr verloren wärt und Kate auch, dann wäre ich bis auf Isabella ganz allein. Ich wäre verbittert und teilnahmslos und ohne Hoffnung; solche Einsamkeit fürchte ich weit mehr als den Tod.«

Da er ihre Furcht vor der Einsamkeit teilte, konnte er ihre Entschlossenheit verstehen. »Gut, so sei es«, sagte er. »Wir werden dies zusammen tun.«

Wie Adele vorhergesagt hatte, gestattete Isabella ihr die Reise. Sie wollte nicht Gefahr laufen, Adeles Freundschaft zu verlieren, indem sie sie ihr verweigerte, versuchte aber dennoch mit aller Kraft, sie zu überreden, in der Sicherheit der Mauern Windsors zu bleiben.

»Liebe Adele, wollt Ihr mich für einen Spanier verlassen? Seid Ihr sicher, daß er Eurer Zuneigung und Eures Vertrauens würdig ist?«

Aber Adele ließ sich nicht umstimmen. »Er ist sogar Eurer Zuneigung wert, Isabella, aber ich bezweifle, daß Ihr das sehen könnt, denn Ihr seid blind in Eurem Zorn.«

Beschämt fragte Isabella: »Habe ich Euch auf irgendeine verborgene Weise unrecht getan?«

»Nein, liebe Freundin, aber ich würde mir selbst unrecht tun, wenn ich in dieser Angelegenheit nicht meinem Herzen folgen würde.«

Die zierliche junge Frau umarmte die schlanke Prinzessin und versuchte, sie zu beruhigen. »Wenn es Gottes Wille ist, werde ich zurückkehren, in Gesellschaft eines guten Mannes und des Kindes, denn gewiß stehen wir alle drei unter seinem liebevollen Schutz.« Sie faßte an ihr mit Rubinen besetztes Kreuz und hoffte von ganzem Herzen, daß sie recht hatte.

Alejandro ging sofort zum Wachhaus und informierte Sir John über ihre Reise. Ein starkes, aber sanftes Pferd wäre das richtige Reittier für das junge Mädchen, das wenig Erfahrung im Reisen habe, sagte er. Daß das Pferd in Wirklichkeit *zwei* zarte Damen tragen würde, sagte er nicht.

Er gab zahlreiche Anweisungen für ihre Rückkehr, denn er

und Kate sollten den gleichen strengen Quarantänebestimmungen unterworfen sein, die auch Matthews und Reed erlitten hatten. Er hatte noch nicht darüber nachgedacht, wie Adele sicher ins Schloß würde zurückkehren können, doch auf der Reise würde er Zeit haben, sich einen Plan auszudenken. Diesmal mußten die Vorbereitungen die zarteren Bedürfnisse einer sehr jungen Dame berücksichtigen.

Mit der üblichen Tüchtigkeit traf der Hauptmann die notwendigen Vorbereitungen und wählte sorgfältig ein passendes Reittier aus. Die Pferde warteten am Tor, als Alejandro vor der Morgendämmerung mit dem schläfrigen kleinen Mädchen erschien. Er half ihm in den Sattel und war bestürzt, wie klein und verloren das Kind auf dem Rücken des riesigen Pferdes wirkte. Er überprüfte nochmals den Proviant und schickte sich an, sein eigenes Pferd zu besteigen. Da legte Sir John ihm eine Hand auf den Arm und sagte in ernstem Ton:

»Sorgt dafür, daß Ihr sie vor Schaden bewahrt, Doktor, denn wenn Eure Reise so endet wie die von Matthews, werden weder ich noch irgendeiner meiner Soldaten ihr einen Pfeil in die Brust schießen. Nicht einmal für den König.«

Nach diesem Rat nahm Alejandro die Zügel von Kates Pferd, und sie ritten in dem Augenblick aus dem Tor, in dem am Horizont die Sonne aufging.

Adele hatte sich hundert Schritte entfernt im Wald versteckt, in die groben Gewänder eines einfachen Reisenden gekleidet. Sie hatte sich schon vorher aus Windsor davongestohlen, indem sie einen engen Tunnel benutzte, den sie und Isabella als Mädchen entdeckt hatten. Alejandro hätte sie fast übersehen, denn ihre braune Tunika und grauen Beinkleider waren kaum von den trockenen Zweigen zu unterscheiden, zwischen denen sie sich versteckte. Kate stieß einen Freudenschrei aus, als sie Adele sah, denn man hatte ihr nichts von der zusätzlichen Begleiterin gesagt, die sie auf dieser traurigen Reise haben würde. In ihren einfachen Kleidern wirkten die drei wie eine gewöhnliche Familie auf der Flucht vor der Pest. Keiner würde in ihnen zwei Damen von Adel und einen abtrünnigen Juden erkennen.

14

Sobald der Wachmann gegangen war, eilte Janie zu den Gittern ihrer Zelle und umklammerte mit weißen Knöcheln die Stäbe. »Was geht hier *vor*?« flüsterte sie Bruce in drängendem Ton zu. Sie sah mehr Furcht in seinem Ausdruck, als sie sehen wollte.

»Versuchen Sie einfach, ruhig zu bleiben«, antwortete er rasch. »Das ist irgendein Mißverständnis. Ich bin sicher, daß es ganz schnell aufgeklärt wird.«

»Aber warum sperrt man uns auf diese Weise ein? Ich habe doch nur einen Ohrring fallen lassen, mein Gott! Es war ja nicht, als hätte ich eine Terroristenbombe gehabt oder so...«

Bruce unterbrach sie mitten im Satz. Der ängstliche Ausdruck auf seinem Gesicht wurde intensiver. »Ich glaube, wir sollten jetzt nicht reden«, sagte er. Er schaute sich im Raum um, als suche er nach einer Art Abhörvorrichtung.

Idiotin, schimpfte Janie sich im stillen. *Natürlich können sie jedes Wort hören, das wir sprechen.* Sie nickte, sie habe verstanden, und sagte nichts mehr.

Gleich darauf sah sie, daß der Biocop, der als erster die Waffe auf sie gerichtet hatte, die Tür zum Zellenraum öffnete und mit autoritärem Gehabe hereinkam. Er schob seine magnetische Identitätskarte in den Schlitz an der Wand, wie er es getan hatte, als er ihre Zellen versperrte, und drückte dann auf einen Knopf, diesmal auf einen anderen. Man hörte wieder ein Klicken, leiser als beim Schließen der Türen, und die Abdeckplatte einer kleinen Durchreiche, die in die Gitterstäbe von Janies Zelle eingelassen war, öffnete sich mit einem leisen Surren. Der Wachmann schob einen flachen Plastikbehälter durch die Öffnung, der irgendein gefaltetes Kleidungsstück zu enthalten schien. Nachdem sie es ein paar Augenblicke mißtrauisch gemustert hatte, streckte Janie zögernd die Hand aus und nahm den sackähnlichen Behälter aus der offenen Durchreiche. Sie drehte ihn ein paarmal in den Händen, untersuchte ihn und blickte dann zu dem Wachmann auf. Bruce sah aus seiner Zelle schweigend zu.

»Was ist das?« fragte sie.

»Ein steriler Anzug«, antwortete der Wachmann. »Sie müssen alle Ihre eigenen Kleider ausziehen und ihn anziehen«, befahl er.

Alarmiert schaute sie zu Bruce hinüber, und dieser sagte zu dem Wachmann: »Könnten Sie bitte erklären, was hier vorgeht?« Sein Ton war entschieden und verriet deutliches Mißfallen, aber Janie war überrascht, wie wenig verärgert er klang. *Er hält sich mit Absicht zurück,* dachte sie und entschied, daß es klug wäre, seinem Beispiel zu folgen. *Was weiß er über das hier, was ihm solche Sorgen macht?* fragte sie sich beunruhigt.

»Die Dame hat versucht, diese Einrichtung zu betreten, die ein gesichertes Depot ist, wie Sie wissen, Dr. Ransom.« Er wandte sich an Janie; durch die dicke Plastikmaske konnte sie kaum seine Gesichtszüge sehen. »Sie sind nicht zutrittsberechtigt, Madam.«

Sie vergaß, daß sie sich hatte zurückhalten wollen. »Ich habe nicht versucht, Ihre Einrichtung zu betreten«, sagte sie wütend. »Ich habe einen Ohrring verloren und wieder aufgehoben.«

Der Wachmann war aufreizend höflich zu ihr. »Trotzdem hat Ihr Arm die Lichtschranke durchbrochen, und Ihre Anwesenheit ist registriert worden. Das Gerät betrachtet das stets als Betreten, wie unvollständig auch immer.«

Es betrachtet... dachte sie. *Es* schien ein Eigenleben entwickelt zu haben, und *Es* hatte eindeutig erheblich mehr Autorität als der Wachmann, der *Es* bediente. »Ach, um Gottes willen«, sagte Janie verzweifelt, »sehe ich vielleicht wie eine Terroristin aus?«

»Dazu darf ich sagen, daß es kein einheitliches Aussehen von Terroristen gibt, Madam, und auf jeden Fall wäre ich nicht zu der Feststellung berechtigt, wodurch es sich auszeichnet. Das fällt unter die Zuständigkeit eines ganz anderen Ministeriums.« Er wies mit der behandschuhten Hand auf den Plastikbehälter, den sie hielt. »Wenn Sie jetzt so freundlich sein wollen, Ihre Kleider auszuziehen und den Anzug anzuziehen, bitte; Sie können Ihre Sachen dann in den leeren Behälter legen. Sie bekommen Sie später zurück.«

Aber Janie stand einfach da und sah eindeutig nicht so aus, als wolle sie sich fügen.

Der Wachmann war noch immer höflich, doch sein Tonfall wurde jetzt ernster. Entschieden sagte er: »Es tut mir leid, Madam, aber Sie haben keine Wahl. Bitte tun Sie, was ich gesagt habe.«

»Nein«, sagte sie leise und ging rückwärts durch die Zelle, bis sie mit dem Rücken an die Wand stieß.

Der Wachmann wurde von Minute zu Minute ungehaltener. Bruce schaute aus seiner Zelle aufmerksam zu, sagte aber nichts, bis er sicher war, daß Janie nicht mit ihren Wärtern kooperieren würde. »Janie«, sagte er schließlich, »es wäre gut, wenn Sie tun würden, was er verlangt. Wir könnten sonst einige Probleme bekommen.«

Der Wachmann sah Bruce an und nickte. »Das stimmt«, sagte er. »Es ist am besten, keine Schwierigkeiten zu machen. Wir machen nur einen kleinen Spaziergang zu...«

Sie ließ ihn den Satz nicht beenden. *»Sie können mich mal«*, sagte sie leise.

»Wie bitte?« sagte der Wachmann überrascht.

»Ich sagte: *Sie können mich mal!* Ich werde nirgends hingehen, bis Sie mir sagen, was hier vorgeht. Ich habe nichts getan, was eine solche Behandlung rechtfertigen würde, und ich verlange...«

Bruce, der merkte, daß Janie zu weit gehen würde, unterbrach sie und sagte: »Janie! Bitte! *Beruhigen Sie sich!*« Als er ihre Aufmerksamkeit hatte, fuhr er fort: »Sie werden Sie bloß printen. Jeder, der festgehalten wird, wird geprintet, wenn er es nicht schon ist. Sie werden Ihnen keinen Schaden zufügen.«

Sie wußte zwar, daß der Vorgang weder schmerzhaft noch gefährlich war, doch niemand, nicht einmal seine glühendsten Verfechter, hätte geleugnet, daß das Bodyprinting das äußerste Eindringen in die menschliche Privatsphäre war. Sie drückte sich noch fester gegen die Wand, als könne sie sie schmelzen und wieder in selige Freiheit gelangen. In der Hoffnung, aufsässiger zu klingen, als sie sich fühlte, sagte sie: »Das lasse ich nicht mit mir machen.«

Ruhig zog der Wachmann seine Waffe aus dem Halfter und richtete sie auf Janie. »Wie Sie wollen«, sagte er, »aber ich fordere Sie auf, diese Haltung noch einmal zu überdenken. Ich muß Ihnen mitteilen, daß eine Weigerung einen Verstoß gegen Abschnitt 236 des Internationalen Biosicherheitsvertrages ist. Die britische Regierung hat das Recht, Personen, die gegen diesen Vertrag verstoßen, wegen der verschiedensten Verbrechen vor Gericht zu stellen, und auf einige davon steht die Todesstrafe. Damit sind wir hier nicht mehr so zimperlich wie früher.«

Verzweifelt sagte sie: »Ich verlange, daß Sie den Botschafter der Vereinigten Staaten benachrichtigen.» Der Wachmann antwortete: »Es tut mir leid, Ihnen sagen zu müssen, daß bei Verstößen gegen das Abkommen eine diplomatische Vermittlung nicht möglich ist.«

Janie sah wieder Bruce an; er wirkte fast panisch. »Janie...«, sagte er, »bitte tun Sie, was er verlangt.«

Der Wachmann sagte: »Natürlich hängt all das davon ab, wie ich über den Vorfall berichte. Wenn Sie Ihre Meinung ändern und kooperieren würden, könnten die Dinge für Sie etwas günstiger verlaufen.«

Sie schaute zwischen dem Wachmann und Bruce hin und her. Beide warteten darauf, daß sie etwas sagte, beide hofften aus verschiedenen Gründen, daß sie ihren Widerstand aufgab. Sie schluckte schwer, schaute zu Boden und schwieg.

Frustriert sagte der Wachmann: »Also gut.« Sein Ton wurde unheilschwanger. »Aus unserem bisherigen Gespräch schließe ich, daß Sie alle Formalitäten unseres Rechtssystems überspringen und direkt zur Exekution schreiten möchten.« Er ließ den Abzug seiner Waffe klicken. »Aber haben Sie keine Angst. Dies ist eine chemische Kugel, und Sie werden nichts spüren. Ihr Gehirn hört zu funktionieren auf, bevor Ihr Kopf den Boden berührt.«

Wieder schaute Janie zwischen der Maske des Biocops und Bruces bittender Miene hin und her. »Bitte, Janie... seien Sie nicht töricht... es geht nur um ein Printing...«

Endlich sah Janie ein, daß sie diesen Kampf nicht gewinnen

würde und gab widerstrebend auf. Sie sah den Wachmann an und fragte: »Könnten Sie sich wenigstens umdrehen, während ich die Kleider wechsle?«

»Es tut mir leid, Madam, aber ich muß zusehen. Ich muß Sie ununterbrochen im Blick haben.«

»Ich tue es, Janie«, sagte Bruce und wandte sich ab. »Ich drehe mich um. Machen Sie nur keine Dummheiten. Es wird schon gut werden. Alles wird gut werden.«

Für eine Weile, die ihr sehr lang vorkam, hing Caroline in dem unsicheren Raum zwischen Schlafen und Wachen. Ihre Brust schmerzte, und sie fühlte sich, als sei im Schlaf ein schweres Gewicht auf sie niedergegangen. Ihr war schrecklich kalt, obwohl das Gewicht ihr verriet, daß sie noch immer zugedeckt war.

O Gott, ich bin so krank, daß diese Decke sich anfühlt wie eine Ladung Ziegelsteine...

Sie konnte die Augen nicht öffnen. Selbst wenn sie dafür genug Energie aufgebracht hätte, sie schienen mit einer Kruste verklebt, als hätte sie im Schlaf geweint. Immer wieder kamen ihr Bruchstücke ihres Traums in den Sinn, während sie allmählich aus dem Medikamentenrausch erwachte. Sie versuchte erneut, die Arme zu bewegen. Sie waren wie festgenagelt, sie konnte sie nicht rühren. Benommen versuchte sie nachzudenken und kam zu dem Schluß, daß etwas ihre Arme festhielt. *Wenn ich nur die Augen aufmachen und nachsehen könnte...* Doch allein die Vorstellung, ihre Gesichtsmuskeln zu bewegen, wie wenig auch immer, war schon zuviel. Halb bewußtlos lag sie da und wartete auf mehr Klarheit.

Ihr war kalt, aber sie war zugedeckt. Ihr Mund war trocken, aber ihre Haut war klamm und feucht. Sie war beinahe wach, aber sie konnte sich nicht rühren. Wieder bemühte sie sich und schaffte es endlich, die Augenlider zu heben.

Das erste, was sie sah, war, daß etwas über ihrer Brust lag; der schwere Gegenstand war in irgendeinen dunklen Baumwollstoff gehüllt... Dann sah sie ein Büschel ergrauender Haare und den Teil eines Arms...

Jemand liegt auf mir.

Mit aller Kraft stemmte sie sich hoch und versuchte, den Mann abzuwerfen, doch es gelang ihr nicht, obwohl er sich nicht wehrte. Doch nach einer weiteren großen Anstrengung begann er in Richtung Fußboden abzurutschen...

Heilige Mutter Gottes, auf mir hat ein Toter gelegen...

Endlich rollte der Leichnam ganz von ihr herunter und plumpste laut auf den Boden. Sie rang nach Atem, faßte sich an die Kehle und versuchte zu schreien, doch sie konnte es nicht. Sie schaute auf den Fußboden neben dem Bett und sah, daß die toten Augen von Ted Cummings sie anstarrten; sein Gesicht war eine verzerrte Schreckensgrimasse.

Zu schnell sprang sie auf; ihr Kopf fühlte sich an, als würde er platzen. Ekel stieg in ihr auf, und sie stolperte ins Badezimmer, wo sie über eine Minute trocken würgte, ehe sie sich wieder in der Gewalt hatte. Sie sah ihre Jeans und ihr Flanellhemd liegen, wo sie sie zurückgelassen hatte, und zog sich rasch an; ihr schweißnasses Nachthemd ließ sie auf dem Boden des Badezimmers liegen.

Sie mußte Hilfe suchen; ihr erster Gedanke war Janie, aber sie hatte keine Ahnung, ob Janie schon von ihrer Fahrt nach Leeds zurückgekommen war. Taumelnd lief sie aus dem Badezimmer und blickte noch einmal auf Teds Leiche.

Sie hatte keine Ahnung, wie oder warum er gestorben war, und wußte auch nicht, ob sie irgendwie mit seinem Tod zu tun hatte. Ein rascher Blick auf die Leiche gab ihr keinen Hinweis auf die Todesursache; Ted wies keine sichtbaren Male auf und blutete auch nicht; er wirkte zwar bleich und aufgeschwemmt, doch damit war sein Sterben nicht erklärt. Sie war bewußtlos gewesen, wahrscheinlich sehr lange; wer weiß, was sie vielleicht im Schlaf getan hatte? Sie befand sich in einem fremden Land, in dem sie buchstäblich keine Rechte hatte, die sie schützten, einem Land, in dem man Situationen wie die, in der sie war, fast immer sofort ahndete. Ganz plötzlich wurde ihr der Ernst ihrer Lage klar, und sie geriet in Panik; sie hatte keinen anderen Gedanken, als das Hotelzimmer zu verlassen und sich von dem schrecklichen Ding zu entfernen, das auf ihrem Fußboden lag. Sie rannte zur Tür hinaus und hörte sie hinter sich zufallen, während sie zu Janies naher Tür lief. Sie klopfte, so laut sie das in ihrem schwachen Zustand vermochte; niemand reagierte, also versuchte sie es noch einmal. Diesmal brachte sie trotz aller Schwäche ein lauteres Geräusch zustande, doch wieder antwortete niemand.

Sie wandte sich wieder ihrer eigenen Suite zu, doch dann fiel ihr ein, daß sie keinen Schlüssel hatte. In der Hoffnung, daß die Tür nicht verschlossen war, drehte sie den Knopf, aber die Tür öffnete sich nicht. Sie rüttelte daran, aber ohne Erfolg. *Janie, wo sind Sie?* schrie sie innerlich. Sie drehte sich um, lehnte sich gegen die Tür und begann vor Frustration zu weinen.

Plötzlich fiel ihr Blick auf den Spiegel, der an der Wand gegenüber ihrer Tür hing. Erschrocken über ihr Spiegelbild wich sie zurück.

Ihr Haar war eine verfilzte Masse. Ihr Gesicht bestand aus gelben Schwellungen, der Hals darunter war mit dunklen, blauschwarzen Flecken bedeckt.

Während sie noch ihr schreckliches Spiegelbild betrachtete, läutete die Glocke des Aufzugs und verkündete, daß er gleich den sechsten Stock erreichen würde. Sie wußte, daß sie sich in diesem Zustand nicht sehen lassen durfte. Sie rannte dem Schild AUSGANG am Ende des Flurs zu und kämpfte mit der Tür, zerrte hektisch daran; sie schien eine Tonne zu wiegen. Gerade als sie krachend durch die Tür zur Feuertreppe stürmte, öffnete sich die Aufzugtür; Caroline zog die Treppentür hinter sich zu und taumelte die Treppe hinunter.

Langsam ging Janie den gleichen langen Korridor hinunter, durch den sie vorher zu den Zellen gelangt waren. Unter dem großen Plastikanzug, der ihren Körper einhüllte wie ein riesiges Kondom, war sie nackt, und das kalte Plastikmaterial scheuerte auf der Haut und ließ sie bei jedem Schritt erschauern. Sie trug Papierslipper, von denen sie wußte, daß sie später entsorgt werden würden; die gleiche Art hatte sie immer getragen, wenn sie in den Operationssaal ging, vor einer Million Jahren, als sie ein glückliches Leben als Chirurgin führte. Sie stellte sich vor, wie sie mit der Hüfte die Schwingtür aufstieß, wie dahinter Schwestern mit Gummihandschuhen ihre frisch geschrubbten Hände erwarteten, wie die Lautsprecheranlage Mozart spielte und eine Heilung unmittelbar bevorstand...

Statt dessen glitten zwei schwere Metalltüren automatisch auseinander, verschwanden mit einem zischenden Geräusch in den Wänden und schlossen sich wieder, nachdem sie und ihr Gefolge hindurchgegangen waren. Zwei Biocops folgten ihr mit gezogenen Waffen, bereit, sie aus *diesem* Leben zu reißen, so unglücklich es auch sein mochte, falls sie sich falsch benahm. Daß sie sich in wenigen Augenblicken einem erzwungenen Bodyprinting würde unterziehen müssen, war eine entsetzliche Vorstellung; in den Vereinigten Staaten wurde das wegen der Gesetze zum Schutz der Intimsphäre selten gemacht, obwohl der Kongreß diese Gesetze nach jedem neuen Ausbruch immer weiter auslegte. Trotzdem hatten nur sehr wenige Menschen die unwürdige Prozedur über sich ergehen lassen müssen, und sie wünschte von ganzem Herzen, sie hätte die Zeit zurückdrehen und ihr entkommen können.

Einer der Biocops sagte: »Hier nach links abbiegen.« Sie gehorchte, obwohl ihr überhaupt nicht danach zumute war. Sie hätte nichts lieber getan, als sich umzudrehen und wegzulaufen, zu irgendeiner üppigen idyllischen Wiese, wo Vögel zwitscherten und Pollenflug sie niesen machte. Die gefilterte, sterile Luft in dieser Einrichtung hatte nichts von der duftenden Erdhaftigkeit, die sie gern einatmete; sie war trocken und irritierend rein, sie hatte kein *Leben* in sich. Nach der Biegung befand sie sich in einem weiteren langen Korridor und ging an zahlreichen Türen vorbei auf eine Doppeltür an dessen Ende zu. *Hier muß es sein,* dachte sie. Einer ihrer Bewacher tippte einen Code in eine Zahlentastatur an der Wand, und langsam schwangen die Türen auf. »Bitte, treten Sie ein und tun Sie nichts, bis die Türen wieder ganz geschlossen sind. Wir geben Ihnen über die Sprechanlage weitere Anweisungen.«

Das Surren und Klicken der Türen, die sich schlossen, signalisierte, daß keine Flucht möglich war. Janie stand in dem kleinen Raum und starrte auf das niedrige Podest in seiner Mitte. *Da wird es passieren,* dachte sie und begann zu zittern.

Alle Wände des Raums waren mit Spiegeln bedeckt; Janie zweifelte nicht daran, daß sie von der anderen Seite durchsichtig waren und den Biocops ermöglichten, die Vorgänge zu beobachten, ohne daß sie selbst sie sehen konnte. Welcher *Spiegel wird es sein?* dachte sie. *Oder sind es alle vier? Lassen sie alles stehen und liegen, was sie gerade machen, und kommen, um zuzuschauen?*

Aus einem kleinen Lautsprecher an der Decke ertönte eine Stimme. »Bitte nennen Sie Ihren Namen.«

Einen Moment lang fragte sich Janie, wieso sie ihren Namen nicht kannten. Dann fiel ihr ein, daß sie seit der Ankunft in der Einrichtung nicht danach gefragt worden war. Bruce hatte alle Verhandlungen geführt. Vielleicht galt sie nur als Bruces Reisebegleiterin. Ihre eigenen Papiere hatte sie in Bruces Auto zurückgelassen. Spöttisch dachte sie: *Diese Einsteins haben nicht mal nach meinen Papieren gefragt!*

Was immer du willst, Adolf, aber ich werde mich mit dir und deinem Sturmtrupp ein bißchen amüsieren…

Sie räusperte sich und sagte mit lauter, klarer Stimme: »Merman. Ethel Merman.«

Nach einem kurzen Schweigen meldete die Stimme sich erneut. »Dr. Ranson nannte Sie ›Janie‹.«

Ha! Sie wissen es wirklich nicht! »Janie ist mein zweiter Vorname. Als Kind habe ich den Vornamen Ethel gehaßt, also nannten mich alle Janie.«

»In Ordnung, Miss Merman. Wir haben noch ein paar Fragen an Sie, bevor wir weitermachen.«

Darauf hätte ich gewettet, dachte sie.

»Geburtsdatum.«

Laß dir was einfallen, Janie. »22. November 1963.«

»Geburtsort?«

»Dallas. Texas. *USA.*«

Die Wachen hinter dem Spiegel wechselten Blicke. Der Leiter

schaltete den Lautsprecher aus und sagte: »Als wollte sie uns eins auswischen. Sie denkt, sie müßte uns erzählen, daß sie Amerikanerin ist.«

Er schaltete den Lautsprecher wieder ein. »Sehr gut, Miss Merman. Soviel ich weiß, ist Dallas eine schöne Stadt. Wenn Sie uns jetzt bitte Ihren ständigen Wohnsitz in den USA. nennen könnten.«

»Yawkey Way, Boston, Massachusetts.«

»Könnten Sie das bitte buchstabieren?«

»Yawkey. Y-A-W-K-E-Y... Way. W-A-Y.«

»Vielen Dank«, unterbrach er sie. »Postleitzahl?«

Hoppla! dachte sie. Sie erfand eine neunstellige Zahl. *Sie werden es nie erfahren.*

»Familienstand?«

Schmerzliche Erinnerungen durchfluteten sie. Das waren die Fragen, die sie immer verabscheute. »Verwitwet.«

»Danke, Miss Merman. Jetzt brauchen wir eine kurze medizinische Anamnese.«

Janie empfand einen Moment leichte Besorgnis. Wenn es vorbei war, würden sie alles über ihre medizinische Vorgeschichte wissen. *Wieso fragen sie jetzt?*

Vielleicht stellen sie mich nur auf die Probe. Sie wollen, daß ich weiß, daß sie alles, was ich sage, mit dem vergleichen werden, was sie finden.

»Anzahl der Lebendgeburten.«

»Eine.«

»Anzahl der lebenden Nachkommen?«

Oh, Gott, bitte laß diese Fragen aufhören. »Keine.«

»Reproduktionsstatus?«

»Sterilisiert.«

Nach dieser Antwort herrschte Schweigen im Kontrollraum, während die Wachen untereinander Janies Antworten besprachen.

Einer sagte: »Sie scheint sich beruhigt zu haben. Was meint Ihr, was wir mit ihr machen sollen?«

Sie wußten, daß sie sich in einer schwierigen Lage befanden;

ihre Entscheidung, wie sie verfahren würden, konnte weitreichende Folgen haben. Ihre Gefangene war keine britische Staatsbürgerin, sondern behauptete, Amerikanerin zu sein, wofür auch ihr akzentuiertes Englisch und ihre Frechheit sprachen; sie trug keine Papiere bei sich, aber sie hatte auch keine Waffen oder andere verdächtige Gegenstände bei sich gehabt.

»Vielleicht sollten wir oben anrufen und uns Rat holen.«

Die anderen Wachmänner brummten bei diesem Vorschlag. Einer sagte: »Guter Gott, nein. Er wird nur alles durcheinanderbringen. Und wenn nichts dabei rauskommt, sind wir verantwortlich.«

Sie sprachen über die Schwierigkeiten, die sie mit ihrem Vorgesetzten gehabt hatten, einem politischen Beamten mit den richtigen Vorfahren und geringer Entscheidungsfähigkeit, der einmal zu unbegründeten Schlußfolgerungen gelangt war und einen unschuldigen amerikanischen Staatsbürger wegen eines geringen Verstoßes gegen die Biosicherheitsvorschriften verhaftet hatte. Seine Stümperei hatte fast zu einem internationalen Zwischenfall geführt, und einer ihrer damaligen Kollegen war darüber gestürzt und hatte seinen Job und seine Pension verloren. Keiner der Wachleute, die sich um Janie kümmerten, wollte die Situation so weit eskalieren lassen. Sie wußten, sie waren verpflichtet, die Prozedur durchzuführen, doch sie wollten die Angelegenheit möglichst klein halten, bis sie zu weiteren Untersuchungen bevollmächtigt waren.

Einer von ihnen sagte: »Ich denke, sie sagt die Wahrheit. Seht euch hier mal ihre Zahlen an.« Er wies auf die diagnostischen Werte der Zeitspanne, in der Janie die Fragen über ihre Mutterschaft beantwortet hatte. Sie verglichen ihre Körperreaktionen mit den Fragen, die sie stellten, und verglichen die biologischen Indikatoren mit den zu erwartenden Werten für die Art ihrer Reaktion wie ein altmodischer Lügendetektor. »Sieht so aus, als hätte sie bei den Ausbrüchen ein Kind verloren. Die Frage muß sie aufbringen. Dieser Anstieg der Linie besagt, daß sie aufgebracht war. Ich denke, wir sollten weitermachen. Ich glaube nicht, daß wir es hier mit einer Terroristin zu tun haben.«

»Wahrscheinlich nicht«, sagte der andere. »Vielleicht hat sie wirklich bloß einen Ohrring verloren.« Er drückte ein paar Tasten auf seiner Computertastatur und schaute auf den Bildschirm. »Merman«, sagte er. »Keine Vorgeschichte irgendwelcher krimineller Aktivitäten; keine Verbindung zu irgendeiner bekannten Gruppe, zumindest nicht in Europa. Ich wünschte, wir könnten diese Information aus den U.S.A. bekommen; ich verstehe nicht, warum sie uns keinen Einblick geben.«

»Sie wollen, daß wir erst nett darum bitten. Aber wenigstens lassen sie uns die biologischen Werte sehen. Und sie stimmte mit nichts überein, was in unseren Dateien steht, als sie die Lichtschranke durchbrach. Wenn sie drüben verhaftet oder auch nur vernommen worden wäre, hätten wir irgendeinen Hinweis darauf, und sei er noch so klein. Da ist aber nichts. Also laßt sie uns einfach printen und Schluß.« Alle waren einverstanden und nickten.

Der Mann schaltete den Lautsprecher wieder ein.

»Gut, Miss Merman, das waren alle Fragen. Gleich kommt die Wärterin und schließt Sie an.«

Caroline lag verwirrt und erschrocken auf der Treppe zwischen dem fünften und sechsten Stock des Hotels und versuchte sich verzweifelt zu erinnern, wie sie in diese Lage gekommen war. Sie war die Treppe heruntergefallen und für ein paar Augenblicke bewußtlos gewesen, und nun kam sie langsam wieder zu sich. Sie wußte, daß sie sich in einem Treppenhaus befand, aber sie wußte nicht, warum; ihr fiel nur ein, daß es gut wäre, so schnell wie möglich da herauszukommen. Da es weniger anstrengend war, abwärts zu gehen als aufwärts, bewegte sie sich halb kriechend und halb rutschend die kalten Betonstufen hinunter.

Als sie endlich den Fuß der Treppen erreicht hatte, sah sie eine Tür mit einem roten AUSGANG-Schild darüber und beschloß, durch diese Tür hinauszugehen. Sie hatte keine Ahnung, was sich dahinter befand, aber schlimmer als eine dunkle Betontreppe konnte es nicht sein. Sie stand auf, lehnte sich schwankend gegen die Stahltür und drückte die Klinke herunter. Kaum war es ihr gelungen, die Tür zu öffnen, ertönte direkt über ihrem Kopf ein lauter Alarm und versetzte sie in Panik. Der Lärm drohte ihr den Kopf platzen zu lassen; sie preßte die Hände auf die Ohren, stürzte aus der Tür und fand sich in einem kleinen, grasbewachsenen Hof zwischen ihrem Hotel und dem nächsten Gebäude wieder. Sie wollte nur möglichst schnell ungesehen verschwinden, und so lief sie nicht auf die gut erleuchtete Straße, sondern in die entgegengesetzte Richtung, in eine dunkle Gasse hinter dem Hotel.

Dort ruhte sie sich ein Weilchen aus und lauschte, wie infolge des Alarms die Feuerwehr eintraf. Wenn sie durch den Durchgang zur Straße schaute, konnte sie die wandernden Taschenlampen sehen, mit denen die Feuerwehrleute das Gelände absuchten. Sie wußte, sie mußte hier verschwinden, wenn sie nicht entdeckt werden wollte. Mühsam erhob sie sich auf Hände und Knie und kroch zu einer dunkleren Stelle einige Gebäude weiter die Gasse hinunter.

Als sie glaubte, daß man sie nicht mehr sehen und für verdächtig halten konnte, lehnte Caroline sich zurück; ihr Atem war ein mühsames Keuchen, und sie zitterte vor Kälte. Plötzlich kehrten alle Beschwerden und Schmerzen, die sie bei ihrer angstvollen Flucht vergessen hatte, mit Wucht zurück. Ihre Füße taten weh, und sie merkte, daß sie nicht daran gedacht hatte, Schuhe anzuziehen. Ihr Kopf dröhnte, ihr Hals war so steif, daß sie nicht den Kopf drehen konnte, ohne fast zu weinen. Aber sie wußte, sie mußte sich umsehen, um ihre Lage einzuschätzen; also drehte sie den ganzen Körper, um sich einen Überblick zu verschaffen. Dabei liefen ihr Tränen über die Wangen.

Als ihre Augen sich langsam an die Dunkelheit gewöhnten, erkannte sie zu ihrer Bestürzung, daß sie nicht allein an diesem dunklen Ort war. In der Nähe befanden sich mehrere regungslose Gestalten. Ob sie männlich oder weiblich waren, betrunken oder tot, konnte sie nicht feststellen, aber ihr war klar, daß es sich bei ihnen nicht um normale, durchschnittliche Bürger handelte. Sie verhielt sich ganz still und beobachtete sie eine Weile, bis sie sicher war, daß alle schliefen.

Die halbe Stunde, die die Feuerwehrleute brauchten, um festzustellen, daß es in dem Hotel nicht gebrannt hatte, kam ihr wie eine Ewigkeit vor. Endlich fuhren sie davon, und das Dröhnen ihrer starken Fahrzeuge verklang in der Ferne. Caroline versuchte aufzustehen, doch ihr war so schwindlig, daß sie wieder zurückfiel; sie landete hart auf dem Gesäß und spürte einen brennenden Schmerz durch ihren kranken Körper zucken, am schlimmsten am Hals, in den Leisten und in den Achselhöhlen. Sie gab den Versuch auf, aufrecht zu gehen, und kroch leise zum nächsten schlafenden Bewohner der Gasse. Vorsichtig, ohne ihn aufzuwecken, zog sie ihm die Schuhe aus und streifte sie über ihre kalten Füße. Dann zwang sie sich hoch und taumelte unbeholfen dem Ende der Gasse zu, auf der Suche nach irgendeinem sicheren Ort.

Der schäbige Mann, dessen Schuhe sie gestohlen hatte, richtete sich leise auf und kroch zu seiner Nachbarin. Er klopfte der ebenso zerlumpten Frau auf die Schulter und sagte: »Komm. Sie geht jetzt.«

Die Frau setzte sich sofort auf und rieb sich die Augen. Dann standen beide auf, hielten sich aber in den langen Schatten, während sie Caroline geräuschlos folgten.

Gleich außerhalb der Gasse lehnte Caroline sich an einen Laternenpfahl. Sie hielt sich fest, um nicht zu fallen, und sah sich um. Sie wagte nicht, lange im Freien zu bleiben, aber sie konnte sich kaum bewegen. Sie sah hinter dem Fenster eines nahen Restaurants die sauberen und von sanftem Kerzenlicht beleuchteten Gesichter gutgekleideter Gäste. Sie taten etwas, was sie schon hundertmal getan hatten, genossen in aller Ruhe das Essen in einem öffentlichen Restaurant, lachten, tranken und amüsierten sich prächtig. Sie selbst dagegen hing an einem Laternenpfahl, trug gestohlene Schuhe und war mehr tot als lebendig. Sie fragte sich, wie sie in so kurzer Zeit so anders geworden war als diese Leute. *Ich sehe einen Film darüber, wie mein Leben früher war,* dachte sie; *ich gehöre nicht mehr dazu.*

Ein Mann kam aus der Vordertür des Restaurants; er war gut gekleidet und sauber, und seine Schritte, als er auf sie zukam, waren fest und entschlossen. *Er kommt mir zu Hilfe,* dachte Caroline dankbar, *und er trägt keine Uniform!* Als er näher kam, entschied sie, daß er die Art Mann war, auf deren Hilfe man sich verlassen konnte, und versuchte zu lächeln.

Ihre beiden Verfolger blieben zurück, unsichtbar in der Dunkelheit, und beobachteten besorgt, wie der Mann zu Caroline ging. »Was machen wir jetzt?« fragte die Frau.

»Bloß zusehen«, antwortete ihr Gefährte. »Und in der Nähe bleiben. Viel mehr *können* wir nicht tun.«

Sie hielten sich verborgen und hörten Caroline sagen: »Oh, Gott sei Dank, ich brauche wirklich Ihre Hilfe.«

Doch der Mann packte sie an der Schulter. »Ihnen ist nicht mehr zu helfen!« sagte er wütend. »Verdammte Marginale! Wie oft muß ich euch noch von meinem Fenster verscheuchen?«

Ehe Caroline noch protestieren konnte, zerrte er ihre schwache, stolpernde, hustende Gestalt in eine andere Gasse, wo er sie unsanft auf das zerbrochene Pflaster fallen ließ.

Er schüttelte die Faust in ihre Richtung und sagte: »Und kommen Sie bloß nicht wieder, oder ich mache mir gar nicht erst die Mühe, die Polizei zu rufen. Ich kümmere mich einfach selbst um sie.«. Während er zum Restaurant zurückging, rieb er die Hände aneinander und wischte sie dann an seiner Hose ab, als wolle er sie säubern. Die Beobachter sogen beide erschrocken die Luft ein, als der Mann hustete, sich dabei die Hand vor den Mund hielt und danach mit einer ärgerlichen Geste über sein Haar strich.

Caroline lag wie betäubt in der Gasse und verlor langsam das Bewußtsein. Die Beobachter warteten, bis der Wirt wieder in seinem Restaurant verschwunden war, und krochen dann vorsichtig im Schatten durch die Gasse, bis sie Caroline sehen konnten. Die zerlumpte Frau blieb zurück und hockte geduckt an einer Mauer, während der schäbige Mann näher und näher an die ohnmächtige Caroline herankroch; in geringer Entfernung von ihr setzte er sich hin und tat so, als versuche er zu schlafen. Dabei behielt er sie unablässig im Auge.

Als Caroline endlich wieder zu sich kam, fiel gerade der erste

Lichtschein des beginnenden Morgens in die Gasse. Sie richtete sich zu einer sitzenden Stellung auf und sah sich um; ihr Blick fiel auf den schlafenden Mann in der Nähe. War er schon dagewesen, als sie letzte Nacht das Bewußtsein verlor? *Ich kann mich nicht erinnern...* dachte sie. *Warum kann ich mich nicht erinnern?*

Sie atmete tief ein und bereitete sich darauf vor, sich zu erheben; als Luft in ihre Lungen strömte, spannten sich ihre Brustmuskeln abwehrend. Der plötzliche Schmerz bewirkte, daß sie einen trockenen, bellenden Hustenanfall bekam. Als er nachließ, rappelte sie sich auf die Füße, fiel aber fast sofort wieder zu Boden.

Ich werde hier wegkriechen müssen. Auf Händen und Knien bewegte sie sich langsam an dem übelriechenden Mann neben ihr vorbei auf das Ende der Gasse zu; ihre zu großen gestohlenen Schuhe schleiften hinter ihr her.

Sobald sie in sicherer Entfernung war, kroch der stinkende Mann zu seiner Gefährtin zurück. »Sie kriecht zum Ende der Gasse«, flüsterte er ihr zu. Sie nickte und sagte: »Dann hole ich den Karren und ziehe los. Wünsch mir Glück.«

»Viel Glück«, sagte er und sah zu, wie sie in die entgegengesetzte Richtung verschwand.

Als Caroline halb kriechend, halb stolpernd die Straße erreicht hatte, sah sie eine Bank. In ihrer Benommenheit schien sie ihr wie ein lohnendes Ziel, eine Verbesserung ihrer gegenwärtigen verzweifelten Situation. Die Bank war nicht besetzt, und sie dachte, sie könne sich dort ein Weilchen ausruhen und ihren verwüsteten Körper vom Boden erheben, während sie sich überlegte, was sie als nächstes tun sollte.

Sie zog sich auf die Bank und rollte sich an einem Ende zusammen. Eine Schar Tauben kam geflogen und ließ sich zu ihren Füßen nieder. Sie machte einen halbherzigen Versuch, sie zu vertreiben. *Fliegende Ratten,* dachte sie. *Sozialhilfementalität.*

»Ich mag sie auch nicht sonderlich«, sagte eine unbekannte Frau. Caroline blickte auf und sah eine zerlumpt wirkende Frau vor sich stehen; sie war merkwürdig gekleidet und trug eine zerrissene braune Tasche über einer Schulter. Sie lächelte und lehnte sich an einen rostigen, verbeulten Einkaufswagen, der bis auf ein paar alte Zeitungen leer war. »Haben Sie was dagegen, daß ich mich auch ein bißchen ausruhe? Bin ein bißchen müde.«

Sie sieht harmlos aus, dachte Caroline. Sie zuckte schwach mit den Schultern und bedeutete der Frau, sie könne sich ruhig niederlassen. Die dicke Frau füllte den restlichen Platz auf der Bank, die unter ihrem Gewicht merklich nachgab.

»Sie sehen selbst müde aus«, sagte sie zu Caroline. »Vielleicht ein bißchen unpäßlich?«

Obwohl Caroline kaum Energie für höfliche Konversation übrig hatte, antwortete sie schwach: »Ein bißchen.«

Die zerlumpte Frau lächelte. »War eine lange Nacht, nicht?« Sie beugte sich näher zu Caroline und sagte: »Ich hatte zu meiner Zeit auch ein paar lange Nächte; einige waren recht denkwürdig, andere würde ich lieber vergessen!« Sie lachte herzlich über ihre eigene Bemerkung und schlug sich auf die Knie. »Sie müssen wissen, ich war damals jünger und noch so hübsch, daß man mir nachschaute.«

Mit einiger Anstrengung schaute Caroline zu der Frau auf und fragte sich, wie lange es her sein mochte, daß man diese Frau noch als »hübsch« bezeichnen konnte. Die Frau sah ihren Blick und fuhr fort: »Ach, ich weiß schon, was Sie vermutlich denken. Sie fragen sich, wie sich jemals einer nach diesem stinkigen Weib umdrehen konnte. Ja, Sie müssen immer damit rechnen, daß etwas, woran Sie nicht glauben, plötzlich wahr wird.«

O Gott, dachte Caroline, *wenn ich mich nur erinnern könnte, was ich glaube...* Eine Träne lief ihr über die Wange.

Die Frau sah die Träne, legte eine Hand auf Carolines Arm und sagte: »Ach du meine Güte, jetzt habe ich Sie verletzt. Bitte entschuldigen Sie.«

Caroline versuchte, die Frau anzusehen, aber ihr Blick wurde immer wieder unscharf. Als sie schließlich klar sehen konnte, erkannte sie, daß die merkwürdige Frau sie anlächelte. Unter normalen Umständen wäre ihr deren Aussehen nicht sonderlich angenehm gewesen; ihre Kleider waren schmutzig, ihr Haar wirr, ihr Alter unbestimmt, ihr Lächeln voller Zahnlücken. *Nicht mein üblicher Umgang...* Trotzdem fühlte sie sich seltsam getröstet.

Ein Hafen im Sturm, dachte sie. Sie schüttelte den Kopf, um der Frau zu zeigen, daß sie sich irrte.

»Na, irgend etwas scheint Sie aber zu bedrücken. Haben Sie sich verirrt?«

Unter großen Schmerzen nickte Caroline. Dann zog sie eine Grimasse.

»Ich hab mich auch schon ein paarmal verirrt«, sagte die Frau, »aber irgendwie finde ich mich immer wieder zurecht.« Sie tätschelte Carolines Arm. »Das werden Sie sicher auch, wenn es an der Zeit ist.«

An der Zeit... finden... Diese Worte gingen Caroline noch durch den Kopf, während sie das Bewußtsein verlor. Die Last wach zu sein, war plötzlich zuviel für ihren angegriffenen Körper, er wollte nicht mehr denken und sich auch nicht mehr bewegen, denn diese einfachen Aktivitäten schienen mehr Energie zu erfordern, als er aufbringen konnte.

Die Frau sagte nichts und tat nichts. Sie wartete geduldig, bis sie sicher war, daß Caroline schlief. Dann streckte sie eine rauhe Hand aus und streichelte über Carolines fettiges Haar. »Sie ruhen sich jetzt aus«, sagte sie, »und ich werde mich um Sie kümmern.«

Die Hände fest um die in ihrem breiten Schoß liegende braune Tasche geschlossen, wachte sie schweigend über ihren schlafenden Schützling und beobachtete die Passanten. Die wohlhabenden Londoner schenkten ihnen keinerlei Aufmerksamkeit, denn die meisten zogen es vor, ihre verstörende Anwesenheit nicht zur Kenntnis zu nehmen, weil sie sonst womöglich mitfühlend reagieren müßten. Hin und wieder lauschte die Frau auf Carolines Atem, und als er im Schlaf tief und gleichmäßig geworden war, stand sie von der Bank auf und legte ihre Habseligkeiten in den Einkaufswagen. Dann hob sie Caroline mit überraschender Kraft hoch und legte sie auf die Sachen im Wagen. Sie pfiff leise und sah die Gasse hinunter, wo ihr Gefährte wartete; winkend bestätigte er, daß er sie beobachtet hatte.

Sie tastete in der Tasche ihres schmutzigen Kleides nach Brotkrumen; nachdem sie den Tauben einige Handvoll zugeworfen hatte, faßte sie den Griff des Wagens und ging mit ihrer träumenden Passagierin die Straße hinunter, unzusammenhängend vor sich hin murmelnd.

Eine lächelnde Frau in einer kürzeren Version der grünen Biocop-Uniform betrat durch eine verspiegelte Schiebetür in einer Wand den Raum mit dem Podest.

Biokrankenschwester? dachte Janie. *Biocop-Sanitäterin?*

Die Frau schob einen metallenen Wagen mit medizinisch aussehenden Gegenständen vor sich her; trotz ihrer Angst betrachtete Janie neugierig die Sachen auf dem Edelstahltablett, das oben auf dem Wagen stand. Sie sah eine merkwürdige und etwas bedrohliche Sammlung von langen Metallsonden und Klammern, ein paar Klebepflastern und dergleichen, und nichts davon fand sie im Hinblick darauf, was in den nächsten Augenblicken geschehen würde, sonderlich beruhigend; allerdings waren die Gegenstände interessant.

»Bitte ziehen Sie Ihren Transferanzug aus«, sagte die Frau.

»Aber dann bin ich nackt.«

»Ja, Madam, das verstehe ich.« Die Krankenschwester sah mitfühlend aus, klang aber entschlossen. »Es tut mir leid, wenn Ihnen das unangenehm ist, aber Sie können bei dem Vorgang keine Kleider tragen. Das ist wie bei jeder anderen ärztlichen Untersuchung. Kleidung kann die Resultate verfälschen.«

Über wie vielen nackten Patienten auf Operationstischen habe ich gestanden? fragte sich Janie. *Habe ich sie immer so behandelt, daß sie ihre Würde behielten?* Sie erinnerte sich an einen Patienten, an dem sie eine Bauchoperation vorgenommen hatte. Als sie ihn vorbereiteten, hatten sie und die anderen Mitglieder ihres Teams gesehen, daß er einen auffallend kleinen Penis hatte, und sie erinnerte sich beschämt, wie sie alle darüber gekichert hatten, da sie wußten, daß der Patient unter Vollnarkose stand und sie nicht hören konnte. *Vermutlich* nicht hören konnte, dachte sie und schämte sich noch mehr.

Sie versuchte, das, was mit ihr passieren würde, als eine schlichte medizinische Behandlung zu sehen, doch damit hatte sie keinen rechten Erfolg. *Karma,* dachte sie unglücklich, *Vergeltung.* Nervös sah sie sich in dem kleinen Raum um, starrte in die Spiegel an den Wänden; sie spürte die unsichtbaren Augen der Wachleute hinter diesen Spiegeln, die sie betrachteten, als sie den Plastikanzug auf ihre Knöchel rutschen ließ und herausstieg. Die Frau hob ihn sofort auf und stopfte ihn in einen gelben Plastikbeutel.

Dann reichte die Frau ihr eine Duschhaube und ein durchsichtiges Plastikhalsband, auf dem »Ethel J. Merman« stand. »Bitte schieben Sie Ihr Haar unter diese Haube, und legen Sie sich das Identifikationsband um den Hals. Dann stellen Sie sich auf das Podest und bleiben still stehen. Sie erhalten jetzt eine Säuberungsdusche, um Ihre Haut zu sterilisieren.«

Janie hörte das kratzende Geräusch einer Schiebetür in der Decke, die sich öffnete. Sie schaute nach oben und sah ein großes Paneel in der Decke verschwinden; gleich darauf erschien ein großes, rundes Rohr, einer Miniaturrakete nicht unähnlich, das abgesenkt wurde und sie umschloß. An der Innenwand der Röhre saßen Tausende von winzigen Spritzdüsen.

»Bitte heben Sie die Hände und fassen Sie den Griff über Ihrem Kopf. Schließen Sie die Augen, und halten Sie sie geschlossen, bis der Sprühvorgang beendet ist.«

Winzige Strahlen einer bläulichen Flüssigkeit, die die gleiche Temperatur hatte wie ihre Haut, bombardierten ihren Körper. Sie hatte vergessen, tief einzuatmen, bevor die Dusche begann, und hätte beinahe nach Luft geschnappt, ehe die Flüssigkeit versiegte. Starke Gebläse traten in Aktion, und trockene Luft ließ die blaue Flüssigkeit von ihrem Körper auf das Podest rinnen. Ein Vakuumabfluß öffnete sich und saugte die blauen Pfützen ein. Dann wurde der Luftstrom aus dem Gebläse schwächer, und bald war Janies Körper wieder trocken.

Die Frau reichte Janie ein dünnes blaues Handtuch aus leichtem Stoff und wies sie an, alle Körperfalten abzutrocknen, die die Luft vielleicht nicht erreicht hatte. »Jetzt muß ich Sie um Ihre

Mitwirkung bitten, obwohl die nächsten paar Minuten Ihnen wahrscheinlich nicht gefallen werden.« Janie glaubte wieder einen mitfühlenden Ausdruck im Gesicht der Frau zu sehen. »Am besten wehren Sie sich nicht. Dann geht es sehr schnell. Und wir bekommen ein gutes Bild. Sie wollen das ja sicher nicht noch einmal machen müssen.«

Und dann wurden all die Sonden, die sie auf dem Tablett gesehen hatte, in ihre sämtlichen Körperöffnungen eingeführt. Dazu wurde jede entsprechend geformte Sonde zuerst mit einem Plastiküberzug versehen – *Maschinenkondome*, dachte Janie – und dann eingefettet, bevor man sie in ihren Körper schob. Klebepflaster wurden auf ihren Nabel, mehrere Stellen auf dem Brustkorb, ihre geschlossenen Augenlider, ihre Brustwarzen und die Spitzen ihrer Fingernägel geklebt. Jedes dieser Pflaster war ein Minisender, der ein Bild des Gebietes abstrahlte, auf dem es sich befand.

»Jetzt sind wir fast fertig; versuchen Sie, sich ruhig zu halten«, sagte die Frau zu Janie. »Bald ist es vorbei.«

Janie versuchte, ruhig zu bleiben, konnte ihr Zittern aber nicht ganz unterdrücken. Sie sah nicht mehr, was mit ihr passierte, hörte aber die Frau sagen: »Jetzt nur noch eine Sache.«

Die Frau stieg auf einen Hocker und nahm Janie die Haube vom Haar. Dann faßte sie das Haar und zog es nach oben, wo es in eine Vakuumhaube gesaugt wurde. Wie um Janie zu trösten, sagte die Frau: »Früher mußten wir den Leuten die Köpfe scheren. So ist es besser, finden Sie nicht?«

Mit der Sonde im Mund konnte Janie nur antworten: »Rrrrgh.«

»So, Miss Merman, jetzt sind wir gleich fertig...«

Acht Platten kamen langsam aus der Öffnung in der Decke und vereinigten sich zu einer neuen Röhre um Janies Körper. Janie konnte sie nicht sehen und auch das Geräusch, das sie machten, nicht deutlich hören, aber sie spürte ein leichtes Vibrieren des Podests, als die schweren Objekte sich herabsenkten.

Sie wollte schreien, aber es war unmöglich. Sie fragte sich, wie die echte Ethel Merman, ein fabelhaft beherztes Frauenzimmer, wohl auf eine so gräßliche Situation reagiert hätte.

Sie hätte natürlich gesungen, dachte Janie. Tröstliche Lieder kamen ihr in den Sinn. *Wenn du durch einen Sturm gehst, halt den Kopf hoch... Ich erinnere mich einfach an die Dinge, die ich am liebsten habe...*

Gleich darauf ertönte ein leises Surren, als Tausende von winzigen Metallzinken aus den Platten glitten. Jede hielt automatisch inne, wenn sie ihre Haut erreichte; zusammen bildeten sie so exakt ihre Körperformen ab.

»Jetzt stehen Sie bitte ganz still! Nur noch ein paar Sekunden!«

Janie, gefangen in der Maschine ihrer Alpträume, bedrohlich berührt von zehntausend elektronischen Fühlern, die jedes ihrer Geheimnisse aufzeichneten, hätte auch dann nicht singen können, wenn es um ihr Leben gegangen wäre. Die metallenen Zinken lähmten sie, und während sie so dastand und nicht einmal mehr zittern konnte, hörte sie das Klicken und Surren, mit dem die Sender ihre Daten übermittelten.

Sie dachte an etwas, das ihr besonders lieb war, ihren sechzehnten Geburtstag, als ihre Tante, eine erfolgreiche Goldschmiedin, ihr eine einreihige Kette aus Perlen geschenkt hatte, die von der Mitte aus in perfekter Harmonie immer kleiner wurden. In der Intimität ihres Jungmädchenzimmers hatte Janie sich bis auf die Unterwäsche ausgezogen und sich mit dieser prächtigen Kette vor den mannshohen Spiegel gestellt. Lachend hatte sie in ein imaginäres Mikrophon gesprochen: »Ich möchten allen Austern der Welt danken, daß sie dazu beigetragen haben, diesen Tag möglich zu machen...«

An diese Erinnerung klammerte sie sich, um nicht den Verstand zu verlieren, als sie zwischen den Metallzinken stand und keine Perlen, sondern ein durchsichtiges Plastikhalsband trug. Ängstlich und mit weißen Fingerknöcheln hielt sie den Griff über ihrem Kopf gefaßt. Sie stellte sich vor, sie sei dieses junge Mädchen, straff und unschuldig und hoffnungsvoll, in der ersten Blüte ihrer Erotik. Die Realität, eine Frau in mittleren Jahren, kühl und mit leicht erschlaffendem Körper, die in diesem kahlen Raum stand und von unsichtbaren Beobachtern mit fragwürdigen Absichten angestarrt wurde, war völlig unvorstellbar. Während die winzigen Metallzinken in perfekter Synchronisation ein leichtes elektrisches Summen durch ihren Körper schickten und jede Zelle, jedes Molekül, jedes *Atom* ihres physischen Seins verzeichneten, weinte Janie innerlich um den Verlust ihrer Unschuld und den Tod ihrer Hoffnung.

15

Sie ritten über die unebene, staubige Straße von Windsor zu dem Gut, auf dem Adele als Kind mit ihren Eltern gelebt hatte, bevor sie nach Windsor geschickt wurde, um Prinzessin Isabella zu dienen.

»Ich habe diesen Weg so oft zurückgelegt, daß ich jeden Baum und jeden Stein kenne«, sagte sie. »Ich glaube, ich würde ihn mit geschlossenen Augen finden, wenn das Pferd gehorsam wäre.«

»Und – ist dieses Pferd gehorsam?«

»Es ist ein sehr gutmütiges Tier. Seht selbst«, sagte sie.

Da sie den Weg so gut kannte, war er auf dem engen Pfad hinter ihr geritten. Jetzt schloß er zu ihr auf und sah, daß die Kleine Kate an Adeles Busen eingeschlafen war. *Ich wünschte, ich wäre an ihrer Stelle,* dachte er ein wenig neidisch.

»Sir John hat ein gutes Pferd gewählt«, sagte er.

»Ja, allerdings«, sagte Adele. »Es ist so sanft, daß ich selbst einschlafen könnte.«

Die Wälder waren kühl und erstaunlich ruhig; nur ihre Worte und der Hufschlag der Pferde durchbrachen die Stille. Als über ihnen ein Falke schrie, war es wie eine Störung ihrer Intimität.

Die Luft, die Alejandro atmete, war warm und süß, und obwohl er wußte, daß die Reise, die er antrat, unmöglich ein gutes Ende nehmen konnte, hatte er ein Gefühl von Frieden. »Es ist schwer zu glauben, daß es in einer Welt wie dieser solchen Aufruhr gibt.«

Adele seufzte tief, und dabei hob und senkte sich ihre Brust.

Kate rührte sich im Schlaf, und Adele umfaßte sie fester. »Mich erwartet zweifellos noch mehr Aufruhr.«

»Wieso?« fragte Alejandro.

»Seit demTod meiner Mutter bin ich die alleinige Besitzerin der Ländereien und Güter meines Vaters«, erklärte sie. »Und die sind nicht unbeträchtlich.«

»Ich verstehe nicht«, sagte Alejandro. »Was ist daran schwierig, wenn man solches Glück hat?«

»Wie mein Vater mir gern sagte, kommt Glück nicht von allein. Um Wohlstand zu schaffen, muß man arbeiten. Er war ein kluger und sorgfältiger Verwalter seiner Ländereien, und da er keinen Sohn hatte, gab er seine Weisheit an seine Tochter weiter. Jetzt, da ich Besitzerin dieser Güter bin, muß ich dafür sorgen, daß meine Pächter und Verwalter sich angemessen darum kümmern. Und sie selbst müssen dabei auch gedeihen. Mein Vater hat immer gesagt, daß man die Loyalität seiner Pächter am besten dadurch gewinnt, daß man sie fair behandelt. Er war seinen Leuten ein guter Herr.«

»Wie Ihr ihnen eine gute Herrin seid?«

»Ich versuche es«, sagte sie. »Ich habe das Glück, einen ausgezeichneten Verwalter zu haben, der vor mir meinem Vater gedient hat... Natürlich gibt es trotzdem viele Dinge, die meiner Aufmerksamkeit bedürfen, wenn wir dort ankommen. Seit meinem letzten Besuch ist fast ein Jahr vergangen; damals starb meine Mutter und wurde in der Grabkapelle zur Ruhe gebettet, Gott sei ihrer Seele gnädig. Ich habe damals einiges von ihrem Besitz nach Windsor mitgenommen, darunter auch den Rubin, den Ihr so zu bewundern scheint.«

»Das habt Ihr bemerkt?«

»Ich beobachte Eure Augen; es ist mir wichtig, wohin sie sich wenden.«

»Dann müßtet Ihr eine glückliche Frau sein, denn sie richten sich nur auf Euch.«

»In dem Maße, in dem man in einer Welt wie dieser glücklich sein kann, bin ich es.«

»Ich auch«, sagte Alejandro.

Sie ritten schweigend dahin, jeder zufrieden, sich in Gesellschaft des anderen zu befinden, bis Adele auf einen Baum vor ihnen zeigte und sagte: »Nicht weit hinter diesem Baum geht rechts ein Weg ab. Jetzt sind wir bald da.«

Als sie in den Hof des Gutshauses ritten, kam eine fette Haushälterin heraus, um zu sehen, wer die Ankömmlinge waren. Als sie Adele erblickte, rief sie erfreut einen lauten Gruß. Adele winkte der Frau zu, und diese rannte zu einer nahen Glocke und läutete einige Male kräftig.

»Die anderen werden gleich kommen«, sagte sie. »Die Glocke wird sie herbeirufen.«

»Ich glaube, diese Glocke würde sogar den Teufel herbeirufen.« Alejandro sprang von seinem Pferd und nahm Adele Kate ab; als er sie aus dem Sattel hob, erwachte sie und schien für einen Augenblick nicht zu wissen, wo sie war. Er hielt die Kleine in den Armen und sprach beruhigend auf sie ein, bis sie ganz erwacht war und ihre Umgebung wahrnahm. Adele war inzwischen abgesessen und neben ihn getreten.

Die Haushälterin watschelte auf sie zu und gab gluckenhaft großmütterliche Freudentöne von sich. Bald erschien Adeles Verwalter aus einem der Nebengebäude und begrüßte sie ebenfalls. Der Hof hallte wider von Willkommensrufen, die sich bis ins Haus hinein fortsetzten.

Dann liefen alle geschäftig durcheinander, um die Gäste unterzubringen; Adele war eine beeindruckende Herrin, die die Dienerschaft mit fester, aber freundlicher Autorität anleitete. »Richtet mein eigenes Gemach her, und bringt die kleine Kate dort unter«, wies sie die Haushälterin an. »Ich werde die Zimmer meiner Mutter beziehen, und Dr. Hernandez bekommt die Gemächer des Hausherrn.«

»Wie Ihr wünscht, Mylady«, sagte die alte Haushälterin. »Wie gut es tut, in diesen Räumen wieder freundliche Stimmen zu hören.«

»Und mir tut es wohl, wieder die Laute des Heims meiner Kindheit zu hören«, sagte Adele. So leise, daß Kate sie nicht hören konnte, fügte sie hinzu: »Aber leider werden wir nur für eine kurze Zeit hiersein, denn wir bringen die kleine Kate an das Sterbebett ihrer Mutter, und danach müssen wir gleich nach Windsor zurück.«

Dann sagte sie mit lauterer Stimme: »Sorgt dafür, daß ein gutes Abendessen bereitsteht, und schickt nach allen meinen Pächtern – sie sollen heute abend an meiner Tafel essen.« Sie zwinkerte Kate zu und fuhr fort: »Sorgt auch für Süßigkeiten für das Kind, wenn welche zu finden sind, denn wenn wir den Staub der Reise abgeschüttelt und uns gewaschen haben, werden wir zweifellos alle sehr hungrig sein.« Die Haushälterin nickte und machte sich an die Arbeit.

Während Alejandro zusah, wie Adele sich um ihren Hausstand kümmerte, stellte er sich ein kleines, rothaariges Kind vor, nicht größer als Kate, das die kalten Mauern mit Lachen erfüllte; bei dieser köstlichen Vorstellung wurde ihm warm ums Herz. Er hatte nie viel über Adeles Stellung im Leben außerhalb ihres Dienstes bei Isabella nachgedacht, und sie hatte kaum darüber gesprochen. Dieses Gut war beinahe selbst ein Königreich! *Es liegt auf der Hand, daß sie nicht zu heiraten braucht; solange ihr Besitz gut verwaltet wird, wird sie nie Not leiden,* dachte er. Im gleichen Augenblick wurde ihm zu seiner Bestürzung klar, daß der König bei einer so attraktiven Mitgift vielleicht versucht war, sie einer günstigen Allianz wegen in eine Vernunftehe zu zwingen; Alejandro schauderte bei dem Gedanken, Adele könne die Gattin irgendeines Mannes werden, dem nichts daran lag, ihr Herz zu gewinnen, um so mehr aber an ihrem Reichtum.

Als sie die Abendmahlzeit beendet hatten, lobte Adele die Vielfalt und Qualität der Speisen, die die Haushälterin ihnen binnen so kurzer Zeit hatte auftischen können. »Ihr habt ein bemerkenswertes Mahl bereitet«, sagte sie, »sogar mit Honigkuchen für alle, wie ich gesehen habe. Ich glaube, wir werden alle viel zu süß werden.«

Die Haushälterin zwinkerte ihr zu und sagte: »Ach, Lady Adele, was die Alten unter uns betrifft, mögt Ihr recht haben, aber kann ein kleines Mädchen jemals zu süß sein?«

Adele sah Kate an, deren Mund und Hände mit Honig verschmiert waren. Dem Kind fielen vor Müdigkeit die Augen zu. »Das wohl nicht, aber ein kleines Mädchen kann zu müde sein«, sagte sie. »Vielleicht ist es Zeit, daß sie zu Bett geht.«

Das Kind protestierte nicht, als die Haushälterin es zu Adeles früherem Zimmer führte. Nachdem Kate fort war, wandte sich Adele an ihren Verwalter und bat um seinen Bericht.

»Wie Ihr am Inhalt der Speisekammer sehen konntet, Mylady, geht es uns noch gut. Wir haben noch Hilfe, um die Ernte einzubringen.«

»Ich schließe daraus, daß andere kein solches Glück haben.«

»Bei so vielen Toten haben viele andere Güter nicht genug Leute, um zu ernten«, sagte der Mann. »Wir haben vier Bauern verloren, aber ihre Felder waren nicht die besten, und die anderen haben sich mit der Feldarbeit abgewechselt, damit das Getreide nicht ins Kraut schießt. Gegen ein kleines Entgelt natürlich.«

»Natürlich«, sagte Adele. »Niemand soll unbezahlt auf meinen Gütern arbeiten. Und die Wolle? Wie geht es mit dem Scheren?«

»Auch da haben wir dieses Jahr Glück«, sagte der Verwalter. »Der Ertrag ist sehr hoch.«

»Und die Preise? Wie steht der Markt bei so vielen Toten?«

»Die Preise sind natürlich gefallen, aber zweifellos werden sie wieder steigen, wenn die Lage sich beruhigt. Ich sehe keinen Grund, warum wir unsere Vorräte zu schnell verkaufen sollten; wir können sie ein Jahr aufheben oder sogar zwei, wenn nötig. Es gibt genügend andere Erträge, um all Eure Unkosten zu decken, und wir können es uns leisten, darauf zu warten, daß die Wollpreise wieder steigen.«

»Dann werden wir das tun«, sagte Adele. Sie sah sich unter den versammelten Pächtern ihrer verschiedenen Ländereien um; alle hatten den gleichen ängstlichen Gesichtsausdruck. »Nun, ich spüre, daß Ihr alle mir noch mehr sagen wollt. Bitte sprecht frei heraus.«

Mit großer Dringlichkeit beschrieben die Leute die tägliche Ungewißheit ihrer Existenz; alles, was ihnen vertraut gewesen war, hatte sich verändert oder würde sich bald verändern, und ihr Leben hatte nicht mehr die schlichte Sicherheit von früher. Man nannte Adele die Namen der Toten aus der Umgegend, und ihr kam es so vor, als habe die Seuche fast die Hälfte der Menschen, die sie kannte, dahingerafft.

»Alle sind schon abgestumpft von der Trauer um ihre Lieben«, sagte der Verwalter, »denn alle haben jemanden verloren, und der Tod hat angefangen, seine schockierende Macht zu verlieren. Wenn ein einzelner Mensch stirbt, wird das fast nicht mehr beachtet.«

Die traurigen Neuigkeiten bedrückten Adele sehr, und das sah man ihr an. Sie entließ alle bis auf den Verwalter und die Haushälterin, die sie beauftragte, alles für die Abreise am nächsten Morgen vorzubereiten. Dann fragte sie Alejandro, ob noch weitere Vorkehrungen nötig seien, was er verneinte, und entließ auch diese beiden, nachdem sie sich herzlich für ihre gute Arbeit bedankt hatte. Dann waren sie endlich allein.

Alejandro konnte förmlich spüren, wie das Blut durch seine Adern strömte; ihm gegenüber an diesem Tisch saß die erste Frau, der er wahre Zuneigung entgegengebracht hatte, und er wußte, mit der Zeit würde seine Liebe zu ihr zu etwas heranwachsen, das er nicht mehr beherrschen konnte.

Hier gibt es keine Prinzessin, die Bedienung fordert, und keinen Diener, der seinem Prinzen für ein paar Münzen in einer Stoffbörse Geschichten erzählen könnte, dachte er mit pochendem Herzen. *An diesem Ort ist Adele die Herrin ihres eigenen Schicksals und auch meines, Gott sei gelobt.*

»Adele«, sagte er leise; er mußte den Klang ihres Namens hören. »Ich kann nicht sagen, wie mir im Augenblick ums Herz ist.«

»Alejandro...«, hauchte sie. »Ihr braucht es nicht zu sagen. Es schwebt lautlos durch die Luft. Mein Herz ist von den gleichen namenlosen Gedanken erfüllt.«

Sie waren so ineinander vertieft, daß sie nicht merkten, wie die leichte abendliche Brise zu einem kalten Wind anwuchs, bis die Flamme einer nahen Fackel flackerte. Alejandro stand rasch auf und schloß die Läden gegen das Geräusch und die plötzliche Kälte. Als er sich wieder dem Tisch zuwandte, an dem sie gesessen hatten, fand er Adele plötzlich nur noch eine Armeslänge von seinem Platz entfernt, obwohl er ihre Schritte hinter sich nicht gehört hatte. *Sie bewegt sich wie eine Katze, genauso leicht und anmutig.* Sie streckte den Arm aus und nahm seine Hand. Mit ihrem kleinen Finger malte sie ein Kreismuster in seine Handfläche, und so standen sie lange, ganz in die schlichte Freude dieser Berührung vertieft. Sie summte leise, schloß die Augen und wiegte sich zu ihrer eigenen Melodie, bis Alejandro endlich den Bann brach, indem er seine andere Hand hob und ihre Wange berührte.

»Adele«, sagte er, »ich fürchte, wenn wir dies tun, werde ich nach der heutigen Nacht nicht mehr fähig sein, all die einsamen Nächte zu ertragen; wenn wir wieder in Windsor sind, wird es nicht leicht sein, einen abgeschiedenen Ort zu finden.«

»Und ich fürchte, wenn wir es nicht tun, werde ich ewig meine eigene Dummheit bereuen, denn Gott allein weiß, ob wir jemals wieder eine Gelegenheit haben werden.«

Alejandro konnte das Ende seiner Furcht und den Beginn seiner Freude nicht unterscheiden, denn beide durchströmten ihn wie Ebbe und Flut und waren untrennbar vermischt. Der Kampf zwischen seinem Glauben und seiner Freiheit tobte mächtig in ihm; in einem Moment war er ein unabhängiger junger Mann in den Armen seiner Geliebten, im nächsten ein frommer Jude mit der Verpflichtung, ja, sogar dem Wunsch, an den Bräuchen seiner Familie und seiner Vorfahren festzuhalten. Und er konnte nicht vergessen, daß er ein Jude war, denn das Mal seines Glaubens war ihm grausam in die Brust gebrannt worden.

Es wird dunkel sein, versicherte er sich selbst, *und sie wird es nicht sehen... Ich werde ihre Hände so beschäftigt halten, daß sie es nicht fühlen kann... Und was, wenn sie es doch tut?* fragte er sich. *Wird sie mich verraten?*

Nein, das wird sie nicht, sagte er sich. *Sie liebt mich; dessen bin ich sicher. Und sagt der Talmud nicht, daß jeder Mensch, wenn er seinem Schöpfer begegnet, über die Freuden seines Lebens Re-*

chenschaft ablegen muß, die er nicht erfahren hat? Sein Gott verlangte, daß er sein Leben so freudvoll wie möglich lebte, und er hatte schmerzlich deutlich gemacht, daß das betreffende Leben ihm jederzeit genommen werden konnte.

»Gott allein weiß, ob wir lange genug leben werden, um diese Reue zu empfinden«, sagte er endlich. »Plötzlich habe ich die Bereitschaft verloren, es in Seine Hände zu legen.« Er nahm sie in die Arme und sagte: »Ich war noch nie mit einer Frau zusammen.«

»Und ich mit keinem Mann.«

»Dann werden wir voneinander lernen«, sagte er, zog sie an sich und küßte sie.

Es war nur eine Stunde zu reiten bis zu dem Ort, an dem Kates Mutter im Sterben lag, und als sie sich ihrem Bestimmungsort näherten, wurde Kate unruhig und weinerlich; Alejandro fragte sich, welche verstörenden Gedanken den Frieden des Kindes zerbrachen. *Sie muß schreckliche Angst haben,* dachte er, *genau wie ich sie bei der Aussicht haben würde, meine Mutter sterben zu sehen.*

Vielleicht, dachte er, *fürchtet sie in Wirklichkeit, die Hoffnung zu verlieren, daß sie die Dame jemals gut genug kennenlernen wird, um sie »Mutter« zu nennen.* Kate kannte die Frau kaum, die ihr mit Hilfe des Königs von England das Leben geschenkt hatte, und bald würde die Gelegenheit dazu für immer verloren sein. Das Kind verstand vielleicht gar nicht, was ihm solche Unruhe bereitete.

Aber ich verstehe deine Furcht, Kleine, dachte er, *denn auch ich habe kein wirkliches Heim.* Er wunderte sich, daß sie überhaupt den Kopf behielt; sie konnte keine Freude an dieser Reise und dem unausweichlichen Elend an ihrem Ende haben.

Er allerdings würde diese Reise niemals vergessen, weil sie ihm unbeschreibliche Ekstase geschenkt hatte; alle Schmerzen der vergangenen Monate waren in einer süßen Nacht vergangen und durch Freude ersetzt worden, und trotz der chaotischen Welt um ihn herum war in seinem Herzen alles in Ordnung. Wieder und wieder tauschten Adele und er Blicke, erlebten noch einmal das tiefe Glück ihrer gegenseitigen Entdeckung; ihre Augen trafen sich, und ein Strom von Gefühlen, fast schmerzhaft intensiv, durchtoste ihn wie eine reißende, aber willkommene Flut.

Sie hatte seine Narbe nicht bemerkt. Und wenn sie nicht so jungfräulich gewesen wäre wie er selbst, hätte sie vielleicht erkannt, was ihn von einem Mann unterschied, der nicht ein Stück seines Fleisches Gott gegeben hatte, aber sie hatte nichts gesagt; alles, was sie geäußert hatte, waren Worte der Liebe und ekstatische Seufzer gewesen, Laute, die noch immer in seinen Ohren widerhallten.

Während sie jetzt dahinritten, sprach Adele fast förmlich mit ihm, da sie die neue Intimität zwischen ihr und Alejandro nicht verraten wollte, solange Kate sie zusammen sehen konnte.

»Wir haben unser Ziel erreicht, Monsieur«, sagte sie steif und nickte in Richtung eines bescheidenen, aber solide aussehenden Hauses unmittelbar vor der nächsten Wegkreuzung.

Alejandro saß ab und hob dann Kate von dem Pferd, auf dem sie gemeinsam mit Adele ritt. Er räusperte sich nervös und versuchte, Kate die Dinge, die er ihr sagen mußte, bevor sie hineinging, mit möglichst sanfter Stimme mitzuteilen.

»Ich weiß, die Nurse hat Euch gesagt, daß Eure Mutter schwer krank ist«, sagte er zu dem Kind. »Gott wird sie zu sich nehmen, und sie wird bei den Engeln leben.«

Kate kniff fest die Augen zu und kämpfte gegen ihre Tränen an; Alejandro suchte in seinen vielen Taschen, bis er ein kleines Tuch fand, und reichte es dem ängstlichen kleinen Mädchen, das tapfer um Fassung rang. Sie nahm sein freundliches Angebot mit schwachem, aber dankbarem Lächeln an und wischte sich die Augen.

»Kate«, sagte er, »Eure Mutter sieht vielleicht nicht mehr so aus wie bei Eurer letzten Begegnung. Die schreckliche Krankheit hat sicherlich ihre Schönheit angegriffen.«

Die Kleine nickte eifrig, um zu zeigen, daß sie verstanden hatte, aber ihre skeptischen Begleiter bezweifelten, daß sie von dem, was sie sehen würde, unberührt bleiben würde.

»Der König hat mir strengen Befehl gegeben, Euch mit all meinen medizinischen Kenntnissen vor Ansteckung zu bewahren, denn er empfindet noch immer große Zuneigung zu Eurer Mutter. Er selbst konnte uns nicht begleiten, aber er möchte, daß Ihr Gelegenheit habt, Eure Mutter noch einmal zu sehen.«

Die Kleine schniefte, hob dann langsam die Augen und sah Alejandro direkt an.

Alejandro lächelte. »Gutes, tapferes Kind! Ich habe einige Kräuter in einer Maske mitgebracht, und Ihr müßt mir versprechen, daß Ihr sie brav tragen werdet, wenn Ihr in diesem Haus seid, denn sonst lauft Ihr Gefahr, Euch ebenfalls anzustecken. Und noch etwas, Kate, so leid es mir tut: Ihr dürft Eure Mutter nicht umarmen, nicht einmal berühren, denn dabei könnte die Pest aus ihrem Körper direkt in Euren wandern. Der König würde sehr zornig werden, wenn Ihr mir in dieser Angelegenheit nicht gehorcht, und ich habe nicht den Wunsch, noch mehr von seiner Wut auf mich zu ziehen.«

Kate nickte wieder mit ergreifendem Ernst und wischte sich die Nase am Ärmel ab.

»Würde es Euch helfen, wenn ich Euch sage, daß ich Euren Kummer verstehe, meine kleine Freundin?« fragte der Arzt. »Ich wurde auf einer Reise nach Frankreich von meiner Mutter und meinem Vater getrennt, kurz bevor ich vom Leibarzt des Papstes zu diesem Dienst gepreßt wurde.«

Endlich sprach die Kleine und verriet dabei ein Temperament, das ihre Verwandtschaft mit Isabella erkennen ließ. »Aber Eure Eltern müssen alt gewesen sein! Meine Mutter ist jung und schön, und es ist nicht gerecht, daß sie sterben muß!« Sie schluchzte und stürzte sich in Alejandros Arme, und er tröstete sie, so gut er konnte.

Bevor sie an die massive Tür klopften, banden sich die drei Reisenden ihre Stoffmasken vor, die mit einer schützenden Mischung aus Alejandros restlichen getrockneten Kräutern und Blättern gefüllt waren. Als die Dienstmagd ihnen die Tür öffnete, wich sie abrupt zurück, da die drei Ankömmlinge mit ihren schnabelähnlichen Masken und den schwingengleichen Umhängen eine deutliche Ähnlichkeit mit riesigen Vögeln hatten. Die Dienerin hatte Angst vor einem Überfall und wußte, daß ein Haus, in dem nur Frauen wohnten, schlecht zu verteidigen war. Beinahe hätte sie die Tür wieder zugeschlagen.

»Wartet«, sagte Adele schnell. »Wir sind Abgesandte des Königs, und dies hier ist das Kind der Lady, nach dem sie verlangt hat. Gebe Gott, daß wir nicht zu spät gekommen sind.«

Mit einer dramatischen Geste hob die Dienstmagd die Hände, legte sie rasch zusammen und flüsterte: »Dank sei dir, gesegnete Jungfrau, daß das Kind heil hier angekommen ist, und Gott verfluche König Edward für seine Verantwortungslosigkeit!« Dann öffnete sie die Tür wieder und winkte sie eilig hinein. »Hier drinnen ist es schon kalt genug, und die Lady hat es in keinem Augenblick mehr warm! Kommt herein und macht die Tür zu, um kalten Zug und böse Dünste fernzuhalten! Schnell, ehe die schlechte Luft hereinkommt!«

Während sie ihnen die Umhänge abnahm, wurde die Dienerin ernst und sagte: »Es ist noch nicht zu spät, aber ich fürchte, sie wird nicht mehr lange leben. Sie hat nur wenig gesprochen, seit sie heute morgen erwacht ist, nur geächzt und gestöhnt und dergleichen; sie klagt über Kälte, also decke ich sie zu, aber gleich darauf wirft sie die Decken wieder ab. Sie murmelt vor sich hin wie eine Verrückte, und dann wieder hält sie den Mund fest geschlossen. Es kann nicht mehr lange dauern.«

Adele übersetzte Alejandro diese Mitteilung, denn sie wußte, daß er Schwierigkeiten hatte, das ziemlich gewöhnliche Englisch der Dienerin zu verstehen; dann sagte sie der Magd, der Herr sei Arzt und geschickt worden, um das junge Mädchen zu beschützen.

Die Magd warf ihm einen verächtlichen, mißbilligenden Blick zu, gefolgt von einigen unfreundlichen und zynischen Worten. »Seit die Lady krank wurde, hatten wir alle möglichen hochgelehrten Ärzte mit ihren Tränken und dergleichen hier, aber sie hätten samt und sonders nicht mal einen Pickel heilen können, bei meiner Seele! Die Hebamme ist die einzige, die der armen

Frau Erleichterung gebracht hat. Besser als all die Ärzte, wenn Ihr mich fragt.«

Alejandro hörte aufmerksam zu, denn außer von dem aufgeblasenen de Chauliac hatte er nie über irgendwelche Erfolge in der Behandlung der schrecklichen Seuche gehört. Nach ein paar lebhaften Worten zu Adele wandte er sich an die Dienerin und fragte sie in schlechtem, aber verständlichem Englisch: »Wo ist die Hebamme, damit ich sie nach ihren Methoden fragen kann? Ich bin begierig, von jeder neuen Behandlungsmethode zu hören.«

Die Dienerin antwortete: »Sie wird morgen hier sein, wenn Ihr zurückkommen wollt. Aber sie ist seltsam, unsere Sarah; ich möchte wetten, daß es ihr nicht paßt, wenn Ihr ihr über die Schulter schaut.«

Alejandro hätte sie gern weiter befragt, aber Kate wurde von Minute zu Minute ungeduldiger. Sie zupfte Alejandro am Ärmel und bat durch die Maske, zu ihrer Mutter gebracht zu werden. Die Dienerin sagte: »Folgt mir, aber seid leise! Ich dulde nicht, daß Ihr sie aufregt.« Dann drehte sie sich um und ging durch einen dunklen Gang voraus.

Während sie sich durch den düsteren Korridor zum Schlafgemach tasteten, erklärte die Dienerin: »Wir halten die Fenster geschlossen und bedeckt, um die bösen Einflüsse auszusperren; meine Lady ist schon krank genug, ohne daß wir noch mehr von dieser Pestilenz einlassen.«

Sie war dabei so erfolgreich gewesen, daß es in dem Haus muffig und dumpf roch. Als sie sich dem Krankenzimmer näherten, traf der vertraute Geruch der Pest Alejandros Nase und erfüllte ihn mit Übelkeit; es war lange her, seit er zuletzt in enge Berührung mit der Krankheit gekommen war, und die Erinnerung an ihre schrecklichen Auswirkungen war verblaßt. Jetzt fiel ihm die ganze Qual sofort wieder ein.

Er blieb stehen, streckte seine Hand nach hinten und hielt so Kate und Adele an. Er nahm seine Maske ab, schnüffelte leicht in die Luft und runzelte dann konzentriert die Stirn, während er den Geruch zu identifizieren versuchte. »Das ist mehr als der Geruch von Krankheit«, sagte er. »Hier ist noch etwas. Etwas, das ich schon früher gerochen habe.« Er schnüffelte wieder. »Ich weiß es!« sagte er. »Es ist der Geruch von faulen Eiern!«

Die Dienerin erklärte: »Mutter Sarah hat ein paar kleine Töpfe mit einer geheimen Substanz brennend im Schlafzimmer zurückgelassen. Sie benutzt dieses und viele andere Mittel, um die Pest in Schach zu halten. Jetzt hat sie die Lady schon länger als vierzehn Tage vor dem Sterben bewahrt, Gott sei gepriesen.«

»Vierzehn Tage!« rief Alejandro aufgeregt. »Ich muß diese Frau, diese Sarah, sofort sehen und befragen!«

Adele fügte hinzu: »Hat sie einen Nachnamen, so daß wir sie leichter finden können?«

Die Magd runzelte die Stirn und dachte sichtbar nach. Endlich antwortete sie: »Mir ist nie einer genannt worden. Ich kenne sie seit meiner Kindheit, und man hat sie immer Mutter Sarah genannt. Sogar meine eigene Mutter hat das getan, Gott lasse ihre Seele in Frieden ruhen.«

»Aber wo ist sie zu finden?«

Wieder dachte die Magd angestrengt über die Frage nach und sprach dann von einer Ebene auf der anderen Seite des Flusses. »Es ist ein längerer Ritt«, sagte sie. »Ihr müßt die offene Wiese überqueren, dann findet Ihr ein paar Eichen mit verdrehten, knorrigen Stämmen. Reitet zwischen denen hindurch, und Ihr kommt auf einen weiteren Weg, einen schmaleren, der zu einer Lichtung im Wald führt. Am Rand der Lichtung steht eine kleine Steinkate neben einer gelb dampfenden Quelle, von der die Einheimischen sagen, sie hätte magische Eigenschaften; es geht das Gerücht, die Mutter beziehe einen Teil ihrer Fähigkeiten aus diesem heißen Wasser.«

Als sie die Magd von Magie reden hörte, hielt Adele dem Kind mit den Händen die Ohren zu und rief: »Blasphemie und Ketzerei! Gott schütze uns vor Magie und Hexen!«

Alejandro drehte sich rasch zu ihr um und sagte: »Hexe oder nicht, wenn die Frau auch nur die geringste Macht über diese Seuche hat, dann werden wir sie sofort aufsuchen, denn ich will keine Möglichkeit einer Heilbehandlung ungeprüft lassen.«

Überraschend eigenwillig und trotzig, fragte die sonst so sanfte

Adele: »Und was ist mit dem Kind? Ich bestehe darauf, daß sie dem bösen Einfluß von Hexerei ferngehalten wird!«

»Adele, wir wissen nicht einmal, ob diese Frau die schwarze Kunst praktiziert, denn die Dienerin spricht von ihr als von der Hebamme! Es kann sein, daß die Erzählungen über ihren Erfolg die unwissenden Einheimischen so beeindruckt haben, daß sie nach ihrem eigenen Aberglauben von ihr sprechen. Es hört sich an, als sei sie eher ein Medicus als eine Hexe, wenn ihre Heilmittel so gut sind.«

Die kleine Kate war fasziniert von dem Streit über ihren Schutz und verfolgte den lebhaften Wortwechsel zwischen ihren beiden Gefährten aufmerksam. Endlich fragte sie: »Kann ich nicht hier bleiben, im Haus meiner Mutter?«

Alejandro und Adele unterbrachen ihren Streit und schauten sich an. Jeder wartete auf die Meinung des anderen. Die Dienstmagd sagte: »Die Kleine kann gern bleiben, solange sie nicht die Ruhe meiner Herrin stört.«

»Das wird sie nicht tun«, sagte Alejandro, »denn sie hat strikte Anweisung, ihre Mutter nicht zu berühren oder ihr auch nur zu nahe zu kommen. Unsere guten Pferde werden uns schnell an diesen Ort bringen, und wir werden vor Sonnenuntergang zurückkommen, um das Kind abzuholen. Dann hat es seine Mutter lange genug besucht, und wir brechen wieder nach Windsor auf. Was sagt Ihr dazu, Adele?«

Adele beäugte die Magd mißtrauisch und fragte sich, ob man darauf vertrauen konnte, daß sie während Kates Besuch im Haus ihrer Mutter genügend auf die Kleine aufpassen würde. Sie war sicher, daß die junge Dienerin noch bis vor kurzem nur ein Küchenmädchen gewesen und nur deshalb aufgestiegen war, weil ihre Herrin ständig umsorgt werden mußte.

Doch wenn sie die geheimnisvolle Mutter Sarah finden wollten, hatten sie keine andere Wahl, als das Kind zurückzulassen. Adele öffnete ihre kleine Börse, nahm eine Goldmünze heraus und reichte sie der Dienstmagd. »Sorgt dafür, daß sie der Kranken nicht zu nahe kommt, und Ihr bekommt dasselbe noch einmal, wenn wir zurückkehren und sie heil vorfinden.«

Die Augen der Magd weiteten sich, denn sie hatte noch nie so viel Geld auf einmal gesehen. Und sie sollte dasselbe noch einmal bekommen! »Das will ich tun, Herrin, seid beruhigt. Kein Kind könnte sicherer sein«, beruhigte sie sie.

Trotzdem war Adele voller Zweifel. Sie umarmte Kate und sagte: »Wir werden Euch vor Sonnenuntergang wieder abholen.« Nachdem sie der zerlumpten Magd ihre Umhänge wieder abgenommen hatten, beobachteten sie, wie diese und das Kind durch den dunklen Gang zur Schlafkammer gingen. Alejandro flüsterte ein stilles Gebet, dem kleinen Mädchen möge kein Leid geschehen; dann verließen sie rasch das Haus und ritten auf der Straße nach Westen.

Nicht lange nachdem sie den Fluß überquert hatten, kam hinter dem Kamm eines Hügels die Ebene in Sicht. Alejandro lenkte sein Pferd auf die offene Wiese, und Adele folgte ihm. Wie erwartet erreichten sie bald die beiden edlen alten Eichen in ihrer regungslosen Umarmung. Alejandro hatte das Gefühl, in die Intimsphäre der ehrwürdigen Bäume einzudringen, als er den Weg zwischen ihnen betrat.

Gleich nachdem sie in den dichten Wald geritten waren, merkten sie, daß hier alles anders war. Schon die Luft unterschied sich von der, die sie auf der Wiese geatmet hatten; sie war warm und süß, obwohl es unter den Bäumen eigentlich hätte kühl sein müssen. Man hörte kein anderes Geräusch als die Hufe der Pferde auf dem Boden, keine surrenden Insekten, keine quakenden Frösche, keine menschlichen Stimmen.

Alejandro sah sich verwundert um und sagte zu Adele: »Ich fange an zu verstehen, warum du es für das beste hieltest, das Kind zurückzulassen. Ich fühle mich fast verzaubert von diesem Ort... hier ist wirklich etwas Unnatürliches gegenwärtig.«

Der Wald endete so plötzlich, daß sie ihre Augen vor dem grellen Sonnenlicht abschirmen mußten. Alejandro erinnerte sich nicht an Einzelheiten des Weges hinter dem Tor, das die Eichen bildete, aber er wußte, daß sie ihn ganz zurückgelegt hatten. Er hatte keine Ahnung, wie lange das gedauert hatte; waren es nur Augenblicke gewesen? *Er konnte sich nicht erinnern...* Zu sehr hatte ihn der geheimnisvolle Ort verzaubert.

Doch Adele war längst nicht so hingerissen von dem Ort wie ihr Gefährte. Sie hätte Alejandro am liebsten zugerufen, sie müßten umkehren und davonreiten, aber sie hatte völlig die Sprache verloren. Auf dem Pfad durch den Wald hatte sie das Gefühl gehabt, als ziehe irgendeine winkende Hand ihr Pferd förmlich zwischen den Bäumen hindurch zu der hellen Lichtung, und sie hatte protestieren wollen, aber aus unerklärlichen Gründen war sie plötzlich stumm und konnte nicht den leisesten Laut ausstoßen.

Wie unter einem Bann starrten Adele und Alejandro einander verwundert an. Mit langsamen, schwerfälligen Bewegungen saßen sie ab und gingen auf die steinerne Kate zu. Bald standen sie auf einem steingepflasterten Weg, der an der Tür des Hauses begann und direkt zu der warmen gelben Quelle führte; sie sahen die Wärme, die von dem lauen Wasser aufstieg, und waren wie gebannt von dem goldenen Schein des Sonnenlichts, das auf der glatten Oberfläche tanzte. Ein feuchter, berauschender Geruch durchzog die warme Luft, und obwohl er alles andere als angenehm war, fühlte Alejandro sich getrieben, ihn tief einzuatmen, wieder und wieder; je mehr er von dem flüchtigen Aroma einatmete, desto mehr wollte er. Es war süß und schwer und roch nach lebenden Dingen, nach sterbenden Dingen, die verrotteten, nach Feuchtigkeit, Nässe und Leben.

Als er endlich seine Stimme wiederfand, sagte er zu Adele: »Wenn dies ein Übel ist, dann möge es mich für immer heimsuchen. Ich bin wie verzaubert von diesem Ort.«

Da durchbrach eine träumerische Stimme den stillen Dunst. »Willkommen in meinem Heim, verehrter Arzt und edle Lady.«

Scheinbar aus dem Nirgendwo erschien vor ihnen eine alte Frau, der sie beide eine so bezaubernde Stimme nicht zugetraut hätten. Sie sprach weiter, und ihre Worte wirkten wie die einer Mutter, die ihr Kind beruhigt. »Ich hatte Euch erwartet«, sagte sie, »aber ich wußte nicht, wann Ihr kommen würdet.«

Alejandros logischer Geist, der die Oberhand behalten wollte, sagte ihm, daß in der realen Welt ein solches Vorwissen nicht möglich sei. Doch die friedliche Stille, die üppigen, fruchtbaren Gerüche, die seltsam beruhigende Präsenz der alten Frau – all das zusammen vermittelte ihm ein Gefühl innerer Heiterkeit und Gelassenheit, wie er es seit der Geborgenheit seiner Kindheit in Spanien nicht mehr empfunden hatte, und er überließ sich ihm. An diesem ruhigen Ort schwebten Schmetterlinge so langsam durch die Luft, daß er meinte, sie müßten trotz ihrer Leichtigkeit fallen; er sah keine Sonne, dennoch war es ringsum sehr hell, und es gab auch keine Schatten. Nichts war braun und verwelkt; alles sah frisch und vollkommen aus, bis auf die Frau selbst, die die Merkmale der Zeit trug, als seien sie eher eine Gnade als eine Last. Hier konnte er sich erinnern, wie die Welt sich angefühlt hatte, ehe der Fluch der Ansteckung über sie gekommen war. Außerhalb dieses Ortes, jenseits der verkrümmten Eichen, gab es diese magische Gelassenheit nicht, sondern nur Chaos.

»Ihr seid gekommen, um von einem Heilmittel zu erfahren«, sagte sie.

Eifrig nickte er mit dem Kopf, die Augen in erwartungsvoller Hoffnung aufgerissen.

»Gut, Ihr sollt es haben.« Sie reichte ihm einen Beutel aus fein besticktem Leinen. Er drehte ihn in den Händen und untersuchte ihn sorgfältig, kindliches Staunen im Gesicht.

»Ich hatte nicht erwartet, es in die Hände gelegt zu bekommen«, sagte er. »Was ist das für ein Geschenk, das Ihr mir da gebt? Ist das Heilmittel darin enthalten?«

Ihr Lachen klang tief und uralt, fast musikalisch in seiner verzaubernden Wirkung auf ihn. Sie sagte: »Ihr müßt immer auf das vorbereitet sein, was Ihr nicht erwartet, Arzt; wenn Ihr das Heilmittel kennenlernen wollt, so öffnet den Beutel und befriedigt Eure Neugier.«

Er tat es begierig. Er zeigte Adele den Beutel, die ihn mißtrauisch beäugte, aber trotzdem mit ihm zusammen den Inhalt betrachtete. Er nahm jeden Gegenstand vorsichtig und mit großer Ehrfurcht zur Hand, und Adele folgte seinem Beispiel. Der Beutel enthielt mehrere kleine Säckchen, jedes mit einem

Vorrat seltener Kräuter gefüllt, darunter auch die, die de Chauliac ihm zu Beginn seiner Reise in Avignon gegeben hatte und die nun verbraucht waren. Es gab auch einen größeren Beutel, gefüllt mit einem faul riechenden, gräulichen Pulver. Er nahm etwas davon zwischen die Finger und ließ es wie Sand wieder in den Beutel rieseln. Es gab ein kleines Fläschchen, gefüllt mit gelblicher Flüssigkeit und mit einem Korken verschlossen. Es gab rote Bänder, eine Walnußschale und ein paar andere seltsame Gegenstände, für die er keinerlei medizinische Verwendung kannte. Er umklammerte den kostbaren Beutel fest mit beiden Händen, um sicher zu sein, daß er wirklich existierte, daß er ihn berühren konnte und ihn sich nicht nur einbildete.

Er sah sich nach der Frau um und wollte ihr für die Gabe danken. »Gute Frau, ich weiß nicht einmal, wie ich Euch anreden soll, um Euch meinen Dank auszusprechen. Wir kamen auf der Suche nach einer Frau namens Mutter Sarah hierher...«

»Und Ihr habt sie gefunden.«

Als sie so seine Vermutung über ihre Identität bestätigte, konnte Alejandro seine Erregung kaum beherrschen. »Ihr seid es also wirklich!« Zu Adele gewandt sagte er: »Sie ist es!« Er drehte sich wieder der alten Frau zu. »In meinem Staunen über diesen Ort habe ich fast den eigentlichen Grund unseres Kommens vergessen. Wir haben die Lady gesehen, die Ihr pflegt, und haben gehört, daß sie zwei Wochen überlebt hat! Sprecht mir von Euren Heilmitteln, denn sie sind ein bedeutendes Wissen! Meine Seele dürstet danach, Eure Methoden kennenzulernen.«

»Arzt«, antwortete sie, »Ihr müßt Geduld haben. Zur rechten Zeit wird alles enthüllt werden. Ihr werdet die Antwort finden, die Ihr sucht, wenn Ihr sie braucht.«

Zum ersten Mal fühlte Alejandro sich an diesem traumhaften Ort nicht mehr völlig ruhig. »Ich fürchte, sie könnte mir entgehen, ich könnte nicht erkennen, was ich sehen soll.«

»Ihr müßt darauf vertrauen, daß Ihr sie erkennen werdet«, antwortete sie nur. »Ihr haltet das Heilmittel in Händen, und bald werdet Ihr es in Eurem Herzen haben. Geht jetzt und kümmert Euch schnell um das Wohlergehen des kleinen Mädchens, denn ihre Seele ist in ernster Gefahr. Ich kann den Ausgang ihrer Reise nicht sehen, aber sie wird in den nächsten Tagen eine schwere Prüfung durchleben. Vor allem denkt daran, daß Ihr glauben müßt und glaubt daran, daß alles gut enden wird.«

Alejandro hätte ihr gern noch tausend Fragen gestellt, merkte aber, daß Adele sehr unruhig und besorgt war.

»Sie spricht von einem kleinen Mädchen«, sagte sie. »Sie kann nur Kate meinen. Wir müssen zu ihr zurückkehren!«

Es kam ihm nicht in den Sinn, die alte Frau zu fragen, wieso sie von Kate wußte; es erschien ihm einfach ganz natürlich. Sie fanden ihre Pferde da, wo sie sie zurückgelassen hatten, fröhlich weidend in dem süßen, dunkelgrünen Gras. Alejandro verstaute den schönen Beutel mit den Heilkräutern vorsichtig in seiner Satteltasche. Dann saßen sie auf und machten sich auf den Rückweg durch den dunklen Wald zu den beiden Eichen, die eine Art Tor bildeten, das in die Außenwelt führte.

Unmittelbar vor den beiden Bäumen hielten sie ihre Pferde an. Alejandro konnte den eisigen Wind auf seinem Gesicht spüren, der aus der Welt kam, die sie nun betreten würden, und das warme Sonnenlicht auf seinem Rücken, das ihn schmerzlich an die Welt erinnerte, die sie gerade verließen.

Er sagte: »Ich fürchte, wenn wir dieses Tor passieren, werden wir uns nicht mehr daran erinnern, was wir auf der anderen Seite erkannt haben.« Er sah Adele flehend an und sagte: »Ich fürchte, wenn wir durchreiten, wird alles vergessen sein, und hinter meinem Sattel wird sich kein Heilmittel mehr befinden.«

Mit einer Weisheit, die ihrem Alter nicht angemessen war, schob Adele ihre eigenen Zweifel beiseite und tröstete ihn. »Das kann nicht sein. Wir haben es in der Hand gehalten. Es kann nicht verschwinden. Erinnere dich, was die Frau gesagt hat. Es wird eine Zeit kommen, wo du es benutzen wirst…«

Doch er rührte sich noch immer nicht von der Stelle. Er schaute zurück in den Wald, wo zwischen den hohen Bäumen leuchtende Sonnenstrahlen auf die weichen Tannennadeln am Boden fielen. Dann drehte er sich wieder um und schaute auf die Wiese, die im dünnen grauen Licht des kühlen Nachmittags kein so zauberhaftes Bild abgab. Er fühlte, wie der Wind durch das Tor zwischen den beiden Eichen pfiff und trockene Blätter um die Hufe der Pferde wehen ließ, und er hätte sich am liebsten nie wieder bewegt. Ihn lähmte die Furcht, das zu verlieren, was er gewonnen hatte.

»Alejandro«, sagte Adele drängend, »wir müssen fort! Erinnere dich, was sie über Kate gesagt hat! Wir müssen *sofort* zu ihr zurück!«

Sie wandte sich der Weide zu, drückte die Füße an die Flanken ihres Pferdes, und das große, sanfte Tier gehorchte und setzte sich in Bewegung. Sie stieß einen Schrei aus, nicht vor Schmerz, sondern vor Überraschung, als die rauhe, kalte Luft jenseits des Tores ihre Lungen füllte. Sie hielt das Pferd an, das ebenfalls keuchte, und hustete laut, während sie nach Luft schnappte.

Alejandro beobachtete sie, vergaß all seine Befürchtungen und gab seinem Pferd ebenfalls die Sporen. Auch er spürte den Angriff des Windes auf seinen unvorbereiteten Körper und rang kurz nach Luft. Doch bald verging sein Unbehagen, und er erreichte an Adeles Seite den Rand der Wiese. Keiner von ihnen bewegte sich. Alejandro schaute zum Himmel nach dem Stand der Sonne und sah, daß er sich kaum verändert hatte, seit sie das Eichentor zum ersten Mal passiert hatten. Er sah die weichen Schatten, die sich kaum bewegt hatten, und wußte, daß nur sehr wenig Zeit vergangen war. Es war, als hätten sie sich kaum von der Stelle bewegt.

Doch mit überwältigender Freude stellte er fest, daß er sich erinnerte. Er erinnerte sich an die Wärme der milden Luft, und er sah die alte Frau noch vor sich. Er wandte sich an Adele und fragte ängstlich: »Liebste, erinnerst du dich auch, was wir dort drinnen erlebt haben?«

»Ja, mein Geliebter, ich weiß es so genau, als wäre ich noch dort.«

Glücklich sprang er vom Pferd und öffnete die Riemen der Satteltasche. Er griff hinein, und seine Hand fand, was er suchte. Er ertastete den Stoffbeutel, den er hineingelegt hatte, und zog ihn eifrig heraus.

Doch dieser Beutel war nicht aus feinem, besticktem Leinen, sondern nur aus rohem, gekämmtem Flachs, grob gewebt, braun und abgenutzt, beinahe verschlissen. *Was ist das für ein Zaubertrick?* dachte er. *Hat diese Frau mich getäuscht?* Bestürzt sah er Adele an und löste dann die Kordel. Der Beutel enthielt die gleichen kostbaren Kräuter, nur jetzt in gröberen Säckchen; die exotischen Gegenstände waren alle intakt, Gott sei Dank, und hatten den Übergang überlebt.

Er steckte den Beutel wieder in seine Satteltasche, saß energisch auf und im Galopp ritten sie über die große Wiese. Die Pferde wieherten und schnaubten protestierend über das rasche Tempo in der kalten Luft, und Alejandro fragte sich, ob auch sie gern dort geblieben wären, woher sie kamen.

16

Die Wärterin gab Janie ein heißes Wegwerfhandtuch, um die Reste des Gleitmittels von ihrem Körper zu wischen, und als sie mit dem kleinen Tuch soviel wie möglich von den Überbleibseln des Bodyprintings entfernt hatte, reichte Janie es zurück. Sie sah zu, noch immer etwas benommen von der verstörenden Erfahrung, wie die Wärterin es zu ihrem ersten sterilen Anzug in den gelben Plastikbeutel steckte und diesen dann versiegelte. Sie klebte ein Etikett darauf – Janie konnte sehen, daß es mit »Merman, Ethel J.« beschriftet war – und legte ihn beiseite. Dann gab sie Janie einen frischen sterilen Anzug und neue Wegwerfslipper.

Janie zog sich sofort an, denn sie zweifelte nicht daran, daß die Augen hinter den Spiegeln sie noch immer betrachteten; sie konnte beinahe spüren, wie die Blicke sich in ihr Fleisch bohrten. Sie schlang die Arme um den Oberkörper, um sich zu wärmen, denn im Printingraum war es ziemlich kühl, und sie hatte eine Gänsehaut. Der leichte Plastikstoff des Anzugs wärmte sie nicht, und als sie zwischen zwei schweigenden Biocops zu ihrer Zelle zurückging, zitterte sie sichtbar. Die kalte Scham, vergewaltigt worden zu sein, war noch immer so intensiv, daß sie das Gefühl hatte, ihr Körper sei gar nicht mehr ihr eigener, sondern irgendwie fremd und verändert und gehöre jemand anderem. In diesem gespaltenen Zustand kehrte sie in ihre Zelle zurück, sehr viel gehorsamer, als sie diese in Gesellschaft des Biocops verlassen hatte. Wenn man noch weitere Forderungen an sie gestellt hätte, hätte man sie ziemlich gefügig gefunden.

Der Boden der Zelle bestand aus Fliesen, und als Janie ihre Kleider wieder aufhob, hatten sie deren Kälte angenommen. »Drehen Sie sich um, ja?« sagte sie kühl zu Bruce, der schweigend gehorchte. »Ich ziehe jetzt meine *schmutzigen* Kleider wieder an.«

Er hätte ihr gern viele Fragen gestellt, aber er hatte die Demütigung und Wut in ihrem Gesicht gesehen, als die Biocops sie zurückgebracht hatten, und hielt es für besser, sie nicht zu stören, bis sie sich ein wenig erholt hatte. Er hatte gehofft, sie würde von sich aus sprechen, aber sie blieb stumm, und ihre Zähne klapperten, als sie in der Zelle auf und ab ging.

Schließlich verlor er die Geduld; er wollte unbedingt wissen, wie es ihr ging. Noch immer mit abgewandtem Gesicht sagte er: »Janie?«

Sie ging weiter auf und ab. »Ja?«

»Kann ich mich wieder umdrehen?«

»Aber bitte.«

Er drehte sich um und sah sie an. Sie wich seinem Blick aus. »Sind Sie in Ordnung?« fragte er leise.

Sie zögerte einen Moment und antwortete dann in gedämpftem Ton. »Ich denke, man könnte sagen, daß ich in Ordnung bin.« Sie seufzte tief. »Aber es ist mir schon entschieden besser gegangen.« Als sie endlich aufblickte und ihn durch die Gitterstäbe der Zelle ansah, verriet ihr Gesichtsausdruck Niedergeschlagenheit und Erschöpfung. Sie atmete tief aus und sagte: »Das war zweifellos die erniedrigendste Erfahrung meines Lebens.«

Der Blick, den er ihr zuwarf, ließ echte Reue erkennen, als sei er irgendwie persönlich verantwortlich für ihre Schwierigkeiten.

»Es tut mir leid, daß Ihnen das passiert ist. Ich weiß, daß Sie das Printen mißbilligen. Es ist hart, aber ich denke nicht mal mehr darüber nach.« Mit gesenktem Kopf fügte er hinzu: »Manchmal vergesse ich, wie schwierig es für manche Menschen ist...«

Janie setzte sich wieder auf den kalten Boden und zog die Knie an die Brust. »Ich kann mir nicht vorstellen, daß es für *irgend jemanden* einfach ist. All diese Sonden und Sensoren... und die Stellen, wo sie sie anbringen... Ich habe mich gefühlt wie an einem Bratspieß, als würden jeden Moment Flammen an meinen Knöcheln züngeln.«

Bruce schwieg ein paar Augenblicke bedächtig. Als er endlich wieder sprach, klang seine Stimme zurückhaltend. »Wie lange hat das Printen gedauert? Ich meine, die eigentliche Abbildung.«

Sie schniefte. »Ich kann es Ihnen nicht sagen; ich habe keine Uhr gesehen, so lange ich da drinnen war. Es könnte eine halbe Stunde gewesen sein. Fühlte sich an wie eine Ewigkeit. Aber ich weiß es wirklich nicht.«

»Es ist lange her, seit ich zum letzten Mal geprintet worden bin...«

Janie richtete sich ein wenig auf. »Das *letzte* Mal? Ich verstehe nicht. Ich dachte, das würde nur einmal gemacht.«

Er zögerte ein paar Sekunden, ehe er antwortete, um die richtigen Worte zu finden. Schließlich gab er sich mit der schlichten, unverblümten Wahrheit zufrieden. »Ich habe mich freiwillig zur Verfügung gestellt.«

Janie stand auf. »Sagen Sie das noch mal«, sagte sie. »Ich bin nicht sicher, ob ich Sie richtig verstehe.« Sie sah ihn mit zusammengekniffenen Augen an. »Sie haben sich *freiwillig* zweimal printen lassen?«

Ihr Blick war so intensiv, daß er sich ganz klein vorkam. »Es war mehr als zweimal. Tatsächlich bin ich zehnmal geprintet worden.«

Ungläubig umfaßte sie die Gitterstäbe. »Zehnmal? Um Gottes willen, *warum*, Bruce? Das ist eine schreckliche Prozedur! Sind Sie eine Art Masochist?«

»Ich mußte sicher sein, daß wir es richtig machen!« Jetzt war er betroffen, und seine Stimme verriet den Konflikt, den er empfand. Seine Beteiligung an der Entwicklung des Bodyprinting hatte er als berauschend empfunden, doch als er ihr jetzt die Geschichte erzählte, kam er sich dabei so unbehaglich vor wie in einem Beichtstuhl. »Ich gehörte zu dem Team, das die ersten Printingtechniken entwickelte. Es war nicht meine Idee, wenn ich auch zugeben muß, daß es mich von Anfang an fasziniert hat. Unsere ersten Bemühungen waren noch sehr rudimentär und nicht sonderlich brauchbar. Aber es dauerte nicht lange, bis wir allmählich wirklich bedeutsame Resultate erzielten, und von da an ging es schnell voran. Vom Konzept bis zum funktionierenden Modell dauerte es nur sechs Jahre.«

Dann wurde seine Stimme wieder ruhiger. »Ich bin zehnmal geprintet worden, weil wir es damals schwer hatten, Freiwillige zu finden, sogar unter Strafgefangenen. Wir haben alle mit unseren eigenen Körpern experimentiert, um die Kontrollen und die Strahlenbelastung bei den Leuchtsonden zu testen. Lange Zeit haben wir nur uns selbst und alle Leichen geprintet, derer wir habhaft werden konnten... Dann haben wir eine zweite Maschinengeneration gebaut und zu Testläufen in alle Welt verschickt. Schließlich wurde fast jeder geprintet, der beim ersten Ausbruch starb, sogar in den USA, wenn das auch nicht allgemein bekannt ist... wir benutzten immer wieder dieselben Maschinen, bis wir mit allen Einstellungen zufrieden waren, und dann zerstörten wir die erste Serie und bauten ganz neue Exemplare.«

»Ich kann nicht begreifen, wie Sie bei so etwas mitmachen konnten.«

Bruce fing an, die Geduld mit ihr zu verlieren. »Ich glaube, Sie sehen das nicht richtig, Janie. Sie wirken da schrecklich engstirnig. Sie sind Chirurgin, und Sie haben doch sicher auch Nutzen von...

»Ich muß Sie berichtigen«, sagte sie empört. »Ich war Chirurgin, bevor all diese Vorschriften erlassen wurden. Bevor diese ganze Technologie, *einschließlich Bodyprinting,* die reine, schlichte Medizin beinahe obsolet machte.«

»Wie kann ein großartiges diagnostisches Werkzeug die Medizin obsolet machen?« sagte er mit wachsender Frustration. »Verbessert es Ihre chirurgische Technik nicht, wenn Sie genau wissen, wo Sie schneiden müssen? Heilt ein kleinerer Einschnitt beim Patienten nicht schneller? Ist er nicht mit weniger Schmerzen und weniger Infektionsrisiko verbunden? Ist nicht *alles* verbessert?«

»*Natürlich*, alles ist verbessert. Ich fand es wunderbar, wenn ich einen kleineren Schnitt machen und dann ein Pflaster draufkleben konnte. Das ist nicht der Teil, gegen den ich Einwände habe. Aber diese Technik bedeutet einen so brutalen Übergriff...«

»Das hört sich an, als wäre es kein Übergriff, den Körper eines Menschen aufzuschneiden. Das haben Sie vermutlich mehrmals täglich getan.«

»Ja, habe ich. Aber wenn ich es getan habe, haben es nur die Leute gesehen, die gleichzeitig mit mir im Raum waren. Und wenn wir auch nicht immer totalen Respekt vor den Menschen hatten, an denen wir arbeiteten, haben wir doch hinterher keinen Bericht an irgendein Computernetzwerk gegeben. Es passierte in einem Raum, mit einer begrenzten Anzahl von Zuschauern, und der Patient wußte dabei, daß seine persönlichen Angelegenheiten nicht in irgendeine riesige Computerdatei eingehen würden.«

»Sie überreagieren. Die Information ist da, aber wir entwickeln Vorschriften, um den Zugang zu ihr zu beschränken.«

»Sie wissen so gut wie ich, daß jeder halbwegs tüchtige Hacker in fast jedes Netzwerk auf der Erde eindringen kann. Computer gewähren keine Intimsphäre mehr. Was passiert, wenn irgendein übereifriger Unternehmer herausfindet, daß Leute mit Informationen, die beim Bodyprinting anfallen, erpreßt werden können? Wissen Sie nicht mehr, was mit Menschen passierte, die im Frühstadium der Aids-Epidemie HIV-positiv waren? Sie wurden meistens behandelt wie Aussätzige. Anfangs hatten sie keinen Schutz.«

»Das kommt nicht mehr vor, und Sie wissen es.«

»Ach ja? Weiß ich das wirklich? Wissen *Sie* es? Ich glaube, Sie räumen den Mächtigen vielleicht mehr Kredit ein, als sie verdienen. Es gibt da draußen ein paar wirklich schlaue Leute, die intelligent genug sind, im Leben vieler anderer Menschen herumzustochern. Warten Sie nur – es wird nicht mehr lange dauern, bis jemand herausfindet, wie man feststellen kann, wer kompatible Organe für Transplantationen besitzt. All diese Informationen sind bei einem Bodyprinting verfügbar. Denken Sie nur daran, wieviel Geld damit zu verdienen wäre, einen ›Unfalltod‹ zu arrangieren, damit das Organ entnommen werden kann. Und es gibt Unmengen verzweifelter Leute, die jede Summe zahlen würden, um weiterzuleben.«

»Wir sind nur noch fünf oder zehn Jahre davon entfernt, Organe zur Transplantation züchten zu können«, sagte Bruce. »Danach wird das keine Rolle mehr spielen.«

»Aber sehen Sie denn nicht, daß es *jetzt* eine Rolle spielt und weiter eine spielen wird, bis es soweit ist? Es gibt einfach zu viele Möglichkeiten, daß Menschen dadurch zu Schaden kommen. Jetzt wird mein eigener Bodyprint zu Millionen anderen in diesen Computer gefüttert. Ich weiß nicht, ob ich mich jemals wieder sicher fühlen werde.« Sie kreuzte die Arme vor der Brust. »Sie hätten sehr viel mehr über das nachdenken sollen, was Sie taten, *bevor* Sie es taten.«

Ihre Bemerkung traf ihn, und abwehrend erwiderte er: »Wir haben viel nachgedacht. Wir haben an alles Gute gedacht, das damit erreicht werden könnte. Und wer hat Sie so plötzlich zum Wächter über die Moral der Welt bestellt? Es gibt eine Menge Leute – und einige davon können über diese Sache ein solides, informiertes Urteil abgeben –, die denken, daß Bodyprinting die beste Erfindung seit dem Mikroskop ist. Als wir mitten in der Entwicklung steckten, wußten wir alle, daß wir an einer Technologie arbeiteten, die MRIs und CAT-Scans ersetzen würde. Es war ein sehr aufregender Gedanke, daß wir vielleicht den ganzen Körper würden sehen können, voll, dreidimensional. Wir waren wie ein Haufen Jugendlicher mit einem neuen Spielzeug. Keiner dachte an das Orwellsche Potential. Das war damals nicht unser Job; dafür hatten wir die Politiker. Wir haben einfach gute wissenschaftliche Arbeit geleistet, um die Zukunft der Medizin für jedermann auf der Welt zu verbessern. Keiner von uns ist jemals auf die Idee gekommen, daß das manchen Leuten heimtückisch vorkommen könnte.«

»Nun, Sie *hätten* aber daran denken sollen! Sie hätten an die Zukunft denken sollen...«

Er unterbrach sie. »Mein Gott, Janie, wie sind Sie so hart geworden? Ich kann nicht glauben, wie zynisch Sie geworden sind.« Er streckte die Hand durch die Gitterstäbe, als könne er sie berühren. »Versuchen Sie, es gelassen zu betrachten. Es ist nicht so finster, wie Sie anscheinend denken. Ich weiß, Sie sind verletzt, aber es würde Ihnen vielleicht guttun, es etwas leichter zu nehmen. Bei Ihnen hört es sich an, als stände die Apokalypse vor der Tür.«

Sie senkte den Kopf. »So fühlt es sich meistens auch an.«

»Dann tut es mir doppelt leid, daß Sie das durchmachen mußten. Ich wünschte, ich könnte etwas tun, damit Sie anders empfinden. Aber das kann ich nicht.«

Sie blickte wieder zu ihm auf. »Ich weiß, ich *weiß.*« Sie fing wieder an, auf und ab zu gehen, bewegte sich in der kleinen Zelle wie eine eingesperrte Tigerin, hin und her; sie haßte die Begrenzung durch die Wände und Gitter. »Mir kommt das alles so bedrückend vor. Meine Zukunft scheint trüb, und all diese Veränderungen lassen sie noch trüber aussehen...«

»Dann denken Sie über folgendes nach«, sagte er, »wenn Sie etwas haben wollen, das hoffen läßt.« Seine Stimme klang jetzt erregt. »Erinnern Sie sich, daß ich ein Projekt erwähnt habe, mit dem Ted und ich anfangen wollten, das, was aufgeschoben worden ist?«

Sie nickte.

»Nun, es basiert direkt auf Informationen, die aus dem Bodyprinting entwickelt wurden. Ich arbeitete an einer Methode, anhand des neuralen Prints eines Individuums künstliche neurologische Impulse maßzuschneidern. Dann können Menschen mit neurologischen Schäden schließlich elektrische Implantate bekommen, die ihre Nerven auf eine spezifische Art so stimulieren, daß sie sich normal bewegen können. So eine Art Schrittmacher, aber für spezifische Nerven. Sie brauchen dann nicht mehr auf Fötaltransplantate zu warten.« Sein Ärger wich allmählich seiner Erregung, und er unterstrich seine Worte mit energischen Handbewegungen. »Wir werden dazu in der Lage sein, weil das Printing uns gestattet, das Nervensystem auszusondern, so daß die Impulse zeitlich und in der Stärke präzise angepaßt werden können. Im Augenblick kann ich am Computer Gesichtsbewegungen simulieren. Ich habe ein Bakterium, das auf der Grundlage seines Printings einen dreidimensionalen Jig tanzen kann…«

»O mein Gott, Bruce, ich hätte nie gedacht…«

»Ich auch nicht, bevor wir die Printdaten aus mehreren Jahren auswerten konnten. Da ist mir eines Tages die Idee gekommen. Ich dachte, wie wär's, wenn wir diese Information nutzen könnten, um so präzise Impulse auszusenden, daß wir eine Art elektronischer Choreographie machen könnten? Wir könnten Leute für spezifische Bewegungen programmieren, so daß sie bestimmte notwendige Aufgaben erfüllen könnten. All das kann mit einem winzigen Chip kontrolliert werden, der in der Nähe der Verletzungsstelle implantiert wird, eine Art Kommandozentrum, die mit dem Rückenmark verbunden ist.«

Seine Augen wurden groß, und Janie konnte seine wachsende Begeisterung sehen. »Es wird bald so sein«, sagte er, »daß Leute, die sich wegen neurologischer Schäden nicht rühren können, sich wieder ohne Hilfe bewegen können, nur mit ihrem eigenen Körper! Stellen Sie sich das bloß vor! Stellen Sie sich vor, wie froh jemand ist, wenn er aus dem Rollstuhl aufstehen und zum ersten Mal wieder gehen kann. Denken Sie daran, wie aufregend es für jemanden sein wird, der wie ein Baby gefüttert werden mußte, wieder Gabel und Löffel zu benutzen. Ich würde für den Rest meines Lebens dafür arbeiten, das möglich zu machen.«

Sie hörte die Leidenschaft in seiner Stimme und verstand seine glühende Überzeugung, daß das, was er tat, absolut richtig war. »Ich glaube, ich bin vielleicht eifersüchtig«, sagte sie. »Wenn Sie so über das sprechen, was Sie machen, hört es sich nach einer wunderbaren Arbeit an. Ich bin nicht sicher, wie ich meine

Arbeit finden werde, das heißt, wenn ich jemals die Zulassung bekomme, sie zu tun.«

»Das werden Sie«, sagte er, »da bin ich sicher. Dieses ganze Durcheinander ist nur eine Verzögerung. Und jetzt, da Sie geprintet sind, ist der Druck weg. Sie brauchen keinen Abreisetermin einzuhalten. Sie können sich Zeit lassen.«

»Aber Caroline nicht«, sagte sie. »Und ich bin nicht sicher, daß es für mich mit dem Printing erledigt ist. Mein Visum ist zeitlich begrenzt. Und mein Doktorvater in Massachusetts wartet bloß darauf, mich fertigzumachen, wenn ich nach Hause komme. Er wollte nicht mal, daß ich dieses Projekt überhaupt anfange. Er sagte, es wäre zu kompliziert, im Ausland zu graben. Ich dachte, es würde für mich eine nette Abwechslung sein. Eine Abwechslung war es ja, aber ob sie nett war, weiß ich nicht so recht.«

»Das tut mir leid für Sie«, sagte Bruce leise, »aber für mich war es wirklich nett, Sie wiederzutreffen.« Er lächelte erwartungsvoll.

Janie zwang sich, die letzten Reste von Wut über das, was im Laufe des letzten Tages passiert war, beiseite zu schieben. »Für mich war es auch schön. Ich bin froh, daß wir Zeit hatten, miteinander zu reden.«

Und als endlich der Wachmann wiederkam, einen ganzen Tag später, kannten sie einander sehr viel besser, als sie sich jemals hätten träumen lassen.

Der rostige Einkaufswagen holperte über die Londoner Straßen und ratterte laut auf dem Kopfsteinpflaster, aber die zerlumpte Frau, die ihn lenkte, schob ihn für den größten Teil des Tages weiter und murmelte dabei glücklich vor sich hin.

Trotz der holperigen Fahrt wachte Caroline nicht auf; sie schwebte dicht unter der Oberfläche des Bewußtseins, das von einem Traum überlagert wurde. Manchmal war er so schön, daß sie sich in ihrem Delirium wünschte, er sei Realität, dann wieder war er so gewaltsam und quälend, daß ihr schlafendes Bewußtsein sie zu wecken versuchte, aber ohne Erfolg.

Niemand beachtete sie oder versuchte sie aufzuhalten; sie waren nur zwei von vielen tausend zerlumpten, verlorenen »Marginalen«, die außerhalb der Norm der Londoner Gesellschaft lebten. Niemand nannte sie mehr »Penner« oder »Obdachlose«, doch trotz ihres neuen Namens waren sie noch immer diejenigen, die nirgends in der starren Sozialstruktur Englands nach den Ausbrüchen einen Platz finden konnten.

Die Frau, die jetzt den Einkaufswagen schob, hatte sich daran gewöhnt, von den sogenannten »normalen« Leuten gemieden zu werden; sie führte dieses Leben, weil es ihr besser gefiel als die anstrengende Alternative. Sie brauchte niemandem außerhalb ihrer zahlreichen Familie aus anderen Marginalen Rechenschaft abzulegen. Es gab in ganz London mehrere »Familien«, beinahe Clans, von denen einige unter Brücken oder in leerstehenden Gebäuden lebten; ihre eigene hatte sich in einem bewaldetenGebiet am Rand eine Feldes südlich der Themse angesiedelt.

»Ruhe in Frieden«, murmelte sie vor sich hin, als sie an die frühere Besitzerin des Grundstück dachte, neben dem sie lebte, eine alte Frau, die kürzlich gestorben war und einen verschrobenen Sohn hinterlassen hatte, der selbst schon ein alter Mann war, als seine Mutter starb. Sie nahm eine Hand vom Griff des Einkaufswagens und bekreuzigte sich; dann flüsterte sie ein kurzes Gebet für die arme, verwirrte Seele und fügte am Ende einen Segenswunsch für ihren Fahrgast an.

In der Ferne erklang eine Sirene; sie hielt den Wagen an, weil er so laut quietschte. Sie sah sich nach einem Versteck um und erblickte eine Gasse zwischen zwei hohen Gebäuden. Sie beschleunigte ihre Schritte und eilte darauf zu.

Sie schob den Einkaufskarren zwischen die Häuser und stellte sich davor; ihre füllige Gestalt verdeckte ihn. Nervös sah sie zu, wie der Wagen der Biocops auf dem Weg zu irgendeiner virulenten Krise an ihr vorbeiraste. Als sie sicher war, daß er weg war und keine Gefahr mehr bestand, entdeckt zu werden, trat sie wieder ans Tageslicht und zog den Karren hinter sich her.

Und so kam es, daß die Frau mit dem Einkaufswagen und ihrer bewußtlosen rothaarigen Fracht ganz unbemerkt durch

London zog, sich nach einem vorherbestimmten Plan durch Straßen und Gassen bewegte. Hin und wieder hielt sie inne, nur kurz, denn sie wußte, daß Eile not tat. Manchmal schoben andere Marginale den schweren Wagen, und sie ging nebenher; während dieser Pausen kramte sie in ihrer zerknitterten braunen Tasche herum und fand einen verschrumpelten Apfel oder einen trockenen Brotkanten oder eine andere Beute aus einem Haushaltsmülleimer. Der eine oder andere der begleitenden Marginalen, stets auf Carolines sich verschlechternden Zustand achtend, versuchte, ihr kleine Schlucke Wasser einzuflößen, eine schwierige und gefährliche Aufgabe. Niemand, der sie beobachtete, wäre auf den Gedanken gekommen, daß diese abgerissenen Gestalten ihrem bewußtlosen Schützling so zärtliche Fürsorge erweisen konnten, doch sie hatten vor langer Zeit gelobt, das zu tun, dankbar für die Pflege, die sie selbst im Haushalt derjenigen empfangen hatten, der sie diesen Eid geschworen hatten.

Die Frau, die jetzt den Einkaufskarren schob, hatte in der Nacht, in der Janie und Caroline das teuflische Artefakt aus Stoff ausgruben, zugesehen, hatte keinen Meter von den ängstlichen Frauen entfernt im Schatten gestanden, als sie sich im Gebüsch versteckten, um nicht von dem alten Mann entdeckt zu werden; die Frau hatte um die schwerwiegenden Folgen dieser Störung des Bodens gewußt. Sie wußte, daß Sarin jetzt mehr denn je ihre Hilfe brauchen würde. Es war an der Zeit, die karmische Freundlichkeit seiner Mutter zu vergelten, und obwohl sie wußte, daß der Preis vielleicht hoch sein würde, war die Frau bereit, ihn zu bezahlen.

Der Biocop benutzte seine Magnetkarte, um Janies Zellentür zu öffnen. »Alles in Ordnung, Miss Merman, wir haben Ihre Resultate. Würden Sie mir bitte folgen?«

Bevor Bruce *»Miss Merman?«* sagen konnte, warf Janie ihm einen warnenden Blick zu; er begriff sofort. Nach eineinhalb Tagen ununterbrochener Kommunikation konnten sie fast die Gedanken des anderen lesen. Es gelang ihm, das Lachen zu unterdrücken, das er am liebsten ausgestoßen hätte, und den Mund zu halten.

Doch der Biocop hatte noch mehr zu sagen. »Ich weiß nicht, was das Gesetz in Ihrem Land vorschreibt, Miss, aber hier müssen wir Ihnen die Ergebnisse Ihres Printings zeigen und dafür sorgen, daß alle Fragen, die Sie vielleicht haben, sofort von einem Berater beantwortet werden.«

Während er sie hinausführte, sagte sie in etwas zu hochfahrendem Ton: »Wir lassen unseren Staatsbürgern die Wahl. Bei uns gibt es diese Vorschriften noch nicht.«

Er warf ihr einen herablassenden Blick zu und sagte: »Natürlich. In Ihrem Land hat es *immer* zuwenig Vorschriften gegeben, zumindest, seit *unser* Land es in die Freiheit entließ. Das war eine bedauerliche Fehlentscheidung von König George.« Er lächelte, als er eine Metalltür öffnete und ihr bedeutete einzutreten.

Makellos höflich, dachte sie bei sich. *Sie haben offenbar entschieden, daß ich keine Bedrohung bin. Bloß ein einziger Wächter, und dann auch noch so ein Clown. Er sieht mich kaum an.* Dann sah sie die Chemiepistole an seinem Gürtel und verstand, warum sie nur einen Begleiter brauchte. Mit dieser Waffe war er durchaus in der Lage, sie ohne Hilfe unter Kontrolle zu halten.

Das kleine Zimmer, das sie betraten, war offensichtlich früher einmal ein Büro der Spielzeugfirma gewesen, die vor den Ausbrüchen in diesem Gebäude residiert hatte. Es gab einen Schreibtisch mit einem Stuhl und davor einen zweiten Stuhl; auf dem Schreibtisch stand eine Computerkonsole. Der Biocop führte sie zu dem entfernteren Stuhl, und als sie saß, nahm er an dem Schreibtisch Platz. Janie sah zwei Projektionsapparate, einen an der Decke, einen auf dem Fußboden. Der Mann bediente einen Schalter, und es wurde ziemlich dunkel im Raum.

»Sind Sie soweit?« fragte er sie.

Bin ich bereit? fragte sie sich. *Werde ich jemals bereit sein, all meine eigenen Mängel zu sehen?* Schweigend saß sie einen Moment da und dachte über das nach, was sie gleich sehen würde. Sie hatte ihre Gesundheit immer als selbstverständlich betrachtet; sie war selten krank und noch niemals ernstlich verletzt gewesen. Während die Leute um sie herum wie die Fliegen starben, hatte sie es geschafft, die Ausbrüche zu überleben. Plötzlich war sie voller Angst. *Was ist, wenn mein Glück mich verlassen hat? Was, wenn es irgendwelche Tumore gibt? Was, wenn es irgendeine genetische Zeitbombe gibt, die bald explodieren wird? Will ich das überhaupt wissen?*

Doch trotz ihrer Angst und Unsicherheit gab es einen Teil von ihr, den, der die Medizin liebte, der alles wissen wollte. *Das einzige, was ich wirklich nicht ändern kann, ist der Tag, der für meinen Tod vorgesehen ist,* dachte sie bei sich, *gegen fast alles andere kann man etwas tun.* Sie wußte, daß selbst ein so raffiniertes Werkzeug wie ein Bodyprint nicht feststellen konnte, wie lange sie leben würde, also nahm sie ihren Mut zusammen und nickte bejahend.

»Bitte achten Sie auf den Bereich zwischen den beiden Projektoren«, sagte der Wachmann.

Vor ihren Augen nahm langsam ein holographisches Bild ihres eigenen Körpers Gestalt an. Plötzlich stand sie in all ihrer nicht mehr ganz jungen Nacktheit vor sich selbst. Das Bild zeigte deutlich ihre Spannung und die Grimasse, die sie in dem Augenblick gezogen hatte, in dem sie geprintet worden war. Als der Biocop die Bestürzung auf ihrem Gesicht bemerkte, sagte er: »Keine Sorge. Auf diese Dingern sieht nie jemand gut aus.«

»Manche Leute sehen überall gut aus«, erwiderte sie. »Ich gehöre zufällig nicht dazu. Aber das macht nichts. Was haben Sie gefunden?«

»Schauen wir mal...« Er blätterte einige Seiten durch, sagte »normal, normal, normal«, hielt dann inne und drückte ein paar Knöpfe auf der Konsole, die er vor sich hatte. Alles bis auf Janies Blutkreislauf schmolz dahin, und sie sah nur noch eine Masse aus Venen, Arterien und Kapillaren, die ihre Körperform hatte. In einer Vene ihres rechten Unterschenkels leuchtete ein winziges Licht. »Da.« Der Mann zeigte darauf. »Sie haben das Potential für eine Krampfader.«

Erstaunt sah Janie zu, wie er auf mehrere geringfügige Lichtpunkte in ihrer Physis zeigte, kleine Anomalien, die wenig zu bedeuten hatten. Ein vorstehender mittlerer Zeh an einem Fuß, wo sie sich einmal gestoßen hatte; sie erinnerte sich an den pochenden Schmerz vor vielen Jahren. Ihr Blinddarm war noch vorhanden, verschwand aber unter dem Dickdarm.

»Hatten Sie je Verdauungsstörungen?« fragte der Wachmann.

»Oh, ja...«, antwortete sie.

»Das ist vermutlich der Grund«, sagte er. Dann lächelte er und fügte hinzu: »Aber ich sage Ihnen nichts, was Sie nicht schon wüßten, oder?« Als er das Bild ihrer Fortpflanzungsorgane durchging, sagte er: »Sterilisiert, wie ich sehe...« Dann hielt er bei der Seite inne.

Er betrachtete das Bild und schaute dann wieder auf die geschriebene Seite, die vor ihm lag. Er drehte an ein paar Knöpfen auf der Konsole, machte das Bild transparenter und griff nach einem Zeigestock.

»Aber hier ist etwas, das Sie nicht wissen... Ich weiß nicht, ob Sie es von da aus sehen können, aber gleich da«, er wies mit dem Zeigestock mitten durch das Bild auf die Abbildung einer bestimmten Stelle in ihrer linken Brust, »taucht etwas mikroskopisch Kleines auf. Könnte irgendeine sich entwickelnde Läsion sein. Oder, genauer, ein Tumor in Wartestellung. Sie sollten das so schnell wie möglich herausschneiden lassen.« Janie zuckte zusammen, als er den Zeigestock zurückzog, als ziehe er ihn tatsächlich aus ihrem Fleisch.

Sie betrachtete den kleinen Flecken in ihrer Brust und dachte, vor dem Bodyprinting wäre er erst entdeckt worden, wenn er groß genug war, auf einer Mammographie zu erscheinen. Hätte sie früher gelebt, vor den Fortschritten in der Behandlung von Brustkrebs, hätte diese kleine, unentdeckte Läsion vielleicht zu einem vorzeitigen und schmerzhaften Tod geführt. Sie dachte auch daran, daß nun, nachdem ihr Bild einmal im System war, jeder auf der Erde, der Zugang dazu hatte, wußte, daß sie irgendeine Art von Läsion der Brust hatte. Plötzlich fühlte sie sich sehr verwirrt, aber sie konnte nicht leugnen, daß sie dankbar war, so frühzeitig zu wissen, daß dieses Gift entfernt werden mußte. *Schließlich kenne ich jede Menge Chirurgen...*

Der Biocop sah sie selbstzufrieden an, denn er wußte, er hatte das, was sie durchgemacht hatte, gerechtfertigt, indem er ihr den unmittelbaren Nutzen dieser Prozedur vorführte. »Noch irgendwelche Fragen?«

Sie war zu verwirrt, um sich eine sachdienliche Frage auszudenken, und zu realistisch, um einen Fluchtversuch in Erwägung zu ziehen; also folgte sie ihm einfach aus dem Zimmer und ging gehorsam zurück in ihre Zelle.

Die zerlumpte Frau war einfach zu müde, um den Karren an diesem Tag noch weiter zu schieben. Nachdem die Sonne untergegangen war, sah sie außerdem schlecht, und so beschloß sie, einen sicheren Platz zu suchen, wo sie sich ausruhen konnte. Ihre Gefährten hatten sie alle verlassen, um sich selbst zur Ruhe zu begeben. Sie wußte, daß sie sie am Morgen finden würden, aber sie brauchte jetzt Hilfe. Nicht weit vor ihr gab es eine Überführung, und darunter lebte ein seßhafter Clan; um diese Nachtzeit, dachte sie, würden alle ruhen und auf die Segnungen des Tageslichts warten. Aber sie hatte dort ein oder zwei Freunde, die vielleicht helfen würden.

Sie hielt den Karren an, beugte sich über das Geländer und rief leise ein Paßwort. Nach wenigen Augenblicken tauchten unter der Überführung heraus zwei schmutzige Männer auf und sie begrüßten sich leise. Sie bat um Hilfe; die Männer gewährten sie bereitwillig. Zusammen hoben die Marginalen Caroline sanft aus dem Wagen und trugen sie die Böschung hinunter. Unter der Brücke bereiteten andere Marginale einen Platz zum Schlafen für sie, indem sie verschiedene Decken und Kleidungsstücke stapelten, bis das entstandene Bett weich genug für eine Prinzessin gewesen wäre. Sanft legten sie Caroline darauf und deckten sie mit Zeitungen zu. Die alte Frau setzte sich neben sie und unterhielt sich leise mit den beiden Männern; ein kleines Feuer in einem Metalleimer warf einen unheimlichen Schein auf ihre wettergegerbten Gesichter. Endlich beugte sich die Frau über Caroline und lauschte ihrem Atem; dann legte sie ihre schmutzige Hand auf Carolines Stirn. Ihr Schützling war zwar schrecklich krank, wirkte aber einigermaßen stabil. Die Frau lehnte ihre braune, zerknitterte Tasche an einen Stapel Ziegelsteine, rollte sich darauf zusammen und schlief ein.

Wieder öffnete sich die Tür zum Haftraum und ein Biocop trat ein, diesmal allein und ohne sichtbare Waffe. Er sagte zu Bruce: »Wir haben die Materialien gefunden, die Sie gesucht haben. Sie sind überprüft worden, und Sie können Sie mitnehmen.« Er stieß die Tür zu Janies Zelle und dann die zu Bruces auf. »Ach, übrigens, Dr. Ransom, ich entschuldige mich vielmals, daß Sie all das mitmachen mußten. Ich hatte wirklich keine andere Wahl; die Vorschriften sind da sehr streng. Und vielleicht interessiert es Sie, daß es uns nicht gelungen ist, Dr. Cummings in London zu erreichen. Gut, daß Sie die nötigen Berechtigungspapiere hatten. Sonst würden Sie eine reizende Woche in Leeds verbringen.« Er lachte und sagte zu Janie: »Miss Merman, ich hoffe, Sie besuchen Leeds wieder einmal. Ich bin sicher, Ihre nächste Reise wird angenehmer.«

Verdammt unwahrscheinlich, dachte sie im stillen, aber sie lächelte ihn zuckersüß an und sagte: »Danke. Es war großartig. Und überaus lehrreich. Aber ich denke, ich verzichte auf weitere Besuche.«

»Wie Sie wünschen«, sagte der Wachmann und winkte ihnen, ihm zu folgen. Er führte sie in den Hauptempfangsraum, wo die fehlenden Röhren ordentlich gestapelt waren, jede in eine gelbe Schutzfolie gehüllt und mit rotem Klebeband versiegelt. Bruce und Janie teilten sich die schwere Last, und während sie zur Tür gingen, legte einer der Biocops eine weitere gelbe Plastiktüte auf Bruces Stapel.

»Ihre Uhr und andere persönliche Gegenstände«, sagte er.

Sie waren überrascht zu sehen, daß es draußen völlig dunkel war; da es im Gebäude keine Fenster gab, hatten sie jedes Zeitgefühl verloren. Doch die kühle Nachtluft war belebend, die Freiheit berauschend, und für ein paar Augenblicke fühlten sich beide erfrischt und voller Energie. Nachdem er die Röhren im Kofferraum des Wagens verstaut hatte, nahm Bruce seine Uhr aus der Tüte. »Herrje, es ist fast Mitternacht!« sagte er.

»Verdammt!« sagte Janie. »Ich wollte Caroline anrufen! Vermutlich schläft sie schon.«

Bruce gab ihr sein Telefon, das er in seiner Tasche im Wagen gelassen hatte. Sie wählte Carolines Londoner Nummer und legte sich eine Entschuldigung dafür zurecht, daß sie sie weckte.

»Vermutlich fragt sie sich, was zum Teufel aus uns geworden ist«, spekulierte Janie, während das Telefon läutete. Doch es meldete sich nur der Anrufbeantworter des Hotels, und Janie sagte ziemlich irritiert: »Wo kann sie um diese Zeit sein?« Sie sah Bruce an, während sie der Ansage lauschte, und sagte dann: »Ich wette, sie hat ihr Telefon ausgehängt.«

»Das hört sich eher nach Ted an«, sagte er und dachte an die Schwierigkeiten, die sie hatten, weil Ted seinen Piepser nicht benutzt hatte. »Ich habe eine Idee!« sagte er. »Vielleicht sind sie zusammen!«

»Kein sehr *netter* Gedanke«, meinte Janie. »Nach dem wenigen, was ich über Ted weiß, sind sie eher wie Wasser und Feuer.«

Sobald sie sich im Wagen niedergelassen, ihre Sachen verstaut und die Straßenkarten bereitgelegt hatten, wich die Euphorie, endlich frei zu sein, Müdigkeit und Verwirrung. Bruce streckte lustlos die Hand aus und drückte den Zündungscode des Wagens. Als der Motor zum Leben erwachte, sah er Janie an und sagte: »Meinen Sie, daß wir versuchen sollten, heute nacht noch nach London zurückzufahren?«

»Ich finde, wir sollten sofort machen, daß wir so weit von Leeds wegkommen wie nur möglich. Es gefällt mir hier nicht sonderlich.«

Sie fuhren los, und Janie beobachtete durch das Rückfenster, wie die Entfernung zwischen ihnen und dem Depot wuchs; sie winkte und sagte: »Leb wohl, Ethel ...«

Nicht weit hinter Leeds begann es zu regnen, ein milder, sanfter Regen, stetig und beruhigend. Janie schloß die Augen, lehnte das Gesicht an das kühle, feuchte Glas des Wagenfensters und nickte immer wieder ein. Brucc beugte sich vor und schaltete die Scheibenwischer ein; es dauerte nicht lange, bis deren rhythmisches

Brummen eine unerwünscht einschläfernde Wirkung auf ihn hatte. Sein Kopf sank immer wieder nach unten, während er über das Steuerrad hinweg auf die dunkle, nasse Straße vor ihnen schaute, und für ein paar Sekunden schloß er die Augen. Er riß sich gerade noch rechtzeitig zusammen, um einem Schildermast auszuweichen, und steuerte den Wagen auf die Fahrspur zurück. Er wußte, er konnte nicht mehr gut genug fahren, um sie sicher nach London zurückzubringen, und so nahm er die nächstbeste Ausfahrt und suchte das nächstgelegene Hotel.

Als der Wagen in der Kieseinfahrt des alten, steinernen Gasthofs anhielt, wachte Janie auf dem Beifahrersitz auf. »Wo sind wir?« fragte sie verschlafen.

»Vor einem Gasthof«, sagte Bruce. »Ich schlafe am Steuer ein.« Er schaltete alle Systems des Wagens ab und zog die Verschlußkarte heraus. »Bleiben Sie ruhig hier, ich gehe und frage nach, ob sie Zimmer frei haben.

»Okay«, sagte Janie. Doch als er aussteigen wollte, legte sie eine Hand auf seinen Arm. »Warten Sie«, sagte sie. »Warten Sie eine Minute.«

Er drehte sich um und sah sie an. »Was ist?«

Sie schaute in seine Augen, suchte nach der Antwort auf eine Frage, die sie noch gar nicht gestellt hatte. Er sah schrecklich müde und abgespannt aus. Sie zögerte, fragte sich, ob dies der richtige Moment sei.

Tu es, Janie, sagte sie zu sich selbst. *Es ist zu lange her, und du bekommst vielleicht keine zweite Chance mehr.*

Sie drückte sanft seinen Arm. »Warum nehmen Sie nicht nur ein Zimmer«, sagte sie und fügte dann rasch hinzu: »Ich meine, vielleicht ist das etwas, worüber Sie nachdenken möchten... Ich weiß nicht, ob es das ist...«

Er lachte leise und lächelte sie liebevoll an. »Im Augenblick ist es so ungefähr das einzige, worüber ich nachdenke.«

Erleichtert sagte Janie: »Vermutlich mag ich im Augenblick einfach nicht allein sein.«

Er legte seine Hand auf ihre, beugte sich vor und küßte sie sanft auf die Stirn. »Sie sind nicht allein«, sagte er.

In enger Umarmung standen sie unter der Dusche und ließen sich vom heißen Wasser die unangenehmen Folgeerscheinungen der Gefangenschaft von den müden Körpern spülen. Sie küßten sich lange und intensiv und klammerten sich fest aneinander, verschmolzen miteinander in einem fast verzweifelten Paarungsakt. Als sie aus der Dusche traten, sauber und erfrischt, und in das gemütliche Zimmer des freundlichen alten Gasthofs kamen, trockneten sie sich mit weichen Handtüchern gegenseitig ab und umarmten sich erneut. Zusammen schlugen sie den Quilt zurück; die Laken darunter waren aus kühler weißer Baumwolle, und das Bett sah wunderbar einladend aus. Janie ließ ihren frisch geduschten Körper zwischen die Laken gleiten und zog sich den Quilt bis zum Hals. Während beruhigende Wärme sich in ihrem schmerzenden, erschöpften Körper ausbreitete, sah sie zu, wie Bruce in seiner Reisetasche nach dem Wecker suchte.

Sie haßte den Gedanken, daß er in ein paar Stunden läuten und sie aus der ruhigen Vollkommenheit reißen würde, die sie gefunden hatten, zurück in die Ungewißheit und Frustration der wirklichen Welt, heraus aus dem Komfort der Intimität in die schrille Realität von Terminkalendern und Anforderungen und Einschränkungen. *Es ist immer eine Frage der Zeit,* dachte sie; *es scheint nie genug davon zu geben, um zu tun, was getan werden muß.* Seine schlanke Silhouette bewegte sich vor dem mondhellen Fenster, und sie dachte: *Die Zeit ist sehr freundlich mit ihm umgegangen; er ist immer noch ein toller Mann.* Sie fragte sich kurz, was er über sie sagen würde, und schob diese Unsicherheit dann von sich, hoffentlich für immer. Es spielte keine Rolle. Er hatte durch die Art, wie er sie berührte, schon vieles gesagt.

Er kletterte neben ihr ins Bett, und sie spürte, wie er sie umschlang. Sie veränderten ihre Lage im Bett, bis ihre Körper so eng wie möglich aneinandergeschmiegt waren, und ruhten dann in der neuen, fremden Geborgenheit. »Das ist das erste Mal seit sehr langer Zeit, daß ich mit jemandem ein Bett teile«, flüsterte Janie. »Es fühlt sich nicht so beengt an, wie ich gedacht hatte.«

Er küßte sie leicht. »Es fühlt sich genau richtig an.« Und obwohl sie beide unglaublich müde waren, lagen sie einander bald wieder in den Armen und vertrieben mit zärtlichen Bewegungen alle Distanz, die noch zwischen ihnen bestehen mochte. Als über den üppig grünen Hügeln die Sonne aufging, schliefen sie eng aneinandergekuschelt, und bis der Wecker klingelte war in diesem winzigen Teil der Welt alles heil.

Janie lauschte dem Freizeichen am anderen Ende der Leitung und merkte, wie ihre Geduld mit jedem Ton geringer wurde. »Sie meldet sich immer noch nicht«, sagte sie zu Bruce, der sich im Badezimmer die Zähne putzte. »Dabei ist später Vormittag! Ich kann mir nicht vorstellen, wo sie sein könnte.«

»Wahrscheinlich sieht sie sich bloß London an«, sagte er, »oder vielleicht hat sie auch Glück gehabt. Du bist nicht die einzige, der das passieren kann, weißt du?«

Sie zog die Augenbrauen hoch und grinste. »Habe ich Glück gehabt, oder du?«

Bruce legte seine Zahnbürste weg und kam durch das Zimmer. Er nahm ihr den Hörer aus der Hand, legte ihn auf die Gabel, schloß Janie in die Arme und küßte sie wild.

»Wir passen *toll* zusammen. Wir hätten das schon vor zwanzig Jahren machen sollen.«

Sie erwiderte seine Küsse ebenso leidenschaftlich, und bald waren ihre Hände überall und suchten nach Lustpunkten. Sie atmete tief, der Duft seiner Haut füllte ihre Lungen, sein Geruch, die einzigartige Essenz von Bruce. *Oh, Gott, laß zu, daß ich mich darin verliere, nur für einen Tag oder auch nur für eine Stunde… laß all das andere einfach verschwinden…*

Doch das unwillkommene Bild von Röhren voller Erde tanzte durch ihr Bewußtsein, alle vierundfünfzig in einer ordentlichen Reihe, gefolgt von Listen und Briefen und Computerdateien; die Ablenkung war zu stark, und ihr Forschungsdrang setzte wieder ein. Langsam entzog sie sich Bruce, einen traurigen Ausdruck im Gesicht, und sagte: »Ich würde es ja schrecklich gern jetzt tun, aber wir sollten wirklich zurückfahren.«

Er lächelte, grinste ein wenig über das, was hätte passieren können, und nickte dann zustimmend. »Ich weiß. Du hast recht. Aber die Idee war gut, nicht?«

»*Wirklich* gut«, sagte sie. Und dann kam ihr ein anderer, unangenehmer, übermächtiger Gedanke in den Sinn und verlangte ihre Aufmerksamkeit. *Was wirst du finden, wenn du zurückkommst?* fragte er.

Der warme Glanz der vergangenen Nacht wich langsam dem Druck ihres jetzt noch engeren Zeitplans. »Ich hoffe bloß, daß Caroline nicht irgendwo draußen ist und weitere Bodenproben nimmt«, sagte sie zu Bruce, während sie ihre Reisetaschen nahmen. »Wir haben schon genug Schwierigkeiten mit denen, die wir haben.«

17

Es begann zu regnen, als sie sich dem Haus von Kates Mutter näherten, deswegen hielten Adele und Alejandro kurz unter einem Baum an, um sich die Kapuzen ihrer Reitmäntel überzustreifen. Noch immer benommen und irgendwie erschüttert von dem Geschehen hinter den Eichen, zitterte Alejandro und zog seinen Umhang enger um sich; dann griff er nach Adeles und zog auch diesen zusammen. Während er sich an ihrem Mantel zu schaffen machte, hob sie eine Hand und streichelte seine Wange.

»Sag mir, was dich bedrückt«, sagte sie.

Er seufzte traurig, während er ihren Kragen zuknöpfte. »Wie gut du meine Stimmung erraten kannst. Du bist eine Lady mit vielen Talenten.«

»Es ist nicht viel Talent nötig, um die Melancholie auf deinem Gesicht zu erkennen, denn *du* hast nicht das Talent, sie zu verbergen.«

»Ich *bin* bedrückt«, sagte er, »und zwar in tiefster Seele. Ich fühle mich, als hätten wir das Paradies verlassen und seien zu dem Wissen um das verdammt, was hätte sein können. Dort drinnen waren wir unschuldig und alles war schön; jetzt wissen wir viel mehr, als erträglich ist. Und wir kehren an einen Ort zurück, an dem uns noch mehr Kummer erwartet.«

»Aber wir *werden* ertragen, was wir wissen«, sagte sie leise, »denn *dies* ist die Welt, in der wir leben müssen, nicht die, die wir gerade verlassen haben. Schau dich doch um; siehst du hier keine Schönheit? Sieh nur die Schönheit dieses Regens.« Sie streckte die Hand aus, um ein paar Tropfen aufzufangen. »Ich brauche nur die Hand auszustrecken, und bald werde ich genug haben, um zu trinken. Süßen Regen, um meinen Durst zu stillen.«

»Es ist *kalter* Regen.«

»Er ist eine Gabe Gottes, der will, daß wir die Bäume und Blumen kennen, die uns sogar ein kalter Regen bringt.«

»Es ist Herbst, und du hast gesagt, daß es hier kalt wird; ich fange an, es selbst zu spüren. Werden die Bäume und Blumen nicht bald braun?«

»Nur, um im Frühling grün wiedergeboren zu werden.«

»Aber warum muß alles verwelken und sterben?«

Sie zuckte mit den Schultern. »Deine Fragen gehen über meinen schlichten Verstand hinaus; du tätest sicher besser daran, einen Philosophen oder Priester nach diesen göttlichen Dingen zu fragen. Aber ich will dir sagen, was ich immer geglaubt habe. Dinge welken und sterben vor unseren Augen, damit wir besser genießen können, daß wir *leben.*«

Doch Alejandro ließ sich nicht trösten. Für ihn war England ein grausamer, einengender, unfreundlicher Ort. Er wußte nicht mehr, wo sein Zuhause war oder mit wem er verbündet war; für König Edward war er der Spion des Papstes, als Arzt verkleidet, doch für den Papst war er ein Spanier, mit dem man spielen konnte, bei dem man darauf zählen konnte, daß er das englische Königshaus ebenso ärgerte, wie er es schützte. »Jetzt habe ich das Versprechen eines Heilmittels«, sagte er, »aber es kommt von einem Ort, der unwirklich scheint, nicht von dieser Welt, und von einer Frau, die nicht verschiedener von den anderen Heilern sein könnte, die ich gekannt habe. Ich bringe es aus der Helligkeit mit, aber ich muß es in der Dunkelheit benutzen. Und wer weiß, ob es überhaupt wirken wird? Das Sterben vierzehn

Tage aufzuschieben bedeutet noch nicht unbedingt eine Heilung.«

Adele sagte leise: »Es wird wirken, wenn es Gottes Wille ist, daß es wirkt.«

Mit zorniger Stimme sagte Alejandro: »Ich verfluchte Gottes Willen. Rings um uns herum liegen Seine Opfer.«

Sie streckte einen Arm aus und nahm seine Hand. Sie drückte sie leicht und sagte: »Du kannst ihn verfluchen, wie du willst, aber du wirst ihn nie ändern. Dinge sterben, weil Gott will, daß sie sterben.« Sie nickte in Richtung ihres Ziels und sagte: »Laß uns hoffen, daß es Gottes Wille ist, daß wir Kate erreichen, ehe Er seine Hand nach ihr ausstreckt.« Ohne ein weiteres Wort ritt sie los, und Alejandro folgte ihr.

Dieselbe Dienerin wie zuvor öffnete ihnen die Tür; ihre Miene war jetzt noch ernster. »Kommt schnell herein«, sagte sie. »Mutter Sarah ist hier! Die, zu der Ihr reiten wolltet. Wenn ich gewußt hätte, daß sie schon hierher unterwegs war, hätte ich Euch nicht ausgeschickt, sie zu suchen; Ihr habt den ganzen Weg für nichts zurückgelegt. Sie kam gleich nach Eurem Aufbruch! Könnt Ihr einer armen, unwissenden Magd verzeihen?«

Alejandro sah sie in aufrichtiger Verwirrung an. »Törichtes Weib«, sagte er, »was soll dieses Gerede?«

»Wie ich schon sagte, Mutter Sarah ist hier!« sagte sie. »Sie kam, als Ihr gerade fortgegangen wart. Ich habe mich selbst verflucht und hoffe, daß Ihr mich nicht auspeitschen werdet.«

Während die Nässe von ihren Reitumhängen auf die breiten Dielen des Flurs tropfte, sahen Adele und Alejandro sich verwirrt an.

»Wie lange ist sie schon hier?« fragte er die Dienerin.

Sie sah ihn argwöhnisch an. »Habt Ihr mich nicht verstanden, Sir? Sie kam gleich nach Eurem Aufbruch, habe ich gesagt.«

Schockiert und ungläubig starrte er die Frau an; sie mißdeutete das als Zorn und setzte ihre jämmerlichen Schuldbekenntnisse fort. »Oh, vergebt mir, Sir! Ich wollte nicht so grob sprechen. Und jetzt sagt die Mutter, ich sei eine Närrin, weil ich einige Male versäumt habe, der Lady ihre Medizin zu geben! Meine Lady weigert sich, dieses gelbe Zeug zu trinken, und wer könnte es ihr verdenken? Es riecht förmlich nach Tod, und ich würde es nie über die Lippen bringen, und wenn es mich die Seele kosten würde! Noch nie hat ein Fläschchen solche Fäulnis enthalten, denn selbst das Fläschchen würde aus Ekel vor seinem Inhalt zerbrechen.«

Alejandro war völlig durcheinander; er schaute sich nach Kate um, da er sich an die düstere Prophezeiung der alten Frau erinnerte. »Wo ist das Kind?« fragte er streng.

»Wieso, sie ist da drinnen, wie die Mutter, die meine Lady pflegt.«

Grob drängte Alejandro sich an ihr vorbei, dicht gefolgt von Adele. Sie eilten in die Schlafkammer, ohne zu wissen, was sie erwartete; dort erblickten sie eine zerlumpte Gestalt, die sich über ein Bett beugte, in dem die Überreste einer einstmals schönen Frau ruhten. Das Kind stand an der entfernteren Wand, ein Tuch in der Hand, ohne die Kräutermaske, mit geröteten und verschwollenen Augen. Als die Kleine Alejandro und Adele sah, rannte sie auf sie zu und warf sich unter hysterischem Schluchzen in ihre Arme.

»Oh, die Gesegnete Jungfrau sei gepriesen, daß Ihr hier seid! Ich habe solche Angst!«

Der Arzt tröstete sie, so gut er konnte. *Gott verfluche den König, der eine solche Travestie befohlen hat! Sein Gewissen sei verdammt, denn das hat er verdient!* Er sagte zu dem kleinen Mädchen: »Sammelt Eure Kraft, denn Ihr müßt mir sagen, was in unserer Abwesenheit geschehen ist... Wer ist dieses Weib, das sich jetzt um Eure Mutter kümmert?«

Die Kleine schniefte, während sie sich zu fassen suchte. »Das ist kein Weib, das ist die Hebamme!« protestierte sie. »Das ist Mutter Sarah!«

Es kann nicht sein! Alejandros Gedanken rasten. *Sie kann ihre Hütte nicht später verlassen haben als wir und vor uns hier angekommen sein...*

Er stand auf und ließ Adele mit Kate in den Armen in der Ecke zurück. »Dreht Euch um, Frau, damit ich Euer Gesicht sehen kann«, befahl er.

Die Alte blickte kurz über die Schulter und sagte ungeduldig:

»Arzt, kommandiert mich nicht herum wie irgendeinen gemeinen Dienstboten. Ich bin nicht Euer Lehrling; wenn die Dinge so wären, wie sie nach der Ordnung der Natur sein sollten, dann wäret Ihr mein Lehrling.« Sie schlurfte ans Kopfende des Bettes. »Leider ist die natürliche Ordnung in letzter Zeit gestört. Und jetzt habe ich ein wichtiges Werk zu tun! Wenn Ihr nicht helfen könnt, so steht mir wenigstens nicht im Weg!«

»Das ist unmöglich«, rief Alejandro wieder ungläubig, »denn wir haben Mutter Sarah in ihrer Kate zurückgelassen und sind geradewegs zu diesem Haus gekommen. Niemand hat uns unterwegs überholt!«

Die gebeugte Alte wandte sich langsam von ihrer Arbeit ab und sah den Arzt an. Er musterte sie genau. Es war dasselbe faltige, alte Gesicht, das Gesicht tausendjähriger Weisheit.

»Ihr müßt immer mit dem Unerwarteten rechnen«, sagte sie und drohte ihm mit dem Finger.

Verblüfft über die Wiederholung der Bemerkung, die er erst vor so kurzer Zeit gehört hatte, starrte er eindringlich in ihr faltiges Gesicht und suchte nach Gründen, die Ähnlichkeit zu bestreiten. Sie erwiderte sein Starren, und ihr Blick war kraftvoller und stetiger als seiner; mit wissendem Lächeln sagte sie: »Nun, wenn Ihr lernen wollt, so schaut genau zu. Diese Dinge werdet ihr nirgendwo anders sehen.«

So schockiert er auch über ihre Anwesenheit war, denn er konnte nicht glauben, daß sie den Weg so schnell zurückgelegt hatte, sah er ihr doch zu. Er kam um das Bett herum und betrachtete die hilflose Patientin genauer; er sah die verräterischen blauen und schwarzen Flecken an ihrem geschwollenen Hals. *Sie ist dem Tode nahe,* dachte er; *trotzdem hat sie mit der Krankheit so lange gelebt...*

»Es ist nicht mehr viel Zeit«, sagte die Alte leise. »Die dumme Pute, die ich mit ihrer Pflege betraut habe, hat zugelassen, daß die Lady eine lebenswichtige Tinktur mehrmals nicht einnahm, und nun muß ich all meine Geschicklichkeit aufwenden, um den Schaden wiedergutzumachen. Richtet Euch darauf ein, mir zu assistieren!«

Die Stimme, das Gebaren, die Kleidung, alles war der Frau aus der steinernen Kate so ähnlich wie das Gesicht. Er hatte keine andere Wahl, er mußte glauben, daß sie dieselbe Person war. Errötend sagte er: »Was soll ich machen? Ich bin bereit, alles zu tun.«

Von einem nahen Tablett nahm sie ein langes Schilfrohr, gefüllt mit pulverisiertem gelbem Stein, und reichte es ihm. »Haltet dies an die Kerze«, sagte sie, »aber haltet es auf Armeslänge von Euch weg. Steckt es in das Loch in diesem Stein.« Sie wies auf einen flachen grauen Stein, der auf einem kleinen Tisch lag.

Er tat wie geheißen, und sofort war der Raum von einer blauweiß funkelnden Flamme erhellt. Das Licht, das sie verströmte, war hart, und als die blauen Flammen aus der Spitze des Schilfrohrs züngelten, tanzten unheimliche Schatten im Raum. Wieder durchdrang der Geruch fauler Eier die Luft.

Alejandro trat wieder an das Bett und beobachtete, wie die alte Frau einen lauten Singsang in einer Sprache anstimmte, die er noch nie gehört hatte. Er glaubte, sie klinge wie Englisch oder irgendeine Kombination aus dieser rauhen und einer eher lateinischen Sprache, aber er konnte sie nicht wirklich verstehen.

Adele hielt Kate in den Armen und sah aufmerksam zu, verblüfft über das, was sie sah. So verblüfft, daß sie seine dringende Bitte beinahe überhört hätte. »Adele! Bitte, wenn Ihr verstehen könnt, was sie sagt, versucht es Euch für mich einzuprägen ... Ich werde mich an ihre Bewegungen erinnern; Ihr müßt Euch für mich die Worte merken!«

»Ja, das werde ich!« sagte sie und drückte das Kind fester an sich.

Mutter Sarah sprach nacheinander jedes der Symptome von Kates Mutter an. »Drei Krumen von einer Kruste, am letzten Karfreitag gebacken, um die Eingeweide zu stärken.« Sie brach drei kleine Krumen von einer fast versteinerten Brotkruste ab und legte sie auf die Lippen der Lady.

Aus einem kleinen Fläschchen träufelte sie sieben Tropfen einer milchigen Flüssigkeit auf die Stirn der Lady. »Der Balsam Gileads, so selten wie die Gabe Sabas an Salomon.« Alejandro erkannte drei Wörter aus der Thora, und obwohl er den Rest der Anrufung nicht verstand, kannte er das Ritual, denn es war jahrhundertelang von jüdischen Ärzten benutzt worden, um Verdauungsstörungen und Melancholie zu behandeln. *Wie war sie an dieses Wissen gekommen?*

»Eine Münze von Gold, in die Hand gelegt, um die Gesundheit vom Teufel zurückzukaufen.« Die alte Frau drückte die verkrampften Finger der Lady auseinander und schloß sie wieder um die Münze.

»Das Blut des Lammes, um die Pest abzuwehren, auf den Türsturz gestrichen wie im alten Ägypten.« Mutter Sarah tauchte den Daumen in eine kleine Schale mit hellroter Flüssigkeit und schmierte einen langen Streifen der Substanz an das Kopfbrett des Bettes.

Jetzt hielt die alte Frau die Schale einer Walnuß in der Hand und ließ die andere Hand langsam darüber kreisen, während sie unverständliche Gesänge flüsterte. Sie legte die Schale auf den Bauch der Lady und hob die obere Hälfte ab, wobei eine große schwarze Spinne mit einer weißen Raute auf dem Rücken zum Vorschein kam; das verstörte Insekt kroch sofort auf die Brust der Lady zu und verschwand unter den Laken. Adele, die aus der Zimmerecke zuschaute, bekreuzigte sich erneut und zog eine Grimasse, und Kate schrie auf; beide stellten sich vor, wie es wäre, das schwarze Tier mit den haarigen Beinen auf der Brust zu haben.

Die alte Frau bückte sich steif und nahm ein kleines Päckchen auf, das zu ihren Füßen gelegen hatte. Der kleine braune Beutel war mit einer Kordel zusammengebunden, die vom vielen Öffnen schmutzig war. Auf ein Brett in der Nähe schüttete sie ein kleines Häufchen von einem körnigen grauen Pulver. Sie nahm ein wenig davon zwischen zwei Finger und sagte: »Ein Fingerknöchel.« Sie ließ es aus den Fingern in eine kleine Schale rieseln. Dann nahm sie ein Fläschchen und sagte: »Eine halbe Handvoll.« Sie goß etwas von der gelblichen Flüssigkeit in ihre gewölbte Hand und ließ es dann in die Schale mit dem Pulver tropfen. Sie mischte beides sorgfältig zu einer unansehnlichen graugrünen Masse, die muffig roch und auch dem verzweifeltsten Patienten nicht willkommen gewesen wäre.

Zuerst tauchte sie ihren Finger in das Gemisch und schmierte ein wenig davon auf die Stirn der Lady; dann löffelte sie den Rest in den Mund der widerstrebenden Patientin. Trotz ihrer großen Schwäche versuchte die Lady, die scheußliche Mixtur wieder auszuspucken, doch die alte Frau hielt ihr mit überraschender Kraft den Mund zu und zwang sie, die Medizin zu schlucken. Die schwache Patientin gehorchte und nahm dann ihr unregelmäßiges Keuchen wieder auf.

Mutter Sarah wischte ihr sanft den Schweiß von den Wangen und die restlichen Tropfen des Gebräus vom Kinn. »Bald sind wir fertig und Ihr könnt wieder ruhen«, beschwichtigte sie sie tröstend. Sie streifte einen silbernen Ring über den Finger der keuchenden Patientin und sang: »Einen Ring aus den Pennies, die Aussätzige erbettelt haben!«

Mit einem resignierten Seufzer holte Mutter Sarah dann den letzten Gegenstand aus ihrem Beutel. Es war ein kleiner, gewebter Streifen roten Tuchs, ähnlich wie ein Band, und wurde zu einem kleinen Ring mit überkreuzten Enden gefaltet und dann über dem Herzen auf das Nachtkleid der Patientin gesteckt. »Um den Geist der Pestmaid abzuwehren«, sagte sie, »denn sie fürchtet die Farbe von Blut und stört kein Herz, das von ihr geschützt wird.«

Endlich sank die alte Frau auf einen nahen Stuhl, verausgabt und erschöpft von ihren Bemühungen um die Kranke. Viele Minuten lang rührte sie sich nicht und gab keinen Ton von sich; selbst ihr Atem ging so flach, daß man ihn kaum hören konnte.

Alejandro rüttelte sanft am Arm der alten Frau. Sie war in ihrer Trance so reglos, daß er schon fürchtete, sie habe den Tod von der Lady auf sich selbst abgelenkt. Doch dann öffnete sie die flatternden Lider und richtete sich auf dem Stuhl auf.

»Mehr kann ich nicht tun«, sagte sie. »Nun müssen wir beten.«

Und so beteten sie, jeder in seiner eigenen Weise, um die Genesung der Lady. Doch als die Sonne tief am Himmel stand, wurde allen klar, daß der Geist der Pestmaid sich nicht hatte vertreiben lassen. Die Lady begann ihre Reise auf die andere Seite des Lebens. Ihre Augenlider fingen an zu flattern, und ihr Blick irrte im Raum umher.

Der Arzt wußte, daß sie nicht klar sehen konnte, so gern ihre Lieben sich das auch eingebildet hätten, und daß die Patientin wenig Kontrolle über sich hatte. Er war nicht überrascht, als sie die Beine an den Körper zog wie ein Säugling und sich zusammengerollt auf die Seite legte, als wolle sie ihren von der Pest aufgeschwollenen Bauch schützen. Er hörte sie einen letzten, keuchenden Atemzug tun, und dann sah er, daß sie sich nicht mehr bewegte; ihre Augen starrten, ohne etwas zu sehen, unter den halb geschlossenen Lidern hervor.

Nach dem lokalen Brauch schloß Mutter Sarah der Frau die Augen und legte auf jedes Lid einen Penny.

Kate schluchzte hemmungslos, den kleinen Körper fest in Adeles Arme geschmiegt. In jämmerlicher Trauer und Qual schrie sie: *»Mama!«* Alejandro wollte die Tote schon mit den Laken decken, doch Kate bat ihn, noch zu warten.

»Bitte, Doktor, laßt mich sie noch einmal küssen.«

Er kniete nieder, nahm ihre Arme und sagte sanft: »Das kann ich nicht, Kind, denn die Ansteckung kann von ihren Lippen auf Eure übergehen.«

Doch ihr jämmerlicher, klagender Ausdruck war mehr, als er ertragen konnte. Er sah zu, wie sie sich mit dem Tuch, das er ihr gegeben hatte, nochmals die Tränen abwischte.

»Kate, küßt Euer Taschentuch«, sagte er.

Zwischen den heftigen Schluchzern fragte sie: »Aber warum?«

»Ich werde es Euch zeigen.«

Sie wischte sich erneut die Augen und küßte dann das Tuch.

»Nun gebt es mir.«

Er nahm ihre kleine Hand und legte sie in seine größere. Er lächelte tröstend und streichelte ihr Haar. Dann stand er auf und trat an das Bett. Er berührte mit dem Taschentuch die Lippen der Toten und drückte es ihr dann in die Hand.

»Jetzt wird sie Euren Kuß mit sich in die Ewigkeit nehmen.«

Alejandro stand ungeduldig neben Mutter Sarah und sah zu, wie sie sich wieder und wieder kaltes Wasser auf die runzlige Haut ihres Gesichts und Halses spritzte; sie versuchte, die Fäulnis zu entfernen, die sich während des mißlungenen Heilungsrituals in ihren Poren festgesetzt hatte.

Noch immer über das Becken gebeugt, wandte sie ihm den Kopf zu und sagte: »Wollt Ihr einer alten Frau nicht einen Moment Ruhe gönnen?«

»Ich wollte Euch fragen nach...«

»Ja, ja, ich weiß, Ihr wollt mich vieles fragen.« Wasser tropfte von ihrem Gesicht und ihren Händen. Mit einem tiefen Seufzer trocknete sie sich ab. »Also gut«, sagte sie. »Jetzt habt Ihr meine Aufmerksamkeit.«

»Zu allererst möchte ich wissen, wie...«

»Wie es kommt, daß Ihr mit Pferden von meinem Haus fortgeritten seid, während ich dastand und Euch nachsah, und ich dann selbst, ohne ein Pferd zu haben, vor Euch hier ankam?«

»Ja!«

»In Wahrheit, junger Mann, geschah es nicht so.«

»Aber ich habe Euch mit eigenen Augen gesehen, und meine Gefährtin Adele auch!« rief er.

Adele kam aus dem Nebenzimmer, Kate in den Armen.

»Bitte, sagt dieser Frau, was wir gesehen haben.«

»Alejandro, das Kind...«, sagte sie mit besorgter Miene. »Ich möchte nicht, daß Kate das hört. Es ist Blasphemie!«

Er löste Kate aus Adeles Armen und übergab sie der Dienstmagd, die das Kind wegführte. Nachdem sie sie nicht mehr hören konnte, berichtete Adele der alten Frau von den Ereignissen bei ihrem Ritt.

»Ihr habt mich nicht vorbeikommen sehen, als Ihr fortgeritten seid?«

Alejandro und Adele sahen einander an. Adele zuckte mit den

Schultern, und Alejandro sagte: »Ich erinnere mich nicht, eine Frau wie Euch gesehen zu haben.«

»Aber es waren Reisende auf der Straße, nicht wahr?« sagte die alte Frau.

»Ja«, antwortete er fast zornig, »aber niemand, der wie Ihr aussah!«

»In den Jahren, in denen ich Menschen mit Störungen an Körper und Seele behandelt habe, habe ich viele Leute gekannt, die sehen, was sie sehen wollen, und überhaupt nicht auf das achten, was sie wirklich vor sich haben. Es muß für Euch von allergrößter Bedeutung gewesen sein, mich heute auf dieser Lichtung zu sehen, sonst hättet Ihr sicher erkannt, daß das Haus und die Lichtung ganz leer waren.«

»Weib, ich versichere Euch«, sagte er jetzt mit ungezügelter Wut, »daß meine Seele, mein Körper und mein Geist völlig gesund sind und daß ich nicht daran zweifle, daß Ihr bei dieser Hütte wart, wie meine Gefährtin bestätigt hat.«

Er wartete auf eine Antwort der alten Frau, aber sie schwieg einfach, die Hände vor dem üppigen Busen gefaltet.

»Nun? Was habt Ihr dazu zu sagen?«

»Ich, Ihr unverschämter Grünschnabel, habe zu sagen, daß ich nicht daran zweifle, daß Ihr an die Wahrheit Eurer Geschichte glaubt; in Wirklichkeit aber erinnert Ihr Euch nur an einen höchst angenehmen Traum. Wie kann man sicher sein, daß Eure müden Köpfe sich das ganze Geschehnis nicht nur eingebildet haben, einfach um der Freude willen, in diesen schweren Zeiten etwas Wunderbares zu haben, dem man nachhängen kann?«

»Aber ich besitze die Dinge, die Ihr mir gegeben habt – die Medizin.«

»...von der Ihr nicht mit Sicherheit behaupten könnt, daß Ihr sie von mir erhalten habt.«

Verzweifelt über ihr wiederholtes Leugnen warf Alejandro die Hände in die Luft. Rastlos ging er in dem kleinen Raum auf und ab und murmelte vor sich hin. Endlich sagte er mit vor Enttäuschung bitterer Stimme: »Dann laßt mich wenigstens begreifen, warum Eure Anstrengungen fehlgeschlagen sind, das Leben der

Lady zu retten. Nach dem, was die Dienstmagd erzählt hat, hat sie mit der Krankheit mehr als vierzehn Tage überlebt! Das ist bemerkenswert; ich habe nie einen solchen Erfolg gesehen; was ist in den letzten Stunden fehlgeschlagen? Ich muß es wissen!«

Die alte Frau setzte sich hin und stieß einen tiefen Seufzer aus, ehe sie antwortete: »Arzt, wendet Ihr Eure Fähigkeiten jemals auf Patienten an, die unmöglich überleben können?«

Er sagte nichts, doch seine Gedanken wandten sich sofort Carlos Alderons langsamem Verfall zu.

»Tja, das dachte ich mir«, sagte sie, als sie seinen beschämten Blick sah. »Eure Augen verraten Euch, auch wenn Ihr nicht darüber sprechen könnt.«

Mit hängendem Kopf sagte Alejandro: »Ihr habt recht; ich habe schon solche vergeblichen Behandlungen vorgenommen.«

Ihre Stimme wurde nun beruhigender und sanfter. »Betrachtet diese Behandlungen niemals als vergeblich, denn ihre Wirkung auf die Lebenden ist weit folgenreicher. Wenn ich heute diese Lady einfach verlassen hätte, wäre meine Mißachtung derer, die sie liebten, für sie genauso tödlich wie die Pest selber. Ich will einem Kind nicht die Hoffnung nehmen. Aber wenn ich behaupten würde, ein Heilmittel zu besitzen, würde ich lügen; ich habe das Sterben lange hinausgezögert, aber ein Heilmittel habe ich nicht.«

Ziemlich grob sagte Alejandro: »Dann waren all diese lächerlichen Zaubertricks und Gesänge nur billige Täuschung, und Ihr vermögt in Wahrheit nicht mehr als ich!«

Sie warf ihm einen wütenden Blick zu, beherrschte sich aber; dann grinste sie wissend und strich sich über das behaarte Kinn. »Ich erinnere mich sehr deutlich, junger Freund, daß die Rituale Euch ebensoviel Ehrfurcht eingeflößt haben wie der allzu frommen Dame, die Euch begleitet. Wollt Ihr leugnen, daß Ihr zumindest für ein Weilchen an die Heilung geglaubt habt?«

Das konnte er nicht leugnen; er erinnerte sich an die intensive Faszination, die er empfunden hatte, während er der Vorführung der Alten zusah. Sie hatte recht. Zumindest für eine kurze Zeit hatte er geglaubt, die Lady würde überleben.

»Und das«, sagte sie selbstsicher und in fast überheblichem Ton, »ist die einzige Quelle meiner heilenden Kräfte. Die Leute sind bereit, das zu glauben, was sie für wahr halten wollen. Ihr seid in dieser Hinsicht keine Ausnahme.«

Aber ich möchte eine Ausnahme sein, dachte er niedergeschlagen. *Ich brauche den Glauben, daß ich aufgrund meiner Ausbildung und meiner Hingabe das Leiden der Kranken lindern kann. Ich habe im Leben nichts als das.*

Sie sah seinen beschämten Blick und begriff, was dahinter stand. »Seid nicht zu hart gegen Euch selbst, Arzt, denn Ihr habt nicht genug Lektionen vom besten aller Lehrer gehabt, die in nichts anderem bestehen als der täglichen Ausübung Eurer Kunst. Erfahrung wird Euch mehr lehren als jeder Meister oder Mentor. Und ich glaube, daß ein Heilmittel bald verfügbar sein wird; man muß noch vieles ausprobieren. Jedesmal, wenn ich einen Patienten behandle, komme ich dem Erfolg ein bißchen näher; ich verändere die Anteile von Pulver und Flüssigkeit, denn darin liegt der Schlüssel.«

Während sie sprach, räumte sie ihre Werkzeuge und Medikamente zusammen, doch zwei Behälter packte sie nicht ein. »Jetzt reißt Euch aus Eurem Selbstmitleid, junger Mann, und paßt auf, denn ich werde mich nicht wiederholen.

Vor langer Zeit habe ich bemerkt, daß die Tiere, die aus der warmen Quelle bei meinem Haus trinken, allen Ansteckungen zu widerstehen scheinen, während andere von ihrer Art ihnen erliegen und schnell sterben.«

Sie nahm ein großes Glas mit dem trüben gelben Wasser und stellte es auf einen Tisch neben ihm. »Ich habe beobachtet, daß es einen ziemlich unangenehmen Geruch hat, schwächer, aber ganz ähnlich wie der, den die seltsamen gelben Steine ausströmen, die aus den Kupferminen heraufgebracht werden.«

»Das sind die, die mich an faule Eier erinnern.«

»Ja, ganz recht! Wenn Ihr Euch nicht der Traurigkeit ergebt, seid Ihr schnell von Begriff! Ich habe angenommen, daß das gelbe Wasser etwas von den gelben Steinen enthält, in Form eines feinen Pulvers allerdings; wie das zugeht, weiß ich nicht, aber was spielt das für eine Rolle? Die Tiere, die aus dieser Quelle trinken, müssen inzwischen in all ihren Körpersäften eine große Menge von diesem stark riechenden gelben Stein enthalten.«

»Wie nennt man dieses gelbe Pulver?«

»Man nennt es Schwefel, manchmal auch Sulfur. Wenn es verbrannt wird, sprüht die Flamme Funken und wird blau. Hexen benutzen es seit langem, um die Ungläubigen von ihren besonderen Kräften zu überzeugen.«

»Wie Ihr es heute mit dem Schilfrohr getan habt.«

»Dieser sündigen Täuschung habe ich mich schuldig gemacht«, sagte sie mit einem Grinsen, »aber aus einem guten Grund.« Sie legte ein kleines braunes Säckchen neben das Glas mit dem Wasser. »Ihr müßt dieses graue Pulver hinzufügen, denn es macht stark, wie ein Schwert einen Ritter stark macht!«

Sie nahm eine seiner Hände in ihre und schüttelte ein kleines Häufchen von dem körnigen grauen Pulver in seine Handfläche. Alejandro rieb es zwischen den Fingern und spürte die körnige Beschaffenheit. Er sah die alte Frau fragend an.

Sie flüsterte ganz ehrfürchtig: »Es ist der Staub von den Toten, und er überträgt ihre Kräfte auf die Kranken.«

Der Staub von den Toten? Das ist gewiß verboten…

Sie fuhr mit ihren Anweisungen fort. »Mischt einen Fingerknöchel von dem Pulver mit einer halben Handvoll von dem Wasser, und gebt dem Patienten bei Sonnenaufgang, am Mittag und noch einmal bei Sonnenuntergang einen guten Schluck davon. Sollte der Patient wach sein und Ihr auch, so schadet auch ein weiterer Schluck um Mitternacht nichts. Aber bewahrt Euren Vorrat auf und benutzt ihn weise, denn diese Dinge findet Ihr nur an meinem Wohnort; Gott allein weiß, wann Ihr sie wieder brauchen werdet.«

»Gott allein«, wiederholte Alejandro und betete, daß das nie der Fall sein möge.

Sie legten den Leichnam der Lady an den Straßenrand, wo der Fuhrmann ihn sehen mußte. Die fünf Menschen, die bei ihrem Tod zugegen gewesen waren, sahen zu, wie das Fuhrwerk herankam und der Kutscher abstieg. Er und ein anderer Mann hoben den Leichnam auf, der noch warm und biegsam war, und hievten ihn auf den Stapel derer, die an diesem Tag gestorben waren.

Das Fuhrwerk bog sich in der Mitte unter der Last seiner grausigen Fracht; ein Mann sah die Straße entlang, wo noch weitere Leichen auf ihre letzte irdische Reise warteten, und sagte zu dem anderen: »Das reicht jetzt; die anderen sind auch noch tot, wenn wir später wiederkommen.«

»Ja«, stimmte sein Gehilfe zu, »fahren wir. Der Gestank greift mein Gehirn an, und bald werde ich sicher schwachsinnig.«

»So, wirst du?« scherzte der andere. »Du bist schon jetzt kein großes Licht. Obwohl immer Hoffnung auf ein Wunder besteht. Ich werde dich in meine Gebete einschließen.«

Sie kletterten wieder auf den Bock und ließen die Zügel leicht auf die Rücken der Pferde knallen. Wiehernd protestierten die Pferde, setzten sich in Bewegung und steuerten den Totenanger an; Kates Mutter trugen sie als letzten Passagier mit sich.

Sie folgten dem gleichen Weg wie Adele und Alejandro zuvor und erreichten bald das offene Feld, in dessen Nähe Adele und Alejandro Mutter Sarah besucht hatten; noch immer standen die Eichen Wache, doch nun waren ihre Schatten lang und gerade. Während die Pferde den quietschenden Karren über die Ebene zogen, gruben sich die Räder in den frisch gepflügten Boden, und die leblosen Fahrgäste stießen ziemlich unsanft aneinander, doch die Fuhrleute achteten nicht darauf; sie wußten, es würde sich niemand beschweren. Bei der holprigen Fahrt lösten sich die Laken, die den Körper der Lady bedeckten, und da die Leichenstarre noch nicht eingesetzt hatte, fiel ihr Arm aus der Umhüllung. In der Hand hatte sie das Taschentuch, das den letzten Kuß ihres Kindes an ihre Lippen geführt hatte.

Ein paar Meter weiter kam das Fuhrwerk neben einer flachen Grube, die am Nachmittag hastig aus dem torfigen Boden ausgehoben worden war, knirschend zum Stehen. Die Fuhrleute, deren Glieder von der Arbeit des Aushebens noch schmerzten, stiegen langsam vom hohen Kutschbock des Fahrwerks und machten sich an die gräßliche Aufgabe, die Leichen nebeneinander in das offene Grab zu legen. Wenn die Grube voll war, würde man einen Priester rufen, falls man einen fand, und der würde den Toten dann *en masse* ihre Sünden vergeben. Danach würde, was von der Grube noch übrig war, wieder mit Torf aufgeschüttet und der Boden so gut wie möglich geglättet werden.

»Hoffen wir, daß die Hunde die hier nicht auch wieder ausgraben«, sagte einer der Männer, und sie kehrten zum Karren zurück, bereit, erneut in die Außenbezirke Londons zu fahren und ihre nächste Fuhre aufzunehmen.

Mutter Sarah sammelte ihre seltsame Ausrüstung aus Heilmitteln und Talismanen zusammen und verstaute sie in ihrer zerlumpten Tasche. Sie warf sich einen roten Schal um die Schulter, nahm ihren Gehstock und wandte sich der Tür zu. Doch ehe sie hinausging, drehte sie sich noch einmal nach Alejandro um und warnte ihn zum letzten Mal: »Arzt, denkt daran, vorbereitet zu sein. Ihr müßt immer mit dem Unerwarteten rechnen.«

Als sie an diesem Abend zu Adeles Gut zurückkehrten, eilte ihnen der Stallbursche entgegen, um die Pferde zu versorgen, und das durchnäßte Trio eilte rasch die steinernen Stufen zum Gutshaus hinauf. Die Kaminfeuer, die der Verwalter zeitig angezündet hatte, hatten das Haus erwärmt und die feuchte Kühle im Inneren vertrieben; trotzdem zitterte Alejandro, als er seinen tropfenden Umhang ablegte. Er konnte das Beben kaum beherrschen und eilte zum Feuer, um sich zu wärmen. Kate folgte dicht hinter ihm und hielt die kleinen Hände nahe an die Flammen, um die willkommene Wärme zu genießen, während sich unter dem Saum ihres dünnen Überwurfs kleine Wasserpfützen sammelten.

Plötzlich nieste sie dreimal rasch hintereinander.

»Kind?« sagte Alejandro beunruhigt. »Was fehlt euch?«

Sie schniefte und sagte: »Mir ist kalt, ich bin müde vom Ritt, und mein Magen verlangt nach Essen.«

Erleichtert über ihre prompte Erklärung, entspannte Alejandro sich wieder. »Nun, ich bin froh, daß Ihr nur drei Beschwerden habt. Mit viel Glück sind alle drei heilbar.« Er nahm ihre Hand, und zusammen machten sie sich auf die Suche nach Adele; sie fanden sie in der Küche, wo sie der Haushälterin Anweisungen gab.

»Es scheint, daß unsere kleine Gefährtin friert, müde und hungrig ist, und ich habe ihr kühn Abhilfe gegen alle drei Übel versprochen. Könnte man vielleicht ein Nachthemd und ein Abendessen beschaffen?«

Adele nickte. »Kümmert Euch um das Kind«, sagte sie zu der Haushälterin. »Wir sprechen später weiter.«

Die Haushälterin führte Kate mit den Worten davon: »Zuerst werden wir Euch trocknen und wärmen, und dann kommen wir zum Essen zurück.«

In einem sauberen Nachtgewand, das Adele als kleines Mädchen getragen hatte, kam Kate zurück. Nach einem Abendessen aus Suppe und warmem, knusprigem Brot führte Adele Kate in ihr früheres Zimmer, legte sie in das saubere Bett, deckte sie warm zu und sang ihr leise vor, bis sie eingeschlafen war. Als sie zum Tisch zurückkehrte, war er abgeräumt und leer.

Sie fand Alejandro im Salon, wo ein flackerndes Feuer im riesigen Kamin tanzende Schatten an die Wände warf.

»Sollen wir etwas Wein trinken«, sagte sie, »damit uns von innen wieder warm wird?«

»Ich fürchte, ich werde mich nie wieder warm oder trocken fühlen«, sagte er.

»Ich glaube, das ist der Fluch unserer schönen Insel«, sagte Adele und schenkte den Wein ein. »Ich bin nie in dein Land gereist, aber wie ich hörte, ist es dort warm, sogar im Winter.«

Während sie die klare, dunkle Flüssigkeit eingoß, fiel das Licht des Feuers auf den Rubin des goldenen Kreuzes auf ihrer Brust und ließ ihn funkeln. Es hatte fast die gleiche Farbe wie der Wein; der rote Blitz erregte Alejandros Aufmerksamkeit, und der Vergleich gefiel ihm.

Als sie vor dem Feuer saßen, schrieb Alejandro sorgfältig die Rituale auf, die Mutter Sarah bei Kates Mutter vollzogen hatte; Adele half ihm dabei, sich an alle Worte und Handlungen zu erinnern. Als alles niedergeschrieben war, machte Alejandro eine Zeichnung von der alten Frau. Er schrieb »Mutter Sarah« auf die Seite und zeigte sie Adele.

»Es ist ziemlich ähnlich«, sagte sie. »Ich glaube, es fängt das Wesentliche ein.«

»Das Wesentlich an ihr wird nie ganz zu fassen sein, fürchte ich, aber ich werde es nicht so schnell vergessen.« Er schloß das Buch und legte es weg.

Langsam, während das Feuer seine Haut und der Wein sein Inneres wärmte, spürte Alejandro, daß der Kummer des Tages seinen müden Körper allmählich verließ, und er sank in die Polster zurück und sah zu, wie Adele vor dem Feuer ihre bemerkenswerten Haarstränge kämmte. Er gestattete sich ein paar Augenblicke froher Spekulation darüber, wie sein Leben aussehen könnte, wenn diese Frau seine Frau werden sollte. Er beobachtete, wie sie sich das Haar über die Schultern legte, und merkte, daß sie es tat, um ihm zu gefallen. Sie hatte Erfolg damit, denn das Herz des Arztes schlug so heftig, als wolle es bersten; heute nacht würden sie sich wieder lieben, da war er sicher. *Lieber Gott,* betete er, *laß diese Reise niemals enden.*

Adele erhob sich von ihrem Sitz vor dem Feuer und kam zu ihm. Sie setzte sich auf den weichen Teppich zu seinen Füßen und legte den Kopf auf seine Knie. Das dichte rote Haar fiel in großen Wellen in seinen Schoß, und er streichelte es begierig immer wieder; es fühlte sich kühl und weich und unvergleichlich sinnlich an, und er konnte sein Glück nicht fassen.

Sie hob den Kopf von seinen Knien, und er wollte schon dagegen protestieren, doch ehe er etwas sagen konnte, legte sie einen Finger auf seine Lippen, um ihn zum Schweigen zu bringen. »Sprich nicht«, sagte sie, »denn ich möchte deine Lippen mit anderen Dingen beschäftigen.« Dann richtete sie sich auf und schob sich zwischen seine Beine. Sie zog ihn an sich und preßte ihren weichen Leib an seinen zitternden Körper. Dann schlang sie sanft die Arme um seinen Rücken und drückte ihn fest an sich. Sie küßten sich mit einer Leidenschaft, die keine Zeit kannte. Ihre Lippen berührten sich für eine oder auch für zehn

Minuten. Er hätte es nicht sagen können, und wenn sein Leben von der Antwort abhängig gewesen wäre.

Dann legte Adele ihre Hände leicht auf seine Schultern und schob sie über seine Brust abwärts. Er versteifte sich, als ihre Finger sich dem Halsausschnitt seines Hemdes näherten, unter dem die verräterische Narbe lag, und eisige Angst vor Entdeckung erfüllte ihn.

Sprich! ermahnte er sich. *Sprich, solange du noch Gelegenheit dazu hast!*

Adele, vergib mir die Lüge, die ich dir gleich erzählen werde; ich will dich nicht täuschen, sondern nur überleben, um deine Liebe zu kosten, dachte er im stillen. Er faßte sanft nach ihren Handgelenken, zog ihre Hände nach unten und hielt sie liebevoll umklammert. Sie sah ihn fragend an, weil er ihrer zärtlichen Erkundung ein Ende gemacht hatte.

»Adele«, sagte er vorsichtig, »ich bin durch eine Narbe entstellt, und ich möchte nicht, daß ihre Häßlichkeit dich erschreckt.«

Sie wich ein wenig zurück und sagte besorgt: »Was ist das für eine Narbe, von der du sprichst?«

Er öffnete einen Knopf am Kragen seines Hemdes und zog den Stoff leicht auseinander. So konnte Adele nur einen kleinen Teil der runden Wunde sehen, die nun rosa und gut verheilt war. Sie sog die Luft ein. »Oh, Lieber, wie ist das passiert?«

Er war des Lügens müde, aber er wußte, daß er keine andere Wahl hatte; die Wahrheit würde all seinen Freuden und Hoffnungen ein Ende machen. »Auf meiner Reise von Spanien nach Avignon gab es ein Scharmützel. Ich schäme mich des Ausgangs, und ich möchte nicht weiter darüber sprechen. Ich bitte dich, versteh meine Zurückhaltung. Ich habe dir dies vorenthalten, weil ich die Narbe selbst abstoßend finde, und ich glaubte, sie würde auch dir mißfallen. Und ich wollte dich nicht erschrecken.« Er schlug die Augen nieder und fuhr fort: »Ich bin vor dir erniedrigt. Bitte verzeih mir die Täuschung.«

Zu seiner unermeßlichen Erleichterung sagte sie: »Du hast diese Narbe nicht freiwillig. Wir werden nicht mehr darüber sprechen, denn für mich ist sie nicht von Bedeutung.«

In ihrem Bett sprachen sie leise über die süßen Dinge, die neuen Liebenden kostbar sind; beide erröteten, ohne daß es in dem dunklen Raum zu sehen war, und entdeckten kleine, köstliche, lustvolle Überraschungen aneinander. Ihre einfache Vereinigung verband nicht zwei Königreiche, sondern nur zwei Menschen, die sich diese Vereinigung von Herzen wünschten.

Alejandro war so an seine Träume über Carlos Alderon gewöhnt, daß ein Schlaf ohne sie für ihn ganz ungewöhnlich war, und als er kurz vor der Morgendämmerung eine kleine, warme Hand an seiner Wange spürte, dachte er, sie gehöre zu einem weiteren Traum. Doch die Berührung hielt an, und schließlich öffnete er die Augen. Er sah, daß Kate an seinem Bett stand.

»Mein Hals tut weh«, stöhnte sie und berührte leicht ihre Kehle. Er sah sie genauer an und erkannte zu seinem Entsetzen den Beginn eines dunklen Flecks unter ihrem Kinn.

Voller Panik fing er an, sich aus dem Laken zu schälen, bis ihm einfiel, daß er darunter bis auf ein leichtes Hemd nackt war. Er sagte zu dem Kind: »Kate, Ihr müßt jetzt genau das tun, was ich Euch sage. Kehrt in Euer Bett zurück, und ich komme zu Euch, sobald ich ordentlich angezogen bin. Berührt auf dem Rückweg in Adeles Zimmer nichts, und sprecht auch mit niemandem von der Dienerschaft. Atmet flach und versucht, nicht zu husten, falls Euch der Drang dazu überkommt.«

Sie nickte, einen entsetzten Ausdruck in den Augen, und verließ mit leisem Tapsen ihrer bloßen Füße das dämmrige Zimmer. Alejandro schaute hinüber zu Adeles schlafender Gestalt und beschloß, ihre Ruhe nicht zu stören, ehe er nicht Kates Beschwerden genauer untersucht hatte. Nachdem er seine Beinkleider angezogen hatte, suchte er in der Satteltasche nach den Gaben von Mutter Sarah und ging in die Küche, um eine Tasse und einen Löffel zu holen.

Als er Adeles früheres Zimmer betrat, war er schockiert, wie winzig Kate in dem riesigen Bett wirkte. Die Vorhänge des Baldachins waren ganz aufgezogen; er schloß sie auf einer Seite und am Fußende des Bettes und ließ nur die Seite offen, die der Tür des Schlafgemachs zugewandt war.

»Jetzt laßt mich Euren Hals untersuchen, kleine Lady«, sagte er. »Ich werde das Oberteil Eures Nachtgewandes öffnen, aber fürchtet nicht um Eure Keuschheit. Im Augenblick interessiert mich nur Euer Hals.«

Sanft berührte er den dunklen Bereich unter ihrem Kinn. »Verursacht es Euch Schmerzen, und seien sie noch so gering, wenn ich Euch da anfasse?«

Sie zuckte zusammen, und er zog seine Hand weg. »Es tut da weh, und im Arm tut es auch weh.«

Er hob mit einer Hand ihren Arm hoch und tastete mit der anderen den Bereich darunter ab. Ihm sank das Herz, als seine Finger den Beginn einer Schwellung spürten.

Verflucht sei alles, was geht, fliegt, schwimmt oder gleitet, dachte er zornig. *Verflucht sei alles, was heilig ist!* Er hörte das leise Rascheln von Stoff hinter sich, und als er sich umsah, erblickte er in der Tür Adeles Silhouette.

»Bleibt liegen, Kind, ich komme gleich zurück.« Er zog den seitlichen Vorhang des Baldachins zu, verließ das Zimmer, nahm Adele beim Ellbogen und zog sie mit sich.

Mit angstvollem Blick sagte sie zu ihm: »Ich sehe dir an, daß du keine guten Nachrichten hast.«

Er bestätigte ihren Verdacht mit einem Nicken, und sie vergrub ihr Gesicht an seiner Schulter und weinte. Als er sie tröstete, sah sie unter Tränen zu ihm auf und sagte: »Ich kann es nicht ertragen, sie sterben zu sehen.«

»Ich auch nicht, meine Liebste, aber diesmal bin ich nicht hilflos. Wir haben wenigstens einige Mittel, mit denen wir versuchen können, sie zu retten.«

»Die Medizin!« rief Adele. »Wo ist sie? Ich werde sie holen!«

»Sie ist schon im Zimmer, auf dem Tisch neben dem Bett.«

»Dann laß uns keine Minute vergeuden und sie sofort behandeln.«

18

Janie und Bruce gingen langsam durch die Halle ihres Londoner Hotels und kosteten die letzten paar Augenblicke aus, die sie miteinander allein waren. »Mission erfüllt«, sagte er.

Janie sah ihn an und grinste. »Nicht gerade sehr schön erfüllt, aber immerhin. Die Reise hatte jedenfalls ihre Höhepunkte. Gegen Ende habe ich allmählich vergessen, warum wir sie überhaupt angetreten hatten.«

Bruce lachte. »Ich auch. Es waren diese Bodenproben, nicht? Ich werde dafür sorgen, daß sie ins Kühllager kommen«, sagte er.

»Und laß sie bewachen«, sagte Janie.

»Oh, keine Sorge«, sagte er. »Ich habe vor, selbst für ihre Sicherheit zu sorgen.« Er blieb stehen und faßte ihre Hand; sie standen in der Mitte der Halle und sahen sich an. Ringsum gingen Leute vorbei. »Ich muß sagen, ich glaube, es hat ein recht gutes Ende genommen«, sagte er.

»Da stimme ich dir zu. Ich bin selbst überrascht, wie leid es mir tut, daß es vorbei ist.«

»Ich fahre mit dir nach oben«, bot er an. »Ich begleite dich bis zu deiner Tür.«

»Eigentlich«, sagte sie, »hatte ich daran gedacht, die Treppe zu nehmen. Ich könnte ein bißchen Bewegung brauchen.« Sie lächelte und berührte seine Wange. »Es dauert länger. Ich bin noch nicht ganz bereit, dich gehen zu lassen.«

Trotzdem stöhnte Bruce bei der Vorstellung, sechs Stockwerke hochlaufen zu müssen.

»Ich habe dich erschöpft, was?« scherzte Janie. »Dabei fand ich, daß du so fit aussiehst. Muß am Mondlicht gelegen haben.«

Er grinste. »Wenn ich's mir recht überlege, habe ich heute morgen einen ganz schönen Muskelkater. Okay, ich gestehe. Du *hast* mich erschöpft. Ich sollte wohl versuchen, wieder zu Kräften zu kommen.«

»Dann sollten wir unbedingt den Aufzug nehmen.«

Als sie im sechsten Stock aus der Kabine traten, lächelten und strahlten sie noch immer. Langsam gingen sie zur Tür von Janies Suite. Bruce legte die Arme um sie und fing an, sie zum Abschied zu küssen, als sie vom Geräusch eines Türschlosses gestört wurden, das gedreht wurde. Es unterbrach den Rhythmus ihres Kusses. Abrupt fuhren sie auseinander und schauten in Richtung des Geräuschs. Ein paar Türen weiter erschien eine Hand, um die Zeitung zu ergreifen, die auf dem Teppich lag, der erste konkrete Beweis dafür, daß die reale Welt tatsächlich versuchen würde, das Nachglühen ihrer Idylle, die eine Nacht gedauert hatte, auszulöschen. Dann verschwand die Hand, und die Tür wurde wieder zugezogen.

Janie runzelte die Stirn. »Tun wir das drinnen.«

»Gute Idee«, sagte Bruce.

Sie zog die Magnetkarte aus ihrer Brieftasche und öffnete die Tür, doch ehe sie eintrat, schaute sie zu Carolines Tür und bemerkte das BITTE-NICHT-STÖREN-Schild, das dort immer noch hing. Sie tippte Bruce auf den Arm und wies auf das Schild.

»Ach du liebe Güte«, sagte sie ein wenig verschnupft, »die Streunerin ist anscheinend zurückgekommen; sieht so aus, als müßte sie etwas ausschlafen.«

»Ist das Carolines Suite?« fragte Bruce.

»Ja. Du hattest vermutlich recht. Sie muß jemanden kennengelernt haben. Vermutlich erwartet mich inzwischen eine Nachricht von ihr.« Sie gingen hinein, und Janie zog ihre Jacke aus.

»Warte eine Minute, bis ich das Geheimnis aufgeklärt habe, dann gebe ich dir einen ordentlichen Abschiedskuß«, sagte sie.

»Kein Problem«, sagte Bruce. »Du bist diejenige, die wenig Zeit hat.«

»Erinnere mich nicht daran«, sagte Janie. Sie ging zum Telefon und wollte die Nachrichten auf ihrem Anrufbeantworter abrufen, aber es gab keine. Sie wählte die Nummer von Carolines Zimmer, aber niemand meldete sich.

Sie legte den Hörer auf. »Entweder ist sie nicht da, oder sie hat jemanden bei sich und meldet sich nicht. Aber ich verstehe das nicht. »Selbst wenn sie anderweitig beschäftigt sein sollte, weiß sie, daß ich sie zu erreichen versuche.«

»Vielleicht hat sie andere Prioritäten«, sagte Bruce grinsend, kam zu ihr und nahm sie in die Arme.

Plötzlich waren seine Lippen auf ihren, und sie spürte die Wärme seines Kusses bis in die Zehen, bis in Schenkel und Bauch, die rasche Berührung seiner Zunge, seine Hand in ihrem Rücken, die sie dichter an ihn zog. Sie spürte, wie ihre Sorgen dahinschmolzen, ihr Widerstand allmählich zerbrach, und sie preßte sich an ihn.

»Hmmm«, sagte er, *leichter Kuß auf ihre Nasenspitze,* »vielleicht sollten wir –« *kleiner Kuß auf die Stirn,* »das Schild –« *Knabbern an ihrer Wange,* »Bitte nicht stören...«

Das BITTE-NICHT-STÖREN-Schild, dachte sie.

»... auch an diese Tür...«

Auf einmal rasten Janies Gedanken. »Was hast du gesagt?« fragte sie.

Er löste sich ein wenig von ihr. »Ich habe gesagt, vielleicht sollten wir das BITTE-NICHT-STÖREN-Schild auch an diese Tür...«

Das BITTE-NICHT-STÖREN-Schild...

Abrupt riß sie sich los und ließ ihn mit leeren Armen und verwundert zurück. »Bruce, wenn du nicht in deinem Zimmer wärst, warum würdest du dann ein BITTE-NICHT-STÖREN-Schild an die Tür hängen?«

Er zuckte mit den Achseln. »Ich würde es nicht aufhängen. Vielleicht hat sie nur vergessen, es wegzunehmen, ehe sie fortging.«

»Nicht Caroline. Sie achtete geradezu zwanghaft auf Details. Deswegen habe ich sie gebeten, mitzukommen und mir bei diesem Projekt zu helfen. Sie vergißt nie etwas.« Janie starrte einen Augenblick unschlüssig zu Boden. Dann blickte sie auf und erklärte entschlossen: »Das ist es. Es ist mir egal, wenn ich sie mittendrin störe. Ich gehe rein«, sagte sie.

»Wie willst du das machen?« fragte Bruce.

»Wir haben beide einen zweiten Schlüssel für das Zimmer der anderen«, sagte sie zu ihm. Ihr Gesicht verriet Unruhe, und sie fügte hinzu: »Ich hoffe bloß, daß alles in Ordnung ist.«

Rasch ging sie aus dem Zimmer und ließ ihre eigene Tür offen. Sie nahm das BITTE-NICHT-STÖREN-Schild ab und steckte die magnetische Plastikkarte in den Schlitz. Als das Schloß klickte, öffnete sie die Tür einen Spalt und sagte etwas zögernd: »Hallo?« Sie hoffte Caroline anzutreffen, wenn auch beschäftigt. Niemand antwortete.

Sie öffnete die Tür weiter, um hineinzugehen, doch der Geruch, der ihr entgegenschlug, veranlaßte sie, keuchend auf den Flur zurückzuweichen. Sie prallte gegen Bruce, der direkt hinter ihr stand, und schloß die Tür wieder.

Sie wußten beide, was der Geruch bedeutete. Sie sah Bruce bittend an, und er sagte: »Willst du, daß ich die Polizei rufe?«

Sie hatte viele, viele Leichen gesehen, Hunderte vielleicht, in verschiedenen Stadien der Zersetzung, doch Janie hatte nie zuvor selbst eine entdeckt, nicht einmal während der Ausbrüche. Sie stand im Gang vor Carolines Zimmertür und zitterte vor Angst. »Nein«, sagte sie mit mehr Entschlossenheit als sie empfand. »Ich denke, ich sehe zuerst nach, was los ist. Aber ich habe wirklich Angst vor dem, was wir finden werden.«

Bruce zog sie an sich und hielt sie ein paar Sekunden fest. »Ich bin bei dir, Janie. Wir sind zusammen hier.«

Getröstet durch seine Gegenwart, atmete sie einmal tief die saubere Luft ein, öffnete die Tür wieder, und zusammen betraten sie das Zimmer. Als sie den Lichtschalter bediente, erhob sich ein Schwarm Fliegen von dem Bodenbereich auf der anderen Seite des Bettes.

»O Gott, Bruce, was ist, wenn sie tot ist...« Sie eilten auf die andere Seite des Zimmers und sahen den steifen Leichnam von Ted Cummings auf dem Boden liegen, genauso, wie er gelandet war, als Caroline ihn von ihrem Körper gestoßen hatte.

Janie stand mit aufgerissenem Mund ungläubig vor dem Bild, das sich ihr bot. Bruce wandte sich ab, erbrach sich in einen Papierkorb und wischte sich dann mit der Hand den Mund ab.

Er hielt sich vor dem Gestank die Nase zu und sagte: »Mein Gott, was ist hier *passiert*?«

Janie eilte zum Fenster und riß es auf, so weit es ging. »Ich habe keine Ahnung«, sagte sie hektisch. »Was in aller Welt macht Ted in Carolines Zimmer? *Und wo zum Teufel ist Caroline?*«

Bruce kniete nieder, um sich den Leichnam genauer anzusehen. »Wir sollten besser nichts anfassen. Wir könnten Beweise zerstören.«

Janie beobachtete ihn schockiert. »Beweise für *was*? Willst du damit sagen, du denkst, daß Caroline das getan hat?«

Er sah sie vielsagend an und antwortete: »Janie, es ist ihr Zimmer, er ist tot, und sie ist nicht da. Was soll ich denn sonst denken?«

Sie kämpfte ihren Zorn nieder und kniete sich neben ihn. »Wir haben doch keine Ahnung, wie er gestorben ist.« Sie beugte sich vor und sah sich Teds Gesicht an. »Ich sehe keine traumatischen Male, und nichts deutet darauf hin, daß sie gekämpft haben könnten.« Sie beugte sich tiefer hinunter, hielt den Atem an und betrachtete die Leiche genau.

»Verdammt«, sagte sie. »Ich muß näher heran.« Sie stand auf und wischte sich die Hände an der Hose ab, obwohl sie die Leiche nicht berührt hatte. »Ich habe Handschuhe und Masken in meinem Zimmer. Holen wir sie.« Sie warf ihm einen intensiven Blick zu, als er aufstand, und sagte: »Caroline hat das *nicht* getan.«

Bruce war nicht davon überzeugt, als er ihr aus dem Raum folgte.

Wie John Sandhaus fand, starrte ihn der Umschlag aus London schon viel zu lange von der Ecke seines Schreibtischs aus an. *Wenn man sie nicht beachtet, kriegen sie nach einer Weile Augen*, dachte er und nahm ihn in die Hand. Aus einem anderen Teil des Hauses drang das Lärmen spielender Kinder in sein Arbeitszimmer. Er rief seiner Frau zu: »Cathy, kannst du die Kinder bitte ruhig halten, damit ich arbeiten kann?«

Prompt lud Cathy ihn ein, mit sich selbst zu kopulieren; also schloß er die Tür zu seinem Arbeitszimmer, um die Familiengeräusche auszuschließen, und hatte dabei Schuldgefühle, weil er wußte, daß eine Zeit kommen würde, wo er den behaglichen

Lärm seiner spielenden Kinder vermissen würde. Er wußte, eines Tages, und zwar vielleicht zu bald, würde sein Fehlen weit störender sein als seine Anwesenheit.

Während er darauf wartete, daß sein Computer sich in die Datenbank der Universität einklinkte, schaute er aus dem Fenster auf die schöne neuenglische Landschaft. Sehr bald, dachte er, würden die Farben prachtvoll sein, aber dann würde es natürlich die unvermeidlichen, endlosen Blätter zu rechen geben, und jeder Gedanke an Pracht würde verblassen.

Mit besänftigender, ruhiger Stimme sagte der Computer zu ihm: »Willkommen bei Biocom. Bitte geben Sie Ihr Paßwort ein.«

Er bediente ein paar Tasten und antwortete dann mit sarkastischer Stimme: »Da ist dein blödes Paßwort, du Plastikhaufen! Und hör auf, mit mir zu reden! Du bist *kein* Mensch.«

Als wolle er ihm sofort widersprechen, erwiderte der Computer: »Sie haben Zutritt. Danke für die Benutzung von Biocom.«

Was soll ich denn wohl sonst benutzen? dachte er. *Ihr Burschen habt doch alles in der Hand. Es gibt nichts anderes.*

Binnen weniger Sekunden war er *online* mit der CDC-Datenbank in Atlanta verbunden, und der Computer suchte nach einer Entsprechung der graphischen Darstellung, die Janie Crowe ihm geschickt hatte. Das Programm meldete sich wieder und bat um weitere Informationen, aber er hatte keine. Sie hatte nur einen Ausdruck geschickt; die üblichen chemischen oder genetischen Informationen waren nicht mitgekommen. Er nahm sich vor, bei ihrer Rückkehr mit ihr über unvollständige Daten zu reden, und fragte sich dann, ob ein solcher Tadel nicht vielleicht sofort ein Auslandsgespräch rechtfertigte. Aber die Notiz, die sie an den Ausdruck geheftet hatte, besagte: »Viel Spaß!« Er zweifelte daher daran, daß dieses Ding Bestandteil ihrer endgültigen Daten sein würde. Er entschied sich gegen einen Anruf.

Er kehrte zur ursprünglichen Datei zurück, ließ das Bild durch drei verschiedene Filter laufen und hoffte, es so schärfer und besser lesbar zu machen. Seine Anstrengungen hatten Erfolg, denn als er es das nächste Mal durch das Programm schickte, erschien eine neue Darstellung und teilte ihm mit, das geheimnisvolle Ding heiße *Yersinia pestis.*

Yersinia. Ein Enterobakterium, dachte er. Zu *pestis* fiel ihm nichts ein. »Kennen wir uns?« fragte er die Abbildung auf dem Schirm. »Nein, ich glaube nicht. Zumindest sind wir uns nicht in letzter Zeit begegnet. Okay, schauen wir mal, was wir sonst noch über dich haben.« Er rief eine Liste von Optionen auf, ging sie durch und entschied sich für »Pathologie«. Die Datei erschien auf dem Bildschirm, und er begann sie zu lesen. Es dauerte nicht lange, bis seine Augen sich weiteten und sein Herz schneller zu schlagen begann.

Verdammte Scheiße, sagte er unhörbar. Als er zu Ende gelesen hatte, schloß er die Datei und kehrte rasch zur graphischen Abbildung der Mikrobe zurück. »*Yersinia pestis,* Scheiße«, sagte er laut. »Verdammte Scheiße. Du dürftest eigentlich *nicht* in London frei herumlaufen.«

Sie hat einen Ausdruck geschickt, dachte er, und seine Gedanken rasten plötzlich. Aber wovon hat sie diesen Ausdruck gemacht, und wo ist dieses Objekt jetzt? *Weiß sie, was das ist?*

Natürlich nicht, du Idiot. Deshalb hat sie es dir ja überhaupt geschickt!

Er wünschte von ganzem Herzen, er hätte den Umschlag nicht länger als eine Minute auf der Ecke seines Schreibtischs liegenlassen, und suchte in seinen Unterlagen über Janies Projekt nach der Telefonnummer des Hotels, in dem sie abgestiegen war. Sobald er sie gefunden hatte, griff er nach dem Telefon.

Er hörte seine halbwüchsige Tochter in einer Konferenzschaltung mit einigen ihrer Freundinnen reden. Ohne auch nur Hallo zu sagen, befahl er: »Leg *auf.* Ich brauche das Telefon *sofort.*«

»Aber Daddy...«

John übernahm einen Ausdruck seines Vaters und sagte: »Aber nichts!« Ohne ein weiteres Wort legten alle auf. Sobald er das Freizeichen hörte, tippte er die Nummer ein und wartete ungeduldig, daß sie sich am anderen Ende der Leitung meldete. »O Gott, Janie, gehen Sie doch ans Telefon, *bitte...*«

Als Janie durch die Tür ihres eigenen Zimmers trat, begann ihr Telefon zu läuten. Mit einem Satz sprang sie hin.

Sie griff nach dem Hörer. »Caroline?« sagte sie ängstlich.

Aber es war nicht Caroline. »Janie? Ist das Janie Crowe?«

Voller Enttäuschung sagte sie rasch. »Ja. Wer ist da, bitte?«

»John Sandhaus. Aus Amherst.«

»Oh, John, o mein Gott. Hallo... Hören Sie, ich fürchte, Sie haben einen schlechten Moment erwischt...«

»Es ist ziemlich wichtig. Ich rufe wegen der graphischen Abbildung an, die Sie mir geschickt haben.«

Sie brauchte einen Augenblick, um sich zu erinnern, daß sie ihm einen Ausdruck geschickt hatte, und einen weiteren, bis ihr einfiel, woher dieser Ausdruck stammte. *Diese Mikrobe,* dachte sie. Im Vergleich zu dem, was sie im Nebenzimmer gesehen hatte, erschien ihr das völlig trivial. »Tut mir leid, John. Ich weiß zu schätzen, daß Sie mich deswegen anrufen. Aber ich kann jetzt nicht sprechen. Kann ich Sie später zurückrufen? Ich habe hier ein Problem, und das kann nicht warten.«

»Ich würde auch sagen, daß Sie ein Problem haben.« Seine Stimme klang verzweifelt. »Ich weiß nicht, womit Sie sich dort gerade herumschlagen, aber Ihr hiesiges Problem ist ziemlich gewaltig. Ich glaube, Sie sollten besser zuhören.« Ohne auf ihre Einwilligung zu warten, stürzte er sich sofort auf seine Erklärung. »Ich habe hier eine Identifizierung der CDC-Datenbank für Ihr Bakterium.«

So ein Blödsinn, dachte sie wütend. *Wie kommt er zu der Annahme, daß seine Meinung wichtiger ist als mein Problem hier... Ich habe hier einen toten Mann. Das müssen Sie erst mal überbieten, John Sandhaus...*

Unglaublicherweise überbot er es tatsächlich. »Diese Mikrobe, die Sie da ausgegraben haben, war keines von Ihren gewöhnlichen Haushaltsbakterien. Es ist *Yersinia pestis.* Verursacht Beulenpest.«

Er hörte sie auf der anderen Seite des Atlantiks erschrocken die Luft einsaugen. Auf einmal lauschte sie sehr aufmerksam.

»Und noch etwas Seltsames, Janie. Die CDC-Dateien zeigen,

daß der letzte bekannte Pestfall in ganz England im Jahre 1927 auftrat. Es gab ein paar kleine, aber signifikante Unterschiede zwischen der Probe von *Y. pestis* in der Datenbank und dem Ausdruck, den Sie mir geschickt haben. Wo hatten Sie's denn her?«

Das Gefühl der Bedrohung, das sie in jener Nacht gehabt hatte, kehrte mit voller Wucht zurück. Sie antwortete leise: »Ich hab's aus ungefähr einem halben Meter Tiefe ausgegraben.«

»Da haben wir's«, sagte er triumphierend und fügte dann hinzu: »Sie haben da ein sehr altes Ding; es handelt sich offensichtlich um den archaischen Stamm. Ich sollte Sie wahrscheinlich zu so einem großen Fund beglückwünschen, aber ich denke, ich muß Ihnen aufgrund der problematischen Lage eher Trost zusprechen. Dieses Bakterium ist vermutlich weitaus virulenter als das, was es heute gibt, einfach aufgrund der Unterschiede in den Symptomen, die wir zwischen der modernen Pest und den in den Geschichtsbüchern beschriebenen Anzeichen finden. Im Augenblick sieht es so aus, als würde es sich noch im Keimstadium befinden, aber unter den richtigen Bedingungen, etwa, wenn es feucht wird oder warm, könnte es wieder aktiv werden und sich vermehren.«

»Großer Gott.« Mehr konnte sie nicht sagen.

»Das dürfen Sie laut sagen. Es wäre ein *Riesenproblem.* Sie müssen die richtigen Behörden in London verständigen und ihnen gleich sagen, ob die Möglichkeit besteht, daß es freigekommen ist. Die moderne Pest können wir heilen, aber bei der alten Version weiß ich das nicht.«

Sie schwieg.

»Janie?« sagte er, bekam aber keine Antwort.

Sehr ruhig sprach er weiter: »Sie müssen jetzt das Richtige tun. Denken Sie nicht daran, ob Sie Probleme kriegen oder nicht. Diese Sache ist größer und bedeutender als Sie. Und, Janie? Tun Sie sich und dem Rest der Welt einen Gefallen. *Waschen Sie sich die Hände, bevor Sie in ein Flugzeug nach Hause steigen.* Das Bakterium ist ausgefallen genug, um vielleicht den Sensoren zu entgehen.«

Er legte auf.

»Was war denn los?« fragte Bruce besorgt.

Sie schluckte schwer, als sie den Hörer auflegte. »Erinnerst du dich an diese Stoffprobe, die ich ausgegraben hatte? Frank fand sie unmittelbar vor seinem Tod in einer unserer Röhren.«

Er nickte. »Ich erinnere mich. Was war damit?«

»Ich habe einen der Ausdrucke, die Frank gemacht hat, meinem Doktorvater in den Staaten geschickt, einen Blick darauf zu werfen. Er ist forensischer Pathologe, aber auf Bakterien spezialisiert, und er ist einer der besten auf seinem Gebiet. Also, der Anruf gerade, das war er.« Sie sah Bruce an; in ihren Augen stand nackte Angst. »Wie es scheint, ist es mir gelungen, die archaische Form des Bakteriums auszugraben, das Beulenpest verursacht.«

Betroffen setzte Bruce sich hin. »Wo ist die Probe jetzt?«

Sie nickte in Richtung auf ihren kleinen Kühlschrank. »Gleich hier.«

»Hier in diesem Zimmer?«

»Genau hier. Reg dich nicht auf, es ist gut versiegelt. Aber ich machte mir keine Sorgen darüber, daß diese Probe jemanden kontaminiert, solange sie im Kühlschrank liegt. Was mich beunruhigt, ist, daß Caroline damit umgegangen ist. Und hast du dir Ted mal genau angesehen, als wir in Carolines Zimmer waren? Er sah nicht besonders gut aus. Und warum trug er bei diesem warmen Wetter einen Rollkragenpullover?«

»Ich weiß nicht«, sagte Bruce. »In all den Jahren, seit wir zusammen arbeiten, habe ich ihn so etwas niemals tragen sehen.«

Ohne ein weiteres Wort standen beide auf und gingen auf die Tür zu. Ehe sie das Zimmer verließen, faßte Janie Bruce am Arm. »Das dürfen wir nicht vergessen«, sagte sie, ging zu ihrer Aktenmappe und nahm zwei Masken und zwei Paar Handschuhe heraus.

Angemessen geschützt hockten sie sich neben Teds stark riechenden Leichnam und sahen ihn sich genau an.

»Er ist sehr blaß«, sagte Janie.

»Er ist sehr *tot*«, sagte Bruce.

»Trotzdem ist er blasser, als er sein sollte.« Sie zeigte auf Teds

Handrücken. »Schau dir den Unterschied an. Sein Gesicht ist viel blasser als seine Hand, und seine Lage rechtfertigt das nicht. Seine Blässe könnte die Folge irgendeiner Krankheit sein.«

Sie suchte in ihrem Gedächtnis nach den Symptomen der Pest. »Das einzige, woran ich mich bei der Pest erinnere, sind dunkle Schwellungen im Bereich der Lymphknoten. Viel mehr haben sie uns, glaube ich, nicht beigebracht.«

»Das war auch nicht nötig. Die Krankheit war im Grunde ausgestorben.«

»Hoffentlich nicht so ausgestorben wie die Tuberkulose«, sagte sie zynisch.

»Aber das Bakterium dafür war resistent gegen die Medikamente geworden. Die Pest ist noch immer behandelbar.«

»Die *moderne* Pest ist behandelbar. Mein Doktorvater meint, das, was wir ausgegraben haben, sei die *archaische* Form der Pest.«

»Scheiße.«

»Das kann man wohl sagen.«

»Aber wir wissen nicht, ob Ted daran gestorben ist.«

Janie streckte die Hand aus und zog mit einem Finger den Rollkragen von Teds Hals. Darunter befanden sich dunkle Flecken und dicke Schwellungen. »Schau dir das an«, sagte sie. »Dunkle Schwellungen im Lymphknotenbereich.«

Bruce sah es sich an und schluckte schwer. »Wir können trotzdem nicht sicher sein. Wir müssen feststellen, ob das Bakterium vorhanden ist. Und da ist noch was. Ich bin auch der Meinung, daß es so aussieht, als hätte er die Pest, aber es sieht nicht so aus, als wäre die Krankheit weit genug fortgeschritten gewesen, um ihn umzubringen.« Er wies auf Teds entblößten Hals. »Ich meine, ich glaube auch, daß die Anzeichen der Infektion da sind. Aber schau dir diese Beulen an. Sie fangen erst an, sich aufzulösen. Ich bin sicher kein Experte, aber ich glaube einfach nicht, daß dieses Stadium der Krankheit tödlich ist.«

Dagegen konnte Janie nichts sagen; er sah aus, als sei er vor seinem Tod krank gewesen, aber nicht tödlich krank. Die Möglichkeit allerdings, daß Ted aus irgendeinem anderen Grund gestorben war, mochte sie gar nicht in Erwägung ziehen; statt die Dinge zu vereinfachen, machte sie ihre Situation noch komplizierter.

»Die Sache wird sehr verwirrend«, sagte sie. »Er ist tot. Sie ist nicht da. Nebenan im Kühlschrank ist die Pest. Wir wissen mit Sicherheit, daß Caroline damit umgegangen ist; bei Ted könnte es möglich sein. Das Bakterium war im Labor, und er auch. Ich weiß nicht, was jetzt zu tun ist.«

Wie gut kannte sie Caroline denn überhaupt? *Hätte sie das tun können?* fragte sich Janie. In ihrem Zimmer lag unbestreitbar ein toter Mann, und Caroline war nirgends zu finden. Solange sie sie nicht fanden, würden sie nicht sicher wissen, was passiert war. Janie wußte, daß sie und Caroline sehr viel mehr Zeit in England verbringen würden als ursprünglich geplant, wenn es um die Frage eines ungesetzlichen Todesfalles ging, und auf einmal fühlte sich ihr Magen sehr gespannt und nervös an.

Sie sah sich im Zimmer nach etwas um, das sie von dem Gedanken hätte abbringen können, Teds Tod könne kriminelle Aspekte bergen. »Mir springt nichts ins Auge, was *›Beweis‹* schreien würde«, sagte sie. »Ich bin nicht einmal sicher, wonach ich überhaupt suchen sollte. Und ich *studiere* dieses Zeug.« Sie ging ins Badezimmer, wo sie Carolines Nachthemd auf dem Fußboden, die Toilettenbrille hochgeklappt und ringsum Spritzer auf dem Boden sah. Sie konnte den Stoff des Nachthemds durch die Handschuhe zwar nicht fühlen, merkte aber am Gewicht, daß es mit Schweiß vollgesaugt war.

Sie ging ins Zimmer zurück und zeigte Bruce das Nachthemd. »Das habe ich im Bad auf dem Fußboden gefunden. Es ist tropfnaß. Ich frage mich, ob sie auch krank war.«

Sie faltete das Nachthemd ordentlich zusammen und legte es auf die Kommode. Aus dem Augenwinkel bemerkte sie den Kühlschrank. Sie sah ihn genauer an.

»Jemand hat die Kühlschranktür offengelassen«, sagte sie. Sie schaute in das kleine Gerät. »Und alles ist durcheinander. Jemand hat etwas gesucht.«

Doch Bruce hatte neben dem Bett selbst eine Entdeckung gemacht. Er hatte Teds Taschen durchsucht und eine der Ampullen gefunden.

Er stand auf und zeigte sie Janie. »Janie, sieh dir das an. Das ist Tetrazyklin.«

Sie blickte auf die Leiche nieder. »Offensichtlich hat es nicht gewirkt«, sagte sie. »Und wo ist die Spritze? Warum hatte er Tetrazyklin bei sich ohne ein Mittel, es anzuwenden?«

»Ich weiß nicht«, sagte Bruce. »Vielleicht liegt sie hier irgendwo herum.«

Sie schauten auf dem Fußboden nach und durchsuchten die Papierkörbe, aber sie sahen nichts Verdächtiges.

»Vielleicht liegt er darauf«, sagte Janie. Sie beugte sich nieder und schob beide Hände unter Teds Körper. »Hilf mir. Drehen wir ihn um.«

»Sollen wir ihn denn bewegen? Was ist, wenn wir dabei Beweismittel zerstören?«

»Was ist, wenn wir Beweismittel *nicht* finden, weil wir ihn *nicht* bewegen?« Ihre Stimme klang verzweifelt. »Wir können ihn ja wieder zurücklegen, wenn wir unter ihn geschaut haben.«

Widerstrebend half Bruce; sie drehten die Leiche, die allmählich starr wurde, auf die Seite, und darunter fanden sie die Spritze und eine weitere Ampulle. Janie zog die beiden Gegenstände mit einer Hand unter der Leiche hervor und achtete darauf, sie nicht mehr als unbedingt notwendig zu berühren. Ted war schwer, und beide schwitzten beinahe, als sie den Körper wieder in seine ursprüngliche Lage gebracht hatten.

Bruce gab Janie die noch teilweise gefüllte Ampulle mit Tetrazyklin und hob dann die andere auf, die fast leer war. »Schau dir das an.«

Sie las das Etikett auf der Ampulle und stieß einen langen, leisen Pfiff aus. »Damit könnte man einen ganzen Trupp Pfadfinder für ein oder zwei Tage in sehr süße Träume versetzen...«

An der Ampulle, die er Janie gegeben hatten, klebte ein einzelnes langes, rotes Haar, das offensichtlich von Caroline war.

Janie setzte sich auf das Bett und bedachte alles, was sie wußten. Ihr Kopf schmerzte, und sie rieb sich die Stirn. Sie ignorierte das Kopfweh und ging die Beweismittel durch, indem sie sie laut aufzählte. »Wir haben eine Leiche, die krank aussieht, aber nicht krank genug war, um an dieser Krankheit gestorben zu sein, und die keine sichtbaren Zeichen einer tödlichen Verletzung aufweist. Wir haben eine vermißte und möglicherweise kranke Frau. Wir haben eine halbvolle Ampulle mit einem Antibiotikum und eine fast leere Ampulle eines Beruhigungsmittels. Wir haben eine Spritze.«

»Mit anderen Worten, wir haben überhaupt nichts, was einen Sinn ergibt.«

»Eine Sache ist mir klar«, sagte sie. »Was immer hier passierte, wurde von Ted in die Wege geleitet.«

Bruce fing fast sofort an, Ted zu verteidigen. »Janie, wie kannst du so etwas sagen! Wir können nicht feststellen, wer hier was getan hat.«

»Komm schon, Bruce, denk doch mal nach! Wie sollte sie an diese Medikamten *herangekommen* sein? Sie hat keinen Zugang zu solchem Zeug. Am Flughafen haben sie mir sogar mein *Aspirin* weggenommen, um es laut und deutlich zu sagen!«

Es ist wahr, dachte Bruce. *Ted kann einfach in die medizinische Abteilung des Instituts gehen und sich nehmen, was immer er will, solange er nicht allzu habgierig ist…*

»Ich wohnte Tür an Tür mit ihr, wir haben zusammen gearbeitet«, fuhr Janie fort, und ihre Stimme wurde lauter und schrill, »und ich kann dir sagen, wie untypisch das für sie wäre. Sie ist beinahe erschreckend normal.« Sie nahm die Ampulle mit dem Beruhigungsmittel aus Bruces Hand. »Das ist ein äußerst schwer zugängliches Medikament! Sie hat keine Möglichkeit, an so etwas heranzukommen.« Sie hielt sie Bruce vor die Nase. »Und die Ampulle ist beinahe leer. Du kannst mir nicht erzählen, daß sie all das geplant, sich das Zeug beschafft, es benutzt und sich dann davongemacht hat!«

Sie nahm das durchnäßte Nachthemd in die Hand. »Und wenn du Beweise willst, sieh dir das an.« Sie warf es ihm zu; er griff daneben. »Vielleicht hat Ted gewußt, daß sie krank war. Vielleicht hatte er etwas damit zu tun. Vielleicht hat er sie sediert, und *das* ist der Grund, warum sie nicht ans Telefon ging.«

Sie sah den ungläubigen Ausdruck auf Bruces Gesicht. »Und wo ist sie dann jetzt?«

»*Ich weiß es nicht!* Sie könnte überall sein. Aber wenn ich aus einem Drogenschlaf aufwachen und einen toten Mann in meinem Zimmer finden würde, dann würde ich so schnell wie möglich verschwinden.«

»Schon gut, schon gut«, sagte Bruce, »vielleicht hast du ja recht. Vielleicht gibt es hier mehr, als wir sehen. Aber es ist alles so unvorstellbar.» Angewidert warf er die Hände hoch. »Ich habe nicht die leiseste Ahnung, was wir jetzt tun sollen.«

»Ich denke, als erstes sollten wir dieses Zimmer verlassen. Ich kann bei dem Gestank nicht denken. Ich kriege Kopfschmerzen davon.« Sie dachte an das Ibuprofen in der Spitze von Carolines Schuh und ging zum Schrank. Sie öffnete die Tür und sah vier ordentlich aufgereihte Paar Schuhe auf dem Boden stehen. Während sie eines nach dem anderen durchsuchte, kam ihr ein seltsamer Gedanke. Sie fand das Ibuprofen und richtete sich wieder auf.

»Wenn Caroline abgehauen ist, dann ist sie ohne Schuhe abgehauen. Ich erinnere mich, sie hat gesagt, daß sie vier Paar Schuhe mitgebracht hat. Hier im Schrank stehen vier Paar Schuhe. Und sie hatte keine Zeit, sich neue zu kaufen, also stand sie entweder unter Drogen oder war im Delirium. Vielleicht beides«, sagte sie.

Sie nahmen ihre »Beweisstücke« mit und kehrten in Janies Zimmer zurück. »Mir dreht sich der Kopf«, sagte sie. »Es gibt einfach zu viele Möglichkeiten. Aber meine Hauptsorge gilt Caroline. Vermutlich wandert sie in einem halb bewußtlosen Zustand da draußen herum, entweder weil sie krank ist oder weil das, was passiert ist, ihr einen Schock versetzt hat. Wir müssen sie finden, wie auch immer.«

Bruce sah verwirrt aus. »Du hast recht«, sagte er, »aber London ist eine ziemlich große Stadt, Janie. Wir werden Hilfe brauchen. Und wenn sie die Pest hat, dann ist sie vermutlich unglaublich ansteckend. Pest ist ein Biostörfall der Klasse 4. Wir müssen Biopol anrufen.«

»Wenn es Klasse 4 ist, dann werden sie sie erschießen, wenn sie Widerstand zu leisten versucht, das weißt du. Vermutlich hat sie nicht die leiseste Ahnung, was mit ihr los ist. Sie *wird* sich wehren, das kann ich dir versichern. Und wir wissen nicht, ob sie die Pest hat oder nicht. Die Möglichkeit besteht sicher, aber bei aller Phantasie, wir wissen es nicht mit Bestimmtheit. Wenn wir die Biocops alarmieren, werden die vermutlich von der Annahme ausgehen, daß sie die Pest hat, und sich erst hinterher Gedanken machen. Wir *können* es keinem sagen.«

Bruce sah schockiert aus. »Was meinst du damit, wir *können* es keinem sagen? Wir *müssen* es Biopol sagen. Wenn wir den Verdacht haben, daß in London die Beulenpest ausgebrochen ist, wenn auch nur die leiseste Möglichkeit besteht, daß es so ist, dann haben wir überhaupt keine Wahl!«

Er wollte zum Telefon gehen. Janie trat ihm in den Weg.

»Bruce, bitte, wir könnten uns irren… sie würden sie umbringen… das können wir nicht zulassen, wenn sie keine Bedrohung ist…«

Seine Hand lag auf dem Hörer. »Das ist das Problem, Janie. Wir *wissen nicht*, ob sie eine Bedrohung ist. Ich glaube nicht, daß es unvernünftig wäre, in so einer Situation das Schlimmste anzunehmen! Denk daran, was in Amerika passiert ist, als bei den Ausbrüchen vernünftige Annahmen ignoriert worden sind…«

»Das war etwas *anderes*!«

»*Inwiefern* war das anders? Es war eine ansteckende Krankheit mit kurzer Inkubationszeit…«

Während des folgenden angespannten Wortwechsels blieb Bruces Hand auf dem Telefonhörer liegen. Endlich sagte Janie: »Bruce, bitte; ich flehe dich an. *Bitte*, tu's nicht.«

»Janie, ich bin im öffentlichen Dienst in einer verantwortlichen Stellung, und ich habe Informationen, die mich zu der Annahme veranlassen, daß die Öffentlichkeit gefährdet ist. Was *soll* ich denn deiner Meinung nach tun?«

»Schau«, sagte sie hektisch, »wir können uns Gewißheit verschaffen. Wir haben Material, das wir testen können. Wir haben Zugang zu einem der besten Labors in England, und wir können jetzt sofort hingehen und es blitzschnell machen... und dann wissen wir *Bescheid*! Wir sind nicht mehr auf Vermutungen angewiesen.«

»Das dauert zu lange. Man müßte sich sofort um die Sache kümmern.«

»Es dauert doch höchstens ein oder zwei Stunden! Bruce, hör mir zu!« Sie nahm das Nachthemd auf und hielt es ihm hin. »Wenn wir auf diesem Nachthemd *Yersinia pestis* finden, rufen wir auf der Stelle Biopol. Ich werde keine Einwände erheben. Ich möchte bloß nicht, daß Caroline grundlos inhaftiert wird. Sie könnten sie *erschießen*, mein Gott... bitte, denk doch bloß darüber nach, bevor du irgendwas tust, was ihr Schaden zufügen könnte.«

Endlich schmolz sein eiserner Widerstand gegen ihren Plan. »Also gut«, sagte er. »Aber ich muß dir sagen, daß ich wirklich dagegen bin... wenn sich auf ihrem Nachthemd Bakterien finden, rufen wir sofort an.«

»Einverstanden«, sagte Janie erleichtert. *So gewinne ich etwas Zeit,* dachte sie ängstlich. *Aber was ist, wenn es voller Bakterien steckt? Was dann?*

Sie wußte es nicht. Der Gedanke, daß es keine Bakterien enthalten mochte, war auch nicht verlockender.

»Bevor wir gehen«, sagte Bruce, »müssen wir sicherstellen, daß niemand das andere Zimmer betritt. Und wir müssen dieses Stück Stoff aus dem Kühlschrank in *diesem* Zimmer entfernen. Wir können nicht das Risiko eingehen, daß jemand vom Personal es in die Finger bekommt.«

Er ging zum Kühlschrank und öffnete ihn, indem er die Tür mit dem Ellbogen aufstieß. In der Mitte eines Drahtrostes lag der Stoffkreis, in Plastik gewickelt. Er nahm ihn vorsichtig heraus und achtete dabei sehr darauf, den Rost selbst mit seinen potentiell verpesteten Händen nicht zu berühren. Janie nahm einen dicht verschließbaren Beutel für Bioproben aus ihrer Aktenmappe, und Bruce ließ den verpackten Stoff hineinfallen. Janie verpackte das Nachthemd in eine andere Plastiktüte.

Sie zog die Handschuhe aus, wobei sie das Innere nach außen drehte, und Bruce folgte ihrem Beispiel. Janie legte ihre auf ein Stück Papier. »Leg deine Handschuhe auch darauf«, sagte sie. »Ich werde sie verbrennen.«

»Gute Idee«, sagte er und tat es; sie wickelte das Papier um die kontaminierten Handschuhe und legte das ganze zerknitterte Päckchen in ein Wasserglas. Dann öffnete sie das Fenster und stellte das Glas auf das Fensterbrett. Mit einem Streichholz zündete sie das Papier an, das sofort Feuer fing und hell brannte.

Ohne Vorwarnung platzte das Glas unter der molekularen Belastung der plötzlichen Hitze; es zerbrach in zwei saubere Stücke, von denen eines vom Fensterbrett ins Zimmer fiel. Bruce sprang vor, um es aufzufangen, und bewies erstaunliche sportliche Fähigkeiten, indem er es tatsächlich mit der rechten Hand erwischte; dann schrie er: »Au!« Er ließ das heiße Glas auf den Teppich fallen; in der Mitte seiner Handfläche sah Janie eine halbmondförmige Verbrennung.

Sie eilte zu ihm und nahm seine Hand. »Bist du in Ordnung?« fragte sie ängstlich.

Er zog eine Grimasse. »Eigentlich nicht!« sagte er mit zusammengebissenen Zähnen. »Es tut blödsinnig weh.«

Sie sah nach, um sicher zu sein, daß das Feuer von selbst ausgegangen war und nichts anderes angebrannt war, als das Glas fiel. »Komm ins Bad und laß kaltes Wasser über die Hand laufen«, sagte sie zu Bruce.

Die Verbrennung war rot und heiß, und Janie wußte, daß sie noch mehr schmerzen würde, wenn der anfängliche Schock verging. Sie säuberte und bandagierte sie, so gut sie konnte, nahm dann einen weiteren Latexhandschuh aus ihrer Aktenmappe und zog ihn über den Verband.

»Setz dich für ein paar Augenblicke hin«, sagte sie, und er gehorchte ohne Widerstand. »Ich will bloß unten anrufen.« Sie nahm den Hörer ab und tippte die Nummer des Empfangs ein. Während er gegen den Schmerz seiner verbrannten Hand ankämpfte, hörte Bruce sie sagen: »Hier ist Caroline Porter aus Zimmer 608. Ich möchte darum bitten, daß das Reinigungspersonal mein Zimmer für eine Weile nicht betritt. Ich habe hier Forschungsunterlagen herumliegen und möchte nicht, daß jemand sie durcheinanderbringt. Ich werde das BITTE-NICHT-STÖREN-Schild an den Türgriff hängen.« Der Angestellte am Empfang sagte etwas, das Bruce nicht hören konnte, und dann sagte Janie: »Vielen Dank.« Sie legte auf.

»Okay«, sagte sie und schob rasch den Stoff und Carolines Nachthemd in ihre Aktenmappe. »Laß uns gehen.«

»Es gibt da ein kleines Problem«, sagte Bruce.

»Was denn?« sagte Janie. »Wir haben an alles gedacht. Das Zimmer, die Stoffprobe...«

»Das meine ich nicht«, sagte Bruce, noch immer mit schmerzverzerrtem Gesicht. »Wir werden nicht ins Labor kommen.«

»Warum nicht?« Janie kreischte beinahe. Ihr Plan würde mißlingen; sie fühlte es kommen.

»Ich brauche meine rechte Hand, um die Labortür zu öffnen. Mit dieser Verbrennung wird sie nicht erkannt. Ted und Frank sind –« er hielt inne und korrigierte sich – »*waren* die einzigen anderen mit unbeschränktem Zutritt. Wir werden einen Wachmann holen müssen, um uns die Tür zu öffnen.«

»Wollen wir denn, daß ein Wachmann uns da reingehen sieht?«

»Ich glaube, wir haben keine andere Wahl.«

Sie spürte, wie sich alles auflöste. Dann kam ihr eine Idee; es überraschte sie selbst, daß ihr das eingefallen war.

»Wir werden Ted mitnehmen«, sagte sie.

»Komm schon, Janie, das ist nicht die Zeit für Scherze. Wie sollen wir das machen?«

»Ich war Chirurgin, erinnerst du dich? Wir werden nur den Teil nehmen, den wir brauchen.«

Ehe Bruce sich noch genug erholen konnte, um etwas zu sagen, suchte sie in ihrer Mappe nach einem Messer.

Sie ließ ihn mit offenen Mund zurück und ging, um das zu tun, was sie am besten konnte; sie dachte daran, wie gut es sich anfühlen würde, wieder etwas in der Hand zu haben, das einem Skalpell ähnelte.

Sie konnten nichts tun, um den üblen Geruch von Teds Hand ganz zu überdecken, und um das Glück voll zu machen, das sie an diesem Tag hatten, war der Londoner Verkehr ein einziger Stau, als Janie und Bruce aus der Hotelhalle eilten.

Während sie zur nächsten Station der Untergrundbahn liefen, öffnete der Himmel seine Schleusen, und sie schafften es gerade noch, einen abfahrenden Zug zu erwischen. Er war voll mit tropfnassen Pendlern auf dem Heimweg, und es gab keinen Sitzplatz. Der durchdringende Geruch von nasser Wolle stieg ringsum von tropfenden Mänteln auf, doch zwangsläufig fingen die Leute bald an, sich etwas von Janie und Bruce zu entfernen, deren versteckte Fracht wesentlich intensiver roch.

Zu Beginn der Fahrt standen sie und hielten sich an den Schlaufen über ihren Köpfen fest, um nicht zu fallen; sie schwankten hin und her, als der Zug den Bahnhof verließ und schneller wurde. Als die Fahrt dann glatter verlief, ließ der Adrenalinstoß nach, und der Schock setzte ein. Ein betäubendes Angstgefühl ergriff Janie, und sie biß sich auf die Lippen, um die Tränen zurückzuhalten; mit feuchten Augen schaute sie zu Bruce auf und sah, daß er sie anstarrte, ebenfalls mit entsetzter Miene, als dächte er: *Mein Gott, was haben wir getan.*

Sie schaute auf die Aktenmappe nieder. *Da drin ist eine abgeschnittene Hand,* dachte sie, *eine Hand, die ich grüßend geschüttelt habe... eine Hand, die ich über das Haar ihres früheren Besitzers habe streichen sehen, kein Plastikgegenstand zur medizinischen Ausbildung, sondern eine echte menschliche Hand, die ein oder zwei Grußkarten zum Muttertag unterschrieben hat...*

Endlich wurde ein Sitzplatz frei, und Janie ließ sich müde darauf nieder, sie zitterte vor Entsetzen über ihre eigenen Gedanken. Die Aktentasche hatte sie neben Bruces Füßen auf dem Boden stehen lassen. Sie sah zu ihm auf, begegnete erneut seinem Blick und nickte fast unmerklich in Richtung Tasche, damit er darauf aufpaßte. Er nickte zustimmend.

Der Zug raste und kam dem Institut näher und näher; nur noch ein paar Haltestellen, dann hatten sie es erreicht. Bruces Hand pochte von der Verbrennung, und einen kurzen Augenblick gab er dem Schmerz nach und schloß die Augen. Ein junger einheimischer Ganove brauchte nicht lange, bis er merkte, daß die Tasche unbewacht war. Der Teenager stand auf und trat näher an Bruce heran, als der Zug sich einem Bahnhof näherte; nervös sah er sich um, ob ihn jemand beobachtete. Seine Nase war vom Schnupfen diverser weißer Pulver viel zu abgestumpft, als daß er den üblen Geruch bemerkt hätte, der von der Aktentasche aufstieg, und als sich die Gelegenheit bot, während der Zug zum Halten kam, schnappte er den Ledergriff der Tasche und sprang auf die offene Tür zu.

Als sie den Jungen, die Tasche und ihren toxischen Inhalt ins Freie fliehen sah, spürte Janie vor Angst bittere Gallenflüssigkeit in ihre Kehle aufsteigen. Ihr Herz raste, als Adrenalin durch ihr Blut strömte. Sie sprang auf und rannte hinterher; sie rief Bruce etwas zu, als sie den Zug verließ; er wurde plötzlich aufmerksam und lief ihr nach; er konnte gerade noch aus dem Zug springen, ehe die Tür sich schloß und der Waggon wieder anfuhr. Der Dieb sprang über die Sperre wie über eine Hürde auf einer Rennbahn, und Bruce starrte ehrfürchtig hinterher, als seine nicht mehr ganz junge Gefährtin genau dasselbe tat und bei der wilden Verfolgung nicht eine einzige Stufe verfehlte.

Sie konnte sich nicht die Zeit nehmen, um sich umzudrehen, aber Janie spürte, daß Bruce an Boden verlor und zurückfiel. Plötzlich fühlte sie sich schrecklich verwundbar und klein. *Ich kann jetzt nicht stehenbleiben,* dachte sie mit wachsendem Entsetzen. *Entweder fasse ich diesen Jungen allein oder überhaupt nicht.*

Drei Meilen täglich in den letzten zehn Jahren... das zahlt sich jetzt aus... Sie befahl sich, schneller zu laufen, und zwang ihre Beine, sich rascher zu bewegen. Trotz ihrer Fitneß war sie dem leichtfüßigen jungen Mann nicht gewachsen, den sie verfolgte. Janie wußte, daß sie bald außer Puste sein würde, aber sie wagte es nicht, um Hilfe zu rufen, da sie fürchtete, dann unter Umständen einem Biocop erklären zu müssen, warum die Tasche, die er für sie zurückgeholt hatte, eine abgeschnittene, pestverseuchte Hand enthielt. Oder warum sie trotz der offensichtlichen Gefahr den Dieb so hartnäckig verfolgt hatte. Entsetzt sah sie, während ihre Füße in zum Rennen ungeeigneten Schuhen über das Kopfsteinpflaster trabten, daß der Abstand zwischen ihr und dem Jungen größer wurde. Er war der Meister dieses Spiels und eindeutig in seinem Element, und Janie wußte, wenn nicht bald etwas Unerwartetes passierte, würde er das Rennen mit Sicherheit gewinnen.

Er bog um eine Ecke, und sie folgte ihm, hoffte, daß es nicht seine Wohngegend war, wo es Verstecke gab, die nur er und ein paar andere Anwohner kannten. Sie verlor ihn, sie wußte es. *Yersinia pestis* würde sich tatsächlich in London frei bewegen, wie Bruce es befürchtet hatte. Zweifellos würde der Dieb die Tasche wegwerfen, sobald er die versiegelte Plastiktüte öffnete und ihren grausigen Inhalt sah, unbekümmert darum, wo sie landen mochte. Bald würden Fliegen und Ratten kommen, und dann wäre es nur noch eine Frage der Zeit, bis Ratten ihre infizierten Fliegen durch die Stadt trugen, und die Geschichte würde sich wiederholen.

Wer nicht aus der Geschichte lernt… dachte sie bei sich, während sie weiterrannte, ist dazu ausersehen, sie zu wiederholen. Überall werden bald wieder Zustände wie im Mittelalter herrschen.

Sie kämpfte gegen den stechenden Schmerz in ihren Beinen an und versuchte, sich auf schnelleres Laufen zu konzentrieren, aber das einzige, was ihr einfiel, war die vage Erinnerung an einen Drang, diesen kleinen Stoffkreis zu nehmen und in Ruhe zu lassen, als sie sich im Labor mit Frank anschickten, ihn zu untersuchen. Dieser schicksalhafte Tag, der weniger als eine Woche zurücklag, schien ihr eine Ewigkeit entfernt.

Sie war vollkommen außer Atem; ihre Kehle schrie nach Wasser, und das Pochen ihres Herzens übertönte beinahe den Schrei des Diebs, als dieser irgendwo vor ihr mit einem unangenehmen Plumps auf das Kopfsteinpflaster stürzte. Stimmen wurden laut, und sie sah mehrere Leute über den gestürzten Dieb gebeugt; einer hielt das spitze Ende eines Spazierstocks, dessen Krücke um den Fußknöchel des Jungen geschlungen war. Janie machte ein paar Schritte auf die Leute zu und beugte sich dann einen Augenblick nach vorn, die Hände auf die Knie gestützt; sie rang nach Luft, als täte sie ihren letzten Atemzug.

Zwischen dem Keuchen gelang es ihr, ein »Danke« zu hauchen. Sie nahm ihre Tasche und taumelte durch die Gasse zurück; sie ließ eine sehr verwunderte Menschenansammlung hinter sich, lauter Helden, die sich nicht genügend gepriesen fühlten.

Gerade war sie wieder um die Ecke zur Hauptstraße gebogen, als sie fast gegen Bruce prallte. Er umarmte sie freudig, als er die Tasche in ihrer Hand sah, denn er wußte, was hätte passieren können, wenn sie sie nicht zurückbekommen hätte. Zusammen standen sie im Regen, Janie zitternd und keuchend, Bruce mit den Armen um sie, und ließen das kalte Wasser an sich ablaufen.

Ein paar Minuten später gelang es ihnen, ein Taxi anzuhalten, und als sie drinnen waren, hingen beide reglos und erschöpft von der Verfolgungsjagd auf den Rücksitzen. Als Janie sich wieder etwas gefaßt hatte, lockerte sie ihren Klammergriff um die Tasche und stellte sie auf den Boden des Taxis. Sie streckte die Hand aus und nahm sanft Bruces verletzte Hand; er wehrte sich nicht. Schweigend fuhren sie dahin, bis vor der Windschutzscheibe des Taxis die verzierte Fassade des Instituts auftauchte. Bruce bezahlte, gab dem Fahrer ein viel zu großes Trinkgeld, und schweigend standen sie zusammen und schauten ein paar Minuten den abweisenden Eingang an, bevor einer von ihnen etwas sagte.

Endlich brach Bruce das Schweigen. »Du oder ich?«

Janie antwortete: »Das mußt du machen. Wenn mich jemand sieht, wie ich versuche, mit einem Abdruck meiner Hand das Labor zu öffnen, weiß er, daß etwas nicht stimmt.«

Bruces Magen zog sich zu einem Knoten zusammen, als er sich vorstellte, wie er Ted Cummings' abgetrennte Hand auf den Schirm vor der Labortür drückte. Sie traten auf eine Seite des Eingangswegs zwischen zwei Bäumen und wandten der Straße den Rücken zu, was ihnen etwas Abgeschiedenheit brachte. Janie nahm ein weiteres Paar Wegwerfhandschuhe aus der Tasche und half Bruce, sie anzuziehen. Er öffnete die Aktenmappe und nahm den weißen Plastikbeutel heraus, und während er ihn hielt, schlitzte Janie ihn mit ihrem Messer auf. Teds Hand war ausgeblutet und völlig weiß. Sie bildete einen starken Kontrast zu Bruces rötlicher Haut.

»Steck die andere Hand besser in die Tasche, damit keiner sieht, daß du Handschuhe trägst«, sagte Janie. »Das wirkt ein bißchen verdächtig. Ich öffne die Tür für dich, wenn wir reingehen.« Sie sah ihm direkt in die Augen. »Fertig?«

Er nickte bejahend, aber Janie sah die Angst und den Ekel in seinem nüchternen Gesichtsausdruck. Bruce faßte das tote Ding mit seiner behandschuhten, verletzten Hand. Er senkte die Schulter und ließ seinen Jackenärmel tiefer rutschen in der Hoffnung, daß jemand, der ihn aus der Ferne sah, denken würde, die aus dem Ärmel hängende Hand sei seine eigene.

Janie schloß die Aktenmappe und nahm sie auf. Sie gingen die Treppe hinauf und versuchten, so unbekümmert wie möglich auszusehen. Sie hielt Bruce die Tür auf, und zusammen betraten sie das Gebäude.

Rasch gingen sie durch die Korridore, eine zufällige Begegnung fürchtend, doch zum Glück sahen sie niemanden. Janie dachte, sie hätten jetzt endlich einmal mehr Glück. Nach drei Ecken und drei langen Gängen konnten sie das Labor schon sehen.

Vielleicht zehn Meter vor ihnen bog ein Wachmann um die Ecke, als sie sich dem Labor näherten. Er blieb stehen und schaute, wer da kam. Janie bemerkte, wie er die Augen zusammenkniff und in ihre Richtung kam, doch nach ein paar Schritten hielt er inne, und seine Bewegungen wurden entspannter. Er winkte mit der Hand und sagte: »Ach, guten Abend, Dr. Ransom. Ich habe Sie so naß zuerst gar nicht erkannt. Verdammtes Scheißwetter, was?«

»Allerdings«, stimmte Bruce nervös zu.

»Schön, daß Sie wieder da sind. Wie war Ihre Reise?«

Janie flüsterte Bruce zu: »Du mußt ihm antworten.«

Bruce, dem von Sekunde zu Sekunde übler wurde, packte Ted Cummings' Hand fester. Er lächelte dünn und sagte: »Sehr interessant; ich wünschte, ich käme *öfter* mal für ein paar Tage hier raus.« Der Wachmann, zufrieden, daß alles in Ordnung war, lachte und stimmte ihm zu. Dann drehte er sich um und ging, um seine Runden durch die Korridore in der anderen Richtung fortzusetzen.

Sie sahen ihm nach, bis er verschwunden war. Zitternd und angeekelt hob Ted die tote Hand und drückte sie auf den Schirm des Lesegeräts. Er wartete ein paar Sekunden auf das grüne Licht, doch der Indikator blieb dunkel. Er versuchte es nochmals, doch die Hand war starr geworden und ließ sich nicht flach genug auf die gläserne Oberfläche pressen, um erfolgreich identifiziert zu werden. Nach mehreren erfolglosen Versuchen nahm Bruce schließlich seine zweite behandschuhte Hand zu Hilfe und drückte die verwesende Hand mit Gewalt flach. Das grüne Licht leuchtete auf. Sie eilten durch die Tür und sperrten sie hinter sich ab.

Sie steckten die Hand wieder in ihre Plastiktüte, und Janie legte sie auf den Boden hinter der Tür; bevor sie gingen, wollte sie sie in einen Biosafe-Container werfen. Während Bruce im Labor seine Latex-Handschuhe abstreifte, begann das Handlesegerät an der Wand draußen mit seiner Reinigungsroutine; es schickte einen elektrischen Strom über die Glasfläche und führte dann ein diagnostisches Scannen durch, um festzustellen, ob sich noch irgendwelche lebenden Bakterien darauf befanden. Nach einem Warnton würde es diese Prozedur so lange wiederholen, bis auf der Fläche keine lebenden Zellen mehr zu entdecken waren; jede Wiederholung dauerte ungefähr eine Minute.

Zwanzig Minuten nachdem Bruce und Janie das Labor betreten hatte, war das Lesegerät noch immer dabei, sich zu reinigen, und gab Pieptöne von sich. Der Wachmann war zu weit entfernt, um die beunruhigenden Wiederholungen zu hören, und Janie und Bruce hörten nichts in ihrem gut abgeschirmten High-Tech-Raum.

Bruce fluchte, während er auf den leeren Computerbildschirm tippte. »Da ist nichts drin. Keiner zu Hause. Jemand muß die Speicherungen vollständig gelöscht haben.«

»Allmählich wird es zu seltsam«, sagte Janie. »Gibt es hier irgendwelche anderen Systeme, die wir benutzen können?«

»Nicht mit der gleichen Programmierung. Die zwei hier sind die einzigen, die auf solche Identifikationsvorgänge eingerichtet sind, wie wir sie brauchen.«

»Können wir in eines der anderen Labors gehen und dasselbe machen?«

Bruce seufzte. »Das können wir«, sagte er, »aber es wird zu lange dauern, von denen zu bekommen, was wir brauchen. Am hinteren Ende des Labors gibt es noch ein Gerät, nicht so raffiniert wie dieses, aber für die Art Vergleich, die wir brauchen, wird es ausreichen.« Er stand vom Stuhl auf und ging in die entsprechende Richtung. »Komm mit«, sagte er.

Sie folgte ihm, und er führte sie zu einer Bank voller Mikroskope; er wählte ein stereoskopisches Gerät, das zwei Bilder gleichzeitig zeigen konnte. Er legte den Stoffkreis auf eine Seite und ein abgeschnittenes Stück von dem Nachthemd auf die andere; dann stellte er die Beleuchtung an und fing an, die Vergrößerung zu verstärken. Als Einzelheiten der Stoffprobe sichtbar wurden, stellte er die Bilder schärfer ein.

Auf der Oberfläche des Stoffkreises befanden sich buchstäblich Tausende von Mikroben. Einige waren offensichtlich lebendig, bebten und zitterten und teilten sich, während er sie betrachtete, doch viele andere waren tot, hatten sich nach wiederholter Vermehrung verbrannt. Bruce schauderte bei dem Gedanken, daß die Hand, die in einem Plastikbeutel auf dem Laborboden lag, vermutlich von Millionen derselben Mikroben wimmelte und biologische Toxine verströmte, während die winzigen Kreaturen ihren streng geregelten Lebenszyklus durchliefen, sich exponentiell vermehrten und dann in giftigen Massen verstarben, wenn vom Wirt nichts mehr zum Verschlingen übrig war.

Janie stellte die Abbildung der Stoffprobe von dem Nachthemd auf die gleiche Vergrößerung ein und erhöhte die Schärfe.

Zuerst war nichts zu erkennen, und sie begann zu hoffen, daß der Anruf bei Biopol nicht nötig sein würde. Aber das könnte bedeuten, daß Caroline Ted etwas Schreckliches angetan hatte.

Doch sie mußte es wissen. Hartnäckig schob sie das Stück Stoff unter dem Mikroskop hin und her; die Unsicherheit quälte sie mit jedem weiteren Zentimeter Stoff, den sie untersuchte, immer mehr. Sie war nicht sicher, was sie erhoffen sollte; was sie sich wirklich wünschte, war Zeit, genug Zeit, um sorgfältiger über die Situation nachzudenken, um sich selbst auf die Suche nach Caroline zu machen. Einige Minuten lang war nichts weiter sichtbar als lauter Baumwollfasern, und die Chance, Zeit zu gewinnen, rückte in greifbare Nähe. Schließlich schoben sich ein paar Zellen ins Bild, dann noch ein paar, und schließlich war das Feld voll mit verstreuten Zellen. Janie verglich die Mikroben auf beiden Schirmen. Nachdem sie einige Male hin und her geschaut hatte, sagte sie zu Bruce: »Schau dir das an. Ich bin ziemlich sicher, daß es dieselben sind.«

»Laß mich mal sehen«, sagte Bruce. Auch er schaute mehrmals zwischen den beiden Abbildungen hin und her. Schließlich sagte er: »Ich glaube, du hast recht.«

Janie seufzte. *Jetzt kommt der Moment, wo ich verflucht bin, wenn ich es tue, und auch verflucht, wenn ich es nicht tue,* dachte sie traurig. »Caroline war wahrscheinlich krank, aber Ted hat ihr wahrscheinlich Medikamente gespritzt. Sieht aus, als würde keiner gewinnen«, sagte sie.

Ihre Blicke trafen sich. Jeder wartete darauf, daß dem anderen eine bessere Lösung für ihr Dilemma einfiel. Ein paar Sekunden herrschte Schweigen.

»Ich rufe an«, sagte Bruce müde und ging auf das nächste Telefon zu.

19

Alejandro wischte den Speichel aus Kates Mundwinkeln und den Schweiß von ihrer Stirn. Er nahm eine Schale mit Haferschleim vom Nachttisch und tauchte einen Löffel hinein. Für ihn sah er wenig appetitanregend aus, aber er wußte, er war eine milde Speise und gut verträglich, und seine kleine Patientin würde ihn wohl nicht wieder erbrechen, wie sie es mit so ziemlich allem getan hatte, was er ihr einzuflößen versuchte.

»Kate«, sagte er leise, »macht den Mund auf, Kind; Ihr müßt etwas essen, wenn wir Erfolg haben wollen. Ihr müßt ein wenig zu Kräften kommen...«

Doch die schmalen Lippen blieben hartnäckig geschlossen, also stellte er die Schale mit dem Löffel wieder auf den Tisch, stand auf und verließ das Zimmer.

Adele wartete in der Diele vor dem Zimmer, mit verzweifelter Miene die Hände ringend. »Nun?« sagte sie.

Alejandro nahm die Kräutermaske ab, als er aus dem Zimmer kam. »Sie hat seit drei Tagen fast nichts gegessen«, sagte er. »Drei Tage. Es ist ein Wunder, daß sie noch lebt.«

Mit hoffnungsvoller Stimme fragte Adele: »Also wirkt die Medizin vielleicht?«

»Vielleicht«, sagte er, »aber ich glaube, es ist noch zu früh, das zu sagen. Wie oft hast du das Stundenglas umgedreht, seit wir sie ihr zuletzt gegeben haben?«

»Es wird jetzt das vierte Mal werden.«

»Dann rufst du besser die anderen.«

Sie nickte, weil sie Angst vor dem hatte, was bald kommen würde, und wandte sich ab.

Alejandro zog sich die Maske wieder vor das Gesicht und ging ins Krankenzimmer zurück. »Vier Fingerknöchel und eine halbe Handvoll«, sagte er laut, während er das Pulver und die gelbe Flüssigkeit für Kates nächste Dosis mischte. Er rührte den dicklichen Brei, hielt dann den Löffel über die Schale und sah, wie ein dicker Faden der Mischung wieder in die Schale tropfte.

Adele kam mit einer Maske vor dem Gesicht ins Zimmer, und gleich darauf folgten die Haushälterin und der Verwalter, ebenso maskiert.

»Fertig?« sagte Alejandro.

Alle drei nickten.

»Gut, dann haltet sie fest.«

Die Haushälterin und der Verwalter hielten Kate jeweils an einem Arm und einer Schulter nieder, während Adele ihre Lippen aufzwang, indem sie fest gegen ihre Wangen drückte. Alejandro löffelte ihr die glitschige Mixtur in den Mund, stellte dann rasch die Schale ab und hielt Kate Mund und Nase zu.

Das Kind versuchte zu spucken und wehrte sich mit überraschender Kraft, wollte die unappetitliche Masse ausspeien; die Erwachsenen sprachen alle gleichzeitig auf Kate ein und versuchten, sie zu beruhigen, doch sie hörte nicht auf, sich herumzuwerfen.

»Schluckt doch, um Gottes willen!« rief der Arzt, während sie die Medizin hartnäckig im Mund behielt. Schließlich, als er sah, daß sie blau anzulaufen begann, befahl Alejandro den anderen, sie loszulassen. Kaum war sie dem Zugriff ihrer Peiniger entronnen, spie Kate die graugrüne Masse aus und beschmutzte ihr Bettzeug und ihr Nachthemd.

Niemand sprach; sie hatten dieses enttäuschende Ritual viele Male vollzogen, manchmal mit Erfolg, manchmal mit niederschmetterndem Mißerfolg. Die Haushälterin wollte das Zimmer verlassen, doch Alejandro hielt sie auf.

»Wartet«, sagte er.

»Ich gehe zum Schrank und hole frische Laken und ein neues Nachthemd«, sagte sie gedämpft hinter ihrer Maske hervor.

»Nein, wartet«, sagte er. »Wir werden es noch einmal versuchen. Diesmal mische ich es dünner, vielleicht wird sie es dann schlucken.« Er nahm die Schale und begann, die Zutaten abzumessen. »Diesmal versuchen wir es mit vier Knöcheln und einer ganzen Handvoll.«

»Wird es denn in dieser Zusammensetzung wirken?« fragte Adele.

»Ich habe keine Ahnung«, sagte Alejandro, »aber ich bin sicher, daß die Zusammensetzung, die wir jetzt verwenden, nutzlos ist, wenn wir sie nicht bewegen können, das scheußliche Zeug zu schlucken.«

Er mischte Pulver und Flüssigkeit, die diesmal dünn vom Löffel tropften. »Sie wird keine andere Wahl haben, als das zu schlucken«, sagte er.

Sie wiederholten das abscheuliche Ritual, und diesmal konnte Kate die Mischung nicht wieder von sich geben. Sobald Alejandro ihr Mund und Nase zuhielt, schluckte sie schwer und nahm so den ganzen Mundvoll auf einmal zu sich. Sie würgte und hustete, behielt die Medizin aber bei sich, und die umgebenden Erwachsenen jubelten und klatschten in die Hände.

Adele und Alejandro zogen ihr das beschmutzte Nachthemd aus, und während die Haushälterin das Bett frisch bezog, badeten sie Kate in einer Wanne mit warmem Wasser. Jeder Gedanke an Scham trat beiseite, als Alejandro sie untersuchte und nach Anzeichen einer Veränderung ihres Zustands Ausschau hielt.

Sorgfältig sah er sich Hals und Achselhöhlen an. »Die Schwellungen wirken nicht größer als vor zwei Tagen. Und sie haben sich auch nicht zu Eiterbeulen entwickelt«, sagte er. »Das ist ein hoffnungsvolles Zeichen.«

Doch am siebten Tag ihrer Behandlung, als der größte Teil der Medizin verbraucht war, mußte Alejandro sich eingestehen, daß die Möglichkeit eines Mißerfolgs bestand. »Sie hat sich nicht so gut erholt, wie ich gehofft hatte«, sagte er zu Adele. »Inzwischen hatte ich bessere Resultate erwartet.«

»Aber es hat einen Viertelmond gedauert«, sagte Adele, gegen seinen Pessimismus protestierend. »Ich habe viele in weniger als der halben Zeit sterben sehen.«

Er erinnerte sich an die Gardisten des Papstes, die mit ihm aus Avignon gekommen waren; einer hatte nach dem Ausbruch der Krankheit nur noch drei Tage gelebt. Er wußte, Kates Erkrankung verlief nicht mit der gleichen verheerenden Schnelligkeit und war auch nicht annähernd so schwer. Doch dieser schon fast wunderbare Erfolg stellte ihn dennoch nicht zufrieden. *Ich werde sie am Leben erhalten und gesund machen,* dachte er, *oder selbst bei dem Versuch umkommen.*

In dieser Nacht saß er neben ihrem Bett, als alle anderen schon längst gegangen waren, und hielt das sich langsam leerende Fläschchen mit gräulichem Pulver in der Hand, von dem Mutter Sarah ihm gesagt hatte, es sei »der Staub der Toten«.

Das Haar des Hundes, der dich gebissen hat, dachte er bei sich.

Unmittelbar nach diesem Gedanken richtete er sich auf und starrte das Fläschchen erneut an. *Das Haar des Hundes, der dich gebissen hat. Der Staub der Toten.* Ein und dasselbe! *Vielleicht enthält beides irgendeine unsichtbare Substanz mit der Macht, Ansteckung zu verhindern,* dachte er aufgeregt. Er verließ Kates Bett, suchte sein Buch der Weisheit und schrieb seine Gedanken nieder.

Dann nahm er sich die Zeit, noch einmal nachzulesen, was er nach der Beobachtung von Mutter Sarah aufgeschrieben hatte. *So seltsame Maße!* Ein »Fingerknöchel« von dem Pulver und eine »halbe Handvoll« von dem Wasser, in der Tat! Wenn es sich um einen Fingerknöchel von Adele und seine eigene Hand handelte, würde sich eine sehr andere Mischung ergeben als die, die er zuerst benutzt hatte. Und wenn es der Knöchel von Adeles kleinstem Finger war und die gewölbte Hand ihres Verwalters wäre, wäre die Mischung wieder anders. Die, die Mutter Sarah benutzt hatte, war nur teilweise erfolgreich gewesen.

Aber wenn es weniger Pulver ist und mehr Wasser, bedeutet das dann nicht logischerweise, daß die Medizin schwächer ist? fragte er sich. *Und gibt es keine Möglichkeit, dieser Schwäche entgegenzuwirken? Wenn man jemandem jetzt vier starke Dosen am Tag gibt, sind dann nicht vielleicht acht schwache Dosen genauso wirksam? Und warum nicht zehn oder zwölf oder noch mehr Dosen verabreichen?* Er richtete sich noch gerader auf. Seine Erregung wuchs, und er kritzelte fieberhaft in sein Buch. *Wahrhaftig,* dachte er bei sich, *das ist eine Nacht kühner Gedanken!* Sicherlich würde es Kate nichts schaden, dieselbe Substanz in sich aufzunehmen, aus der sie selbst bestand; wenn auch alle zivilisierten Gesellschaften die Praxis untersagten, Menschenfleisch zu essen, hatte der Jesus der Christen seinen Anhängern nicht seinen Leib gegeben?

Er nahm die Schale auf, in der Kates Medizin gemischt wurde. Ein kleiner Rest war noch darin. Er gab mehr von dem gelben Wasser und dann eine kleine Menge Pulver dazu, bis er eine dünne, wässrige Mischung erhielt. Er würde anfangen, ihr davon zu geben, wenn die Zeit für ihre nächste Dosis gekommen war.

Die Kleine wachte nur selten auf; ihr kleiner Körper war zusammengerollt wie der eines Säuglings, genau wie der ihrer Mutter kurz vor dem Ende. Ihre wachsamen Gefährten wuschen immer, wenn es nötig war, ihre Ausscheidungen weg und bezogen ihr Bett frisch. Manchmal zuckte sie, und Alejandro fragte sich, ob Carlos Alderon vielleicht auch einen Weg in Kates Träume gefunden hatte; es schien, als sei der Schmied es müde geworden, den Arzt heimzusuchen, vielleicht, weil er nicht mehr dessen volle Aufmerksamkeit erringen konnte, da nun Adele an seiner Seite war.

Doch nach und nach begann Alejandro, eine Besserung zu sehen; die Schwellungen an Kates Hals wurden kleiner und heller, und sie schlief friedlicher. Endlich, am dreizehnten Tag nach ihrer Erkrankung, schlug Kate die Augen auf, schaute sich um und sah Alejandro neben ihrem Bett schlafen, mit offenem Mund, den Kopf über der Rückenlehne des Stuhls hängend. Mit rissigen Lippen krächzte sie: »Doktor … Doktor …«

Alejandro erwachte mit einem Ruck und schüttelte den Kopf, um seine Sinne zu klären. Rasch setzte er seine Maske auf. Einen Augenblick lang war er nicht sicher, woher die leise Stimme gekommen war; war sie auch wieder ein Traum gewesen?

»Doktor«, sagte sie noch einmal.

Diesmal war der Ursprung der Stimme nicht zu verkennen. »Wie denn das?« sagte er. »Was für eine wunderbare Neuigkeit! Die schlafende Schönheit erwacht!«

Kate brachte ein dünnes Lächeln zustande, obwohl ihre rissigen Lippen dabei schmerzten. Schwach sagte sie: »Bin ich zu Hause in Windsor? Wo ist die Nurse?«

»Nein, meine Kleine, Ihr seid noch immer in Adeles Schlafzimmer. Ihr habt viele, viele Tage geschlafen, und wir haben über Euch gewacht. Bis nach Windsor ist es ein Ritt von mehreren Stunden, aber ich bin sicher, daß die Nurse noch immer da ist und begierig auf Eure Rückkehr wartet.«

Kate schloß die Augen und fiel wieder in einen leichten, unruhigen Schlaf. Wenige Minuten später erwachte sie erneut, diesmal etwas klarer. »Ich bin so durstig. Bitte, darf ich etwas Wasser trinken?«

Alejandro schenkte aus dem Krug auf ihrem Nachttisch einen Becher Wasser ein. Er half ihr in eine sitzende Position und hielt den Becher an ihre wunden Lippen. Zuerst trank sie zu gierig, und etwas von dem Wasser rann aus ihren durch die Verheerungen der Krankheit schlaffen Mundwinkeln; sie wischte die Tropfen mit dem Ärmel ihres Nachthemds ab.

Gott sei Dank kann sie sich in diesem Augenblick nicht sehen, dachte er; *kein Mensch würde sie als dasselbe Kind erkennen.* Ihre Augen waren rot und ihre Haut so weiß wie die kalte Morgenasche vom Feuer der letzten Nacht. Nun, da sie angefangen hatte, ihre Lippen wieder zu bewegen, wurden die Risse tiefer und bluteten leicht. Sie hatte so lange keine Nahrung zu sich genommen, daß Alejandro sich wunderte, wieso sie nicht verhungert war.

»Ich komme bald zurück, meine tapfere Lady, mit etwas Salbe für Eure Lippen und ein wenig Nahrung für Euren Bauch.«

In der Küche fand er ein Glas mit dickem gelbem Gänseschmalz. Er ignorierte Kates schwache Proteste gegen den unangenehmen Geschmack der improvisierten Salbe und rieb etwas davon auf ihre rauhen Lippen; ihm gefiel nicht, wie ihre Haut sich unter seinen Fingern anfühlte. *Ich hoffe, diese Lippen heilen ohne Narben,* dachte er und erinnerte sich an seine eigene Qual wegen seiner Narbe, die sich viel leichter verbergen ließ als Narben im Gesicht.

Bald darauf klopfte jemand an die Tür. Alejandro rief: »Herein!« Die Haushälterin trat ein.

»Haben wir ihre Medizin vergessen?« fragte die Frau schüchtern. »Die Stunde ist um, und man hat mich nicht gerufen... Ich hatte schon das Schlimmste befürchtet...«

»Wie Ihr sehen könnt«, sagte Alejandro und wies auf Kate, »ist ganz das Gegenteil eingetreten! Nämlich das Beste!«

Ängstlich kam die Frau ins Zimmer, und der Arzt sagte ihr, es sei nicht mehr gefährlich, sich zu nähern. »Die Ansteckung hat sie verlassen, wie Ihr an ihrem hübschen Lächeln sehen könnt!«

»Gott sei gelobt!« sagte die Haushälterin. »Soll ich etwas zu essen bringen?«

»Möchtet Ihr essen, Kind?« fragte er.

Kate nickte.

»Bringt heiße Brühe und etwas Brot«, sagte er. »Und dann sucht Eure Lady und teilt ihr die gute Nachricht mit!«

Die Haushälterin kam bald mit einem Tablett zurück, und Alejandro balancierte es auf seinen Knien. Er riß kleine Bröckchen von dem trockenen Brot ab, tauchte sie in die heiße Brühe, ließ sie ein wenig abkühlen und fütterte das kleine Mädchen dann vorsichtig damit.

Zuerst hatte Kate einige Schwierigkeiten, denn sie konnte kaum den Mund öffnen, und die rissigen Mundwinkel begannen immer wieder zu bluten. Doch Alejandro war sanft und geduldig mit ihr, und nach und nach konnte sie alles aufessen. Die Schatten im Zimmer hatten sich beträchtlich bewegt in der Zeit, die sie für ihre Mahlzeit gebraucht hatte.

Als sie fertig war, deckte Alejandro sie gut zu und machte sich auf die Suche nach Adele. Er fand sie in der gleichen Truhe kramend, in der sich ursprünglich das rosafarbene Nachthemd befunden hatte, auf der Suche nach anderen Kleidungsstücken, die von Nutzen sein könnten. Sie summte leise vor sich hin, während sie die Wäsche sortierte, und lächelte Alejandro strahlend an, als sie ihn erblickte.

Er hatte sie seit vielen Tagen nicht mehr lächeln sehen; selbst wenn sie sich geliebt hatten, war sie still und bedrückt gewesen. *Wie mich ihr schönes Lächeln entzückt,* dachte er.

Sie unterbrach ihre Tätigkeit und stand auf. Freudig und mit fast verzweifelter Heftigkeit umarmten sie sich und hielten einander lange und zärtlich fest. »Ach, mein Liebster«, sagte sie, und ihre Stimme zitterte fast vor Ergriffenheit, »ich habe das Gefühl, es gibt Hoffnung, daß alles wieder gut wird, daß die Welt endlich zu Gesundheit und Güte zurückkehrt; wir haben viel zu lange unter dem Bann des Bösen gestanden, und ich bin der dauernden Nachrichten über grausame Todesfälle schrecklich müde.« Sie entwand sich seinen Armen und kehrte an ihre Arbeit zurück. »Ist es falsch, daß ich diese Hoffnung habe?« sagte sie. »Werden wir endlich mit der Bedrohung durch diese Pest fertig sein?«

Er kniete neben ihr nieder. Er berührte ihr Haar und strich mehrmals leicht darüber, ehe er antwortete.

»Leider muß ich dich daran erinnern, daß wir nichts mehr von dem Pulver haben.«

»Aber gewiß kann man mehr davon beschaffen!«

»Sei versichert, ich werde Mutter Sarah davon überzeugen, daß wir es unbedingt brauchen! Und ich werde von ihr lernen, es selbst herzustellen. Ich glaube, es hat die Macht zu heilen, nach der wir viel zu lange gesucht haben! Aber ich werde dich und Kate sicher nach Windsor zurückbringen, bevor ich wieder losreite, um Mutter Sarah aufzusuchen. Bald werden wir ihre Fortschritte sehen und die Rückreise zum Schloß planen können.«

»Wie ich mich freuen werde, Isabella wiederzusehen«, sagte Adele und berührte zärtlich seine Wange. »Du bist so lieb und freundlich; ich vermisse wahrhaftig ihre spitze Zunge. In dieser Hinsicht kannst du niemals hoffen, sie zu ersetzen.«

Er griff nach ihrer Hand und sagte: »Gott sei gelobt, daß er mich mit einem so edlen Mangel geschaffen hat.« Er freute sich, wieder scherzhaft mit ihr reden zu können, denn was er als nächstes zu sagen hatte, würde Adele nicht gefallen.

»Geliebte, es wird nicht so einfach sein mit der Rückkehr, wie du denkst. Wir können nicht einfach nach Windsor zurückreiten und verkünden, daß Kate geheilt ist. Erinnere dich, wie mit Matthews verfahren wurde. Er wies keinerlei Zeichen von Infektion auf, und niemand verweigerte meinen Befehl, ihn zu töten, um die übrigen Bewohner von Windsor zu schützen.«

Dies war das erste Mal, daß er jemandem außer Sir John und dem König laut sagte, daß es seine Idee gewesen war, Matthews zu töten. Adele sagte nichts, wich aber ein wenig von ihm zurück.

Er sah sie unendlich traurig an und setzte sein Geständnis fort. »Aller Wahrscheinlichkeit nach war er angesteckt und wäre bald erkrankt, und so bin ich im Innersten davon überzeugt, daß meine Entscheidung notwendig war. Aber ich werde niemals die Gewißheit haben, daß sie *richtig* war. Jeden Tag muß ich daran denken, wie ich an ihm gefehlt habe. Mein Eid verpflichtet mich, Leben zu verlängern und nicht, es mit eigener Hand zu verkürzen.«

Adele wurde weicher zumute. »Mein Liebster«, sagte sie besänftigend, »ich habe dich seit jenem Tag oft in düsterer Stimmung gesehen und geahnt, daß dies der Grund dafür war.«

Beschämt senkte er den Kopf. »Matthews ist nicht der einzige Patient, an dem ich gefehlt habe. Es gab einen Patienten in Aragon, für den ich mein eigenes Leben verpfändet hätte, so wütend war ich über die Erfolglosigkeit meiner besten Bemühungen.« Er sprach nicht weiter, denn das konnte nur zu Schwierigkeiten führen, und er wollte den Geist von Carlos Alderon nicht in seine Träume zurückholen.

»Ich glaube nicht, daß Gott von jemandem außer Seinem einzigen Sohn erwartet, daß er Wunder wirkt.«

»Das war nie Gottes Forderung an mich«, antwortete er, »nur meine eigene.«

Wieder berührte Adele seine Wange. »Dann mußt du dich von dieser unerfüllbaren Verpflichtung befreien, denn ihr Gewicht wird dich binnen kurzem zerstören.«

Müde seufzend räumte er ein, daß sie recht hatte. »Aber nun«, sagte er, »müssen wir, fürchte ich, weiter besprechen, was zu tun ist. Wir müssen Pläne machen.«

Geduldig erklärte er ihr, was seiner Meinung nach bei ihrer Rückkehr geschehen würde, daß er und Kate wie Matthews und Reed empfangen und dann unter Quarantäne gestellt werden würden. »Aber sobald jemand herausfindet, daß Kate die Pest hatte, bezweifle ich nicht, daß man sie entweder verbannen oder töten wird, und selbst der König wird nichts dagegen einwenden.«

»König Edward würde niemals zulassen, daß man seinem eigenen Kind das antut!«

Alejandro sah Adele in die Augen und sagte: »Wie ich gehört habe, hat er nicht verhindert, daß sein eigener Vater getötet wurde.«

Adeles Schweigen bestätigte das Gerücht.

»Wir müssen es geheimhalten, Adele, und Kate wird es auch niemals jemandem sagen dürfen. Es würde meinem eigenen früheren Urteil über Matthews entsprechen, sie auszusetzen oder zu vernichten, und die Schloßbewohner werden von mir erwarten, daß ich dafür sorge. Wie kann ich rechtfertigen, sie zu verschonen, wo doch Matthews schon mit seinem Leben bezahlt hat? Unwillkürlich hege ich den Verdacht, daß König Edward froh wäre, die tägliche Erinnerung an seine früheren Verfehlungen loszuwerden; gewiß würde die Königin ihn in milderem Licht sehen, wenn das Kind kein so sichtbares Reizmittel wäre. Niemand, der die Macht dazu hätte, wird sich für ihre Rettung einsetzen.«

Adele stand nicht mehr der Sinn nach der fröhlichen Tätigkeit, die sie soeben unterbrochen hatte. Langsam ging sie zu dem hohen Fenster. Sie schaute hinaus in den kalten Tag und sagte leise: »Sag mir, wie ich helfen soll. Ich will tun, was ich kann, um es für uns alle leichter zu machen.«

»Wir müssen hoffen, daß es Isabella gelungen ist, deine Abwesenheit vor ihrem Vater zu verheimlichen. Du wirst ohne meine Hilfe den Weg zu ihr zurück finden müssen, fürchte ich.«

»Das wird zum Glück nicht schwierig sein. Sie wird mir während der Quarantäne, die ich mir selbst auferlegen werde, ein getrenntes Zimmer zuweisen. Wenn ich den Geheimgang erreiche, werde ich ihr durch den Koch eine Botschaft senden, ohne jemandem nahe zu kommen, und sie wird dafür sorgen, daß ich sicher, aber von anderen getrennt untergebracht werde.«

»Zweifelst du nicht daran?«

»Alejandro, ich versichere dir, die Prinzessin liebt mich wie eine Schwester, und es wird so geschehen.«

Obwohl Alejandro daran zweifelte, daß Isabella in der Lage war, jemanden so selbstlos zu lieben, widersprach er Adele nicht. »Nach vierzehn Tagen kannst du gefahrlos wieder am Leben von Windsor teilnehmen; Kate und ich werden natürlich genauso unter Quarantäne gestellt wie Matthews und Reed. Ich werde unsere lange Abwesenheit damit erklären, daß ich länger als ursprünglich gedacht außerhalb der Mauern Windsors bleiben wollte, weil wir so engen Kontakt mit Kates Mutter hatten, was ja teilweise stimmt. Niemand wird mir diese zusätzliche Vorsichtsmaßnahme verübeln. Ich denke, kaum jemand wird meine täglichen lästigen Predigten über Vorkehrungen gegen eine Infektion vermißt haben.«

Adele sagte dazu nichts, da sie wußte, eine Bestätigung seiner Aussage würde seine Stimmung nicht verbessern. Sie fragte nur: »Wie lange wird es dauern, bis Kate gesund genug ist, um die Reise anzutreten?«

»Das kann ich wirklich nicht sagen; ich habe noch nie erlebt, daß jemand von dieser Seuche genesen ist, und ich habe nicht genug Erfahrung, um vernünftige Vermutungen anstellen zu können. In ein paar Tagen kann ich dir mehr sagen. Im Augenblick ist sie ziemlich schwach, und es ist gar nicht an eine Reise zu denken. Sie ist jung und wird sich bald erholen, aber gegenwärtig ist sie unsagbar schwach und anfällig, und deswegen glaube ich, daß ihre Genesung nicht so schnell gehen wird.«

»Dann müssen wir wohl zusehen und warten und darum beten, daß ihre Gesundheit bald wiederkehrt.

»Ja, das müssen wir wohl«, antwortete er resigniert.

Kates schnelle Genesung überraschte alle. Nach sechs oder sieben Tagen hatte sie einen guten Teil ihrer früheren überschäumenden Lebhaftigkeit zurückgewonnen. Ihre Lippen waren nicht mehr rissig, und ihre Gestalt war nicht mehr so jämmerlich mager; ihre Wangen fingen an, ein wenig Farbe zu zeigen, und ihr reizendes Lächeln kehrte zurück. Sie schwatzte unablässig mit jedem, der ihr zuhören wollte.

Alejandro wußte, daß es Zeit zum Aufbruch war; er war zwar begierig, den unangenehmen Auftrag zu Ende zu bringen, den der König ihm gegeben hatte, aber er wußte auch, daß ihre Rückkehr nach Windsor das Ende der seligen Intimität bedeuten würde, die er und Adele genossen hatten. Er war zwar sicher, daß man Kate überreden konnte, ihr Geheimnis für sich zu behalten, doch andere in Windsor würden ihre Verbindung vielleicht nicht mit so freundlichen oder begeisterten Augen sehen.

Schließlich sagte er zu Adele: »In zwei Tagen werden wir nach Windsor aufbrechen!«

»Gnädige Madonna! Wie habe ich mich danach gesehnt, diese Worte zu hören!« Begeistert rief sie die Haushälterin, und sie begannen, ihre Habseligkeiten zu ordnen.

Er beobachtete sie mit großer Trauer; er wußte, er konnte ihr ihre Gefühle nicht verübeln, ganz gleich, welche Wirkung sie auf ihn hatten. Er wandte sich ab und ging zu dem Stallknecht, um diesen anzuweisen, die Pferde für die Reise vorzubereiten; sein Herz brannte vor Trauer um eine Liebe, die gewiß keine Zukunft hatte.

Auf dem Rückweg nach Windsor kamen sie an einem kleinen Kloster mit einer Kapelle vorbei. Als sie sich ihm näherten, sagte Adele: »Laßt uns hier anhalten; ich möchte die Beichte ablegen. Es ist viel zu lange her, seit ich zuletzt von meinen Sünden losgesprochen wurde, und ich möchte, daß Gott mir wieder lächelt.« Ohne auf Alejandros Reaktion zu warten, stieg sie von ihrem Pferd.

»Soll ich mit Kate hier warten?« fragte er, noch immer im Sattel sitzend.

Der Blick, den sie ihm daraufhin zuwarf, war neugierig und fragend. »Warum könnt Ihr nicht beide mit hineinkommen?«

Es kann keine annehmbare Erklärung geben, dachte er bei sich. *Ich habe keine andere Wahl, als zu gehen.* Er zuckte mit den

Schultern, saß ab und hob Kate von dem Reittier, das sie mit Adele geteilt hatte.

Sie zogen die Glocke, und bald erschien ein kleiner, zerbrechlich aussehender Mönch in brauner Kutte.

»Vater, ich möchte beichten«, sagte Adele.

Er sah zuerst Adele an und dann den großgewachsenen Mann mit dem kleinen Mädchen an seiner Seite. Alejandro spürte, wie der Priester ihn forschend musterte.

»Und Ihr?« fragte der Mönch.

Alejandro zögerte einen Augenblick, ehe er sprach. »Ich werde beten, während wir auf die Lady warten«, sagte er.

»Wie Ihr wünscht«, sagte der Mönch und ließ sie ein.

Die Zeit, die Adele brauchte, um dem Priester ihre Seele zu offenbaren, kam Alejandro sehr lang vor. *Was kann sie für Sünden begangen haben, daß es so lange dauert, sie aufzuzählen?* fragte er sich. Er sah sich in der Kapelle mit der gewölbten Decke um und legte den Kopf in den Nacken, um die Deckengemälde zu betrachten.

Selbst ihre kleinen Tempel sind luxuriös, dachte er. *Und die Fenster, so hoch, so bunt!* Obwohl sieben weitere Mönche vor dem Altar beteten, war es in der Kapelle beinahe völlig still. *Sie beten lautlos,* dachte er und erinnerte sich an die lauten Anrufungen, die sein Vater am Sabbattisch anzustimmen pflegte.

Dann standen die sieben Mönche gleichzeitig auf und begannen langsam, durch den Mittelgang der Kapelle zu schreiten. Der erste begann mit klarer, süßer Stimme zu singen, und die sechs anderen wiederholten unisono die gleiche Melodie. Ihr Gesang stieg zur Decke auf und hallte von den Gewölben nieder. Er war ergreifend und fast schmerzhaft schön, und Alejandro fühlte sich merkwürdig beglückt von den sanften Tönen der vereinten Stimmen. Während sie in einer langen Reihe das Gotteshaus verließen, setzten die Mönche ihren Gesang fort; als sie im Kloster verschwanden, sank er zu einem Flüstern herab und verklang dann ganz.

Alejandro spürte eine Hand auf seinem Arm; er hatte nicht gemerkt, daß er die Augen geschlossen hatte. Rasch öffnete er sie und sah Adele vor sich stehen, einen strahlenden Ausdruck von Frieden auf dem Gesicht. »Ich bin absolviert«, sagte sie.

Er stand auf und betrachtete sie. »Welche Sünden hast du begangen, daß du so lange gebraucht hast, um Vergebung zu erlangen?« fragte er leise.

Sie lächelte liebreizend, eine Frau, die wieder ganz mit sich selbst im reinen war. »Ich war mit einem Mann zusammen, der nicht mein Ehemann ist.«

Beinahe wäre er zusammengezuckt. »Dann habe auch ich diese Sünde begangen«, sagte er.

»Ich war meinem König untreu.«

»Er hatte deine Untreue wohl verdient.«

»Dennoch ist er mein König. Meine Familie hat ihm Loyalität geschworen. Und ich habe meine Herrin Isabella verraten, indem ich so lange fortgeblieben bin.«

»War es nicht dein Wunsch, das zu tun?« fragte er.

»Eben darin liegt die Sünde«, sagte sie. »Es war mein Wunsch. Und wegen der Schwere dieser Vergehen brauchte ich außer meiner Buße noch weitere Anleitung. Der liebenswürdige Priester war so freundlich, mich zu unterweisen.«

Sie wandte sich um und sah zu, wie der Priester sich von der Stelle vor dem Altar erhob, wo er gekniet hatte. Dann schaute sie wieder Alejandro an und sagte: »Und nun bin ich bereit, nach Windsor zurückzukehren.«

Zur Erleichterung derer, die sie in Windsor zurückgelassen hatten, tauchten Alejandro und Kate vierzehn Tage später gesund aus ihrer Isolation wieder auf, und inzwischen hatte das Kind seine gute Laune und den rosigen Glanz seiner Wangen wiedergefunden. Adele nahm ihren Platz in Isabellas Haushalt wieder ein, nachdem der König ihre Abwesenheit nicht einmal bemerkt hatte. Kate begann wieder mit ihrem unablässigen Schwatzen und Erzählen und verlangte ständig Schachpartien; selbst die geduldige alte Nurse, die früher scheinbar unbegrenzte Duldsamkeit für die Kleine aufgebracht hatte, wünschte sich laut ein paar Augenblicke seliger Stille.

Der reiche Herbst, dessen stürmischer Pinsel bei der Abreise zu Kates Mutter noch nicht angefangen hatte, die Landschaft mit Gold und Kupfer zu färben, war nun fast vorbei; kalte Böen wehten graue Zweige und braune, trockene Blätter über die kahl gewordene Landschaft. Fast drei Monate waren vergangen, und die trübsinnigen Bewohner von Windsor Castle richteten sich auf den Winter ein und langweilten sich schon jetzt bei den Unterhaltungen, die sie normalerweise über die lange Dunkelheit der kalten Jahreszeit hinweggetragen hätten.

An einem dieser grauen Tage wurde Alejandro in die Privatgemächer des Königs gerufen. Als er eintraf, erwartete der Monarch ihn schon; auf dem Tisch lag ein Stapel Schriftrollen.

»Die müßt Ihr lesen«, sagte der König. »Immer wieder berichten sie von dem Verschwinden der Pest außerhalb Windsors. Vielleicht ist es an der Zeit, diese Berichte zu überprüfen. Was würdet Ihr zu einer Inspektionsreise sagen? Sollen wir Leute ausschicken, die über Land reiten und uns aus erster Hand Bericht erstatten?«

Alejandro sah rasch die Botschaften durch. »Sire, das sind nur wenige Berichte von weit verstreuten Orten.«

»Meine Gefolgsleute haben genügend Nachrichten geschickt, und in allen steht dasselbe: Es gibt buchstäblich keine neuen Krankheitsfälle mehr, seit der erste Schnee gefallen ist.«

Alejandro wußte, daß er dem König, einem tapferen, aber besorgten Monarchen, dem man viel zu lange den Zutritt zu dem Reich verwehrt hatte, das er beherrschte, seine Befürchtungen so erklären mußte, daß er sie auch verstehen konnte. »Stellt Euch vor«, sagte er, »daß Ihr eine große Schlacht austragt und Eure Spione in jeder Richtung zehn Meilen weit geritten sind, ohne in diesem Umkreis eine wartende Armee anzutreffen. Und dann überlegt Euch, was Ihr tun würdet, wenn nur einer dieser Spione eine Meile weiter geritten wäre als die anderen und dort eine gut ausgerüstete Armee entdeckt hätte, bereit und willens, einen kühnen Angriff auf Eure Streitmacht zu reiten.«

Der König wurde ungeduldig bei Alejandros umständlicher Allegorie. Er knurrte unzufrieden und sagte: »Mit der Ablehnung meiner Schlußfolgerung als unbegründet seid Ihr schnell bei der Hand, gelehrter Doktor, aber Ihr bietet mir keine Alternativen. Da Ihr meine Verantwortung für meine Untertanen kennt – was würdet Ihr tun, wenn Ihr an meiner Stelle wärt, mit einem Schloß voll wütender Gefangener und einem Königreich, um das man sich kümmern muß?«

»Ich würde die auswärtigen Gefolgsleute auf ihren früheren Wegen zwei Stunden weit fortreiten lassen, um sicher zu sein, daß es im Umkreis keine anderen Armeen gibt. Erinnert Euch, Majestät, daß der Papst eine viel längere Isolierung ertragen hat als Ihr. Und soweit wir gehört haben, ist er bei guter Gesundheit.«

Der König seufzte gereizt. »Ich bezweifle nicht, daß ich hundertmal so unglücklich bin wie Clemens; ich stehe mitten in einem Krieg und muß dafür sorgen, daß ich ihn gewinne!«

»Sire, ich weiß, daß Ihr begierig seid, Euer volles, normales Leben wieder aufzunehmen, und daß Euer Königreich von Eurer Aufmerksamkeit profitieren würde. Auch ich würde diese Mauern gern ohne jede Einschränkung verlassen, aber das darf einfach nicht geschehen! Seid geduldig, ich flehe Euch an; wartet noch eine Weile.«

Edwards enttäuschtes Stirnrunzeln war düster und bedrohlich. »Wieviel Zeit würde Euch zufriedenstellen?« fragte der König.

Er wird es nicht viel länger aushalten, dachte Alejandro. *Wirklich, wann ist der beste Zeitpunkt, ein neues Leben zu beginnen? Was würde de Chauliac sagen?* »Vielleicht sollte man die Astrologen zu Rate ziehen«, sagte er.

Der König machte eine abschätzige Geste mit der Hand und sagte: »Scharlatane und Lumpen, einer wie der andere. Sie werden mir sagen, was ihren eigenen Zwecken am besten dient. Ihr jedoch habt diese Neigung nicht, Doktor. Es wird *Eure* Entscheidung sein. Nennt den Zeitpunkt.«

Ein neuer Anfang, dachte Alejandro. *Der Frühling.* Er schaute den König an und sagte: »Wie lange dauert es, bis hier die ersten Blüten erscheinen?«

»Höchstens noch fünf oder sechs Wochen«, antwortete der König.

»Dann werden wir, wenn alles gutgeht, hinausgehen und ohne Einschränkung die ersten Blumen pflücken.«

Alejandro und Adele trafen sich, so oft sie konnten; angesichts der Forderungen, die die gelangweilte Isabella an Adeles Gesellschaft stellte, geschah das weit seltener, als ihnen beiden gefiel.

Doch ihr Glück wendete sich, als Alejandros ältlicher Diener sich in eine der Köchinnen verliebte; häufig bat er um Urlaub, um sie zu besuchen, und Alejandro gewährte ihn nur zu gern. In einer solchen Nacht im Januar kam Adele in sein Gemach, nachdem es ihr gelungen war, sich ihrer anspruchsvollen Herrin heimlich zu entziehen.

»Will sie deine Zeit denn ganz in Anspruch nehmen?« sagte Alejandro, während er sie umarmte.

»Sie hält mich in Atem mit der Planung, wie sie ihre Apanage ausgeben soll, wenn sie einen neuen Schneider gefunden hat. Ständig muß ich mir Zeichnungen ansehen; meine Meinung über modische Aufmachung scheint auf einmal im Wert gestiegen zu sein.«

Alejandro seufzte. »Bald wird Frühling. Meine Zeit hier geht dem Ende entgegen; ich hätte dich während der kurzen Zeit, die uns noch bleibt, gern für mich. Ich würde am liebsten ganz Windsor, ja, der ganzen *Welt* von meiner Liebe zu dir erzählen; sollen sie doch alle denken, was sie wollen. Ich kann das Geheimnis fast nicht mehr ertragen; ich bin es leid, meine Freude für mich zu behalten.«

»Alejandro, der König... wir müssen seine Reaktion bedenken. Ich kann einfach nicht vorhersagen, wie sie ausfallen wird.«

»Aber du hast mit Isabella gesprochen...«

»Und sie hat ihre Gedanken für sich behalten. Sie will nicht sagen, was sie von unserer Angelegenheit hält.«

»Aber sie kann doch sicher deine Gefühle für mich verstehen... sie hat doch sicher selbst schon geliebt.«

Adele nahm seine beiden Hände in ihre und zog sie an die Lippen, um sie zu küssen. Mit sehr trauriger Miene sah sie zu ihm auf. »Ich fürchte, daß ich ihre Einstellung nicht verstehe. Liebe ist ihre Sache nicht. Sie muß den Mann heiraten, den ihr Vater für sie auswählt. Sie weiß nur zu gut, daß sie die Liebe vielleicht niemals erleben wird, um ihrer Pflicht willen. Oh, der König hört sich schon ihre Meinung an, wenn er eine Heirat für sie in Erwägung zieht, aber falls sich eine gute Partie böte, würde er tun, was er will, ohne auf ihre Ansicht Rücksicht zu nehmen. Er würde ihr sagen, was allen Prinzessinnen gesagt wird, nämlich, daß sie bei ihrem Mann Liebe finden wird, wenn Gott es will.«

»Und doch besteht Liebe zwischen dem König und der Königin; das habe ich mit eigenen Augen gesehen.«

»Aber Edwards Heirat wurde von seiner Mutter arrangiert, die seinen Vater verabscheute. Sie war eine Frau mit starkem Willen und beträchtlichen diplomatischen Fähigkeiten, und sie fand Mittel und Wege, ihren Sohn in Situationen zu bringen, in denen er selbst eine passende Braut finden und sich einbilden konnte, er habe sie erwählt. Phillippa hat er unter den vier Töchtern eines flämischen Adeligen gefunden, der mit der Königsfamilie Frankreichs verbündet war, der sie selbst entstammte. Sie ging da sehr klug zu Werke. Ihr eigener Sohn, unser edler König, scheint diese Geschicklichkeit nicht geerbt zu haben.«

»Also hat Edward Königin Phillippa geliebt, bevor sie heirateten.«

»Ja, sogar sehr, wie man sich erzählt. Aber ich langweile dich; sicherlich kennst du die Geschichte schon.«

Er sagte nichts und ließ sie in dem Glauben, er entstamme jenem Teil der spanischen Gesellschaft, in dem über solche Dinge gesprochen wurde. Hätte er etwas anderes eingestanden, so hätte er sich verraten.

»Aber trotzdem, Isabella muß doch verstehen...«

»Begreifst du Frauen denn überhaupt nicht?« fragte Adele. »Deine Unschuld verblüfft mich. Isabella ist eifersüchtig auf unsere Liebe. Ich weiß es! Sie wechselt das Thema, wenn ich von dir spreche. Ich sehne mich danach, ihr die Tiefe meiner Gefühle für dich zu gestehen, denn sie ist meine liebste Freundin, und ich bin von ihrem Mitgefühl abhängig. Aber leider bekomme ich nur wenig davon. Ich weiß, daß das nur so ist, weil sie neidisch ist. Sie hat sich gegen die Vorstellung der Liebe verhärtet und ist ständig auf der Hut davor. Sie weiß nur zu genau, daß nichts Gutes dabei herauskäme, wenn sie lieben würde, wo es nicht angebracht ist.«

Alejandro machte kein Hehl aus seinem Groll. »Sie ist eine Prinzessin, sie ist reich und sehr schön und besitzt alle nur denkbaren Vorteile. Sie weiß doch sicher, daß ein Gatte für sie gefunden werden wird, wenn Europa von der Geißel dieser Pest befreit ist. Sogar mein Mentor de Chauliac hat darüber gesprochen; er hat gesagt, der Papst habe schon Arrangements für sie im Sinn.«

»Wenn das so ist, dann wird es uns beiden Nutzen bringen. Wenn Isabella sich auf ihre eigene Hochzeit vorbereitet, wird sie zu beschäftigt sein, um an meine Freude zu denken, und das gilt auch für ihren Vater. Wir brauchen nur zu warten. *Bitte,* hab Geduld, mein Liebster.«

Warten, bis ich auf dem Rückweg nach Avignon bin, um dort Gott weiß was anzutreffen? »Ich muß schon vorher abreisen. Meine Arbeit hier geht zu Ende. Der König wird mich nicht eine Minute länger hier dulden, als es nötig ist.«

»Dann mußt du ihm sagen, daß du an einem Heilmittel für die Pest arbeiten mußt. Gewiß wird er den Wert dieser Arbeit verstehen und dein Gönner werden. Und sicher ist auch seit Kates Heilung genug Zeit verstrichen, so daß seine Reaktion sie nicht mehr in Gefahr bringen würde.«

»In diesem Punkt kann ich ihm nicht vertrauen.«

Adele seufzte enttäuscht. »Dann mußt du ihm einfach sagen, daß du bleiben möchtest. Und daß du dich mit deiner Arbeit als Arzt selbst ernähren wirst.«

Plötzlich wurde ihre Stimme lebhaft, und ihre Augen funkelten. »Ich habe eine Idee«, sagte sie. »Auf meinem Gut werden Lämmer erwartet; ich werde Isabella sagen, daß ich hingehen muß, um das zu überwachen. Es dauert nicht mehr lange, bis die Blumen blühen, und dann wird sie mit ihrer Garderobe so beschäftigt sein, daß sie wenig Zeit für mich hat. Ich werde sie erneut um Erlaubnis bitten, das Schloß zu verlassen. Ich weiß, sie wird sie gewähren. Bitte auch du den König um Erlaubnis zur Abreise, aus irgendeinem Grund …«

Die Möglichkeiten, die Adele darlegte, begannen auch Alejandro zu erregen. »Ich könnte sagen, daß ich neue Vorräte an Kräutern für Medikamente brauche … das wäre keine Lüge …«

»Und wenn es eine wäre«, sagte Adele froh, »so würde er es doch nicht wissen! Und dann kommst du zu mir auf mein Gut. So haben wir Zeit, uns einen Plan auszudenken, Isabellas Einverständnis zu gewinnen.«

Das war mehr, als er zu hoffen gewagt hatte; eine winzige Flamme von Optimismus begann in seinem Herzen zu brennen und ihn zu wärmen; was zuvor unmöglich geschienen hatte, lag nun vielleicht in Reichweite. *Und während Adele sich um ihre Güter kümmert, werde ich dafür sorgen, daß ich alles Notwendige habe, um die Pest zu heilen, falls sie wiederkommt,* dachte er. *Ich werde die Zeit und die Freiheit haben, mich damit zu befassen.* Sein Herz begann vor Freude zu schwellen, als er daran dachte, daß seine beiden größten Wünsche vielleicht in Erfüllung gehen könnten.

An einem klaren Tag Mitte Februar wurde ächzend die Zugbrücke hochgezogen, und die Bewohner Windsors strömten aus dem Tor, eine hektische Menge von Gefangenen, die plötzlich und unerklärlicherweise aus ihrer langen, qualvollen Haft befreit waren. Alejandro beobachtete, wie die Feiernden die weißen und purpurnen Krokusse pflückten, herumtanzten und einander umarmten; Reiter galoppierten zur langersehnten Jagd oder zu ihren heimatlichen Gütern. Binnen weniger Tage kamen Scharen von hungrigen Händlern, die gehört hatten, daß man das Schloß wieder betreten durfte; Isabella verbrachte ihre ganze Zeit damit, ihre Waren zu begutachten. Gierig wanderten ihre Augen von einem kostbaren Gegenstand zum nächsten. Da sie auf diese Weise beschäftigt war, gewährte sie Adele bereitwillig die Erlaubnis, sich aus Windsor zu entfernen.

Wie er es mit seiner Geliebten verabredet hatte, bat Alejandro den König, sich auf eine ausgedehnte Reise begeben zu dürfen, um Frühlingskräuter für seine Medizinvorräte zu sammeln, die über den Winter gefährlich knapp geworden waren.

»Nun, Doktor«, lachte der König, »Ihr seid also auch nicht gefeit gegen die tiefe Sehnsucht nach frischer Luft, die die Opfer Eurer strengen Einschränkungen empfinden! Bei allen Heiligen, dieser Winter war qualvoll lang und elend. Geht nur und bringt Wagenladungen von allen Kräutern mit, die Ihr wollt! Und wenn Ihr wiederkommt, werden wir über die Vorkehrungen für Eure Rückkehr nach Spanien sprechen, denn glücklicherweise hat Eure gute Arbeit Eure weiteren Dienste überflüssig gemacht. Ich bin sicher, daß Ihr Euer Heim und Eure Lieben in Aragon vermißt.«

Doch in den immer zahlreicher werdenden müßigen Stunden, die er seit dem augenscheinlichen Ende der Pestwelle genoß, war Alejandro allmählich zu der Annahme gelangt, daß das, was Adele vorschlug, vielleicht möglich wäre; vielleicht konnte er hier in England ein gutes Leben finden, konnte sich als Arzt in einer nahen Stadt niederlassen. In Aragon gab es nichts, wohin er zurückkehren konnte, und Avignon erschien ihm auch nicht vielversprechender.

Hat der isolierte König genug von mir? Wird er bei der Bitte zürnen, die ich vorbringen möchte? Das konnte er nur feststellen, indem er fragte. »Sire«, begann er schüchtern, »ich denke daran, mich vielleicht in Eurem Land niederzulassen. Ich weiß nicht, was ich in Avignon vorfinde, wenn ich zurückkehre.«

»Wahrhaftig, Doktor? Daran hatte ich nicht gedacht. Doch es könnte eine gute Sache sein, wenn Ihr Euch hier niederlaßt. Wir leiden unter einem Mangel an erfahrenen Ärzten. Aber was ist mit Eurer Familie? Wie wird es ihr ergehen?«

»Ach«, sagte der Arzt, »es ist so lange her, daß wir zuletzt über solche Dinge gesprochen haben. Ich bin noch immer Junggeselle, Euer Majestät, und bin zu der traurigen Überzeugung gelangt, daß ich auch Waise bin. Die letzten Nachrichten über meinen Vater und meine Mutter erhielt ich zu Beginn von deren Reise nach Avignon, wo wir uns hatten treffen wollen. Doch solange ich dort war, sind sie nicht angekommen; ich nehme an, daß sie umgekommen sind wie zahllose andere. Ich glaube nicht, daß ich sie jemals wiederfinden oder mir Gewißheit über ihren Tod verschaffen kann.«

Im Gegensatz zum König, der entspannt in seinem Sessel saß, hockte Alejandro mit steifem Rücken auf seinem Stuhl. Seine Spannung war sogar für einen unaufmerksamen Beobachter sichtbar. Seine Zukunft lag in den Händen dieses Mannes, dem er viele Monate lange schwere und unerwünschte Einschränkungen auferlegt hatte. In diesem Augenblick, als er an die unmittelbare Macht des Königs über sein Schicksal dachte, bedauerte Alejandro einige der strengen Regeln sehr, die er dem königlichen Haushalt vorgeschrieben hatte. *Gebe Gott, daß er sich an sein Überleben erinnert und nicht an seine Unzufriedenheit.*

Doch Edward nahm Alejandro seine frühere Strenge nicht mehr übel, so froh war er über die Aufhebung der Beschränkungen. Er antwortete dem nervösen Bittsteller: »Wenn ich nochmals darüber nachdenke, Doktor, so sehe ich keinen Grund, warum Ihr nicht bleiben solltet, falls das Euer aufrichtiger Wunsch ist.«

Da ihm das Gewicht der Ungewißheit von den Schultern genommen war, erklärte Alejandro eifrig: »Ja, Sire, das ist es wahrhaftig.«

»Dann möge es so sein«, sagte der König.

Alejandro freute sich. »Sire, ich kann Euch gar nicht genug danken. Wenn Ihr gestattet, so werde ich hinausgehen, um einige der Dinge zu suchen, die für meine neue Praxis notwendig sind.« Er erhob sich von seinem Stuhl und verneigte sich vor dem Monarchen, der sitzen blieb. Als er gerade aus der Tür gehen wollte, rief Edward seinen Namen. Alejandro hielt inne, drehte sich um und ging ein paar Schritte zurück.

»Sire?«

»Ich wollte noch mehr sagen, Doktor, aber Eure Eile beraubt mich dieser Gelegenheit.«

Er sagte das nicht im Ton eines Monarchen, der seinem Untertan einen Befehl gibt, sondern so wie ein Mann zum anderen spricht. »Damit das einmal ausgesprochen wird, Doktor: Ich bin Euch großen Dank schuldig. Ihr habt so tapfer gedient wie die Soldaten unter meiner Flagge, wenn Euer Mut auch nicht immer von der Art war, daß diejenigen, denen er nützlich war, daran Gefallen finden konnten. Ich bin dankbar, daß von allen Kindern, die meine Königin mir geboren hat, nur unsere geliebte Joanna der Pest zum Opfer gefallen ist, und ich verdanke es nur Euren Anstrengungen, daß ich das sagen kann. Ihr habt Glück, daß Ihr mit so großen Fähigkeiten gesegnet seid, und wir danken Gott für Seine Weisheit, Euch in unser Königreich zu schicken.«

Nachdem der König so seiner Dankbarkeit Ausdruck gegeben hatte, schritt er zu einer Entschuldigung, und Alejandro entnahm seiner umständlichen Art, daß ihm das erheblich schwerer fiel. »Ich bedaure, daß es Anlässe gegeben hat, bei denen wir Euch guten Grund gaben, Euch mißverstanden oder schlecht behandelt zu fühlen. Ihr wart für mich und ganz England von größerem Wert, als Ihr jemals wissen werdet.«

Dann nahm seine Stimme wieder eine königliche Färbung an, und Edward holte eine Landkarte hervor und sagte: »Und nun kommt her, bevor ich es mir anders überlege, denn mir ist plötzlich der Gedanke gekommen, Eure Stellung hier zu verbessern. Da Ihr beschlossen habt, in meinem Königreich zu bleiben, müssen wir dafür sorgen, daß Ihr ordentlich untergebracht werdet. Hätte ich vorher gewußt, daß Ihr bleiben wollt, so hätte ich Euch eine bessere Auswahl bieten können. Doch es gibt noch immer einiges Hübsche. Dies hier wird Euch gefallen, denke ich.«

Alejandro verstand nicht, was der König meinte. »Euer Majestät, ich bin verwirrt...«

Der König drückte ein wenig die Brust heraus und lächelte. »Ich mache Euch ein Geschenk, Doktor; Ihr werdet dieses Anwesen und seine Güter ganz für Euch haben.« Er legte die Karte nieder und zeigte Alejandro das Gebiet, das er im Sinn hatte. »Hier, ein wenig im Norden; der Gutsherr, dem es gehörte, ist ohne Erben gestorben,und das Recht auf den Titel ist an mich zurückgefallen.«

Alejandro war überwältigt. »Majestät, ich bin sprachlos. Ihr erweist mir eine große Ehre.«

»Und Ihr werdet mir dafür die Ehre erweisen, mein Geschenk anzunehmen. Natürlich wird das vom guten Willen und der Tüchtigkeit des Advokaten dieses Herrn abhängen; jetzt, da die Pest vorbei ist, scheint in diesem Land eine neue Seuche auszubrechen, deren häufigstes Symptom ein plötzlicher Anstieg der ohnehin schon übergroßen Anzahl von Rechtsanwälten ist, und ihr Hauptbeitrag zu unserer Gesellschaft scheint darin zu bestehen, die Krankheit der Habgier zu verbreiten. Hätte doch diese böse Pest mehr Ärzte zurückgelassen und dafür mehr Advokaten dahingerafft!« Er brüllte vor Lachen über seinen eigenen Scherz. »Nun ja, ich wünsche mir da Dinge, die zu erhalten ich nicht hoffen kann. Die Arrangements für Euren Besitz werden getroffen sein, wenn Ihr von Eurer Expedition zurückkehrt. Ihr werdet außerdem den Titel erhalten, der mit diesem Gut verbunden ist, und zwar bei der Zeremonie, die in drei Monaten in Canterbury abgehalten wird. Ich habe eine Botschaft von Seiner Heiligkeit erhalten, daß unser neuer Erzbischof bis dahin angekommen sein wird, und seine Amtseinführung wird gleichzeitig erfolgen.«

Alejandro nahm an, daß der Papst de Chauliacs Armee von Ärzten längst vergessen hatte, aber er konnte sich der Frage nicht enthalten: »Darf ich daraus schließen, daß die jüngste Botschaft Seiner Heiligkeit keine Anweisungen für mich enthielt?«

»Ihr wurdet nicht erwähnt.«

Gut, dachte Alejandro, *dann ist meine Mission ja endlich zu Ende.* »Ich danke Euch, Sire. Ich bitte um Erlaubnis, mich jetzt zu entfernen.«

»Noch eines, Doktor, dann bekommt Ihr meine Erlaubnis. Ich habe noch beträchtliche Gaben zu verteilen, und etwas davon soll Euch zufallen. Da Ihr Junggeselle seid – habt Ihr im Sinn, Euch zu verheiraten? Vielleicht kann ich Euch in diesem Punkt behilflich sein. Es gibt viele vornehme Damen, die keine Bindung haben.«

Alejandro war entsetzt über diese unerwartete Frage des Königs. *Denk sorgfältig nach, bevor du antwortest,* sagte er sich. »Habt Ihr eine Lady für mich im Sinn, Majestät?«

»Im Augenblick nicht«, sagte der König, »aber es gibt viele Kandidatinnen von passendem Stand, einige verwaist, einige verwitwet, die annehmbare Gattinnen für Euch wären. Im Hinblick auf Eure neuen Güter bezweifle ich, daß Eure spanischen Vorfahren als unpassend gelten könnten. Und wenn Eure Ländereien gut verwaltet werden, wird es Euch auch nicht schwerfallen, eine Ehefrau zu ernähren, die dem Luxus zugeneigt ist.«

Da dem König das Schweigen des Arztes auffiel, fragte er: »Nun?« Alejandros lauwarme Reaktion auf sein Angebot schien ihn zu enttäuschen. »Ihr seid nicht erfreut? Oder gibt es eine Dame, auf die Ihr ein wohlwollendes Auge geworfen habt? Nennt sie nur beim Namen, und ich werde das arrangieren.«

Es ist noch zu früh, um Adeles Hand zu bitten, dachte Alejandro, obwohl ihn das stark verlockte. *Laß zuerst etwas Zeit vergehen. Halte dich an den Plan.* »Um die Wahrheit zu sagen, Sire«, antwortete er, »bis zu Eurem heutigen Anerbieten habe ich kaum an eine Heirat gedacht. Mein oberstes Anliegen war immer mein Beruf, und ich hatte nicht vorgehabt, hier zu bleiben. Laßt mir ein wenig Zeit, darüber nachzudenken.«

Der König nickte. »Wie Ihr wollt, Doktor. Aber seid gewarnt! Ich genieße meine Rolle als Ehestifter sehr! Bald werde ich die begehrenswertesten Damen vergeben haben, und Ihr müßt unter den zahnlosen, vertrockneten alten Jungfern wählen!«

Nachdem er seines eigenen Scherzes endlich müde geworden war und zu lachen aufgehört hatte, sah der König den Arzt an und sagte: »Unsere unmittelbaren Geschäfte sind also erledigt. Geht fort, wie Ihr wünscht, und nehmt meinen Segen und Dank mit. Ich selbst werde mich nach London begeben; Windsor wird leerstehen, denke ich; es wurde auch Zeit.« Mit einer Handbewegung entließ er Alejandro. »Geht mit Gott, Doktor Hernandez.«

Adele ritt in der großen Reisegesellschaft, die den König auf seinem Ritt nach London begleitete, bis zu ihrem Besitz mit; sie bot zwar die Gastfreundschaft ihres Hauses für die Nacht an, doch Edward lehnte ab, da er es eilig hatte, zu seinen Regierungsgeschäften zurückzukehren und die verschiedenen Kriege wieder aufzunehmen, die ihn vor Ausbruch der Pest beschäftigt hatten.

»So viele sind gestorben«, erklärte Adele Alejandro, als er einen Tag später eintraf, »daß er seine ganze Armee neu organisieren muß. Viele von seinen Beratern sind verstorben, und er muß sie durch neue ersetzen. In London werden sich viele, die befördert werden möchten, um seine Aufmerksamkeit reißen! Ich beneide ihn nicht. Er wird lange mit Regieren beschäftigt sein.«

Dem Arzt, der sich mit ganz anderen Dingen beschäftigte, galt all das nichts; Dinge dieser Art hatten ihm nie etwas bedeutet. Und so erkannte er nicht, was der offenkundigste Nutzen seiner zukünftigen Stellung in England war. Als es ihm endlich einfiel, Adele vom Geschenk des Königs zu erzählen, überraschte sie ihn dadurch, daß sie sofort auf die Knie fiel und glühend zu beten begann.

»Was ist, Liebste? Freust du dich nicht für mich?«

»Alejandro! Du bist ein Einfallspinsel, und ich bin noch dümmer, weil ich dich liebe! Begreifst du denn nicht, was das bedeutet? Wenn du in den Ritterstand erhoben wirst, gehörst du zum Adel, auch wenn du kein Engländer bist. Oh, mein Liebster, wir können heiraten!«

Bald verlor er sich im täglich Vergnügen von Adeles Gegenwart und ihren gemeinsamen Zukunftsplänen, und obwohl es jeden Tag länger hell war als am vorhergehenden, vergingen die drei Wochen Abwesenheit, die Isabella Adele zugestanden hatte, nur zu schnell. Er vergaß, daß er zu Mutter Sarah hatte zurückkehren wollen, um seinen Vorrat an eigenartigen Medikamenten aufzufüllen, denn andere, süßere Dinge beschäftigten seine Aufmerksamkeit. Bald würde er ein eigenes Gut zu verwalten haben, und er mußte viel lernen, indem er beobachtete, wie Adele und ihre Pächter die täglichen Geschäfte führten.

»Wenn der Zeitpunkt günstig ist«, sagte Adele an ihrem letzten gemeinsamen Tag, »werde ich unter vier Augen mit Isabella über unser Verlöbnis sprechen. Dann wirst du den König direkt um meine Hand bitten müssen, aber ich schwöre dir, daß du nicht vor ihn zu treten brauchst, ohne daß Isabella ihren Segen zu deiner Bitte gegeben hat. Es kann für uns nur von Nutzen sein, wenn sie in dieser Sache unsere Verbündete ist.«

»Ich bedauere, daß ich mir solche Mühe gegeben habe, sie einzusperren«, sagte er.

»Daran wird sie nicht mehr denken, wenn sie mit anderen Dingen beschäftigt ist.«

Er erinnerte sich, wie bösartig Isabella ihn manchmal behandelt hatte. »Hoffen wir, daß du recht hast«, sagte er und dachte dabei, daß er ihr Vertrauen auf die launische Prinzessin nicht teilte.

Als sie im Hof standen, bereit zur Abreise, duftete die frische Frühlingsluft nach Fichten und Blumen, und der Wind spielte mit den Locken von Adeles flammend rotem Haar, das im hellen Sonnenlicht wie Kupfer glänzte. Er küßte ihr die Hand, wie er es bei ihrer ersten Begegnung getan hatte, und wieder verweilten seine Lippen hungrig auf ihrer duftenden Haut.

»Ich werde an nichts anderes denken als daran, dich zu umarmen, bis wir uns wiedersehen«, sagte er leise.

Wieder widmete er den Tag nicht der Aufgabe, auf dem Lande nach Vorräten für seine Apotheke zu suchen. Er kehrte auch nicht durch den Durchgang zwischen den Eichen zu Mutter Sarahs Hütte zurück, was viel wichtiger gewesen wäre als die Mission, die er jetzt unternahm, das wußte er.

Während er über die schlammigen Wege ritt, verfluchte Alejandro deren schlechten Zustand mit den gleichen verächtlichen Worten, die einst Eduardo Hernandez gebraucht hatte. Doch trotz dieser Umstände war Alejandro sehr froh, den Weg gefunden zu haben, denn er würde ihn geradewegs zu dem Ort führen, den er aufsuchen wollte und wo er erst einmal gewesen war.

Und er erreichte ihn müde nach einem langen Ritt. Vor ihm lag die kleine Kirche, bei der Adele und er auf der ersten Rückreise nach Windsor haltgemacht hatten. Oben an der Treppe zog er an einem Klingelzug und wartete nervös, starrte auf seine schmutzigen Stiefel, ohne etwas zu sehen, und fühlte sich abwechselnd voller Freude und stark beeindruckt. Er hatte von vielen Juden gehört, die ihren Glauben und ihren Gott aufgegeben hatten, um ein längeres und einfacheres Leben zu haben; diese Schwäche hatte er immer verachtet. Nun, da er im Begriff stand, dasselbe zu tun, war sein Herz weicher, und er sah ein, daß es manche Dinge gibt, die einen Mann veranlassen können, sich zu ändern und seine Vergangenheit hinter sich zu lassen.

Dennoch war er von brennender Scham erfüllt und erinnerte sich an die unglücklichen Juden in Frankreich, die auf dem Scheiterhaufen gestorben waren und denen nur die gut gezielten Pfeile eines mitfühlenden christlichen Soldaten die Qualen des Feuers erspart hatte. Er erinnerte sich auch an den mißtrauischen Blick, den der grimmige Hauptmann ihm nach dem bedauerlichen Vorfall zugeworfen hatte. *Wenn er von dem Mord an dem Bischof mit dem falschen Herzen gewußt hätte, dann wäre es meine Seele gewesen, die aus dieser Feuerhölle aufstieg.*

Traurig und resigniert dachte er, daß es sein unausweichliches Schicksal zu sein schien, in seinem Leben nie volle Zufriedenheit zu erreichen. Er wußte, welchen Glauben er auch wählte, er würde immer etwas zu verbergen oder zu bereuen haben. *Ach ja,* dachte Alejandro, *auch der Jesus der Christen war nichts anderes als ein abtrünniger Jude, und das bin ich auch.*

Noch während er das dachte, öffnete sich vor ihm die Tür, und er sah denselben Priester, der Adeles Beichte gehört hatte. Die Kerze in seiner Hand flackerte leicht im sanften Abendwind und warf ein seltsames, erschreckendes Licht auf die strengen Züge des Mönches.

»Ja, mein Sohn?« sagte er langsam und beäugte den Arzt mißtrauisch.

»Ich bin Alejandro Hernandez, ein Heide aus Aragon. Ich suche Unterweisung in Eurem Glauben.«

Als er zwei Tage später nach Windsor zurückritt, grübelte er über die strengen Lektionen nach, die ihm der Priester gegeben hatte. Seit dem Ausbruch der Pest waren so wenige Menschen ins Kloster gekommen, um sich zu bekehren oder unterweisen zu lassen, daß der Priester für eine solche Herausforderung ungeheuren religiösen Eifer angestaut hatte.

Kühn und mit selbstgerechter Glut versuchte der Geistliche, Alejandro mit Drohungen von Hölle und Verdammnis so zu erschrecken, daß er sich unterwarf. Alejandro schwieg weise, denn wenn er die Wahrheit gesagt hätte, so hätte das Argwohn erregt, und sagte immer nur: »Ich bekenne meine Sünden.« Näheres äußerte er dazu nicht. »Solche Dinge geschehen zwischen mir und Gott allein, und Gott ist gewiß weise genug, um die Sünden zu kennen, die seine Geschöpfe begangen haben, ohne daß diese sie ihm erst darlegen müssen«, hatte er dem hartnäckigen Geistlichen gesagt.

Außerdem, dachte er, und seine Wut wuchs, während er dahinritt, *muß man ein kompletter Narr sein, um einige von ihren lächerlichen Lehren zu glauben.* Daß man sich den Zutritt zur ewigen Glorie erkaufen könne, war eine so absurde Behauptung, daß kein intelligenter Mensch sie akzeptieren konnte. Und die Sache mit dieser angeblichen Jungfrau, der Mutter ihres Jesus, und ihrer »unbefleckten« Empfängnis beim Besuch des Heiligen Geistes sprach jeder Logik Hohn!

Das war eine Frau, die wirklich Verehrung verdient, hatte er sich dabei gedacht, als der Priester ihn schalt, *denn mit ihrer Klugheit ist ihr eine der phantastischsten Listen aller Zeiten gelungen!* Eine arme Bauersfrau ist ihrem Gatten untreu und erfindet eine unglaubliche Geschichte, um ihre Schwangerschaft zu rechtfertigen, und die halbe Welt hängt dem Kind aus dieser erfundenen Geschichte an, als es erwachsen ist. Sie schafft es, den düpierten »Vater« zu überreden, ihr bei der Aufzucht des Kindes zu helfen und selbst an die Geschichte zu glauben. *Überaus bemerkenswert!* Wie anders wäre sie im richtigen Leben gewesen als die leidende, mystische Märtyrerin, als die die Priester sie darstellten.

Sie war eine geschickte und kluge Jüdin, die ihren scharfen Verstand benutzte, um zu überleben, wie es viele ihrer Vorfahren getan hatten und Nachfahren noch tun sollten.

Und wie es Alejandro im Augenblick auch tat. Gedanken an Adele und den Frieden, den er für ihre Ehe erhoffte, waren das einzige, was ihn davon abhielt, dem Priester laut ins Gesicht zu lachen, als dieser immer wieder über die sichere Verdammnis und Verlassenheit palaverte, der Alejandro anheimfallen würde, weil er nicht beichtete. *Segnet mich, Vater, denn ich habe gesündigt; ich bin ein einsamer Jude, der versucht, eine Heimat zu finden, nachdem er durch ganz Europa gewandert ist, eine Reise, die ich nach der bösartigen Täuschung und dem Verrat unseres aufgeblasenen Bischofs unternahm, der das, was er von mir bekam, reichlich verdient hatte. Ich suche Frieden, indem ich vermeintlich zu dem widersinnigen christlichen Glauben übertrete, um mit einer Frau einen Hausstand zu gründen, deren blinde Anhänglichkeit an euren Wahnsinn ihr nicht verdient, denn sie ist viel zu gut, um sich mit euresgleichen gemein zu machen! Und obwohl ich große Scham über meinen Eifer eingestehe, sie zu täuschen, wird sie immer wissen, daß meine Liebe zu ihr ganz echt und aufrichtig ist.*

Er war so in seine Gedanken versunken, daß er nicht merkte, wie weit er schon gekommen war, und auf einmal erschien zu seiner Überraschung Windsor Castle am grünen Horizont. *Hier,* dachte er voller Freude, *erwartet mich wirklich ein neues Leben.* Er gab seinem Pferd die Sporen, und es wieherte laut, ehe es hügelabwärts auf das ferne Schloß zugaloppierte.

Amen, dachte er. *So sei es.*

20

Das Handlesegerät war nun bei der dreißigsten Wiederholung des Reinigungsvorgangs. Jedesmal, wenn es sich selbst scannte, entdeckte es Bakterien, die die letzte Reinigung überlebt hatten, und fuhr daher fort, sich unter Strom zu setzen. Auf diese Weise geriet das Programm völlig durcheinander und umging die übliche Abkühlungsperiode zwischen zwei Reinigungen. Die Verdrahtung überhitzte sich, und beim einunddreißigsten Reinigungsprozeß gab es einen Kurzschluß. Blaue Funken sprühten, als einer der Drähte schmolz, und ein kleines Rauchwölkchen stieg zur Decke.

Es reichte aus, um einen Rauchalarm auszulösen, der direkt an das Londoner Büro von Biopol ging. Das Signal erreichte über Funk auch das lokale Emergency Response Unit, die Notfalltruppe, und binnen einer Minute war eine ganze Kompanie von ERU-Personal auf dem Weg zum Labor; ihre Sirenen übertönten den Verkehr in den überfüllten Londoner Straßen.

Im Hauptquartier von Biopol reagierte man nicht ganz so schnell, aber wesentlich überlegter; die Mitglieder der Einsatzgruppe nahmen sich die Zeit, ihre Schutzanzüge anzuziehen, ehe sie sich zu dem Schauplatz begaben, den ihr computerisierter Stadtplan anzeigte. Binnen fünf Minuten kletterten zehn Männer und Frauen in hellgrünen Raumanzügen in den rückwärtigen Teil eines Biocontainer-Fahrzeugs. Als sie losfuhren, nahm sich jeder Biocop eine Waffe aus dem Gestell im Wagen und prüfte, ob sie richtig geladen war.

Bruce hatte die Hälfte der Telefonnummer eingetippt, um das Auftreten von *Yersinia pestis* zu melden, als Janie ihm eine Hand auf den Arm legte.

»Was ist das?« sagte sie.

Bruce hielt mitten in der Bewegung inne und lauschte. »Irgendein Alarm«, sagte er. Er hörte genauer hin. »Hört sich an wie das Rauchalarmsystem.« Er legte den Hörer auf, bevor er die Nummer zu Ende gewählt hatte.

Janie rannte zur Haupttür des Labors und versuchte sie zu öffnen. »Wir sind eingeschlossen!« sagte sie. »Ich kann die Tür nicht aufmachen!«

»Dann muß der Rauchalarm auf dem Gang losgegangen sein«, sagte Bruce und kam zu ihr. Er drückte ein paar Knöpfe an einem Wandbrett, um die automatische Sperre vielleicht zu überlisten, doch als er selbst die Tür zu öffnen versuchte, rührte sie sich nicht. »Das Sicherheitssystem aktiviert automatisch die Sperre, um das Feuer aus dem Labor zu halten.« Er versuchte es nochmals, doch die Tür gab nicht nach. »Auf diesem Weg kommen wir hier nicht raus.«

Janie lief zu dem kleinen Fenster des Labors, schaute hinaus und sah das ERU-Team ankommen. Kaum war die Sirene verstummt, hörte sie in der Ferne schon die nächste.

Inzwischen stand Bruce neben ihr und hörte die zweite Sirene ebenfalls. »Das werden die Biocops sein. Wir müssen sofort verschwinden.«

»Mein Gott«, sagte Janie. »Warum kommen sie her?«

»Ich weiß nicht genau«, sagte Bruce, »aber ich denke, daß wir es durch schlichtes, blödes Glück geschafft haben, hier drin zu sein, als der Rauchalarm losging. Ich finde, wir sollten nicht bleiben, um festzustellen, ob ich recht habe.«

Auf der anderen Seite des Labors hörten sie, wie jemand die Türklinke bewegte und die Tür zu öffnen versuchte. Janie sah Bruce besorgt an und zeigte auf die Tür. »Da versucht jemand reinzukommen!«

Sie hörten eine gedämpfte Stimme aus dem Gang Bruces Namen rufen. »Wahrscheinlich derselbe Wachmann, den wir vorhin gesehen haben«, sagte er.

Janie sah sich rasch um, suchte nach einem anderen Ausgang, fand aber keinen. »Wie kommen wir hier raus?«

Ihr gefiel weder Bruces Schweigen noch sein Gesichtsausdruck, als er über ihre Frage nachdachte. »Es wird nicht so einfach sein, oder?« sagte sie.

Bruce runzelte die Stirn und konzentrierte sich. »Es gibt nur einen anderen Weg, wie man vielleicht hier rauskommt, und das wird schwierig. Wir müssen durch einen Luftschacht im Hauptkühldepot. Da sind eine Menge Filter im Weg. Eigentlich dient er nur dazu, gereinigte Luft wieder nach draußen abzuführen, aber vielleicht kommen wir durch. Komm«, sagte er und winkte in Richtung Kühlraum. »Wir haben nicht viel Zeit! Und vergiß deine Aktentasche nicht! Sonst finden sie heraus, daß du hier warst...«

Sie blieb stehen, als sie das dreieckige rote Biowarnschild an der Tür mit seiner verhängnisvollen Botschaft sah:

DAS GESAMTE PERSONAL MUSS BEI BETRETEN DIESER EINHEIT KOMPLETTE BIOSCHUTZANZÜGE TRAGEN

»Bruce!« sagte sie und hielt ihn zurück. »Da können wir nicht rein! Es ist schlimmer als die Hölle!«

»Janie, wenn wir jetzt nicht von hier verschwinden, kommen wir in *sehr* große Schwierigkeiten!« Sein Gesichtsausdruck besagte: *Keine Widerrede.*

Aber sie protestierte weiter. »Da drinnen wimmelt es doch von Bakterien und Viren! Wir kommen sowieso um!«

»Nicht, wenn wir nichts anfassen und keine ungefilterte Luft atmen.« Er öffnete einen kleinen Schrank in der Nähe der Tür und nahm zwei Masken heraus. Er reichte ihr eine und sagte. »Setz die auf. Sie ist für Plasmide zugelassen. Nichts, was groß genug ist, dir Schaden zuzufügen, kommt da durch, wenn wir vorsichtig sind.«

Sie nahm die Maske und starrte sie an. Sie wog nur ein paar Gramm; wenn sie in der Kühleinheit waren, würde das leichte Plastikmaterial alles sein, was ihre Lungen von unzähligen Milliarden infektiöser Tierchen trennte. Sie sah Bruce sorgenvoll an. »Aber sie ist so klein und sieht nach nichts aus. Ich kann mir einfach nicht vorstellen, daß sie ausreicht...«

Wieder wurde an der Tür gerüttelt.

»*Komm* schon!« sagte Bruce.

Sie setzte die Maske auf und zog das Band am Hinterkopf fest. Sie hatten gerade noch genug Zeit, um auch Handschuhe und Stiefel anzuziehen.

»Atme tief ein!« sagte Bruce zu Janie. Er öffnete die Tür zur Luftschleuse, und sie eilten hinein. Während sie kostbare Sekunden abwarteten, bis der automatische Luftaustausch vollzogen war, schaute Janie zur Seite und sah den jetzt ruhenden mechanischen Arm mit seinen seltsam menschlichen Fingern. Sie stellte sich vor, wie ein geschickter Techniker das empfindliche Gerät handhabte, um eine Probe zu entnehmen, statt sich den tödlichen Wirkstoffen auszusetzen, die im Gefrierraum gelagert waren; das erinnerte sie sofort daran, daß sie im Begriff war, einen Ort zu betreten, an dem sie nichts zu suchen hatte.

Sie passierten die zweite Tür, die klickend hinter ihnen zufiel, als sie den eigentlichen Kühlraum betraten. Fast sofort waren ihre Masken beschlagen. »Scheiße!« sagte Bruce. »Wir hätten sie kühlen sollen, bevor wir reinkamen. In ein oder zwei Minuten sind sie wieder klar, aber wir bleiben besser stehen, bis es soweit ist.«

Janie sah sich durch ihre eigene, schnell beschlagende Maske um, während sie in einem Wald von Glaskolben standen. Es war auf unheimliche Art schön in dem stillen Gefrierraum; alles bestand aus klarem Glas oder aus Chrom, und die Umrisse verschwammen durch die beschlagene Maske wie durch einen Weichzeichner; hier und da hingen aufrührerische Eiszapfen, die es in der trockenen Kunstluft eigentlich gar nicht geben durfte, rebellisch an den Wänden der Kolben. Ihr Atem strömte in kleinen Wölkchen aus den Filtern der Masken und kristallisierte sich fast sofort bis zur Unsichtbarkeit. Janie wurde jetzt klar, woher die Eiszapfen kamen: Sie waren die Überreste warmen menschlichen Atems.

Sie sah eine Ansammlung willkürlich aufgestellter Lagertanks, alle am Boden befestigt; sie argwöhnte, daß sie einige der tödlichsten Proben enthielten, die separat und bei noch niedrigeren Temperaturen aufbewahrt wurden.

Sie hörte ein Geräusch und drehte sich rasch um; ihre Maske wurde zwar allmählich wieder klar, aber noch nicht so klar, daß sie die Quelle des Geräuschs orten konnte.

»Runter!« flüsterte Bruce und drückte sich mit seiner behandschuhten Hand hinunter. Sie duckten sich hinter einen großen Lagertank und spähten dahinter hervor, als durch die gläserne Trennwand der Wachmann, den sie vorher im Flur getroffen hatten, sichtbar wurde. Gerade, als Janies Maske endlich ganz klar war, sah sie in seinem Nacken etwas explodieren, und der Mann brach unverzüglich zusammen.

Janie und Bruce keuchten hinter ihren Masken; die Geräusche

waren gedämpft und verzerrt, aber sie begriffen, was sie bedeuteten.

»Mein Gott, sie haben ihn erschossen!« sagte Janie.

»Herr im Himmel«, sagte Bruce, »das war eine chemische Kugel!«

»Sie haben ihn getötet, einfach so?«

Bruce hielt mit beschwichtigender Geste den Finger an die Maske und flüsterte, ohne die gläserne Trennwand aus den Augen zu lassen: »Sie gehen davon aus, daß bei einem Laborunfall jeder infektiös ist. Das ist seit dem Arbovirus-Zwischenfall vor zwei Jahren ihre Politik. Zuerst schießen, hinterher rechtfertigen.«

»Und das machen sie auch mit uns, wenn sie uns hier finden?«

»Weiß ich nicht«, sagte er nervös. »Vielleicht überlegen sie es sich zweimal, bevor sie blindlings in diesen Kühlraum schießen. Schau dich doch um; selbst eine chemische Kugel könnte eine Menge Schaden anrichten.«

Sie brauchte sich nicht groß umzusehen, um zu begreifen, was er meinte. Auf dem Tank, hinter dem sie kauerten, standen die Worte »Ebola, Zaire«, gefolgt vom Namen der afrikanischen Krankenschwester, die vor ein paar Jahren bei einer Mini-Epidemie mit 500 Toten die erste Patientin gewesen war. Janie erinnerte sich, in einer medizinischen Zeitschrift einen Bericht über das rasche Voranschreiten der Symptome gelesen zu haben, bei dem das Opfer auf schreckliche Weise durch innere Blutungen aus allen Organen und Blutgefäßen umkam. Das Virus hatte inzwischen zahlreiche Mutationen hinter sich, und die gegenwärtige Version war noch tödlicher.

»Aber trotzdem, diese Burschen sind gut, und die Gewehre haben Wärmesensoren, die auf 37 Grad eingestellt sind, also können wir nicht annehmen, daß sie auf keinen Fall schießen würden«, flüsterte Bruce, den Blick immer noch auf die Stelle gerichtet, an der sie den Wachmann hatten stürzen sehen. »Und sie treffen fast immer.«

Janie ließ den Kopf sinken und sagte: »Statt des Wachmanns hätte das einer von uns sein sollen.«

Und das ist erst der Anfang, dachte sie, und ihr Magen krampfte sich zusammen. *Ted ist auch tot, und Caroline ist irgendwo da draußen pestkrank unterwegs und steckt vielleicht Hunderte von Leuten an, das neueste Mitglied des Clubs der Erstpatienten.* Yersinia pestis *wird sich mit einer anderen Mikrobe zusammentun und sich ein Plasmid mit einem Gen für Antibiotikaresistenz schnappen, und dann sind wir wieder mitten im vierzehnten Jahrhundert. Nur brauchen die Ratten diesmal nicht auf Segelschiffe zu warten. Heute können sie Flugzeuge benutzen.*

Diese Weltuntergangsvorstellung drehte sich wie ein Endlosband in Janies Kopf, während sie darauf warteten, was als nächstes passieren würde. Sie hockten mit schmerzenden Beinen eine scheinbare Ewigkeit lang hinter dem Tank und lauschten den elektronisch verstärkten Stimmen der Biocops jenseits der Glastrennwand. Endlich, als sie nicht länger kauern konnten, setzten sie sich auf den kalten Laborboden, den Rücken gegen ein verchromtes Lagerregal gelehnt. Die Temperatur im Kühlraum betrug fast zwanzig Grad minus, und die Luft war äußerst trocken; Janie zitterte in ihrem leichten, nassen Mantel, der allmählich steif wurde. Als sie den Arm bewegte, platzten kleine Eisplättchen vom Ärmel und landeten auf dem Kachelboden unter ihr.

Auf der anderen Seite des Mittelgangs durch den Kühlraum konnten sie und Bruce das helle Grün von Raumanzügen sehen, das sich in der glänzenden Stahloberfläche des Schranks gegenüber spiegelte. Sie warteten reglos und schweigend und hofften inbrünstig, daß den Biocops kein Grund einfallen würde, den Kühlraum zu durchsuchen.

Nach einigen qualvollen Minuten sagte Bruce: »Vermutlich haben sie keine Ahnung, daß noch jemand hier drin ist. Sonst wären sie inzwischen längst da. Der Wachmann war der einzige, der uns beim Hereinkommen gesehen hat.«

Doch Janie war nicht von ihrer Sicherheit überzeugt. »Warte, bis sie die Hand finden«, sagte sie gerade so laut, daß Bruce sie verstehen konnte. »Dann nehmen sie den Raum hier auseinander. Ich hatte keine Zeit mehr, sie wieder in meine Aktenmappe zu packen, bevor wir wegliefen. Sie liegt immer noch in einer

Plastiktüte auf dem Boden. Wenn sie Bakteriendetektoren benutzen, finden sie sie im Nu.«

»Oh, das werden sie; bei einem Laborunfall müssen sie das. Sie scannen mit Laser die DNS, und dann wissen sie, daß es Teds Hand ist«, sagte Bruce, »und anhand von Spuren auf seiner Haut werden sie herausfinden, wer Kontakt mit ihm hatte. Und dann geht der Spaß erst richtig los. Jeder, der hier arbeitet, wird vernommen, ich eingeschlossen, und sie werden auch alle anderen aufsuchen, auf die sie beim Scannen gestoßen sind.«

Plötzlich erschienen zwei grüne Gestalten und traten nahe an die Glaswand. Janie und Bruce zogen die Beine an und drückten sich eng aneinander; sie hielten für einige Augenblicke den Atem an, damit der Kondensationsnebel ihre Anwesenheit nicht verriet. Sie konnten sich nicht rühren, denn wenn sie es taten, würden sie vielleicht die Aufmerksamkeit der suchenden Biocops auf sich ziehen; der Mangel an Bewegung machte die Kälte noch beißender, da er ihren Blutkreislauf verlangsamte. Trotz des Adrenalinstoßes fühlte Janie sich benommen von der extremen Kälte. Sie schaute zu Bruce hinüber und sah, daß er ebenfalls benommen wirkte. Ihr dämmerte, daß, wenn sie nicht bald herauskamen, sie beide erfrieren könnten, während Caroline noch immer frei in London herumlief.

Sie schaute hinüber zu der Spiegelung auf dem Schrank und sah, daß jetzt nur noch eine grüne Gestalt da war; die andere war verschwunden. Auch diese Gestalt drehte sich abrupt um und war nicht mehr zu sehen. Janie tippte Bruce auf die Schulter und zeigte auf den Schrank.

»Sie sind weg«, sagte sie. »Vielleicht haben sie die Hand gefunden.«

Er setzte sich rasch auf und kam in geduckter Haltung auf die Füße. »Damit dürften sie für einige Minuten beschäftigt sein«, sagte er. »Vielleicht kommen wir hier raus.« Als nach einigen weiteren Augenblicken noch immer keine Spiegelung grüner Gestalten zu sehen war, sagte er: »Komm hinter mir her.«

Sie bewegten sich rasch durch den Mittelgang des Gefrierraums, wobei sie geduckt blieben, und kamen an zahllosen Gestellen mit Röhren und einem richtigen Wald aus Chromcontainern vorbei; Janie las im Vorbeigehen die Aufschriften und krümmte sich. Sie sah einen weißen Kanister mit dem Etikett »Marburg« und dachte an den schrecklichen Unfall, der vor vielen Jahren in einem deutschen Labor passiert war; die Probe eines obskuren und tödlichen afrikanischen Virus der Ebola-Familie war in einer zerbrochenen Ampulle nach Marburg gekommen und hatte die inneren Organe mehrerer Labormitarbeiter binnen weniger Tage in eine suppige Masse verwandelt. Trotz ihrer Maske hielt Janie den Atem an, als sie an diesem Behälter vorbeiging.

Bruce war bereits an der Luftschleuse. Seine steifen, behandschuhten Finger lösten ungelenk eine Schicht nach der anderen aus Klammern und Filtern, und Janie dachte bei sich, daß seine Verbrennung dabei entsetzlich schmerzen mußte. Jede Schicht von Klammern war so entworfen, daß sie einen Eindringling aufhielt, der von außen hereinwollte. Bald waren sie von einem Stapel aus Schirmen und Filtern umgeben: Bruce griff in den Schacht und zog den letzten, dicken Filter heraus. Mit den Füßen zuerst kroch er in den Schacht und trat die Außenverkleidung heraus, als er sie erreicht hatte. Er hoffte, daß niemand in der Nähe war, der ihn beobachten konnte. Doch als er in die Dunkelheit hinausschlüpfte, fand er sich hinter einer Gruppe von Büschen wieder, die von niemandem einzusehen war. Er drehte sich um und half Janie, sich ins Freie zu zwängen.

»Zieh das Zeug aus und steck es in den Schacht«, sagte Bruce zu Janie. »Faß das Gitter nicht an. Wir müssen es draußen lassen.«

Bruce konnte hören, wie Janies Zähne klapperten. Er legte die Arme um sie. »Komm, laß dich wärmen«, sagte er. »Noch ein paar Minuten da drinnen, und wir wären wirklich in großen Schwierigkeiten gewesen.«

»Wir *sind* in großen Schwierigkeiten«, sagte Janie. *»Wie zum Teufel sind wir da bloß reingeraten?«*

Sie verweilten ein paar Minuten im Gebüsch und klapperten mit den Zähnen, während sie versuchten, sich aufzuwärmen. Als sie sich etwas weniger mühsam bewegen konnten, stand Bruce vorsichtig auf und sah sich um.

»Wir sind im seitlichen Garten«, sagte er. »Sieht verlassen aus.« Janie stand auf, und sie klopften ihre Kleider ab; sie fuhr sich mit den Fingern durch die Haare, um sie etwas zu ordnen, und tat dasselbe bei Bruce. Dann verließen sie die Sicherheit des Gartens und gingen hinaus auf die Straße, um zu sehen, was sich da abspielte.

Sie erreichten die hinteren Reihen der Menschenmenge und versuchten, mit ihr zu verschmelzen. Draußen vor dem Haupteingang des Instituts hatte sich hinter einer Absperrung aus grünem Band eine immer größer werdende Schar von Neugierigen angesammelt, und Janie und Bruce schoben sich möglichst behutsam vor, um niemanden anzurempeln. Als sie eine gute Sicht hatten, blieben sie stehen und beobachteten aus sicherer Entfernung, wie die Biocops das Gebäude betraten und verließen. Es dauerte nicht lange, bis sie den langen, schmalen Behälter erspähten, der vermutlich den Leichnam des Wachmannes enthielt; er wurde von vier gar nicht fröhlich wirkenden Riesen die Vordertreppe heruntergetragen.

»Sie gehen kein Risiko ein«, flüsterte Bruce in Janies Ohr. »Sie haben ihn luftdicht versiegelt. Später werden sie ihn testen und dann verbrennen.«

Janies Augen füllten sich mit Tränen; sie weinte lautlos, während sie zusah, wie ein anderer Biocop einen kleineren Behälter allein die Vordertreppe heruntertrug. *Großer Gott, die Hand,* dachte sie bei sich.

Bruce mußte ihre Gedanken gelesen haben. »Sie werden etwa eine halbe Stunde brauchen, um festzustellen, wem sie gehört. Wir verschwinden besser, ehe mich jemand erkennt.«

Ein paar Blocks weiter fanden sie einen Lebensmittelladen; drinnen gab es eine Telefonzelle. Bruce wählte die Notrufnummer von Biopol und meldete anonym den unversiegelten Luftschacht, der aus dem Labor führte. Caroline oder das Pestbakterium erwähnte er gar nicht; ihre Situation war inzwischen zu kompliziert. Trotz der hochmodernen Technologie von Biopol wußte er, daß sie in sicherer Entfernung sein würden, bis die Biocops ihre Schutzmasken fanden und ihren Weg bis zur Telefonzelle verfolgten, also tätigte er den Anruf ohne Bedenken. Doch als er Janies besorgten Blick sah, sagte er: »Der Apparat wird von zu vielen Leuten benutzt, als daß sie beweisfähige Spuren sichern könnten. Man wird nicht auf uns kommen.«

Keiner von ihnen sprach darüber, was sie vielleicht getan hätten, wenn sie aufgrund der Meldung hätten identifiziert werden können. Als sie hinaus in die Dunkelheit Londons schlüpften, fragte Bruce sich, ob er imstande gewesen wäre, sich dem Wohl der Allgemeinheit zu opfern. Er wußte es nicht. Und er wollte es nicht wissen.

Lieutenant Michael Rosow von der Londoner Abteilung der International Biological Police stand in der Dekontaminierungskammer und ließ die Sterilisationsflüssigkeit über die Oberfläche seines grünen Anzuges rinnen. In dunkelblauen Strömen floß sie durch die Falten und Vertiefungen des glatten Plastikoveralls. Sie erinnerte ihn an das Frostschutzmittel, das sie für ihre Wagen benutzt hatten, bevor die solare Temperaturregelung eingeführt wurde.

Das war ein Teil, den er immer gehaßt hatte, dieser langsame, langwierige Prozeß nach dem Verlassen eines kontaminierten Bereichs vor Wiedereintritt in die sterile Welt. Als endlich das Signal aufleuchtete, das verkündete, die Schleuse werde gleich geöffnet, seufzte er erleichtert und wandte sich der Tür zu. Er wartete auf das zischende Geräusch, mit dem die Pumpe die Luft aus der Kammer in das Filtersystem saugte. Dann trat er hinaus und blieb über dem Abtropfbecken stehen, während zwei Techniker, die Handschuhe, Masken und Stiefel trugen, begannen, ihm seinen Anzug auszuziehen.

Als endlich alle Schichten abgeschält waren, stand er nackt da und schloß die Augen, um die letzte Dekontaminierungsdusche über sich ergehen zu lassen. Dabei richteten die Techniker ihre Sprühdüsen mit der warmen Flüssigkeit von Hand auf alle Falten und Vertiefungen seines Körpers; dieser Teil der Dekontaminierung war mehr als nur ein bißchen erotisch, und zu seiner großen Verlegenheit hatte er darauf schon des öfteren reagiert.

Er trocknete sich ab und zog wieder »normale« Kleidung an. Dann ging er geradewegs ins Untersuchungslabor. Seine schnelle Gangart verriet, wie aufgeregt er war; sosehr er die langwierige Sterilisierungsprozedur auch haßte, das, was jetzt kam, liebte er, und es entschädigte ihn reichlich für das unangenehme Bad in Frostschutzmittel.

Er hatte die Hand bereits gescannt, um die DNS zu identifizieren. Drei Ergebnisse waren verzeichnet – das erste betraf den Eigentümer der Hand, einen gewissen Dr. Theodore Cummings, Direktor des Labors, in dem sie gefunden worden war; der Mann wurde offenbar vermißt und war, wenn der Zustand der Hand auf das Gesamtbild schließen ließ, vermutlich tot. Das zweite Ergebnis war ein Enterobakterium in ausreichender Menge, um vom Scanner als »Lebewesen« erkannt zu werden, das er noch nicht identifiziert hatte. Das dritte Ergebnis betraf eine unbekannte weibliche Person, die offenbar nicht geprintet worden war, weil sich nichts gezeigt hatte, als er ihre DNS mit allen bekannten Proben auf der Welt verglich. Rosow wußte, daß ein solches Resultat eines von drei Dingen bedeuten konnte. Die Frau konnte sehr alt sein, alt genug, um vom Gesetz zur Erfassung der Identität nicht mehr betroffen gewesen zu sein, doch daran zweifelte er wegen des guten Zustands der Zellen im Identifizierungsmuster. Sie konnte auch eine Marginale sein, der es irgendwie gelungen war, dem Printen zu entgehen. Diese Möglichkeit konnte er nicht ausschließen und mußte sie daher offenlassen. Die dritte Möglichkeit war, daß sie ungeprintete Bürgerin eines anderen Staates war, die sich mit einem begrenzten Visum in Großbritannien aufhielt und sich nicht printen lassen mußte, wenn sie nicht länger als vier Wochen im Land blieb.

Er setzte sich in den Drehsessel vor dem Computer und machte es sich bequem. Er rief das Programm zur Interpretation von DNS auf und starrte neugierig auf den Bildschirm, während er eine Reihe kurzer Befehle eingab. Eine sanfte weibliche Stimme, die sexy klang, sprach beruhigend zu ihm.

»Die verlangte Operation wird in sechs Minuten durchgeführt sein. Bitte warten Sie. Möchten Sie während der Verarbeitungszeit etwas Musik hören?«

Rosow antwortete: »Ja.«

Die Stimme sagte: »Bitte wählen Sie aus der Liste auf dem Bildschirm. Sprechen Sie Ihren Wunsch langsam und deutlich aus.«

Er sah die Liste rasch durch und verglich die Länge der Musikstücke mit der erwarteten Dauer der Datenverarbeitung; dann gab er ein: »Brahms, Deutsches Requiem, Fünfter Satz.«

Der Computer antwortete: »Eine ausgezeichnete Wahl. Einen Augenblick, bitte.«

Als die große Stimme seines Lieblingssoprans den Chor übertönte, beobachtete er gespannt den Bildschirm. Bit um Bit formte sich das Bild; er war wie in Trance und konnte den Blick nicht abwenden. Langsam entstand vor seinen Augen die Abbildung einer Frau; während der ganze genetische Code der Zellen, die man unter den Fingernägeln von Ted Cummings' abgetrennter Hand gefunden hatte, interpretiert wurde, veränderte und verformte sich das Bild der Frau auf dem Bildschirm.

»Komm schon, Darling«, sagte er, »laß dich anschauen.«

Während die Musik anschwoll und mit hohen Soprantönen über dem harmonischen Chor endete, erschienen auf dem Schirm die letzten Details des Bildes. Rotes Haar, blaue oder grüne Augen, etwas über einssechzig groß, schlank, wenn sie nicht fett geworden war. Eine echte Schönheit; eine auffallende Erscheinung.

»Oh, Baby, Baby, Baby!« flüsterte er, während er das Bild schärfer stellte. Rosow fragte sich, wie sie in Wirklichkeit aussehen mochte, nachdem sie so lange in der realen Welt gelebt hatte, wie sie es eben tat. Er hatte nie den Nerv gehabt, sein eigenes Bild abzurufen, zu sehen, was das Leben im Vergleich zu seinem unangetasteten Potential aus ihm gemacht hatte. Er hatte das bei ein paar Bekannten getan (ohne deren Wissen oder Zustimmung, wie er einräumen mußte) und war entsetzt gewesen, wie Schwerkraft, Wetter und Sorgen allen Menschen zusetzen. Aber diese

Frau hatte mit einem tollen Potential angefangen und würde vermutlich auch heute nicht allzu schlecht aussehen. Die Interpretation der Zellgenerationen bestätigte seine Einschätzung ihres Alters.

Er isolierte ihre Gesichtszüge und vergrößerte sie auf dem Bildschirm. Er holte ein Eingabefenster auf den Schirm und kennzeichnete alle Merkmalsdaten, die er aussenden wollte. Als er mit den ausgewählten Informationen zufrieden war, drückte er die »Senden«-Taste und wartete ein paar Sekunden, während der Apparat das Gesicht dieser Frau und eine Liste mit Identifizierungsmerkmalen an alle Biopol-Stationen und mobilen Einheiten in ganz England übermittelte.

Michael Rosow konnte nicht auf die Programme warten, von denen man munkelte, sie würden im Institut entwickelt, und die ihm angeblich ermöglichen würden, das rekonstruierte Bild dieser Frau genauso atmen und sich bewegen zu lassen, wie es die echte Frau tun würde.

Die sexy Stimme meldete sich wieder. »Die Übertragung wurde erfolgreich beendet. Sonst noch etwas?«

Rosow lachte und sagte: »Ja, Schätzchen. Zeig mir, wie *du* aussiehst.«

Die zerlumpte Frau war vielleicht die seltsamste von den vielen hundert Silhouetten, die sich von der untergehenden Sonne abhoben, als sie ihren Einkaufskarren über die Brücke schob. Autos sausten vorbei, vereinzelte bunte Flecken in der rasch dahinziehenden Herde schwarzer Taxis, die vom Glück begünstigte Menschen in ihre bequemen Vorortheime beförderten. Andere, ein bißchen weniger vom Glück begünstigte Leute gingen zu ihren Apartments am Rande Londons, und daher herrschte auf der Brücke einiger Fußgängerverkehr. Obwohl sie wußte, daß ihre Gefährten wieder nach ihr Ausschau hielten, war die Frau, die ihren Karren über die Brücke schob, etwas ängstlich. Sie hätte sich sehr viel wohler gefühlt, wenn sie wieder bei der Gruppe gewesen wäre, die unter der Brücke zu finden war, eine sehr andere Art von Gesellschaft.

»Ich mag Menschenmengen nicht sonderlich«, sagte sie zu Caroline, die sich eine ganze Weile nicht bewegt hatte und nicht in dem Zustand war, in dem man eine Antwort von ihr hätte erwarten können. »Hatte nie was übrig für große Gruppen von Leuten.« Sie ging langsamer und dachte über andere Routen nach, die sie nehmen könnte und auf denen sie den Bedrohungen der Zivilisation weniger ausgesetzt wäre. Doch jede war mit irgendeinem Problem verbunden, und jede bedeutete eine gefährliche Verlängerung der Zeit, die sie brauchen würde, um ihre kranke Fracht abzuliefern. Irgendwie mußte sie auf die Südseite des Flusses gelangen, und diese Brücke wies die wenigsten Hindernisse auf, denn wie ein Rollstuhl konnte ihr Einkaufswagen keine Treppen bewältigen; auf dieser Brücke waren die Gehsteige wie die Straße glatt und eben.

Die Brücke bestand aus Stahlträgern und -balken, elegant und neu, ein stärkerer Ersatz für die ursprüngliche Brücke aus Stein und Zement, die vor ein paar Jahren von der Bombe eines Terroristen zerstört worden war, zusammen mit einer Menge Geschichte. Der Frau hatte die alte Brücke besser gefallen. Sie war eine schöne, stattliche Verbindung zwischen den beiden Ufern gewesen und hatte zu den umgebenden Gebäuden gepaßt.

»Eine Schande, wie sich alles verändert«, murmelte sie. Sie beugte sich dichter über Caroline, als könne die jüngere Frau wirklich hören, was sie zu ihr sagte. »Früher kannte ich meinen Weg durch diese Stadt, aber jetzt nicht mehr. Jetzt ist sie für mich wie ein fremdes Land. Zu viele große Gebäude. Zu viele Leute.«

Sie fühlte sich bereits schlecht und war überrascht, wie schnell der unsichtbare, aber erwartete Eindringling die Kontrolle über ihren Körper übernahm. Es war erst eine kurze Weile her, daß sie Carolines Schicksal in die Hand genommen hatte, und sie hatte mehrmals umkehren müssen, wenn sie vor einem unüberwindlichen Hindernis stand. Sie wurde des ständigen Gehens allmählich müde und hätte sich gern ausgeruht, und sei es nur für ein paar Minuten. Der Zustand ihrer Passagierin aber, der sich rapide verschlechterte, ließ nicht zu, daß sie sich den Luxus einer Pause gönnte, um über ihr eigenes Befinden nachzudenken. Sie behielt ein langsames, aber stetiges Tempo bei, denn sie wußte, das war ihre einzige Hoffnung, ihr Ziel zu erreichen, bevor es zu spät war, das zu tun, was getan werden mußte.

»Nur zu, du kleiner Quälgeist, *sei* ruhig schwierig.« Lieutenant Rosow hatte nicht viel Erfolg bei der Identifizierung des Bakteriums, das er auf Ted Cummings' Hand gefunden hatte, und war ziemlich frustriert. Wie häufig, wenn er Objekte untersuchte, redete er mit ihm, mal nett, mal mit offenkundigem Zorn, als könne er den starrsinnigen Gegenstand so dazu bewegen, sein Inneres und all seine Geheimnisse preiszugeben.

Er war verwirrt; diese Bakterien wiesen Ähnlichkeiten mit einer Reihe von Spezies auf, doch im Datenspeicher gab es keine exakte Entsprechung. Daß er auf etwas stieß, was er einfach nicht identifizieren konnte, war schon lange nicht mehr vorgekommen; er hatte einen Trick entwickelt, Mutationen zurückzuverfolgen und dann diese Mutationen auf existierende Bakterien zu extrapolieren, und bei vielen verschiedenen Gelegenheiten hatte er damit sehr erfolgreich Entsprechungen gefunden.

Aber dieses kleine Ding hier, das sich so hektisch vermehrte, schien sich nicht aus irgend etwas entwickelt zu haben, das er in seinem Datenspeicher hatte. Er erstellte zehn verschiedene Mutationsoptionen, einige davon über mehrere Generationen, aber er fand nichts. Verblüfft wies er den Computer an, einen Quervergleich mit anderen unidentifizierten Proben in der Datei anzustellen. Er erwartete nicht, Entsprechungen zu bekommen.

Doch er irrte sich. Nach nur zehnminütiger Suche unter Millionen von Proben gab es sechs positive Entsprechungen. Alle gegenwärtigen noch unidentifiziert.

Und alle sechs aus den letzten zwei Tagen.

Er richtete sich kerzengerade auf und schaute intensiv auf den Bildschirm. Die Berichte über jeden der Fälle wurden aus den verschiedenen Eingabequellen gesammelt. Fünf der Entsprechungen waren aus verschiedenen Krankenhäusern gekommen, eine war bei einer routinemäßigen Compudoc-Untersuchung gefunden worden. Drei waren Londoner, die anderen drei wohnten in nahen Vororten. Die Träger ähnelten sich in keiner Weise, hatten weder den gleichen Beruf noch den gleichen Wohnsitz noch die gleichen Gewohnheiten oder Laster. Alle fühlten sich ungefähr um dieselbe Zeit krank und klagten über identische Symptome. Hohes Fieber, geschwollene Drüsen, dunkle Flecken am Hals und in den Leisten; eine exakte Diagnose war nicht gestellt worden. Vier der Träger waren bereits gestorben, als die letzte Aktualisierung der Daten durchgeführt worden war, die beiden anderen waren schwer krank.

Um den Computer automatisch tätig werden zu lassen, waren zehn unidentifizierte Entsprechungen nötig. Rosow wußte, daß er diese potentielle Epidemie nicht entdeckt haben würde, wenn er nicht in Kontakt mit Ted Cummings' Hand gekommen wäre und anschließend nach Entsprechungen gesucht hätte. Irgendwann würde es genug Opfer gegeben haben, um das System aufmerksam werden zu lassen, aber bis dahin konnte, was immer er mit seinem charakteristischen blinden Glück gefunden haben mochte, bereits außer Kontrolle geraten sein.

Vielleicht werden sie jetzt auf mich hören, dachte er. Er hatte mehrmals vergeblich versucht, die Auslöseschwelle auf vier Fälle herunterzudrücken, aber er war der einzige, der das für nötig hielt. Die Gewerkschaft der Biocops fand, daß ihre Arbeitsbelastung damit dramatisch erhöht werden würde, und blockierte die vorgeschlagene Änderung. Rosow war damals wütend auf die Gewerkschaftsführer gewesen, und das war er noch immer. Er ging nicht einmal mehr zu den Versammlungen.

Er setzte die Suche nach einem Muster unter den Opfern fort, aber keines fiel sofort ins Auge. Erst als er alle Interviews mit den nächsten Angehörigen gelesen hatte, fand er endlich, was er brauchte.

Das erste Opfer, das gestorben war, war der Besitzer eines sehr schicken Londoner Restaurants, und drei der anderen hatten am gleichen Abend dort gegessen. Rosow rief sofort die Angehörigen der beiden anderen an und stellte fest, daß einer davon ebenfalls dort gewesen war.

Das schien ihm auf ein mit Nahrung verbundenes Toxin zu

deuten, und diese Spur verfolgte er zuerst, aber eines der Opfer hatte überhaupt nichts gegessen, sondern nur Wein getrunken, während sein Begleiter aß. In seinem Magen war nichts enthalten, als sie ihn aufschnitten. Die Untersuchung einer anderen Flasche des gleichen Weins ergab keinen Hinweis darauf, daß der Wein kontaminiert war. Der Begleiter hatte einen anderen Wein bestellt.

»Na, hoffentlich hast du's genossen, das letzte Glas Wein und so«, sagte er laut. »Ich hätte ein Bier vorgezogen.« Dann fügte er hinzu: »Wenn ich's *gewußt* hätte.«

Also nicht der Wein, nicht das Essen, keine berufliche Gemeinsamkeit, kein gleicher Wohnort. Nur ihre Anwesenheit in dem Restaurant verband die Opfer miteinander; das Restaurant besaß keine Klimaanlage, sonst hätte er auf eine Form von Legionärskrankheit getippt. Aber die Symptome paßten nicht dazu.

Rosow war noch verblüffter als zuvor. Er wußte nicht, wie er verfahren sollte. Doch eines war sicher: Er mußte diese rothaarige Frau finden.

Vor sich in der Ferne sah die müde Frau zwei hellgrüne Biocops auf dem Bürgersteig in der Nähe der Stelle stehen, wo das Ende der Brücke auf die Hauptstraße stieß. Sie waren, ob sie das nun wußten oder nicht, dem Ort sehr nahe, wo die meisten Mitglieder des lokalen Clans der Marginalen ihre unter der Brücke gelegene Gemeinde betraten. Und obwohl ihr dieses Wissen ganz allgemein mißfiel, hatte die Anwesenheit der Cops in der Nähe des Eingangs zur Unterwelt keine direkte Auswirkung; sie hatte nicht vor, dort einen Besuch abzustatten. Dazu war keine Zeit.

Aber irgendwie würde sie sie umgehen müssen, denn sie standen ihr unmittelbar im Weg. Sie hörte auf, ihren Karren zu schieben, und dachte darüber nach, was sie nun tun sollte. Sie konnte nicht genug sehen, um den Grund für ihre Anwesenheit zu erkennen; sie würde also weitergehen müssen, bis sie ihn bestimmen konnte. Nervös sah sie sich nach Hinweisen auf ihre flüchtigen Gefährten um, denn sie wußte, daß sie bei diesem Teil der Reise deren Hilfe brauchen würde.

Nach einem schnellen Blick auf Caroline war der alten Frau klar, daß es unklug wäre, sie hierzulassen und ohne sie weiterzugehen, um die Lage zu erkunden. Sie beugte sich vor und sagte: »Wär doch nicht gut, wenn jemand in diesem Karren herumsuchen würde, während ich mit anderen Dingen beschäftigt bin, was?« Die Situation machte ihr Sorgen; es schien keine andere Möglichkeit zu geben, als weiterzugehen. Wenn sie jetzt plötzlich kehrtmachte und zurückging, würde das mehr Verdacht erregen, als weiterzugehen, falls einer der Biocops sie schon bemerkt hatte. Natürlich würden sie wissen wollen, was sich in dem Karren befand und warum; wenn sie einfach weiterging, wären sie vielleicht von ihrer unmittelbaren Aufgabe zu sehr in Anspruch genommen, um sonderlich auf sie zu achten.

Als sie den Biocops näher kam, wurde der Grund für ihre Anwesenheit offensichtlich; der Körper eines Mannes, offensichtlich eines Marginalen, lag quer auf dem Gehsteig. Sie untersuchten den Leichnam und hatten den Verkehr um ihren geparkten Wagen herumgeleitet; schlimmer aber war, daß die Leiche ihr den Weg über den Gehsteig versperrte und sie sie irgendwie würde umgehen müssen.

Der Verkehr war einfach zu dicht für den Versuch, über die Fahrbahn zu gehen. Sie konnte anhalten, bleiben, wo sie war, und darauf warten, daß der Transporter von Biopol den Leichnam wegbrachte, aber angesichts Carolines Zustand verwarf sie diesen Gedanken. Die Zeit wurde knapp.

Sie ging weiter, und der rostige Karren quietschte unangenehm, als sie sich dem Hindernis auf dem Gehsteig näherte. Sie hatte große Angst, wollte es aber nicht zeigen, denn dann würde man sie mit Sicherheit verdächtigen; sie nahm all ihren Mut zusammen, warf sich ihren Schal dramatisch über eine Schulter und reckte stolz das Kinn. Sie näherte sich einem der Biocops und sagte zu ihm: »Hören Sie mal, junger Mann, diese Leiche ist mir im Weg, und ich habe Termine einzuhalten! Junge Burschen helfen alten Damen doch immer noch über die Straße, oder?«

Ihre selbstbewußte Äußerung überraschte die beiden kräftigen Cops unverhofft. Einer kam zu dem Karren, schob die Zeitungen zur Seite und beäugte Caroline, während die Frau danebenstand und zusah und verzweifelt versuchte, nicht zu zittern. Er sah sie an und schaute ihr direkt in die Augen. Sie nahm alle Kraft zusammen, die sie in ihrem Inneren finden konnte, und sagte: »Die schläft ihren Rausch aus. Ich glaube, ich habe sie nicht richtig erzogen.« In diesem Moment stöhnte Caroline, als wolle sie die Behauptung ihrer angeblichen Mutter bestätigen.

Die Alte benutzte dieses Stöhnen zu ihrem Vorteil. »Schon gut«, sagte sie beruhigend zu Caroline, »du gibst das üble Zeug einfach von dir, und dann machen wir uns wieder auf den Weg.» Sie sah den nächststehenden Cop an und sagte: »Sie treten besser ein bißchen zurück. Sie wird sich gleich übergeben, wie immer. Und Sie wollen doch Ihren schönen grünen Anzug nicht schmutzig machen.« Damit hatte sie recht; das war das letzte, was der Cop wollte. »Beschmutzung des Anzugs« verlangte Berge von schriftlichen Erklärungen und eine ausgedehnte Sterilisierungssitzung, die keiner mochte.

Plötzlich erschienen zwei ihrer rauhen Gefährten als Retter an ihrer Seite und dienten sich geschäftig als Helfer an. Ihre verwirrende Ankunft war genau die Ablenkung, die sie brauchte; die Biocops wandten ihre Aufmerksamkeit von Caroline ab und beäugten mißtrauisch die plötzliche Ansammlung von Marginalen. Zusammen hoben diese den Karren an und trugen ihn über den Leichnam weg, wobei sie sich freundlich unterhielten. Die Frau war zwar überrascht über dieses abrupte Eingreifen, spielte aber mit und bedankte sich überschwenglich für die Hilfe. Dann verschwanden die Helfer genauso plötzlich, wie sie erschienen waren.

Die alte Frau sah eine Chance, unbehelligt zu entkommen, und stürzte sich in ausführliche Dankesbekundungen, die sie an alle Umstehenden richtete einschließlich einiger angeekelter Passanten, die schnell an ihr vorbeieilten. Sie ließ ihren Karren einen Moment im Stich, näherte sich den beiden Cops und sagte: »So, nun gebt mir ein Küßchen, und weg bin ich!« Die beiden hoben abwehrend die Hände und winkten sie weg; mit gespielter Empörung stapfte sie davon und griff wieder nach ihrem Karren. Sie ließ zwei grüne Männer hinter sich, die sehr froh waren, keine Marginalen zu sein.

Als sie ihren Karren vom Schauplatz der Begegnung wegschob, zitterte sie heftig. *Das war knapp, zu knapp…*

Vor ihr lag die letzte Steigung, der schwerste Teil ihres Weges, und sie war jetzt schon erschöpft. Sie blieb stehen und nahm einen Schluck aus ihrer Wasserflasche; dann goß sie etwas über Carolines Gesicht, um sie abzukühlen; mehr konnte sie nicht für die junge Frau tun, da sie sie nicht mehr zwingen konnte zu trinken. Mit einem schweren Seufzer machte sie sich auf den ansteigenden Weg und wünschte sich dabei, auf wunderbare Weise noch einmal in der Blüte ihrer Jugend zu stehen. Die Anstrengung der Steigung erhitzte sie, und so nahm sie ihren schmutzigen Schal ab und legte ihn über Caroline, schützte sie mit einer weiteren Bedeckung vor den spähenden Blicken der Passanten, von denen einige neugierig in den Karren zu schauen versuchten. Sie glaubte nicht, daß Caroline jetzt noch viel davon merkte, und die schäbige Erscheinung ihrer Begleiterin wäre ihr jetzt wohl auch gleichgültig gewesen. Die alte Frau sah sich noch einmal um und wünschte sich, sie hätte schon mehr Entfernung zwischen sich und die Brücke gelegt. Dann machte sie sich wieder auf den Weg.

Sie verschwand gerade außer Sichtweite, als ein dritter Biocop mit einem Farbdruck in der behandschuhten Hand aus dem Transporter stieg. Er reichte ihn seinen Gefährten, von denen ihn einer sorgfältiger betrachtete als der andere. Er schaute in die Richtung, wo er die zerlumpte Frau hatte verschwinden sehen. Er gab seinem Kollegen den Ausdruck zurück und stieg in den Transporter, wo er eine rasche Botschaft an Lieutenant Rosow tippte, der das Bild durchgegeben hatte. Er drückte ein paar Tasten auf der Computertastatur und schickte die Nachricht ab, in der er mitteilte, daß er die Gesuchte möglicherweise gesehen habe.

Ächzend und keuchend mußte die alte Frau schließlich stehenbleiben. Binnen weniger Augenblicke erschien ein Mitglied ihres Clans und faßte nach dem Griff des Karrens. Ehe der Mann den restlichen Weg übernahm, umarmte er sie und wünschte ihr alles Gute. Nachdem er aufgebrochen war, kam ein anderer Marginaler und führte die Frau, die jetzt Fieber und Schüttelfrost hatte, zu einem Ort, wo sie in Sicherheit sein würde. Sie lehnte sich an ihn, und zusammen gingen sie fort.

Der neue Marginale schob den Karren weiter; bald erreichte er ein altes Eisengitter und dahinter das kahle Feld, auf dem Caroline und Janie in der Dunkelheit gefroren und sich vor den Zeugen gefürchtet hatten, die sie spürten, aber nicht sehen konnten, den gleichen Marginalen, die ihm jetzt zu Hilfe kamen. Der Mann bewegte sich mit großer Energie und Entschlossenheit vorwärts, froh, daß die Aufgabe bald vollbracht sein würde und daß er dabei eine so wichtige Rolle gespielt hatte. Jedem, der ihn gesehen hätte, wäre er wohl viel zu mager erschienen, um die Kraft für diese Aufgabe zu besitzen, aber er fühlte sich auf unerklärliche Weise beglückt und angeregt, und seine Leistung war bewundernswert.

Er beugte sich über seine Fracht und sagte: »Ich denke, da ist noch ein bißchen Feuer in mir. Und was machen wir jetzt mit Ihnen?«

Er öffnete das Eisentor und schob den Karren hindurch und auf das Feld. »Jetzt wird es etwas holprig«, entschuldigte er sich. »Da war vielleicht das Kopfsteinpflaster noch angenehmer für Sie.«

Aber Caroline war in einem Fiebertraum versunken. Sie lag in einem Holzkarren, der von einem Gespann müder Pferde über ein schlammiges Feld gezogen wurde, und sie spürte die Schlammspritzer, die ihre aus dem Karren hängende Hand trafen. In dieser Hand befand sich irgendein nicht identifizierter, kostbarer Gegenstand; sie hielt ihn mit aller Kraft fest, die sie noch besaß.

Als der Traum sich dem Ende näherte, hob der Marginale sie aus dem Karren und legte sie sanft auf eine trockene Erhebung auf dem Boden. Er lehnte sie leicht gegen einen Felsblock und hoffte, daß diese Stütze sie davor bewahren würde, in der Flüssigkeit zu ertrinken, die ihre Lungen fast schon füllte. Er deckte sie wieder mit Zeitungen zu und legte dann den kleinen braunen Stoffbeutel der Frau neben sie.

Nachdem er seine Aufgabe erfüllt hatte, drehte er den Karren um. Ohne Caroline war er viel leichter zu schieben, und er bewegte sich schnell auf den Rand des Feldes zu. Er fragte sich, wie lange es dauern würde, bis er den gleichen Schüttelfrost bekommen würde, den seine alte Freundin jetzt hatte; er fragte sich auch, ob bald noch andere seinen Schmerz teilen würden. Er blieb einen Moment stehen und sah sich nach Caroline um; er fragte sich, ob ihre Rettung den Preis wert war, den er und seine Gemeinde dafür bezahlten.

»Ich werde es vermutlich nie wissen«, sprach er in die leere Nacht. Da er nun zurückgezahlt hatte, was er Sarins Mutter schuldete, schob er den Karren hinter ein Gebüsch. Nach wenigen Minuten war er in der Londoner Finsternis verschwunden und unterwegs nach Norden zum Fluß und zum Trost der Brücke.

21

Nach Windsor zurückgekehrt, ordnete und packte Alejandro rasch die wenigen Habseligkeiten, die er bei seiner ersten Ankunft mitgebracht hatte. Alles, was er zu seinem neuen Heim mitnehmen würde, war leicht auf dem zweiten Pferd zu transportieren, das er an den Sattel seines Reittiers gebunden hatte; er hätte noch mehr mitnehmen können.

Die Stunde der Abreise nahte, und er war bereit. Nun machte er sich an die traurige Aufgabe, sich von den Menschen zu verabschieden, mit denen er in den schweren Monaten der Abgeschiedenheit so eng zusammengelebt hatte. Er suchte die Diener auf und gab jedem eine Goldmünze, denn auf seiner ganzen Reise hatte er nicht ein Hundertstel von dem ausgegeben, was sein Vater ihm zu Beginn der Reise gegeben hatte.

Nachdem er das erledigt hatte, ging Alejandro langsam zu Isabellas Gemächern im Südwestteil des Schlosses; er schob absichtlich den unvermeidlichen, traurigen Moment der Trennung von Adele auf, bis sie sich in Canterbury wieder treffen würden.

Isabella persönlich war die erste, die ihn begrüßte. Er machte eine makellose Verbeugung, da er dieses höfische Ritual nun endlich beherrschte. Die Prinzessin grinste und klatschte leicht in die Hände.

»Monsieur, Eure Fortschritte sind lobenswert! Wir bewundern, wie gut Ihr Euch unsere Sitten zu eigen gemacht habt; nicht alle exotischen Fremden lernen so gut wie Ihr! Und jetzt werdet Ihr Windsor verlassen. Es ist ein Jammer, daß Ihr Eure Fähigkeiten nicht hier nutzen könnt.«

Exotisch? dachte er. Würden ihre Spitzen denn nie aufhören? Wenn er und Adele verheiratet wären, würde diese schnippische Prinzessin eine Art Schwester für ihn sein, da sie seiner Braut so nahe stand. *Mich schaudert bei dem bloßen Gedanken!* Wieder unterdrückte er seine Abneigung gegen sie und sagte: »Danke, Hoheit, aber Ihr erweist mir zuviel Ehre. Ohne die Selbstlosigkeit und fleißige Hilfe der edlen Dame an Eurer Seite wäre ich elend gescheitert, und Ihr würdet für immer über meine linkischen Versuche lachen.«

Kate spähte hinter Isabellas Rock hervor, wo sie sich »versteckt« oder doch so getan hatte, und blickte zu ihrer Schwester auf.

»Isabella, darf ich es ihm jetzt geben?«

»Nun gut, ja; Gott verdamme deine Ungeduld! Ich muß dem guten Doktor noch Lebewohl sagen, aber bitte, nur zu.«

Kate trat vor und streckte Alejandro eine rechteckige Holzdose entgegen, die dieser mit dramatischen Gesten und unter vielen »Ohs« und »Ahs« entgegennahm und betrachtete.

»Wie schön ist das! Und was für eine feine Arbeit. Aber was mag es enthalten?« Er fingerte an dem Kästchen herum, fand den Verschluß, der den Deckel hielt, staunte, wie genau er eingepaßt war, und öffnete die Dose. Überrascht stieß er den Atem aus. Er lächelte Kate zu und sagte: »Das Kästchen allein wäre schon viel zu großartig gewesen, aber schaut nur die Schätze, die ich darin finde!« Eine nach der anderen nahm er die exquisit geschnitzten Schachfiguren heraus und untersuchte sie genau.

»Freut Ihr Euch, Monsieur?«

Er nahm das Kind in die Arme und sagte: »Noch mehr werde ich mich freuen, wenn Ihr mich bald in meinem neuen Heim besucht und mir alle Geheimnisse erfolgreichen Spiels beibringt. Diese Figuren dürfen nur von den besten Spielern benutzt werden, weil sie so wunderbar fein gearbeitet sind. Wenn Ihr im Schach eine ebenso gute Lehrerin seid wie in der höfischen Verbeugung, dann werde ich unsere Partien bald gewinnen.«

Das Kind umarmte ihn fest und flüsterte ihm ins Ohr: »Ich werde Euch so vermissen! Bitte, Monsieur, könnt Ihr mich nicht jetzt mitnehmen?«

Sanft setzte er sie ab und sah, wie ihre Augen sich mit Tränen füllten. *Ja, ich werde sie auch vermissen,* dachte er. »Wer weiß, wie lange es dauern wird, bis mein Heim so ausgestattet ist, daß es eine junge Lady von Eurem Rang aufnehmen kann?« sagte er. »Ihr müßt mir genug Zeit zur Vorbereitung lassen. Wir sehen uns in Canterbury wieder, und dann sprechen wir darüber.«

Isabella war ungewöhnlich geduldig, während Alejandro sich Kate widmete, doch nun verlangte sie wieder seine Aufmerksamkeit. »Ich danke Euch, daß Ihr mich und meine Familie sicher durch die Seuche gebracht habt, und obwohl Ihr manchmal selbst eine Pest gewesen seid, stehe ich wegen Eurer ausgezeichneten Arbeit tief in Eurer Schuld.«

Alejandro hatte überraschend das Gefühl, daß sie aufrichtig war. Dann wurde ihr freundlicher Ton düsterer, und nachdem sie sich umgeschaut hatte, um sich zu vergewissern, daß sie nicht belauscht wurden, fuhr die Prinzessin fort: »Ich rate Euch, dafür zu sorgen, daß Adele kein Leid geschieht, denn es würde mir sehr mißfallen, wenn ihr in Euren Händen irgendein Schaden zugefügt würde. In dem Fall müßt Ihr mit strenger Behandlung rechnen.«

Was soll ich auf eine so widersinnige Rede antworten? Wie kann sie auch nur denken, daß ich irgend etwas tun würde, was Adele Schmerz zufügt? Ich habe doch sogar schon meinen Glauben aufgegeben, um mit ihr zusammenzusein! Was könnte ich mehr tun?

Nach diesem zornigen Gedanken flüsterte er: »Solange ich an ihrer Seite bin, soll es Adele niemals an etwas fehlen.«

»Sorgt dafür, daß dem so ist, Doktor, oder Euch selbst wird es an einigem fehlen.« Dann sprach sie absichtlich wieder lauter und fügte hinzu: »Ich wünsche Euch eine sichere Reise, und möge Gott Euch beschützen. Ich weiß, daß Lady Throxwood sich von Euch verabschieden wollte, und ich werde sie zu Euch schicken. Sorgt dafür, daß der Abschied sanft ausfällt, denn sie ist eine überaus sensible Frau.« Sie wandte sich um und rauschte majestätisch davon. Alejandro sah sich um, begegnete aber niemandes Blick.

Ich muß dieses Zimmer verlassen, ich kann keine Minute länger hierbleiben. Er suchte nach einem mitfühlenden Gesicht, und gerade in diesem Augenblick kam die Nurse herein.

»Nurse«, sagte er in leicht bittendem Ton, »bitte, sagt Lady Throxwood, daß ich sie auf dem Westbalkon erwarten werde. Ich brauche etwas frische Luft, denn hier ist es ein wenig stickig geworden.«

Als Adele ihn fand, starrte er in die Ferne und bewunderte das üppige Grün der englischen Landschaft. Als er sie näher kommen hörte, drehte er sich um, lächelte und sagte: »Selbst nach der Kälte des Winters finde ich die Kühle eures Frühlings recht angenehm. Um diese Jahreszeit wäre es in Aragon ziemlich warm, und das Grün wäre schon beinahe braun.«

Sie trat neben ihn und schob ihren Arm durch seinen. Tief atmete sie die Frühlingsluft ein. »Es ist ein Genuß, die kühle Luft zu atmen, vor allem nach unserem langen, qualvollen Winter; dieses Jahr erscheinen die Frühlingsfrische und das grüne Land ungewöhnlich lieblich und willkommen.«

Mit einem liebevollen Blick sagte er zu ihr: »Auch darin stimmen wir überein. Können wir uns auch darauf einigen, uns in Canterbury zu treffen, wo ich den König um die große Ehre bitten werde, dich zur Frau nehmen zu dürfen?«

»Mein Liebster, du hättest nicht einmal zu fragen brauchen.«

»Alsdann, in Canterbury.«

»Ja«, seufzte sie, »in Canterbury.«

Alejandro bestieg sein Reitpferd und vergewisserte sich, daß das Packpferd gut angebunden war und ihm folgte. Er bog um die Ecke des hölzernen Stallgebäudes und ritt auf das Tor zu. Vor ihm im Hof befand sich eine ungewöhnlich große Anzahl von Soldaten, die anscheinend alle auf jemandes Ankunft warteten. Er hatte nicht gehört, daß heute ein wichtiger Gast erwartet würde, und war überrascht über die Menge der Wachen.

Ein Soldat sah ihn und schrie: »Achtung!« Die übrigen stellten sich rasch in zwei parallelen Reihen auf, etwa eine Mannshöhe voneinander entfernt. Alejandro war ziemlich beeindruckt von der Schnelligkeit, mit der diese Truppe in perfekter Ordnung antreten konnte; nur einmal hatte er sie als einheitliche Streitmacht erlebt, als der bemitleidenswerte Gegner ihr armer Kamerad Matthews gewesen war.

Er hielt die Pferde an und blieb stehen, um zu sehen, was nun passierte, nachdem die Leute so feierlich Aufstellung genommen hatten. *Wer mag bloß dieser wichtige Besucher sein?* dachte er.

Und dann sah er, daß die ganze Versammlung nur ihn anschaute. Sir John Chandos, Alejandros früherer Mitkerkermeister, stand am Ende der Reihe und winkte ihn durch.

Während Alejandro zwischen den beiden Reihen strammstehender Soldaten hindurchritt, zogen alle Männer die Schwerter, hoben sie an und kreuzten die Spitzen, so daß ein Tunnel von Schwertern entstand, den Alejandro langsam passierte. Verblüfft und verlegen schaute er die Männer an, die ihn mit einem solchen Salut ehrten. Als er das Ende der Reihen erreicht hatte, wo Sir John wartete, brachen die Soldaten ihr Schweigen und begannen zu pfeifen und zu jubeln; der Ritter selbst verneigte sich tief vor Alejandro.

»Im Namen der Männer, die unter mir dienen, danke ich Euch dafür, daß Ihr uns das Leben gerettet und uns Gelegenheit gegeben habt, unserem König erneut in Frankreich zu dienen. Gott mit Euch, Doktor; möge die Vorsehung Euch leiten.«

Er hatte solchen Jubel nie erlebt. Er winkte den Soldaten zu, und diese stießen laute Hochrufe aus. Dann lenkte er seine Pferde durch das Tor und wandte sich nach Norden. Er war noch in Hörweite, als die Zugbrücke ächzend hochging und seinen Aufenthalt in Windsor Castle zu einem Abschluß brachte.

Während er auf der Stepney Road nach Norden ritt, müde, staubig und erschöpft von der anstrengenden Reise, begann Alejandro sich zu fragen, ob seine Güter womöglich so weit entfernt waren, daß sie eine Art Verbannung darstellten. Er dachte daran, für die Nacht haltzumachen, als er endlich die Gruppe von Landmarken erkannte, die Sir John ihm in seinen Anweisungen beschrieben hatte. Nun wußte er, daß es nicht mehr weit war und beschloß, die Reise schnell zu beenden.

Er wäre beinahe an seinem »Gut« vorbeigeritten, denn die Straße war nach monatelanger Vernachlässigung beinahe zugewachsen. Das galt auch für den Hof; es gab reichlich Gras, das die Pferde weiden konnten. *Hier werde ich leben,* dachte er, als er langsam das Tor öffnete; *dies ist mein Zuhause.* Das Tor quietschte an rostigen Angeln, und er trat vorsichtig ein. Aus der modrigen Dunkelheit heraus schwirrte eine Fledermaus an ihm vorbei; rasch bückte er sich und blieb nervös ein Weilchen geduckt in der Hoffnung, weiteren Kontakt mit den üblen kleinen Geschöpfen zu vermeiden. *Lieber Gott, du hast mich heil durch viele Pestmonate geleitet; bitte, laß nicht zu, daß mich jetzt der faulige Speichel der Fledermäuse ansteckt und aus dieser Welt befördert.* Das wäre eine allzu große Ironie und unerträglich grausam nach allem, was er überlebt hatte.

An welchen Gott soll ich meine Gebete jetzt richten? fragte er sich.

»Nun«, sagte er dann laut, da er das Bedürfnis hatte, eine Stimme zu hören, »vielleicht wird der eine oder der andere von euch mir die Gnade gewähren, diese Nacht zu überleben. Morgen werde ich dann sehen, was zu tun ist.«

Er breitete eine Decke über die harte Platte eines großen Tisches in der Halle, denn er wagte nicht, in irgendeinem Bett zu schlafen, sofern er eines fand, ehe er sich vergewissert hatte, daß es sauber war. Morgen würde er genug Zeit haben, alles zu erforschen, das wußte er, und sich in seinem neuen Zuhause einrichten, doch nun brauchte er Ruhe.

In dieser Nacht kehrte der Traum von Carlos Alderon zurück; der riesige Schmied hatte Alejandros Frieden lange nicht mehr gestört, doch nun kam er so klar und wirklichkeitsnah wieder, daß es schien, als sei er nie verschwunden gewesen, nicht einmal für eine Nacht. Wieder schleppte der massige Mann seine Leichentücher hinter sich her, wieder grinste Matthews an seiner Seite, und das Klappern der Pfeile in seinem Körper begleitete die schaurige Verfolgungsszene. Doch diesmal tauchte in dem bedrückenden Traum ein neuer entsetzlicher Anblick auf: Der bleiche Geist von Adele, in die blutigen Überreste eines Brautkleides gewandet, holperte auf einem brüchigen Karren hinter ihnen über den zerfurchten Weg und verlor dabei die welken Blüten des Brautstraußes.

Alejandro erwachte mit einem Ruck, rollte sich heftig vom Tisch und landete mit einem Plumps auf dem steinernen Boden. Dort blieb er mit pochendem Herzen und klammer, kalter Haut zitternd liegen und rührte sich nicht von der Stelle, bis endlich die Morgenröte kam.

Alejandro nahm seine ärztliche Praxis wieder auf, und jeden Tag kam mindestens ein Kranker aus der Umgebung, dessen Beschwerden seine Aufmerksamkeit erforderten. Einmal richtete er den gebrochenen Arm eines jungen Knaben wieder ein, der vergeblich versucht hatte, einen überladenen Karren im Gleichgewicht zu halten. Alejandro zuckte zusammen, als er sich an seine eigene Erfahrung mit einem umgestürzten Wagen vor vielen Monaten in Aragon erinnerte, und er hoffte aufrichtig, daß sich das Leben des Jungen dadurch nicht so dramatisch verändern würde wie sein eigenes nach diesem schicksalhaften Augenblick.

»Ich habe viele solche Verletzungen gesehen, und ich fürchte, es werden noch mehr werden«, sagte er zu dem wütenden Vater des Jungen. »Der Knochen ist gebrochen.«

»Ich hatte gehofft, daß es nur eine Schwellung wäre, aber der Junge behauptet, er könnte den Arm nicht gebrauchen.«

»So ist es«, sagte der Arzt. »Ich fürchte, er wird mindestens einen vollen Monat Ruhe brauchen, Sir. Danach wird sein Arm soweit verheilt sein, daß er wieder arbeiten kann, aber er ist noch jung, und seine Knochen sind zart. Mein Rat wäre, ihn nicht zu schwer arbeiten zu lassen, wenn er wieder gesund ist.«

»Tja«, sagte der unglückliche Mann, »falls er nicht verhungert, bevor er gesund wird. Ohne seine Hilfe kann ich die Ernte nicht einbringen! Er wird seinen Teil der Arbeit leisten müssen; trotz seines unzureichenden Arms kann ich ihn nicht entbehren.«

»Dann muß ich Euch warnen, denn mit einem krummen und empfindlichen Arm wird er Euch nächstes Jahr nicht von großem Nutzen sein. Am besten laßt Ihr ihn ruhen, dann wird er bald wieder wohlauf sein. Gott schenkt Kindern die Gnade schneller Heilung, während es bei älteren Menschen viel länger dauert.«

»Wenn das so ist«, fragte der wütende Bauer, »warum sind dann so viele von den Jungen bei der Pest umgekommen? Gerade letzte Woche starb wieder einer in einem Dorf nördlich von meinen Weiden. Der Gutsherr beschwert sich, daß niemand die Pacht wird bezahlen können, wenn alle Pächter umkommen.«

Alejandro, der sich darauf konzentriert hatte, den Arm des Kindes in einen Verband aus Lehm und Hanffasern zu hüllen, hielt ruckartig inne und packte den Mann an der Schulter.

»Was sagt Ihr da? Noch jemand an der Pest gestorben? Seid Ihr sicher, daß es dieselbe Seuche war?«

»Ich weiß nur, was mir die Mutter des Jungen erzählt hat, die mich um ein paar Nägel bat, um den Sarg zu schließen. Sie hat von Schwellungen am Hals und schwarzen Fingern berichtet, und ich habe keinen Zweifel, daß es die Pest war.«

Der Arzt beendete rasch seine Arbeit, wusch sich die Hände und kratzte sich dann den trockenen Lehm mit der Spitze seines Messers unter den Fingernägeln hervor. »Ich werde mit Euch reiten«, sagte er, »denn ich möchte die Frau ausführlicher befragen.«

»Wie Ihr wollt, Doktor, aber ich zweifle nicht an ihren Worten. Sie hat jetzt sieben von ihren neun Kindern verloren, und sie kann die Pest wohl erkennen, wenn sie ein weiteres ihrer Kinder holt.«

Alejandro bot ihnen an, sein zweites Pferd zu reiten, denn der Mann und der Junge waren den langen Weg zu seinem Haus zu Fuß gekommen, und er wußte, daß seine eigene Ungeduld ihn hindern würde, langsam zu reiten.

Als sie eine Stunde später den Hof der Frau erreichten, sah Alejandro die sieben frisch zugeschütteten Gräber, auf denen nur spärliches Grün wuchs, und sein Herz wurde schwer vor Mitgefühl mit dem tiefen Leid dieser Familie. Er band sein Pferd an einen Baum, ging zum Fenster der Lehmhütte und spähte durch die Ritzen der Fensterläden. Obwohl er bei dem hellen Licht, das draußen herrschte, nicht viel sehen konnte, machte er drei reglose menschliche Gestalten aus. Die größte, die er für die Mutter hielt, lag auf einem Bett aus Stroh, zwei kleinere, beides Mädchen, auf dem Lehmboden daneben. Schwärme von Fliegen umkreisten sie, und sogar durch die Ritzen der Fensterläden konnte Alejandro die dunklen Verfärbungen an Nacken und Kehlen sehen.

»Es ist, wie ich befürchtet hatte; sie sind alle tot«, sagte er zu dem Bauern, als er ihm den Anblick beschrieb. »Wir müssen verhindern, daß sich die Krankheit weiter ausbreitet, und den Ort mit Feuer reinigen. Besitzt Ihr Öl?«

»Nur auf meinem eigenen Hof, an dem wir auf dem Weg nach hier vorbeigekommen sind.«

Sie ritten zurück zum Haus des Bauern, das er mit seinem Vieh teilte, und tränkten einen Lappen mit etwas von seinem kostbaren Ölvorrat.

»Genug!« sagte der Mann. »Öl ist teuer!«

Ärgerlich, weil der Mann gegen die Verwendung von Öl für einen so guten Zweck protestierte, schlug Alejandro einen Handel vor. »Meine Dienste für Euren Sohn gegen Euer Öl. Das scheint mir ein fairer Tausch.«

Der Bauer brummte, akzeptierte aber das Angebot. Alejandro ritt davon, den ölgetränkten Lappen auf den Sattel seines Packpferdes geschnallt. Er wußte, daß der Vater den Knaben so bald wie möglich wieder arbeiten lassen würde und daß der Junge infolge der Uneinsichtigkeit seines Vaters lebenslänglich verkrüppelt bleiben würde.

Als er die Hütte wieder erreicht hatte, vergeudete er keine Zeit. Mit seinem Feuerstein zündete er den Öllappen an und warf ihn auf das trockene Strohdach. Es fing sofort Feuer, und bald stieg dichter Rauch zum Himmel. Rasch sprang Alejandro auf sein wartendes Reittier und griff nach den Zügeln des Packpferdes. Dann entfernte er sich ein wenig und wandte sich noch einmal um, ehe er zu seinem eigenen Haus zurückkehrte. Während er blinzelnd im Sonnenlicht auf das sich ausbreitende Feuer schaute, konnte er Ratten erkennen, die die Hütte verließen, sich durch die Überreste der geborstenen Außenwände zwängten und davoneilten, um sich ein neues Versteck zu suchen.

Ratten. Immer Ratten, überall.

Überall Ratten, wo Leute krank werden. Ratten auf Schiffen, Ratten in Häusern und Scheunen. Ratten mit ihren verfluchten Fliegen, die jede arme Seele quälen, die lange genug stillhält.

Und mit dem gleichen Gefühl der Offenbarung, das ihn überflutet hatte, als er Carlos Alderons verhärtete Lunge sah, wußte er, daß die Ratten und Fliegen ein Teil der Pestseuche waren.

Er gab seinem Pferd die Sporen und ritt rasch davon, da er so viel Abstand wie möglich zwischen sich und die schreckliche Szene legen wollte.

Als er wieder in seinem eigenen Haus war, versorgte Alejandro schnell seine Pferde, reinigte sich vom Schmutz der Straße und ging dann sofort mit Feder, Tinte und Pergament an den großen Tisch.

An Seine Majestät, König Edward III.

In einem Dorf nördlich meines Hauses, für das ich Euch großen Dank schulde, ist eine Familie von neun Personen gestorben, alle mit den Anzeichen der Pest, von der wir geglaubt hatten, sie habe uns endlich verlassen. Ich habe zwar keine weiteren Fälle gesehen, kann aber die Möglichkeit nicht von der Hand weisen, daß es solche geben wird. Ich habe alle Vor-

kehrungen gegen die Ausbreitung der Krankheit getroffen, indem ich die Hütte der Familie niedergebrannt habe, doch während sie von den Flammen verzehrt wurde, sah ich Dutzende von Ratten fliehen. Die Anwesenheit dieses Ungeziefers habe ich fast überall bemerkt, wo die Pest sich zeigte, und ich muß daraus schließen, daß sie möglicherweise die Krankheit auf ihre Opfer übertragen. Sicherlich ist die Pest auf diese Weise nach England gekommen; ich kann mir nicht vorstellen, daß es in den Lagerräumen der Schiffe, die regelmäßig aus Frankreich kommen, an Ratten fehlt. Ihr müßt deshalb unverzüglich Maßnahmen ergreifen, um Eure Schlösser und Eure Flotte von Ratten zu befreien.

Von einer weisen alten Frau, einer höchst verehrungswürdigen Heilerin, habe ich außerdem gelernt, daß ein Pulver, welches aus den Überresten der Opfer gewonnen wurde, die Macht des Geistes des Dahingeschiedenen auf ein noch lebendes Opfer überträgt, wenn man diesem davon eingibt, und es so unter Umständen am Leben erhält! Ich bitte untertänig um Eure Erlaubnis, den Leichnam eines Menschen zu exhumieren, der der Pest erlegen ist, damit wir ein Mittel erlangen, die neu Erkrankten am Leben zu erhalten.

Betet zu Gott, daß dieses Geschehen nur ein letztes Aufbäumen der Pest ist, die ebenso ungern sterben will wie ihre unglücklichen Opfer. Es wäre mir eine Ehre, Eurer Familie erneut zu dienen, falls das nötig werden sollte. Möge es dem Allmächtigen gefallen, eine solche Notwendigkeit nicht entstehen zu lassen, und möge die Ausrottung der Nagetiere dieser Seuche ein Ende machen.

Mit großer Erwartung sehe ich Eurer Antwort entgegen.
Euer untertänigster Diener
Alejandro Hernandez

Er schickte den Brief noch am gleichen Tag durch einen Boten ab. Während der nächsten paar Tage hörte er sich in der Umgebung um, ob irgend jemand vom Wiederauftauchen der Pest in der Gegend erfahren habe. Das war nicht der Fall, obwohl er genügend Patienten mit anderen Beschwerden hatte. Dennoch war er nicht ganz beruhigt.

Nun, vielleicht liegt es einfach in meiner Natur, Unheil zu erwarten, wo andere das Licht der Hoffnung sehen, dachte er. *Dennoch wäre es ein Trost, sich einmal wirklich sicher zu fühlen, und ich wünschte, diese Vorahnung würde mich in Ruhe lassen.*

»Verdammte Seuche!« schrie der König. »Werden ihre Zerstörungen denn ewig anhalten? Ich kann nicht durch die Straßen meiner eigenen Stadt gehen, ohne über den Leichnam irgendeiner armen Seele zu stolpern und den faulen Gestank zu atmen! Schickt sofort nach dem Oberbürgermeister! Ich will eine Erklärung für diesen grauenhaften Zustand.«

Seine fröhliche Stimmung bei der Rückkehr nach London war sofort vergangen, als er die Stadt inspizierte und sah, wie es dort wirklich zuging. Verweste Leichen vom herbstlichen Angriff der Pest lagen an vielen Stellen der Stadt noch immer unbestattet in den Rinnsteinen, und die Themse war eine einzige schlammige Masse aus Abfall, Fäkalien und Leichen, die wenig Raum für Wasser ließen. Obwohl nichts König Edward mehr beglückte, als sein schönes Reich zu regieren, waren die Probleme, vor denen er jetzt stand, viel zu zahlreich, um sie sofort in Angriff zu nehmen. Als ein atemloser Bote ihm Alejandros Brief überbrachte, war Seine Majestät daher alles andere als erfreut.

»Ratten!« brüllte er. »Ich soll die Paläste von *Ratten* befreien? Eine *unmögliche* Aufgabe! Es wäre einfacher, all meine Schlösser von Steinen zu befreien. Habt Ihr jemals solchen Unsinn gehört, Gaddesdon?«

Sein üblicher Leibarzt, der sich in London wieder zu ihm gesellt hatte, nachdem er mit seinen jüngeren königlichen Kindern ein Jahr lang nach Eltham Palace verbannt gewesen war, spottete über die Gefahr und versuchte, die Bedrohung herunterzuspielen. »Wir können diesem Spanier nicht erlauben, das Königreich von neuem in Panik zu versetzen! Seit dem Frostmond habe ich keinen einzigen neuen Pestfall gesehen; ich glaube, daß er sich voreilig und allzu überzeugt äußert. Ich glaube fest daran, daß wir nichts zu fürchten haben. Ich kann Euch versichern, daß wir beruhigt mit den Plänen für die Einsetzung des Erzbischofs vor der Sonnenwende fortfahren können. Erlaubt diesem Ausländer nicht, Euch von Euren Vorhaben abzubringen.«

Aber der König war unsicher; er war ein schlauer Mann, gewohnt, ein Risiko gegen ein anderes abzuwägen. Er dachte weiter über den Inhalt von Alejandros Brief nach. »Master Gaddesdon«, sagte er, »vielleicht sind wir zu hastig in unserem Urteil. Erinnert Euch bitte daran, daß der gute Doktor Hernandez, wenn er auch ansonsten ein unwissender Spanier war, während seines Aufenthalts in Windsor äußerst zutreffende Vorhersagen über die Pest gemacht hat. Und wenn ich durch London reite, sehe ich Tausende von Ratten! Vielleicht ist seine Theorie doch nicht so verrückt, wie wir meinen! Und wenn es ein Heilmittel gibt, soll ich dann nicht seiner Bitte nachgeben, einen Leichnam zu exhumieren?«

»Das wird der Erzbischof nicht zulassen, Sire.«

»Es *gibt* keinen Erzbischof«, erinnerte Edward ihn in barschem Ton. Er erhob sich zur ganzen imposanten Größe, die allen Plantagenets zu eigen ist; sofort sprangen alle Höflinge im Raum ebenfalls auf die Füße, Gaddesdon eingeschlossen. »Er kam durch die Seuche um, habt Ihr das vergessen? Und auch wenn es einen Erzbischof gäbe, ist das nicht mein Königreich, in dem ich tun kann, was ich für richtig halte?«

»Sire, ich flehe Euch an, hört mir zu...«, sagte Gaddesdon.

»Nennt mir einen guten Grund, warum ich mehr auf Euch als auf den Spanier hören sollte.«

Gekränkt antwortete Gaddesdon: »Auch ich habe Eure Familie beschützt, wenn auch nicht in Eurer Gegenwart. All Eure jüngeren Kinder sind unter meiner Obhut in Eltham gewachsen und gut gediehen. Und in Eltham mangelte es nicht an Ratten. Und, Sire, selbst ohne den Rat eines Erzbischofs, wie kann ein christlicher König eine solche Entweihung zulassen wie das Ausgraben der sterblichen Überreste eines Menschen, der schon gelitten hat?«

»An toten Bauern fehlt es uns nicht, Gaddesdon; seht Euch in den Straßen dieser einstmals schönen Stadt um! Überall verwesende Leichen! Warum keinen Nutzen aus ihnen ziehen, wenn Hernandez recht hat?«

»Haben denn diese Toten nicht schon gelitten? Warum den Fluch vergrößern, indem man die heiligen Belohnungen jener in Gefahr bringt, die noch nicht einmal bestattet sind?« Mit gekränkter Stimme fügte er hinzu: »Ich habe kein Heilmittel für diese Seuche gesehen, und mich ärgert Eure Bereitschaft, meine Leistungen zum Schutz der Gesundheit Eurer anderen Kinder herunterzuspielen.«

»Mißversteht mich nicht«, antwortete der König in verzweifeltem Ton. »Ich werte Eure gute Arbeit nicht ab. Aber in meinem Bauch, nicht in meinem Kopf, gibt es eine Furcht, daß unser Leben noch einmal vom Schrecken dieser Seuche gestört wird, vor allem jetzt, wo ich endlich wieder dabei bin, dieses geschwächte Reich zu regieren.«

»Dann, Eure Majestät, laßt bitte nicht zu, daß sein Gerede von Verhängnis und Phantasien über ein Heilmittel Euch behindert. Tut, was Ihr tun müßt, und laßt der Pest ihren Lauf, wenn es denn sein soll. Gott wird uns ein Heilmittel dagegen schenken, wenn es Sein Wille ist.«

Der König seufzte und verriet damit allen Anwesenden seine Frustration. »Genug davon, es reicht.« Er befahl, einen Brief an Alejandro zu schicken, in dem er ihm für seine Wachsamkeit dankte, sein Hilfsangebot aber ablehnte und außerdem seine Erlaubnis zu einer Exhumierung verweigerte. Dann schickte er nach seiner Tochter Isabella und hoffte, die gute Nachricht, die er eben erhalten hatte, werde sie ebenso erfreuen wie ihn.

»Vater!« rief Isabella. »Ich bitte Euch! Tut mir das nicht an! Ich werde in diesem entlegenen Land für alle Zeit unglücklich sein!«

»Isabella, ich warne Euch«, sagte der König, »fordert mich nicht heraus, denn ich werde mein eigenes Versprechen nicht brechen. Ihr werdet Karl von Böhmen heiraten, sobald ich die Vorkehrungen für Eure Reise treffen kann.«

»Großer Gott, hab Erbarmen mit mir«, schrie die Prinzessin

hektisch, »denn mein herzloser König schickt mich auf eine zweimonatige Reise in die Arme eines unaufgeklärten Wilden!«

Der König sprang von seinem Stuhl auf. »Schweigt!« zischte er, wütender denn je auf seine störrische Tochter. »Ihr sprecht in Eurer lasterhaften Sprache immerhin über den Kaiser von Böhmen!«

»Soweit ich mich erinnere, ist er noch nicht gekrönt«, erwiderte die Prinzessin trotzig.

Die Wut des Königs nahm zu; er sprang vor und hob die Hand, als wolle er ihr ins Gesicht schlagen, hielt aber kurz davor inne. Schockiert von der Gewalttätigkeit ihres Vaters, wandte Isabella ihm die Wange zu und schloß fest die Augen; als der befürchtete Schlag nicht kam, machte sie sie wieder auf und erblickte die große Hand ihres Vaters Zentimeter vor ihrer Nase. Alle anwesenden Höflinge sahen deutlich, von wem Isabella ihr berüchtigtes Temperament geerbt hatte.

»Widersprecht mir nicht, Kind, denn Ihr seid nicht mehr als das, mein Kind, das ich verheiraten kann, mit wem ich will; danach wird Euer armer Gatte dann das Kreuz mit Euch tragen müssen! Ich würde Euch mit dem Fürsten der Dunkelheit vermählen, wenn mir das gefiele, obwohl ich fürchte, selbst der Böse persönlich würde Euch wegen Eurer zänkischen Art nicht haben wollen! Und jetzt kehrt in Eure Gemächer zurück, und beginnt mit den Vorbereitungen für Eure Brautreise. Gebt nur noch *mehr* von meinem Geld für Euren Tand aus! Ich werde Eure undankbare Gegenwart nicht länger dulden.«

Isabella, deren Stolz völlig gebrochen war, weinte offen vor dem versammelten Hof und blieb trotz des väterlichen Befehls, wo sie war. Sie trat näher an ihn heran und sagte mit flehender Stimme: »Vater, ich bitte Euch um ein Wort unter vier Augen, bevor ich diesen Raum verlasse.«

Edward sah das unglückliche Mädchen an, sein Lieblingskind, die gehätschelte Tochter, die zum Ebenbild ihrer großartigen Mutter herangewachsen war, und er hatte nicht das Herz, ihr ihre Bitte abzuschlagen. Mit einem raschen Wink seiner Hand entließ er die Anwesenden, die hastig unter gedämpftem Flüstern und dem Rascheln von Kleidern die Halle verließen.

Isabella kniete zu Füßen ihres Vaters nieder und flehte dramatisch um Gnade. »Mein König und Vater, warum bestraft Ihr mich mit der Verbannung in eine so elende Ferne? Habe ich Euch in letzter Zeit mißfallen? Sagt mir, wo ich gegen Euch gesündigt habe; kann ich nichts tun, um den Verstoß zu sühnen, von dem ich nichts weiß?«

Edward brach schier das Herz; im Grunde wollte er seine Tochter nicht so weit fortschicken, aber die Chance, durch ihre Vermählung eine solche Allianz zu schmieden, war zu verlockend, um sie nicht zu nutzen.

Mit einer Stimme, die entschlossener klingen sollte, als er tatsächlich war, sagte der König: »Ihr verstoßt gegen Eure Stellung als Prinzessin von England, wenn Ihr Euch so benehmt wie heute. Meine Berater sagen mir schon, daß ich Euch verhätschele und dulde, daß Ihr gegen die königlichen Pflichten verstoßt, für die Ihr erzogen wurdet; zu diesen Pflichten gehört auch die bereitwillige Annahme einer vorteilhaften Heirat, sosehr Euch der Bräutigam auch mißfallen mag. Meine Feinde werden mich für schwach halten und sich listige Mittel ausdenken, um mich von meinem gewählten Kurs abzubringen. Wollt Ihr die Ursache solcher Missetaten sein?«

Isabella wußte ihrem Vater, der die Auswirkungen ihres Verhaltens zweifellos richtig einschätzte, nichts zu erwidern. Beschämt ließ sie den Kopf hängen, weinte von neuem und versuchte verzweifelt, sein Mitgefühl zu erregen. Doch der König, der für die Wünsche seiner störrischen Tochter nie unempfindlich gewesen war, konnte und wollte in diesem Fall seine Politik nicht ändern, um ihr zu willfahren.

Isabella überlegte verzweifelt, wie sie die Situation erträglicher gestalten könnte; erschüttert von dem Mißerfolg des Versuchs, ihren Vater umzustimmen, entschloß sie sich, es sich in ihrer Verbannung wenigstens so komfortabel wie möglich einzurichten. Und zu diesem Zweck wurde sie zu Wachs in den Händen ihres Vaters, bereit, ihm zu gefallen und seiner Sache im Ausland zu dienen; fast eine Stunde lang sprachen sie unter vier Augen über seine Pläne für sie, und die wartenden Mitglieder von Edwards

Hof fragten sich schon, wie ihr Streit wohl ausgehen mochte. Edward war entzückt über den plötzlichen und unerwarteten Sinneswandel seiner Tochter und dachte bei sich, er hätte ihr gegenüber schon viel früher fest bleiben sollen, wenn er mit rauher Behandlung eine so schöne Eintracht erreichen konnte.

Als ihre Diskussion sich dem Ende näherte, stand Isabella auf, küßte ihren Vater auf die Stirn und dankte ihm dafür, daß er ihren kindischen Ausbruch hingenommen hatte. Doch bevor sie ging, fügte sie hinzu: »Es gibt noch eines, was meinen Schmerz, meine geliebte Familie verlassen zu müssen, sehr lindern würde.«

»So nennt es, und wenn es in meiner Macht steht, sollt Ihr es haben.«

»Bitte, schickt Lady Throxwood als meine Gefährtin mit mir nach Böhmen.«

Der König zögerte. »Ich hatte daran gedacht, auch für sie eine geeignete Partie zu arrangieren, und es gibt viele gute Kandidaten, deren Unterstützung mir bei meinen Ansprüchen auf Frankreich sehr nützlich wäre. Schließlich seid Ihr keine kleinen Mädchen mehr, die einander ständig Gesellschaft leisten müssen.«

»Vater, bitte«, flehte sie. »Wie könnt Ihr von mir erwarten, daß ich meinen Gatten lieben lerne, wenn ich mich ansonsten elend fühle? Sie würde mir ein großer Trost sein. Und bis ihr Alter eine Rolle spielt, ist noch Zeit.«

»Sie ist neunzehn. Meine Phillippa war in diesem Alter dreifache Mutter. Meine eigene Mutter wurde mit dreizehn verheiratet. Wie sollte ihr Alter keine Rolle spielen? Die Jahre ihrer Fruchtbarkeit vergehen schnell.«

»Vater, ich bitte Euch, trennt mich nicht von allem, was ich liebe, und werft mich in die Arme eines unbekannten Mannes ...«

Ihm brach fast das Herz, und so gab er nach. »Also gut«, sagte er. »Aber sie wird nur für ein Jahr bei Euch bleiben. Dann wird sie zurückkehren und angemessen verheiratet werden. Ich muß alle Verbündeten nehmen, die ich bekommen kann, und ihre Güter sind eine wertvolle Mitgift.«

»Oh, ich danke Euch, Vater!« Sie küßte ihn wieder. »Aber ich bitte Euch, sagt ihr nicht, daß es meine Idee war, daß sie mich begleitet. Ich glaube, sie fühlt sich meiner Großzügigkeit wegen ohnehin schon tief in meiner Schuld. Laßt sie denken, diese Ehre käme von Euch, denn ich möchte nicht, daß ihre Dankbarkeit einen Schatten auf unsere Freundschaft wirft.«

Er zögerte und fragte sich, was seine Tochter dazu veranlaßt haben mochte, so eine eigenartige Bitte zu stellen. »Nun gut«, stimmte er schließlich zu, obwohl er immer noch leise Neugier empfand, »ich werde ihr sagen, daß es ausschließlich mein Wille ist. Schickt sie zu mir, wenn Ihr in Eure Gemächer zurückkehrt. Ich würde Eure Verlobung gern in Canterbury bekanntgeben.«

22

Janie und Bruce saßen auf einer Bank in einem kleinen Park nicht weit von Janies Hotel, um sich nach ihrer knappen Flucht aus dem Gefrierraum des Labors zu erholen. Statt ein Taxi zu nehmen, waren sie zu Fuß gegangen; so konnte ihr Adrenalinspiegel allmählich wieder absinken und ihr Kreislauf nach der Belastung durch die Kälte wieder in Gang kommen. Trotzdem wurde Janie nicht warm. Sie kuschelte sich an Bruce und sagte, noch immer heftig zitternd: »Im Augenblick will ich eigentlich nichts weiter als in ein Bett kriechen und die Augen schließen. Und wenn ich sie wieder aufmache, möchte ich in Massachusetts sein.«

Bruce legte den Arm um ihre Schulter und massierte sie. Seine Stimme klang verzweifelt. »Für den Moment hört sich das ganz gut an. Doch ich werde einer Vernehmung nicht allzu lange ausweichen können.«

»Aber ein bißchen Zeit haben wir noch«, sagte Janie mit täuschend hoffnungsvoller Stimme. »Sie werden dich vermutlich nicht sofort rufen. Vielleicht sogar erst morgen; ich kann mir nicht vorstellen, daß man dich im Moment verdächtigt. Der einzige Mensch, der dich um die Zeit des Alarms herum im Labor gesehen hat, ist dieser Wachmann, und er ist tot; außerdem würden in jedem Fall überall im Labor Beweise für deine Anwesenheit zu finden sein, selbst wenn du heute *nicht* dort gewesen wärst. Du *arbeitest* da. Es wäre seltsam, wenn es *keine* Spuren von dir gäbe. Die anderen wissen nur, daß du in Leeds warst. Die Wachleute im Depot und der Portier im Gasthof werden bestätigen, daß wir beide dort waren. Wenn du dich nicht blicken läßt, wird man dich vielleicht überhaupt nicht verdächtigen.«

»Aber sie werden trotzdem mit mir reden wollen.« Seine Stimme klang brüchig und müde. »Diese Leute sind sehr gründlich, und es ist ihnen egal, wem sie dabei auf die Zehen treten. Aber das ist nicht meine größte Sorge; ich habe noch immer keine Ahnung, was wir *jetzt* machen sollen. Wir können nicht in meine Wohnung gehen, und in deine Hotelsuite können wir schon gar nicht.«

Janie richtete sich gerade auf und sah ihn überrascht an. »Was machen wir dann hier? Wieso sind wir überhaupt hergekommen?«

»Ich weiß es nicht«, sagte Bruce und klang schrecklich verwirrt. »Auf einmal fühle ich mich fast *heimatlos.* Als wir das Institut verlassen haben, schien es mir eine gute Idee, zurück zum Hotel zu gehen. Jetzt bin ich nicht mehr so sicher.«

»Aber das Hotel ist der Ort, wo Caroline mich am ehesten erreicht. Der einzige andere Ort, wo sie es versuchen würde, wäre das Institut. Im Grunde *müssen* wir wieder ins Hotel. Und falls du es vergessen haben solltest, was ich nicht annehme, da drinnen liegt eine Leiche.«

»Deine Annahme ist richtig.» Seine Stimme klang scharf; das Gespräch nahm einen gezwungenen Klang an. »Daran brauchst du mich *nicht* zu erinnern. Aber die Vorstellung, das in die Hand zu nehmen, ist im Moment fast mehr, als ich ertragen kann.«

»Wir *müssen* etwas tun; wenn die Leiche dort gefunden wird, kommt Caroline niemals aus England raus«, sagte Janie; ihr schriller Ton mißfiel ihr selbst.

Bruce beugte sich vor, stützte die Ellbogen auf die Knie und den Kopf in die Hände. Er atmetete tief ein und stieß dann einen langen, frustrierten Seufzer aus. »Es geht jetzt nicht mehr nur um Caroline«, sagte er. »Wir müssen Caroline nicht nur finden und isolieren, wir müssen es auch schaffen, ohne daß man uns selbst damit in Verbindung bringen kann. Wer weiß, was sie in den Spuren finden, die wir hinterlassen haben. Du kannst darauf wetten, daß sie *irgend etwas* finden werden, und sie werden sich nicht scheuen, daraus eine Anklage gegen uns zu konstruieren. Du und ich wissen, daß wir mit diesem ganzen Fiasko nichts zu tun hatten, aber die Burschen in Grün wissen das nicht. Und wenn wir eingesperrt werden, bevor wir Caroline finden, dann weiß Gott allein, wohin sie gehen oder was sie tun wird. Sie läuft da draußen rum wie der wandelnde Typhus. Sie könnte halb London anstecken, bevor jemand begreift, was da passiert, und sie aufhält.«

Er richtete sich wieder auf und sah ihr direkt in die Augen. »Vielleicht müssen wir das Ganze im Auge behalten. In dieser Stadt und um sie herum leben *fünfzehn Millionen Menschen.* Und eines *weiß* ich noch von der Pest, nämlich, daß sie eine Sterblichkeitsrate von ungefähr neunzig Prozent hat, wenn sie nicht behandelt wird.«

Janie wußte, alles, was er sagte, war richtig; die Realistin in ihr sagte: *Gib auf. Es besteht keine Hoffnung. Geh jetzt fort, solange sie dir vielleicht noch glauben.* Sie erinnerte sich an John Sandhaus' Worte. *Tu das Richtige, Janie.* Sie dachte daran, wie es sich anfühlen würde, von der fast unerträglichen Bürde befreit zu sein, die sich unaufgefordert auf ihre Schultern gelegt hatte, sehr schnell und ohne die leiseste Vorwarnung. Das Gefühl der Leichtigkeit, das sie dabei empfand, war süß und verführerisch, und sie sehnte sich verzweifelt danach.

Sie konnte sehen, daß Bruce auf eine Antwort auf das wartete, was er gesagt hatte. *Er ist ein guter Mensch,* dachte sie, *und ich könnte ihn lieben, wenn all das vorbei ist.* Sie wußte, das, was sie jetzt tat, würde weitgehend ihre gemeinsame Zukunft bestimmen. *Vielleicht ist es schon zu spät,* dachte sie, *aber dagegen kann ich nichts machen.*

Der Nachthimmel begann ein wenig heller zu werden; die

Morgendämmerung war nur noch wenige Stunden entfernt. Vielleicht wird das Tageslicht die Dinge klarer erscheinen lassen, dachte sie hoffnungsvoll. »Laß mir nur Zeit, bis es hell wird«, sagte sie. »Wenn wir bis dahin nichts von ihr gehört haben, werde ich anrufen.«

Sie konnte sein Widerstreben sehen und rechnete damit, daß er nein sagen würde. Doch er überraschte sie mit den Worten: »Also gut. Wenn es hell wird.« Er nickte in Richtung Hotel. »Inzwischen laß uns überlegen, was mit Teds Leiche zu tun ist.«

Er stand von der Bank auf, reckte sich, streckte dann den Arm aus und nahm ihre Hand. Er zog sie hoch, und sie war froh über seine Hilfe. Sie umarmten sich kurz, für den Augenblick wieder vereint, und gingen auf das Hotel zu.

Sarin wurde immer ungeduldiger. Wie eine schwangere Frau, deren Entbindung dicht bevorsteht, hatte er einen weiteren Energieschub gehabt und alles noch einmal überdacht, um sicher zu sein, daß es so war, wie er es haben wollte. Er richtete alles her und bereitete sich darauf vor, die schwere Zeit, die vor ihm lag, möglichst gut zu überstehen. Er fürchtete sich nicht mehr, sondern harrte erwartungsvoll seiner Aufgaben, und als die Stunden vergingen, dachte er, daß das Warten anstrengender war als die Vorbereitungen.

Der Hund hatte den erregten Zustand seines Herrn gespürt und folgte ihm mit besorgten Augen durch das Haus. Die normale tägliche Routine war von Sarins Aktivitätsausbruch gestört worden; der Hund, der ein Gewohnheitstier war, war den ganzen Tag verwirrt gewesen. Es sah dem alten Mann gar nicht ähnlich, sich an einem einzigen Tag so sehr anzustrengen.

In der Dämmerung nahm Sarin die Hundeleine vom Haken und winkte damit. »Also, sollen wir?« sagte er. Der Abendspaziergang war das erste Anzeichen von Normalität an diesem seltsamen Tag, und der Hund wurde plötzlich lebhaft wie ein junges Tier, wedelte mit dem Schwanz und sprang fröhlich auf und ab.

Der Himmel war ungewöhnlich klar, und Sarin schaute über

die Baumwipfel hinweg nach dem Abendstern; seine Mutter hatte ihm einmal gesagt, er sei eigentlich kein Stern, sondern eher so etwas wie die Erde. Er hielt jeden Abend danach Ausschau, und seine Anwesenheit war ihm immer ein Trost, ein Anzeichen für Stabilität am Himmel, der Beweis, daß die Dunkelheit zwar kommen würde, danach aber auch wieder der Tag, und daß alles gut werden würde. Er wußte, um diese Jahreszeit war der Stern über einem bestimmten Baum zu finden, und da war er auch und zwinkerte freundlich. Er nahm sein Bild in sich auf und prägte es seinem Gedächtnis ein, denn er wollte seinen Trost mitnehmen, wenn er hinüberging.

Sie gingen zwischen den Eichen hindurch; als sie ihren üblichen Weg um das Feld herum einschlugen, ließ Sarin dem Tier den Vortritt, das ihn an der Leine mitzog. Der Hund verrichtete sein Geschäft ziemlich bald, doch im Gegensatz zu seiner sonstigen Gewohnheit ging er dann nicht weiter, sondern blieb still stehen und spitzte die Ohren; offensichtlich lauschte er auf ein Geräusch in der Ferne. Plötzlich begann er, fast gewaltsam an der Leine zu zerren, und der alte Mann wäre fast gestolpert bei dem Versuch, ihn zurückzuhalten. Der Hund wollte rennen, sprang wild herum, um sich zu befreien, und strebte der Mitte des Feldes zu.

»He!« sagte Sarin. »Bei Fuß!« Er packte das Halsband des Hundes in der Hoffnung, ihn so besser festhalten zu können. Der Hund ließ nicht locker und versuchte weiterhin vorwärtszukommen. Sarin mußte schließlich loslassen, und sofort raste der Hund der Mitte des Feldes zu; sein Herr starrte verwundert hinter ihm her. »Langsam!« rief er dem Tier nach; er hatte den Hund noch nie so schnell laufen sehen. »Ich komme!«

Er lief, so schnell er konnte, geleitet vom Bellen des Hundes vor ihm. Ein- oder zweimal stolperte er über Steine und Wurzeln. *Sei vorsichtig, alter Narr,* sagte er zu sich selbst, *du hast noch eine wichtige Arbeit zu tun.*

Er hatte immer gedacht, wenn er alt wäre, würde er auf natürliche Art weiser sein als in seiner Jugend, aber er war noch immer so unsicher wie ein Teenager, und der Gedanke an das, was vor ihm lag, schien plötzlich überwältigend. Unter Schmerzen und keuchend strebte er vorwärts; jeder Schritt über den steinigen Boden war wie ein Stich in sein Rückgrat.

Plötzlich brach der Hund aus der Dunkelheit und sprang um Sarins Füße. Dann verschwand er wieder in die Richtung, aus der er gekommen war. Sarin folgte ihm mit den Augen und sah, daß der Hund auf dem höchsten Punkt einer kleinen Erhebung stehenblieb, nicht weit von der vertrauten Stelle, wo es jedes Frühjahr schlammig wurde. Er wußte, daß es dort einen großen Felsblock gab, der tief in die Erde eingebettet war und dessen abgerundete Kuppe gerade so weit herausstand, daß man sie sah. Als er näher kam, glaubte er, da, wo der Stein sein sollte, noch etwas sehen zu können, das ebenfalls runde Konturen aufwies. Als er nur noch ein paar Meter entfernt war, bewegte es sich.

Endlich erreichte er die Stelle und blieb ächzend und keuchend stehen; er beugte sich vor und stieß den Hund zur Seite. In der Dunkelheit konnte er die Frau zu seinen Füßen kaum sehen; er richtete den Strahl der Taschenlampe auf ihr Gesicht und zuckte sofort zurück.

»Guter Gott!« rief er schockiert. Er schaute noch einmal hin und versuchte festzustellen, welche der beiden früheren Besucherinnen zu ihm zurückgekehrt war. Und obwohl es verfilzt und schmutzig war, verriet das rote Haar die Identität der Frau sofort.

Ihr Zustand war viel schlimmer, als er erwartet hatte. Er sagte zu dem Hund: »Da ist keine Zeit zu verlieren; es geht ihr sehr schlecht!«

Die Zeitungen, mit denen sie zugedeckt gewesen war, waren alle weggeflogen. Er knöpfte ihr die zerrissene Jacke zu, zog dann seinen eigenen Pullover aus und bedeckte ihre Beine damit. Sie stöhnte und versuchte plötzlich, sich umzudrehen, und er sprang zurück, erschrocken über ihre unerwartete Bewegung. Er begann zu wimmern, schalt sich aber schnell selbst wegen seines Mangels an Mut. Er nahm all seinen Verstand zusammen, hob einen Finger an die Lippen und sagte: »Pssst! Ruhig jetzt, Sie brauchen sich nicht zu bewegen.« Er hielt es für unwahrscheinlich, daß sie seine Worte verstehen konnte, fühlte sich aber doch verpflichtet, sie zu trösten und zu beruhigen. »Alles wird gut«, sagte er, »bald geht es Ihnen wieder gut. Sie werden sehen!«

Der Hund jaulte und legte den Kopf schräg; er beugte sich über Carolines heißes, schmutziges Gesicht und begann, es wieder zu lecken, als wolle er sie abkühlen. Sarin schob ihn weg, drohte mit dem Finger und sagte: »Böser Hund! Wir müssen vorsichtig mit ihr umgehen. Du bleibst hier! Ich bin gleich zurück. Du bleibst hier und paßt schön auf!«

Er stand auf und strebte in langsamem Laufschritt dem Haus zu. Der Hund tat ein paar Schritte in dieselbe Richtung, überlegte es sich dann aber anders und kehrte zu Caroline zurück. Nachdem er ein paarmal verwirrt gejault hatte, legte er sich neben sie und wärmte sie mit seinem Fell. Er blieb neben ihr liegen, hechelte, leckte ihr ab und zu das Gesicht und wartete darauf, daß sein Herr wiederkam.

Ein paar Minuten später kehrte Sarin mit Stöcken und Decken zurück. Er band an jeden Stock zwei Zipfel einer Decke und stellte so eine einfache Bahre her, um Caroline ins Haus zu transportieren. Er legte sie neben Caroline auf den Boden und strich sie flach. So sanft er konnte, hob er zuerst ihre Füße, dann ihre Hüften, dann ihren Oberkörper auf die Decke. Sie begann sich wieder zu bewegen, als wolle sie sich gegen ihn wehren, also streichelte er sanft ihre Stirn und sagte: »Ganz ruhig! Es dauert nur noch ein paar Minuten, dann habe ich Sie sicher im Haus.« Mit einer weiteren Decke band er Caroline auf der provisorischen Bahre fest, damit sie auf der holprigen Reise über das Feld nicht herunterrutschte.

»Tut mir leid, Miss«, sagte er, bevor er die Stäbe anhob. »Ich denke, das wird keine sehr angenehme Fahrt.«

Langsam schleppte er die Bahre Richtung Haus; sie kratzte über die Steine, und sie kamen nur langsam und mühselig voran Die Entfernung bis zum Haus erschien ihm riesig; er wußte, daß es eigentlich nur ein kurzer Spaziergang war, aber mit der Last von Carolines bleiernem Gewicht mußte er häufig innehalten, um wieder zu Atem zu kommen und die Steifheit aus seinen

Armen zu schütteln. Unterwegs sah er sich viele Male nach seinem Fahrgast um, prüfte, ob sie noch sicher festgebunden war, und dankte Gott jedesmal, daß sie bewußtlos war, unfähig, die durch die Bewegung hervorgerufenen Schmerzen zu spüren.

Ein Wind kam auf, nicht der milde Wind, an den er gewöhnt war, sondern ein rauher, harter und sehr kalter Wind. Er beugte sich tiefer nach vorn und kniff die Augen zu vor den Staubkörnern und den Blättern, die plötzlich um ihn herumwirbelten. Der Wind drohte ihn zurückzudrücken, und ein paar Minuten lang kam er gar nicht voran. Dann erneuerte er seine Anstrengung, beugte sich gegen den Wind und drängte nach vorn. Endlich erreichte er die Eichen, und als er zwischen ihnen hindurchgegangen war, spürte er, daß der Wind sich veränderte. Er wurde schwächer, hörte schließlich ganz auf, und auf einmal war ihm wieder warm.

Bis Janie und Bruce die Halle des Hotels erreicht hatten, hatten sie so etwas wie einen Plan entwickelt; er war unvollständig, aber immerhin ein Anfang. Er erforderte einen Gepäckwagen, und so griff Bruce nach einem, als sie am Empfang vorbeikamen, und im Aufzug nahmen sie ihn mit nach oben.

Teds Leichnam hatte sich weiter zersetzt, seit sie ihn zurückgelassen hatten, aber der Geruch war nicht mehr so stark, da sie das Fenster offengelassen hatten. So vorsichtig, wie es unter den gegebenen Umständen möglich war, um eine Ansteckung zu vermeiden, rollten Janie und Bruce Ted auf eine Decke und wickelten ihn fest darin ein. Dann mühten sie sich damit ab, die Decke um seine Mitte festzubinden, und verfrachteten ihn ziemlich pietätlos in Janies Kleidersack aus Plastik.

Als es ihnen schließlich gelungen war, Teds verhüllten Körper zusammengeklappt auf den Gepäckkarren zu laden, gingen sie ins Badezimmer und schrubbten ihre Hände ab, bis sie fast bluteten. Bruce setzte sich auf das Bett und starrte den Wagen mit seiner gräßlichen Fracht an. Dann vergrub er das Gesicht in den Händen und rieb sich die Augen. Seine Stimme klang gedämpft, als er zu Janie sagte: »Ich kann nicht glauben, was ich gerade getan habe. Und ich habe keine Ahnung, wie es weitergehen soll.«

»Wir sollten die Leiche verbrennen«, sagte Janie.

»Dazu müssen wir sie aus London herausschaffen.«

Janie sah auf ihre Uhr; es war fast vier Uhr früh, und in eineinhalb Stunden würde es hell werden. Sie brauchte eine Idee.

»Wir können ihn in den Kofferraum deines Wagens packen und später am Tag aus London herausfahren. Wenigstens sieht ihn dann keiner.«

Bruce seufzte tief und stand auf. »Gut, wir können ihn ja nicht hierlassen.«

Nachdem sie sich noch einmal umgeschaut hatte, rollten sie den Karren aus dem Zimmer und nahmen den Aufzug nach unten.

In der Halle trennten sie sich; Bruce nahm den Karren mit der Leiche und ging zum Auto, das da geparkt war, wo sie es zurückgelassen hatten, auf der anderen Seite der Straße. Janie blieb zurück und klingelte nach dem Nachtportier. Als er aus seinem Büro kam, wirkte er zerzaust und gereizt wie jemand, den man aus tiefem Schlaf geweckt hat. Trotzdem war er höflich zu ihr. »Ja, bitte, Ma'am?« sagte er.

»Tut mir leid, daß ich Sie geweckt habe«, entschuldigte sie sich nervös.

»Das ist schon in Ordnung, Ma'am«, sagte er. Er sah sie mit halb geschlossenen Augen an, und Janie fragte sich, ob es nicht ein Fehler gewesen war, ihn herauszuläuten.

Sie brachte etwas zustande, von dem sie hoffte, es sähe wie ein überzeugendes Lächeln aus. »Ich muß in den nächsten paar Tagen einige Feldexkursionen machen«, sagte sie. Als Erklärung für die frühe Stunde fügte sie hinzu: »Ich will heute früh anfangen. Ich behalte das Zimmer und habe ein paar wichtige Forschungsunterlagen darin zurückgelassen. Sie liegen überall herum, deswegen wäre es mir lieb, wenn das Zimmer nicht gereinigt würde, solange ich weg bin. Ich weiß, daß Miss Porter nebenan dieselbe Bitte geäußert hat und daß das Personal sehr zuvorkommend war.«

»Natürlich, Ma'am, ich werde es den Zimmermädchen sagen. Welche Zimmernummer war es doch bitte?«

»Sechshundertzehn«, sagte sie. Während er sich die Zimmernummer notierte, schaute sie über die Schulter und sah, wie Bruce den Kofferraum seines Wagens schloß. Der Gepäckkarren war leer.

»Gut, dann haben Sie vielen Dank«, sagte sie und wandte sich zum Gehen.

»Einen Moment noch, Ma'am. Sechshundertzehn, sagten Sie?«

Sie drehte sich um, und Angst krampfte ihren Magen zusammen. »Ja, richtig.«

»Da ist eine Nachricht für Sie. Ein Herr hat angerufen. Er wollte offenbar nicht den Anrufbeantworter benutzen.«

Das dürfte Sandhaus gewesen sein, dieser notorische Sonderling, dachte sie, und ihre Angst wich Ärger. *Ihr Timing ist perfekt wie immer, John...*

Der Nachtportier hielt ihr den Zettel hin und sagte: »Ich habe den Anruf selbst entgegengenommen. Wenn ich das sagen darf, Ma'am, der Herr schien ein bißchen aufgeregt.«

Sie nahm den Zettel, faltete ihn auseinander und unterdrückte einen Aufschrei, als sie ihn las:

Robert Sarin, sehr wichtig, bitte sofort kommen.

Mit steifen Bewegungen, denn er hatte sich fast das Kreuz gebrochen, als er Caroline auf das Bett gehoben hatte, zog Sarin ihr all die nassen Lumpen aus und warf sie ins Feuer. Er sah zu, bis sie Feuer fingen und die Flammen protestierend aufloderten, als sei eine böse Kraft in Brand gesetzt worden und kämpfe darum, ihre Macht zu behalten. Er wusch Carolines ganzen Körper mit einem in duftendes Kräuterwasser getauchten Lappen ab, wobei er jeweils den Teil, an dem er nicht arbeitete, züchtig mit einer leichten Decke bedeckte. Es beschämte ihn, gewisse Körperteile von ihr zu sehen; er hatte niemals eine völlig nackte Frau erblickt, nicht einmal seine Mutter, und er war jetzt zu alt, um von dem Anblick erregt zu werden, wie es vielleicht früher der Fall gewesen wäre. Als er die Schmutzschichten nach und nach entfernt hatte, konnte er ihre Haut sehen. *So schrecklich weiß, zumindest da, wo sie keine dunklen Flecken hat,* dachte er bei sich und fragte sich, wie es möglich war, so krank zu sein und trotzdem noch zu atmen.

Aus einer alten Holzkommode nahm er ein zartes weißes Nachthemd aus so dünnem Stoff, daß es fast durchsichtig wirkte. Er hob mit einer Hand Carolines Kopf und zog mit der anderen das Nachthemd darüber. Er mußte sich anstrengen, ihre schlaffen Glieder zu bewegen, um ihr das Hemd anzuziehen. Als er zufrieden war und es ihr so bequem wie möglich gemacht hatte, breitete er frische Laken über ihre schmale Gestalt. Dann faltete er ihr die Hände auf dem Bauch und legte einen Strauß getrockneter Kräuter hinein.

Er trat zurück und betrachtete sie nachdenklich. »Ich hoffe, Sie bekommen Ihre Schönheit zurück«, sagte er, darauf vertrauend, daß sie ihn nicht hören konnte. Dann wurde ihm klar, was er gerade gesagt hatte, und er betete still: *Lieber Gott, ich wäre glücklich, wenn sie nur gesund würde. Das wäre mehr als genug.* Er nahm an, daß ihr Überleben, falls es denn gewährt würde, kein isoliertes Geschehen, sondern Teil eines größeren Ziels sein würde.

Er seufzte laut, streckte die Hand aus und tätschelte tröstend Carolines Bein. *Wenn ich es nur noch erleben könnte…* Würde sie noch jung sein, wenn es geschah, und vielleicht ein wichtiges Kind gebären? Oder würde sie eine alte Frau sein, alt wie er selbst, bevor ihr die Rolle deutlich wurde, die sie vielleicht zu spielen hatte?

Würde diese Frau, falls es ihm gelang, sie zu heilen, vielleicht selbst eine Heilerin werden? Er hatte immer gewußt, was von ihm erwartet werden würde, aber erst als er das Objekt seiner gut eingeübten Pflege vor sich hatte, begann er sich zu fragen, warum es so wichtig war, daß er Erfolg hatte. »Nun ja«, sagte er leise zu dem Hund an seiner Seite, »vermutlich hätte ich es ohnehin nicht begriffen.«

Der Raum war vom blassen Schein von Kerzen erhellt, denn

seine Mutter hatte gesagt, zuviel Licht wäre schmerzhaft für ihre Augen, wenn sie sie wieder öffnete, und er sorgte sich, ihre Reaktion darauf könne ihn von seinen Aufgaben ablenken. Wenn er am Morgen noch bei ihr wachte, würde er die Läden schließen, um sie vor den harten Sonnenstrahlen zu schützen.

Im Dämmerlicht sah er, daß sie sich bewegte und trat sofort an ihr Bett. Er legte die Hand auf ihre Stirn; die Haut war zwar noch immer feucht, fühlte sich aber kühler an. Er war froh und dankbar, daß etwas, was er getan hatte, vielleicht die Kräuterwaschung, etwas zu ihrem Wohlbefinden beigetragen hatte.

»Ich wünschte, sie würden kommen«, sagte er zu dem Hund. Er schaute auf seine Taschenuhr und seufzte. »Es ist Zeit anzufangen.« Der Hund jaulte als Antwort leise, und Sarin atmete tief ein. »Dann werde ich ohne die anderen weitermachen müssen.« Er hoffte, er werde es gut machen.

23

Alejandro war verwirrt über die zweideutige Antwort des Königs auf sein dringendes Schreiben.

> *Wir sind wieder in Eurer Schuld, Doktor, für den Fleiß, mit dem Ihr Euch Eurer Kunst widmet. Bitte, setzt Euer gutes Werk fort und berichtet mir von Euren Entdeckungen. Auch ich werde mich nach Botschaften über die Pest aus meinem ganzen Reich umhören, und zusammen werden wir bald wissen, ob dieser angebliche neue Ausbruch der Krankheit der Wahrheit entspricht. Ich werde über Eure Bitte nachdenken und Euch meine Antwort in Canterbury geben.*

Die Antwort sagte gar nichts! Wie ist es möglich, daß sogar gebildete Menschen so viele Worte gebrauchen und so wenig damit ausdrücken können? wunderte sich der Arzt. Der König hatte offenbar nicht vor, den Gerüchten energisch nachzugehen, und er schien auch nicht an Alejandros Bericht über ein mögliches Heilmittel interessiert. *Er ist zu sehr mit seinem Königtum beschäftigt und sieht nicht, daß es bald keine Untertanen mehr geben wird, die seiner königlichen Dienste bedürfen. Ich teile seine beiläufige Gleichgültigkeit allerdings nicht.*

Er ritt zu der verbrannten Hütte zurück und ging unter den geschwärzten Trümmern umher; in der Mitte dessen, was einmal ihr Zuhause gewesen war, fand er die verkohlten, skelettartigen Überreste der Frau und ihrer beiden Töchter, und einen Augenblick lang dachte er daran, sie neben den bereits auf dem Hof angelegten Gräbern zu bestatten. Doch er wagte nicht, die Leichen zu berühren, weil er Angst hatte, sich anzustecken.

Das kann nicht das Ende sein. Es muß in der Nähe noch andere geben. Etwas entgeht mir.

Er dachte daran, die Exhumierung ohne offizielle Genehmigung vorzunehmen, doch die Erinnerung an seine Erfahrung in Aragon hielt ihn davon ab. Den Rest des Tages verbrachte er mit Erkundigungen unter den Einheimischen, und er empfand immer stärkere Frustration über die Diskrepanz zwischen dem, was nach seinen logischen Überlegungen sein sollte und dem, was die Realität bot. Als die Schatten allmählich länger wurden, machte er sich auf den Weg in die sichere Obhut seines Hauses, da er sich nicht auf eine auswärtige Übernachtung vorbereitet hatte.

Hunger und Durst nagten an ihm, als er an einem kleinen Kloster vorbeikam, und da es bei einigen christlichen Orden Brauch war, erschöpften Reisenden Gastfreundschaft zu gewähren, läutete er die Glocke und hoffte auf eine Erfrischung, ehe er seinen Weg fortsetzte. Als niemand antwortete, läutete er erneut, doch wieder erfolgte keine Reaktion.

Als er seine wachsende Neugier nicht mehr höflich bezähmen konnte, versuchte er die Tür zu öffnen und fand sie unverschlossen. Er wollte schon uneingeladen eintreten, doch da traf der vertraute Geruch seine Nase so stark, daß er umkehrte und hinausrannte, würgend und nach frischer Luft schnappend wie ein Ertrinkender. Er brauchte sich nicht weiter umzusehen, denn die Quelle des erstickenden Geruchs war klar. Und obwohl er erst in zwei Tagen nach Canterbury reiten sollte, beschloß er, beim ersten Morgenlicht aufzubrechen, denn er wußte, er mußte dem König seine Erkenntnisse mitteilen.

Doch als er nach einer unruhigen Nacht erwachte, schaute er aus dem Fenster und sah, daß ein heftiger Wind die Bäume peitschte und Regen nur so vom Himmel strömte. Er war gezwungen, seine Abreise um einen Tag aufzuschieben, bis eine vernünftige Chance bestand, daß er sein Ziel heil erreichen würde, denn bei dieser Mission konnte er keinen Mißerfolg riskieren.

Adele schloß die Knöpfe ihrer Ärmel wieder und ordnete ihre Röcke über dem Hemd. Neben ihr wischte sich die Nurse die Hände an einem Leintuch ab und seufzte dabei schwer; dies war eine schwierige Wendung der Ereignisse, und sie fürchtete um die Seele der Lady.

»Es kann kein Zweifel bestehen. Eure Menses hat zwei Monate ausgesetzt, und Euer Schoß fühlt sich weich an. In der Mitte des Winters werdet Ihr, so Gott will, ein Baby in Euren Armen halten.«

Adele, die völlig außer sich war, gab keinen Kommentar zu dieser Neuigkeit ab. Als sie zuerst den Verdacht zu hegen begann, daß neues Leben in ihr wuchs, war das ein erschreckender Gedanke, denn dieses vaterlose Kind konnte nicht in Isabellas Haushalt wohnen. Das Kind, das Adele trug, war keine Kate, sondern der Bastard eines Spaniers, und bis er zum Ritter geschlagen wurde, würde man Alejandro als unstandesgemäßen Gatten für die adelige Lady Throxwood betrachten; sie mußte ihren Zustand bis zu seiner Ernennung geheimhalten.

»Wenn Ihr mich liebt«, sagte Adele zur Nurse, »wie Ihr meine sanfte Mutter geliebt habt, dann sagt bitte kein Wort darüber zu irgend jemandem, vor allem nicht zu meiner Herrin Isabella. Ich möchte dieses Wissen mit dem Vater des Kindes teilen, bevor es im Palast bekannt wird.«

»Lady«, sagte die Nurse etwas zögernd, denn sie ahnte, wer

der Vater des Kindes sein könnte, und ängstigte sich um das ungleiche Paar, »wenn Ihr im Sinn habt, Euch von dieser Bürde zu befreien, so kann dafür gesorgt werden. Schon viele Hebammen haben einen unerwünschten Samen aus dem Leib seiner Mutter gepflückt, sogar unter Hochgeborenen.«

Adele wußte bereits, daß es privilegierten Frauen von Stand möglich war, eine unerwünschte Schwangerschaft zu beenden, aber in ihrer Verwirrung hatte sie daran nicht einmal gedacht; fast war sie böse über die zusätzliche Komplikation, die die alte Frau damit schuf, obwohl sie es gut mit ihr meinte. Jetzt, da ihr Zustand gewiß war, gab es vieles zu bedenken. Ihr Kopf begann zu schmerzen, und sie rieb sich leicht die Stirn. Obwohl ihre Lage sie besorgt machte, hatte sie schon viele glückliche Stunden von dem schönen Leben geträumt, das sie und Alejandro vielleicht bald genießen würden, und ihr Kind ebenfalls, wenn alles gutging. Sie hatte den größten Teil ihres Lebens im Dienste ihrer Freundin verbracht, doch nun war es an der Zeit, etwas Eigenes zu haben. Sicher hätte Isabella nichts dagegen.

»Es ist einfach zuviel, worüber ich nachdenken muß!« sagte Adele, rollte sich zur Seite und verbarg ihr Gesicht.

Die Nurse entfernte sich von dem schmalen Bett und machte sich im Zimmer zu schaffen, tat sinnlose kleine Dinge, um der Lady einen ungestörten Moment zu gewähren. »Gott verfluche alle Fliegen!« sagte sie und schlug sich auf die Handfläche. »Einmal möchte ich einen Frühling ohne die ärgerlichen kleinen Störenfriede erleben!«

Adele antwortete nicht, sondern stöhnte, als eine Welle kalter Übelkeit sie überkam; sie drehte sich auf die andere Seite und zog die Knie an, um sie zu lindern. Die Nurse hörte ihr Stöhnen und eilte wieder an ihrer Seite.

»Viele Frauen, die ein Kind erwarten, leiden in der ersten Zeit unter Übelkeit«, sagte sie, »aber das wird vergehen. In zwei Monden werdet Ihr Euch wieder wohl fühlen. Und das Kind in Euch wird wachsen! Ihr werdet spüren, wie es Euch tritt. Diese frohe Zeit ist ein großer Genuß.«

»Ach, liebe Nurse, wie gut Ihr mich tröstet«, sagte Adele und faßte nach der Hand der alten Frau. »Ich dachte, diese Schmerzen wären Gottes Strafe dafür, daß ich nicht keusch gewesen bin.«

»Aber nein«, sagte die Nurse mitfühlend. »Das geht den meisten Frauen so. Ich vermute fast, daß auch die Heilige Jungfrau persönlich so gelitten hat.«

Adele schloß die Augen, bereit für einen neuen Krampf, und sagte: »Dann werde ich um ihre Anleitung und ihren Schutz beten.«

Um die Mitte des Vormittags fühlte Adele sich etwas besser; sie nahm eine leichte Mahlzeit zu sich und verbrachte einige Zeit mit Sticken. Sie war über ihre Stickerei gebeugt, als Isabella vom Hof zurückkehrte und ihr mitteilte, König Edward wünsche sie unter vier Augen zu sprechen.

»Aber Ihr seid so blaß«, sagte die Prinzessin. »Seid Ihr krank?«

»Ein bißchen müde vielleicht«, sagte Adele. Als sie in Isabellas Spiegel schaute, sah sie, daß die Prinzessin recht hatte. Sie kniff sich mit den Fingerspitzen in die Wangen, und diese röteten sich. Sie drehte sich zu Isabella um, und die Prinzessin lächelte anerkennend.

»Warum in Gottes Namen wünscht er mich zu sehen?« fragte sie, da sie nichts von dem furchtbaren Streit zwischen der Prinzessin und dem König wußte.

»Ich weiß nicht«, antwortete Isabella, sich ahnungslos stellend.

Oh, lieber Gott, nein, dachte Adele plötzlich. Es kann nicht sein. Nicht jetzt. Schüchtern fragte sie ihre Herrin: »Hat er ein Heiratsangebot für mich?«

Als sie Adeles besorgten Gesichtsausdruck sah, lachte die Prinzessin. »Habt keine Angst, meine liebe Freundin. Von einem Angebot habe ich nichts gehört. Ich vermute, daß er mit Euch über Dinge sprechen möchte, die Eure Güter betreffen. Aber daß mein Vater sich so gerne reden hört, sollte Euch nicht zu lange bei Hofe festhalten. Wenn Ihr zurückkommt, werden wir unsere Roben für die Zeremonien anprobieren. Sie sind endlich eingetroffen, und keinen Augenblick zu früh!«

Während sie sich zu den Hofgemächern des Königs schleppte, fragte Adele sich, ob sie ihr Zimmer überhaupt hätte verlassen sollen. Ihre Übelkeit kehrte mit aller Macht zurück, und sie mußte stehenbleiben, um sich an eine Wand zu lehnen. Sie unterdrückte das würgende Gefühl und suchte sich zu fassen; dann ging sie auf die große Halle zu.

»Nun, Ihr seid ja so weiß wie das reinste Leinen!« sagte der König, als er sie sah. »Was fehlt Euch, Lady?«

»Es ist nur eine Grippe, Sire; eigentlich geht es mir heute morgen schon viel besser. Ich bitte um Entschuldigung für meine Blässe.«

Der König fragte nicht weiter, sondern erklärte sich erfreut zu hören, daß sie sich besser fühle. Er bot ihr einen Stuhl an, den sie dankbar nahm.

»Es gibt eine Mission von großer Bedeutung, über die ich Euch nachzudenken bitte«, begann der König. »Ich möchte Euch bitten, bei einigen wichtigen Vorbereitungen für Isabellas bevorstehende Vermählung zu helfen.«

Verwirrt sagte Adele: »Euer Majestät, ich verstehe nicht. Ist meine Lady denn verlobt worden?«

»Was, hat diese nachlässige Person es denn versäumt, Euch die großartige gute Neuigkeit mitzuteilen? Dabei seid Ihr doch ihre engste Vertraute! Wie ungewöhnlich gnädig von ihr, mir die Freude zu überlassen, es Euch als erster zu sagen! Wir haben die Vereinbarungen für Isabellas Verheiratung mit Karl von Böhmen, der bald gekrönter Kaiser sein wird, fast abgeschlossen. Ihr sollt mit ihr reisen und ein Jahr als ihre Freundin und ihr Trost bei ihr bleiben. So wird sie genügend Zeit haben, sich an ihren Gatten zu gewöhnen. Sie wollte Euch diese Reise nicht selbst aufzwingen, aber ich bin aufrichtig überzeugt, daß Eure Anwesenheit ihr eine große Freude sein und dazu beitragen wird, die Union zwischen England und Böhmen zu festigen.«

Als daraufhin alle Farbe aus Adeles Gesicht wich, fragte Edward: »Lady Adele, ist Euch unwohl? Wir können dies auch später besprechen …«

Zitternd antwortete sie: »Nein, Sire, es wird schon vergehen... Ich bin in dieser Zeit nicht an gute Neuigkeiten gewöhnt...«

»Dann will ich Euch nicht aufhalten, denn zwei so gute Nachrichten, eine für Euch selbst und eine für Isabella, sind sicher mehr, als Ihr ertragen könnt. Sagt mir, bevor ich Euch verabschiede, kann ich gute Dienste, wie Euer Vater sie mir in Frankreich leistete, auch von seiner Tochter in Böhmen erwarten?«

Adele konnte nicht antworten, es ging einfach über ihre Kraft. Überwältigt von dem, was das Verlangen des Königs mit sich brachte, verlor sie das Bewußtsein und sank ohnmächtig auf ihrem Stuhl zusammen.

Sir John Chandos war in der Nähe; der große Krieger eilte herbei und hob sie mühelos auf. Er trug sie ohne Hilfe in die Frauengemächer zurück. Dort nahm die Nurse die Sache in die Hand und bat ihn, Adeles schlaffen Körper vorsichtig auf das Bett zu legen. Als er es getan hatte, forderte sie ihn kühn auf, sich sofort zu entfernen.

»Geht nun; dies ist kein Ort für einen Mann, oder wollt Ihr unter meiner Obhut mehr über den Fluch der Frauen lernen?«

Der gute Sir John, mit der Intimität von Frauen nicht vertraut, entfernte sich nur zu gern. Kaum war er fort, begann die Nurse das Mieder von Adeles Kleid zu öffnen und rief Isabella zu Hilfe.

Erschrocken fingerte die Prinzessin an den Spitzen herum, aber ihre ungeschickten Finger waren nicht zu viel nütze. »Was hat sie denn?« fragte sie die Nurse.

Die Nurse sagte nichts und wich Isabellas Blick aus.

»Sprecht, Frau!« befahl Isabella.

Als die Nurse noch immer schwieg, entband Adele, die wieder zu sich gekommen war, sie von ihrem Versprechen, ihr Geheimnis der Lady, der sie diente, vorzuenthalten. »Ich werde es selbst erklären«, sagte sie schwach. »Meine Krankheit ist die der meisten schwangeren Frauen. Ich trage Alejandros Kind.«

Isabella ahmte Adeles übliche Geste nach, indem sie sich bekreuzigte. Schockiert über Adeles Geständnis, verließ die Prinzessin deren Bett und überließ es der Nurse, sich um ihre Bedürfnisse zu kümmern. Sie ging im Raum umher wie eine zornige Wildkatze; sie war verwirrt und wollte ihre Lage unbedingt unter Kontrolle behalten. Zuerst empfand sie Wut darüber, daß ihre liebste Freundin einen so hinterhältigen Verrat begangen hatte; dann Eifersucht auf die Nähe, die Adele mit dem Vater ihres Kindes teilte, während sie selbst, eine königliche Prinzessin, kein Glück in der Liebe hatte!

Als sie sich ein wenig beruhigt hatte, kehrte sie zu dem Bett zurück, wo Adele mit einem feuchten Tuch auf der Stirn lag. »Oh, Adele, ich dachte, Ihr liebtet mich; von allen, die mich umgeben, hielt ich Euch für die letzte, die mich im Stich lassen würde.«

Adele versuchte sich aufzusetzen, schaffte es aber nur, sich auf die Ellbogen zu stützen. »Isabella, wie könnt Ihr an mir zweifeln? Ich war an Eurer Seite, seit wir beide kleine Mädchen waren!«

»Aber Ihr habt zugelassen, daß Eure Liebe zu mir durch die Liebe dieses gottlosen Spaniers besudelt wurde. Zuerst erliegt mein Vater seinem beengenden Einfluß, und dann stiehlt mir dieser üble Schurke auch noch Eure kostbare Zuneigung und Loyalität!«

»Ihr urteilt zu hart über ihn! Und ich habe ihm meine Liebe bereitwillig gegeben.«

Isabella nahm Adeles Hand in ihre. »Er steht unter Euch. Er verdient Euch nicht. Ihr seid aus edelster Familie, und er ist ein gewöhnlicher *Spanier.*«

Adele, die allmählich zornig wurde, verteidigte Alejandro. »Euch blendet das Mißfallen an den Einschränkungen, die er uns auferlegt hat, denselben Einschränkungen, die uns das Leben gerettet haben. Ihr könnt nicht über Euren Ärger hinwegsehen! Und wenn Ihr ihn so gut kennen würdet wie ich, würdet Ihr ihn alles andere als gewöhnlich finden.«

»Ihr kennt ihn zweifellos sehr gut«, sagte Isabella, »wenn man Euren Zustand bedenkt.« Dann wandte sie sich ab und lief ärgerlich fort; sie ließ Adele bestürzt über ihre boshaften Bemerkungen und allein in ihrem Elend zurück.

Wie konnte das passieren, und ausgerechnet zum schlimmst-

möglichen Zeitpunkt? fragte sich Isabella. Sie wußte, daß eine Frau mit einer solchen Last im Leib eine ernste Gefahr für den Rest der Reisegesellschaft darstellte, weil eine so anfällige Mitreisende das erforderliche schnelle Tempo der Reise erheblich verzögern konnte. Und welcher Monarch würde eine unverheiratete Dame, deren schwellender Leib ihre Sündhaftigkeit bewies, an einen fremden Hof schicken? König Edward nicht, da war Isabella sicher.

Was tun? Oh, heilige Jungfrau, wie soll ich mich verhalten?

Ihre in sich selbst versunkene Melancholie wurde unterbrochen, als Kate sie leicht am Ärmel zupfte. Unwirsch fuhr Isabella das Kind an: »Ach, Ihr! Was wollt Ihr schon wieder?«

»Bitte, Schwester, was fehlt der Lady?«

»Sie leidet unter dem Fluch, eine Frau zu sein, den Ihr selbst bald genug kennenlernen werdet; dann wird vielleicht Eure kindliche Art, jedermann lästig zu fallen, endlich aufhören! Und nun geht und stört mich heute nicht mehr!«

Kate war zwar an Isabellas Unfreundlichkeiten gewöhnt, aber diesmal fühlte sie sich durch ihre Worte doch beleidigt. Sie hatte mehr als sonst das Gefühl, nicht willkommen zu sein, knickste kurz und rannte aus dem Zimmer, wobei sie heiße Tränen der Zurückweisung unterdrückte.

Später an diesem Tag, als Adele wieder ein bißchen Farbe bekommen hatte und endlich nicht mehr würgen mußte, kam Isabella zu ihr.

»Ich möchte nicht, daß wir böse aufeinander sind«, sagte die Prinzessin. »Wir sind viel zu lange zusammen, als daß irgend jemand zwischen uns treten dürfte. Könnt Ihr mir verzeihen, daß ich Euch so grausam behandelt habe?«

»Ach, Isabella«, sagte Adele, erleichtert über den offensichtlichen Sinneswandel ihrer Herrin, »ich würde Euch fast alles vergeben. Und ich würde meine Freude mit Euch teilen, denn trotz der Schwierigkeiten meiner Situation bin ich glücklicher, als ich je für möglich gehalten hätte.« Sie ergriff die Hand ihrer Freundin und drückte sie fest. »Oh, bitte, Isabella, könnt Ihr nicht bei Eurem Vater für mich eintreten? Helft mir, ihn zu überzeugen, daß ich hierbleiben muß; helft mir, ihm zu zeigen, daß Alejandro ein würdiger Ehemann für mich sein wird.«

Also willst du ihn wählen, dachte Isabella bei sich. Sie zog ihre Hand aus Adeles und sagte leise: »Nun gut. Wenn es Euch glücklich macht.«

Adele streckte die Arme aus und umarmte Isabella innig; diese löste sich mit einem schwachen Lächeln von ihr und sagte: »Und jetzt müssen wir unsere Kleider für Canterbury anprobieren.«

Und während der ganzen Zeit, die die Damen ihrer Umgebung brauchten, um ihre Festgewänder anzuprobieren, spielte Isabella die Fröhliche und versicherte Adele hinterhältig, sie werde sich beim König nach Kräften für sie einsetzen. Innerlich kochte sie, weil sie sich abgelehnt und gedemütigt fühlte, doch ihr Stolz ließ nicht zu, daß sie es zeigte, nicht einmal ihrer engsten Gefährtin. Wie ein gekränktes Kind schmiedete sie ihre Rachepläne, doch als gerissene Prinzessin behielt sie sie für sich. Adele würde bald genug erfahren, wie teuer sie ihren Verrat zu bezahlen hatte, und Isabella war sicher, daß so etwas nie wieder vorkommen würde.

Nach dem heftigen Sturm des Vortages war der Himmel wieder schön und blau, doch der Zustand der schlammigen Straßen war alles andere als gut. Alejandro hatte vor, direkt zum Tower zu reiten und dort um eine sofortige Audienz beim König nachzusuchen. Da er fürchtete, der König könne diese Bitte zugunsten angenehmerer Besucher ablehnen, beschloß Alejandro, ihn nach Kräften von der Wichtigkeit seiner Nachricht zu überzeugen.

Die Folgen des Sturms waren nicht mehr so deutlich zu sehen, als er sich London näherte. Aus dem besseren Zustand der Straßen schloß Alejandro, daß das Unwetter, das ihn aufgehalten hatte, nicht bis London vorgedrungen war. Dennoch fand er den Zustand Londons beschämend; er beleidigte das Auge des anspruchsvollen Juden. *Wenn das Englands beste Stadt ist, wie mögen dann erst die ärmeren aussehen?* fragte er sich. Er hielt an, um nach dem Weg zu fragen, und war betrübt über die hohlwangigen Gesichter der Bewohner Londons. Es wäre eine ungeheure Aufgabe, die Lage in London nach den Verheerungen der Pest wieder in Ordnung zu bringen, und Alejandro war sicher, daß die Wiederherstellung bei der verringerten Zahl und dem geschwächten Zustand der Einwohner eine langwierige Sache sein würde.

Er ritt durch die grauen, mit Menschen übersäten Straßen, blieb aber abrupt stehen, als er einen leuchtenden Farbfleck erblickte. Er sah eine zerlumpte Alte, die müde in die entgegengesetzte Richtung schlurfte, einen hellroten Schal fest um die Schultern geschlungen; sie war das Ebenbild von Mutter Sarah. *Das kann sie nicht sein, so weit von ihrer Hütte entfernt,* dachte er. Trotzdem wendete er sein Reittier; jetzt war sie nicht mehr zu sehen, und er konnte keinen Ort ausmachen, wo sie sich versteckt haben könnte.

Warum sollte sie sich auch verstecken wollen? fragte er sich, verwirrt über ihr Verschwinden. Er schaute noch einmal die Straße auf und ab, um die Hebamme vielleicht doch noch zu finden, aber er sah sie nicht. Das Pferd tänzelte nervös, und da er keinen Grund zum Verweilen hatte, ritt Alejandro weiter in Richtung Tower, etwas gereizt wegen des eigenartigen Erlebnisses.

Der üble Geruch des Flusses und des Towergrabens war seit seinem ersten Ritt über die Zugbrücke vor fast einem Jahr nicht besser, sondern eher schlimmer geworden. *Der König sollte froh sein,* dachte er, *denn dieser Gestank ist Waffe genug, um alle bis auf die unempfindlichsten Feinde von ihm fernzuhalten.* Der Hof des Tower war fast verlassen, nur ein paar Schildwachen waren zu sehen. Er erkannte eine davon als Mitglied seiner Eskorte nach Windsor, und so saß er ab und ging auf den Mann zu.

»Freund!« rief er grüßend, »guten Tag!«

Die Miene des Mannes hellte sich auf, als er Alejandro erkannte. »Guter Doktor! Es freut mich, daß Gott Euch durch diesen langen und bitteren Winter gebracht hat; was führt Euch in unsere schöne Stadt?«

»Geschäfte mit dem König«, antwortete Alejandro. »Aber warum ist es hier so still? Warum ist niemand da?«

»Ach«, sagte der Mann, »die königliche Gesellschaft ist gestern ausgeritten! Sie bot wirklich einen schönen Anblick, vor allem mit all den Damen. Es war vielleicht die größte Gesellschaft, die ich seit einem Jahr gesehen habe, und unterwegs zur Kathedrale, wegen der Amtseinführung des Erzbischofs zweifellos. Wir hatten hier wenig Aufregendes, von der Pest abgesehen, und das Volk sieht sicher gern einen bunten, prunkvollen Umzug des Königs, um sich aufzuheitern!«

»War Prinzessin Isabella mit ihren Damen auch bei der Gesellschaft?«

»Ja, Herr, das war sie, und mit viel Gepäck!«

Also habe ich sie verpaßt... ich bin zu spät gekommen, um sie noch hier zu erreichen. »Dann muß ich sofort weiter«, sagte er zu dem Gardisten. »Wo ist der Torwächter? Ich muß den Mann sehen.«

Und nachdem er sich den Weg eingeprägt hatte, denn der Torwächter wollte die kostbare Landkarte auch nicht um den ungeheuren Preis einer Goldmünze hergeben, machte Alejandro sich auf den letzten Teil seiner Reise nach Canterbury.

24

Sarin trug die hölzerne Schachtel mit alten Gegenständen zum Bett. Er setzte sich auf einen Stuhl und balancierte die Schachtel vorsichtig auf dem Schoß. Mit Rücksicht auf sein hohes Alter und seine Zerbrechlichkeit hob er den Deckel sehr langsam und behutsam ab und legte ihn neben seinem Stuhl auf den Boden. Die Schachtel enthielt eine seltsame Ansammlung von Gegenständen, ein scheinbar wahlloses Sammelsurium kleiner Dinge, die scheinbar nichts miteinander zu tun hatten. Sarin nahm eines nach dem anderen heraus und legte sie auf den Nachttisch. Während er ihn ablegte, murmelte er den Namen jedes Gegenstandes vor sich hin, wobei er die auswendig gelernte Liste sorgsam in der richtigen Reihenfolge aufsagte, denn der zuletzt herausgenommene Gegenstand mußte als erster benutzt werden. Er hatte das im Laufe der Vorbereitungen auf diese Nacht viele Male geübt. Als alle Gegenstände am richtigen Platz lagen, betrachtete er sie und überzeugte sich davon, daß er bei der Inszenierung dessen, was er geübt hatte, alles richtig gemacht hatte.

»Und nun das Buch«, sagte er zu Carolines schlafender Gestalt. Er stand von seinem Stuhl neben dem Bett auf, der leise knarzte, als er sich von dem Rohrsitz erhob – und schlurfte steif ins Nebenzimmer; er fand den alten Band genau da, wo er ihn gelassen hatte, und trug ihn ins Schlafzimmer. Er hatte die richtige Seite mit der gleichen Feder markiert, die auch seine Mutter zu benutzen pflegte, und achtete darauf, sie nicht herauszuziehen. Er legte das Buch auf den Bettrand und schlug es an der richtigen Stelle auf.

Er las langsam, denn das Kerzenlicht war schwach, und seine Augen hatten sich ihm noch nicht ganz angepaßt. Er hätte sich keine solche Mühe zu geben brauchen, denn er hatte die Anweisungen so gut wie auswendig gelernt, und das Vorlesen war nur noch eine Wiederholung dessen, was er bereits eingeübt hatte. Er wußte, daß er aus Angst so vorsichtig vorging, denn wenn er einmal angefangen hatte, konnte er nicht mehr innehalten. *Hör auf, Zeit zu vergeuden*, sagte er sich; *schau, daß du vorankommst.*

»Zuerst die Bänder«, murmelte er zu seiner eigenen Sicherheit. Sie waren mit einem dünnen Zwirnsfaden zusammengebunden. Er löste den Knoten im Zwirn, und die Bänder fielen bündelweise auf die Bettdecke. Sie waren modrig und rochen nach Schimmel, aber der Stoff, aus dem sie vor so langer Zeit hergestellt worden waren, war noch heil und zerfiel nicht, als er die Bänder berührte. Er steckte die Bänder überall an Carolines Nachthemd und die Bettwäsche und lehnte sich dann zurück, um sein Werk anerkennend zu betrachten. *Ein Schritt ist vollendet,* dachte er. Laut sagte er zu dem Hund: »Komm und schau, Kumpel. Die junge Dame sieht ganz festlich aus. Eines Tages wird sie wieder ein hübsches Mädchen sein, meinst du nicht?«

Doch der Hund erschien nicht an der Seite seines Herrn, wie Sarin erwartet hatte. *Vermutlich schläft er*, dachte der alte Mann;

er hat sich angestrengt, genau wie ich. Am besten lasse ich ihn ausruhen. Er kehrte zu seinen Aufgaben zurück.

Um eine leere Walnußschale war ein weißes Band gebunden; er hatte es selbst erst am Vortag verknotet. Jetzt fummelten seine steifen Finger unbeholfen an dem kleinen Knoten herum, und er fragte sich, wie er ihn so fest hatte anziehen können. Doch nach einigem Ziehen und Zerren löste er sich; der Mann hielt die Nußschale dicht über Carolines Brust, teilte die beiden Hälften und legte sie auf die Bettdecke. Eine kleine schwarze Spinne krabbelte heraus und machte sich eilig davon.

Sarin sah zu, wie das Tier unter den Bettdecken verschwand, und dachte daran, wieviel schwerer es gewesen war, es in die Nußschale zu praktizieren. Er war ungeheuer erleichtert gewesen, als er die beiden Hälften sicher um die Spinne hatte schließen können. »Das war ein lebhaftes kleines Ding, was, Kumpel?« sagte Sarin zu dem Hund.

Er erwartete ein zustimmendes Jaulen, aber alles blieb still. Wieder schaute er sich im Zimmer um und hoffte, das Tier zu sehen. *Schläft noch immer,* dachte er. *Wirklich ein sehr langer Schlaf.*

Zweiter Schritt vollbracht, dachte er. Er legte die leere Nußschale zusammen mit dem Band wieder in die Schachtel. *Nur für den Fall, daß sie noch einmal gebraucht wird…* Er flüsterte ein kurzes Gebet, dies möge nicht der Fall sein. *Lieber Gott, laß sie nicht gebraucht werden, laß es hier zu Ende sein…*

Er brach ein paar Krumen von einer Brotkruste ab, die so trocken war, daß sie bei seiner Berührung beinahe zerfiel. »Drei Krumen von einem Brotlaib, der am letzten Karfreitag gebacken wurde…«, sagte er und drückte die Brotkrumen an Carolines Lippen. Es spielte keine Rolle, ob sie sie schluckte, das wußte er; es reichte, sie ihr darzubieten. *Dritter Schritt vollendet…*

Und nun der vierte. Er nahm einen kleinen Kupferring und steckte ihn an einen ihrer Finger. Ein Ring aus von Aussätzigen erbettelten Pennies…

Was wohl die andere fernhielt? Hatte sie seine Botschaft nicht erhalten? Er stand von dem Stuhl auf und ging in den Wohnraum der Hütte. Nachdem er den Vorhang von dem kleinen Fenster gezogen hatte, schaute er nach draußen in das Dunkel der Nacht und fragte sich, wann endlich die Scheinwerfer um die Ecke kommen und langsam in seine Einfahrt einbiegen würde.

»Ich kann es selbst tun, weißt du?« sagte er laut und fast trotzig. »Schließlich habe ich richtig geübt... nicht wahr, Kumpel?«

In der Hütte blieb es still. Er rief laut nach dem Hund, aber das Tier erschien nicht. Er ging zur Tür und öffnete sie, weil er dachte, er hätte den Hund vielleicht draußen gelassen; das war denkbar angesichts seiner Eile, aber er konnte sich einfach nicht erinnern. Er pfiff in die stille Nacht und wartete. Endlich schloß er die Tür wieder, verwirrt und besorgt. Er ging zu der Stelle, wo der Hund gewöhnlich lag, einer alten, abgenutzten Decke, die das Tier mit den Zähnen stets anders anordnete, ehe es sich niederließ. Jeden Abend pflegte es sich rituell dreimal über der zerknitterten Decke zu drehen und mit dem Schwanz zu wedeln, ehe es sich lächelnd niederließ und den Kopf auf die Vorderpfoten legte. Doch die Decke war leer bis auf ein paar einzelne Hundehaare und dem leichten Hundegeruch, den sie vor allem an feuchten Tagen verströmte. Sarin sah sich rasch im restlichen Raum um, fand aber keine Spur von dem Tier.

»Du mußt doch hier drin sein«, sagte er laut. Und obwohl es in der kleinen Hütte schwer war, irgend etwas zu verstecken, fing Sarin an, Dinge zu verschieben und vom Boden aufzuheben und seinen Hund zu suchen. Das fiel ihm schwer, und er war nicht an diese Arbeit gewöhnt. Nach wenigen Minuten war er sehr müde. Verzweifelt ging er ins Schlafzimmer zurück; er konnte die Pflege der jungen Frau nicht zu lange aufschieben.

Unter dem Bett schaute das Schwanzende des Hundes heraus.

»Da bist du ja!« sagte Sarin erleichtert. »Was hat dich denn so erschreckt, alter Freund? Komm jetzt heraus.«

Der Hund rührte sich nicht. Sarin pfiff leise, ein Signal, von dem er wußte, daß es den Hund auch aus dem allertiefsten Schlaf weckte. Er wartete darauf, den Kopf mit den gespitzten Ohren auftauchen zu sehen, doch das Tier bewegte sich nicht.

Der alte Mann kniete sich auf den Boden und schob die Hand

unter das Bett, um sie dem Hund auf den Rücken zu legen. *Er sollte sich heben und senken... warum hebt und senkt sein Rücken sich nicht?* In panischer Angst griff er nach dem Schwanz des Hundes und zog und zerrte daran, bis er den Hund unter dem Bett hervorgeholt hatte. Kleine Staubflocken hafteten an dem reglosen, zottelhaarigen Körper, und ohne daran zu denken, daß es vielleicht Wichtigeres zu tun gab, fing Sarin an, sie abzuzupfen. »Oh, lieber Gott...«, sagte er. »Bitte, *nein*...« Er legte die Hand vor das halb geöffnete Maul des Tieres und hoffte, den leisen Atemzug des Tieres auf seiner Handfläche zu spüren. Doch er fühlte nichts.

Irgendwo in der Ferne hörte er ein Telefon läuten; er ignorierte es völlig und blieb bei seinem Hund. Er wußte, wer am anderen Ende der Leitung sein würde; wenn er sich meldete, würde sie eine Erklärung für seine Aufforderung verlangen und niemals glauben, was er ihr zu sagen hatte. Er dachte, sie solle besser einfach kommen, wie er sie gebeten hatte.

Zorn füllte sein Herz und dann schrecklicher Schmerz. *Das war niemals Teil des Plans gewesen! Darauf hat mich niemand vorbereitet!* Seine Mutter hatte ihm nie gesagt, daß dies geschehen könne. *Warum haben sie meinen Hund genommen?* Sanft streichelte er das weiche Fell auf dem Kopf des Hundes und wischte sich mit der anderen Hand die Tränen aus den Augen. Er hob das Tier auf und drückte es zärtlich an seine Brust. Er lehnte sich ans Fußende des Bettes und blieb dort lange sitzen, weinend und seinen toten Gefährten wiegend, bis er einschlief.

Mehrere Transporter mit neongrünen Blinklichtern blieben gleichzeitig auf dem Platz am Fuß der Brücke stehen. Leute, die aus den Fenstern ihrer Wohnungen zuschauten, ließen rasch die Jalousien herunter, sobald sie erkannten, worum es ging; niemand wollte auffallen, indem er sich zu sehr für die Tätigkeit der Biocops interessierte.

Sie waren binnen Minuten nach dem Anruf der Außenmannschaft auf der Brücke gekommen. Lieutenant Rosow hielt es für einen ziemlichen Glücksfall, daß er so schnell einen Bericht bekommen hatte, die gesuchte Person sei gesehen worden; solche Dinge waren immer Zufall, das wußte er, und es hätte leicht auch ganz anders laufen können. Man hätte sie stunden-, ja tagelang nicht sehen können. *Muß Schicksal sein,* dachte er. *Oder mein gutes Karma.*

Die Türen der Transporter flogen auf, und ungefähr dreißig grüne Riesen stiegen aus, jeder mit Sprechfunkausrüstung und geladener chemischer Waffe. Der Fußgängerverkehr auf dem Platz kam zum Erliegen; wer schon auf dem Platz war, als die Transporter kamen, machte sich schnell und vorsichtig davon, und wer noch nicht auf dem Platz war, wagte ihn nicht mehr zu betreten. Nach ein paar Minuten hatte sich die Gruppe in mehrere Teams unterteilt; Lieutenant Rosow sprach schnell mit jedem der Teamleiter, und kurz darauf schwärmten alle Teams in verschiedene Richtungen aus.

Rosow führte sein eigenes Team die schlüpfrige Böschung hinunter unter die Brücke, direkt unterhalb der Stelle, wo der Marginale auf dem Bürgersteig umgefallen war. Der Leichnam war jetzt fort, sauber in einen grünen Leichensack mit Reißverschluß verpackt und in einem Kühlwagen verstaut. Er hinderte niemanden mehr am Weitergehen. Unter der Brücke fanden sie die ärmlichen Besitztümer und Kleidungsstücke einer ganz anderen Art von Gesellschaft als der, in der sich Rosow tagtäglich bewegte. *Wie können die so leben?* fragte er sich, während er und sein Team die schäbigen Habseligkeiten der Welt unter der Brücke durchforsteten.

Marginale aber fanden sie nicht. »Sie müssen sich gedacht haben, daß wir kommen«, sagte er zu seinem Team. »Auch gut; wir sollten sie ohnehin häufiger aufscheuchen und dann mit Schläuchen hier herunterkommen.« Mit dem Lauf seines Gewehrs schob er ein paar Gegenstände zur Seite, ohne genau zu wissen, was er eigentlich zu finden hoffte. »Hier gibt es nicht viel zu sehen«, sagte er und gab seinem Team ein Zeichen, die Böschung wieder hinaufzuklettern und zum Hauptplatz zu gehen.

Sie sammelten sich erneut und machten sich in die Richtung auf den Weg, in die man die Frau hatte gehen sehen, obwohl der

Beamte, der Rosow Bericht erstattet hatte, gesagt hatte, er wisse nicht genau, ob sie nicht eine Seitenstraße genommen habe. »Sie schien in der Dunkelheit zu verschwinden«, hatte er gesagt, als Rosow ihn befragte. Er hatte einen Einkaufswagen erwähnt. Die Spur wurde allmählich kalt, und sie würden noch mehr Glück brauchen, um die Alte und den mysteriösen Rotschopf in ihrem Karren zu finden.

Er befragte eine Menge Leute, bis endlich jemand zugab, er habe gesehen, wie ein Einkaufswagen den Hügel hinaufgeschoben wurde; *keine Frau, sondern ein sehr magerer Mann*, berichtete der Zeuge, *sicher nicht mal fünfzig Kilo schwer. Aber da war eindeutig jemand in dem Einkaufskarren, jemand mit roten Haaren.* Rosow nahm über Funk mit den anderen Suchmannschaften Kontakt auf und berichtete ihnen, daß die gesuchte Person wahrscheinlich inzwischen eine andere sei.

Ein Schwächling von nicht mal hundert Pfund, dachte er traurig bei sich. *Und eine schöne junge Frau. Wir werden sie einfach beide abservieren, ohne Fragen zu stellen.* Als er die Leiche des toten Wachmannes aus dem Institut untersucht hatte, hatte der arme Mann sich als vollkommen sauber erwiesen, ohne jedes erkennbare Problem, nicht mal ein Pickel. *So eine tragische Vergeudung!* Aus dem Aussehen seines Magens hatte Rosow geschlossen, daß der Mann hin und wieder an Blähungen litt. *Aber Fürze sind nicht ansteckend. Und auch nicht illegal.*

Grimmig vollendet er seinen Gedanken: Sie sind *noch nicht* illegal.

Er führte sein Team den Hügel hinauf, wohin der Zeuge ihn gewiesen hatte; in ihren schweren Anzügen und mit der ganzen Ausrüstung keuchten und schnauften die Biocops, als sie oben angelangt waren. »Wie zum Teufel hat jemand, der angeblich so dürr war, es geschafft, einen Einkaufswagen mit einem Menschen drin diesen Scheißhügel raufzuschieben?« fragte er; als Antwort erhielt er von seinem Team nur schweigendes Achselzucken.

Als sie das Feld erreichten, sah er das offene Tor und fühlte sich davon auf unerklärliche Weise angezogen. *Was ist das?* fragte er sich. *Hier gibt es nichts.* Spuren im Schlamm, zwei weit auseinanderstehende, schmale Rillen, die durchaus von einem Einkaufskarren stammen mochten, führten vom Tor weg zur Mitte des Feldes. Doch auf einer kleinen Erhebung schienen sie zu enden und dann wieder umzukehren. Rasch sah er sich in der unmittelbaren Umgebung des Feldes um, entdeckte aber keine Wohnstätten und entschied, daß derjenige, der den Karren geschoben hatte, es hier wahrscheinlich zu holprig gefunden und kehrtgemacht hatte, um einen besseren Weg durch das Feld zu finden. *Aber warum sollte jemand dieses Feld überqueren wollen?* fragte er sich. *Es führt nirgends hin.* Ratlos leitete er sein Team wieder zurück und durch das Tor, wo die Spur sich verlor, als der Pfad in die asphaltierte Straße überging.

Das Telefon läutete und läutete. Endlich gab Janie die Hoffnung auf und klappte das kleine Handy zu. Entmutigt warf sie es Bruce zu, der es auffing und in die Tasche steckte.

»Da meldet sich niemand«, sagte sie, »aber Caroline muß sich mit ihm in Verbindung gesetzt haben. Es gibt keinen anderen Grund, warum er sonst so eine Nachricht hinterlassen haben sollte.«

»Und was willst du jetzt tun?«

»Ich denke, wir sollten einfach hingehen. Entweder ist er nicht da, oder er meldet sich nicht. Vielleicht hinterläßt er eine Nachricht, die uns anderswohin ruft. Ich weiß nicht. Er ist ein sehr alter Mann.«

»Gut. Das mit dem Portier hast du erledigt?«

Janie nickte.

Bruce vergewisserte sich, daß der Kofferraum richtig geschlossen war; sie stiegen in den Wagen und fuhren los. Die Straßen waren in den frühen Morgenstunden nahezu verlassen bis auf ein paar Londoner Straßenarbeiter, die ihnen keine Beachtung schenkten, und Bruce kam sehr schnell voran und lenkte den Wagen sicher durch die engen Straßen. Janie versuchte sich unterdessen auszurechnen, in welchem Zustand Caroline sich jetzt befinden mochte.

»Es gibt keinen Grund zu der Annahme, daß sie weniger krank war als Ted«, sagte sie, während sie um eine Ecke bogen. Sie zählte rückwärts und kam zu dem Schluß, daß Ted wahrscheinlich vor drei Tagen gestorben war. Ihre Stimme wurde ängstlicher. »Die Pest wirkt erheblich schneller als viele andere Krankheiten.«

»Aber vergiß nicht«, sagte Bruce, »dein Doktorvater meint, daß es sich um eine alte Mikrobe handelt. Was wir heute sehen, ist vielleicht kein gutes Modell. Wir wissen nicht, was wir finden werden. Reg dich nicht zu sehr auf, solange wir nicht Bescheid wissen. Vielleicht ist sie in besserer Verfassung, als du denkst.«

Ihre Stimme klang beinahe hektisch. »Das glaube ich nicht«, sagte sie. »Obwohl ich nie einen akuten Pestfall gesehen habe, glaube ich einfach nicht, daß es weniger scheußlich ist, als wir denken. O Gott, Bruce, *was für ein Durcheinander.* Sie könnte sogar schon tot sein.« Sie vergrub das Gesicht in den Händen und begann zu weinen. »Alles, was mir passiert ist, seit ich dieses dumme Stück Stoff gefunden habe, war schlecht. Alles, nur *du* nicht.«

Er nahm eine Hand vom Steuer und faßte ihre Hand. Sie lehnte sich auf dem Beifahrersitz zurück und schloß die Augen. Er beobachtete die Autos, die ihnen gelegentlich entgegenkamen, als sie die Brücke überquerten, und fragte sich, wie Caroline es geschafft hatte, einen so langen Weg zurückzulegen, oder ob sie ihn überhaupt zurückgelegt hatte.

Als Janie die Augen wieder aufschlug, befanden sie sich auf der hinteren Seite des Feldes. »Wir sind fast da«, sagte sie und rutschte auf ihrem Sitz herum. Sie richtete sich gerader auf und begann, ihm den Weg zu weisen. »Du mußt da hinten herumfahren«, sagte sie und schwenkte hektisch die Hand. »Auf der entgegengesetzten Seite gibt es eine Einfahrt. Wir können ziemlich nah an die Hütte heranfahren.«

Er bog in die Einfahrt und brachte den Wagen mit quietschenden Bremsen so dicht wie möglich beim Gebüsch zum Stehen. Eicheln spritzten unter den Reifen hervor und trafen mit scharfem Ping den Wagenboden. Sie sprangen aus dem Wagen und liefen den Weg hinunter.

Während sie auf die verkrümmten Eichen zurannten, wurden sie von dem gleichen Wind erfaßt, der vorher Sarin angefallen hatte und der gegen ihr Eindringen zu protestieren schien. Bruce zog seine Jacke enger um sich, und Janie schirmte ihr Gesicht vor fliegenden Zweigen und Blättern ab.

»Woher kommt dieser Wind? War er auch da, als ihr früher hier gewesen seid?«

»Nein!« kreischte Janie. »Da war nichts dergleichen! Wir sind einfach zwischen den Bäumen durchgegangen.«

Ein weiterer Windstoß fegte durch die Öffnung zwischen den Bäumen und trieb sie zurück. »Das ist fast so, als würde etwas nicht wollen, daß wir da durchgehen!« rief Bruce.

Janie blieb wie gelähmt stehen. »O Gott, ich habe solche Angst!« rief sie; sie stand im Wind, die Jacke eng um sich gezogen, die Augen vor dem umherfliegenden Staub geschlossen.

Bruce drehte sich um, nahm ihren Arm und zog sie weiter. »Komm schon«, rief er über das Heulen des Windes hinweg.

Sie stand einfach zitternd da, während der Wind ihr das Haar ins Gesicht wehte. »Ich kann nicht weiter«, kreischte sie.

Er zog wieder an ihrem Arm, aber sie wehrte sich. Der Wind tobte wütend um sie herum und ließ sie frieren; Janie drehte sich um und wollte weglaufen. Bruce packte ihren Arm und zog sie zurück. Schreiend versuchte er sich verständlich zu machen: »Du hast keine Wahl. Und ich stecke jetzt genauso tief drin wie du. Ich habe dieselbe Angst. Wir müssen das zu Ende bringen.«

Er zog sie weiter in Richtung auf die Hütte. »Bereit?« fragte er.

Sie nickte zögernd und unsicher, aber ihm reichte das. Mit einer ungeheuren Anstrengung sprang er zwischen den Bäumen durch; als sie sie hinter sich hatten, legte sich der Wind vollständig. Zusammen standen sie in der warmen, ruhigen Luft und bürsteten die Blätter und Zweige ab, die wie Disteln an ihren Kleidern und Haaren hafteten. Dann faßten sie sich an den Händen und rannten zusammen auf die Tür der Hütte zu. Ohne anzuklopfen, drückte Janie sie mit einer Hand langsam auf, und sehr vorsichtig und mit eingezogenen Köpfen traten sie ein.

Sie standen in dem kleinen Wohnraum der Hütte und sahen sich schweigend um. Bruce war verblüfft über das, was er vor sich sah. Er spitzte die Lippen und stieß einen leisen, erstaunten Pfiff aus. »Hallo, Mittelalter«, sagte er.

Alles war alt, klein und sehr sorgfältig eingerichtet. Es gab einen steinernen Kamin mit einem Herd aus Schiefer, ein dampfender Kessel hing an einem Haken in der Mitte. Es gab kein elektrisches Licht, nur Laternen und Kerzen. Das einzige Zeichen moderner Zivilisation war ein altes, schwarzes Tischtelefon aus Metall mit einer Wählscheibe.

»Ich fühle mich wie in die Vergangenheit zurückversetzt«, sagte Bruce.

Der Raum war nur schwach erleuchtet, aber Janie bemerkte die auffallenden Veränderungen seit ihrem ersten Besuch sofort. »Das sieht völlig anders aus«, flüsterte sie. »Als ich zum ersten Mal hier war, sah es so aus, als hätte zehn Jahre lang niemand saubergemacht. Jetzt wirkt es wie eine Art Schrein.« Sie suchte mit den Augen nach dem alten Mann, der sie herbeigerufen hatte. »Ich möchte nur wissen, wo Sarin steckt.«

Das weiche Licht vieler Kerzen fiel aus einem kleinen Nebenraum auf einer Seite. »Schau mal da drüben«, sagte Janie und zeigte auf die offene Tür. Wie ein Falter fühlte sie sich instinktiv von dem Licht angezogen und ging ohne Bruce durch den Raum. Er folgte ihr sofort, und dann standen sie beide in der Tür.

Janie gab einen überraschten Laut von sich. Auf dem Bett, mit glänzend rotem Haar, in frischen, mit roten Bögen bestickten Leintüchern, lag der reglose Körper von Caroline Porter.

Janie wimmerte auf und hielt sich eine Hand vor den Mund. »O mein Gott, Bruce«, sagte sie und klammerte sich an ihm fest, »wir sind zu spät gekommen.«

Bruce löste sich sanft aus ihrem Griff und trat ohne sie an das Bett. Die Frau, die dort lag, war kaum als Caroline zu erkennen. Ihre Haut war kreidebleich, aber ihr Hals war von einem gräßlichen Halsband aus eitergefüllten, schwärzlichen Schwellungen umgeben. Ihre Lippen waren rissig und bluteten, und ihre Finger, ordentlich um einen Strauß getrockneter Kräuter gefaltet, waren fast purpurn.

Schüchtern kam Janie näher und trat an seine Seite. Als sie sah, wie sehr Caroline entstellt war, begann sie wieder zu weinen. Sie streckte die Arme aus und wollte Carolines reglose Gestalt umarmen, aber Bruce hielt sie zurück.

Was Janie mit ihren Augen sah, war Caroline, aber innerlich sah sie die Leichen ihres Kindes und ihres Mannes vor sich. *Sie sind zu schnell gestorben; ich habe keinen von beiden berühren können…* Ihre persönliche Tragödie überwältigte sie mit vernichtender Gewalt, und sie fing an, sich gegen Bruces Griff zu wehren, wollte das Bett erreichen. »Bitte, laß mich; ich möchte sie bloß einmal anfassen«, bat sie.

Bruce hielt sie fester, war aber überrascht, wie stark ihr Widerstand war. »Janie, nein«, sagte er. »Das kannst du nicht; wir sind dem allen schon zu nahe gekommen.« Fast gewaltsam hielt er sie zurück. »Du darfst das nicht riskieren.«

Endlich gab sie nach und ließ sich festhalten; still standen sie im Kerzenlicht und klammerten sich verzweifelt aneinander. Janies alptraumhafte Erinnerung an die Ausbrüche durchflutete sie; sie wehrte sich tapfer dagegen, überlebte das Entsetzen wie damals, indem sie eine Sekunde nach der anderen mit einer Kraft durchstand, die sie nicht als ihre eigene erkannte.

Nichts war zu hören außer Janies leisem Weinen, bis aus der Dunkelheit ein kaum hörbares Stöhnen ertönte. Rasch sah Bruce sich um, sicher, etwas gehört zu haben, einen menschlichen Laut, aber er sah niemanden. Er lauschte noch einen Augenblick gespannt und hörte den Laut wieder; diesmal achtete er auf die Richtung, aus der er kam. Er ließ Janie los und ging zum Fußende des Bettes. Als er den Blick nach unten richtete, erblickte er einen alten Mann, der sich hin und her wiegte und dabei einen reglosen Hund in den Armen hielt. Er berührte Janies Arm und sagte drängend: »Schau! Am Fußende!«

Der Schock brachte Janie wieder in die Gegenwart; sie wischte sich die heißen Tränen aus den Augen und eilte an Sarins Seite.

Sie kauerte sich neben ihm nieder und berührte sanft seine Schulter.

»Mr. Sarin?« sagte sie. Er wiegte sich weiter, ignorierte Janies Versuch, seine Aufmerksamkeit zu erregen.

»Mr. Sarin!« sagte sie lauter. »Bitte, Mr. Sarin!«

Er sah sie ausdruckslos, verwirrt und benommen an, doch bald erschien ein schwaches, erkennendes Lächeln auf seinem Gesicht. »Oh, hallo, Miss«, sagte er langsam. Er umfaßte zärtlich den Kopf des Hundes und hob ihn ein wenig an, als wolle er ihr das Tier darbieten. »Schauen Sie. Mein Hund ist gestorben.«

Zögernd streckte sie die Hand aus und berührte den Kopf des Hundes, ohne zu wissen, was sie sagen sollte. Endlich murmelte sie: »Es tut mir schrecklich leid.«

»Das ist schwer, der Tod, wenn man nicht damit rechnet...«

Seine Worte lösten bei Janie eine neue Flut von Tränen aus. »Ich weiß«, schluchzte sie. »Meine Freundin dort...«

Sarin sah sie fragend und noch immer benommen an: »Aber sie ist nicht tot...«, sagte er.

25

Isabellas Damen schwatzten fröhlich, während das Gepäck ausgepackt wurde; ihr Leben war seit dem Beginn der Pest öde und farblos gewesen, und die neuen, bunten Kleider stellten das lang ersehnte Ende ihres bedrückenden Einflusses dar. Am folgenden Tag erwarteten sie faszinierende Turniere und tapfere Ritter, und die Hofdamen konnten ihre Erregung kaum bezähmen. Nur Adele hatte sich nicht den Annehmlichkeiten überlassen, in denen ihre Gefährtinnen jetzt schwelgten, denn ihre Gedanken waren darauf konzentriert, wie sie sich aus ihrer mißlichen Lage befreien konnte.

»Trotz Eures Unwohlseins entbinde ich Euch nicht von den Feierlichkeiten«, hatte Isabella zu ihr gesagt. Sie hatte streng darauf beharrt, daß Adele teilnahm, und ihr versichert, das werde ihre Stimmung heben, und Adeles Gegenwart werde ihre eigene Freude steigern.

Aber wie kann mein Herz leicht und fröhlich sein, wie kann ich zu ihrem Vergnügen beitragen, wo doch Isabella selbst der Grund für einen so großen Teil meines Unglücks ist? Selbst nach ihrer vermeintlichen Versöhnung konnte Adele nicht vergessen, daß der König zu Isabellas Trost entschieden hatte, sie mit ihr auf die lange Reise nach Böhmen zu schicken.

Zu ihrem großen Schmerz wurde Adele klar, daß sie der Prinzessin nicht mehr vertraute und daß ihre einst tiefe Freundschaft durch Argwohn ersetzt worden war. *Ich glaube ihr nicht, daß sie sich bei ihrem Vater für mich einsetzen wird,* dachte Adele bei sich, und als ihr die Wahrheit dieses Gedankens bewußt wurde, begann sie großen Zorn auf die Frau zu empfinden, die sie einmal wie eine Schwester geliebt hatte.

Ein anderer Verdacht nagte noch unerbittlicher an ihr, einer, den sie kaum in Worte zu fassen wagte, nicht einmal insgeheim. *War es wirklich die Idee Eures Vaters, mich mitzuschicken, oder war es Eure? Würdet Ihr mein Glück sabotieren, weil Ihr selbst nicht glücklich seid?*

Doch die Prinzessin fuhr in ihren Vorbereitungen für die Festlichkeiten fort, als sei ihre einstige intime Schwesternschaft unangetastet. Von der vorgeschlagenen Verlobung war nicht weiter die Rede gewesen, und auch nicht davon, daß Isabella versprochen hatte, Adele zu helfen und den König umzustimmen. Beide Frauen gingen getrennt ihren Aufgaben nach, ohne daß ein unnötiges Wort zwischen ihnen gewechselt wurde.

Die alte Nurse beobachtete das mit resignierten Gefühlen; sie hatte immer gefürchtet, daß Isabella innerlich herzlos und grausam war, denn sie hatte die Grausamkeit miterlebt, mit der die Königin Kate behandelt hatte, und zweifelte nicht daran, daß die Prinzessin aus dem gleichen Stoff gemacht war.

Adele hielt sich zurück, während die anderen Damen sich der Aufgabe widmeten, ihre Herrin zu schmücken; sie umringten sie, zupften, steckten fest und strichen glatt, bis alles außer Isabellas Schmuck und ihren Schuhen an Ort und Stelle war.

»In einer Minute bin ich für die letzten Vorbereitungen wieder da«, sagte Isabella aufgeregt und verließ den Schwarm der Damen, um in ihr Privatgemach zu gehen. Wie sie versprochen hatte, kehrte sie gleich darauf zurück, und nun trug sie alles, was zu den offiziellen Gewändern des Hosenbandordens gehörte. Ihr langes Kleid bestand aus schimmerndem Samt in tiefem Saphirblau, dem gleichen wundervollen, klaren Blauton, den auch die kostbaren Steine in der Krone auf ihrem Kopf hatten. Zarte Silberstickereien zierten Mieder, Ärmel und Saum des prachtvollen Gewandes, und ein dünner Schleier fiel in silbernen Kaskaden über die anmutigen Kurven ihres Rückens. Sie hob den Rock an, was ein Kichern unter ihren Zuschauerinnen auslöste, und zeigte ihre zierlichen Füße in den bestickten Silberslippern, die vorne mit winzigen Edelsteinen besetzt waren.

Die Damen im Raum klatschten Beifall, und dann wurde das Gewand genau untersucht, denn alle Damen würden selbst ähnliche, aber weniger prunkvolle Gewänder tragen, die ihnen Isabella auf Kosten des Königs zum Geschenk machte. Alle lobten die feine Handarbeit und die exquisiten Details, nur Adele nicht, die still dasaß, zu sehr mit ihrer wachsenden Übelkeit und ihrer ebenso wachsenden Abneigung gegen Isabella beschäftigt.

Ihre Verachtung entging der Prinzessin nicht; durch die Gruppe ihrer Damen kam sie auf ihre liebste Freundin zu. Die allgemeinen Gespräche verstummten, und als Isabella vor Adele stand, herrschte vollständiges Schweigen. Adeles Gesicht war so weiß wie das Leinen ihres Hemdes. Isabella drehte sich vor den Augen ihrer bleichen Gefährtin anmutig im Kreis, und der Saum ihres Kleides raschelte leise, als er sich wieder senkte. Adele sagte nichts.

Mit argwöhnisch hochgezogenen Augenbrauen fragte Isabella: »Ihr seid seltsam still, Adele; ist Euch noch immer unwohl?«

»Es ist schlimmer geworden«, sagte Adele, »denn nun bricht mir auch das Herz.«

Isabella beäugte sie neugierig. »Das verstehe ich nicht«, sagte sie.

»Ihr habt das bewirkt, also müßt Ihr es verstehen«, sagte Adele darauf leise und äußerte ihren Verdacht. »Es war nicht

Eures Vaters Idee, mich mit Euch zu schicken. Ihm bringt das keinen Nutzen. Es muß Euer Einfall gewesen sein.«

Isabellas Lächeln verging. »Wir werden mit meinem Vater ein andermal darüber reden, liebe Freundin, denn heute abend werden wir feiern.«

»Und warum sollte ich feiern?« sagte Adele bitter. »Welche wunderbaren Dinge werden uns zustoßen, die wir feiern müßten? Ihr werdet mit einem Mann verlobt, den Ihr *nicht liebt,* und ich werde auf Euren Wunsch gegen meinen Willen von dem Mann getrennt, den ich *liebe.* Ist das ein Grund zu feiern?«

»Adele«, sagte Isabella, »wir werden ein andermal über diese Angelegenheit sprechen.«

Adele, die sich jetzt in Zorn geredet hatte, sagte: »Es wird kein anderes Mal geben, denn ich werde Euren Dienst auf der Stelle verlassen.«

Isabella versteifte sich und sagte: »Ich verbiete es. Mein Vater wird es verbieten.«

»Ihr und Euer Vater sollt verdammt sein.«

Isabella streckte die Hand aus und schlug Adele voll ins Gesicht. Als Adele danach dastand, die Hand an der Wange, Tränen in den Augen, lächelte Isabella und sagte: »Lady Throxwood, ich warte noch immer auf Eure Meinung über mein Kleid.» Sie sah Adele direkt in die Augen und fragte: »Bin ich kein schöner Anblick?«

Adele erwiderte den Blick, beherrschte ihre Wut und starrte Isabella ebenso bösartig an. »Wahrhaftig, Prinzessin, Ihr seid ganz unbeschreiblich.«

Mit großer Befriedigung bemerkte sie den schockierten Ausdruck auf Isabellas Gesicht, als dieser der wahre Sinn der klug formulierten Antwort klar wurde. Adele lachte bitter, gab ihrem inneren Aufruhr nach und erbrach sich über Isabellas zierliche, silberbeschuhte Füße.

Als er die Zugbrücke zum Schloß von Canterbury überquerte, sah Alejandro Arbeiter, die damit beschäftigt waren, auf einem nahen Feld Zuschauertribünen zu errichten; er wußte daher, daß bald tapfere Ritter ihre Geschicklichkeit zur Schau stellen würden. Adele hatte ihm das in einer ihrer letzten gemeinsamen Nächte erzählt und versucht, ihn auf die Rechte und Pflichten des Rittertums vorzubereiten.

Er sprach bei dem Wachmann vor und wurde zum Hauptmann der Garde geleitet; es hieß, dieser könne ihm sagen, wo sich der König aufhalte. Alejandro trug nur seine Satteltasche bei sich und ließ sein Pferd locker angebunden bei den Wachen zurück; dem Stallburschen sagte er, er solle das Pferd erst in den Stall führen, wenn er ihm die Anweisung dazu übersende.

»Er ist zum Manöver mit einem Teil seiner Truppen ausgeritten, fürchte ich«, sagte der Hauptmann. »Vor morgen wird es keine Audienzen geben.«

»Gibt es keinen Minister, den ich aufsuchen könnte? Ich bringe Nachricht vom Wiederaufleben der Pest auf dem Lande.«

Der Mann ließ vor Überraschung das Kinn fallen. »Gott im Himmel!« rief er. »Wahrhaftig, das duldet keinen Aufschub. Ihr müßt mit Master Gaddesdon sprechen! Er ist der Leibarzt der ganzen königlichen Familie und gerade mit den jüngeren Kindern aus Eltham zurückgekehrt. Er wird wissen, was zu tun ist.«

Alejandro fand den ihm noch unbekannten Kollegen schließlich im Vorraum zu den Gemächern des Königs, stellte sich sofort vor und sagte, er habe ein dringendes Anliegen.

»Ach ja, Master Hernandez! Der König spricht großzügig von Euren medizinischen Fähigkeiten. Es ist mir eine Ehre, Eure Bekanntschaft zu machen.«

»Aber nein, werter Herr«, sagte Alejandro, der sich an die Manieren der Engländer erinnerte. »Ich bin derjenige, der sich geehrt fühlt, Euch kennenzulernen.«

Alejandro beeilte sich, einen detaillierten Bericht von den Ereignissen zu geben, die ihn zu der Überzeugung gebracht hatten, daß die Pest in entlegenen Landstrichen wiederaufgeflammt war, und erklärte seine Theorie, wie neue Opfer möglicherweise geheilt werden könnten. »Ich habe Seiner Majestät in meinen Briefen all das geschrieben. Gewiß hat er sie Euch gezeigt.«

»Das hat er«, sagte Gaddesdon, »aber bitte, erklärt Euch genauer.« Er tat so, als höre er aufmerksam zu, nickte an den Stellen, an denen es angebracht schien, und gab sich höchst interessiert.

Alejandro schloß endlich: »Ich habe guten Grund zu der Annahme, daß diese Fälle der Beginn einer weit verbreiteten Rückkehr dieser Seuche sind, denn sie fängt so an, wie es in Europa der Fall war, schreitet jeden Tag um ein paar Meilen fort, bis man ihre Auswirkungen sogar an der Küste spürt. Es gibt keinen Anlaß, etwas anderes anzunehmen.«

Gaddesdon schwieg einen Moment. »Master Hernandez«, begann er dann, den Titel benutzend, der sie einander gleichstellte, wenn auch Alejandro weit besser ausgebildet war, »wir sind hier der Meinung, daß die vereinzelten Fälle, von denen Ihr berichtet, nicht bedrohlich genug sind, um die Bürgerschaft zu alarmieren. König Edward wünscht, daß die Dinge so bald wie möglich wieder normal werden, denn in diesem Jahr werden seine Einkünfte aufgrund der Geschehnisse im letzten Jahr recht ärmlich sein. Wir führen einen Krieg, und Ihr wißt sicher, daß das eine teure Angelegenheit ist. Ich fürchte, man kann nichts tun, solange nicht viel bedeutendere Beweise vorliegen.«

»Ist das Aussterben eines ganzen Klosters nicht genug? Und was ist mit der Familie, die vorher umkam? Reicht das nicht als Beweis?«

Gaddesdon sagte: »Wie könnt Ihr wirklich sicher sein, daß die Leute in jenem Kloster nicht letzten Herbst gestorben sind und nur noch nicht bestattet wurden?«

»Der Geruch war der von frischen Leichen, nicht von alten.«

»Der Tod riecht immer schlecht, und in einem warmen Gebäude, so wage ich zu behaupten, könnte auch der schärfste Geruchssinn keine solche Unterscheidung treffen.«

»Und was ist mit dem Heilmittel? Wird der König mir bei dieser Entdeckung beistehen?«

»Seine Majestät ist der Ansicht, daß es ein großes Sakrileg wäre, denen, die bereits gestorben sind, noch weiteren Schaden zuzufügen. Ich habe ihm mitgeteilt, daß ich kein derartiges Heilmittel für irgendeine andere Krankheit kenne und daß ich den

Nutzen Eurer Behandlung bezweifle. Aber er hat sich bereit erklärt, darüber nachzudenken, und ich glaube, das hat er Euch bereits wissen lassen. Ihr müßt Geduld haben und warten, wann es ihm gefällt, Euch zu antworten.«

Da wurde Alejandro klar, wie unwillkommen er war, und er dachte: *Dieser Mann glaubt, daß ich seine Stellung beim König usurpiere! Und weil er so kleinlich ist, werden viele zu Tode kommen.* Wütend über Gaddesdons Weigerung, seine Theorie zu unterstützen, sagte er: »Ich werde das bei seiner Rückkehr mit dem König persönlich besprechen.«

»Das steht Euch natürlich frei«, sagte Gaddesdon, »aber Ihr werdet feststellen, daß er heute abend sehr beschäftigt ist und kaum geneigt sein wird, sich Eure Geschichten anzuhören. Morgen wird er von der Ernennung vieler neuer Ritter in Anspruch genommen sein, unter denen auch Ihr seid, wie man mir sagte. Natürlich gratuliere ich Euch und zweifle nicht daran, daß Ihr die Ehre verdient. Aber was die andere Angelegenheit betrifft, bringt uns weitere Beweise, dann wird der König Euch sein Ohr leihen.«

Alejandro wußte nicht, was er tun sollte. Er würde Adele suchen müssen, und mit ihrer üblichen Weisheit würde sie ihm einen Rat geben.

26

Janie packte Sarin an den Schultern und schüttelte ihn. »Was meinen Sie damit, daß Caroline nicht tot ist?« Ihre Augen waren ungläubig aufgerissen.

Sarin wich zurück, erschrocken über ihren plötzlich explodierenden Ärger. Er war verwirrt; er war sicher gewesen, daß sie das, was er ihr zu sagen hatte, freuen würde. Er wiederholte sich in der Hoffnung, daß sie nicht so heftig reagieren würde. »Sie ist nicht tot.« Seine eigene Stimme klang weit entfernt, als sei er anderswo. »Da ist etwas, das ich tun sollte, aber ich kann mich nicht erinnern. Ich bin so müde …«

Doch Janie war schon an Carolines Bett und preßte ihren Kopf auf Carolines Brust.

»Ich höre ihr Herz schlagen!« Janie nahm Carolines fast schwarze Hand in ihre und suchte am Handgelenk nach einem Puls. Er war schwach, aber vorhanden, und schlug mit einer Entschlossenheit, die Janie einem von der Krankheit so mitgenommenen Körper nicht zugetraut hätte.

»Mr. Sarin«, rief Janie, »ich brauche ein paar Sachen. Einige Handtücher, einen Topf mit heißem Wasser, starke Seife und eine scharfe Schere…«

Bevor sie ihre Liste beendet hatte, unterbrach er sie. »Das hilft nichts.«

Sie hielt inne. »Was *meinen* Sie damit? Ich bin Ärztin, ich weiß, wovon ich rede…«

Er sah sie direkt an; Janie merkte, daß er allmählich aus seiner Benommenheit aufwachte. Sie war erstaunt, wie scharf sie seinen stechenden Blick empfand.

»Sie können nichts tun, um sie zu retten. Das sollte meine Aufgabe sein, und ich wollte es gerade tun, als mein Hund starb…« Er schaute auf das Tier in seinen Armen, und neue Tränen traten ihm in die Augen.

»Ich verstehe nicht…«, sagte Janie.

Sarin legte den Körper des Hundes auf den Boden und streichelte ihm noch einmal den Kopf. Dann stand er langsam auf, wobei Bruce ihm half, und begann zu erklären.

»Mein ganzes Leben lang habe ich mich auf diesen Moment vorbereitet. Es ist seit über sechshundert Jahren vorhergesagt, daß ein Tag kommen wird, die Welt in Besitz zu nehmen.« Er runzelte die Stirn. »Deshalb konnte ich Sie die Bodenprobe nicht nehmen lassen… Ich wußte, daß das passieren würde…«

Visionen der Nacht, in der sie und Caroline heimlich eine Röhre voll Erde aus dem Feld draußen entnommen hatten, gingen Janie durch den Kopf. Und das Gefühl der Bedrohung, das Gefühl, daß sie beobachtet wurden, all die schlechten Empfindungen dieser Nacht kamen zurück. *Warum habe ich nicht besser aufgepaßt?* dachte sie.

»O Gott... das ist alles meine Schuld... Ich habe es gewußt...«, stöhnte sie.

Sarin stammelte weiter, versuchte, sich ihr verständlich zu machen. »Seit dieser Zeit... o Gott, meine Mutter hat mir gesagt... da war jemand in diesem Haus, der über das Feld wachte... sie war eine davon... jemand sorgte immer dafür, daß die Seelen der Dahingeschiedenen nicht gestört wurden.«

»Der Dahingeschiedenen?« sagte Janie. »Ich verstehe nicht... welcher Dahingeschiedenen?«

»Es sollte eine andere Zeit kommen...«, sagte er, »eine andere Zeit... wir haben darauf gewartet, und jetzt ist sie gekommen... oh, meine Güte...«

»Was meinen Sie mit ›wir‹?« fragte Janie, verblüfft über das, was sie da hörte. »Wer ist ›wir‹?«

Ihre Fragen verwirrten ihn, und er geriet ganz durcheinander. Sie kamen zu schnell für ihn, anscheinend funktionierte sein Geist nicht mehr richtig. Er fing an, fast zusammenhanglos vor sich hin zu murmeln, und mit großer Angst nahm er wahr, daß die Frau immer aufgeregter wurde.

Dann erinnerte er sich. *Das Buch.*

»Warten Sie«, sagte er, »ich glaube, ich kann es Ihnen zeigen...«

Er nahm das zerfallende alte Buch und überreichte es Janie ehrfürchtig.

Sie blätterte rasch die Seiten um, versuchte, den alten Schriftzeichen einen Sinn abzugewinnen; er sagte: »Bitte, seien Sie vorsichtig damit; ich habe es von meiner Mutter bekommen.« Er nahm das Buch und wendete vorsichtig die Seiten um, bis er eine bestimmte Stelle fand. »Da«, sagte er. »Sehen Sie sich die an.« Er gab ihr das Buch zurück.

Während Janie die alten, braunen Seiten umblätterte, erzählte er ihr die Geschichte. Seine Stimme wurde ruhiger, als er jetzt sprach, und er wirkte selbstsicherer. »Die letzte ist meine Mutter. Und die davor ist ihre Mutter, und davor ist die Mutter meiner Großmutter. Und so weiter zurück bis zu der Zeit, als die erste Wache begann.«

Die letzten drei Bilder waren Photographien. Davor gab es entweder Zeichnungen oder Gemälde, einige schlicht und fast kindlich, andere höchst kunstvoll ausgeführt. Und unter jedem Bild stand der Name »Sarah«. Das letzte, in Schwarzweiß, zeigte Sarins eigene Mutter als junge Frau. Sie beschattete ihre Augen vor der Sonne und lächelte. Gekleidet war sie wie um 1940, und sie hatte ein kleines Kind auf dem Arm, zweifellos Robert Sarin selbst.

Überhaupt keine Männer, bis auf Sarin, dachte Janie.

Sie dachte beinahe, Sarin könne ihre Gedanken lesen, als er sagte: »Jede dieser Frauen, von der ersten angefangen, war bereit, ihr eigenes Leben dafür hinzugeben, die Seuche in Schach zu halten. Sie haben die Geheimnisse der Heilung für die Zeit aufbewahrt, wo sie gebraucht werden würden. Meine eigene Mutter starb verbittert. Sie wünschte sich verzweifelt, es würde in ihrer Zeit passieren; sie hatte niemals eine Tochter, nur mich...«

Janie legte ihm eine Hand auf den Arm, unterbrach ihn. »Die Geheimnisse einer Heilung...?«

Er schien verstört, weil sie ihn unterbrochen hatte; Janie merkte, daß er die Erklärung wie auswendig gelernt aufgesagt hatte. *Vielleicht versteht er überhaupt nicht, was er mir sagt,* dachte sie.

Er nahm ihr das Buch wieder aus den Händen und öffnete es ganz am Anfang. »Sehen Sie?« Er zeigte auf eine Seite. »Es war einmal ein Arzt. Vor sehr langer Zeit. Das war *sein* Buch. Und was er von der allerersten Sarah lernte, benutzte er, um ein Heilmittel zu entwickeln. Er schrieb alles nieder, und es ist weitergegeben worden. Ja, jede brachte der nächsten bei, wie...«

Janie unterbrach ihn erneut. »Dann wissen Sie also, wie Caroline geheilt werden kann.«

Er war überrascht, daß sie das nicht gewußt hatte. »Ja!« sagte er, und seine Stimme klang jetzt erregter. »Ich war gerade damit beschäftigt, als ich den Hund entdeckte. Schauen Sie her... es steht alles in dem Buch!« Seine Stimme wurde dunkler und unsicher, und er sprach fast wie ein ängstliches Kind. »Als ich ihn fand, wußte ich, daß es zurückgekommen war und ihn genommen hatte, um mich von meiner Pflicht abzuhalten, als wolle es sich verteidigen, indem es mich ablenkte...«

Janie spürte, wie ihre Stimme zitterte, als sie die nächste Frage stellte: »Ist es zu spät?«

Sarins Kopf senkte sich demütig. »Ich kann es nicht sagen... ich schäme mich so. Es ist alles, wozu ich jemals ausgebildet wurde, und ich fürchte, ich habe vielleicht versagt.«

Langsam erkannte Janie, daß Carolines Schicksal ganz und gar in den Händen dieses sehr einfachen Mannes lag, der offenbar nie ganz richtig im Kopf gewesen war, auch schon, bevor das Alter ihn noch weiter beeinträchtigte. Sie spürte eine unangenehme Mischung aus Mitgefühl und Zorn auf diese arme Seele; sie war traurig, daß er ein so begrenztes Leben geführt hatte, und wütend, weil er es nicht geschafft hatte, das eine zu tun, von dem er anscheinend annahm, es gebe seinem Leben Sinn und Zweck. *Sei vorsichtig mit ihm,* warnte sie sich selbst. *Caroline braucht ihn, um zu überleben.* Sanft sagte sie: »Sie sollten nicht so hart gegen sich selbst sein; Sie haben es ja noch nicht bis zum Ende versucht! Sie müssen wieder dort hineingehen!«

»Ich kann nicht«, sagte er. Seine Stimme war immer noch die eines Kindes.

Jetzt wurde Janie klar, was sie tun mußte. Sie faßte ihn fest bei den Schultern und richtete sich gerade auf, so daß sie größer war als er. Ihr kamen schmerzhafte Erinnerungen, als sie ihre befehlendste, mütterlichste Stimme benutzte und entschieden sagte: »Sie müssen. Ich sage Ihnen, daß Sie müssen.«

Er starrte die jüngere Frau an, die ihm soeben befohlen hatte, was er nicht zu können glaubte, und sagte: »Also gut. Ich werde es versuchen, aber vielleicht ist es zu spät.«

Sie faßte Sarin am Arm und führte ihn entschlossen wieder an das Bett zurück, wo Bruce noch immer Caroline beobachtete. »Bruce!« sagte sie mit erregter Stimme. »Sarin weiß ein...«

Er unterbrach sie mit einer scharfen Handbewegung. »Pssst!« sagte er. »Schau!« Er zeigte auf Caroline.

Ihre Augen waren offen. Sie folgten Janies Bewegung, als sie näher an das Bett trat.

»Caroline? Können Sie mich hören?«

»Ich glaube nicht, daß sie das kann«, sagte Bruce. »Ich habe mit ihr gesprochen, während du und Sarin das Buch angeschaut habt, und sie hat nicht reagiert. Sie scheint in irgendeiner Art Trance zu sein.«

Janie sah Sarin an. »Wissen Sie, was das bedeutet?«

Zitternd trat der alte Mann an das Bett. »Ich glaube, es bedeutet, daß wir uns besser an die Arbeit machen sollten.«

27

Als Alejandro an die Tür von Isabellas Räumen klopfte, flog sie sofort auf, und da stand die Prinzessin selbst in ihrem prachtvollen Gewand, kochend vor Zorn.

Ihr Kinn fiel herunter, als sie ihn sah. »Ihr!« zischte sie. »Ich dachte, das wäre die Wäscherin, das faule Ding! Aber Euer plötzliches Erscheinen überrascht mich nicht; es trifft sich gut, daß Ihr hier seid, denn das ist allein Eure Schuld, und Ihr habt es zu verantworten!« Sie zeigte auf ihre Füße, die, wie Alejandro sah, vom Mageninhalt irgendeiner armen Seele befleckt waren.

So wird das also für mich sein. Noch immer zitternd vor Zorn nach seiner enttäuschenden Begegnung mit Gaddesdon, stand er nun vor dieser erbarmungslosen Furie in ihren ruinierten Schuhen. »Ich bin gekommen, um Adele zu sehen«, sagte er schließlich, »denn ich muß sofort mit ihr sprechen. Und ich kann nicht sehen, daß ich die Ursache des Unglücks bin, das Eure Schuhe befallen hat.«

»Dann folgt mir, und Ihr werdet es gleich begreifen«, befahl sie, und er folgte ihr in das Schlafgemach. »Da liegt Eure Geliebte. Wie Ihr sehen könnt, ist ihr unwohl, und das ist *Eure* Schuld.«

Er verstand nicht, was sie meinte, aber da unter dem Baldachin des Bettes Adele lag, blaß und schlaff, zweifellos unwohl, wie Isabella gesagt hatte. Als er an ihre Seite eilte, setzte Isabella ihre leidenschaftliche Rede fort; nervös ballte sie die Fäuste und lockerte sie wieder, während sie im Zimmer umherging. »Ich habe sie gern gehabt, und ich glaubte, sie sei meine liebste Gefährtin, und nun hat sie mich verraten, mich in der Stunde verlassen, in der ich sie am meisten brauche. Sie droht, aus meinen Diensten auszuscheiden, wegen ihrer Liebe zu Euch, einer Liebe, die für sie zu einer Tragödie geführt hat! Wo ist ihre Loyalität mir und meiner Familie gegenüber? Kann sie auch nur entfernt jemals der Loyalität gleichkommen, die ich für sie hege?«

Ihr pathetisches Gerede war für Alejandro nur ein Hintergrundgeräusch, eine ärgerliche Ablenkung; zu sehr war er damit beschäftigt, Adele zu untersuchen, um Isabella irgendwelche Beachtung zu schenken. Erst als er die Worte »wollüstiger Mißbrauch« und »Empfindlichkeit ihres Zustands« hörte, achtete er genauer darauf, was hinter ihm gesagt wurde. Abrupt drehte er sich um und unterbrach Isabella.

»Was habt Ihr über ihren Zustand gesagt?«

»Ihr scherzt wohl, Monsieur. *Ihr* seid doch der Arzt! Adele ist schwanger. Sie behauptet, es sei *Euer* Kind.«

Alejandro stand auf und sah Isabella an. »Sie ist *schwanger*?«

»Ja«, warf die Nurse ein, die den Arzt nervös beobachtete, denn sein Zorn war nur zu offensichtlich. »Ich habe es selbst festgestellt.« Sie nahm seine Hand und führte ihn langsam von Isabella fort, fort von der Möglichkeit eines Ausbruchs, und legte sie fest auf Adeles Leib. »Seht, wie weich ihr Leib ist. Sie wird im ersten Frostmonat gebären.«

Alejandro betrachtete sie traurig; sein Gesicht war ein Inbild des Kummers. »Gute Nurse, ich zweifle nicht an der Wahrheit Eurer Worte, aber ich fürchte, die Lady hat ein näherliegendes Problem.«

Sanft hob er Adeles Kinn und wies auf einen kleinen, aber deutlich sichtbaren dunklen Fleck. Kate, die sich während der ganzen Szene hinter einem Stuhl versteckt hatte, eilte nun hervor und stürzte sich auf Alejandro, der fast nicht schnell genug die Arme öffnen konnte, um sie aufzufangen.

»Oh, Doktor«, jammerte sie. »Bitte, heilt sie! Heilt sie, wie Ihr mich geheilt habt!«

Isabella und die Nurse starrten ihn beide an, entsetzt über das Geständnis, mit dem Kate herausgeplatzt war, und suchten nach einer Erklärung. Isabella sagte: »Sie *heilen*?« Rasch wandte sie sich an Kate und fragte: »Ist das wahr? Wart Ihr krank, und wurde die Ansteckung aus Eurem Körper vertrieben?«

Alejandro stand da und wußte nicht, was er gefahrlos sagen konnte. Isabella war bereits schrecklich erregt, und er vertraute nicht darauf, daß sie der Stimme der Vernunft lauschen würde.

Doch Kate wartete nicht, bis er antwortete, sondern rief aufgeregt: »Ja! Ja! Es ist wahr! Vierzehn Tage lang lag ich krank, und sie gaben mir eine scheußlich schmeckende Medizin, und Ihr seht ja selbst, daß ich wieder gesund bin.«

Isabella sah Alejandro an. »Sie? Wer waren ›*sie*‹?«

Er ließ den Kopf hängen und antwortete leise: »Es waren Adele und ich, auf unserer Reise zu Kates Mutter. Das Kind wurde auf dieser Reise krank. Während wir im Haus ihrer Mutter waren, erfuhren wir von einem Mittel, die Pest zu heilen, und suchten danach. Mit diesem Mittel konnten wir ihr Leben retten. Deshalb hat sich unsere Rückkehr verzögert.«

»Adele wußte davon, und sie hat mir nichts gesagt!« Isabella betrachtete ihre Gefährtin, ihre Kindheitsfreundin, die hilflos auf dem Bett lag und ein Schluchzen unterdrückte. Mit Tränen in den Augen wandte sie sich an Alejandro und sagte: »Entsprach das Euren Anweisungen?«

»Wir vereinbarten miteinander, daß es am besten sei zu schweigen. Wir fürchteten um die Sicherheit des Kindes.«

Tiefer Schmerz zeichnete sich auf Isabellas Gesicht ab. »Oh, was für eine grausame Falschheit!« sagte sie bitter. Sie sah Alejandro an, und ihr schönes Gesicht war nun fast so bleich wie Adeles. »Ihr wart weise, das zu verheimlichen, denn hätte mein Vater von ihrer Krankheit gewußt, hätte sie nicht zurückkehren dürfen. Und nun, fürchte ich, muß ich mit ihm darüber sprechen, was zu tun ist.» Sie sah das Kind an und sagte streng: »Ihr werdet diesen Raum nicht verlassen, bis die Angelegenheit geregelt ist.«

Die Nurse, die sprachlos vor Schreck über das war, was sie soeben gehört hatte, fand endlich ihre Stimme wieder. »Könnt Ihr nun Lady Adele heilen?«

»Gott allein, gute Frau, weiß, ob ich nicht schon zu spät komme. Aber ich werde alles versuchen.« Er wandte sich wieder Adele zu und legte zärtlich seine Hand auf ihren Leib. »Aber ich fürchte, sie wird das Kind nicht behalten. Diese Krankheit tötet alles, was gut und heilig ist.«

Rasch sah er sich im Raum nach einer Flasche oder einem Gefäß um, um das kostbare Wasser aus der Quelle bei der Hütte darin zu tragen, und sah eine große Flasche mit parfümiertem Wasser, die nach Isabellas Lieblingsblume, dem Flieder, duftete; er drehte sie um, und der Inhalt ergoß sich auf den steinernen Fußboden.

»Vielleicht kann dieses stinkende Zeug etwas von dem üblen Geruch in diesem Zimmer überdecken«, sagte er zornig. »Ich brauche das Gefäß, um das mineralisierte Wasser zu holen, das zur Heilung gehört. Ich habe nicht bei mir, was ich brauche; ich werde hastig reiten müssen, um es zu holen. Ich komme so schnell wie möglich zurück.«

Bevor er die Tür öffnete, wandte er sich noch einmal um und sagte zu der weinenden Prinzessin: »Betet, daß sie lange genug lebt, um ein neues Kind zu empfangen.«

Nachdem Alejandro wie ein Wilder durch das Vorzimmer gestürmt war, tuschelten Isabellas andere Damen neugierig hinter ihm her. Isabella selbst kam bald aus dem Schlafzimmer, schloß die Tür hinter sich und ließ die Nurse und Kate mit Adele allein. Schulterzuckend sagte sie: »Seht, wie Männer vor dem leisesten Anzeichen von Frauenproblemen die Flucht ergreifen, selbst der gelehrte Arzt!« Dann ermahnte sie die Damen: »Sagt nichts zu irgend jemandem außerhalb dieses Zimmers. Ich möchte aus diesem wichtigen Anlaß Adele nicht in Verlegenheit bringen oder meinen Vater erzürnen. Es würde mir sehr mißfallen, wenn diese private Angelegenheit Gegenstand müßigen Klatsches würde. Und nun geht an Eure Arbeit und vergeßt, was Ihr soeben gesehen habt!«

Die Prinzessin kehrte in das Schlafgemach zurück, wo sie Kate und die Nurse auf einer Bank am Fenster sitzend fand, wo sie weinten und sich tröstend umarmten. Isabella ging an den Wänden entlang, so weit wie möglich von Adele entfernt, bis sie das Fenster erreichte. Zuerst sprach sie die Nurse an, und ihre Stimme war dunkel vor Mißtrauen: »Wart Ihr an diesem Verrat an meinem Vertrauen beteiligt?«

Erschrocken antwortete die Frau: »Bei meiner Seele, Prinzessin, ich wußte nichts davon!«

Kate bestätigte die Unschuld der alten Frau: »Nur ich, der Arzt und Adele wußten es.«

»Ihr bleibt mit dem Kind hier«, sagte die Prinzessin zu der Frau, die sie von Geburt an versorgt hatte. Sie warf der zitternden Dienerin einen bedrohlichen Blick zu. »Ihr werdet dem Arzt helfen, wenn er zurückkommt. Ich und meine anderen Damen werden uns eilends von hier entfernen; sie sollen nichts von diesen Ereignissen wissen. Ich denke, es ist am besten, wenn sie nichts erfahren, also haltet besser Euren Mund. Und wenn Ihr auch krank werdet, dann ist das Gottes gerechte Strafe. Heute abend werden wir sehen, was mein Vater zu diesen unglückseligen Ereignissen zu sagen hat.«

Sie nahm einen Schlüssel aus einer kleinen Dose auf dem Kaminsims und schloß die beiden ein, als sie ging.

28

Janie und Bruce taten alles, was Sarin ihnen sagte, während er das Ritual Seite für Seite durchging. Einen nach dem anderen hatte er alle Gegenstände benutzt, die er auf dem kleinen Tisch bereitgelegt hatte, bis auf den letzten. Obwohl er seltsame Dinge tat, stellten Janie und Bruce seine übelriechenden Tränke und schrecklich anzusehenden Umschläge nicht in Frage. Gelegentlich sahen sie einander an, aber sie taten, was ihnen gesagt wurde. Janie beobachtete völlig fasziniert, wie der schwache alte Mann sich über seinen eigenen Kummer und seine Angst erhob und für seine gebrechliche Patientin eine virtuose Vorstellung gab.

Doch als die Kerzen niederbrannten und die Sonne aufging, näherte er sich dem Ende dessen, was er für Caroline tun konnte. Ihre Augen blieben offen und zwinkerten gelegentlich, doch viel mehr tat sie nicht. Es war schmerzlich sichtbar, daß ihr Zustand sich, wenn überhaupt, nicht sehr gebessert hatte.

Sarin sank wieder auf seinen Stuhl, und Janie erkannte Enttäuschung und Scham auf seinem Gesicht. »Es scheint nicht zu wirken«, sagte er. »Ich verstehe nicht...«

»Aber Sie sind doch noch nicht fertig?« fragte Janie ängstlich. »Oder?«

Er war unendlich müde; sein schmerzender Körper wollte nur schlafen, und hätte Caroline nicht auf dem Bett gelegen, so hätte er sich selbst hingelegt. *Süße Ruhe,* dachte er träumerisch; *wie gut sich das anfühlen würde!* Irgendwie gelang es ihm, verneinend den Kopf zu schütteln. Dann schloß er die Augen und sagte: »Eines ist noch zu tun, aber ich muß mich einen Moment ausruhen...« Bereits während der ersten Schritte hatte er gespürt, wie die Energie aus ihm strömte, und er brauchte verzweifelt eine Erholung, wie kurz auch immer, ehe er fortfuhr. »Nur eine Minute Ruhe, dann bringen wir es zu Ende.«

Janie warf Bruce schweigend einen besorgten Blick zu; er wirkte ebenso ängstlich. Sie streckte die Hand aus, berührte Sarins Schulter und sagte: »Mr. Sarin... ich glaube, wir sollten jetzt nicht aufhören... es ist nur noch eine Sache zu tun. Danach können Sie ausruhen, so lange Sie wollen, und Sie werden nicht gestört werden.«

Er antwortete nicht. »Mr. Sarin...«, sagte sie und berührte ihn nochmals.

Er trieb dahin, er spürte eine sanfte Berührung, aber sie dauerte nicht an, und er entfernte sich davon. Er war draußen auf dem Feld, lief spielerisch seiner Mutter nach, während sie in ihrer Schürze Kräuter sammelte. Die Sonne stand hoch am Himmel und schien sehr hell, denn es war Sommer, und das Leben war prachtvoll. Insekten summten träge um sie herum, und er streckte die Hände aus, um eines zu fangen, als es an ihm vorbeiflog. Fröhlich lachend schloß er die Hände um den kleinen weißen Schmetterling; dann rannte er zu seiner Mutter und sagte ihr, sie müsse aufhören und sich anschauen, was er da habe. Er öffnete die Hände, und der Schmetterling flog träge davon, als habe er seine Gefangenschaft gar nicht bemerkt.

Sie lächelte und lachte und teilte sein Entzücken; sie war jung und schön und voller Liebe, und all das gehörte ihm. Sie nahm ihn in die Arme und wirbelte ihn herum und herum, seine kleinen Beinchen flogen durch die warme Luft. Er schloß die Augen, und das Licht der hellen Sonne schien durch seine dünnen Lider, ließ ihn das warme Licht spüren.

Es war das weißeste Licht, das er je gesehen hatte, das reine Licht der Freude. Er gab sich ihm ganz hin.

Janie rüttelte ihn fester. »Mr. Sarin?« fragte sie.

29

Bei Alejandros wildem Ritt übers Land konnten andere Reisende, die das Pech hatten, ihm im Weg zu sein, nur schnell zur Seite springen. Er peitschte sein Pferd gnadenlos und legte die Strecke, die sonst einen halben Tag dauerte, in nur drei Stunden zurück; bald näherte er sich den knorrig gebogenen Eichen jenseits der großen Wiese. Sein schweißnasses Pferd schnaubte unwillig, aber Alejandro ging es nur darum, daß das Tier den Weg beendete. Laut schrie er ihm zu: »Wenn du zu nichts mehr nütze bist, finde ich leicht ein anderes Pferd, aber keine andere Adele.«

Er trieb das Pferd zwischen den ehrwürdigen Bäumen hindurch und folgte dem Pfad zur Lichtung. Dort sprang er ab, rannte zur Vorderseite der Hütte und blieb wie angewurzelt stehen. Er starrte auf das vertrocknete Bett dessen, was bei seinem vorigen Besuch eine munter sprudelnde Quelle gewesen war; er sah nur Matsch und Schlamm, der zwar den unangenehmen Schwefelgeruch hatte, aber die trübe Flüssigkeit, die er zuvor gesehen hatte, war nicht mehr da. Er rannte zum Pferd zurück, nahm sein Buch aus der Satteltasche und begann, die Seiten durchzublättern, verzweifelt auf der Suche nach einer Anleitung, wie Adele zu heilen wäre.

Er hörte die alte Frau, bevor er sie sah. Ihre Schritte waren zwar leicht, aber auf den Steinen hinter ihm doch klar auszumachen.

Er wandte sich nach ihr um, und sie lächelte ihn an. »Muß ich noch einmal Eure Hand führen, Arzt?«

Der rote Schal bedeckte noch immer ihre Schultern, selbst an diesem warmen Tag, und kennzeichnete sie unmißverständlich als die Person, die er zuvor nicht hatte finden können.

»Wie kommt es«, fragte er hektisch, »daß Ihr noch vor so kurzer Zeit in London wart und jetzt hier seid? Jemand, der so langsam reist, wie das bei Euch sicher der Fall ist, kann das doch eigentlich gar nicht schaffen.«

»Habt Ihr Zeit für solch müßiges Geschwätz, oder sollen wir uns um die dringende Angelegenheit kümmern, die Euch in solcher Hast zu mir geführt hat?«

Sie drehte sich um und ging in die Hütte. Nach kurzer Zeit kam sie mit einer Flasche der milchiggelben Flüssigkeit zurück, die sie Alejandro reichte.

Er legte sein Buch nieder und nahm sie. »Und was ist mit dem Staub der Toten?«

»Davon habe ich nur eine kleine Menge für Euch. Ich war dabei, mehr zu bereiten, als Ihr gekommen seid, und kann es Euch morgen geben.« Sie reichte ihm einen kleinen Beutel, den er rasch öffnete. Als er die geringe Menge Pulver darin sah, schaute er Mutter Sarah ungläubig an.

»Was? So wenig? *Wie soll ich da meine Geliebte retten?*«

In der Stimme der alten Frau lag große Traurigkeit. »Ich kann nicht sagen, ob es Euch gelingen wird. Verschwendet keinen Tropfen von dem Heilmittel; sorgt dafür, daß sie nicht das winzigste bißchen wieder von sich gibt, denn ihr Körper muß die ganze Medizin aufnehmen.«

Ihm schwante Unheil, und er dachte: *Das wird fehlschlagen.* Er schwankte plötzlich unter der Last dieser Erkenntnis. Mutter Sarah streckte den Arm aus und legte eine Hand auf seinen Arm, und obwohl sie ihn nicht hätte halten können, schien ihre Berührung ihn zu stützen; er gewann sein Gleichgewicht wieder.

Ihre Worte waren so sanft wie ihre Berührung, und sie gaben ihm Kraft. Die strenge Lehrmeisterin, die sie zuvor gewesen war, war nun verschwunden; an ihre Stelle war eine freundliche Großmutter getreten. »Ihr habt die Kraft, das zu tun, was getan werden muß; Eure Kraft wird Euch nicht verlassen, wenn Ihr sie wirklich braucht. Aber ich möchte Euch nochmals sagen, Ihr müßt Euch auf das vorbereiten, was Ihr nicht gleich begreifen könnt. Die Dinge verlaufen selten so, wie wir uns das denken. Ich flehe Euch an, tut das nicht allein; *Ihr werdet Hilfe brauchen, um dieses Leben zu retten.*«

Er musterte die beiden Gegenstände, die er in Händen hielt; sie stellten seine einzige Hoffnung dar, die Frau, die er liebte, zu heilen. Dann sah er Sarah an und fragte: »Werde ich bei dieser Aufgabe Erfolg haben?«

Wie kann ich ihm von meiner eigenen Unsicherheit erzählen? fragte sie sich. *Wird die Medizin weniger wirksam sein, wenn sein Glaube sie nicht unterstützt?* Sie senkte den Blick, da sie ihn nicht ansehen wollte, während sie etwas aussprach, das möglicherweise nicht die Wahrheit war. »Ich glaube, ein Leben wird gerettet werden. Und jetzt geht und wirkt Euren eigenen Zauber. Ich kann Euch nicht mehr helfen.«

Als er fortritt, sah sie, daß er das Buch auf dem Boden zu ihren Füßen vergessen hatte, wo er es hingelegt hatte, und fragte sich, ob sie ihm folgen sollte, um es ihm zurückzugeben.

Es macht nichts, dachte sie; er würde auch ohne das Buch Erfolg oder Mißerfolg haben. Sie nahm es auf und trug es in ihre Hütte, wo sie sich ansah, was er geschrieben hatte. Sie entschied, daß es am besten sei, das Buch bei sich zu behalten.

Als Alejandro am späten Abend ins Schloß zurückkehrte, waren nur noch wenige Menschen zu sehen. Eine Wache stand vor Isabellas Gemächern, und als der Arzt kam, bekam er von dem Posten einen Schlüssel; danach zog dieser sich hastig zurück. Er wollte mit keinem der Probleme, die hinter der Tür liegen mochten, etwas zu tun haben.

Alejandro betrat das Vorzimmer und fand es verlassen; er erinnerte sich, daß der König zu Ehren der Ankunft des neuen Bischofs ein Bankett gab, und er nahm an, daß der gesamte Hofstaat daran teilnahm. Wie er selbst es hätte tun sollen, mit Adele an seiner Seite. *Um so besser,* dachte er. *Ich werde meine Arbeit ungestört tun.*

Als er den Schlüssel benutzte, um das Schlafgemach zu betreten, eilten Kate und die Nurse ihm entgegen. Während er die Gegenstände zurechtlegte, die er brauchte, erzählte ihm die Nurse von der Lüge, die sie, an der Tür lauschend, Isabella hatte aussprechen hören.

»Was ist mit Adele?« fragte er ängstlich.

»Sie stöhnt und schlägt mit den Armen um sich, aber sie spricht nicht. Sie blutet aus dem Schoß, und ich fürchte, daß sie ihre Leibesfrucht verliert.«

Der Schmerz des Verlusts durchbohrte Alejandros Herz, wie die Pfeile vor so langer Zeit in Windsor Matthews den Tod gebracht hatten. Er konnte kaum sprechen, so sehr zitterte seine Stimme. »Nehmt dieses Fläschchen und den Inhalt dieses Beutels und vermischt sie in einem geeigneten Gefäß.« Er reichte ihr die Gegenstände und fügte hinzu: »Gebt acht, daß Ihr auch nicht das kleinste bißchen verschüttet. Ich fürchte, wir haben nicht genug davon; ich kann nicht einmal sicher sein, daß wir es im richtigen Verhältnis mischen können!«

Kurze Zeit später kam die Nurse mit einer Schale zurück, in der sich ein gelblicher Brei befand, und rümpfte die Nase über den faulen Geruch, der davon aufstieg.

Alejandro wischte Adele sanft die Stirn mit einem Tuch ab; dann nahm er die Schale, die die Nurse ihm reichte. Er betrachtete das unappetitliche Gemisch, das er nun in Adeles Mund zu zwingen versuchen mußte, und der Gedanke entsetzte ihn. Er beugte sich dicht über seine kranke Geliebte und flüsterte ihr ins Ohr: »Wenn es dir wieder gutgeht, meine Liebste, werden wir die köstlichsten Delikatessen speisen, und du wirst dieses gräßliche Gemisch vergessen. Aber jetzt mußt du es nehmen, also bitte, bitte … behalte es bei dir.«

Er wandte sich an die Nurse und sagte: »Jetzt müßt Ihr mir helfen. Ich werde Ihr die Medizin in den Mund geben, und Ihr müßt ihn zuhalten. Ganz gleich, was sie tut, sie darf den Mund nicht aufmachen. Kein Tropfen darf vergeudet werden.«

Die Nurse nickte nervös, und ihr Gesicht war ängstlich.

»Seid Ihr bereit?« fragte er.

Sie nickte, und er schob einen Löffel mit der scheußlichen Flüssigkeit auf Adeles Zunge. Zusammen hielten sie ihr Mund und Nase zu; Adele wehrte sich mit überraschender Kraft. Die alte Nurse war ihrer Jugend nicht gewachsen, nicht einmal in diesem geschwächten Zustand, und wurde bald beiseite geschleudert. Kaum hatte sie Adeles Mund losgelassen, spie Adele die widerliche Medizin auf die Bettdecke, und nur ein paar Bröckelchen blieben auf ihrer Zunge zurück. Gelbliche Speicheltröpfchen rannen aus ihrem Mundwinkel und beschmutzten das weiße Leinen ihres Hemdes.

»Wir werden es noch einmal versuchen«, sagte Alejandro.

Diesmal gelang es ihnen, Adele eine kleine Menge schlucken zu lassen, aber keine Minute später erbrach sie alles wieder auf die Decke. Verzweifelt riß Alejandro die Decke von ihr und warf sie zur Seite. Adeles dünnes Hemd war schweißnaß und ließ die zarten Kurven ihres zierlichen Körpers erkennen. Er dachte an die letzte Gelegenheit, bei der er sie so entblößt gesehen hatte; *vielleicht haben wir da das Kind gezeugt,* dachte er mit wehem Herzen.

Immer wieder versuchte er, den heilenden Brei in ihren Mund zu zwingen, und jedesmal widersetzte sie sich heftig. Jeden Löffel des Gemischs, den er ihr in den Mund schob, gab sie wieder von sich, sobald er seine Hand von ihren Lippen nahm.

Er ließ sich auf einen Stuhl neben dem Bett fallen, besiegt und hoffnungslos. Er saß an ihrer Seite, wartete ohnmächtig und hoffte gegen alle Vernunft, daß sie irgendwie überleben würde. Er hielt eine ihrer Hände in seinen und spürte die brennende Hitze ihres Fleisches; mit der schieren Macht seiner Liebe zu ihr versuchte er, sie ins Leben zurückzuzwingen.

Der Mond war längst aufgegangen, als Adele endlich ihren letzten Atemzug tat und still auf dem Bett lag. Die Qual ihres Leidens war der Ruhe des Todes gewichen. Lange Zeit saß Alejandro bei ihr, Kate in den Armen, wieder einmal ein einsamer Mann mit gebrochenem Herzen.

30

Rosow führte sein erschöpftes Team von Biocops wieder ein kurzes Stück weit den Hügel hinunter und wies sie an, die gleichen Gassen nochmals abzusuchen. Sie waren jedem Hinweis gefolgt, den die erschrockenen Bewohner des Viertels ihnen gegeben hatten, aber dabei war nichts herausgekommen. Die Informationen, die sie erhalten hatten, waren nutzlos gewesen. Sie hatten sogar ein Paar Marginale kurz in Haft genommen, sie dann aber wieder gehen lassen, als sich herausstellte, daß ihre Inhaftierung nichts bringen würde. Rosow hatte das deutliche Gefühl, daß einer dieser Marginalen mit ihm spielte, ihn in die falsche Richtung zu lenken versuchte. Er wollte den Mann eigentlich zur weiteren Vernehmung behalten, doch sein Aussehen gefiel ihm nicht. Er war zwar tatsächlich so mager, wie einer der Zeugen den Mann, der den Einkaufswagen geschoben hatte, beschrieben hatte. Gleichzeitig aber war er so schwach und kränklich, daß er den beladenen Karren unmöglich hätte bergauf schieben können. Rosow fiel auf, daß der Mann unsicher auf den Beinen war und sogar beim Gehen Schwierigkeiten hatte. *Vermutlich betrunken,* dachte Rosow bei sich, *und von der Leberzirrhose zerfressen.* Widerstrebend hatte er ihn gehen lassen.

Seine Frustration wurde noch gesteigert durch die Tatsache,

daß kein Biocop mehr als acht Stunden hintereinander einen grünen Anzug tragen durfte. *Diese verdammten Arbeitsgesetze,* murmelte er enttäuscht vor sich hin, während er zusah, wie die Mitglieder des Teams die schweren grünen Uniformen ablegten; *früher trugen die verfluchten Ritter ihre blutigen Rüstungen, bis der König ihnen sagte, sie könnten sie ausziehen!*

Als die vorgeschriebene Ruhepause dann endlich zu Ende war, nahmen sie die Suche wieder auf, wo sie sie abgebrochen hatten, aber inzwischen war natürlich jede Spur völlig erkaltet. Es gab keine Abdrücke von Rädern, keine Fußabdrücke, keine Fetzen Zeitungspapier, die sie nicht untersucht hätten; jeder verdächtige Stein wurde aufgehoben und auf Anzeichen untersucht, ob der Marginale mit dem Karren ihn vielleicht passiert hatte. *Vielleicht verstecken sie sich in einem dieser Häuser,* dachte Rosow und musterte die ordentlichen Zeilen von Bungalows und Reihenhäusern, die beide Seiten des Hügels säumten, aber bei näherem Nachdenken kam ihm der Gedanke absurd vor. Es wurde sehr mißbilligt, wenn jemand Marginale aufnahm, und obwohl es strenggenommen nicht illegal war, war Rosow sicher, daß sehr wenige »normale« Menschen dieses Risiko auf sich nehmen würden. Trotzdem versuchten sie es bei ein paar Häusern, jagten den Bewohnern einen Schrecken ein und fanden absolut nichts.

Er wußte nicht einmal, ob das Paar, das er suchte, sich dessen bewußt war, daß es verfolgt wurde. Eine der Personen stand auf der Kippe oder war vielleicht schon darüber hinaus, vollkommen ungeeignet für die Komplikationen des modernen Lebens, ein Flüchtling von Natur aus. Und die andere war wahrscheinlich todkrank und inzwischen hilflos, vielleicht sogar tot. *Eine Schande, daß sie sterben muß, so eine schöne junge Frau!* dachte er. Er hielt es für unwahrscheinlich, daß der Marginale, der den Karren geschoben hatte, die geistigen Fähigkeiten besaß, zwischen einem toten und einem sehr kranken Fahrgast zu unterscheiden, und sich wohl auch nicht dafür interessierte. Aber Rosow hatte keine Wahl; ob sie von seiner Existenz wußten oder nicht, er mußte sie finden und untersuchen und dann entscheiden, was mit ihnen zu geschehen hatte. Viele Leben hingen davon ab, wie ihm das gelang.

Und so führte der erschöpfte Lieutenant sein müdes Team in der Morgendämmerung wieder den Hügel hinauf, zurück auf das Feld, wo die Spuren endeten. Er unterteilte seine Leute in zwei Gruppen und schickte eine Gruppe um das Feld herum nach Westen; die andere führte er selbst ostwärts. Als sie ihre Suche begannen, erschien die Sonne gerade über dem Horizont. Es war eine lange Nacht gewesen, und er hoffte, daß der Tag erfolgreicher werden würde.

Sie standen wie ein nervöses Elternpaar über dem kindlichen alten Mann, der in dem Sessel zwischen ihnen schlief.

Bruce zog eines seiner Augenlider hoch und sah, daß die Pupille sich beim Lichteinfall zusammenzog. »Er ist vollkommen weg«, sagte er. »Als hätte er einfach dicht gemacht. Ich verstehe das nicht.«

»Ich auch nicht, aber ich glaube, wir müssen es allein zu Ende bringen.«

»Vielleicht sollten wir warten, bis er aufwacht. Er hat gesagt, er wolle sich nur ausruhen…«

»Wer weiß, in welchem Zustand er sein wird, wenn er wieder zu sich kommt. Er hat bei dieser ganzen Sache immer wieder den Durchblick verloren«, sagte Janie. Sie schaute zu Caroline hinüber und dann auf Bruce, und ihr Gesicht hatte einen ängstlichen, drängenden Ausdruck.

»Wir haben das Buch«, sagte sie. »Er hat es ständig benutzt, um diese Sachen zu machen. Wie ein Kochrezept. Er hat gesagt, da gäbe es nur noch eines zu tun, und wir können nachlesen, was darüber in dem Buch steht. Mehr hat er auch nicht getan. Er hat nachgelesen.« Ihre Stimme klang nun noch besorgter. »Es ist ja nicht so, als hätte er irgendeine magische Kraft, über die wir nicht verfügen.«

»Janie, wir wollen nichts überstürzen… was ist, wenn wir dabei einen Fehler machen?« Er schaute hinüber zum Nachttisch und verstummte auf einmal.

»*Was ist?*« sagte Janie.

»Da sind noch *zwei* Dinge übrig.« Er zeigte darauf.

Das eine war eine Flasche mit trüber Flüssigkeit von gelblicher Farbe; sie war mit einem sehr alten, trocken aussehenden Korken verschlossen. Das andere war ein kleiner Beutel, der irgendein Pulver enthielt.

»Es ist von beidem nicht viel da... was ist, wenn wir einen Fehler machen?«

»Wenn dieser senile alte Mann keinen Fehler gemacht hat, warum sollten wir es dann tun? Meine Güte, er kann doch kaum lesen.«

Sie nahm das Buch zur Hand und betrachtete die aufgeschlagene Seite. Auf dem vergilbten Papier befanden sich zwei verschiedene Schriften, eine verblichen und alt, krakelige Buchstaben mit unterschiedlichem Druck geschrieben. Janie überflog sie und fühlte sich dabei schrecklich entmutigt. »O Gott, vielleicht hast du recht... ich glaube, ein Teil davon ist Französisch...«

Dann bewegten sich ihre Augen zu der anderen Schrift, die eindeutig von einer moderneren Hand stammte. Dort waren die Buchstaben winzig, aber lesbar, und ein Abschnitt war eindeutig auf Englisch geschrieben. Er war um das alte Französisch herumgekritzelt, und hier und da erkannte Janie in beiden Schriften die gleichen Wörter. »Das muß eine Übersetzung sein«, sagte sie. Sie schöpfte wieder Hoffnung, las die kleingeschriebenen Wörter und erkannte, daß es sich um Anweisungen für die Dinge handelte, die sie bereits getan hatten. Ihre Erregung wuchs, und sie zeigte auf eine bestimmte Stelle der englischen Schrift. »Schau, da haben wir aufgehört...«

Bruce las über ihre Schulter hinweg mit. »Das Fleisch und die Knochen derer, die längst tot sind«, sagte er laut. *»Das Haar des Hundes...«*

Sie legte Bruce das Buch in die Hände und nahm den kleinen Beutel mit dem Pulver. Etwas davon staubte heraus, als sie die Schnur löste, mit der der Beutel verschlossen war, und sie roch daran. Dann wandte sie den Kopf ab und nieste heftig. »Es riecht scheußlich«, sagte sie mit einer Grimasse und rieb sich die Nase.

Doch dann wich die Grimasse nach und nach einem erregten Ausdruck. »Aber weißt du was? Das hier ist *›das Haar des Hundes, der dich gebissen hat‹*. Antikörper. Es könnte tatsächlich wirken!«

»O mein Gott... du hast recht...« Er betrachtete die Seite, die er vor sich hatte, und las weiter. Seine Augen wanderten gespannt von Zeile zu Zeile. »Also, dann laß uns wieder an die Arbeit gehen! Hier steht, daß wir die Flüssigkeit und das Pulver vermischen sollen. Dann sollen wir *selbst* etwas von dem Zeug einnehmen. Da steht, es würde uns ›vor den Verheerungen der Seuche schützen‹...«

»Ich hole etwas aus der Küche, worin wir es mischen können.« Sie lief hinaus, während Bruce weiterlas, und kam ein paar Augenblicke später mit einem Löffel und einer kleinen Schüssel zurück.

»Also«, sagte sie beinahe atemlos, »wie mische ich das? Ist ein Verhältnis angegeben?«

»Ja, warte, dazu komme ich jetzt...« Er begann, laut vorzulesen. »Vermische vier Knöchel Pulver mit einer hohlen Hand voll von der Flüssigkeit...«

»Vier *Knöchel? Eine hohle Hand?*«

»Janie, ich erfinde das nicht. Es steht hier...« Er hielt ihr das Buch hin. »Wenn du selber nachlesen willst...«

»Macht nichts. Ich glaube dir. Ich würde im Augenblick alles glauben, wenn es bloß funktioniert...«

Sie schüttete eine kleine Menge Pulver in die Schüssel und hielt dann eine Hand mit leicht abgeknicktem Finger daneben; sie kam zu dem Schluß, daß die Menge reichen müßte. Als sie versuchte, den Korken aus der Flasche zu ziehen, begann er zu zerbröckeln, und sie mußte ihn in zwei Teilen mit dem Fingernagel herauskratzen. Sie füllte eine hohle Hand mit der gelblichen Flüssigkeit, die nach sumpfigem Wasser roch, und ließ sie dann zu dem Pulver in der Schüssel laufen. Sie rührte das Ganze mit dem Löffel um, und die entstehende Mischung war ein lockerer Brei, ganz ähnlich wie Teig für Maisbrot.

»Wieviel sollen wir nehmen?«

Er schaute wieder in das Buch. »Das steht da nicht.«

»Dann müssen wir raten. Okay, wir nehmen jeder einen Löffel voll.« Sie löffelte etwas von dem Brei auf und streckte Bruce den Löffel hin. »Mach den Mund weit auf«, sagte sie.

Er warf einen vorsichtigen Blick auf das Zeug auf dem Löffel und sah Janie dann unsicher an.

»Aufmachen«, sagte sie, und als er gehorchte, schob sie ihm den ganzen Löffel in den Mund.

»Igitt!« sagte er mit einer Grimasse. Er schluckte schwer und wischte sich dann mit einer Hand den Mund ab. »Dieses Zeug schmeckt wie flüssiges Stinktier!« Er legte die andere Hand auf seinen Magen und sagte: »Ich weiß nicht, ob ich es bei mir behalten kann…«

Janie hielt sich die Nase zu und nahm selbst die entsprechende Dosis ein; sie schmeckte so gräßlich, wie Bruce gesagt hatte, und hinterließ einen Nachgeschmack, der an Erde erinnerte.

»Furchtbar«, sagte sie. »Wie zum Teufel soll Caroline das bei sich behalten?«

»Ich glaube, das größere Problem wird sein, ihr das Zeug einzuflößen. Ich weiß nicht, ob sie noch fähig ist zu schlucken. Und selbst wenn wir eine Spritze hätten, es gibt keine Möglichkeit, das Zeug irgendwie aufzulösen. Es ist einfach zu körnig. Sie wird es schlucken *müssen.«*

Bruce rührte in der Schüssel und versuchte, Caroline einen Löffel von dem Inhalt in den Mund zu schieben. Er rieb mit der Spitze des Löffels an ihrer Oberlippe in der Hoffnung, sie würde den Mund aufmachen, aber das tat sie nicht. Nach einigen vergeblichen Versuchen sah er Janie an und sagte: »Ich glaube nicht, daß es klappen wird.«

»Los, laß es mich versuchen.« Sie nahm ihm die Schüssel und den Löffel aus der Hand und setzte sich statt seiner auf den Stuhl.

»Komm, Caroline…«, sagte sie. »Mach für mich schön weit den Mund auf.« Doch das, was Babys zum Essen bewegte, löste bei der erwachsenen Caroline keinerlei Reaktion aus. Sie hielt die Lippen geschlossen.

»Vielleicht hat Sarin einen Trichter«, sagte Bruce. »Ich gehe nachsehen.«

Doch er kam mit leeren Händen aus dem Hauptraum zurück. »Ich konnte keinen finden. Wir werden ihn wecken müssen.«

Janie nickte. Sie wußten, daß sie nicht länger warten konnten.

Sanft legte Bruce eine Hand auf Sarins Schulter und wollte ihn schütteln, doch kaum berührten seine Finger den Körper des alten Mannes, da wußte Bruce, daß der Funke des Lebens ihn verlassen hatte. Der Körper war noch warm, aber die Energie, die Lebenskraft, das *Wesen* war nicht mehr da. Nur noch der Leib. Langsam zog er die Hand zurück.

»Janie«, sagte er leise, »er ist gestorben.«

Janie stand auf und kam von Carolines Bett zu Bruce. Sie legte die Finger auf das Handgelenk des alten Mannes und suchte vergeblich nach einem Puls. »Jetzt sind wir *wirklich* auf uns gestellt«, sagte sie.

Sie standen einen Augenblick über den alten Mann gebeugt, als wollten sie die Totenwache halten. »Er verdiente mehr als das«, sagte Janie, »aber im Moment...«

»Ich weiß«, sagte Bruce. »Wir müssen weitermachen. Ich brauche noch immer einen Trichter.«

Doch eine weitere schnelle Suche in der Küche war vergeblich, und er fand auch nichts, was er statt dessen hätte benutzen können... Da fiel Janie eine andere Möglichkeit ein. »Wir können aus Papier einen Trichter rollen. Ich habe das manchmal getan, um Kuchen zu verzieren, als ich ein kleines Mädchen war. Wir können den Trichter oben zukneifen und dann ausdrücken wie eine Tube.«

Doch die Mischung war zu klebrig und verstopfte fast sofort den Papiertrichter.

Plötzlich sagte Bruce: »Verdammt! Warum ist mir das nicht früher eingefallen!«

»Was denn?«

»Im Auto ist ein Kondenswasserschlauch für die Klimaanlage. Wir könnten Caroline intubieren und dieses Zeug in ihren Magen tropfen lassen.«

Er war blitzschnell aus der Tür gelaufen, ehe Janie auch nur etwas sagen konnte.

Er rannte den Weg hinunter, vorbei an den Eichen, zu seinem Wagen. Als er sich dem Fahrzeug näherte, fesselte etwas in der Ferne seine Aufmerksamkeit. Er blieb stehen und schaute über das Feld.

Er kämpfte sich durch den Wind zwischen den Bäumen, rannte ins Haus zurück und rief nach Janie, die gerade Carolines Stirn abtupfte. Sie blickte auf und sah, daß er ihr winkte, ihm zu folgen. Sie gehorchte, und zusammen gingen sie nach draußen.

»O mein Gott!« sagte sie, als sie in der Ferne die Biocops erblickte. »Wie haben sie uns gefunden? *Woher wissen sie es überhaupt?*«

»Ich habe keine Ahnung«, sagte er, »aber ich glaube, wir sollten besser Caroline nehmen und von hier verschwinden.«

»Wohin denn?«

»Wir müssen in meine Wohnung. Ich hoffe bloß, daß da keiner auf uns wartet.«

»Was ist mit Ted?«

»Wir lassen ihn hier bei Sarin und dem Hund. Janie, wir müssen dieses Haus verbrennen. Es wäre sowieso eine Infektionsquelle.«

Sie sah ihn ernst an und fragte sich, ob all das jemals enden würde. »In Ordnung«, sagte sie. »Tun wir das.«

31

Als sie weinend neben dem Fenster in Isabellas Schlafgemach stand, hörte die Nurse fröhliche Laute aus dem Hof draußen aufsteigen; sie wischte sich die Augen und schaute aus dem Fenster. Unten erblickte sie einen Strom von Rittern und Damen, der sich in den von Fackeln erhellten Hof ergoß; sie hörte ausgelassenes Lachen, das Klappern von hölzernen Absätzen auf den Steinen, sah trunkenes Winken und verstohlene Küsse. Die Laute unschuldiger Fröhlichkeit, die da aufstiegen, schienen ihr fast wie eine Entweihung der stillen Trauer des Totengemachs.

Dann sah sie den König und die Königin, die ihren Gästen bis zum Turnier des folgenden Tages eine gute Nacht wünschten. Der schwarze Prinz stand neben dem König, aber Isabella war in der Menge nirgends zu sehen. »O lieber Gott im Himmel!« keuchte die Nurse und hielt sich eine Hand vor den Mund; sie eilte an das Bett, wo Alejandro und Kate still beieinandersaßen und sich gegenseitig trösteten. Sie tippte dem Arzt dringlich auf die Schulter und sagte: »Das Fest ist zu Ende! Ich fürchte, die Prinzessin wird gleich zurückkommen!«

Kaum hatte sie diese Worte ausgesprochen, flog auch schon die Tür des Schlafgemachs auf, und die noch immer prachtvoll gewandete Isabella eilte herein. Schockiert hielt sie die Luft an, als sie die Szene vor sich erfaßte; ohne ein Wort drehte sie sich um und schloß die Tür, die die Schlafkammer vom Vorraum trennte. Dann kam sie zurück und ging langsam zum Bett; ihre Schritte waren kaum hörbar, und sie hatte ängstlich die Hände gefaltet.

Adele lag da zwischen den zerwühlten Laken und wirkte in dem riesigen Bett sehr klein; ihr kupfernes Haar auf dem Kissen war feucht und matt, das Hemd klebte an ihrem schmalen Körper, und all ihre Freundlichkeit war dahin, verschwunden. Als Isabella sich den bleichen Überresten näherte, füllten sich ihre Augen mit Tränen, und sie sagte: »O meine liebe Freundin, man hat Euch all Eure Schönheit geraubt... die Wärme Eurer Seele ist nicht mehr da... wie verfluche ich mich dafür, daß ich Euch unverdient und zynisch getadelt habe... ach, was habe ich Euch angetan?« Sie begann zu weinen, und bald schluchzte sie beinahe zwanghaft; sie schlang die Arme um ihren Oberkörper und wimmerte vor Trauer.

Sie darf die Wachen des Königs erst alarmieren, wenn ich Zeit hatte, mir zu überlegen, was jetzt zu tun ist! dachte Alejandro verzweifelt. Sanft löste er Kate aus seinen Armen, setzte sie neben sich, stand auf und sagte: »Prinzessin, bitte hört auf mich, hört auf zu jammern... es nützt ihr nichts mehr...« Isabella schwankte, und er streckte den Arm aus, um sie zu stützen.

Kaum berührte er sie, da fiel sie ihm zu seinem großen Erstaunen in die Arme, drückte sich an ihn und schluchzte an seiner Brust.

»Oh, was soll ich tun, was soll ich tun? Sie ist fort, meine liebste Freundin, meine süße Gefährtin! Ich wollte mit ihr alles ins reine bringen, aber dieser Gelegenheit bin ich jetzt grausam beraubt. Oh, warum habt Ihr sie nicht gerettet?«

»Prinzessin«, sagte er in bittendem Ton, »Ihr müßt Euch beruhigen, Ihr schadet Eurer eigenen Gesundheit... Ich habe alles getan, was man tun konnte...«

»Aber es war nicht genug! Oh, meine liebe Freundin, tot... es kann nicht sein...«

Sie faßte nach seiner Hemdbrust und begann, sich damit die Tränen aus den Augen zu wischen. Alejandro erstarrte vor Schreck, als er spürte, wie sich der oberste Knopf seines vom vielen Reisen abgenutzten Hemdes öffnete, dann ein zweiter, und bald lag Isabellas Wange an der bloßen Haut seiner Brust. Auf einmal merkte er entsetzt, wie sie den Kopf von seiner Brust hob und die Augen aufriß; direkt vor ihr lag die verräterische rote Narbe, die ihm die Mönche in Aragon zugefügt hatten.

Sie sog die Luft ein, flüsterte einen fast unhörbaren Fluch und löste sich von ihm. »Ich habe solche Narben schon gesehen, auf Gemälden...«, sagte sie. Mit großen Augen wich sie seiner tröstenden Umarmung aus und trat langsam von ihm zurück. Ihre Stimme zitterte, als sie auf seine Brust zeigte und fragte: »Ist das da auf Eurem Fleisch das Brandmal eines Juden?«

Er stand reglos da, mit offenem Hemd; endlich war seine Täuschung ans Tageslicht gekommen, und eisige Angst machte ihn sprachlos.

»Euer Schweigen verdammt Euch«, sagte Isabella mit wachsender Wut. »Ich fange an zu verstehen, warum sich mir in Eurer Gegenwart immer die Haare gesträubt haben! Oh, wie konnte ich das übersehen! Ihr seid ein Meister der Täuschung, Arzt, ein begabter Schauspieler, und mit Eurer Geschicklichkeit und Eurer Gerissenheit habt Ihr Euch in das Vertrauen meines Vaters geschlichen. Aber Euer wahres Selbst ist jetzt entdeckt, und Ihr könnt Euch nicht mehr hinter vornehmer Herkunft verstecken! Ihr seid nichts als ein verachtungswürdiger Jude!« zischte sie durch zusammengebissene Zähne. »Ihr habt Euch in meinen Haushalt eingeschlichen, Ihr habt am Tisch meines Vaters gegessen, Ihr habt Dinge berührt, die ich selbst berührt habe…« Sie schaute auf ihre Hände und schüttelte sie, als wolle sie sie von ihm reinigen, und wischte sie dann an ihren Röcken ab. »Ihr habt meine liebe Gefährtin zerstört; Ihr habt mir ihre Loyalität gestohlen und ihr Herz mißbraucht! Ihr habt sie ruiniert und mit ihr auch einen Teil von mir! Ich schwöre bei all meinen zukünftigen Kindern, daß ich Euch dafür lebenslänglich verfolgen werde! Eure Täuschung wird auch *Euer* Untergang sein, *und Ihr sollt leiden,* das schwöre ich Euch!« Sie raffte ihre ausladenden Röcke zusammen und rauschte aus dem Zimmer, jeden, der sie hören konnte, um Hilfe anrufend.

Alejandro schaute hinüber zu Adeles Leichnam und versuchte sich zu erinnern, wie es gewesen war, sie in seinen Armen zu halten, ihren süßen, warmen Atem an seinem Hals zu spüren; es schien ein ganzes Leben lang zurückzuliegen, und wie er da stand, fühlte er sich von allem ringsum vollkommen abgeschnitten. *Das ist nicht real*, sagte er zu sich selbst; *wenn ich die Hand ausstrecke, um den Bettpfosten zu berühren, wird er nicht dasein, da wird nur Luft sein. Die Stimmen, die ich höre, sind bloß ein Teil desselben schrecklichen Traums, und bald werden sie aufhören, mich in Ruhe lassen, Adele wird aufstehen und an meine Seite kommen, und zusammen werden wir dieses Land verlassen und an irgendeinen Ort gehen, wo uns keiner kennt, wo keine Pest herrscht…*

Ein dringliches Zerren an seinem Ärmel riß ihn aus seiner Phantasie.

»Doktor… Doktor… Ihr müßt jetzt gehen. Meine Schwester wird mit Wachen zurückkommen, um Euch festzunehmen, und Ihr werdet gewiß verbrannt werden… Jude oder nicht, Ihr seid ein guter Mensch, und Adele liebte Euch sehr… ich habe Euch auch sehr lieb und möchte Euch nicht verlieren… Doktor, bitte…«

Er schaute nach unten und sah Kates bittendes Gesicht, das zu ihm aufblickte. »Ja, ich muß fort«, sagte er abwesend. »Ich werde jetzt gehen…« Sie zerrte fester an seinem Ärmel. »Es ist keine Zeit zu verlieren«, sagte sie verzweifelt, »und Ihr müßt mich mit Euch nehmen…«

Er löste sich aus seiner Starre und faßte ihre schmalen Schultern. »Kind, Ihr verlangt das Unmögliche, ich weiß nicht, wie ich selbst leben werde, ganz zu schweigen davon, wie ich für ein Kind wie Euch sorgen könnte!«

»Bitte!« flehte sie jammernd. »Ich werde in diesem Königreich nie wieder willkommen sein! Ich werde allein weglaufen, wenn Ihr mich nicht mitnehmt!«

»Nein, Kind«, protestierte er, »Ihr dürft nicht…«

»Das werde ich, ich schwöre es!«

Er schluckte schwer. Es würde schwierig genug sein, allein zu entkommen, aber er wußte, mit einem kleinen Mädchen wäre es nahezu unmöglich. »Kate, ich habe nur ein Pferd…«

»Dann werde ich mit Euch reiten, ich bin eine gute Reiterin! O bitte, laßt mich nicht allein vor das Angesicht meines Vaters treten…«

Bitte, laßt mich nicht allein. Ihre Worte trafen ihn, und er nahm sie in die Arme. Sie sprang förmlich hinein. »Also gut«, sagte er sanft. »Ich werde Euch nicht im Stich lassen.«

Die Nurse band Kate die Kapuze des Reitumhangs fest unter dem Kinn zusammen. »Ich werde eine Bahre kommen lassen, um Lady Adeles sterbliche Überreste fortzutragen«, sagte sie, »und so Gott will, wird das eine Ablenkung sein, während Ihr flieht. Aber nun müßt Ihr laufen und dürft Euch nicht umschauen. Ihr habt wenig Zeit.«

Alejandro schaute Kate an und sagte: »Seid Ihr bereit, Kind?« Das kleine Mädchen nickte düster.

Wie tapfer dieses Kind sich ins Unbekannte stürzt, und das in so zartem Alter, dachte die Nurse. Sie umarmte das kleine Mädchen ein letztes Mal, küßte es auf die Wange und zog sich dann mit einem Schluchzen zurück. »Geht jetzt«, sagte sie, »und möge Gott Euch beide beschützen.«

Sie schaute aus dem Fenster, um sich von ihrem Erfolg zu überzeugen; nach wenigen Minuten sah sie zwei geduckte Gestalten aus den Schatten schlüpfen. Der Mann zog das Kind an der Hand hinter sich her, als sie über den Hof zu seinem wartenden Pferd rannten. Sie sah, wie der Arzt in die Tasche schaute, die im Sattel hing, und hielt die Luft an, als er sein Pferd bestieg und das Kind vor sich in den Sattel hob. Sie atmete erst wieder, als die beiden außer Sicht und in Sicherheit waren, von der samtenen Nacht verschluckt.

Nachdem die beiden außer Gefahr waren, wandte die Nurse ihre Aufmerksamkeit dem zu, was von Adele übrig war. Sie säuberte das Bettzeug, so gut es ging, von den breiigen Überresten Alejandros vergeblicher Bemühungen, und als der Raum einigermaßen präsentabel war, zog sie einen Klingelzug. Ein Diener erschien nur wenige Augenblick später.

»Schickt sofort nach einer Tragbahre«, sagte sie schniefend und ihre Augen betupfend, »denn Lady Throxwood ist einem Frauenleiden erlegen, und wir müssen ihre Überreste entfernen, ehe Lady Isabella zurückkehrt und von diesem Anblick schockiert wird.«

Als Minuten später die Bahre gebracht wurde, gab sie sich in ihrem Kummer sehr geschäftig und zögerte das Herrichten des Leichnams hinaus. Gerade als die Träger die Bahre endlich aus dem Zimmer trugen, traf eine Gruppe von Soldaten ein, angeführt von einem streng blickenden Ritter, der sein gezogenes Schwert in der Hand trug. Mit gebieterischen Schritten polterte er in den Raum und verlangte zu wissen, wo der Mann sei, den zu verhaften Isabella ihn geschickt habe.

Die Nurse weinte in ihre Hände, schluchzte untröstlich und versuchte, ihre Antwort an die Soldaten möglichst lange hinauszuzögern, um Alejandro und dem Kind einen größeren Vorsprung zu geben. Endlich schüttelte der Anführer der Soldaten sie grob an der Schulter.

»Beruhigt Euch, Frau«, sagte er ungeduldig, »denn mit jedem Augenblick Verzögerung vergrößert er seinen Abstand zu uns.«

Wahrhaftig, dachte die Nurse bei sich. Sie schluchzte weiter, nahm eine Hand von ihrem Gesicht und wies, noch immer jammernd und klagend, in Richtung Tür. Der Soldat, erzürnt über die gespielte Unfähigkeit der Nurse, ihm mehr zu sagen, hatte keine Zeit, auf das Ende ihres Gejammers zu warten. Also befahl er den anderen, ihm zu folgen, und mit klirrenden Rüstungen eilten er und seine Männer aus der Tür.

Alejandro schlug das Pferd mit der Lederpeitsche und hoffte, binnen kurzer Zeit so weit wie möglich fortzukommen. Das wertvolle Tier reagierte, indem es dahinflog wie der Wind, obwohl es zwei Reiter trug. Nach einer Stunde war dem Arzt klar, daß sie rasten mußten, sonst würde das Tier ruiniert; im Gegensatz zu seinem letzten Ritt auf dem Tier hatte er keine Hoffnung, ein anderes zu finden, falls dieses nutzlos wurde. Sie konnten nicht auf sein Gut zurückkehren, das zweifellos verloren war, denn bestimmt würden die Männer des Königs ihn dort suchen, und zwar bald. Er wußte, sie mußten mit dem fliehen, was sie bei sich trugen, und sie mußten sich von den Straßen fernhalten.

Sie fanden einen dichten Wald mit einem kleinen Bach und saßen dort ab; Alejandro rieb das schweißnasse Pferd ab, so gut er konnte, und führte es ans Wasser, wo das erschöpfte Tier gierig trank. Dann breitete er eine dünne Decke auf die weichen Tannennadeln des Waldbodens, und die beiden Reisenden legten sich nieder und versuchten zu schlafen. Doch die bestürzenden Geschehnisse des Tages holten sie nun endlich ein, und keiner von ihnen tat ein Auge zu. Als es Tag wurde, waren sie noch immer wach und von vernichtender Trauer erfüllt.

Sir John Chandos konnte sich kaum beherrschen, als er die Befehle hörte. König Edwards dröhnende Stimme machte den vor ihm versammelten Männern, die samt und sonders ihr Leben dem Mann verdankten, den sie nun jagen sollten, die haßerfüllte Mission klar. Sir Johns schimpfliche Pflicht sollte darin bestehen, eine Truppe anzuführen, die dem flüchtigen Arzt nachsetzte, von dem man nun wußte, daß er ein Jude war, und der nach einem Angriff auf Prinzessin Isabella das kleine Mädchen entführt hatte.

Kalt erwiderte Sir John den Blick des Königs und dachte bedrückt, daß die Seele des Mannes, den er da vor sich hatte, soeben eine weitere Sünde, die Buße verlangte, auf sich geladen hatte. Die Sünde, falsches Zeugnis abzulegen. *Wenn ich Euch nicht wegen Eurer Tapferkeit schätzen würde, König Edward, und Euren galanten Sohn ebenfalls, dann würde ich jetzt selbst Zeugnis gegen Euch ablegen, um diese Travestie zu verhindern! Ihr sprecht von der Vergewaltigung Lady Adeles, aber ich weiß, daß das nicht stimmt! Dieser Arzt war kein Vergewaltiger. So eine Litanei von Lügen,* dachte der Krieger; *wird dieser König das Fegefeuer je wieder verlassen?*

»Auf ein Wort, bitte, Majestät«, sagte er, als der König mit seiner Ansprache fertig war.

»Dann sprecht, Soldat, denn Ihr müßt schnellstens aufbrechen.«

»Ich bitte um Eure Nachsicht, Sire. Ihr wißt, daß ich Euer loyaler Diener bin, daß ich Euch in Crecy gut gedient und dem Prinzen meine besten Fähigkeiten beigebracht habe...«

»Kommt zur Sache, Chandos«, sagte der König ungeduldig, »denn ich will unbedingt, daß dieser Mann gefangen wird.«

»Mein König, ich möchte nur sagen, Jude oder nicht, dieser Arzt hat gezeigt, daß er ein guter Mensch ist; bis heute hat keiner von uns geargwöhnt, er könnte etwas anderes sein als der Abgesandte des Papstes, und gewiß nicht etwas so Übles wie ein Jude! Er hat keine der üblichen, verachtenswerten orientalischen Eigenschaften, und er hat trotz ständigen Widerstands seine Pflichten tapfer erfüllt. Ich glaube, daß wir nur wegen seiner guten Dienste und seiner Beständigkeit noch am Leben sind.«

»Und was verlangt Ihr, daß ich tun soll, Ritter? Seine Täuschung ist nichts anderes als Verrat, und Ihr kennt die Strafe für Verrat. Von Rechts wegen sollte ich den Mann häuten und vierteilen lassen.« Er kniff die Augen zusammen und sah Chandos an. »Aber dies soll nicht sein Schicksal sein, wenn Ihr ihn fangt, obwohl ich zugebe, daß ich es genießen würde; doch es würde mich des ungeheuren Vergnügens berauben, ihn brennen zu sehen.«

Der Soldat biß sich auf die Zunge und verneigte sich vor dem König, doch innerlich verfluchte er ihn, während er ging, um sich auf die Jagd vorzubereiten.

Alejandro und Kate ritten den ganzen nächsten Tag eilig weiter und hielten nur an, um zu essen und zu trinken. Sie blieben in bewaldeten, unbewohnten Gegenden, um nicht entdeckt zu werden; die wenigen Leute, denen sie begegneten, hielten sie für Vater und Tochter, denn es war nach der Pest häufig zu sehen, daß hinterbliebene Familienmitglieder zerstörte Städte verließen, um anderswo ein hoffnungsvolleres Leben zu suchen. Niemand, der sie auf ihrer Flucht sah, fragte sich, was ein so dunkelhäutiger Mann mit schwarzen Augen zu einem so hellhäutigen kleinen Mädchen kam; das änderte sich erst, als die Leute von Chandos befragt wurden, der die Gruppe der Verfolger anführte. Da erinnerten sich viele an das seltsame Paar auf dem Pferd, und die Nachricht von den Flüchtigen verbreitete sich rasch in der Gegend zwischen Canterbury und London.

Als sie am zweiten Tag anhielten, um zu trinken, kauerte Alejandro sich an den Rand eines stillen Teichs und prüfte in dessen spiegelnder Oberfläche seinen wachsenden Bart. Er war glatt rasiert gewesen, seit Eduardo Hernandez ihn aufgefordert hatte, den Bart abzunehmen, weil das besser zu seiner Verkleidung paßte. Nun ließ er ihn wieder wachsen, um sich erneut zu verkleiden. Als er sich über den Hals strich, spürten seine Fingerspitzen unter dem Kinn einen kleinen, harten Knoten, und vor Schreck über diese Entdeckung setzte er sich schlagartig nieder und stützte sich mit einer Hand ab. Kate beobachtete all das und eilte in panischer Angst an seine Seite.

»Nein!« schrie sie, als sie seinen Hals sah. »Nein! Ihr dürft nicht sterben!«

Bald werde ich zu schwach zum Reiten sein, dachte Alejandro bei sich, während er sich an das Pferd und das Kind klammerte. Und obwohl er die Methode kannte, sich zu heilen, fehlte es ihm an den Mitteln dazu. Er lenkte sein Pferd unverzüglich auf den

Weg zu Mutter Sarahs Hütte und hoffte wider alle Vernunft, noch rechtzeitig anzukommen, um sich von ihr behandeln zu lassen. Sie ritten durch Städte und Dörfer, ohne anzuhalten; das Pferd hinterließ Staubwolken, wenn sie an gaffenden Passanten vorbeikamen. Alejandro wußte, wenn die Suchtruppe des Königs zufällig auf jemanden traf, der sie gesehen hatte, würden sie leicht zu finden sein. Doch er hatte keine Wahl, er konnte sich nicht die Zeit nehmen, einen Weg einzuschlagen, auf dem man sie weniger leicht entdeckt hätte.

Als sie die Wiese überquerten, konnte Alejandro die dunkelbraune Oberfläche vieler frisch zugeschütteter Gräber sehen, und er fragte sich, wie viele hundert Leichen unter der Erde lagen. Als er sich den Eichen näherte, spürte er, wie sich Wind erhob und ihr Fortkommen erschwerte; wieder mußte er dem erschöpften, widerwilligen Pferd die Peitsche geben, um es anzutreiben. Als sie zwischen den knorrigen Bäumen hindurchritten und Mutter Sarahs Tal erreichten, wieherte und schnaubte das Pferd protestierend, doch kaum waren sie sicher auf der anderen Seite, beruhigte sich das erschrockene Tier, und sie erreichten bald die Hütte.

Alejandro hatte dieses kleine Haus nie vorher betreten. Er fand es ordentlich, sauber und karg möbliert. Einen Moment lang dachte er: *Das wird ein angenehmer Platz zum Sterben sein.* Doch dann verbannte er diesen unwillkommenen Gedanken so schnell, wie er gekommen war. Er rief nach Mutter Sarah, erhielt aber keine Antwort. Also setzte er seine Suche im Haus fort. In einem kleinen Zimmer auf der Seite befand sich ein Bett aus frischem Stroh mit einer zusammengefalteten Decke an einem Ende.

Genau in der Mitte des kleinen Hauses stand ein schwerer Eichentisch aus rohen Brettern, auf beiden Seiten von Bänken flankiert. In der Mitte des Tisches fand Alejandro eine Flasche mit der vertrauten gelblichen Flüssigkeit und eine Schale mit dem kostbaren grauen Pulver. Daneben lag sein Buch. Es war, als habe Mutter Sarah seine Bedürftigkeit vorhergesehen und ihn erneut beschenkt.

Er sagte Kate, sie solle sich auf die eine Bank setzen, und nahm selbst auf der anderen Platz. »Paßt jetzt genau auf«, sagte er, »denn ich werde Euch dasselbe Heilmittel zeigen, das ich benutzt habe, um Euch am Leben zu erhalten.«

Kate nickte ernst und folgte aufmerksam all seinen Bewegungen und Worten. Als sie seine Handlungen nachahmte, sah Alejandro, wie winzig ihre Hände waren, und fragte sich, ob sie die Kraft haben würden, das zu tun, was getan werden mußte. Er flüsterte ein stilles Gebet, Gott möge ihre kleinen Hände mit Seinen starken Händen leiten. Dann lobte er die Kleine für ihre Gelehrigkeit. Sie war seine einzige Überlebenshoffnung.

Als die Nacht hereinbrach, setzten die Schmerzen ein; seine Gelenke wurden steif, seine Glieder schwer wie Stein. Er legte sich auf das Stroh und deckte sich mit der Decke zu. Dabei fragte er sich, ob er je wieder aufstehen würde, und versuchte, sich auf den raschen Verfall vorzubereiten, der bald einsetzen würde. Seine Finger und Zehen wurden taub, und bald nahm ihm die Pest auch die schlichte Annehmlichkeit, sehen zu können. Mit fortschreitender Nacht verlor er immer wieder das Bewußtsein, und gegen Morgen antwortete er nicht mehr, wenn Kate seinen Namen rief.

32

Rosow hatte noch immer keine neuen Spuren gefunden, und es gab keinen sichtbaren Beweis dafür, daß sich irgend jemand an den bewaldeten Rändern des Feldes aufgehalten hatte. Die anderen Teams waren in andere Richtungen ausgeschwärmt, und er dachte schon, er solle seine Gruppe vielleicht aus dieser Gegend abziehen und einen neuen Steckbrief ausgeben. Gerade wollte er den Befehl erteilen, zum Transporter zurückzukehren, als einer seiner Leute auf ein einsames kleines Steinhaus in der Ferne wies, das zwischen den umstehenden Bäumen kaum sichtbar war. *Wieso sollte man sie ausgerechnet dort aufnehmen?* dachte er.

Doch da sie nun schon einmal in der Nähe waren, beschloß er, es sei einen Versuch wert. Wenn nichts dabei herauskam, wäre dies das letzte Haus in dieser Gegend, das sie durchsuchten. Er führte sein grünes Team vom Wiesenrand weg über das Feld in Richtung auf das Haus.

Teds Leiche war nach der anstrengenden Nacht, die noch immer nicht zu Ende war, eine schwere Last. Janie und Bruce trugen und schleiften sie über Erde, Zweige und Eicheln, so schnell sie konnten, und kämpften gegen den nun heftigen Wind an, um sie zwischen den Eichen hindurchzuschaffen. Er war nun zu einem kreischenden, heulenden Sturm von fast unvorstellbarer Gewalt angewachsen, als wolle er die Tausenden von Toten wecken, die in der Erde von Sarins Feld begraben waren. Als sie Teds Leichnam endlich in der Hütte hatten, war der Kleidersack, in den er eingehüllt war, fast völlig zerfetzt. Sie ließen ihn in der Mitte des Hauptzimmers mit einem Plumps zu Boden fallen und rannten in das kleine Schlafzimmer.

Sie setzten Sarin in seinen bequemen Sessel und legten den Leichnam des Hundes zu seinen Füßen nieder. Bruce wickelte Caroline in eine Decke und trug sie aus der Tür, die Janie hinter ihnen schloß.

»Gib acht, daß wir nichts vergessen!« rief Bruce Janie zu, als er sich mit Caroline über der Schulter geduckt durch die Tür schob. Janie hatte bereits alles eingesammelt, was sie vielleicht brauchen würden, die Arzneien und Utensilien, die kleine Flasche mit gelbem Wasser, den Beutel mit grauem Staub. Nun holte sie Bruce ein, der mit Caroline in den Armen gegen den Wind ankämpfte. Zuerst hatte der Wind versucht, sie am Betreten von Sarins Hütte zu hindern, doch nun hatte er die Richtung gewechselt und wollte sie nicht fortlassen. Sie klammerten sich aneinander und an ihre Last, und mit vereinter Willenskraft schafften sie es auf die andere Seite. Als sie endlich den Wagen erreicht hatte, legte Bruce Caroline vorsichtig auf die Rückbank und drapierte die Decke so über sie, daß sie vollständig bedeckt war.

»Ich bleibe hier bei ihr«, sagte er mit krächzender Stimme.

Janie nickte und gab ihm die Dinge, die sie mitgebracht hatte. Dann drehte sie sich um und rannte, so schnell sie konnte, so schnell, wie sie bei der Verfolgung gelaufen war, um ihre Aktenmappe zurückzubekommen, doch nun war sie nicht von Angst beflügelt, sondern von Hoffnung, denn sie hatte das Gefühl, sie könnten vielleicht doch siegen, und war bereit, alles dafür zu tun. Da sie die Macht des Windes vorhersah, warf sie sich förmlich zwischen die Eichen, doch diesmal gab es gar keinen Widerstand, und so stürzte sie zu Boden und rollte auf die Hütte zu. Der Wind hatte sich endgültig gelegt und würde nie wieder wehen.

Beinahe hätte sie sich den Kopf an dem niedrigen Türrahmen gestoßen, als sie die Hütte erneut betrat. Sie ging an Teds Leiche vorbei, die dort lag wie ein jämmerlicher Sack Steine, und trat sofort in das Zimmer, in dem Sarin und der Hund waren. Ehe sie das Streichholz anzündete, flüsterte Janie den sterblichen Überresten des alten Mannes zu: *»Danke. Ich verdanke Ihnen so viel.«* Dann riß sie die dunkle Spitze des Streichholzes am Kaminsims an und hielt es an eines der Kräuterbündel, die vom trockenen Holz eines Balkens hingen.

Sie wartete nur so lange, bis sie sah, daß es Feuer gefangen hatte. Als sie sich umwandte, um zu gehen, sah sie Sarins Buch auf dem Nachttisch liegen. Sie nahm es an sich und rannte aus der Tür. Als sie das Auto erreichte, hatte Bruce den Motor schon angelassen, und sobald Janie eingestiegen war, rasten sie über die aufspritzenden Eicheln davon.

Rosow sah verwirrt zu, wie die Flammen durch das Strohdach des kleinen Hauses loderten, angefacht von einem wütenden Wind, der aus dem Nichts zu kommen schien. Die Luft ringsum war still, und er konnte nicht verstehen, woher dieser isolierte, zielgerichtete Wind kam; er ließ ihm einen kalten Schauder über das Rückgrat laufen.

Sein Team war noch hundert Meter von der brennenden Hütte entfernt. Er schrie: »Kommt weiter!« Er gab ihnen ein Zeichen, sie sollten laufen. Als sie die Hütte erreichten, stand sie vollständig in Flammen und strahlte erhebliche Hitze aus. Das Team stand in sicherer Entfernung, damit die Plastikanzüge nicht schmolzen, und sah zu, wie das Dach schließlich nach innen einbrach.

Bruce trug Carolines in eine Decke gehüllte Gestalt die enge Treppe in dem restaurierten viktorianischen Haus hinauf, in dem er wohnte. »Schaffen wir sie ins Bett«, sagte er zu Janie. »Dann können wir den Schlauch einsetzen.«

Janie hatte die Arzneien und den Plastikschlauch mit in die Wohnung genommen, und nachdem Caroline im Bett lag, ging sie in die Küche und wusch das Innere des Schlauchs aus. »Wir könnten trotzdem einen Trichter brauchen, wenn du einen hast«, sagte sie. »Einen mit dünnem Ende, damit er in den Schlauch paßt.«

Er öffnete eine Schublade und holte einen kleinen weißen Plastiktrichter heraus. Janie versuchte, ihn in das Ende des Schlauchs zu schieben, aber er war ein wenig zu dick. »Wir müssen das Schlauchende etwas aufsprcizen, damit der Trichter reinpaßt«, sagte sie.

Mit einer Schere machte sie ein paar kleine Einschnitte in das Schlauchende, und nun paßte der Trichter leicht hinein. Bruce fand etwas weißes Klebeband und umwickelte damit die Nahtstelle.

»In Ordnung«, sagte Janie entschieden. »Wir müssen ihr den Schlauch in den Hals schieben.«

Bruce hielt Carolines Schultern fest, so daß sie sich nicht bewegen konnte, während Janie ihr den Schlauch vorsichtig in den Mund, durch die Speiseröhre und in den Magen schob. Sobald er an Ort und Stelle war, befestigte Bruce den Schlauch mit Klebeband so hoch an der Wand neben dem Bett, daß die Schwerkraft seinen Inhalt in Carolines Magen rinnen ließ.

Sie standen neben Caroline und sahen zu, wie die graue Flüssigkeit rasch durch den Schlauch in Carolines Körper lief. Als der Schlauch fast leer war, mischte Janie eine weitere Dosis aus »vier Knöcheln« Pulver und einer »hohlen Hand voll« der gelben Flüssigkeit und gab sie in den Schlauch. Abwechselnd mischten und füllten sie nach, bis der größte Teil des grauen Pulvers verbraucht war. Nachdem Carolines Magen die Arznei absorbiert hatte, füllte Janie den Schlauch mehrmals mit Wasser, um Caroline etwas von der lebensspendenden Flüssigkeit zurückzugeben, die sie verloren hatte.

Dann setzte sie sich auf den Bettrand. »So, jetzt warten wir«, sagte sie schwach. Sie beugte sich vor und stützte den Kopf in die Hände. »Ich bin so erschöpft. Ich möchte bloß noch schlafen.«

»Dann leg dich hin«, sagte Bruce. »Caroline hat sicher nichts dagegen. Sie merkt es nicht.«

Also legte Janie sich auf die eine Seite von Caroline, Bruce auf die andere. Sie gaben ihre Körperwärme an die Kranke ab, die inzwischen nur noch ein Schatten ihres früheren, strahlenden Selbst war. Während sie in heilsamen Schlaf glitten, reichten sie sich über Carolines Körper die Hände und spürten, wie sich ihre Brust bei jedem mühsamen Atemzug hob und senkte. Wenn sie erwachten, würden sie wissen, ob »vier Knöchel und eine hohle Hand« so gut wie das Haar des Hundes waren.

Janie glaubte zu träumen, als sie die dünne Stimme ihren Namen rufen hörte.

Sie hob den Kopf vom Kissen und stützte sich dann auf einen Ellbogen. Zwischen ihr und Bruce lag Caroline ganz still, aber ihre Augen waren geöffnet, und sie versuchte zu sprechen.

Rasch stand Janie auf und schüttelte Bruces Schulter. »Bruce!« sagte sie. »Wach auf! Sie versucht zu sprechen! O mein Gott, ich glaube, es hat gewirkt!«

Carolines Stimme war nur ein schwaches Krächzen. »Wo sind wir?« fragte sie.

Janie nahm ihre Hand. »Pssst«, sagte sie. »Versuchen Sie nicht zu reden, wenn es weh tut.«

Aber Caroline ließ sich nicht zum Schweigen bringen. »Ich glaube, ich war wirklich krank. Ich hatte die unglaublichsten Träume…«

Als sie begannen, darüber zu sprechen, dauerte es eine volle

Stunde, bis der Bericht vollständig war. Es gab Tränen und Erleichterung und Hysterie und unglaubliche Freude, daß sie alles lebendig und relativ unversehrt überstanden hatten. Sie sprachen über die Details, untersuchten jede glückliche und schicksalhafte Wendung.

»Ich bin erschöpft«, sagte Janie, als sie endlich fertig waren.

»Ich habe Hunger«, sagte Caroline, was ihre Pfleger entzückte.

Während sie und Bruce sich in der Küche bewegten und eine einfache Mahlzeit für ihre Patientin zubereiteten, sah Janie an der Wand Bruces digitalen Kalender. Irgend etwas auf der Zahlenskala rührte an eine vertraute Saite, aber sie war viel zu glücklich und beschäftigt, um sich damit zu befassen. Während sie sich der fröhlichen Aufgabe widmete, für Caroline zu sorgen, nagte irgend etwas, was Datum und Zeit betraf, an ihrem Seelenfrieden. Und dann, ganz plötzlich, fiel ihr die Quelle ihrer Angst ein.

Sie legte eine Hand auf die Arbeitsplatte, um sich zu stützen. »Guter Gott, heute sind es vier Wochen, seit Caroline hier angekommen ist! Sie ist nicht geprintet!«

Janie wollte sofort anfangen, ihre Sachen zu packen. »Wir müssen heute noch ein Flugzeug nehmen!«

»Janie, das ist lächerlich. Sie ist immer noch krank. Sie wird niemals durch die Sperre ins Flugzeug kommen. Und wenn sie erst rauskriegen, was passiert ist, werden sie sie für eine Ewigkeit isolieren!«

Janie war hektisch. »Soweit sie wissen, bin *ich* auch nicht geprintet.«

Bruce setzte das Tablett ab und starrte sie an. »Du bist doch in Leeds geprintet worden.«

»In Leeds ist *Ethel Merman* geprintet worden, aber nicht Jane Elizabeth Gallagher Crowe! Was sollen wir tun? Wir werden verhaftet, wenn uns nicht etwas einfällt ...«

»Verdammt!« sagte Bruce. »Ich weiß nicht, ob es funktionieren wird, aber es gibt etwas, was ich versuchen kann.« Er verließ die Küche, ging in sein Arbeitszimmer und schaltete dort sofort seinen Computer ein. Er gab seinen Sicherheitscode ein und ließ sich mit dem System des Instituts verbinden, was er fast jeden Tag machte, um seinen Terminkalender zu prüfen, bevor er zur Arbeit ging. Es würde keinen Argwohn erregen, wenn er das auch jetzt tat, aber gewöhnlich beschränkte er sich auf kurze, harmlose Fragen. Was er jetzt würde tun müssen, war in der Tat ein Verbrechen, ein weiteres auf der langen Liste derer, die er in jüngster Zeit begangen hatte.

»Ich versuche, Caroline den Bodyprint von jemand anderem unterzuschieben. Dann werde ich versuchen, den Namen auf deinen zu ändern, so daß er dir tatsächlich dazu verhilft, aus England rauszukommen. So gewinnt ihr wenigstens ein bißchen Zeit.«

»Kannst du das wirklich machen?«

»Außer Ted bin ich so ungefähr der einzige Mensch, der es kann.« Er drückte ein paar Tasten auf der Tastatur und begann mit seiner Suche nach einem Print für Caroline. »Um welche Tageszeit hat der Compudoc euch endgültig entlassen?«

»Gegen Mittag«, antwortete Janie.

»Dann wird heute um die Mittagszeit, wenn ihr das Land nicht verlassen habt, ein Befehl an Biopol ausgegeben, euch zu fassen und zu printen. Bis dahin müssen wir den Austausch erledigt haben.«

»Aber wenn du Identitäten vertauschst, wie kannst du dann sicher sein, daß die betreffende Person nicht heute irgendwohin verreisen will? Oder sonst etwas tun, was den Nachweis eines Prints erfordert?«

»Ich werde mir eine Datei von jemandem ausborgen, der bereits tot ist. Aufgrund des Projekts, an dem ich gerade arbeite, habe ich Zugang zu Millionen von Prints. Einige davon sind nicht von britischen Staatsbürgern. Wir haben Dateien aus aller Welt erworben, damit wir wirklich eine Zufallsauswahl haben.«

Janie dachte an ihre Tochter. Betsy ... dein Print da draußen im Worldnet ... Sie wurde sehr still und sagte leise: »Ich hatte nicht gewußt, daß man Prints ›erwerben‹ kann.«

Bruce war von seiner Arbeit abgelenkt und aufgeregt über das, was er tat, und so gab er nur einen beiläufigen Kommentar ab.

»Das Institut hat in den letzten paar Jahren für Forschungszwecke die Zugangsrechte zu einigen Millionen Bodyprints gekauft. Auch zu amerikanischen. Soviel zur Privatsphäre.«

Betsy… schrie Janie innerlich.

»Bruce, was du mir in Leeds erzählt hast, die Art, wie du Prints bewegen kannst – kannst du mir das zeigen?«

Es kam ihm merkwürdig vor, daß sie eine Demonstration der Technik sehen wollte, an der er arbeitete, vor allem jetzt, da Zeit ein so kritischer Faktor war. Irgend etwas in ihrer Stimme ließ ihn zögern.

»Kannst du einen spezifischen Print finden?«

Da wußte er es; er wußte, was sie wollte. »Janie«, sagte er, und seine Stimme war sanft und mitfühlend. »Ich weiß nicht recht… das könnte sehr traumatisch für dich sein… du hast schon eine Menge durchgemacht…«

»Bitte, Bruce, ich will einfach meine Tochter sehen, sie war so jung, und ich konnte niemals von ihr Abschied nehmen!«

»Janie, bitte, denk darüber nach. *Sie ist tot.* Selbst wenn du sie sehen und von ihr Abschied nehmen kannst, *sie* wird dich nicht hören. Und wir haben nicht die Namen gekauft, nur die Prints; möglicherweise würde ich sie gar nicht finden.«

»Bitte, kannst du es nicht wenigstens versuchen?« flehte sie.

Er seufzte tief; er wußte, daß er das, was er jetzt zu tun im Begriff war, möglicherweise bereuen würde. Aber er hatte nicht das Herz, es ihr zu verweigern. »Also gut. Gib mir Datum, Ort und Zeitpunkt ihres Todes. Dann brauche ich eine physische Beschreibung.«

Obwohl es sie bitter schmerzte, zwang sie sich dazu, sich ihr totes Kind vorzustellen. »Braunes Haar, blaue Augen…«, sagte sie wehmütig. »Sie hatte wunderschöne Augen mit langen, dunklen Wimpern. Ich war so neidisch auf diese Wimpern…«

Sie hielt inne, die Augen geschlossen, und stellte sich das Gesicht ihres Kindes vor.

»Weiter…«, sagte Bruce leise.

»Sie war ungefähr einsfünfundsechzig groß, vielleicht sogar einsachtundsechzig, sie ist in diesem letzten Jahr so schnell gewachsen. Sie war wie ein Fohlen, weißt du, nur Beine und ungelenke Energie, aber sie fing gerade an, die Formen einer Frau zu bekommen. Taille und einen Ansatz von Busen ... Ich weiß noch, wie verlegen es sie machte, einen Badeanzug zu tragen; ich glaube, ihr Körper war ihr noch ganz fremd. Für mich war sie immer noch meine herrliche Tochter ...«

Bruce sah auf die Uhr. »Wieviel hat sie gewogen, falls du das weißt?« fragte er.

»Ihr Gewicht war durchschnittlich, vielleicht rund fünfundfünfzig Kilo, nicht dünn, nicht dick. Genau richtig.«

»Ich brauche Datum, Zeitpunkt und Ort ihres Todes, dann kann ich die Sache in Gang setzen«, sagte er. »Falls du dich erinnerst.«

»Das werde ich in meinem Leben nicht vergessen«, sagte sie und gab ihm die Informationen.

Er tippte alles ein und ließ das Programm suchen. Während sie auf die Ergebnisse warteten, fragte Bruce: »Bist du sicher, daß du weitermachen willst?«

»Vollkommen«, sagte sie ohne Zögern.

Der Computer meldete eine Entsprechung.

Während er einige Befehle eintippte, sagte Bruce: »Ich kann nicht sicher sein, ob sie es wirklich ist.«

Janie lächelte und sagte leise: »Ich glaube, ich werde es wissen.«

Während auf dem Bildschirm nach und nach das Bild einer jungen Frau erschien, dachte Bruce, daß sie aussah, als schliefe sie; er war erstaunt über die Ähnlichkeit mit ihrer Mutter.

Janie betrachtete das Bild hingerissen. »Das ist meine Betsy ...«, sagte sie leise. »Sie war so jung!« Sie streckte die Hand aus und berührte zögernd den Bildschirm. »O Betsy!« flüsterte sie. »Mein süßes Kind!« Sie sah Bruce an. »Kannst du sie die Augen aufschlagen und lächeln lassen?«

Er schaute auf die Uhr an der Wand. »Ich kann es versuchen. Aber das ist noch immer so neu, ich kann nicht sagen, ob es so sein wird, wie du es sehen möchtest ...« Er gab eine lange Reihe von Befehlen ein. »Bitte, sei nicht enttäuscht, wenn es nicht ist, was du erhofft hattest ...«

Wie durch Zauberei schien das ganze Bild weicher zu werden, obwohl sich in Wirklichkeit nur Augen und Mund verändert hatten. Janie lachte unter Tränen und sagte: »Oh, Bruce! Es ist fast, als würde sie leben!«

Leise sagte er: »Du solltest Abschied nehmen, wenn es das ist, was du willst.«

Ihr Gesicht wurde wieder traurig, und noch einmal berührte sie den Bildschirm. »Leb wohl, mein Schatz…« Bruce schaltete das Bild aus. Er legte einen Arm um Janie und sagte: »Wir müssen ein paar Prints für dich und Caroline ins System holen.«

Sie wischte sich eine Träne von der Nasenspitze und sagte zu ihm: »Nimm Betsy für Caroline.«

»Bist du sicher?« fragte er.

»Ich bin sicher. Dann würde ihr Tod wenigstens einem nützlichen Zweck dienen.«

Und sie in meinem Herzen lebendig erhalten, dachte sie bei sich.

Um elf Uhr fünfundvierzig hatte Bruce ihr und Caroline die falschen Bodyprintings zugeordnet und schaltete den Computer aus.

33

Der Arzt lag auf dem Strohbett in Mutter Sarahs Hütte, und neben ihm hielt das Kind Kate stille, tränenreiche Wache, während die Pest Alejandros Körper mit tückischen Giften und seinen Kopf mit schreckerregenden Wahnvorstellungen füllte. Er warf sich im Schlaf herum und schlug wild mit den Armen, als könne er so die Last seiner Krankheit abschütteln und sie weit hinaus in die Nacht schleudern, damit sie ihn nie mehr quäle.

Er träumte; er rannte wie ein verwundetes Tier über den bewaldeten Pfad aus der Lichtung draußen vor der Hütte; seine Füße flogen, wenn er über die Steine und Wurzeln auf dem Waldboden sprang. Er wagte nicht, sich umzudrehen, um nicht langsamer zu werden und seinen Verfolgern in die Hände zu fallen. Aber er mußte unbedingt feststellen, wie die Jagd stand, und so wandte er den Kopf gerade weit genug, um einen Blick auf zwei Gestalten zu erhaschen, die ihn eilig verfolgten; jedesmal, wenn er hinschaute, schien die Entfernung zu ihnen kleiner geworden zu sein, und verzweifelt versuchte er, noch schneller zu rennen. Er verlängerte seine Schritte, pumpte mit den Armen und atmete keuchend, bis seine Lungen brannten. Er rannte, lief und schlug Haken durch den Wald, Matthews und Alderon auf seinen Fersen; er sprang zwischen dem immer dichter werdenden Unterholz umher, das sich mit jedem Schritt enger um ihn schloß.

Er hörte das erschreckende Klappern der hölzernen Pfeile, die noch immer in Matthews Brust steckten, vermischt mit dem schweren Dröhnen von Alderons polternden Schritten. *So verdammt lang war der Weg doch nicht, als ich ihn das letzte Mal nahm! Inzwischen müßte ich doch schon die Eichen vor mir sehen…* Doch noch immer lag eine lange Strecke vor ihm, und das vertraute Eichentor war nicht zu erkennen. Der Boden wurde tückischer; Wurzeln und Zweige schienen mit knorrigen Fingern nach seinen Füßen zu greifen, während er immer höher sprang, um ihnen zu entkommen. Schließlich verfingen sich seine Zehen in einer vorstehenden Wurzel, und er stürzte.

Er landete hart auf dem Waldboden, und der Schock des Sturzes schmerzte tief in seinen Gelenken und Knochen. Er landete auf dem Gesicht, und sein Mund war gefüllt mit Erde und kleinen Blättern. *Ich muß das ausspucken; meine Zähne knirschen auf kleinen Steinen, und ich möchte nichts als würgen; lieber Gott, bitte gewähre mir nur einen Schluck Wasser…*

Er kämpfte mit dem, was er im Mund hatte, konnte es aber nicht herauswürgen, denn irgendeine erstickende Wand war vor seinem Gesicht, und er konnte sie nicht durchdringen. Er drohte zu ersticken, konnte nicht atmen; endlich, in dem verzweifelten Bemühen, seine Zunge freizubekommen, schluckte er, denn er hatte keine andere Wahl, weil er sonst an dem Krumen in seinem Mund erstickt wäre.

Er konnte sich nicht bewegen, keinen Muskel auch nur einen Fingerbreit regen; er steckte in der Erde fest wie irgendein uralter Schlußstein. Matthews und Alderon setzten sich neben ihn, grinsten triumphierend und begannen mit ihren makabren Reden, während sie sich an seiner Seite ausruhten.

»Also, Arzt«, begann Alderon, »ich hätte auf meine Familie hören sollen; wenn ich das getan hätte, hätte ich mir die Schwierigkeit erspart, meine Zeit mit einem Scharlatan und Juden zu vergeuden. Wie gut es mir getan hat, die letzten Tage meines Lebens in Eurer Obhut zu verbringen! Ich hielt den Bader für einen Narren, aber er hatte wenigstens den Anstand, mir zu sagen, da sei nichts mehr zu machen. Dabei war ich der Narr, auf Euch zu vertrauen! Er ließ mich nicht zur Ader, gab mir keine schrecklichen Brechmittel und läuterte mich auch nicht von faulen Gasen, aber in Eurer Obhut erlitt ich all diese Dinge, und meine Schmerzen wurden davon nicht besser.« Er wandte sich an seinen schattenhaften Gefährten. »Ist es nicht so, Matthews?« sagte er.

»Ja«, sagte dieser.

Alderon fuhr fort: »Und dann habt Ihr die Tollkühnheit, mich aus meiner Ruhestätte zu reißen, und zwingt mich, Euch durch ganz Europa nachzujagen, bis ich endlich von Angesicht zu Angesicht mit Euch sprechen kann.«

»Aber seht Ihr denn nicht, Señor? Versteht Ihr denn nicht?« flehte der entsetzte Arzt. »Ich habe versucht, *für* Euch zu sprechen. Ich konnte nichts tun, um Euch zu retten, das gebe ich zu; es tut mir leid, wenn meine Behandlungen Euch Schmerzen verursachten. Aber ich sah Eure Krankheit in Eurer Brust! Ich fühlte sie mit meinen Händen! Und eines Tages werde ich der Welt von dem harten, grausamen Ding erzählen, das ich in Euch fand, und irgendein weiser Mann wird wissen, was zu tun ist! Andere werden leben, weil ich die Krankheit in Eurer Brust gesehen habe ...«

»Arzt«, sagte der ernste Geist von Alderon, »mein letzter Gedanke zu Lebzeiten war der Wunsch weiterzuleben. Das habt Ihr nicht für mich erreicht, und Gott hat es nicht gewährt. Mein erster Gedanke auf der anderen Seite war der Wunsch nach ewiger Ruhe. Die gewährte mir Gott, weil ich ein guter und anständiger Mensch war. Aber *Ihr* habt sie gestört.«

Erschöpft und reglos lag der Arzt da und hörte sich die Anschuldigungen an, die er am meisten fürchtete. »Señor«, flehte er, »ich bitte Euch, vergebt mir …«

»Ich habe auch etwas zu sagen«, sagte der Soldat neben Alderon. »Welcher Narr vertraut schon einem Spanier, selbst einem gelehrten Herrn im Dienste meines Königs? Habt Ihr gewußt, Doktor, daß ich selbst die Ansteckung nicht trug, sondern nur Reed so grausam davon befallen war? Und obwohl Ihr vom Gegenteil überzeugt seid, bin ich hier, um Euch zu sagen, daß ich jetzt meinen jungen Sohn auf meinem Knie wiegen würde, wenn Ihr mich hättet leben lassen.«

Das Gespenst von Matthews erhob sich und starrte auf Alejandro nieder, der vor Entsetzen wie gelähmt war.

»Eure Geschicklichkeit ist Täuschung. Ihr seid nicht besser als eine Hexe! Ihr könntet dem König als Hofnarr weit besser dienen denn als Arzt, denn dann könnten alle über Eure belanglosen Erfolge lachen! Aber was Ihr getan habt, ist nicht zum Lachen. Ich bin tot, und dennoch lebt Ihr!«

Alejandro fand seine Stimme wieder und rief laut: »Was soll ich Euch sagen, Soldat? Ich verfluche täglich meine eigene Unwissenheit, ich weine um die gequälten Seelen derer, für die meine Heilmittel wertlos waren; was soll ich denn tun?«

Die grauen Schatten derer, die auf seiner Reise gestorben waren, sammelten sich um sie. Fünf tapfere Soldaten, die dem Papst gedient hatten und in Frankreich durch das Schwert ihres Hauptmanns gestorben waren, die Juden, die in den Händen der Flagellanten gelitten hatten, und endlich sein teurer Gefährte Hernandez.

»Und was ist mit der Lady, Arzt? Was wollt Ihr der sagen?« fragte Matthews.

Aus der Ferne sah Alejandro die zarte Gestalt Adeles auf sich zuschweben. Er rief nach ihr, sie kam näher, antwortete aber nicht auf seinen Ruf. Sie schwebte weiter, kam näher, aber nicht in seine Reichweite, er konnte den Arm nicht bis zu ihr ausstrecken, und er konnte die Lücke nicht überbrücken, die zwischen ihnen klaffte.

O lieber Gott, Adele, bitte, komm zurück, verlaß mich nicht. Ich bin in den Fängen dieser beiden Gespenster, und ich schulde ihnen ein Leben. Sie wollen diese Schuld jetzt einfordern, und mein Leben ist das einzige, das ich noch habe... O Geliebte, bitte, halt ein; ich hätte mit Freuden mein eigenes Leben für deines gegeben, und Mutter Sarah sagte mir, Gott habe entschieden, daß du leben solltest... ich weiß nicht, warum du es nicht getan hast!

Doch die bleiche Vision verlangsamte ihre Bewegungen nicht und verschwand wie sich auflösender Nebel. Bald war nichts mehr von ihr zu sehen.

Die Stimme einer Frau rief nach ihm, und er drehte den Kopf nach der Stimme um, verzweifelt hoffend, es möge Adele sein. Statt dessen sah er die gebeugte Gestalt von Mutter Sarah. Die alte Frau lächelte, was die Gespenster rings um ihn herum verächtlich und ängstlich zischen ließ.

»Ach, Ihr Narr«, sagte sie zu Alejandro, »glaubt Ihr, Ihr kenntet den Willen Gottes? Im Dienste Gottes kann keine Unwahrheit gesprochen werden. Ich habe nicht gelogen, als ich Euch sagte, ein Leben solle gerettet werden, aber denkt sorgfältig nach: Habe ich gesagt, wessen Leben es sein würde? Hattet Ihr gedacht, darüber könntet Ihr entscheiden? Hätte ich Euch gesagt, was ich befürchtete, so hättet Ihr alle Hoffnung verloren und wärt niemals hierher zurückgekehrt, um Euer eigenes Leben zu retten. Ihr wolltet, daß diejenige leben sollte, die Ihr liebtet, aber *Eures* war das Leben, das gerettet werden sollte, und indem Ihr lebt, werdet Ihr bezahlen, was Ihr schuldig seid. Es ist noch vieles für Euch zu tun. Gott ist nicht mit Euch fertig.«

Sie streckte die runzligen Hände aus und sagte: »Kommt. Ich will Euch ein letztes Mal den Weg zeigen.« Er reichte ihr beide Hände; er hätte nicht sagen können, ob er ihre Haut fühlte oder nur die Vorstellung davon, doch das war ihm gleich, denn beides war ein Trost. Er konnte das Schlagen ihres Herzens hören, als ströme ihr Blut durch ihn, und langsam und unter Schmerzen begann er aufzustehen.

Ganz plötzlich zog sie ihn mit großer Kraft hoch und zwang seine Beine, ihr zu gehorchen. Die alte Frau flog vor ihm her, und er folgte dicht dahinter, noch immer ihre knorrige Hand haltend. Er konnte nicht spüren, ob seine Füße den Boden berührten, aber er wußte, daß er lief, aus aller Kraft vorwärtsstürmte.

Die Gespenster erhoben sich alle gleichzeitig und protestierten laut gegen seine Flucht. Matthews und Alderon machten sich an seine Verfolgung und mühten sich ab, die alte Frau einzuholen, die mit unerklärlicher Schnelligkeit mit ihrer Beute davoneilte. Alejandro schaute zu den beiden zurück, als sie alle auf das Tor aus den zwei Eichen zujagten, und er sah, daß alle fünf Soldaten und die verbrannten Juden sich der Jagd angeschlossen hatten und schnell näher kamen. Nur Hernandez blieb zurück und sah traurig der sich entfernenden makabren Parade nach.

Das Klappern der Pfeile kam näher, und Alderons fauler Atem wehte Alejandro warm in den Nacken. »Schaut nicht zurück!« rief Mutter Sarah. »Die Vergangenheit wird Euch nichts nützen!«

Gerade als die Geister seiner Mißerfolge über ihn herfallen wollten, hörte er Mutter Sarah rufen: »Lebt wohl, und möge Gott Euch beschützen!« Dann wurde er heftig zwischen den Eichen hindurchgeschleudert, als stoße ihn der Schoß der Erde persönlich aus; der frische Wind traf sein Gesicht wie ein Guß kalten Wassers, und er wußte, daß er auf der anderen Seite war.

Kate stand da und starrte bestürzt auf den nassen Fleck auf dem Boden der Hütte, wo die gelbliche Flüssigkeit in der Erde versickerte. Der Arzt hatte in seinem Delirium um sich geschlagen und ihr die Schüssel aus den kleinen Händen geschleudert; entsetzt beobachtete sie, wie die Hälfte der noch verbliebenen Medizin verlorenging.

Er würde wissen, was zu tun war, aber sie konnte ihn nicht wecken; er war weit jenseits allen Bewußtseins und ließ sich nicht zurückrufen. Sie würde einfach ohne seine Hilfe ihr Bestes tun müssen. Also bückte sie sich und kratzte die nasse Erde in die Schale. Nachdem sie flüsternd um Erfolg gebetet hatte, preßte sie seine Nasenflügel zusammen, wie sie es die Nurse bei kleinen Babys hatte tun sehen, die irgendeine übel schmeckende Medizin brauchten, und zwang ihn, die Lippen weit genug zum Atmen zu öffnen. Mit der anderen Hand faßte sie den ganzen Klumpen Schlamm und steckte ihn ihm in den offenen Mund.

Er würgte und spuckte und versuchte, die Masse wieder von sich zu geben, aber sie drückte auf sein Gesicht, wie er es ihr gezeigt hatte, und bedeckte dabei auch seine Nase. Er würde schlucken oder ersticken müssen.

Er hielt fast zu lange durch, denn sie war am Ende ihrer Kraft, aber sie drückte weiter, so gut sie konnte, und flüsterte unter angstvollen Tränen: »Doktor, ich schulde Euch ein Leben…«

Endlich schluckte er, und sie brach, vor Erleichterung weinend, auf seiner heftig atmenden Brust zusammen.

Das Dienstmädchen, das in ihren letzten Lebenstagen für Kates Mutter gesorgt hatte, war ein seltsamer und erheiternder Anblick, denn es hatte die feinen Gewänder seiner toten Herrin angelegt. Die zarten Kleider der zierlichen Frau, der sie gedient hatte, waren für ihre kräftigen Formen viel zu eng, doch sie hatte ihren üppigen Körper mit Gewalt hineingezwängt. Mit ungeübter Hand hatte sie auch die Schminkutensilien ihrer Lady benutzt, was ihr ein lächerliches, clownhaftes Aussehen gab.

Und so war sie, wie sie jetzt unsicher auf dem kleinen Pferd der Lady durch die Straßen Londons paradierte, in der Tat ein bizarrer Anblick. Doch aus der Ferne wirkte sie wie eine achtbare Frau, die vielleicht ihren Geschäften, einer Besorgung oder einem Besuch nachging, und Sir John Chandos hielt seine Truppe an, als sie ihr begegnete, und grüßte sie mit Respekt.

»Ich wünsche Euch einen guten Tag, Lady; wir sind im Auftrag des Königs unterwegs und brauchen Hilfe.«

Sie nickte höflich, da sie wußte, in dem Augenblick, in dem sie den Mund aufmachte, war sie verraten.

»Wir suchen jemanden, der vor der Justiz des Königs flieht.

Einen Arzt. Er reist mit einem kleinen Mädchen.« Als er eine detaillierte Beschreibung von Alejandro und Kate folgen ließ, wußte das Dienstmädchen sofort, wen sie suchten.

»Habt Ihr ein solches Paar gesehen oder davon gehört?«

Heilige Jungfrau, was soll ich tun? Die Magd wußte, daß zwischen dem Kind und seinem nachlässigen Vater von Liebe kaum die Rede sein konnte, und daß der Arzt der Kleinen nicht schaden würde, stand fest. Selbst mit ihrem schlichten Verstand erkannte sie, daß es mit der Geschichte mehr auf sich hatte, als man ihr erzählte.

Sie schüttelte verneinend den Kopf und nickte Sir John dann höflich zu; dieser sah ihr fragend nach, als sie ungelenk ihr Pferd wendete und davonritt. Verwirrt über das seltsame Verhalten der Frau, saß er wieder auf und setzte seine Suche fort. Bei sich dachte er: *Arme Seele; noch eine, die verrückt geworden ist.*

Kaum hatte sie eine sichere Entfernung zwischen sich und den Suchtrupp gelegt, wendete das Dienstmädchen das Pferd der Lady erneut. Sie würde geradewegs zur Hütte reiten; Mutter Sarah würde wissen, was zu tun war.

Ein ganzer Tag verging, bis Alejandro die Augen öffnete und den Kopf des schlafenden Kindes auf seiner Brust sah. Langsam bewegte er seinen steifen Arm, denn nach der Krankheit und Reglosigkeit war er fast nicht mehr zu gebrauchen. Als er ihn wieder benutzen konnte, legte er vorsichtig die Hand auf die goldenen Locken und ließ sie dort liegen. Kate spürte das Gewicht seiner Hand, öffnete die Augen und erwachte. Als sie sah, daß er bei Bewußtsein war, richtete sie sich sofort auf, rieb sich die Augen und berührte dann seine Stirn.

»Sie ist wieder kühl, Doktor; einen ganzen Tag lang hattet Ihr glühendes Fieber.«

»Bitte, Kate, ich brauche etwas frische Luft... könntet Ihr die Tür öffnen?«

Kate riß die Tür weit auf, und Alejandro konnte das Pferd draußen am Pfosten sehen, das friedlich graste; er hörte das Summen träger Insekten im heißen Sonnenlicht. Nie war ihm der blaue Himmel so schön erschienen, und er dankte Gott für das Geschenk dieser wundervollen Farbe.

»Könntet Ihr mir etwas zu trinken bringen? Mein Mund ist voller Sand.«

Als sie ihm die Einzelheiten dessen erzählte, was während seines Deliriums passiert war, staunte er darüber, wie sein Traum die Realität des Geschehens widergespiegelt hatte, nur in das Gewand seiner Vergangenheit gekleidet.

»Seid Ihr geheilt, Doktor?« fragte das Kind.

»Ja, meine Kleine, es scheint so, und nicht nur von der Pest.«

34

Es dauerte eine Woche, ehe Caroline in Bruces Wohnung das Bett verlassen konnte. In dieser Zeit, in der ihre angegriffene Patientin kaum mehr tun konnte als schlafen, hüllte Janie Carolines Hände und Füße in Plastikbeutel mit Maden, die sie aus einer Mülltonne in der Nachbarschaft geholt hatte. Nach einigen Tagen nahm sie die Tüten ab, und Schwärme von Fliegen erhoben sich in die Luft; sie hatten ihre Metamorphose mit Carolines infiziertem Fleisch genährt, denn diese Reinigung war ihre natürliche Aufgabe. Dann benutzte Janie ihre Fähigkeiten als Chirurgin und reparierte das, was übrig war. Mit Hilfe von Rasierklingen, Nähnadeln, Zahnseide und Pinzette wirkte sie Wunder an Carolines beinahe zerstörten Gliedmaßen; bis auf eine Zehenspitze konnte sie alles retten.

Bruce wurde über den Vorfall im Labor vernommen, aber weil er beweisen konnte, daß er zum endlich festgestellten Zeitpunkt von Teds Tod in Leeds gewesen war, wurde seine eigentliche Verwicklung nie aufgedeckt. Der Aufsichtsrat des Instituts bat ihn, Teds Stelle zu übernehmen, bis ein Nachfolger gefunden sei, doch er lehnte das ab; er erklärte, er wolle seine aktive Arbeit auch nicht zeitweilig für eine Verwaltungstätigkeit aufgeben. Der Aufsichtsrat, enttäuscht über Bruces Weigerung, holte widerstrebend einen Berater von außerhalb, der das Institut ebenso reibungslos leiten würde wie Ted.

Sowohl Janie als auch Bruce waren erstaunt, wie gut und schnell Carolines Genesung voranging, wenn man bedachte, daß sie demTod so nahe gewesen war; sie kamen überein, daß eine kurze Erholungspause genügen würde. Janie schob ihre Rückreise um eine Woche auf, und zu dritt fuhren sie in ein Hotel im Seebad Brighton. Die reine Meeresluft dort wirkte ihre eigenen Wunder, und bald waren Carolines Lungen wieder in Ordnung, und sie begann auf ihren beschädigten Füßen zu gehen. Janie gewann allmählich die Hoffnung, sie könne wieder ganz zu der Person werden, die sie einst gewesen war.

Doch im innersten Herzen wußte sie, daß ein Teil von Caroline in dieser Hütte gestorben war, irgendein kleiner, aber lebenswichtiger Teil ihres eigentlichen Wesens. Manchmal erhaschte Janie einen Ausdruck undefinierbarer Trauer auf Carolines Gesicht, als vermisse sie irgend etwas schrecklich.

Michael Rosow verbrachte die Zeit von Carolines heimlicher Rekonvaleszenz mit Razzien unter Marginalen, mit der Überprüfung von Zollberichten und Flugreservierungen. Nach soliden, gründlichen und oft frustrierenden Ermittlungen hatte er die Identität der mysteriösen Rothaarigen schließlich auf nur drei Möglichkeiten eingegrenzt. Die erste hatte er bereits überprüft, und sie hatte sich als Sackgasse erwiesen. Als er die zweite kontrollierte, hatte er entdeckt, daß das Paßfoto in seinem Computersystem um etliche Jahre und ein paar Dutzend Pfunde überholt war.

Doch die dritte, noch ungeprintete Kandidatin war in dem Hotel, das sie als zeitweiligen Wohnort in London angegeben hatte, nicht zu finden. Der Portier erinnerte sich, sie seit etlichen Tagen nicht mehr gesehen zu haben, und ihre Begleiterin hatte sie beide abgemeldet, angeblich wegen unvorhergesehener Reisepläne, die sich aber in keinerlei Computeraufzeichnungen bestätigen ließen. Als ursprünglicher Grund für den Besuch Englands war »wissenschaftliche Forschung« angegeben worden, und ein Wachmann aus dem Institut, dem Fundort der »Phantomhand«, hatte angegeben, sie dort kürzlich gesehen zu haben. Das paßte, es paßte fast *zu* gut, und er wußte, diesmal würde es klappen. Er brauchte nur festzustellen, welches Flugzeug sie nehmen würde, wenn sie ausreiste, und sie am Flughafen zu erwarten.

Janie zog Caroline den Kragen ihrer Jacke dichter um den Hals und knöpfte sie zu, da sie an die verheilenden Finger ihrer Gefährtin dachte. »Ist Ihnen warm genug?« fragte sie.

»Ja. Aber der Kragen juckt.«

Ihr Gepäck war bereits in der Maschine, wie man ihnen gesagt hatte, natürlich bis auf den Kleidersack, der als Leichenhemd für Ted gedient hatte.

Ein ziemlich hübscher und außerordentlich gut gebauter junger Steward mit einem reizenden Lächeln prüfte ihre Bordkarten und wollte sie gerade durch die Laser-Sicherheitssperre gehen lassen. Sie näherten sich dem Kontrollpunkt, als Janie in einiger Entfernung eine Unruhe hörte.

Sie drehte sich um und sah einen Mann, der sich mit schnellen Schritten näherte. Er hielt einen Ausweis hoch, und die Leute machten ihm sofort Platz.

Janie geriet in Panik; nach allem, was sie durchgemacht hatten, war dies der letzte Schritt ihrer sicheren Rückkehr in die USA. Sie hoffte, daß alles, was Bruce getan hatte, funktionieren würde, hielt den Atem an und führte Caroline durch die Sperre; sie hatte große Angst, das Alarmsignal würde erklingen, wenn ihre Paßnummern sie als ungeprintet zu erkennen gaben. Doch bei Caroline schwieg das Signal. Janie flüsterte ein kurzes Gebet und folgte ihr.

Es gab keinen Alarm. *Danke, Ethel… und Betsy,* dachte Janie und ging die Rampe hinunter.

Keine dreißig Sekunden nachdem Caroline und dann Janie die Sperre passiert hatten, kam Rosow dort an. Er hielt seine Biocop-Marke hoch und zeigte dem Steward das inzwischen abgegriffene Bild von Carolines Gesicht. Der erkannte sie und sagte: »Sie ist soeben an Bord gegangen.«

»Wie konnte sie durch die Sperre kommen? Sie ist nicht geprintet.«

Der Angestellte prüfte rasch die Computerliste und schaute zu Rosow auf. »Hier steht, daß sie es ist.«

»Das ist unmöglich«, sagte Rosow. »Ich muß mit ihr sprechen. Bitte holen Sie sie sofort aus der Maschine.«

»Ich fürchte, das kann ich nicht«, sagte der Angestellte. Höflich trat er beiseite, um eine große Frau mit dunklen Haaren wieder hinausgehen zu lassen, und wandte sich dann wieder Rosow zu. »Diese Maschine gilt als amerikanisches Territorium. Ich habe dort keine Befugnisse.« Er grinste hämisch, denn es war ein seltenes Vergnügen, einem englischen Biocop eins auswischen zu können. »Und Sie auch nicht. Sie werden sich eine Ermächtigung der amerikanischen Botschaft beschaffen müssen, wenn Sie an Bord gehen wollen, sofern Sie kein Passagierticket haben oder Mitglied der Besatzung sind.«

Sobald Janie Caroline auf ihrem Platz untergebracht hatte, ging sie zum Gate zurück, um sich umzusehen. Der Mann, den sie hatte herbeilaufen sehen, diskutierte immer noch mit dem Angestellten der Fluglinie und versuchte ihn zu überreden, einen der Passagiere aus der Maschine zu holen. Janie sah auf die Uhr und stellte fest, daß es noch eine halbe Stunde dauern würde, bis die Maschine startete. Sie fragte einen anderen Angestellten, der gerade in keine Diskussion verwickelt war, ob es möglich sei, die Maschine zu verlassen und dann wieder an Bord zu gehen.

»Wenn Ihre Dokumente in Ordnung sind, sollte das kein Problem sein.« Janie zeigte ihm ihre Papiere, und er sagte: »Gehen Sie ruhig. Aber bleiben Sie nicht zu lange aus. Wir schließen das Gate in fünfzehn Minuten und lassen dann alle die Schutzanzüge anziehen.«

Janie, die sich an die knisternden Geräusche auf dem Flug nach England erinnerte, sagte: »Das möchte ich natürlich um keinen Preis versäumen.« Dann drehte sie sich um und ging durch die Sperre, vorbei an dem Angestellten und dem lautstark und beharrlich argumentierenden Michael Rosow. Während sie an ihm vorbeiging, wandte Rosow ihr kurz den Blick zu.

Er war auf diesem Feld, dachte sie, als ihre Augen sich trafen. *Ich weiß nicht, woher ich das weiß, aber ich weiß, daß er auf diesem Feld war. Ich frage mich, wie nahe er dran war, uns zu finden...* Aber Caroline saß schon in der Maschine, wieder einmal von ihrer amerikanischen Staatsbürgerschaft geschützt. Er konnte ihr nichts mehr anhaben.

Sie schenkte dem Mann ein herzliches Lächeln und glaubte einen Augenblick, etwas wie Wiedererkennen in seinen Augen zu sehen. Doch es verblaßte, und er erwiderte ihr Lächeln mit einem kurzen Kopfnicken. Dann nahm er seine Diskussion wieder auf, und Janie ging weiter, ohne sich aufzuhalten.

Im Zwischengeschoß hielten die grünen Männer ihre stille, unerschütterliche Wache, die Waffen auf die unter ihnen vorbeiziehende Menge gerichtet. Mit raschen Schritten ging Janie auf einen Buchladen zu, um etwas zu kaufen. Sie würden viele Stunden lang im Transitraum sein, und sie brauchte etwas zur Ablenkung. Das würde ihre Gedanken von den Dämonen fernhalten, die sich hin und wieder erhoben, ihren grausamen Tanz aufführten und ihr jedes bißchen Seelenfrieden raubten, das sie hatte finden können.

Noch ein Verlust, dachte sie. *Fühlt sich allmählich an wie mein normales Leben, dieser schreckliche Schmerz, Menschen zu vermissen...* Traurig überlegte sie, was zwischen ihr und Bruce hätte sein können, wenn sie einen Ausweg aus ihrem geographischen Dilemma gefunden hätten.

Sie hatten sich am Abend zuvor in seiner Wohnung voneinander verabschiedet; sie war ihr, da Caroline im Nebenzimmer war, viel zu eng erschienen, und der Abschied hatte Janie nicht befriedigt. *Es hätte mich mehr berühren sollen, ich hätte trauriger sein sollen oder so...* Aber sie hatte sich einfach schrecklich leer gefühlt. Sie wußte, das lag daran, daß sie sich vorher fest vorgenommen hatte, den Schmerz nicht hochkommen zu lassen. *Wenn ich ihn nicht hereinlasse, kann er mich nicht verletzen...*

Aber er *hatte* sie erreicht, trotz all ihrer Anstrengungen. Er war da, tief in ihrem Herzen, in ihrer Magengrube, er lauerte in ihrer Psyche und wartete darauf, beim geringsten Anlaß über sie herzufallen. Sie hatte entschieden, daß sie ihn unterdrücken würde, bis sie sicher zu Hause und irgendwo allein war, wo sie weinen und darauf warten konnte, daß ihr Herz brach, wenn es das war, womit sie ihn loswurde…

»Warum bleibst du nicht?« hatte er gesagt. »Es gibt auch hier Arbeit für dich. Ich kann dir helfen, dich einzurichten… einen Job zu finden…«

»Ich weiß nicht, Bruce«, hatte sie gesagt, vor Verwirrung gelähmt. »Ich glaube nicht, daß ich im Moment zu einer solchen Entscheidung bereit bin. In meinem Leben ist alles so durcheinander…« Dann hatte sie hinzugefügt: »Die Dinge verändern sich. Als ich hier ankam, dachte ich, England wäre das Paradies. Aber ihr habt sogar noch weniger Freiheit als wir; hier ist es so weit gekommen, daß ich nicht glaube, daß ihr sie jemals zurückbekommt. Zu Hause können wir noch etwas verändern. Ich glaube, mir gefällt einfach nicht, wie es sich anfühlt zu leben… unter all dieser… Kontrolle.«

Und dann hatte sie noch gesagt: »Aber warum kommst *du* nicht zurück? Du bist immer noch amerikanischer Staatsbürger, und du hast hier einiges geleistet. Du kannst einfach in ein Flugzeug steigen und nach Amerika fliegen. Wir würden uns freuen, dich zurückzubekommen. Brillante Wissenschaftler können wir immer brauchen.«

Er hatte traurig gelächelt. »Vielleicht überrasche ich dich eines Tages.«

Mit anderen Worten: Nein, hatte sie bei sich gedacht. Und so hatten sie sich getrennt, zwei gleich stark beteiligte Spieler in einem unentschiedenen Match…

Im rückwärtigen Teil der Buchhandlung fand ein Roman ihr Interesse; sie las den Klappentext und ein bißchen von der ersten Seite und entschied, ihn zu kaufen. Sie ging zurück in den vorderen Teil des Ladens, bezahlte und kehrte zu ihrem Gate zurück.

Nicht weit davon entfernt stand derselbe Mann, der vorhin mit dem Angestellten gestritten hatte. Der Mann sah wütend und mißmutig aus. Er hatte die Hände in die Taschen gesteckt, und seine Schultern wirkten sehr angespannt, als ärgere ihn irgend etwas gewaltig. Er warf Janie einen bösen Blick zu, als sie vorbeiging, als wisse er irgendwie, daß sie der Grund all seiner Frustration war.

Du wirst es niemals wissen, dachte sie, und ein angenehmes Gefühl von Erleichterung durchströmte sie.

Der Angestellte hieß fröhlich noch ankommende Passagiere willkommen, *zu Hause in den guten alten Staaten,* dachte sie, und gratulierte ihm im stillen zu seinem Sieg über den hartnäckigen Biocop.

»Gute Arbeit«, sagte sie, als sie zum zweiten und letzten Mal an ihm vorbeiging.

Er antwortete mit einem schönen, breiten Grinsen und sagte: »Und Spaß macht sie auch.«

Sie passierte das Cockpit und ging zwischen den noch im Gang beschäftigten Leuten hindurch zu ihrem Platz im hinteren Teil der Maschine. Sie sah Frauen, die sich mit Babys abmühten, Stewardessen, die versuchten, kleine Gepäckstücke in die Klappen über den Sitzen zu zwängen. Sie sah einen Steward mit einem Arm voll durchsichtiger Plastikanzüge, der sich durch den Mittelgang arbeitete und einigen wenigen Erstpassagieren erklärte, dies seien *in der Tat* die Anzüge, die manche Reisende als Körperkondome bezeichneten. Sie sah verwirrte ältere Leute, die herauszufinden versuchten, was mit all diesen Schnallen und Masken anzufangen sei.

Sie sah Bruce.

»Überraschung«, sagte er.

35

Kate stand auf der Lichtung und bürstete das Pferd, während Alejandro in der Hütte seinen verschwitzten Körper reinigte. Er zog all seine unbrauchbar gewordenen Kleider aus, ließ sie in einem Häufchen auf den Boden fallen und wusch sich dann im Becken, und als er fertig war, fühlte er sich erfrischt, gereinigt, geläutert von der Pest, der er fast zum Opfer gefallen wäre. Er zog saubere Kleider an, die er in seine Satteltasche gepackt hatte, ehe er nach Canterbury aufbrach, fuhr sich mit den Fingern durch die Haare und putzte seine Zähne mit dem ausgefransten Ende eines grünen Zweigs.

Trotz seiner Schwäche hatte er entschieden, daß sie nicht lange an einem Ort bleiben konnten und Mutter Sarahs Hütte so bald wie möglich verlassen sollten, denn zweifellos würde der König Männer ausschicken, um sie zu suchen. Als er sich an den Tisch setzte und überlegte, was sie mitnehmen sollten, bemerkte er aus dem Augenwinkel eine kleine Bewegung. Er schaute genauer hin und sah den Schwanz einer Ratte in dem Kleiderbündel verschwinden, das er in der Nähe des Kamins abgelegt hatte. Rasch stand er auf und versuchte, das häßliche Tier zu verscheuchen, doch es blieb in dem Bündel versteckt, bis er mit dem schweren Ende eines in der Nähe stehenden Besens darauf einschlug. Zwitschernd wie ein Vogel, huschte die Ratte davon und verschwand durch eine Ritze in der steinernen Wand.

Was soll ich tun? Wenn seine Vermutung über die Ratten stimmte, dann wären diese Kleider jetzt imstande, die Pest in den Körper jedes ahnungslosen Narren zu tragen, der sie vielleicht fand und anzog. Er würde die Sachen verbrennen müssen, ehe er diesen Ort verließ, denn es gab zahllose verarmte Menschen, die bedenkenlos alles tragen würden, was vielleicht noch einen Tag lang hielt.

Mit dem Ende des Besens schob er das Häufchen Kleidungsstücke in den Kamin. Obenauf legte er ein Reisigbündel und eine

Handvoll trockener Blätter. Während er damit beschäftigt war, kam Kate durch die niedrige Tür.

»Was macht Ihr da?« fragte sie.

»Ich verbrenne die Kleider, die ich getragen habe, als ich krank war. Ich habe eine Ratte in dem Stapel gesehen, und ich fürchte, daß jeder, der zufällig hierherkommt und die Kleider trägt, ebenso erkranken wird wie ich. Ich bin überzeugt, daß die Ratten das Mittel sind, mit dem diese Seuche sich durch das Land bewegt. Verbrennen reinigt«, sagte er zu ihr. »Ich möchte es nicht auf mein Gewissen nehmen, diese Dinge zurückzulassen.«

Um auch an diesem wichtigen Ritual teilzuhaben, fragte Kate: »Bitte, Doktor, darf ich das Feuer anzünden?«

»Wenn es Euch Freude macht, Kind«, antwortete er und reichte ihr den dunklen Feuerstein.

Sie hob einen zweiten Stein auf und wollte die beiden gerade aneinanderschlagen, als die Hufschläge eines herannahenden Pferdes sie den Kopf wenden ließ. Beunruhigt sahen sie und der Arzt sich an. Kate ließ die Steine fallen, und sie und Alejandro eilten zur Tür. Alejandro, sein Messer in der Hand, schob sie sanft hinter sich, als er hinausspähte.

Über die Lichtung nahte eine plumpe Frau in zerrissenen Kleidern, die unsicher auf einem für sie zu kleinen Pferd schwankte. Ihre Haube war auf eine Seite gerutscht, ihr Gesicht mit Schmutz verschmiert. Kate spähte hinter Alejandros Bein hervor und rief: »Das ist die Dienstmagd meiner Mutter!«

Alejandro zwinkerte im Sonnenlicht. »Tatsächlich, sie ist es! Warum in aller Welt kommt sie hierher?« fragte er. *Ob ihr jemand folgt?* dachte er. Er steckte das Messer wieder in seinen Stiefel und lief hinaus, um ihr zu helfen, denn sie war eindeutig in Schwierigkeiten.

»Gott im Himmel, Frau«, rief er. »Was habt Ihr?«

Als sie vom Pferd rutschte und unsicher auf wehen Füßen in zu engen Schuhen landete, sagte die Magd gereizt: »Ich habe mein Kleid verdorben! Als ich den Weg einschlug, hat der Wind mich förmlich vom Pferd geblasen, und ich bin auf meinem Hinterteil gelandet. Wie gut, daß ich ordentlich gepolstert bin!« Sie bürstete sich Blätter und Eicheln vom Saum des Kleides und richtete sich auf.

»Aber genug von mir! Ich bin gekommen, um Mutter Sarah zu suchen, aber Ihr werdet den Nutzen davon haben. Der König, Gott verfluche ihn, hat Reiter ausgeschickt, um Euch zu finden. Ich habe sie vor nicht ganz einer Stunde getroffen, und ich habe sie in die Irre geschickt, wenn es den Heiligen gefällt! Am besten verschwindet Ihr von hier, und das Kind auch. Sie werden nicht lange brauchen, um Euch zu finden.«

Er schickte die Dienstmagd sofort wieder weg, denn er wollte nicht, daß sie bei ihnen angetroffen würde, falls man sie tatsächlich bald finden sollte. Und das war gut so, denn kaum war ihre auf und nieder hüpfende Gestalt endlich außer Sicht, als man in der Ferne schwaches Hundegebell hörte.

Hektisch raffte Alejandro alles zusammen, was zur Hand war und ihnen vielleicht auf der Reise nützlich sein würde, und stopfte es in seine Satteltasche. Als er zur Tür hinausging, drehte er sich noch einmal um, weil er das Gefühl hatte, etwas zu vergessen. Als er die Kleider im Kamin sah, legte er die Tasche ab und nahm den Feuerstein, um die Sachen wie geplant zu verbrennen.

Doch bevor er die Steine aneinanderschlagen konnte, sagte Kate: »Und was ist mit dem Rauch? Wenn sie ihn aufsteigen sehen, finden sie uns!«

Alejandro hielt inne; ihm wurde klar, daß selbst ein kleines Feuer ihren Aufenthalt verraten und man sie schnell entdecken würde. Er dachte daran, die Sachen im Kamin zurückzulassen, ohne sie zu verbrennen; während er noch unentschieden war, spukten ihm die Gespenster von Alderon, Matthews und Adele durch den Kopf.

Nein! Seine Gedanken rasten. *Ich will nicht für noch einen Tod verantwortlich sein.* Er griff in den Kamin und nahm die Kleider an sich.

Er rannte nach draußen und schnallte die Satteltasche auf den Rücken des Pferdes. Dann hob er Kate hoch, setzte sie vor sich und stopfte die Kleider zwischen ihren Rücken und seinen Bauch. Sie ritten in raschem Tempo den Weg zur Wiese hinunter, und Kate rief: »Jetzt sind sie lauter! Oh, beeilt Euch!«

Das Pferd war ausgeruht und reagierte prompt auf Alejandros nicht sehr sanftes Antreiben. Als sie zwischen den knorrigen Eichen hindurch die milde Luft der Lichtung verließen und die Kälte des Feldes erreichten, protestierte das Tier nicht. Beim Überqueren des Feldes erkannte Alejandro, daß es noch mehr Gräber enthielt als erst vor ein paar Tagen. *Noch mehr Tote,* dachte er. *Wird das nie aufhören?* Seine keimversuchten Kleider lagen zwischen ihm und Kate, eine schwere Bürde, aber er würde sie nicht zurücklassen, um noch mehr Menschen umzubringen.

Jetzt ritten sie über das Feld, und er sah die frisch aufgeschüttete Erde. Plötzlich wußte er, was er zu tun hatte.

Abrupt hielt er das Pferd an und sprang von dem verwirrten Tier. Kate rief: »Beeilt Euch! Sie kommen immer näher!«

Er hörte Hundegebell, Hörnerklang und das Klirren von Rüstungen, dann die hastigen Rufe von Männern, die entschlossen eine Beute verfolgten. Er wußte, Kate und er waren das Ziel ihrer grausamen Jagd. Er grub die Hände in die lockere Erde, schaufelte sie mit mehr Kraft und Energie zur Seite, als er eigentlich hatte... *Ach,* dachte er flüchtig, während er hektisch grub, *jetzt wäre Carlos Alderons Schaufel nützlich!* Als das kleine Loch endlich tief genug war, legte er die Kleider hinein und bedeckte sie rasch mit der losen Erde. Dann trat er die Erde fest, klopfte sich die Hände ab und stieg wieder auf sein Pferd.

Kate kreischte auf und zeigte in die Richtung, in die sie ritten. Alejandro sah Soldaten aus dem Wald auf die Lichtung treten, also wendete er sein Pferd, und sie rasten zurück zu den Eichen. Als sie zwischen den Bäumen hindurchritten, erhob sich kein Wind, um sie abzuwehren, doch als er sich umdrehte, sah er, wie sich Zweige und Stöcke zu einem wirbelnden Mahlstrom in die Luft erhoben; er hielt das Pferd einen Augenblick an und beobachtete, wie der Wind zum tobenden Sturm anwuchs. Als die Hunde sich den Eichen näherten, verlangsamten sie ihren Lauf und umkreisten sie jaulend. Auch die Soldaten hielten inne, und ihre Pferde bäumten sich auf, erschrocken über den plötzlichen Sturm.

Lautlos segnete Alejandro den Wind und lenkte sein Pferd wieder auf den Weg. Diesmal hielten sie nicht inne, sondern ritten geradewegs durch die Lichtung und in den Wald auf der anderen Seite. Sie setzten ihren Weg fort, bis sie sicher waren, daß sie ihre Verfolger endgültig abgeschüttelt hatten.

In dieser Nacht schliefen sie unter den Sternen auf einem Grasfleck auf einem hohen Abhang an der Küste Englands. Jenseits des Kanals lag Frankreich. Als sie am Morgen über das Wasser schauten, konnten sie es kaum erkennen, doch Alejandro spürte, daß es ihm zuwinkte wie eine Heimat, sicher und freundlich.

Der Schlaf hatte ihm neue Kraft gegeben, und so packte Alejandro ihre wenigen Habseligkeiten. Als er die Satteltasche schloß, kam sie ihm leerer vor, als sie sein sollte. Er musterte noch einmal ihren Inhalt und erkannte bestürzt, daß tatsächlich etwas fehlte.

Er hatte sein Weisheitsbuch in der steinernen Hütte zurückgelassen. Er konnte nicht umkehren, um es zu holen.

Der Gedanke, daß er diesen Teil seines Lebens verloren hatte, machte ihn traurig. Während er sein Pferd bestieg und Kate vor sich in den Sattel hob, hoffte er, wer immer es fände, möge den bestmöglichen Gebrauch davon machen. Er lenkte das Pferd nach Dover, wo sie das Wasser überqueren würden.

Und dort, endlich, würde ihr neues Leben beginnen.

Epilog

Caroline saß auf einer Holzschaukel auf der vorderen Veranda ihres Hauses im Westen Massachusetts' und sah zu, wie ihre dreijährige Tochter in einem Berg aus goldenen und gelben Blättern spielte. Auf ihrem Schoß lag ein altes Buch, ein Geschenk von Janie nach ihrer Rückkehr aus England vor vier Jahren. Der Ledereinband war rissig und trocken, und sie dachte zerknirscht, daß sie es eigentlich nicht anfassen sollte. *Es gehört in ein Museum,* dachte sie jedesmal, wenn sie es zur Hand nahm.

Aber ich kann es einfach nicht hergeben, dachte sie dann immer. *Auch nach vier Jahren ist es noch zu frisch.*

Wieder blätterte sie die Seiten um und begann ganz am Anfang. Sechshundert Jahre, dachte sie; *unglaublich, daß es zu seiner Vollendung so lange brauchte.* Sie bewunderte die feine europäische Handschrift des ersten Schreibers, jetzt auf der vergilbten Seite kaum noch sichtbar. Es gab eine Zeit, dachte sie, als wir noch nicht einfach in einen Computer sprachen und dann darauf warteten, daß die gedruckte Seite erschien, makellos in Grammatik und Orthographie. Früher einmal schrieben die Leute auf Seiten aus Papier mit Federn, die in eine Lösung aus Kohle und verdünntem Pech getaucht wurden, und ihre Finger wurden schwarz davon, ihre Handgelenke schmerzten vom Bilden der Buchstaben. Dieser Mann schrieb, als wüßte er, daß er eines Tages nach seinem Werk beurteilt werden würde.

Sie blätterte durch die gesammelte Weisheit von sechshundert Jahren. Die Gesichter und Worte hatten sich ihr nach zahllosen Wiederholungen unauslöschlich eingeprägt. Auf der allerletzten Seite befand sich ein Ausschnitt aus der Londoner *Times,* ein Artikel, der veröffentlicht worden war, während sie sich in Brighton erholte. Daneben klebte die Reproduktion eines Computerbildes von ihrem eigenen Gesicht; sie hatten sie nicht beim Namen genannt, aber sie wußten es. Es war ihr eigenes Gesicht, und sie wußte sehr genau, warum sie gesucht wurde.

Das Zeitungspapier war leicht zerknittert; sie dachte bei sich, daß sie nachlässig gewesen sein mußte, als sie das Buch das letzte Mal zugeklappt hatte, und schwor sich, daß das nicht wieder vorkommen würde. *Museum,* dachte sie wieder einmal. *Bevor es zu spät ist.*

Sie las den Artikel zum hundertsten Mal.

Beamte von Biopol versuchen den Aufenthaltsort der hier abgebildeten Frau festzustellen. Sie wird beschrieben als ungefähr einsdreiundsechzig groß mit hellrotem Haar. Sie hat entweder blaue oder grüne Augen und ziemlich helle Haut. Möglicherweise hat sie auffallende Sommersprossen…

Das mit den Sommersprossen gefiel ihr. *Wenn die wüßten…* dachte sie. Sie las weiter.

…insbesondere im Gesicht, und aller Wahrscheinlichkeit nach ist sie normalgewichtig. Man nimmt an, daß sie ausländische Staatsbürgerin ist, vermutlich Amerikanerin, und mit einem begrenzten Visum reist. Wer sachdienliche Informationen über die flüchtige Person geben kann, wird gebeten, sich mit Lieutenant Michael Rosow von der West-End-Abteilung von Biopol in Verbindung zu setzen. Weiter wird mitgeteilt, daß man sich der Frau unter keinen Umständen nähern sollte, denn sie wird verdächtigt, Trägerin der Ursache einer potentiell tödlichen Infektionskrankheit zu sein. Niemand von Biopol war bereit, die besagte Krankheit beim Namen zu nennen; der Pressesprecher hat lediglich erklärt, der ungenannte Zustand könne »sehr schwerwiegender Natur« sein.

Vertreter des Gesundheitsministeriums haben es inzwischen abgelehnt, ein unbestätigtes Gerücht zu kommentieren, es handele sich um einen Ausbruch der Beulenpest, von der man lange annahm, sie sei in London ausgerottet, unter Mitgliedern eines speziellen Clans von Marginalen, und es seien Schritte unternommen worden, deren Ausbreitung zu kontrollieren. In den letzten Wochen hat es sechs bestätigte Todesfälle außerhalb der

Population der Marginalen durch eine pestähnliche Krankheit oder ein entsprechendes Syndrom gegeben; eines der Opfer war ein prominenter Londoner Gastwirt. Beamte von Biopol haben die Resultate ihrer Ermittlungen über diese Todesfälle nicht bekanntgegeben; es hieß, die amtliche Todesursache aller sechs Opfer müsse erst noch bestimmt werden, und jeder offizielle Kommentar zu dem angeblichen Ausbruch wäre voreilig und könne möglicherweise zu Unruhen führen.

Angeblicher Ausbruch, so ein Quatsch, dachte sie und schloß das Buch. *Ich war dort. Von »angeblich« konnte keine Rede sein.* Sie legte das Buch auf die hölzerne Sitzfläche der Schaukel und schaute auf ihre vernarbten Finger. Beim Gedanken, wie nahe sie daran gewesen war, sie zu verlieren, lief ihr ein Schauder über den Rücken. Sie fuhr sich mit den Fingern durch das lange rote Haar; sie mochte es, wie kühl es sich anfühlte, und dachte wieder einmal: *Ich sollte es abschneiden.* Aber sie verwarf diesen Gedanken, denn ihr Mann liebte es. *Grund genug, es lang zu lassen,* dachte sie.

Die Sonne ging unter; alles war in herbstliches Gold getaucht. Sie rief nach dem kleinen Mädchen in dem Blätterhaufen, und ein roter Lockenkopf voll kleiner Zweige tauchte daraus auf.

»Sarah Jane Rosow!« rief Caroline. »Komm her!«

Das Kind hüpfte über den Rasen, sprang die Stufen zur Veranda hinauf und kletterte auf den Schoß seiner Mutter.

Caroline küßte die Stirn ihrer Tochter, umarmte sie, nahm dann das Buch auf den Schoß und schlug es auf. »Mama möchte dir eine Geschichte erzählen …«

Danksagung

Ich möchte mich bei Jennifer Robinson und Peter Miller für ihre herausragende Unterstützung bei der Entstehung dieses Buches bedanken. Auch das bemerkenswert einfühlsame und scharfsinnige Lektorat von Jackie Cantor trug zum Gelingen bei, ebenso wie die Anmerkungen von Arnold Silverm, Robert Benson, Robert Glassmann und Ariel Glassmann. Allen bin ich für die Mühe, die sie für mich auf sich genommen haben, von Herzen verbunden.